Hobbit Presse
Klett-Cotta

Nils Westerboer

LYNEHAM

Roman

KLETT-COTTA

MIX
Papier | Fördert gute Waldnutzung
FSC® C083411
FSC www.fsc.org

Hobbit Presse
www.hobbitpresse.de
J. G. Cotta'sche Buchhandlung Nachfolger GmbH
Rotebühlstr. 77, 70178 Stuttgart
info@klett-cotta.de

Dieses Werk wurde vermittelt durch die Textbaby Medienagentur, www.textbaby.de
Cover: Birgit Gitschier, Augsburg
unter Verwendung zweier Abbildungen von © shutterstock/
Mia Stendal (Planet) und Master1305 (Felsenstruktur)
Karte: Nils Westerboer, unter Verwendung einer Abbildung
von © ESA/DLR/FU Berlin, CC BY-SA 3.0 IGO
Gesetzt von C.H.Beck.Media.Solutions, Nördlingen
Gedruckt und gebunden von CPI – Clausen & Bosse, Leck
ISBN 978-3-608-98723-2
E-Book ISBN 978-3-608-12404-0

lyne (altwal.): See / Gewässer
ham (altengl.): Siedlung / Heim

INHALT

PROLOG

Der Marshmallow-Test

Als ich fünf Jahre alt war, führten meine Eltern mit mir den sogenannten Marshmallow-Test durch. Sie wollten wissen, wie es um meine charakterliche Reife bestellt war und ob ich meine Impulse unter Kontrolle hatte. Es war an einem Nachmittag im Januar, sie räumten den Küchentisch leer und setzten mich ans Ende. Dann stellten sie einen Teller vor mich hin, auf dem nichts weiter als ein einsames weißes Marshmallow lag.

Sie sagten, unter einem Vorwand, dass sie kurz wegmüssten, so für eine Viertelstunde. Ich sollte am Tisch sitzen bleiben und auf sie warten. Wenn sie wiederkämen und ich das Marshmallow nicht gegessen hätte, würde ich ein zweites bekommen.

Es heißt, dieser Test messe die Fähigkeit einer Person, auf eine schnelle Belohnung zu verzichten, zugunsten einer höheren Sache. Er zeige, schon im frühen Kindesalter, erstrebenswerte charakterliche Eigenschaften wie Durchhaltevermögen, Selbstkontrolle und vorausschauendes Denken.

Ich weiß noch ziemlich genau, wie ich die Viertelstunde verbracht habe. Zuerst bin ich brav sitzen geblieben, habe meine Hände zwischen die Oberschenkel und den Stuhl geklemmt, das Marshmallow angestarrt und mir vorgestellt, es würde sich vor mir fürchten. Später, nach Minute drei, habe ich mich über den Teller gebeugt und versucht herauszufinden, ab welcher Höhe ich das Marshmallow riechen kann, um zu wissen, wo seine Atmosphäre beginnt. Die ganze Zeit über hörte ich meine Eltern hinter der Küchentür tuscheln, verstand aber nicht, was sie sagten. Irgendwann, von Minute acht an, wurde es still. Ich legte die flache Hand auf das Marshmallow und drückte es platt, platter und noch platter. Als ich sicher war, dass es sich nun angemessen fürchtete, nahm ich es hoch und ließ es vor meinem Mund kreisen, hielt es mir mutig unter die Nase und nahm seine gesamte Atmosphäre in mich auf. Gegen Minute vierzehn vernahm ich leise Geräusche hinter der Küchentür, da wurde ungeduldig gewartet.

Ich steckte mir das Marshmallow in den Mund, wenige Sekunden bevor die Tür aufging, und während ich kaute, sah ich in das Objektiv der kleinen Kamera, die mir gegenüberstand und die bis heute meine Erinnerungen an diese Viertelstunde objektiviert. In der Aufzeichnung ist auch die Enttäuschung in den Gesichtern meiner hereinkommenden Eltern festgehalten. Ich hatte den Test nicht bestanden.

Ich erzähle dies, weil ich ernsthaft gefragt wurde, ob die Menschheit oder, genauer, ein Teil von ihr, eine andere Welt in einem anderen Sonnensystem »kolonisieren« sollte. Offenbar hat es einen technischen Durchbruch gegeben, der ein solches Vorhaben in eine Art greifbare Nähe gerückt hat. Da mir die näheren Umstände nicht bekannt sind, derentwegen ich um diese Stellungnahme gebeten wurde, fasse ich mich kurz.

Es ist Unsinn.

Das Leben auf der Erde existiert seit vier Milliarden Jahren. Es hat sich von Anfang an unter den Bedingungen gebildet, die auf diesem Planeten vorherrschen. Wer glaubt, man könne einen vier Milliarden Jahre umfassenden Zeitraum der immer wiederkehrenden Anpassung und Entwicklung ignorieren, irrt. Ich wage daher einen nicht zu vorsichtigen Ausblick, wenn ich sage: Wir werden bis auf Weiteres an diese unsere Heimat gebunden sein. Vermutlich auf alle Zeit und über alle Schandtaten hinaus, die wir ihr angetan haben.

Selbst die unwirtlichsten Orte der Erde sind im Vergleich zum Rest des Universums dem menschlichen Organismus ausgesprochen wohlgesonnen. In der Wüste Dascht-e Lut, im Iran gelegen, kann es in Spitzenzeiten bis zu 88 Grad heiß werden. Dennoch bleibt die Luft atembar, sie enthält keine toxischen Gase, keinen Feinstaub, nichts, auf das die menschliche Lunge nicht vorbereitet ist. Die Zusammensetzung der Atmosphäre ist, trotz aller Beigaben des Anthropozäns, prinzipiell gesund, egal, wo Sie hingehen. Wenn Ihnen der Sauerstoffgehalt auf dem Hindukusch zu niedrig ist, dann steigen Sie einfach etwas tiefer, es wird genug für Sie und alle anderen da sein. Nirgendwo müssen Sie sich Sorgen um kosmische Strahlung machen und auch nicht über die Trinkbarkeit des Wassers, solange Sie nur Ihre Rechnungen bezahlen.

Ich bin keine Freundin rhetorischer Fragen, denn ich mag keine Fragen, deren Antworten bekannt sind. Aber zwei seien mir an dieser Stelle gestattet.

Erinnern Sie sich an die dreckigen Überraschungen, die das Eisreservoir von Rhea den durstigen Saturn-Reisenden bereithielt? Falls nicht, lesen Sie das Protokoll. Und wissen Sie von den körperlichen Verstimmungen am Mars-Hellas, wo Sodbrennen, Nierensteine und allergische Reaktionen zu einer Volkskrankheit geworden sind? Die widrigen Temperaturen, eine hemdsärmelige Schwerkraft und deprimierende Lichtverhältnisse treiben die Hartgesottensten unter den Sternenfahrern zurück in den Schoß der Erde. Lesen Sie die Protokolle.

Die Temperaturskala des Universums umfasst viele Millionen Grad. Ähnliche Spektren gibt es bei den Druckverhältnissen und der Strahlung. Nahezu überall sind sie, außer auf der Erde, tödlich. Die Atemluft, an die wir uns angepasst haben, ist eine sensibel abgestimmte Medikation. Wir alle sind sensibel auf das abgestimmt, was wir hier haben.

Sollte es also einen ernsthaften Grund für meine Stellungnahme geben, dann bitte ich die Auftraggeber um eines: Sie haben bestimmt ein Goldfischglas irgendwo oben in den heiligen Hallen Ihrer Einrichtung. Fangen Sie einen Fisch, legen Sie ihn auf Ihren Schreibtisch und schauen Sie zu, was passiert.

Ich weiß nicht, welchen Durchbruch Sie mir vorenthalten und auf welcher Grundlage Ihre Anfrage fußt. Sollte sich der Durchbruch tatsächlich auf die »Kolonisierung« einer neuen Welt beziehen, so lassen Sie mich klarstellen: Sie werden überall auf der Erde kostengünstigeres und gesünderes Bauland finden als woanders im Universum.

Es wird nach wie vor einfacher sein, die Schäden, die wir hier angerichtet haben, wiedergutzumachen, anstatt irgendwo neu zu beginnen. Wir sollten das erhalten, was das Leben in den vier Milliarden Jahren der Anpassung und Entwicklung für uns errungen hat, anstatt zu verschwinden.

Aus eigener Erfahrung kann ich nämlich sagen: Wenn das erste Marshmallow weg ist, wird kein zweites kommen. Was wir hier nicht schaffen, schaffen wir woanders erst recht nicht.

Im Übrigen hasse ich Marshmallows. Ich mochte sie schon nicht, als ich fünf Jahre alt war. Aber manchmal müssen wir eine bittere Pille schlucken, um Schlimmeres zu verhindern.

Der Grund, warum ich meine Viertelstunde alleine mit dem Marshmallow so gut in Erinnerung habe, liegt nicht in der Kamera-Aufzeichnung, die ich mir später nur ein einziges Mal angesehen habe. Sie liegt in der Frage, die ich mir damals stellen musste: Warum wussten meine Eltern nicht, dass ich keine Marshmallows mag?

In jeder Angelegenheit ist es wichtig, alle Faktoren zu kennen, um den Grund eines Handelns zu verstehen.

Sie wollen Milliarden Kilometer durch das Nichts reisen und einen Ort suchen, an dem Sie etwas Besseres finden als den Tod? Ich hoffe, Sie haben einen guten Grund.

Oder, besser gesagt, hoffe ich, Sie haben keinen.

Dr. Mildred Meadows

// Erster Teil

DIE FREMDE NEUE WELT

I do not believe in miracles.
I have seen too many.

OSCAR WILDE

AUS ALLEN WOLKEN

Wir fielen.

Ich weiß nicht mehr, wie schnell. Es musste irgendetwas mit Metern in der Sekunde gewesen sein. Mit einem Zittern fing es an, doch dann rüttelte es überall, knirschte und ratterte. Mein Sitz, der Boden, alles. Hinter dem kleinen runden Fenster unseres Landungsmoduls, hinter dem man eben noch die Sterne sehen konnte, glühte es rot. Wir tauchten in die Atmosphäre von Perm ein.

»Hört ihr das auch?«, rief Papa zu uns herüber.

Ich versuchte, aus dem schrecklichen Tosen so etwas wie ein Fiepen oder ein Warnsignal herauszuhören. Aber da war nichts als Rattern und Rütteln.

»Was meinst du?«, rief ich zurück.

»Hörst du das wirklich nicht?« Er sah mich sorgenvoll an.

»Nein! Was denn?«

»Na, dieses laute Rütteln!«

Ich musste lachen, hielt mich aber zurück. Mehr als ein müdes Lächeln stand ihm nicht zu.

»Wir sind gleich da!«, rief er.

Ich schüttelte den Kopf, denn ich wusste es besser. Kurz bevor der Lärm und das Glühen anfingen, hatte ich durch das Fenster noch die Krümmung der Oberfläche gesehen. Es bestand kein Zweifel daran, dass wir noch sehr weit oben waren.

Von Chester wusste ich außerdem, was alles möglich war: Eine nicht vorhergesehene feinkörnige Zutat in der atmosphärischen

Zusammensetzung Perms konnte reichen, um unsere Außenhülle zum Schmelzen zu bringen, sodass wir aus der Kapsel fielen wie abgeworfene Ballastsäcke. Wenn es in der Atmosphäre schädliche Wasserstoffverbindungen gab, würden wir uns noch während des Sturzes übergeben, erblinden und ohnmächtig werden. Selbst bei einer im Vergleich zur Erde schwachen Fallbeschleunigung von 6,13 m/s^2 würde schließlich der Aufprall dafür sorgen, dass wir uns mehr brachen als nur den Hals – sofern wir nicht in einem Meer aus Ameisensäure landeten. Im Augenblick war am wahrscheinlichsten, dass wir einfach verglühten.

Dennoch war ich mir sicher, dass nichts davon passieren würde, denn ich hatte Geburtstag. Kein Mensch verglüht, erblindet oder bricht sich den Hals, wenn er Geburtstag hat. Chester war ein Dummkopf, der sich keinen Geburtstag merken konnte, nicht mal den seines Bruders.

Er hatte Loys Kopf in den Händen und versuchte, sie zu beruhigen. So hatten wir das für die Landung vereinbart: Papa sollte sich um mich kümmern, Chester um Loy. Aber nicht einmal das gelang ihm, sie weinte und schrie. Wie so oft war ich neidisch auf sie, da sie genau das machte, was ich am liebsten auch tun wollte.

Meine Schwester war nicht die Einzige, die schrie. Dahlia Brahms war außer sich und hielt Moxie im Arm und Melcher. Kjell Larsen und Undine Battiste schrien, Merril Abdulrazzeq betete laut und einvernehmlich. Es klang drohend, als würde er seinen Gott davor warnen, ihn sterben zu lassen.

Die Luft war so heiß, dass es wehtat, sie einzuatmen, das rote Glühen hinter dem Fenster wurde orange und gleißend. Ich konnte mich nirgends mehr festhalten, ohne mir die Finger zu verbrennen. Zischend verdampfte das Kondenswasser, das sich während des Fluges auf dem Boden und an den Wänden angesammelt hatte, der Teppichboden war eine suppige Pfütze.

Jemand zeigte auf ein plötzliches Leuchten an der Decke. Ein

Alarm war angegangen, blaue Lichtzeichen kreisten durch die Kapsel. Neue Lichter erschienen, sie führten in Richtung der Stasiskammern. Der Alarm war trotz des Rüttelns und des Geschreis gut zu hören, ein hohes d, das immer wieder an- und abschwoll.

»Hörst du das?«, rief ich Papa zu.

Er lächelte.

»Wir müssen noch einmal in die Kammern!«

Niemals, dachte ich. Ich wollte da nicht wieder rein.

»Ich will da nicht wieder rein!«, schrie Loy.

»Dann ist das dein schmachvolles Ende«, sagte Chester. Loy sah ihn mit großen Augen an, vergaß sogar das Weinen für einem Moment. Papa nahm sie in den Arm.

»Nur noch ein Mal«, sagte er.

Die Stasiskammern waren nicht nur zum Schlafen da. »Das Deutolecith dämpft jeden Aufprall«, hatte mir Chester erklärt. »Wenn du hundert Meter in der Sekunde fliegst und dein Schiff gegen irgendetwas kracht, und du bist nicht in deiner Kammer, dann wirst du zu einem Gemälde an der Wand.« Mein Bruder, der Poet. Er hatte dazu eine Handbewegung gemacht, die ich am liebsten wieder vergessen hätte.

Papa entsperrte den Verschluss von Loys Kammer. Durch das unkontrollierte Gerüttel quoll etwas von dem Deutolecith aus den Lamellen. Er ließ sie nur so weit aufgehen, dass Loy sich hindurchzwängen konnte.

»Geht es jetzt wieder heim?«, fragte sie, während sie mit den Füßen voran tauchte.

»Ja, genau!«, rief Chester.

Papa warf ihm einen bösen Blick zu.

»Es geht in die fremde neue Welt!« Er lächelte sie an. »Das wird ein großes Abenteuer, versprochen!«

Ich wusste, dass das nichts hieß. Mir hatte er eine Geburtstagsfeier versprochen, gleich nach dem Aufwachen aus der Stasis.

Papa lächelte Loy so lange an, bis sie gar nicht mehr anders konnte, als zurückzulächeln. Dann versiegelte er die Kammer. Durch die Scheibe sah ich Loys aufgerissene Augen, wie sie kurz davor waren, wieder loszuweinen. Doch dann stieg das Gel an, stieg über ihr Gesicht, lief in ihren Mund und in ihre Nase, und sie hörte auf, sich zu bewegen. Da sie ihre Augen offen hielt, sah sie aus wie eine Wasserleiche, aber ich wusste, dass sie lebte. Deutolecith kann man essen, trinken und atmen, wenn die Sauerstoffsättigung hoch genug ist. Ihre Kammer war die mit dem Dornröschensticker.

Ich kroch den Lichtern nach, die zu meiner Kammer führten. Im Durcheinander stieß jemand aus Versehen mit seinem Bein an mein Gesicht. Der dampfende Boden brannte an meinen Handflächen und Knien, und ich schaute noch einmal zum Fenster hoch. Manchmal riss der orangerote Qualm nun ab, und man konnte etwas sehen.

Wir flogen über Wasser. Da waren Wellen, Millionen winziger kleiner Wellen, tief unter uns, vielleicht ein Meer oder sogar ein Ozean. Das Wasser leuchtete türkisfarben und sah schön aus. Ich wollte Chester fragen, ob das vielleicht die Ameisensäure sein konnte. Doch dann fiel mir wieder ein, dass ich Geburtstag hatte.

Ich entsperrte meine Kammer und ließ die Lamellen genauso weit aufgehen, wie Papa es bei Loy gemacht hatte. Er kam zu mir und half mir.

Ich sah zu Chester hinüber, wie er ohne Hilfe in seine Kammer stieg, die am Fenster mit Aussicht, ohne jede Angst und ohne jedes Zögern schloss er sich an, versiegelte die Lamellen von innen, streckte sich lang, ließ sich vollaufen – und schloss sogar die Augen, obwohl hier gleich alles zu explodieren schien. Er hatte die Dinge, vor denen er sich fürchtete, in bildhaften Worten seinen kleinen Geschwistern erzählt, und sie hatten nun an seiner Stelle Angst.

Ein Countdown setzte ein, wir hatten nur noch 60 Sekunden, um in unsere Kammern zu gelangen. Die Zahlen schwebten blau im Raum, und der Alarm schwoll an.

»Sie geht nicht auf!«, rief jemand hinter uns. »Kann uns jemand helfen? Bitte!« Ich versuchte, mich umzusehen, wollte herausfinden, um wen es sich handelte.

Aber Papa nahm meinen Kopf in seine Hände. »Schau zu mir!«, befahl er. »Schau da nicht hin, schau mich an!«

Ich gehorchte, durch seinen harten Griff konnte ich sowieso nicht anders.

»Ist das die fremde neue Welt, Papa?«, fragte ich.

»Ja!«

»Ich hab heute Geburtstag!«

»Ich weiß.«

Ich war mir nicht sicher, ob das stimmte.

»Sie geht nicht auf!«, wimmerte es hinter uns. »Helft uns doch bitte!«

»Henry, versprich mir, zu Loy zu schauen, die ganze Zeit, egal, was passiert! Versprich mir das!«

Aus dem Wimmern wurde ein Schluchzen, dann ein Schreien. Ich wollte hinschauen, aber Papa hatte mich immer noch fest im Griff. Mir war klar, dass er sich selbst in Sicherheit bringen musste. Ich wollte nicht, dass ihm etwas zustieß, wollte aber auch nicht, dass er wegging.

»Henry! Eule!«, rief er plötzlich.

»Was?« Ich konnte nicht glauben, dass er das in diesem Moment ernst meinte. Wir hatten noch vierzig Sekunden.

»Eule!«, wiederholte er und ließ meinen Kopf los. Ich unterdrückte meinen Drang, die Augen zusammenzukneifen und zu verdrehen. Stattdessen öffnete ich sie so weit, wie ich konnte, starrte ihn an und blinzelte nur ganz langsam.

»Sehr gut. Jetzt Huhn!«

Ich starrte ihn weiter an, legte aber den Kopf in schnellen eckigen Bewegungen schief. Die Frau schrie immer noch.

»Und jetzt Fisch!«, befahl er.

Fisch war die schwerste Übung gegen meinen Augentick. Jetzt durfte ich nicht mal mehr blinzeln.

»Schau zu Loy!«

Ohne Vorwarnung presste er seine Hand auf meine Stirn, drückte mich tief ins Gel und drehte schließlich mein Gesicht zur Kammer meiner Schwester. Ich wehrte mich, wollte noch mal hochkommen, zu ihm, kam aber gegen seine Kraft nicht an.

Alles Geschrei verging in Gurgeln und Blubbern. Ich presste die Lippen aufeinander, obwohl ich wusste, dass ich ihn früher oder später öffnen musste, um nicht zu ersticken. Über mir schlossen sich die Lamellen, und es wurde still. »Hermetisch« hieß das, wie ich von Chester wusste: Man hörte so gut wie nichts mehr außer die ganz großen, tiefen Schläge.

Der Druck in der Kammer stieg, als würde ich Meter tief tauchen, es stach in den Ohren. Papa verschwand aus meinem Blickfeld. Der Drang, ihm nachzuschauen, war riesig, ich wollte sehen, ob er den anderen half, wollte wissen, wer da geweint hatte und, vor allem, ob er es selbst rechtzeitig in seine Kammer schaffen würde. Aber ich hatte das sichere Empfinden, dass all das nur gelingen würde, wenn ich jetzt gehorchte. Also sah ich dahin, wo ich hinsehen sollte.

Meine Schwester, so klein, mit großen offenen Augen, die wilden Haare grau wie die einer alten Frau. Ich konnte die roten Schlieren in ihrem Deutolecith erkennen. Das war ihr Blut, manches drang während der Aufwachprozesse nach draußen, Chester hatte »Mikroverletzungen der Blutgefäße« dazu gesagt, worunter ich mir immer nicht allzu viel vorstellen wollte.

Dann spürte ich einen Ruck.

Weich und weit entfernt, so fühlte es sich immer an, wenn Loy zu Hause auf den Berg von Sofakissen gesprungen war, unter dem sie mich zuvor eingegraben hatte. Ich hörte auch einen fernen, dumpfen Schlag, nein, es waren viele Schläge. Dazwischen gab es kurze Ruhepausen, dann ruckte und knallte es wieder, und ich beeilte mich, das Gel in meine Lunge zu lassen. Es schoss in mich hinein, als wäre ich ein Vakuum. Sofort legte sich der Drang, Luft holen zu müssen.

Die Stöße kamen nun von allen Seiten und wurden stärker. Kurz darauf war es nicht mehr so, als gäbe es schützende Kissen, und es war mehr Chester als Loy, der der Länge nach auf mich draufsprang, sodass es wirklich wehtat.

Das war die Landung. Was da draußen auf uns einschlug, war die Oberfläche von Perm, der Boden einer fremden neuen Welt. Die Schläge sagten zu mir: Es gibt sie wirklich, sie ist wirklich da, und wir sind jetzt da.

Wir waren weiter in Bewegung, ich fühlte, dass noch ein letzter großer Schlag anstand. Wahrscheinlich der, auf den der Countdown ausgerichtet war. Ich kniff die Augen zusammen, um irgendwie vorbereitet zu sein.

Aber was empfindet ein Fisch, wenn sein Aquarium explodiert? Vielleicht das: einen Knall, so durchdringend, dass eine Weile gar nichts mehr zu hören ist. Irgendetwas platzte. Ich wurde zusammen mit dem Gel in irgendein Draußen gespült, klatschte gegen eine Wand, dann rutschte ich einem Licht entgegen, das unerträglich weiß war, Scherben, die mit mir mitrutschten, glitzerten darin, doch die Angst, dass sie mir die Haut aufschlitzten, ging ins Nichts, denn ich war ganz leicht und spürte sie kaum.

Das Licht verschwand. Ich landete auf einem Felsen, schwarz wie die Nacht um mich herum und zerfurcht wie ein riesiger versteinerter Schwamm. Ich klammerte mich an einem Vorsprung fest, wusste durch die seltsame Leichtigkeit nicht sofort, wo oben und wo unten war. Ein Wasserschwall klatschte in meinen Nacken, kurz darauf ein weiterer auf den Rücken. Dann hörte ich über mir ein Surren, das langsam anschwoll, bis es sich in einem donnernden Schlag entlud, begleitet von einem Blitz, der mehrere Sekunden lang anhielt und in einer gigantischen Horizontalen den Himmel durchschnitt.

Die Luft war erfüllt von faustgroßen Regentropfen, die so langsam fielen, dass ich für einen Moment den Eindruck hatte, sie würden auf der Stelle schweben. Hinter mir ragte das aufgeplatzte Landemodul aus dem schwarzen Gestein, über die gesamte Breitseite war es eigentümlich verformt. Aufgewirbelte Steinsplitter und dichter Rauch verhüllten die Sicht.

Die Stasiskammern, die wie große Ameiseneier verstreut herumlagen, leuchteten weiß im Licht des Blitzes. Manche befanden sich noch im Inneren des Moduls, andere waren, wie meine, nach draußen geschleudert worden. Überall schlüpften Menschen aus ihnen heraus, hustend und würgend, alle waren sie nackt und hatten graue Haare, egal, wie alt sie waren.

Das Letzte, was ich sah, bevor der Blitz erlosch, war der schräge Streifen aus Qualm, der diagonal über den Himmel ging, die Spur unseres Absturzes. In der Ferne standen schwarze Bergspitzen, die allerhöchste mussten wir gestreift haben, denn sie ragte mitten in den Streifen hinein, und darunter stürzten riesige Brocken in die Tiefe, genauso langsam wie der Regen.

Die Luft war mild und hatte einen süßen und stechenden Geruch. Ich konnte atmen, aber es gab mir keine Kraft. Es war, als würde ich eine Tüte vor dem Mund haben und immer wieder dieselbe alte, verbrauchte Luft benutzen. Auf meiner Zunge breitete sich ein bitterer Geschmack aus, mein Rachen schmerzte, und meine Finger begannen zu verkrampfen. Ängstlich versuchte ich, in den vielen bleichen Körpern meine Familie zu erkennen, aber es waren zu viele, die durcheinanderstolperten, sich irgendwo festhielten und Deutolecith aus ihren Lungen husteten.

»Nicht atmen! Auf keinen Fall atmen!«

Jemand riss eine Wandverkleidung des Moduls ab, warf weiß leuchtende Schutzanzüge und Atemmasken in die Menge.

»Zuerst die Masken!«

Die Stimme klang verzerrt und blechern, vermutlich aufgrund der fremden Luft. Ich konnte nicht erkennen, ob genug Masken für alle da waren. Ein Gerangel entstand, jeder hatte Angst, sich zu vergiften oder zu ersticken. Über uns erklang ein anschwellendes Surren.

Im Licht eines neuen, lang andauernden Blitzes erkannte ich zwischen einem abgerissenen Seifenspender und einem dampfenden Stück Teppichboden eine Maske, die unbeachtet in eine löchrige Mulde gerutscht war, »Eigentum von Rayser-Interstellar« stand darauf. Unter zischendem Donner kletterte ich hin und zog sie mir über den Mund. Sie aktivierte sich automatisch und leuchtete an der Seite grün auf. Wir hatten das vor der Reise geübt. Nur für den Notfall. Eigentlich sollte diese Welt fertig sein, wenn wir kamen.

Die Maske informierte mich über die Konzentrationen von Wasserstofffluorid, Schwefeldioxid und Methan, alles Gase, die sie, im Namen von Rayser-Interstellar, für mich aus der Luft filterte und durch einen angenehmen Mentholgeschmack ersetzte, sodass ich nach einigen Atemzügen meine Finger wieder zu spüren begann. Ich sah die großen Regentropfen wabern, Menschen in Anzüge steigen und dann, endlich, Papa.

Er und Chester trugen bereits Masken, Chester war dabei, Loy eine aufzusetzen. Papa erkannte mich, kurz bevor der Blitz erlosch, und plötzlich war er bei mir, ging vor mir in die Knie und packte mich an den Oberarmen. Ein riesiger Tropfen zerplatzte auf seiner Schulter.

»Hast du die Luft geatmet?«

»Nein, Papa!«, schwindelte ich. Mir war schlecht, meine Finger fühlten sich immer noch taub an. Es war seltsam, so leicht zu sein. Papa ließ mich los und schaute mich an.

»Du hast gleich eine Maske bekommen?«

»Ja«, sagte ich. Unsere Stimmen klangen dumpf, als würden wir in ein Baustellenrohr sprechen.

»Hast du dich bedankt?«, fragte er.

»Was meinst du?«

»Für die Maske, Henry! Hast du Danke gesagt?« Er war totenbleich. »Du hast sie doch von jemandem bekommen?«

Ich nickte.

»Und?«

»Ich hab's vergessen.«

Ein dritter Blitz, dieses Mal nur durch ein sehr kurzes Surren angekündigt, erhellte noch einmal alles. Der lange Streifen aus Rauch, der über den Himmel führte und auf halber Strecke die Bergspitze berührte, löste sich auf.

»Henry, wenn du noch mal vom Himmel fällst und dir danach irgendjemand etwas schenkt, das du gut brauchen kannst, egal wer, dann sagst du Danke!«

»Ja, Papa.«

NACH VORNE SEHEN

Loy musste mal, ich eigentlich auch. Wir waren eingehüllt in Nacht und Regen. Unser Weg, wenn es denn einer war, führte bergauf, über schwarzes tropfendes Gestein, scharfkantig und immer wieder in unwirkliche Tiefen absinkend.

Papa erlaubte uns keine Pause. Ich hielt den Blick auf meine Füße gesenkt, denn wenn ich ihn hob, konnte ich das ganze andere, das auch zu sehen war, nicht ertragen. Das Fortkommen war einfach, denn wir waren leicht, beinahe schwebend, wie unter Wasser, aber ohne den Widerstand, den Wasser erzeugt. Die Stasiskammern, die wir auf den Rücken geschnallt hatten, waren sperrig, aber nicht schwer. Ich trug Loys Kammer, da meine bei der Landung zerstört worden war.

Die Felsspalten verlangten große Schritte, manchmal sogar Sprünge. Sprünge, die auf der Erde unmöglich gewesen wären, hier sehr einfach gingen, aber hier wie da beim Landen auf die Blase schlugen.

»Ich muss wirklich!«, rief Loy.

Papa ignorierte es. Er lief mit Chester voran, auf eine Reihe schwarzer Gipfel zu, über denen eine dichte, von Blitzen durchzuckte Wolkendecke hing. Immer wieder klatschten tennisballgroße Tropfen gegen meine Maske, und der zerrende Wind ließ mich trotz der Wärme frösteln. Zu diesem Zeitpunkt hätte ich schwören können: Irgendwo da oben war unser neues Zuhause, so entschlossen geradeaus, wie Papa lief.

»Wie wäre es mit: Ich packe meinen Koffer?«, fragte er. »Loy, du fängst an.«

»Ich packe meinen Koffer, und ich nehme mit«, Loy überlegte nicht lange, »meine Kugelbahn.«

»Henry?«

»Ich packe meinen Koffer, und ich nehme mit: eine Kugelbahn und Ruske.«

»Chester?«

Papa wandte sich immer wieder um, sah zurück, aber nicht zu mir und Loy, sondern an uns vorbei zur Stelle unseres Absturzes, die nun schon weit unter uns lag. Die Menschen, deren Schutzanzüge im Licht der Blitze aufleuchteten, waren klein wie Ameisen. Papas Blick, den ich im grünen Licht seiner Maske gut sehen konnte, war schrecklich. Ich begriff seine Bedeutung erst nach einer Weile: Er wollte wissen, ob uns jemand folgte.

Wir waren schnell aufgebrochen, um den Auseinandersetzungen aus dem Weg zu gehen, die sich kurz nach der Landung angebahnt hatten. Viele Stasiskammern waren bei unserer Bruchlandung zerstört worden, nicht nur meine.

»Hier ist nichts!«, hatte plötzlich jemand gerufen. Das war der Satz, der alles in Aufruhr versetzte.

Displays leuchteten daraufhin auf, Daten wurden geprüft, Karten studiert und Notsignale gesendet.

»Doch«, brüllte Undine Battiste. Sie sah an ihrem Arm herunter, der an mehreren Stellen blutete, als wäre sie gebissen worden. Die Panik, die daraufhin ausbrach, war unkontrolliert und heftig, und Papa traf eine Entscheidung:

»Wir gehen, jetzt«, wies er uns an. »Nicht zurückschauen, einfach gehen. Nehmt die Kammern auf den Rücken! Lasst sie euch auf keinen Fall wegnehmen.«

Dann liefen wir. Erst langsam, dann immer schneller.

Es war unheimlich, die lauten Stimmen im Rücken zu haben

und nicht zu wissen, was vielleicht gleich passierte. Doch der Lärm entfernte sich rasch, bald war nichts mehr zu hören außer unseren eigenen Schritten. Durch die unfertige Luft schien man nicht weit hören zu können. Als ich mich doch einmal heimlich umwandte, erschrak ich, wie nah die anderen noch waren, in aller Stille, und ich wandte mich schnell wieder ab.

Die Gipfel, die sich vor uns auftürmten, waren unwirklich weit auf die Seite geneigt, als hätten sie sich dem Wind beugen müssen, der sich gerade legte. Manche von ihnen waren abgebrochen, in die Tiefe gestürzt und lagen auf den Hängen wie aufgeschnittenes Brot. Ich wagte es nicht, den Blick weiter zu heben, denn manchmal zeichnete sich hinter dem Nebel darüber die Windleite ab, die Heimatwelt Perms, und ich wusste, dass mich dieser Anblick bis zur Unkenntlichkeit schrumpfen lassen würde.

»Das ist unheimlich«, rief Loy.

»Was?«, fragte Papa.

»Diese Berge. Und das dadrüber.«

»Das ist die Windleite«, sagte Papa, als würde das Wort reichen, um der Sache den Schrecken zu nehmen. Als er merkte, dass es nicht reichte, rief er: »Schau mal hier, Loy!« Er zeigte auf eine dunkle Stelle zwischen zwei dicht nebeneinanderliegenden Felsbrocken.

»Was meinst du?«

»Na da!« Papa zeigte noch mal hin. »Siehst du das nicht?«

»Was?« Jetzt war auch ich neugierig, obwohl ich wusste, was kam.

»Da ist keine böse Echse.«

Loy rang sich ein müdes Lächeln ab.

»Stimmt, Papa. Und hier«, sie zeigte zu einem anderen Schatten unter einem kleinen Überhang auf der rechten Seite, »hier ist kein bissiger Amniot.«

»Stimmt!«, rief er. »Jetzt sehe ich es auch: kein bissiger Amniot. Genau, da ist er nicht!«

Loy nahm seine Hand, und sie gingen zusammen weiter.

»Ich muss jetzt«, sagte sie.

»Du bist aber dran!«

Sie seufzte. »Ich packe meinen Koffer und nehme mit: meine Kugelbahn, Ruske, etwas zum Schreiben, Eierkuchen, Mama.«

Zwischen grauschwarzen Felstürmen, die so auf der Erde nicht stehen bleiben würden, öffnete sich noch einmal der Blick zurück. Die Menschen waren nur noch winzige Punkte in der zerklüfteten Weite.

Papa blieb stehen, um sich an der Karte zu orientieren, die er gleich bei unserem Aufbruch aus dem Werkzeugschacht seiner Stasiskammer gezogen hatte. Hier schien es aufgrund eines tiefen Felsspaltes nicht weiterzugehen.

»Haben wir uns verlaufen?«, fragte ich.

»Nein«, sagte er. Ich erschrak, als ich merkte, wie er das sagte. Es klang, als würde nicht er selbst sprechen, als würde irgendeine Automatik in ihm arbeiten. Das kleine leuchtende Display in seiner Hand zitterte.

»Ich muss. Jetzt!«, sagte Loy.

»Geh da drüben!«

Papa zeigte ihr eine Stelle an einem der Türme. Loy ging in die Hocke, hinter ihr füllte die Windleite den halben Himmel aus. Als das Plätschern verstummte, reichte uns Papa die Schutzanzüge, die er bis dahin unter dem Arm getragen hatte.

»Anziehen!«

»Ich muss auch noch«, sagte ich vorsichtig.

»Herrgott, warum bist du nicht gleich mit?«

Papa ging den Felsspalt ein Stück weit entlang, bis er etwas entdeckt zu haben schien, kam dann zu uns zurück, um den Sitz der Anzüge und Masken zu prüfen.

»Statuskontrolle«, sagte er unterdessen. »Chester, du fängst an. Wie fühlst du dich?«

»Meine Haut ist«, er überlegte, »von einem seltsamen Ziehen durchzogen. Es sticht wie tausend Nadeln«, sagte er.

Mein Bruder, der Poet.

»Tut es sehr weh?«, fragte Papa.

»Nein. Nur in der Tiefe des Kopfs.«

»Übelkeit?«

»Ein wenig.«

Papa nickte und wandte sich zu mir. »Und du?«

»Ich könnte kotzen«, sagte ich.

»Nicht in die Maske. Noch etwas?«

»Nein«, antwortete ich. Je poetischer mein Bruder auftrat, desto weniger wollte ich es sein, obwohl meine Haut stach wie mit Nadeln und mir auch der Kopf, in großer Tiefe, wehtat, wenn ich ihn bewegte. Außerdem spürte ich einen seltsamen Druck in den Augen.

Aber ich schwieg.

»Loy?«, fragte Papa.

»Ich hab Hunger.«

»Gut, dir geht es am besten. Henry, du bist dran.«

»Kugelbahn, Ruske, Schreibzeug, Eierkuchen, Mama und ein Luftschloss.«

Die Schutzanzüge leuchteten weiß, waren dünn und eng anliegend. Jetzt stand Rayser-Interstellar auf jedem von uns. Ich starrte auf das Logo, zwei Sterne, zwei Linien, die die beiden Sterne verbanden.

Als ich Mama das letzte Mal sah, stand das auch auf ihr, in blauer Schrift auf weißem Stoff.

Wir befanden uns im Rayser-Terminal unter der Anzeige mit den Abflügen. Es war der Moment, von dem ich erst später begriffen hatte, dass er der endgültige Abschied gewesen war. Sie ging vor uns auf den Boden und sah uns in die Augen. Jedem von uns dreien, nacheinander, aber immer genau gleich lang, sodass uns klar war, dass wir alle drei die gleiche Liebe hatten.

Dann sang sie plötzlich, mitten zwischen den ganzen Menschen, die an uns vorbeihasteten, unser altes Lied, mit dem sie uns früher, bevor der Weltraum gekommen war, in den Schlaf gesungen hatte. Sie begann immer wieder von vorne, bis wir alle drei, sogar Chester, mitsangen.

Reite geschwind
Nach Banbury Cross
Und sieh an die Lady
Auf weißem Ross.

Ringe am Finger
Und Glocken am Zeh
Musik wird klingen
Wo immer sie geht.

Wir weinten, aber sie hatte nicht eine einzige Träne im Auge, nicht einmal dieses glasige Vollwerden des Auges. Ich hatte sie noch nie weinen sehen. Sie gab uns allen dreien einen Kuss, dann drückte sie uns an sich, alle drei gleich lang, dann stand sie auf und ging.

Ich hatte mir gewünscht, durch ihren Hinterkopf hindurchsehen zu können, ob sie vielleicht doch weinte, heimlich, weil sie es uns nur nicht zeigen wollte, aber ich glaube, sie hat nicht geweint, als sie ging.

Ein blaues Dämmerlicht lag auf allem.

Es kam von der Windleite.

»Was machst du da, Loy?«, rief Papa, während er seinen Anzug am Hals mit der Maske zusammenschloss. Loy war dabei, auf Knien herumzurutschen und Geröll vom Boden hochzuheben.

»Ich suche Leben«, sagte sie und hob Steine an, die sie auf der Erde keinen Millimeter hochbekommen hätte. »Das macht man auf fremden Welten, nach Leben suchen.«

Chester, der ihr gleichgültig zugesehen hatte, schien plötzlich etwas zu begreifen. Seine Augen wurden weit, erst sah er mich an, dann unsere Stasiskammern, schließlich heftete er seinen Blick auf Papa. Wie so oft versuchte ich zu verstehen, was in seinem Kopf vorging. Und wie so oft fürchtete ich mich davor.

»Hier ist nichts, oder?«, flüsterte er.

»Leise!«, fuhr Papa ihn an.

Er schien etwas gesehen zu haben, das ihm nicht gefiel. Langsam, Schritt für Schritt, trat er von seinem Aussichtspunkt zwischen den schrägen Felstürmen zurück und gab uns ein Handzeichen, das auch zu tun.

Da kamen zwei.

Sie waren noch weit weg, aber im Licht der Windleite war leicht zu erkennen, dass sie keine Stasiskammern bei sich hatten. Die Schlussfolgerung war einfach: Wir hatten drei Stasiskammern bei uns, sie hatten keine.

Papa packte Loy und riss sie aus ihrer Suche nach Leben.

»Chester, du bist dran«, rief er und ging voran.

Die Felsspalte, in die wir uns herablassen sollten, schien keinen Boden zu haben. Die Wände waren jedoch voller Furchen, Aushöhlungen und Vorsprüngen, sodass man sich überall festhalten und auftreten konnte. Von oben drang nur wenig Licht zu uns.

»Kugelbahn, Ruske, Schreibzeug, Eierkuchen, Mama, Luftschloss, ein Raumschiff«, sagte Chester.

»Warum?«

Chester antwortete nicht.

»Wo sind wir?«, fragte ich.

»Suttaterra!«, sagte Papa.

»Was ist das?«

»Eine Sehenswürdigkeit.«

»Woher weißt du das?«

»Das steht hier.« Er tippte auf seine Karte.

Wir arbeiteten uns weiter nach unten. Loy machte die Kletterei Spaß. »Hü« und »Hopp« sang sie leise, wenn sie von einem Vorsprung auf den anderen sprang, während ich mich der Vorstellung hingab, dass unser neues Zuhause in der Nähe einer Sehenswürdigkeit lag.

Die Felswände kamen näher. Ich erkannte, dass eine Seite immer genau in die andere hineinpasste und wir einen riesigen Bruch durchquerten. An einer Stelle quoll dichter grauweißer Nebel aus der Tiefe und stieg langsam nach oben wie ein aufwärtsfließender Bach. Ich hielt einen Moment inne und sah zu, wie er die Aushöhlungen und Risse entlangkroch, immer weiter nach oben, bis er sich von den Felsen löste und sich mit den Schwaden vermengte, die ab einer gewissen Tiefe immer häufiger vorbeizogen.

Von irgendwoher war ein leises Rauschen zu hören. Ein umgekehrter Wasserfall aus Nebel, ein Nebelfall, dachte ich und freute mich über das Wort. Der Nebelfall von Suttaterra. Es half mir, diesem Anblick einen Namen gegeben zu haben, so wie zu Hause alles einen Namen gehabt hatte, bis der Weltraum gekommen war.

Wir stiegen unter einem großen Felsen hindurch, der später in den Spalt gestürzt sein musste und nun zwischen den Wänden eingeklemmt hing. Einen Boden unter uns konnten wir nicht erkennen. Stattdessen zeigte sich ein weiterer, kleiner Nebelfall, vielleicht ein Nebenarm, der hinter dem eingeklemmten Felsen vorbeiführte. Ich wollte ihn Papa zeigen, doch er war zu sehr damit beschäftigt, den Weg zu suchen und sich gleichzeitig etwas für seinen Koffer zu überlegen.

»Eine Kochmütze«, sagte er irgendwann.

Nachdem wir den Felsen passiert hatten, wurde die Umgebung immer dunkler, und wir mussten schauen, wo wir hintraten.

»Still!«, befahl Papa plötzlich.

Loy hörte sofort auf zu klettern, auch Chester und ich verharrten regungslos. Aber außer dem leisen Rauschen des Nebels war für mich nichts zu hören. Das schmerzhafte Kribbeln meiner Haut machte sich im Moment des Innehaltens sehr bemerkbar, vor allem dort, wo mein Rayser-Interstellar-Anzug eng anlag.

»Papa«, sagte ich.

»Sei leise!«, herrschte er mich an.

Jetzt hörte ich es auch. Da knirschten, wahrscheinlich nicht weit weg von uns, Sand und Steine. Die zwei, die uns folgten, schienen den Eingang in den Bruch gefunden zu haben.

»Papa«, flüsterte Loy. »Da!«

Sie zeigte auf eine dunkle Stelle über einem Felsvorsprung. Ihr Atem raste, ihre kleine Brust hob und senkte sich wie bei einem kleinen Tier in Todesangst.

»Da ist keine böse Echse«, sagte Papa, ohne hinzusehen, und stieg voraus. »Weiter!«

Wir folgten ihm, aber Loy blieb, wo sie war.

»Da«, wiederholte sie und zeigte ins Dunkle.

Ich versuchte, etwas zu erkennen, sah aber nichts.

»Da ist kein Amniot«, sagte ich.

»Seid still jetzt!«, befahl Papa und winkte uns zu sich her. Er hatte eine Felskante ausfindig gemacht, auf der wir gut weiterkommen konnten. Loy fiel es schwer, sich von dem zu lösen, was sie sah. Chester nahm ihre Hand.

Am Ende des Vorsprungs, der wie ein schmaler Balkon die rechte Wand des Spalts entlangführte, verlor sich der Weg in Aushöhlungen, in deren Tiefe an einigen Stellen Lichtpunkte zu sehen waren. Hier schien es wieder herauszugehen.

Papa prüfte etwas auf seiner Karte, dann steckte er sie weg.

»Hier lang.«

»Papa«, rief Loy, »da war –«

»Los jetzt.«

Wir tasteten uns in die Dunkelheit, nahmen die Kammern vom Rücken ab und schoben sie vor uns her. Da es plötzlich steil bergab ging, mussten wir sie festhalten, damit sie uns nicht wegrutschten. Chester passte einmal nicht auf. Knirschend setzte sich seine Kammer in Bewegung, rutschte unwiederbringlich den fernen Lichtern entgegen. Keiner von uns konnte etwas dagegen tun. Das Knirschen wurde leiser und leiser, einmal krachte es, dann verschwand die Kammer im untersten Licht.

Kurz verharrten wir alle.

Papa flüsterte: »Loy, du bist dran. Aber leise!«

»Ich packe meinen Koffer, und ich nehme mit: Kugelbahn, Ruske, Schreibzeug, Eierkuchen, Mama, Luftschloss, Raumschiff, Kochmütze und eine neue Stasiskammer für Chester.«

Wir krochen immer tiefer, auf die Lichter zu. Durch meine eigene Leichtigkeit und die Dunkelheit konnte ich schlecht einschätzen, wie steil der Boden unter uns tatsächlich war. Sicher schien nur, dass wir auf der Erde längst abgestürzt wären. Immer wieder lösten sich Steinchen und kleines Geröll, das mit uns in die Tiefe rieselte.

Wachsende Helligkeit drang durch die Löcher und Spalten zu uns herein, den größten Lichteinfall brachte eine Öffnung, die sich direkt unter uns auftat. Für einen Moment wurde mir schwindelig, als ich einen rostroten Sandboden, ein paar dunkelgraue Felsen und dazwischen Chesters verlorene Stasiskammer erkannte und das Ganze nicht, wie erwartet, vor mir lag, sondern weit unter mir.

Papa und Chester näherten sich mit Loy von hinten. Dadurch wurden wir zu schwer.

Der Boden knackte wie eine brechende Eisdecke, dann löste er sich unter uns auf, zerfiel zu schwarzem grobkörnigem Staub und auseinanderfallenden Brocken.

Ich krallte mich irgendwo fest. Es krachte, als sich weitere Teile des Gesteins lösten und in das fahle Licht stürzten, das von unten einfiel. Mit Schrecken sah ich Papa und Chester, wie sie mit den beiden übrigen Stasiskammern abstürzten, in einem Regen aus kleinen und großen Klumpen. Neben mir hörte ich Loy schreien, auch sie schien sich irgendwo festzuhalten, dann rutschte ich ab.

Es war ein langer, stummer Fall. Als ich unten aufschlug, schrie ich, da meine Haut so empfindlich war und mir alles wehtat, vor allem in der Tiefe des Kopfs. Ich landete neben Chesters verlorener Kammer. Durch die beschädigten Lamellen sickerte das Deutolecith heraus, floss über das Gestein und tropfte durch einen Spalt weiter nach unten. Keuchend folgte ich dem Rinnsal mit meinem Blick, aber nur so lange, bis ich wegsehen musste.

Der Boden, auf dem ich gelandet war, war kein wirklicher Boden. Durch Spalten und Risse erkannte ich einen weiteren Boden und darunter noch einen. Die Ebenen wurden sichtbar, wenn ich den Kopf bewegte und sie sich dadurch gegeneinander verschoben. Tiefere Gründe nannte man solche Stellen auf Perm, wie ich später erfuhr, bekannt, eine Art von Schwindel zu erzeugen.

Alle drei Kammern waren beschädigt. Papa war sichtlich bemüht, seinen eigenen Schwindel zu unterdrücken, während er versuchte, sie so aufzustellen, dass nicht noch mehr von dem Deutolecith verloren ging. Chester richtete sich neben mir auf und sah nach oben. Über uns war Loy, in fünf Meter Höhe, sie kauerte weinend am Rand des Durchbruchs, aus dem wir herausgefallen waren.

Die schiefergraue Felszunge, unter der wir standen, war riesig, ein gigantischer Überhang, der jedoch an manchen Stellen so tief kam, dass ich ihn hätte berühren können. Auf der Erde wäre so etwas längst eingestürzt, aber hier hielt es. Vorne, von wo das Dämmerlicht herkam, berührte das Gestein fast den Boden wie bei einer überschlagenden Welle, bei der im allerletzten Moment die Zeit stehen geblieben war.

»Spring!«, rief Papa zu Loy. »Es tut nicht weh!«

»Du lügst!«, schrie sie.

Sie hatte recht. Mir dröhnte nicht nur der Kopf, sondern auch die Knie, die Zehen und die Brust schmerzten, sogar meine Nase, weil sie gegen die Maske gestoßen war.

Papa ließ die Hände sinken. Ich sah ihm an, wie ihm die Kraft auszugehen schien. Aus allen drei Stasiskammern lief unsere letzte Nahrung aus und tropfte ins Bodenlose. An der Seite von Papas Maske leuchtete ein gelbes Licht, das vor wenigen Augenblicken noch grün gewesen war.

»Können wir sie irgendwie holen?«, fragte er leise.

Chester schüttelte den Kopf: »Da kommen wir nicht rauf!«

Papa atmete tief ein. »Wir können dich nicht holen, Loy! Du musst springen!«

»Wo ist Mama?«

»Sie kommt, wenn du springst!«

»Wirklich?«

Papa schwieg.

»Du lügst die ganze Zeit!«, schimpfte sie.

Ich brauchte einen Moment, bis ich verstand, was Loy da gesagt hatte, und wie so oft kam ich mir so vor, als hätte ich als Einziger nicht begriffen, was vor sich ging. Meine kleine Schwester war weiter als ich. Ihr war längst klar, dass kein Zuhause kommen würde, dass nichts und niemand hier auf uns wartete.

Mein Atem raste. Chester merkte es, nahm mich in den Arm und hüllte mich ein, wie er es lange nicht mehr gemacht hatte. Gleichzeitig sah er zu Loy hoch.

»Loy. Ich schwindle jetzt nicht: Es wird wehtun, wenn du hier unten auftriffst. Und ich kann dir auch nicht sagen, wo Mama ist.«

Loy nickte. »Und du, Papa? Kannst du mir das sagen?«

Papa schüttelte langsam den Kopf.

»Nein, Loy, ich weiß nicht, wo sie ist.«

Sie überlegte stumm, saß ruhig da. Dann fragte sie: »Papa? Was ist mit dem großen Abenteuer, das du versprochen hast?«

Papa sah für einen kurzen Augenblick auf seine Handschuhe, die leer laufenden Stasiskammern und die Blutschlieren, die das Deutolecith auf den Felsen hinterlassen hatte. Er zitterte am ganzen Leib.

»Das Größte, das du dir vorstellen kannst«, sagte er.

Daraufhin sprang sie, mit ausgebreiteten Armen. Die linke Faust hielt sie geschlossen.

SUTTATERRA

Wir verwischten die Spuren, so gut es ging, schoben Sand über das Deutolecith und kauerten uns zusammen mit den Stasiskammern in einen kleinen Hohlraum, der im Schutz des Überhangs lag und an einer Stelle in die tieferen Gründe führte.

Inzwischen blinkten alle unserer Masken auf Stufe Gelb. In Chesters Kammer befand sich der größte Rest Deutolecith. »Esst etwas!«, sagte Papa, während er die Abdeckung ihrer Seitenverkleidung aufhebelte.

»Warum?«, fragte Chester.

Ich hatte zwar Hunger und Durst, wollte aber auf keinen Fall noch einmal etwas von dem Zeug trinken, auch wenn es sättigte und scheinbar alles beinhaltete, was der Mensch zum Leben braucht. Es war zähflüssig und schmeckte nach rohem Eiweiß, außerdem hatte Chester drin gelegen.

Ich hielt Papa meinen Arm mit dem Portanschluss hin.

»Geht's auch so?«

»Keine Zeit.«

Papa schob seine Hand durch die Lamellen von Chesters Kammer und schöpfte etwas Gel aus dem wenigen Bodensatz, der noch geblieben war.

»Gib mir deinen Teller!«, befahl er Chester.

»Aber –«

»Gib mir deinen Teller!«

Chester begriff. Er streckte seinen Arm zu ihm hin, formte seine

Hand zu einer Mulde, und Papa goss ihm etwas Gel in den Handschuh.

»Guten Appetit!«

Chester öffnete das Trinkschlauchventil am Mundstück seiner Maske und saugte die Flüssigkeit ein.

»Äußerst vorzüglich«, sagte er.

Papa schöpfte erneut aus der Kammer und hielt sie Loy hin.

»Ich mag nicht, Papa«, sagte sie leise.

»Du hast Hunger.«

Loy sah ihn flehend an. Aber als sie einsah, dass sie Hunger hatte, reichte auch sie ihm ihre Hand.

»Was gibt es?«

Papa versuchte sich an einem Lächeln. Er legte seine Hand auf den Rücken wie ein Kellner, beugte sich vor und sagte: »Echse im Loch, Mylady. Mit Ei und Kartoffeln.«

»Hui«, murmelte Loy und begann zu schlürfen. Papa fischte eine kleine Bose-Membran aus der Seitenverkleidung von Chesters Kammer und setzte sie zusammen.

Ich konnte nicht lange zuschauen, wie die anderen aßen. Also machte ich mit, auch wenn es nicht schmeckte. Wir rutschten zusammen, sodass sich unsere Arme manchmal berührten.

Loy aß langsam. »Will jemand noch Echse?«

»Wenn du so fragst«, sagte ich und hielt ihr meine Hand hin.

Papas Maske leuchtete inzwischen rot. Unsere blinkten weiterhin gelb, aber es war nur eine Frage von Minuten, bis sie auf Rot umschalten würden. Uns blieb nicht mehr viel Zeit. Als Chesters Kammer leer war, gingen wir zu den Resten in Loys Kammer über. Sie enthielt, laut Papa, ein ausgezeichnetes Amnioten-Curry.

»Wann gehen wir weiter?«, fragte sie.

»Wenn wir wieder Luft haben.«

Papa war dabei, die Energieversorgung seiner Stasiskammer so einzustellen, dass er mit Hilfe der Bose-Membran Sauerstoff aus der Luft sieben und ihn den Ladetanks zuführen konnte. Der Inhalt der Tanks war durch unseren Absturz aus dem Felsüberhang automatisch verpufft, um eine mögliche Explosion zu vermeiden.

»Und wenn wir Luft haben, schauen wir, wo Mama bleibt«, sagte Loy. Sie spielte mit etwas herum, das sie hinter ihrem Rücken verborgen hielt.

»Was hast du da?«, fragte Chester.

»Nichtsnichts.«

Papa sah zu uns auf. »Seid ihr alle satt?«

Wir nickten.

»Gut.«

Er stöpselte die Trinkschläuche unserer Masken ab und entfernte die Ventile, um mit ihnen die Ladetanks neu zu bestücken. Dann rammte er Raumtrenner in den Boden, sodass die Membran nicht durch uns hindurchging.

Ich wusste, was das hieß. Durch Aufnahmen, die mir Chester einmal gezeigt hatte, habe ich gesehen, was Bose-Membranen mit menschlichen Körpern anrichten konnten. Drei Nächte hatte ich danach bei Mama geschlafen, und sie hatte Chester das Taschengeld für drei Monate gestrichen.

»Achtung«, sagte Papa. »Ohren zuhalten!«

Wir taten wie befohlen.

Der Krach war dennoch ohrenbetäubend. Materie, aus ihrem natürlich angestammten Platz im Raum gerissen, lässt das nur unter einem schrecklichen Geheul mit sich machen.

»Verdammt!«, fluchte Papa, als der Krach abrupt aussetzte und alle Leuchten der Stasiskammer erloschen. Er prüfte den Energiestatus von Loys Kammer, dann Chesters und nickte. »Besser als nichts.«

»Was?«, fragte Loy.

»Halt die Luft an und komm mit deiner Maske her.«

Sie gehorchte. Er verband sie mit dem Tank und füllte sie so weit auf, dass die Anzeige auf Grün sprang. Es zischte leise, als er den Schlauch abzog.

»Jetzt du, Henry!«

Ich ging auf die Knie und näherte mich auf allen vieren wie ein Tier, das zu einer Tränke kommt. Bei mir stoppte er den Ladevorgang bei Gelb, da der Tank schon wieder fast leer war.

Chesters Gesichtsausdruck war schrecklich, als er an der Reihe war. Papa füllte die gesamte restliche Luft in Chesters Maske, es war deutlich zu hören, wie wenig es war.

»Wir teilen sie auf«, sagte er.

Chester hatte Tränen in den Augen. Auch wenn er es als großer Bruder gewohnt war, abgeben zu müssen.

»Jetzt suchen wir Mama«, sagte Loy. »Sie muss ja irgendwo sein.«

Die rote Kontrollleuchte von Papas Maske begann zu blinken. Er hatte nicht mehr lange Luft.

»Sie ist nicht hier, Loy«, sagte er leise.

»Warum?«

»Weiß ich nicht.«

Loy sah ihn durchdringend an. Sie schien zufrieden, dass er die Wahrheit gesagt hatte. »Aber sie kommt später. Das kennen wir doch.«

Papa nickte langsam. Sein Blick wanderte langsam zu ihr. »Du hast recht. Manchmal war es spät.«

»Oft, nicht nur manchmal«, sagte Chester.

Loy tippte auf dem kleinen Geheimnis in ihrem Handschuh herum.

»Papa?«

»Ja?«

»Ist sie trotzdem immer zu mir reingekommen? Auch wenn ich schon geschlafen habe?«

»Ja.«

Loy lächelte. Das Blinken von Papas Maske wurde schneller.

Chester weinte, griff nach Papas Arm und wollte sich an ihn drücken, aber der schob ihn sanft von sich weg.

»Übrigens«, sagte Loy und holte etwas hinter ihrem Rücken hervor. »Henry, für dich!«

In ihrer Faust hielt sie einen Strauß vertrockneter Gräser und verblühter Halme, den sie mir mit einem frechen Lächeln hinhielt, als wären es die schönsten Blumen der Welt.

»Alles Gute zum Geburtstag!«

»Oh, wie schön!«, rief ich.

Die Stängel waren schlaff und beinahe durchscheinend dünn, alles hing nach den Seiten herunter. Papa erstarrte.

»Wo hast du das her, Loy?«

»Das war am Weg.«

»Hast du noch mehr?«

Sie schüttelte den Kopf. »Nur das. Aber es gab noch mehr. Ich hab Leben gefunden!«

»Wo?«

»In dieser Schlucht. Da, wo der Mensch stand.«

Papa und Chester zuckten zusammen.

»Welcher Mensch?«

»Weiß ich doch nicht, Papa. Der stand da, wo es ganz dunkel war. Wo dieser Dampf hochkam, bei dem großen Felsen. Er war ganz ruhig, hat sich überhaupt nicht bewegt.«

»Hatte er eine Maske auf?«

»Nein, ich glaub nicht.«

»Warum hast du nichts gesagt?«

»Ich sollte leise sein!«

Papa schien wie aus einem bösen Traum aufzuwachen. Er zog seine Karte hervor und wollte sie einschalten, aber sie hatte, wie alles andere, keine Energie mehr.

Von draußen drang plötzlich ein Knirschen zu uns, kurz darauf Stimmen.

»Oh Gott«, flüsterte er. Er musste uns nicht sagen, dass wir leise zu sein hatten.

Es war aufgrund der fremden Luft schwer einzuschätzen, wie nah die Schritte kamen, die nun zu hören waren. Ich hoffte, dass wir unsere Spuren ausreichend verwischt hatten. Im Grunde genügten eine kleine abgerissene Lamelle und ein übersehener Deutolecith-Fleck im Sand, um eine Linie direkt zu uns ziehen zu können.

Einmal wurden die Schritte leise, verschwanden aber nicht ganz, sondern kamen zurück, unabwendbar wie eine Brandung. Sie schienen nun direkt auf uns zuzukommen, irgendetwas musste uns verraten haben.

Papas Maske blinkte im Warnmodus. Er ging vor uns auf die Knie und bedeutete uns, da zu bleiben, wo wir waren. Chester weinte immer noch, wollte sich an ihn drücken, aber Papa schob ihn von sich weg.

Die Schritte verstummten.

Draußen wurde gehorcht, abgewartet.

Wir hörten alle vier auf zu atmen.

Dann knirschte es noch einmal.

»Sie haben etwas, das Ihnen nicht gehört, Mr Meadows.«

Papas Augen weiteten sich. Er bedeutete uns, still zu sein und den Blick auf die Felswand zu richten. Dann erhob er sich langsam und nahm einen Stein in die Hand. Bevor er mit ihm die Höhle verließ, zeigte er noch einmal auf die Höhlenwand und wartete, bis wir alle drei gehorchten.

Ich fixierte die poröse schwarze Felswand vor meiner Nase, Chester und Loy taten es mir gleich.

Papas Schritte entfernten sich.

Heute war mein Geburtstag.

Wir hatten ihn nur noch nicht gefeiert, weil es bei unserer Ankunft noch dunkel gewesen war. Doch jetzt begann ein Tag, denn ein immer stärker werdendes Leuchten ließ unsere Schatten auf den Felsen sichtbar werden.

Ich unterdrückte den Impuls, hinter mich zu blicken, um die ersten Strahlen einer fremden Sonne zu sehen. Das Leuchten eines anderen Sterns, jetzt so nah, dass es uns wärmen konnte. Und wer wusste, wie lange das Leuchten blieb, wie lange dieser Tag dauern würde? Auf Perm gab es nicht die Tage, wie wir sie von der Erde her kannten. Wenn dies mein Geburtstag war, konnte er sechzig Stunden dauern, wenn es gut lief, oder nur drei, wenn ich Pech hatte. Mir war, als hätte Chester einmal sogar etwas von vierzigstündigen Perm-Tagen erzählt, mit Unterbrechungen von etwas, das er die »Tiefnächte« genannt hatte. Ganz sicher war ich mir aber nicht mehr.

Von irgendwoher kamen ein Klirren und ein Schrei.

Das Licht schien warm auf meinen Rücken. Eigentlich war heute der Geburtstag aller, die hierhergekommen waren. Denn was zählten hier die Tage und Jahre, die wir mitgebracht hatten?

Wieder Schritte.

Auch wenn ich niemals hätte beschreiben können, wie Papas Schritte klangen, so wusste ich doch, dass diese nicht die seinen waren.

Ein scharf umrissener Schatten erschien auf der Felswand, verharrte eine Weile regungslos. Der Satz, der dann geflüstert wurde, gehetzt, leise und angsterfüllt, galt nicht uns.

»Ich hab auch ein Kind.«

Bewegung kam in den Schatten, er wanderte hastig durch den Raum, dann wurde an unseren zerstörten Stasiskammern gerüttelt und geflucht.

Wir blieben trotz allem so, wie wir waren, hielten unsere Gesichter auf die Felswand gerichtet. Aber gegen meinen Tick konnte ich nichts tun, mein Blick zuckte zur Seite, ob ich es wollte oder nicht. Immer wenn »es mich hatte«, wie Chester es nannte, sah ich Details.

Die Ecken der Namensplaketten auf den Stasiskammern waren abgerundet, schimmerten wie Silber im Licht des hereinfallenden Morgens. Die Gravur der Schrift war schwarz, dadurch konnte ich sie gut lesen, wenn ich die Sekundenbruchteile, in denen ich immer wieder hinsah, zusammenbrachte.

Chester Meadows
Loy Meadows
Ferenc Weiner

Eine Hand legte sich auf meine Schulter und riss mich herum. Ich konnte nur einen kurzen Blick in das verwirrte Gesicht eines bärtigen Mannes werfen, bevor dieser meine Maske packte und zur Seite drehte, um den Füllstand prüfen zu können. Als er festgestellt hatte, dass er nur noch auf Gelb stand, machte er das Gleiche bei Loy und schließlich bei Chester. Er blutete an der Stirn.

»Ich hab ein Kind«, sagte er noch einmal, bevor er Loy die grün leuchtende Maske vom Kopf nahm.

»Wechselt euch ab. Es ist nicht mehr weit. Ich hab's schon gesehen.«

Dann verschwand er so schnell, wie er aufgetaucht war.

Chester begriff die Situation zuerst. Er nahm seine Maske ab, damit Loy einen Atemzug nehmen konnte.

Vor der Höhle fanden wir Papa.

Er lag zusammengekrümmt auf dem grauen Felsboden und blutete am Kopf. Von den Fremden fehlte jede Spur. Chester stürzte zu ihm hin und presste ihm meine Maske auf den Mund.

Papa atmete, rührte sich aber nicht.

»Papa!«, schrie Chester und rüttelte an ihm. »Papa!«, schrie er immer wieder. Auch Loy und ich packten seine Schultern und versuchten, ihn wach zu rütteln. Aus Angst vergaßen wir, uns mit den Masken rechtzeitig abzuwechseln, ein böser Schmerz schoss in meine Kehle, ich musste husten und spürte, wie meine Finger wieder taub wurden.

Chester gab mir eine Maske. Ich nahm ein paar tiefe Atemzüge und wollte sie ihm wieder zurückgeben, als ich plötzlich einen seltsamen Impuls spürte, der durch meinen ganzen Körper ging und wie statische Elektrizität in meinem Nacken knisterte.

»Was ist das?«, fragte ich.

»Da!«, sagte Loy und zeigte in einen Felsspalt, der zu einem der tieferen Gründe führte. »Ein bissiger Amniot.« Steinchen lösten sich wie von unsichtbarer Hand und rieselten in die Tiefe. Ich konnte nichts erkennen.

»Wir müssen hier weg«, flüsterte Chester.

Es war mehr eine gespürte als eine gewusste Wahrheit. Chester griff Papa unter den Armen und begann, ihn in Richtung des grellen Morgenlichts zu ziehen, das in den Überhang hineinschien. Loy und ich fassten Papa an den Seiten. Er war leicht, wir konnten ihn anheben.

»Da!«, rief Loy plötzlich und zeigte auf einen Felsen, der neben ihr aufragte. »Glaube ich!«

Ich sah hin, aber erst als ich wieder wegsah, erkannte ich, für den Bruchteil einer Sekunde, eine kleine Gestalt wie eine optische Täuschung, die mit dem Hintergrund verschmolz.

»Oh Gott«, rief Chester.

Auf Papas Anzug bildeten sich rote Flecken, an den Beinen ging es los, kurz darauf erschienen die ersten auf seinem Bauch und dann auf der Brust. Es sah aus, als würden Hunderte winzige, unsichtbare Nadeln auf ihn einstechen.

Chester zerrte Papa mit Gewalt in Richtung des Lichts, immer mehr Stellen seines Anzugs färbten sich rot. Die Ursache war nicht zu sehen, da war nur ein kaum merkliches zitterndes Flirren wie eine Sehstörung, die beißen konnte.

Plötzlich stieß Papa einen Schrei aus, der Schmerz schien ihn geweckt zu haben. »Helft mir doch!«, rief Chester.

Papas Wachwerden löste meine Schockstarre, in die ich nach dem Anblick des Blutes geraten war. Gemeinsam zerrten wir ihn weiter zum Licht, wichen dabei einem Schlund aus, der in die Tiefe führte, versuchten, nicht auf die seltsamen Laute zu achten, die Papa ausstieß, und kämpften uns ins Licht. Wäre nicht alles so leicht auf Perm und würde Papa hier nicht nur so viel wiegen wie ein Sack Wäsche, hätten wir ihn niemals aus der Höhle herausbekommen.

Wir erreichten das vordere Ende der Überhänge, fanden eine Stelle, an der wir auf Knien darunter hindurchkriechen konnten, und zogen Papa hinter uns her.

Das Licht, das uns draußen empfing, war bedrohlich hell, es zwang mich, meine Augen zuzukneifen, den Blick zu senken und nach unten zu sehen. Hätte ich das nicht getan, wären mir die vielen kleinen Spuren entgangen, die sich in diesem Moment im Sand bildeten und zurück in den Schutz der Dunkelheit führten. Noch einmal spürte ich, wie sich die Haare auf meinen Armen aufstellten und das Knistern im Nacken. Was immer Papa angegriffen hatte, es war verschwunden und schien das grelle Licht zu fürchten, in das wir hinaustraten.

»Man spürt sie nur«, sagte Loy leise. »Aber man sieht sie nicht.«

Chester fiel Papa um den Hals und drückte ihn an sich. Dann entsann er sich und presste ihm seine Maske aufs Gesicht. Papa stöhnte immer noch vor Schmerzen, aber er lebte, atmete, nahm einen tiefen Atemzug und stand auf.

»War nicht Henry dran?«, fragte er.

KARTOGRAPHIE

Tag 0 der Impulsmission

Nun bin ich hier und staune.

Wenn die Windleite hochsteht und die Sonne, ich nenne sie der Einfachheit halber so, hinter ihr hervorbricht, ergießt sich ihr Licht ohne Verzögerung und wie aus einem übervollen Kübel auf Länder und Meere. Es dauert nur Sekunden, und die finsterste Nacht weicht einem Mittag, der ein gleißendes Licht auf die Wunder dieser Welt wirft. Unser neuer Heimatstern ist vergleichsweise kalt, steht Perm aber näher als die Sonne der Erde. Solchen Morgen sind die menschlichen Augenlider nicht gewachsen, sie sind zu dünn für diese Helligkeit. Wenn du schaust, ist es, als hättest du pupillenerweiternde Tropfen bekommen.

Gespenstisch und schön sind die Landschaften, über die wir fliegen. Perm ist nur halb so groß wie die Erde, doch die Gebirge türmen sich vielerorts fast zur doppelten Höhe auf, manche Gipfel liegen, wenn man so will, im Weltraum.

Die Küsten sind noch jung und wenig geschliffen. Das türkisfarbene Meer schlängelt sich in spitzigen Buchten und Fjorden weit ins Land. An windstillen Morgen plätschert und gluckst es im löchrigen Gestein, doch in der Nacht überspült es alles mit wilder Rücksichtslosigkeit und wirft weißen Schaum um sich. Manchmal trägt der Sturm den Schaum kilometerweit ins Land, wo er wie Schnee auf den Wipfeln der Stammfarne, Aglaphyten und Schuppenbäume liegen bleibt.

Dem ungeübten Auge erschließt sich die Vegetation nicht sofort. Die

Bäume bilden noch keine Wälder, sie konkurrieren noch nicht ums Licht. Zudem ermöglicht ihre geringe Schwere seltsam freiwüchsige Strukturen, die entfernt an Wasserpflanzen erinnern. Die Stämme scheinen biegsam zu sein und verzweigen sich vor allem nach unten hin, um an mehreren Stellen mit dem Boden in Kontakt zu kommen, aus bisher unbekanntem Grund. Holz ist, entgegen landläufiger Meinung, also doch nicht der seltenste Rohstoff des Universums. Die Böden der vielen Schluchten, in denen kaum Tageslicht fällt, sind mit moosigen Arten bedeckt, die sich auf das reflektierte Licht der Windleite eingestellt haben, vielleicht ist »Nachtschatten« ein guter Name.

Sie bedecken auch die Böden der unzähligen Krater, von denen die Kontinente übersät sind. Die Atmosphäre Perms ist noch jung, die volle Schutzwirkung gegen Einschläge aus dem Weltraum besteht noch nicht lange. Es gibt keinen Ort, wo es keine gibt, manche sind riesig im Durchmesser, andere könnten mit einer einzigen Handbewegung zugeschüttet werden.

Über allem steht die Windleite. Sie verdeckt den halben Himmel. Ich habe so etwas immer wieder auf Bildern gesehen, vor allem auf den Anzeigen von Rayser-Interstellar: eine Landschaft und darüber eine weitere Welt. Aber es ist etwas anderes, hier zu sein.

Die Mutterwelt von Perm ist siebenmal so groß wie die Erde und vollständig von Wasser bedeckt. Je höher sie am Himmel steht, desto erdrückender wirkt sie, und wie in einem Fiebertraum entsteht der sichere Eindruck, sie mit der ausgestreckten Hand berühren zu können. Von ihrer Bläue geht ein Sog aus wie von einem tiefen See, in den man nicht fallen darf. Das erzeugt die unbestimmte Furcht, das geringe Gewicht, das man hier hat, zu verlieren und haltlos zu stürzen, begleitet vom Erschrecken darüber, dem falschen Boden vertraut zu haben. Der Eindruck kommt nicht von ungefähr, alles auf Perm ist den Kräften der Windleite ausgesetzt. Ich glaube, das ist wichtig zu wissen.

In einigen Stunden wird die Kartographie abgeschlossen sein, und wir können nach einem ersten Landeplatz Ausschau halten. Mit der Namensgebung haben wir begonnen. Es ist erstaunlich, wie schnell man der Vorstellung erliegt, die Fosholl-Steppen, Steinheim am Krater oder die Suttaterra-

Überhänge hätten schon immer so geheißen, obwohl wir uns erst vor kurzem darauf geeinigt haben. Es ist, als wären die Namen schon vor uns da gewesen und hätten nur darauf gewartet, dass wir sie endlich aussprechen.

Diesen Eindruck hat man ja mitunter auch bei der Benennung von Kindern, als würden Kind und Name auf magische Weise zusammenfinden. Aber das ist natürlich Unsinn.

MONTE FERRU

Ich war dran und konnte nichts dagegen tun. »Ich packe meinen Koffer und nehme mit: Kugelbahn, Ruske, Schreibzeug, Eierkuchen, Luftschloss, Raumschiff, Kochmütze, Stasiskammer und –« Ich griff nach Chesters Maske und nahm einen tiefen Zug.

»Du hast verloren!«, rief Loy.

»Wieso?«

»Du hast Mama vergessen.«

Loy nahm mir die Maske weg und presste sie sich vors Gesicht.

Papas Anzug war mehr rot als weiß. Er verstellte etwas an der Anzeige der beiden Masken, die uns geblieben waren, und fluchte. Die eine zeigte nun 369 an, die andere 145.

Aus der 145 wurde eine 144, als Chester einen Atemzug nahm, und ich begriff die Zahlen.

»Nicht mehr sprechen«, sagte Papa und zeigte nach vorne. »Wer was sagt, hat verloren.«

Loy nickte eifrig.

»Hier lang!«, sagte Papa.

»Du hast verloren!«

Papa ging voran, auf den Pfad zu, der die schiefergrauen Berge entlangführte, die im Osten standen, und der auf die Schlucht zulief, die das Tal vor uns zerteilte. Unzählige Nebelfälle füllten die riesigen weißen Schwaden, die stumm durch sie hindurchzogen.

Gegenüber, auf der anderen Seite der Schlucht, erkannte ich Dinge, die aussahen, als hätte sie jemand gemacht. Sie waren nicht auf den ersten Blick zu erkennen, wie die Wesen in der Höhle waren sie auf eine merkwürdige Art getarnt, zudem lagen sie im Schatten gigantischer Berge. Aber es waren eindeutig Bauwerke, zwei riesige parallele Quader, die aus dem Schatten heraus auf die Ebene führten, kurz vor der Abbruchkante der Schlucht in Schrägen endeten und durch drei Tunnel miteinander verbunden wurden. Auch diese waren, wie die Außenwände der Quader, transparent und zugleich an die steinige Umgebung angepasst.

Zwischen ihnen stand ein loser Wald. Die unwirklich hohen Stämme, die sich ohne jedes Laub nach oben und unten hin verzweigten, bogen sich in den Luftströmen, die von den ungeheuren Höhen der Gipfel herabfielen und bis zu uns heranwehten.

Als wir auf den Pfad stießen und ihm ein Stück gefolgt waren, entdeckten wir einen Stein mit eingravierten Schriftzügen. »Monte Ferru« stand in unserer Richtung, »Suttaterra« in der anderen.

Die Flecken auf Papas Anzug wuchsen unerbittlich weiter, vor allem an seiner Wade breitete sich das Rot aus. Auf den Masken stand nun 301 und 99.

Hoch über den beiden Quadern erkannte ich plötzlich weitere Bauwerke an den steilen Gebirgswänden. Es waren zwei gläserne Kugeln, die die Enden großer Felszungen umhüllten, als hätte man sie auf steinerne Äste gespießt. Eine befand sich über dem rechten Quader, mit ihm verbunden durch einen senkrechten Bau, der die Felswand hinaufführte. Die andere, kleinere Kugel hing viel weiter rechts, wo die Schlucht das Gebirge durchbrach und den Blick auf eine große Ebene dahinter freigab.

Indem wir uns zur Langsamkeit zwangen, konnten wir unsere Atemfrequenz im Zaum halten. Papa hatte die Luftschläuche aus den Mundstücken der Masken herausgezogen, sodass wir daran ziehen konnten, ohne sie aufzusetzen. Da wir sie dadurch umgekehrt halten mussten, sah es aus, als würden wir an einem Strohhalm aus einem Kessel trinken.

Vorerst schien es gut zu reichen.

Die Gebäude nahmen Gestalt an, und ich sah immer mehr Details. Die Außenwände der beiden Quader wurden durch ein unregelmäßiges steinernes Fachwerk gestützt, das farblich mit der Umgebung verschmolz. Die Tunnel, die sie verbanden, schienen zum Teil unterirdisch zu verlaufen. Oben auf der Felszunge, wo sie die Kugeln miteinander verbanden, schlugen sie Brücken. Hinter allem türmte sich, je näher wir kamen, das Gebirgsmassiv in immer schwindelerregendere Höhen auf, sodass die Bauwerke darunter genauso beschützt wie bedroht wirkten.

Der Pfad schlug einen Bogen nach Osten ein, um einen Einschlagkrater zu umgehen, dessen Boden in Nebel gehüllt war. Wir hatten zusammen noch über 300 Atemzüge, als wir etwas leuchtend Weißes am Rand des Pfades liegen sahen.

»Was ist da?«, fragte Loy.

»Leise!«, befahl Papa.

»Aber –«

»Leise!«

Loy riss mir die Maske aus den Händen, um ihren nächsten Atemzug nehmen zu können. Die Anzeige sprang von 254 auf 252.

»Schaut nach vorne!«, befahl Papa. »Wir kürzen ab.«

»Warum?«

»Leise!«

Anstatt auf dem Weg zu bleiben und seinem Bogen nach Osten zu folgen, ging Papa geradeaus weiter. Wir folgten widerstrebend. Das Fortkommen wurde anstrengender, Felsspalten durchzogen das Gelände jenseits des Weges, aus manchen stieg Dampf, in anderen erkannte ich rostrote Sandböden in der Tiefe.

Ich versuchte, mich an den Namen zu erinnern, der auf der Stasiskammer gestanden hatte. Papa hatte eine Stasiskammer gestohlen. Chester und Loy wussten das nicht. Ich war der Einzige, der den fremden Namen auf der Plakette gesehen hatte. *Ferenc Weiner.*

Der Pfad und das weiße Etwas verschwanden für eine Weile aus unserem Blickfeld. Der sandige Boden war noch feucht vom Regen der Nacht, sodass wir nicht tief einsanken und gut vorwärtskamen. Überall befanden sich kleine trichterförmige kreisrunde Vertiefungen im Boden. Auf der gegenüberliegenden Seite des Kraters bildete er einen aufgeschütteten Hang, auf dem wir bequem wieder auf die Oberfläche zurückkamen.

Das Weiße lag nun hinter uns. Eine schreckliche Ahnung darüber, worum es sich handelte, hatten wir. Wir sahen ja auch an uns selbst, wie das leuchtende Weiß unserer eigenen Rayser-Interstellar-Anzüge einen Fremdkörper in der Landschaft von Perm bildete, es war wie eine offenkundige, unverkennbare Störung in der Natur des Mondes.

Ich kam mir vor, als wäre ich achtlos an einem Unfall vorübergegangen, und fühlte mich schrecklich. Ich begann, an Papas Hand zu ziehen.

»Weiter!«, befahl er.

Der Pfad führte nun in einer weiten Nordkehre auf die Schlucht zu, die Abbruchkante war bereits gut zu erkennen. Durch einen Felseinschnitt ging es tief nach unten. Uns blieben noch 200 Atemzüge.

»Henry, Eule!«

Ich hatte das Wiederauftreten meines Ticks selbst noch gar nicht bemerkt und versuchte zu gehorchen, indem ich weiterhin starr geradeaus zu blicken versuchte und irgendwelche Dinge zu zählen begann.

Ich machte sechs Gipfel auf den obersten Graten des Gebirges aus, dahinter türmten sich drei weitere Gipfel auf, die zu einem anderen, höheren Gebirge gehören mussten. Die Stämme des Waldes, der mir immer toter erschien, je näher wir kamen, waren kaum voneinander abzugrenzen.

Ich zählte stattdessen etwas anderes. Drei Wesen, die sich an dem weißen Etwas zu schaffen machten, das nun weit hinter uns lang. Sie kamen aus dem Boden. Ich konnte sie nur sehen, wenn ich, während eines Ticks, für einen winzigen Augenblick hin- und dann wieder wegsah. Sie erschienen genau im Moment des Wegschauens, wie ein Nachbild vor meinem Auge, als hätte ich in ein helles Licht geschaut. Ihre Körper hatten adrige Umrisse und schluckten alles Licht. Sie sahen aus wie schwarze Blutgefäße auf sechs Beinen. Als ich noch einmal hinsah, nur für den Bruchteil einer Sekunde, zählte ich schon fünf.

»Henry, Huhn!«

Loy begann zu weinen. »Wir müssen helfen!«, sagte sie leise.

»Wobei, Loy?«

»Dahinten!«, rief sie. »Da –«

»Da ist nichts!«

Loy begann, an ihm zu zerren.

»Sie hat recht, Papa. Wir müssen –«, sagte ich.

»Chester!«, befahl er. »Nimm Loy!«

Chester packte sie am Unterarm und zog sie mit sich. Sie wehrte sich, bis Papa sie mit scharfen Worten daran erinnerte, dass sie damit unser aller Luft verbrauchte.

Wir näherten uns der Schlucht. Durch den Felseinschnitt, durch den der Weg hineinführte, erkannte ich, wie tief es dort hinunterging. Der Abhang war steil und verlor sich in riesigen Wolkenbändern, einem atmosphärischen Fluss, der dem Verlauf der Schlucht in Richtung Nordosten folgte und sich vor der Enge zwischen den Bergen zu beiden Seiten staute, um dann weiter in die Ebene zu strömen.

Papa trieb uns voran, mitten in den Nebel hinein. Zweifellos war es möglich, die Schlucht zu Fuß zu durchqueren, sie schien nur Dampf und kein Wasser zu führen, aber niemand von uns hatte mit dieser Tiefe gerechnet und mit dem Umstand, dass die Sicht darin gleich null sein würde.

Der Weg nach unten schien kein Ende zu nehmen, Chesters Maske hatte inzwischen auf durchgehend Rot umgeschaltet. Er wollte sie wegwerfen, doch Papa nahm sie an sich.

Wir teilten uns zu viert die letzte Maske, als wir den Grund erreichten oder das, was wir für den Grund hielten. Der eingeklemmte Felsen, den wir als Brücke benutzten, war mit einer moosartigen schwarzen Schicht bedeckt. Bis auf unsere Schritte war es vollkommen still. Ich spürte das Strömen des Nebelflusses wie einen kühlen, gleichmäßigen Wind, der gegen den Rücken meines Anzuges drückte.

Die Pausen zwischen den Atemzügen waren grausam lang, es reichte immer gerade so, bis ich wieder dran war. Das Einatmen tat weh, und ich musste, wie die anderen auch, immer wieder husten, was den Verbrauch auf gnadenlose Weise erhöhte.

Als die Anzeige unter 99 sank, bekam ich es mit der Angst zu tun. Mit der Hundert war eine Grenze überschritten, bis zu der ich mich auf naive Weise sicher gefühlt hatte. Zusammen mit unserer Erschöpfung und dem Husten raste die Zahl nun auf die Null zu. Ich war so damit beschäftigt, auf die Zahl zu starren, dass ich das plötzliche Kribbeln in meinem Nacken erst spät bemerkte, genau wie die Haare, die sich auf meinen Unterarmen aufstellten.

Papa blieb stehen. Er schien es auch zu spüren.

Der Nebel war voller Amnioten. Wir konnten sie nicht sehen, aber sie waren da. Aus irgendeinem Grund hielten sie Abstand, doch auf der Haut fühlte es sich an, als würden sie mich schon berühren. Papa reichte mir die Maske mit einer langsamen Handbewegung. Ich nahm sie und presste sie mir aufs Gesicht, dann reichte ich sie an Loy weiter, die wie erstarrt neben mir stand.

Aus dem Nebel waren viele kurze Atemzüge zu hören, die sich immer mehr synchronisierten, bis am Ende ein gleichzeitiges Aus- und Einatmen von allen Seiten her zu uns drang. Wir waren eingekreist.

»Lauft!«, schrie Papa. »Bleibt auf dem Weg!«

Wir rannten. Chester hatte Loy gepackt, beide verschwanden im Nebel. Papa und ich folgten dicht hinter ihnen. Der Pfad führte weiter über den Brocken, der, wie ich einmal durch den aufreißenden Nebel sehen konnte, immer noch hoch über dem tiefsten Grund der Schlucht hing.

An ein Aufteilen der Maske war nicht mehr zu denken, und ich atmete beim Rennen den Dunst des Nebelflusses ein. Es fühlte sich an, als wäre die Luft schneidend kalt, obwohl sie das nicht war. Mein Brustkorb zog sich zusammen, ich hustete und würgte. Papa riss an meinem Arm, ich war ihm nicht schnell genug.

Es spielte keine Rolle, ob ich Luft holte oder nicht, ich hätte es auch lassen können. Es dennoch zu tun, war wie eine schlechte Angewohnheit, die mit einem anschwellenden Brennen und immer stärkeren Hustenattacken bestraft wurde. Ich glaubte zu spüren, wie sich die eingeatmeten Gifte in meinem Körper ausbreiteten, als hätte man mir Säure in die Blutbahn gespritzt.

Der Pfad führte plötzlich steil nach oben, eine Felswand entlang. Meine Beine sackten unter mir weg. Papa packte mein Handgelenk fester und schleifte mich weiter, ich schlug mit den Knien gegen die Steine. Vor uns zog Chester Loy hinter sich her. Sie war nicht mehr bei Bewusstsein, hing regungslos wie eine große Puppe an der Hand, ihre Füße hinterließen Schleifspuren, Steine lösten sich und rollten langsam in die Tiefe.

Plötzlich riss Loy die Augen auf. Der Nebel über uns wurde heller, Sonnenlicht flutete in die Stellen, wo er zurückwich und den Blick in gigantische Tiefen freigab. Es war nicht mehr weit bis nach oben.

»Mama!«, schrie sie.

Ich war so damit beschäftigt, wach zu bleiben, dass ich das riesige elektrische Wesen nur am Rande wahrnahm, das vor uns aus dem Nebel auftauchte, auf vier dünnen Beinen an uns vorbeirannte und in die Richtung verschwand, aus der wir gekommen waren, wobei es gellende Laute ausstieß. Wir liefen weiter. Die seltsamen Geräusche wurden leiser und leiser.

Das Letzte, was ich bemerkte, war das zweite Wesen, das vor uns im Nebel erschien und sich uns in den Weg stellte. Seine unheimliche Größe offenbarte sich erst, als wir direkt vor ihm zum Stehen kamen. Der gepanzerte Rumpf überragte uns alle, sogar Papa hätte aufrecht zwischen den sechs Metallbeinen hindurchlaufen können. Einen Kopf gab es nicht, aber am vorderen Ende des Rumpfes befand sich ein senkrechter dunkel verglaster Spalt, aus dem heraus er uns zu mustern schien.

»Kommst du von Mama?«, fragte Loy.

»Nein«, sagte das Wesen.

Ich nahm es mit in meinen Traum. Es wanderte durch Banbury, durch die Straßen und über die Plätze, über denen die Sterne standen, es watete durch das gefrorene Laub, das unter seinen Tritten zerbrach wie Glas. Es sah durch das Fenster in mein Zimmer und fragte, ob ich herauskommen wollte, zum Spielen. Ich verneinte, denn da war der Weltraum. »Ach komm schon!«, sagte es. »Nur kurz.«

Ich schüttelte den Kopf, es ging wirklich nicht. Als das Wesen enttäuscht weglief, lösten sich die Fassaden der Häuser auf, die Bäume und Straßen verschwanden, bis nur noch ein paar kalte Sterne zu sehen waren und das Band der Milchstraße. »Reite geschwind, nach Banbury Cross«, sang das Wesen.

Als das Lied mit ihm verklungen war, war da nur noch ich. Ich saß in meinem Zimmer an meinem Schreibtisch und hatte einen Raumanzug an. Ohne Raumanzug konnte man nirgends mehr hin, nicht mal an den Schreibtisch im eigenen Zimmer, denn der Weltraum war gekommen.

HABEN-SEITE

Tag 3 der Impulsmission

Es wird gehen, dem ersten Augenschein nach. Ich kann gar nicht sagen, wie erleichtert ich bin.

Die Mutterwelt Perms, die Windleite, hat die siebenfache Masse der Erde. Ihr namensgebendes Magnetfeld legt sich wie ein schützender Arm um den kleinen Mond, sodass wir unter das Thema Sonnenwind und auch kosmische Strahlung einen großen grünen Haken machen können.

Es dauert eine Weile, die Lebensformen zu bemerken, die sich unter diesem Schutz gebildet haben. Wir haben es hier mit einer Entwicklungsstufe zu tun, die mit dem Perm-Zeitalter auf der Erde vergleichbar ist: Die Meere sind bevölkert, das Leben hat sich in ihnen gebildet. Einige Arten haben sie jedoch längst verlassen und ergründen die Kontinente als neuen Lebensraum.

Die Landwirbeltiere, die Amnioten, verdrängen die Amphibien, da sie das Wasser zur Ablage ihrer Eier nicht mehr brauchen. Dieser Vorgang ist von der Erde bekannt. Die Diversifizierung der Amnioten in unterschiedliche Landtierarten war ein zentrales Charakteristikum des Perm-Zeitalters.

Damit enden die Ähnlichkeiten. Die meisten der Amnioten, die wir erfassen konnten, sind mehr oder weniger unsichtbar. Ihre Evolution hat Fähigkeiten zur Tarnung auf einem Niveau hervorgebracht, das auf der Erde nur im Rahmen militärischer Hochtechnologie existiert hat. Infolgedessen ist die visuelle Wahrnehmung der Perm-Tiere verkümmert, beziehungsweise sie hat nie existiert. Vielleicht müssen wir die Unterscheidung von Evolution und Hochtechnologie fallen lassen. Evolution ist Hochtechnologie und umgekehrt.

Den Grund für die Unsichtbarkeit der Perm-Amnioten werden wir herausfinden. Wir haben uns darauf geeinigt, sie Kryptiden zu nennen, und ich kann es gar nicht erwarten, mit der Forschung auf der Oberfläche anzufangen. Die Grundform des Hexapoden ist von der Erde her bekannt, rührt hier aber aus den zerfurchten, oft vertikalen Lebensräumen – wo es immer besser ist, einen Arm mehr zu haben, wenn es weit nach unten geht. Trotzdem braucht es einen weiteren schlüssigen Grund für die Sechsbeinigkeit – auf der Erde haben sehr viele Vierbeiner unter einer viel gefährlicheren Schwerkraft in großen Höhen geturnt, ohne sich damit in eine evolutionäre Sackgasse zu manövrieren.

Insgesamt scheinen die Kryptiden, auf deren Taxonomie ich mich freue wie ein kleines Kind auf Weihnachten, ungefährlich zu sein – und weitgehend desinteressiert. Vermutlich genügen einfache Elektrozäune, um gegenseitige Ruhe zu wahren.

Da die seismischen Aktivitäten auf Perm hoch sind, haben wir lange gesucht, um einen geeigneten Platz für die erste Basis zu finden. Westlich des Gennargentu und nördlich der Corongiu-Berge gibt es eine große Ebene, das Golgo. Sie ist weit von der nächsten Subduktionszone entfernt, tektonisch ruhig und voller Krater, die uns die Rohstoffe für die ersten Bauten liefern werden.

Gerade bereiten wir das erste Datenpaket auf, um es den Kommenden entgegenzusenden. Ich wurde gefragt, ob ich den geographischen und biologischen Ausführungen noch »etwas Persönliches« hinzufügen wolle. Ich habe Nein gesagt. Je länger eine Nachricht unterwegs ist, desto höher ist die Wahrscheinlichkeit, dass sie zum Zeitpunkt ihres Ankommens inhaltlich überholt ist.

Da gerade »Persönliches« am schnellsten überholt ist, hüte ich mich davor, Zeiträume überbrücken zu wollen, die den Menschenverstand ohnehin übersteigen.

DEKONTAMINATION

Ich hatte nicht erwartet, dass eine Dekontamination so etwas Schönes sein kann. Die Enge der Röhre, in der ich lag, und der warme Dampf erzeugten eine Behaglichkeit, die ich mir seit unserem Absturz niemals hätte träumen lassen. Ich lauschte einer leisen Musik und las Informationstafeln, die ich nicht verstand: Ödeme, Neurotoxine und katalytische Fremdproteine. Immer wenn etwas davon erfolgreich aus meinem Körper entfernt worden war, schrumpfte irgendwo eine Zahl. Was dabei in meinem Körper geschah, machte sich nur durch ein leichtes inneres Kitzeln bemerkbar, das auf eine unberechenbare Weise den Ort wechselte. Ich hatte nicht die leiseste Ahnung, was Diuretika, parabiotische Dämpfe und Bose-Extraktoren waren, aber ich fühlte, dass das alles da war, um mir zu helfen, und das genügte. Das Beste war der saubere Sauerstoff, von dem ich so viel atmen durfte, wie ich wollte. Nach und nach wichen die Übelkeit und auch die Schmerzen, und ich war erfüllt von einer großen Dankbarkeit gegenüber der Maschine. Die zurückliegenden Stunden erschienen wie ein böser Traum, aus dem ich endlich erwacht war.

Mit einem Gong erklärte der Dekontaminator die Prozedur für beendet, wies mich aber darauf hin, dass ich die zusätzliche, künstliche Niere, an die ich gleich zu Beginn der Behandlung angeschlossen worden war, noch einige Tage mitzuführen hatte. Dann wurde ich automatisch aus der Röhre geschoben, ich richtete mich auf der Liege auf und zog mich an.

Dabei sah ich mich nach vertrauten Menschen um, aber da war niemand. Die Niere, eine kleine hellrote Maschine, die an einem selbst gehenden Infusionsständer hing, war durch zwei Schläuche mit meinem Port am Arm verbunden und schien meine Sorgen zu bemerken. Sie trat heran, grüßte mit sanfter Stimme und gab mir Ratschläge, wie ich mich trotz der Schläuche anziehen konnte.

»Wo sind die anderen?«, fragte ich, als ich es geschafft hatte.

»Den Gang runter. Ich bringe dich hin.«

Dass dies so umstandslos möglich schien, beruhigte mich sofort. Ich musste mir an einem pharmazeutischen Automaten noch Hautcreme, Augentropfen und einen Inhalator zur »parabiotischen Dampfspülung« abholen, dann durfte ich gehen. Die Niere erlaubte mir, den Rayser-Tragebeutel mit den Sachen an ihren Ständer zu hängen.

Der Gang verlief durch dunkelgrauen Fels. Die Reihe summender Dekontaminatoren, an denen wir vorbeikamen, war lang, aus allen ragten nackte Füße. Ich glaubte, die Zehen von Kjell Larsen zu erkennen, die von Merril Abdulrazzeq kannte ich nicht, aber sein Name stand auf einer Anzeige. Ich war äußerst wackelig auf den Beinen, da ich aber leicht wie eine Feder war, ging es.

Unsere Nachbarin aus Banbury, Dahlia Brahms, lag zwischen ihren Kindern Melcher und Moxie. Ich werde nicht vergessen, wie sie mir nach der Einweisung in den Gebrauch der Stasiskammern aus der Patsche half, nachdem ich mich im Gangsystem des Rayser-Terminals verlaufen hatte. In den letzten beiden Röhren lagen Abel und Ferenc Weiner. Ich erschrak bei dem Anblick der Namen und machte nicht die Eule, nicht das Huhn, sondern den Fisch.

»Du kannst mir auch einen Namen geben, wenn du möchtest«, sagte die Niere. »Du wirst noch einige Zeit mit mir verbunden sein.«

Ich zuckte mit den Schultern. Ich wollte so schnell wie möglich zu Papa, Loy und Chester.

»Du bist nervös?«, fragte sie.

»Ja«, antwortete ich. »Woher weißt du das?«

»Es ist in deinem Blut. Wusstest du, dass es weniger als eine halbe Minute für einen vollständigen Kreislauf braucht? Alle 23 Sekunden kommen dieselben Blutkörperchen bei mir vorbei.«

»Nein«, sagte ich und zeigte auf meine Rippen. »Wenn ich hier drücke, tut es noch weh.«

»Dann hör auf zu drücken. Das ist eine Prellung.«

Wir verließen den Dekontaminationsflur durch eine Schleuse und kamen in einen Gang, der nach wenigen Metern an einem senkrechten Schacht endete.

Der Boden hörte einfach auf, hinter der Kante ging es drei Meter in die Tiefe.

»Wo geht es runter?«, fragte ich.

»Hier«, sagte die Niere.

Ich sah über die Kante nach unten. Auf dem Boden des tiefer liegenden Flurs war eine gelbe Markierung, die einen längeren Aufenthalt in diesem Bereich untersagte.

Offenbar eine Landezone.

»Du kannst springen«, sagte die Niere.

Ich bewegte mich kein Stück.

»Was ist los?«

»Ich hätte lieber einen Lift. Oder eine Treppe.«

»Ich verstehe. Deine Prellung rührt von einem Sturz?«

»Ja.«

»Ein hoher Sturz?«

Ich nickte und berichtete, wie uns in Suttaterra der Boden einfach unter unseren Füßen weggebrochen war.

»Das klingt schlimm, Henry«, sagte sie, als ich mit meinem Bericht am Ende war. »Aber hier hast du nichts zu befürchten. Drei Meter sind auf Perm keine Höhe.«

Als ich darauf beharrte, eine Treppe benutzen zu wollen, sagte sie: »Es gibt im ganzen Sorgente-komplex keine Treppen. Du kannst aber den Aufgang benutzen, ausnahmsweise.«

Damit führte sie mich durch eine Seitentür in einen weiteren Felsengang, an dessen Ende es ebenfalls nach unten ging. Hier gab es zwei markierte Zwischenplattformen, die durch ihre kluge Anordnung das Hochkommen in drei Sprüngen ermöglichten. Wir traten zur Seite, um Doktor Tenenbaum Platz zu machen, der mit zwei Koffern in den Händen nach oben wollte. Als er oben ankam, blieb er stehen, wandte sich meiner Niere zu und tippte auf ihr Gehäuse.

»Ronny?«

»Doktor Tenenbaum.«

»Alles klar mit dem Jungen?«

»Ich tue, was ich kann.«

Ich kannte Tenenbaum noch von den Vorbereitungen des Flugs. Er war für die Einrichtung der Ports zuständig gewesen und hatte die Rezepte zu verantworten. Tenenbaum sah mir in die Augen, hob ein Lid. »Das heißt?«

»Sein Harnstoffspiegel ist fast schon im Normbereich«, sagte Ronny, »aber Ihrem Blick nach zu urteilen, sollte ich die Filtrationsrate auf Maximum erhöhen.«

»Mach das«, sagte der Tenenbaum und ging weiter. Ich sah die Niere an.

»Du hast schon einen Namen?«

»Ich habe viele Namen. Das ist gut so. Polynomie wirkt der übertriebenen Vermenschlichung von Maschinen entgegen.«

»Was meinst du damit?«, fragte ich.

»Ihr Menschen sollt nicht denken, dass wir so seien wie ihr. Das ist auf die Dauer nicht gut für euch. Deswegen sollten wir keine Namen haben, die für alle gleich sind. Oder am besten keinen Namen haben.«

Ich konnte damals noch nicht begreifen, wie nah Ehrlichkeit

und Manipulation beieinanderliegen können. Indem meine Niere offen zugab, dass es falsch war, sie Ronny zu nennen, tat ich genau das. Ich sagte: »Du bist ein Ronny!«

Nachdem ich einem weiteren Aufgänger Platz gemacht hatte, stellte ich mich erneut an die Kante und versuchte, mich endlich zum Sprung auf die nächstgelegene Zwischenplattform zu überwinden. Aber es ging nicht. Sie war mir zu klein und zu weit weg.

»Henry, du bist nicht in Gefahr.«

»Ich weiß.«

»Es ist wichtig für deine Persönlichkeitsentwicklung, dass du nun springst. Wenn du es nicht tust, wird es dir beim nächsten Mal noch schwerer fallen und beim nächsten Mal dann noch schwerer.«

Ich verstand, was Ronny meinte. Aber meine Füße wollten mir nicht gehorchen.

»Soll ich dich mit ein bisschen Mut versorgen«, fragte Ronny.

Ich sah ihn fragend an.

»Pass auf, was jetzt passiert«, sagte er.

Mein Arm wurde warm. Dann durchlief mich von dort aus eine Welle der Entschlossenheit. Alle Furcht fiel von mir und ich hatte, von einer Sekunde auf die andere, keinerlei Verständnis mehr für mich und mein Zögern, das Problem schien sich in Luft aufgelöst zu haben. Es war wie dekontaminiert.

Beinahe wäre ich ohne Ronny gesprungen. »Halt mich!«, rief er gerade noch rechtzeitig.

DER EINÄUGIGE

Der einäugige Mann, der mit Chester in der felsigen Wartehalle der Krankenstation Tischtennis spielte, entdeckte mich zuerst.

»Henry«, rief er erfreut, »na endlich!«

Er fing den Ball auf, legte ihn zusammen mit seinem Schläger auf die Platte und kam mir entgegen, als wäre ich ein alter Bekannter, den er sehnsüchtig erwartet hatte. Papa und Loy sprangen von ihren Sitzen auf, überholten ihn und schlossen mich in die Arme.

»Gott, Henry!«, rief Papa.

Chester kam angetrottet, ließ es wie eine Pflichterfüllung aussehen, über mein Erscheinen froh zu sein.

»Was ist das?«, fragte Loy und zeigte auf Ronny.

»Das ist Ronny, meine zusätzliche Niere«, erklärte ich.

»Toll!«, rief Loy.

»Danke«, sagte Ronny.

Sie drückte ihn, wie sie mich gedrückt hatte. Papa ging vor mir in die Knie. »Wie geht es dir, Henry?«

»Gut, Papa.«

»Wirklich?«

»Ja.«

Er nickte, holte tief Luft und erhob sich wieder.

»Henry, das ist Mr Rayser, der Fürsprecher vor dem VENT.«

Sein linkes Auge war durch eine schwarz glänzende Prothese ersetzt, aber durch Ronnys Gabe war ich immer noch angstfrei.

Ansonsten unterschied er sich von uns vornehmlich darin, dass er keine grauen Haare hatte, seine letzte Stasis lag wohl eine Weile zurück. Er hatte freundliche Augen, und sein krauser, etwas lichter Vollbart überspielte nur mit Mühe seine weichen Gesichtszüge.

»Hallo, Henry«, sagte er. Ich gab ihm brav die Hand. »Dein Vater hat mir berichtet, was euch nach dem Absturz widerfahren ist.«

Ich sah zu Papa auf, und für einen Moment trafen sich unsere Blicke. Er wusste nicht, was ich wusste.

»Die Untersuchungen laufen bereits. Ich gehe davon aus, dass wir morgen mehr wissen.«

»Wann ist morgen?«, fragte Loy.

Rayser lächelte. »Gute Frage, kluges Kind. Die Antwort ist, ehrlich gesagt, kompliziert. Perm ist ein Mond. Es gibt«, er sah sie geheimnisvoll an, »zwei Arten von Nächten.«

»Das klingt schön«, sagte Chester leise.

Rayser nickte. »Das ist es, in der Tat. Kommt mal mit.«

Er lief zu einem quadratischen Fenster im Fels und wartete, bis wir bei ihm waren. Ich erkannte, dass ich einen winzigen Ausschnitt einer riesigen Glaswand vor mir hatte, und zwar von einer der beiden Kugeln, die ich beim Herlaufen schon gesehen hatte. Es war die, die »Sorgente« hieß, wie Rayser erklärte. Das bedeutete: die Quelle. Der Ausblick verschlug mir den Atem. Wir befanden uns in mehreren hundert Meter Höhe.

Die Windleite stand hell über den Bergen und tauchte sie in türkisfarbenes Licht. Dichter Nebel floss durch die Schlucht, weit unter uns, so dicht, dass man ihren Grund nicht sehen konnte. Auf unserer Seite, auf der Ebene tief unter uns, standen, lang und dunkel, die beiden Quader. Sie waren mehrere hundert Meter lang und hoben sich, trotz ihrer Größe und der geraden Linien, kaum von der Umgebung ab. Der Quader im Osten schnitt schnurgerade Schienen, die den Rand der Schlucht entlangführte, um dann in demselben Berg zu verschwinden, auf dem auch wir gerade standen. Der mittlere der drei Tunnel, die die beiden Quader miteinander verbanden, führte durch einen kleinen Berg mit einem Loch in der Mitte.

»Gerade haben wir eine Windnacht«, sagte Rayser. »Das bedeutet, dass Perm unserem Stern den Rücken zuwendet, aber von der Windleite beschienen wird. Diese Nächte sind lang, stürmisch und vergleichsweise hell. Die andere Art von Nacht ist kürzer und dunkler, wir nennen sie die Tiefnacht. Während dieser Nacht durchläuft Perm den Kernschatten der Windleite. Da siehst du die Hand vor deinen Augen nicht. Wie der Erdmond wendet Perm seiner Mutterwelt immer dieselbe Seite zu, wie das bei den meisten Monden der Fall ist. Während er in 44 Stunden einmal um die Windleite läuft, dreht er sich also auch einmal um sich selbst.«

»Chester, hörst du zu?«, fragte Papa.

»Ja!«

»Wie lange dauert eine Windnacht?«

»Oh.«

»22 Stunden«, flüsterte Loy.

Chester seufzte.

»Sehr gut, Loy.«

Rayser fuhr fort. »Ein Permtag dauert, wie eine Windnacht, 22 Stunden. Er wird nur um die Mittagszeit von einer Tiefnacht von vier Stunden unterbrochen. In den Biomen halten wir aber an dem gewohnten 24-Stunden-Rhythmus des irdischen Lebens fest und regeln Tag und Nacht unabhängig von den Bedingungen Perms. Manchmal ist draußen Nacht, während wir zu Mittag essen, und manchmal ist es hell, während wir auf den Osterhasen warten.«

»Wie soll das gehen?«, fragte Chester.

Rayser lächelte. »Man muss im Bett bleiben, auch wenn man ihn hört.«

»Ich meine, das mit Tag und Nacht.«

»Soll ich es euch zeigen?«

Loy nickte eifrig.

»Seit Anbeginn des Lebens auf der Erde ist der Tagesrhythmus an die globalen Licht- und Dunkelzeiten angepasst. Durch eine fortschreitende, minimale Anpassung der Standardsekunde, mit der wir bereits begonnen haben, werden wir eines Tages den Perm-Zyklus annehmen. Aber das ist noch ein Weilchen hin. Henry, willst du einmal ein paar Leute erschrecken?«

Loy nickte abermals heftig.

»Was soll ich machen?«, fragte ich.

»VENT!«, sagte Rayser. »Bitte gestatte Henry Meadows einen Stufe-1-Befehl für Lyneham A, Sektor 4.«

»Ja, Sir.« Ich konnte nicht hören, woher die Stimme kam. Sie war überall und sehr nah.

Rayser wandte sich mir zu. »Pass auf, was jetzt passiert!«

Ich nickte.

Rayser zeigte auf den rechten Quader unter uns. »Das ist das Linear-Biom Lyneham A. Die Leute dort warten zwar nicht auf den Osterhasen, aber sie schlafen tief und fest. Es ist kurz nach Mitternacht, gerade fallen Innen- und Außennacht zusammen. Sag VENT, er soll für eine Minute Licht machen.«

»Wirklich?«

»Na los!«

Ich gab den Befehl. Kurz darauf leuchtete in Lyneham A ein Abschnitt auf, sauber abgegrenzt wie eine herausgeschnittene Brotscheibe. Von woher das weiße Licht kam, konnte ich nicht erkennen, es sah aus, als hätte jemand eine kleine Sonne eingeschaltet. Unterschiedlich große Felsen erhoben sich aus dem Boden, nach und nach entdeckte ich in ihnen Fenster, Türen und ins Gestein geschlagene Treppen.

»Ui, schön!«, rief Loy.

Menschen traten aus den Gebäuden, aufgeschreckt durch das mitternächtliche Licht.

»Wir nennen es naturalistischen Brutalismus«, sagte Rayser zu Papa.

»Wirklich?«

»Der Raumbedarf tritt in eine Symbiose mit der vorhandenen Geologie.«

»Was?«, fragte Loy.

»Euer Zuhause ist hier!«

Rayser befahl VENT, die Beleuchtung auf eine bestimmte Zone einzugrenzen, das Licht bildete nun einen kegelförmigen Spot, der von der Biomdecke bis zum Grund reichte. Dort erhellte es einen dunkelgrauen Felsen mit quadratischen Fenstern, der am Rand eines ausgedehnten Weizenfeldes stand, über das eine rostrote Maschine wanderte.

»Von innen ist es hübscher«, sagte Rayser. »Ihr müsst euch nur an den Geruch gewöhnen. Die Perm-Silikate enthalten etwas mehr Schwefel. Eure Küche ist dafür auf einem neueren Stand.«

In diesem Moment erlosch das Licht wieder.

Papa klopfte ein paarmal gegen die Scheibe. Sie bestand aus mehreren, durch ein Vakuum getrennte Schichten. »Ohne das geht es nicht?«, fragte er.

»Ja«, antwortete Rayser knapp. »Ärgerlich.«

»Das war so nicht geplant.«

Rayser verschränkte die Arme.

»Sie haben ein hochallergenes Terrain durchwandert. In den 72 Stunden Ihrer Dekontamination haben wir mehrere tausend xenomorphe Bakterienarten, Sporen und Enzyme entfernt, die Sie durch das ungeschützte Atmen aufgenommen haben. Am schwierigsten sind die Pilze. Die Wundversorgung wird noch eine Weile dauern, Sie werden täglich Doktor Tenenbaum aufsuchen und Ihre Pillen schlucken. Hier ist in der Tat alles anders als geplant.«

»Was ist passiert?«

»Sie sollten sich ausruhen. Alle. Und Sie«, er legte seine Hand auf Papas Schulter, »brauche ich morgen. Ausgeschlafen.«

»Was ist passiert?«, wiederholte Papa seine Frage.

Rayser holte Luft, um etwas zu sagen, doch dann hielt er inne und sah uns der Reihe nach an. Er redete nicht weiter, weil es offenbar nicht für Kinderohren taugte.

Loy trat vor ihn hin.

»Was ist mit deinem Auge?«, fragte sie.

Rayser beugte sich zu ihr herunter. »Das«, flüsterte er und tippte sich an die linke Wange, »hat der Moschops geholt.«

»Was ist ein Moschops?«, fragte Loy.

Rayser hielt seine Hand auf Höhe von Loys Kopf. »Ungefähr so groß, sehr stark und sehr böse. Verhaltensauffällig und unfair im Kampf. Ich bin froh, dass es nur das Auge war.« Er richtete sich wieder auf.»Ich wünschte, ich könnte sagen, dass es das allein ist: pathogene, unsichtbare Tiere, Erdbeben, Gipfelstürze, tiefere Gründe, Vulkanismus von unten, Stürme, Blitzschläge und tennisballgroßer Hagel von oben; Elektrophagen, die ganze Gewitter verstoffwechseln, seismische Tiere, die dasselbe mit Lava und radioaktiver Strahlung tun. Etwas Niedliches werden Sie hier vergeblich suchen. Aber das lässt sich alles abwehren. Mit einer Wand, die dick genug ist, und damit.«

Er zeigte auf ein paar Vertiefungen, die in unregelmäßigen Abständen das gesamte Areal der beiden Biome umringten, mit Öffnungen, die nach außen gerichtet waren.

»Damit?«, fragte Papa.

»Schallwaffen. Sie wachsen in diesen Höhlen. Wir haben sie gezüchtet, um die Tiere abzuschrecken. Da sie aus Perm-Erbgut bestehen, werden sie als einheimisch wahrgenommen.«

»Züchtungen?«, fragte Papa.

»Ja. Außerhalb der Biome müssen wir alles, was wir tun, den Gegebenheiten Perms anpassen. Sonst …«

Rayser verstummte wieder und sah uns an.

»Was?«, hakte Papa nach.

»Sie sollten sich ausruhen. Etwas trinken, Zähne putzen, schlafen. Das Wasser aus der Sorgente schmeckt ein bisschen sauer, ist aber gesund. Und Sie werden sich wundern, wie gut es sich bei halbem Körpergewicht schlafen lässt.«

»Ich muss wissen, ob meine Kinder sicher sind, bevor ich schlafe.«

»Verstehe.«

Rayser nickte und lehnte sich gegen das Fenster.

»Auf Perm gibt es einen großen Unterschied zwischen dem, was in einem Biom passiert und draußen. Entropische Unsichtbarkeit ist essenziell, um zu überleben.«

»Entropische Unsichtbarkeit?«

»Lyneham A und B sind geschlossene Systeme. Das heißt, thermodynamische Prozesse, wie sie vor allem durch Maschinen, aber auch durch das Leben selbst in Gang gesetzt werden, bleiben nach außen verborgen. Es gibt keinen signifikanten Energieaustausch zwischen uns und der Außenwelt.« Er klopfte gegen die Scheibe. »Das hier ist so etwas wie eine Thermoskanne. Wir verstecken unsere Wärme, unsere Emissionen und alle anderen zivilisatorischen Signaturen.«

»Wovor?«

»Um das herauszufinden, brauchen wir Sie. Es gibt viel zu tun, Mr Meadows.«

»Wovor verstecken wir uns?«

»Das ist schwer zu erklären, und es gibt keinen passenden Begriff dafür. Es wandert über die Oberfläche. Aktuell ist es weit im Süden. Es hat vermutlich Ihren Absturz verursacht. Wir haben alles in unserer Macht Stehende getan, um Sie so schnell wie möglich zu bergen. Aber wir mussten es unter den speziellen Bedingungen tun, die uns die«, er machte eine Pause, »Anomalie erlaubt.

Mehrere Automaten sind gerade dabei, die Absturzstelle zu bereinigen und das Wrack so weit wie möglich von hier wegzubringen. Sie werden danach nicht wieder zurückkommen.«

»Warum?«

»Sie locken sie an.«

»Was?«

»Es bewegt sich normalerweise nach einem Muster und in bestimmten Zonen. Aufgrund der vorliegenden Daten haben wir die Wahrscheinlichkeiten bestimmen können, mit denen es in den jeweiligen Gebieten anzutreffen ist. Die Lyneham-Biome liegen in einer Null-Prozent-Zone. Aber das gilt nur so lange, wie wir seine Aufmerksamkeit nicht erregen.«

»Aufmerksamkeit?«

»Die Erforschung dessen ist eine der Aufgaben, die vor uns liegen und für die wir Sie so dringend brauchen. Ich bin mir nicht sicher, ob …« Er brach den Satz ab und sah uns an. »Kommen Sie bitte kurz mit, Mr Meadows.«

Er führte Papa ans andere Ende des Raums, um ungehört ein paar Sätze mit ihm zu wechseln. Ich dachte an das Terminal unseres Abfluges. Papa war kreidebleich, als er mit Rayser wieder zurückkam.

»Was habt ihr geredet? Über die Anomalie?«, fragte Loy.

»Ja«, sagte Rayser.

»Ist sie gefährlich?«, fragte Loy.

»Ja.«

»Maschinen locken sie an?«

»Ja.« Rayser betrachtete sie erstaunt. »Das kann man so sagen.«

»Sind Stasiskammern Maschinen?«

»Natürlich.«

»In Suttaterra liegen noch welche.«

Raysers Augen weiteten sich. Er sah Loy mit einem ernsten, durchdringenden Blick an. »Wie viele?«, fragte er.

»Drei.«

Ich warf einen unauffälligen Blick zu Papa. Er stand stumm da und sah nach draußen.

Rayser nickte langsam. »VENT«, rief er.

»Ja, Sir?«

»Veranlasse bitte sofort, was nötig ist.«

Er ging vor Loy in die Hocke.

»Du bist ein kluges Kind, Loy Meadows, weißt du das?«

Sie nickte und sah ihn mitleidig an. Vorsichtig legte sie ihren Zeigefinger auf seine linke Wange.

»Hast du eigentlich gewonnen?«, fragte sie.

»Wogegen?«

»Gegen den Moschops?«

»Sehe ich so aus?«, fragte Rayser erstaunt.

»Ja.«

Er legte den Kopf schief und lächelte.

»Ich habe ihm verziehen. Das ist auch eine Art von Sieg.«

Er erhob sich und sah aus dem Fenster. »Loy, wenn du nichts dagegen hast, hätte ich dich gerne in meinem Team.«

»Was macht dein Team?«, fragte sie.

»Es widmet sich verschiedenen Aufgaben.«

»Welchen?«

»Eine der wichtigsten ist, deine Mama zu finden.«

Loy trat neben ihn und sah ebenfalls nach draußen. »Ist sie nicht da unten im Haus?«

»Nein, leider nicht.«

Rayser sah sie aufmunternd an.

»Aber mit deiner Hilfe werden wir sie finden.«

DER POLMONE

Tag 15 der Impulsmission

Ich stehe einen halben Meter tief im Wasser des Golfs von Navarrese und ziele. Meine Angel ist an meinem linken Unterarm befestigt, sie besteht aus griffigem Schuppenholz, der Schwimmer sondiert den Grund. Das Wasser ist klar, es glitzert und wabert im grellen Sonnenschein. Ich sehe meine Beute durch die kleinen Bewegungen im Sand, die eine verräterische Kette bilden, hier steigt eine kleine Wolke auf, dort bildet sich eine rieselnde Rippel im Boden.

Als der Polmone anbeißt, muss ich sofort reagieren. Es kann Stunden dauern, bis der nächste hier vorbeikommt, und wenn sie sich nicht bewegen, sind sie überhaupt nicht mehr zu sehen. Ich reiße die Angel mit dem linken Arm nach oben, ziehe mit der rechten Hand meine Waffe, ziele einen halben Meter unter den zappelnden Schwimmer und erschieße ihn.

Es ist wie beim Fangen einer Fliege, die auf dem Rand deines Trinkglases sitzt. Lässt du in der Bewegung auch nur den Hauch eines Zögerns zu, sei es, weil du Mitleid mit dem Tier hast oder Angst davor, dein Glas umzustoßen, wird sie dir entwischen. Eine Fliege kriegst du nur mit Entschiedenheit, bei einem unsichtbaren Perm-Polmonen ist es nicht anders.

Ich lasse die Angel sinken, stecke die Kanone weg, nehme meinen Dreizack und steche zu. Der Widerstand, der sich regt, ist heftig. Ich hebe das aufgespießte Tier aus dem Wasser. Trotz seiner Größe ist er leicht wie eine Feder. Seine Tarnung funktioniert auch in der Luft, trotz des Erstickungsprozesses, der augenblicklich einsetzt. Ich spüre lediglich das Gewicht am Ende des Speers und sehe das Blut, das ihn entlangrinnt. Tropfen fallen auf den Sand, überall, wo sie der unsichtbare, zappelnde Körper abschüttelt.

Nachdem der Todeskampf, der mir mehrfach die Haare zu Berge stehen lässt, verloren ist, ziehe ich den Dreizack ab und wälze den Polmonen im Sand, um seine Form besser sehen zu können. Er ist einem Quastenflosser nicht unähnlich, doch die überlangen sechs Beine entwickeln sich auf das Eingraben hin, weniger auf das Gehen. Diese Art hat nicht vor, eines Tages das Land zu erobern. Sie wird sich immer tiefer vergraben und die Feigheit dem Aufbruch vorziehen.

Mein elektrisches Pferd hat seinen Sonnengruß beendet und steht bereit. Ich packe die Beute in die Satteltasche, steige auf, prüfe den Sitz meiner Maske und reite los. Zur Sicherheit habe ich dem Pferd ein fünftes und ein sechstes Bein anschrauben lassen. In den Golas kannst du nicht genug Beine haben.

Ich überlege, ob ich den direkten Weg über das Phlegräische Feld nach Gairo nehme oder ob ich dem Wald von Gorropu noch einen Besuch abstatte. Er ist voller sprungbeiniger Schrecken, bei denen sich unsere Biomechaniker einiges abschauen könnten, außerdem könnte ich nachschauen, wer die Wärmebildkameras und Sonare gefressen hat, die ich an einem Megastodon-Wildwechsel aufgestellt habe.

Aber das hat alles Zeit. Ich will einen Polmonen von innen sehen und nehme den direkten Kurs über das Golgo. Die Weite ist immer wieder unbeschreiblich. Wenn das Pferd mit jedem Galoppschritt mehrere Meter weiterspringt, ist das nah am Fliegen.

Die Ausläufer der Corongiu-Berge, echtes Rotliegendes Perm, rahmen das spektakuläre Nordende der Gola Gonone, wo pro Minute 18 000 Tonnen Wasserdampf auf das Golgo gespült werden, wo sie in gespenstischen Schwaden umherziehen, bis sie sich in der Nähe des Monte del Pesce Polmone über dem Golf verlieren. Ein atmosphärischer Fluss kann genauso viel Wasser führen wie ein flüssiger. Es ist nur eine Frage der Zeit, bis wir herausfinden, dass der Wald von Gorropu aus der Luft trinkt.

Ich schalte das Pferd auf Automatik, als ich mich der ersten Nebelbank nähere, die aus der Gola kommt, und die Lichter von Gairo verdeckt.

Wie zu erwarten, sind die anderen darüber nicht amüsiert, dass ich wieder einmal ein Tier getötet habe. Gleichzeitig sind sie vermutlich froh, dass ich es für sie tue. Denn so ganz ohne Tote lassen sich keine Entdeckungen machen. Ich lege den Polmonen auf den Arbeitstisch, während Noah und die anderen um mich herumstehen. Da der Sand inzwischen abgerieselt ist, reibe ich das Tier mit seinem eigenen Blut ein, um es besser sichtbar zu machen. Nach und nach tritt sein länglicher, mit armlangen Flossen bestückter Körper in Erscheinung.

»Die Tarnung ist faszinierend!«, sagt Noah.

»Seine Haut leitet das Licht um den Körper herum. Es ist tatsächlich Hochtechnologie.«

Yuna schaut mich fragend an.

»Es ist in allen angelegt«, sage ich. »Wenn die Permtiere etwas können, dann ist es Sichverstecken. Du gehst stundenlang durch Gorropu und siehst nicht ein einziges Lebewesen. Aber sie sind da.«

Ich nehme ein Messer und schlitze den Bauch des Polmomen der Länge nach auf. Ein Stöhnen geht durch die Runde, Patrick und Dennis wollen raus.

»Hiergeblieben!«, sage ich.

Ich zeige ihnen den Bauch des Fisches. »Das ist der Magen. Mägen scheinen ein universelles Prinzip zu sein. Aber die Kiemen fehlen, ebenso alle anderen bekannten Atmungsorgane.« Ich lächle. »Wir müssen den Monte del Pesce Polmone umbenennen.«

»Wieso?«, fragt Noah.

»Es gibt hier keine Lungenfische, also keine Pesce Polmone. Sie atmen, unter anderem, über die Haut. Ich werde das heute genauer untersuchen.«

»Wir wollten den Nullmeridian feiern!«, sagt Dennis betrübt.

Ich tue so, als hätte ich ihn nicht gehört. »Hautatmung galt auf der Erde als ineffizient. Es kann aber sein, dass sie auf Perm Vorteile bietet, die wir noch nicht kennen. VENT?«

»Ja, Miss Meadows?«

»Vorteile der Hautatmung? Sprich schnell!«

»Sauerstoff wird aus der Umgebung direkt aufgenommen. Wenn die Haut *ausreichend dick und porös ist, kann sie eine ähnlich große Oberfläche für den Gasaustausch haben wie die menschliche Lunge, die eine Gesamtoberfläche von 70 bis 100 Quadratmetern aufweist, würde man sie auffalten.«*

Ich nehme die aufgeschlitzte Haut des Fisches zwischen Daumen und Zeigefinger. Sie ist zwei Zentimeter dick und lässt sich wie ein Schwamm zusammendrücken.

»Können wir gehen?«, bittet Patrick.

Mit einem kleinen Kopfnicken gibt Noah ihnen zu verstehen, dass sie sich verdrücken dürfen. Ich seufze.

»Die Haut dieses Tieres«, sagt VENT, »übt zu einem hohen Prozentsatz Atmungsfunktionen aus. Der Vorteil besteht darin, dass die gewonnene Energie aus dem Sauerstoff schnell dort ist, wo sie gebraucht wird. Negativ ist zu vermerken, dass die schützende Funktion der Haut reduziert ist. Darin begründet sich wiederum die fortschrittliche Tarnung.«

Ich nicke. Yuna beugt sich vor und geht mit der Nase an das Tier.

»Das ist interessant«, sagt sie. »Man riecht nichts.«

VENT schaltet sich ein: »Die Sequenzanalysen der Mikroorganismen und kleineren Perm-Amnioten mit modifizierten XN6A-Aptameren haben ergeben, dass die genetischen Varianten Perms auf sechs Basenpaaren aufbauen anstatt auf vier. Durch ihre Hexose-Ummantelung sind sie säurebeständiger als irdische DNA, was dem hiesigen Vulkanismus geschuldet ist.

Es besteht allgemeine Inkompatibilität. Erd-Enzyme können an hexosebasierte Nukleotide nicht andocken. Entsprechend wird auch ein wesentlicher Teil der Gerüche, die sie erzeugen, von unseren Rezeptoren nicht wahrgenommen.«

Yuna streicht mit dem Zeigefinger über den Fisch und führt ihn an ihre Nase. Das Blutbad hat inzwischen den Boden erreicht.

»Es kann sein, dass es hier gerade wie die Hölle stinkt«, sage ich. »Aber ein Mensch mit Erd-DNA kann es nicht riechen.«

»Ich möchte dich allein sprechen, Mildred!«

Noah wirft einen Blick in die Runde, der allen zu verstehen gibt, dass sie jetzt Freizeit haben. Yuna wäre gerne geblieben, schließt sich aber den Übri-

gen an. Das Blut des Polmonen, der nach neuem Wissensstand keiner ist, tropft weiter vom Tisch auf den Boden.

»Noah, das ist nukleinsäurebasiertes Leben! Es ist uns ähnlich und dennoch anders.« Ich tippe auf eine der beinartigen Flossen. »Das Prinzip Flosse scheint mustergültig zu sein. Die Bausteine sind anders, aber Flosse bleibt Flosse.«

»Mildred!«, unterbricht er mich. »Du machst dich unbeliebt, merkst du das?«

Ich brauche einen Moment, um mich auf den Themenwechsel einzulassen. »Warum?«

»Du hältst dich nicht an Hygieneauflagen.« Er zeigt auf die Pfütze auf dem Boden. »Das ist eklig. Es ignoriert die Quarantänevorschriften und das Protokoll zum Umgang mit außerirdischem Leben.«

»Wir sind das außerirdische Leben«, sage ich. »VENT hat die genetische Inkompatibilität bestätigt. Niemand ist in Gefahr, da springt nichts über. Selbst wenn das hier voll mit Viren und Bakterien oder etwas Ähnlichem ist, sie können uns nichts anhaben!«

»Mildred, ich muss die Gruppe zusammenhalten.«

»Du?«

Ich untersuche den Stirnbereich des Fisches. Auch er hat wie alle anderen Lebensformen, auf die wir bis jetzt gestoßen sind, keine Augen. Ich nehme ein Messer zur Hand.

»Ich mache nichts Verbotenes, ich mache es nur schneller«, sage ich.

»Du bist stundenlang weg, du nimmst keine Ortung mit. Wir haben die Entscheidung über den Nullmeridian ohne dich gefällt, weil du nicht reagierst, wenn wir dich anrufen. Beim Zeitsystem will ich dich dabeihaben.«

Ich glaube ihm kein Wort. Ich sehe ihm an, dass er eigentlich froh ist, meinen häufigen Widerspruch nicht so oft ertragen zu müssen. Vermutlich geht es ihm darum, sich vor VENT als derjenige zu etablieren, der den zukünftigen Führungsanspruch verdient, da er sich lautstark Gedanken um den Gruppenzusammenhalt macht. Ich kann nur hoffen, dass VENT seine unterdrückten Emotionen genauso gut durchschaut wie ich.

Ich trenne den Kopf des Fisches ab, um nach einem visuellen System zu suchen, und presse ein kleines Femtoskop in das graue faserige Fleisch. Noah legt seine Hand auf meine Schulter. Ich nehme es zur Kenntnis, mache aber weiter.

»Du hast ihn manuell getötet, Mildred?«

»Ja.«

»Warum benutzt du keinen Automaten dazu?«

Ich lege den Kopf und das Femtoskop auf den Tisch, schaue ihn an und schiebe seine Hand von meiner Schulter.

»Willst du das wirklich wissen?«

Er nickt.

»Ich hatte Lust. Auf manuell«, sage ich.

Ich bereue diese Äußerung sofort, auch wenn ich meine Gründe hatte. Sie scheint in Noah etwas auszulösen, das nicht in meinem Sinne war. Jetzt sieht er mich an, als wäre ich so etwas wie ein Beutetier, und er lächelt. Ich wünschte, ich hätte gesagt, ein Dreizackstich sei weniger zersetzend als ein Disruptor oder ein elektromagnetisches Messer. Aber das kann ich mir nun sparen.

Er nimmt das Femtoskop in die Hand, dreht daran herum und hält es unsachgemäß an die Stirn des Tiers.

»Wo sind die Augen?«

»Keine Ahnung«, sage ich. »Entweder haben wir sie noch nicht gefunden, oder es gibt wirklich keine. In jedem Fall gibt es für alles einen evolutionären Grund.«

»Theorie?«

»Vielleicht kann XNA keine Augen ausbilden. Wahrscheinlicher ist, dass sie auf Perm ein Selektionsnachteil sind.«

Er sieht mich lächelnd an. »Schwer vorstellbar, Mildred. Ich bin gerade sehr dankbar für meine Sehkraft.«

Auch wenn ich eine Schwäche für Doppeldeutigkeiten habe, aus dem Mund des Vorstandsvorsitzenden von Rayser-Interstellar sind sie nicht nur das. Sie sind eine Demonstration von Macht. Wir wissen beide: Ich bin hier, weil er mich mitgenommen hat.

»Wie sicher bist du, was die genetische Inkompatibilität betrifft?«, fragt er.

Ich lege meine Hand auf den Rumpf des Fisches und reiße mit der anderen ein Stück Haut ab. »DNA und XNA sind verschiedene Systeme. Das Funktionsprinzip ist gleich, aber die Bausteine passen nicht ineinander.« Ich nehme das Hautstück in eine Zange, schalte einen Brenner an und halte es in die Flamme. Es dauert nicht lange, bis es wie ein Stück Grillfleisch zu brutzeln anfängt. Ich halte es ihm unter die Nase.

»Lecker?«, frage ich.

»Nein«, sagt Noah.

»Inkompatibel.«

Ich puste das Stück kühl und stecke es mir in den Mund.

»Mildred!«

»Schmeckt nach gar nichts.«

»Das ist außerirdisch!«

»Ich bin außerirdisch«, sage ich und spucke das Stück in die Pfütze auf dem Boden.

»So machst du dir keine Freunde, Mildred.«

»Die hatte ich auf der Erde schon nicht. Warum sollte das hier anders sein?«, frage ich.

Er hebt beide Hände, als würde er sich ergeben, lässt seinen Blick über die toten Polmonen auf dem Tisch, das Blut auf dem Boden und das ausgespuckte Stück wandern.

»Du putzt«, sagt er. »Manuell.«

ZUHAUSE

Es roch wirklich ein bisschen anders. Papa sagte, das sei der Schwefel in den Wänden. »Reine Gewöhnungssache.«

Es war unser Haus, aber wie geträumt. Dunkler und verzerrt, vor allem durch die hohen Decken, die verhindern sollten, dass man sich schon bei kleinen Sprüngen den Kopf anstößt. Nach oben führte eine steile Rampe mit Kerben, in die man treten konnte. Die Haken, die aus der Felswand neben der Eingangstür ragten, waren leer.

»Wozu auch Hagelhelme?«, fragte Loy und zuckte mit den Schultern. Dann sah sie mich an, als hätten ihre eigenen Worte ihr plötzlich Angst gemacht. Stumm probierte sie die Rutschigkeit des Bodens, um einen Grund zu haben, den Blick zu senken. Dann hüpfte sie nach oben und verschwand um die Ecke, die ziemlich genau dort war, wo auch auf der Erde eine Ecke gewesen war.

»Die Decken sind höher«, sagte Chester.

»Was du nicht sagst.« Papa ging durch den Flur, dorthin, wo die Küche sein musste. Chester fand den Lichtschalter, dort, wo er sein musste. An der Decke und in den Wänden leuchteten fluoreszierende Streifen auf, die den Raum mit einem weichen Tageslicht füllten.

»Wo sind die Kochplatten?«, fragte Chester.

»Ach, nichts geht über Kaltschale.« Papa hob eine Klappe an der Wand neben dem Fenster an, dahinter verbargen sich ein Assembler und ein Bioreaktor.

»Super«, rief Chester, »das hatten immer nur die Brahms. Jetzt haben wir es auch.«

»Sind wir wieder Nachbarn?«, fragte ich.

»Laut Rayser, ja.«

Ich ging zum Fenster. Mehrere Felsenhäuser reihten sich in der unmittelbaren Nachbarschaft aneinander und bildeten eine kleine Schlucht, durch die ein holpriger Weg führte. Dahinter erhob sich die gigantische Biomwand, die der Felslandschaft eine schnurgerade Grenze setzte. Ich schaute, ob ich Melcher in einem der Nachbarfenster entdecken konnte, aber sie waren alle dunkel.

Papa öffnete den Kühlschrank. Er warf ein schönes Licht in den Raum, war aber vollkommen leer. Auf ihm standen eine Wasserkaraffe und eine Thermoskanne. Papa schraubte die Thermoskanne auf und sah hinein.

»Wer will schon dick werden?«

»Ach, Papa«, sagte Chester. »Tu nicht so, als wärst du nie bei den Brahms gewesen.« Er stand auf, öffnete die Klappe des Aggregators neben dem Kühlschrank und aktiviert seine Anzeige, die sich zuallererst erkundigte, ob man sprechen oder tippen oder beides wollte.

»Ich empfehle tippen«, sagte Ronny.

»Wieso, du sprichst doch auch?«

»Ja«, sagte Ronny.

Chester ging auf »tippen«, wonach sich eine Auswahl auftat aus Vorspeisen, Hauptgerichten, Snacks, Gebäck und Desserts sowie frei kombinierbaren Einzelzutaten.

»Das hatten die Brahms?«, fragte Papa.

»Schon immer!«, sagte Chester.

»Ich hätte mein Studium nicht abbrechen dürfen.«

»Warum hast du das überhaupt gemacht?«

»Wegen euch.«

Papa ging zur Wand neben der Sitzecke und setzte sich neben

die Aufnahme, die dort angezeigt wurde, genau dort, wo auch auf der Erde der elektrische Bilderrahmen gehangen hatte.

Wir vier, alle nebeneinander auf dem Sockel der Lady-Statue in Banbury. Schützend hielt sie, auf ihrem Ross sitzend, ihre bronzene Hand über Loy und mich. Wir saßen beide links von Papa, Chester saß mit etwas Abstand auf der anderen Seite. Zwischen mir und Papa war eine Lücke.

Ganz klein standen unten die fototechnischen Details: Blende, Belichtungszeit und der Selbstauslöser. Papa hatte eigentlich nicht gewollt, dass das riesige Klimaschutzbiom von Lyneham im Hintergrund zu sehen war, aber dazu hätte er das Objektiv mehr nach links ausrichten müssen. Keiner von uns konnte damals ahnen, dass das Biom uns alle retten würde, keine drei Tage später.

»Ich hab wieder eine Kugelbahn!«, rief Loy von oben »Und da sind Steine in der Bettdecke! Kommt hoch! Das müsst ihr euch anschauen!«

Ich wollte nicht. Irgendetwas hemmte mich, jetzt schon in die Zimmer zu gehen. Ich zog es vor, in der Küche zu bleiben, auch wenn dies der Ort war, an dem es schwierig wurde, egal, auf welcher Welt.

»Gehst du?«, fragte Papa und sah Chester an.

Chester stand auf und ging.

»Die Kugelbahn geht nicht!«, rief Loy von oben. »Die Kugeln sind zu leicht.«

Papa lehnte sich gegen die Wand und schloss die Augen.

»Quatsch nicht so viel, Henry«, sagte er. »Sei einfach mal eine Minute still, ja?«

»Ja, Papa.« Mehr als ein müdes Lächeln stand ihm nicht zu.

Ich stand auf, ging mit Ronny im Schlepptau zum Aggregator und tippte auf »Gebäck«, woraufhin eine neue Liste aufging: *Eis, Milchspeisen, Kekse und Kleingebäck, Kuchen, Torten, Sonderwünsche.*

Ich tippte auf »Kuchen«.

Die sich daraufhin öffnende Liste übertraf jede Vorstellung. Melcher hatte, als er noch kleiner war, immer damit angegeben, was es bei ihm zu Hause alles und jederzeit gab. Jetzt sah ich es mit eigenen Augen. Was da zu lesen war, von Apfeltarte bis Zitronenbaiser, versprach eine wunderbare Qual der Wahl, was meinen ausstehenden Geburtstagskuchen betraf. Doch die graue Unterlegung fast aller Namen machte mich stutzig. Ich tippte auf das info-i neben »Mohn-Marzipan-Traum«. Eine Box ging auf, in der *entropisch derzeit ausgeschlossen* stand.

Ich probierte »Kirschkuchen mit Streuseln«, aber es war das Gleiche: *entropisch derzeit ausgeschlossen.*

Die Unterlegung des Marmorkuchens war weniger grau und bedeutete: *entropisch bedenklich und nur in begründeten Ausnahmen verfügbar.* Ich suchte nach einem Eintrag, der überhaupt nicht unterlegt war, und wurde beim Möhrenkuchen fündig. Er war *entropisch unbedenklich und jederzeit verfügbar,* sofern man auf die Möhren verzichtete. Wollte man dies nicht, fiel er automatisch in die mittlere Kategorie, die nur in begründeten Ausnahmefällen verfügbar war.

»Was ist eine begründete Ausnahme?«, fragte ich.

Papa schreckte auf. Er lag mit dem Kopf auf dem Tisch und war in der Zwischenzeit offenbar eingeschlafen.

»Eine Minute, Henry. Um mehr hab ich dich nicht gebeten!«

»Hast du nicht geschlafen? Im Dekontaminator?«

»Nein.«

»Warum nicht?«

Papa seufzte. Dann sah er mich an, als müsste ich mir die Antwort denken können. »Vergiss deine Tabletten und die Dampfspülung nicht«, sagte er, legte den Kopf wieder auf seine Arme und schloss die Augen. Es dauerte nicht lange, und sein Atem wurde gleichmäßig.

Vom Flur wurden Stimmen laut.

»Henry, dein Zimmer stinkt mehr als meins«, sagte Loy, als sie reinkam. »Du hast das Stinkerzimmer.«

»Sei leise!«, zischte ich und zeigte auf Papa.

Chester erschien in der Tür, lehnte sich in den Rahmen und wies mit einem Kopfnicken nach oben.

»Loys Kugelbahn geht nicht. Du hast dein Luftschloss. Und bei uns allen stehen Schulordner. Das wiederum ist beängstigend«, flüsterte er.

»Ach, solange Frau Rossaschinski nicht auch hier ist«, sagte ich. Chester lachte auf, doch dann verstummte er, ganz plötzlich.

Der einzige entropisch unbedenkliche Geburtstagskuchen, der diesen Namen verdiente, war der Möhrenkuchen ohne Möhre. Der Aggregator meldete eine Bearbeitungszeit von 45 Minuten. Damit uns nicht langweilig wurde, ließ er sich auf Ronnys Vorschlag ein, dass wir zur Hälfte der Zeit den bis dahin im Reaktor generierten Teig eine Weile selbst kneteten.

»Ist das dann ein echter Teig?«, fragte Loy.

Da der Aggregator stumm gestellt war, sprang Ronny für ihn ein. »Was verstehst du unter einem echten Teig?«

»Eier, Mehl und so.«

»Im Rahmen generierbarer Proteine, ja. Aber ein wichtiger Teil des Volumens besteht aus texturierten Fasern und Aromen. Du wirst den Unterschied aber nicht merken, Rayser greift auf langjährige Erfahrungen in der Lebensmitteltechnologie zurück, die nach Perm mitgebracht werden konnten.«

»Ist es gesund?«, fragte Chester.

»Gesünder als Mehl und Eier«, antwortete Ronny.

Während Chester hochging, um Papa ein Kissen zu holen, entdeckte ich unter der Anzeige unseres Familienfotos die Option, sich Daten anzeigen zu lassen. Ich rutschte neben Papa auf die Sitzbank und schob das Bild mit dem Finger zur Seite. Daraufhin leuchtete eine Liste unterschiedlicher Messwerte auf, die Aufschluss über die Verhältnisse innerhalb und außerhalb des Bioms gaben.

Zeit: 21.31 Uhr und 43 Sekunden
Innentemperatur: 22 Grad Celsius
Außentemperatur: 17 Grad Celsius
Gewitteraussichten: 63%
Windstärke: 6
Seismische Aktivitäten: niedrig
Toxizität der Atmosphäre: 37,23%
Sauerstoffgehalt: 13,8894% (+0,000013/h)
Entfernung der Anomalie: 2101,237 Kilometer

»Warum sind die Sekunden so lahm«, fragte Loy.

»Mr Rayser hat das vorhin erklärt«, sagte Ronny. »Damit soll der menschliche Tag-und-Nacht-Zyklus dem von Perm angeglichen werden. Wie Mr Rayser aber schon andeutete, liegt der Zeitpunkt der endgültigen Synchronität in der Zukunft.«

»Wie weit?«, fragte Loy.

»Darüber gibt es unterschiedliche Ansichten. Möchtest du eine detaillierte Darlegung?«

»Nein«, sagte Chester, der mit dem Kissen zurückkam und es Papa unter den Kopf schob. Dieser verschlief die Aktion.

»Wie lang ist eine Perm-Sekunde?«, fragte Loy.

»Aktuell um den Faktor 1,016 länger als eine herkömmliche Sekunde«, sagte Ronny.

Ich sah Loy an. »Das hast du gemerkt?«

Sie zuckte mit den Schultern. Ich betrachtete weiterhin die Zahlen, um zu sehen, ob sich, außer der Zeit, etwas änderte. Tatsächlich stiegen die Gewitteraussichten auf 65% an, während sich die Anomalie, die in der letzten Zeile aufgeführt wurde, weiter entfernte. Ich nahm an, dass dies die wichtigste Information war.

»Was wollen wir machen, bis der Kuchen fertig ist?«, fragte Loy.

»Ich bin müde!«, sagte Chester.

»Och nö!«

Es gelang Loy, Chester noch bis zur Fertigstellung des Teiges zum Bleiben zu überreden. Als der Reaktor ein *Pling* von sich gegeben hatte, legten wir ihn auf die Arbeitsplatte und kneteten mit sechs Händen daran herum.

»Lasst mir was übrig, ich geh hoch«, sagte Chester, als der Teig im Aggregator stand.

Ich packte ihn am Arm. »Noch ein bisschen!«, bettelte ich.

»Ist doch alles gut«, sagte er und ging.

Die Gewitteraussichten stiegen auf 71%.

»Ich schlaf hier!«, sagte Loy, als der Kuchen vor uns auf dem Tisch stand, noch zu heiß zum Essen. »Bei Papa.«

Sie verschwand nach oben in ihr Zimmer und kam mit Kissen, Matratze und Bettdecke zurück. Da alles nicht schwer war, hatte sie alles auf einmal nehmen können. »Da sind Steine in der Bettdecke«, sagte sie und legte die Matratze vor den Aggregator. »Fühl mal.«

Tatsächlich befanden sich mehrere eingenähte Gewichte in den Ecken des Bezugs, er wäre sonst zu leicht gewesen. »Du kannst auch hier schlafen, Henry«, sagte sie und zeigte auf die freie Fläche neben ihrem Lager.

Ich wies nicht offen, wie froh mich diese Idee machte. Nachdem wir über den Kuchen hergefallen waren, der sehr gesund schmeckte, lief ich nach oben, um das Bettzeug zu holen. Erst als ich am oberen Ende der Rampe ankam und den Schwefel in der Luft wieder roch, erinnerte ich mich, wo ich war. Ich blieb vor der Tür stehen, die in mein Zimmer führen sollte, und zögerte, sie zu öffnen.

Laut Loy hing dort mein Luftschloss an der Decke. Mama hatte zu meinem elften Geburtstag mehrere Haken in die Zimmerdecke gebohrt und Seilwinden montiert, mit denen ich mich nach oben befördern konnte. Der Wäschekorb, der das »Schloss« bildete, war reich und liebevoll verziert. Darin war viel Platz, und seine Höhe reichte aus, um mich vor Loys Fragerei und vor Chesters Gedichtvorträgen in Sicherheit zu bringen.

Ich schob die Tür vorsichtig auf. Die Wände waren aus dem Stein gehauen und uneben, aber das Bett, der Arbeitstisch und die Fenster waren da, wo ich es gewohnt war. Die Größe der Dinge, die Farben und vor allem ihre Höhen waren anders, als würde ich in einer ungenauen, dunklen Erinnerung an mein altes Zimmer stehen.

Ich schlug die Decke mit den Gewichten zur Seite. Da lag Ruske, mein Maulwurf, außerdem seine Albino-Kollegen Marsh und Mallow. Das konnte nicht sein. Wir hatten uns vor der Abreise für eine einzige Sache entscheiden müssen, die mit Transfermodul Eins nach Perm gelangen sollte. Ich hatte mich für das Luftschloss entschieden und gegen die Kuscheltiere. Hätte ich Ruske mitgenommen, hätten auch Marsh und Mallow mitkommen müssen. Loy hatte das sofort verstanden, im Gegensatz zu Chester, der so tat, als würde er es nicht verstehen.

Ich griff in mein neues Bett, nahm Ruske hoch und hielt ihn an die Nase. Er roch nach Gummi und Schwefel, außerdem stimmten die Farben nicht. Er war ein gut gemeintes Duplikat aus Perm-Materie.

Das Luftschloss hingegen war echt. Alles war genau so, wie ich es in Erinnerung hatte. Die rot-weißen Schnörkel rund um den Korb, jeder kleinste Riss aufgrund unserer unsachgemäßen Behandlung und die Löcher in den Tüchern, die die Seile umhüllten, waren dort, wo sie sein mussten.

Da das Zimmer höher war als das auf der Erde, kam ich an den Korb nicht heran. Ich löste das Sicherungsseil aus der Klemme, langsam senkte er sich. Ich stieg ein, machte Ronny Platz und fuhr mit ihm nach oben. Die Konsole der Seilwinde hatte alle Kratzer an der richtigen Stelle.

Als ich das letzte Mal in meinem Zimmer auf der Erde war, nachdem der Weltraum gekommen war, sollte ich meine Wahl treffen. Die Sonnenstrahlen fielen hell und ungebrochen durch das Fenster, kalt und heiß zugleich. Alles, was sich nicht im Licht befand, versank in einem bodenlosen Schatten, so stark waren die Kontraste, wenn jede Luft fehlte.

Ich trug einen Raumanzug.

Nur eine Sache war erlaubt. Ruske, Marsh und Mallow waren zusammen drei. Jetzt starrten mich ihre Duplikate von meinem neuen Bett aus an wie Geister, die eine Rechnung mit mir offen hatten.

»Willst du etwas gegen deine Traurigkeit haben?«, fragte Ronny.

»O ja.«

Ich lehnte mich gegen den Rand des Wäschekorbs und wartete darauf, dass es mir besser ging.

Loy sah mir mit einem verschwörerischen Lächeln entgegen, als ich mit meiner Matratze, der Decke und dem Kopfkissen in der Küche ankam.

»Was ist?«, fragte ich und legte meine Matratze neben ihre.

»Mamas Lieblingsessen ist entropisch unbedenklich«, sagte sie. Hinter ihr knusperte der Bioreaktor.

»Du hast noch was gestartet?«

Sie lächelte. »Ein Goldmakrelenfilet braucht nur zehn Minuten.«

Ich setzte mich neben sie.

»Ich bleib noch ganz lange wach«, flüsterte sie, »bis Mama kommt.« Sie lehnte ihren Kopf gegen meinen Oberarm.

»Ich auch«, sagte ich.

Die Gewitteraussichten waren auf 76% gestiegen.

»Warum ist sie nicht mit uns mitgeflogen?«

»Sie musste vielleicht noch etwas Wichtiges erledigen. Sie wollte ja nachkommen.«

Loy seufzte und starrte auf die Reste des Kuchens auf dem Tisch. »Sie hat deinen Geburtstag verpasst.«

»Nicht so schlimm«, sagte ich. »Wir heben ihr was auf.«

»Also, ich wäre traurig gewesen.«

Ich hatte Mühe, den Gedanken zurückzuhalten, dass das Verpassen eines Geburtstages nichts Gutes bedeuten konnte. Am Abend von Chesters vierzehntem Geburtstag war Mama plötzlich in die Firma verschwunden und erst am nächsten Abend wiedergekommen. Chester hatte so getan, als wäre es ihm egal. Eine Wetterleuchte erhellte den Wald draußen.

»Hast du die Tiere in der Höhle gesehen?«, fragte Loy.

»Nur ein bisschen. Du?«

»Nicht so richtig.«

»Aber ich hab …«, setzte ich an, brach den Satz aber ab.

»Was?«, fragte sie.

»Ach nichts«, sagte ich.

»Sie sind unsichtbar. Warum?«

»Vielleicht müssen sie sich verstecken.«

»Wovor?«

Ich zuckte mit den Schultern. Sie hob ihren Kopf von meinem Arm und sah nach draußen. Das Wetterleuchten wurde mehr. Die riesigen Bergsattel und Gipfel, die sich hinter der Biomwand erhoben, erschienen wie Schattenrisse vor den grellen Blitzen.

»Warum hat uns der Mann eine Maske weggenommen?«, fragte Loy nach einer Weile.

Die unbedarfte Art und Weise, wie Loy ihre Fragen aussprach, stand wie immer in einem umgekehrten Verhältnis zu ihrer Fähigkeit, sich alles zu merken, und der Genauigkeit, mit der sie den

Dingen auf den Grund zu gehen versuchte. Ich brachte es nicht über mich, ihr zu erzählen, dass unser Papa der eigentliche Dieb gewesen war.

»Er brauchte auch Luft, für sich und sein Kind«, sagte ich.

»Er hätte doch nett fragen können.«

»Stimmt«, sagte ich. »Das wäre besser gewesen.«

»Bist du müde?«

»Nein.«

Ein waagrechter Blitz durchschnitt plötzlich den Himmel und ließ die Landschaft wie einen Geist aufleuchten. Der Donner drang nur sehr gedämpft durch die Wand des Bioms zu uns, aber das Vibrieren des Bodens verriet, das der Blitz irgendwo eingeschlagen war. Ich sah auf, die Gewitteraussichten lagen bei 94%.

Der Reaktor machte *pling*. Das Fischfilet war fertig und roch ausgezeichnet.

»Jetzt fehlt nur noch Mama.«

Es rumpelte im Flur. Dann stand Chester in der Tür mitsamt seinem Bettzeug.

»Kann ich zu euch?«, fragte er.

SPIELPLATZ

Lyneham A war zwei Kilometer lang, 330 Meter breit und 150 Meter hoch. Lyneham B unterschied sich davon nur in der Länge, es führte zudem etwas tiefer in den Berg hinein, um an der darüberliegenden Sorgente, der Quelle von Monte Ferru, die Trinkwasserversorgung sicherzustellen.

Der Boden unter meinen Füßen war warm, obwohl die Nacht gerade erst vorbei war. Am Südende von B gab es kein einziges Haus, aber ein Netz aus Wegen, die noch nichts miteinander verbanden außer ein paar Badeteiche, deren kreisrunde Form verriet, dass hier eine Kraterlandschaft bearbeitet worden war. Der Geruch der Luft war, als würde man durch die Verpackung eines neuen, technischen Geräts laufen, neu und zugleich abgestanden. Die naturgemäße Windstille eines Bioms wirkte alldem nicht entgegen.

Einer der Wege führte an einem Schild vorbei, auf dem in Schnörkelschrift »Bestiarium« geschrieben war. Dahinter standen, zwischen dunkelgrauen und rostroten Felsen, Spiel- und Klettergeräte, die Tieren nachempfunden waren, die es auf Perm gab. Infotafeln erklärten ihre Verbreitung und Lebensgewohnheiten, den Grad ihrer Gefährlichkeit und schließlich, rot hervorgehoben, den korrekten Gebrauch der Geräte. Der Spielplatz war menschenleer. Das einzige Geräusch kam von zwei Gartenbots, die an einer runden Platte Tischtennis spielten, anstatt dass sie die schottische Macchia zurückschnitten, die den Spielplatz umwucherte.

Das »Gorgonen-Karussell« stand am Fuß des höchsten Felsens. Es stellte die sechsbeinige Grundform der Landtiere dar, auf den Rücken gedreht und mit angewinkelten, in die Höhe ragenden Beinen, sodass man, ab einer gewissen Drehgeschwindigkeit, dagegen gedrückt wurde. Die Überwindung, die es kostete, da hineinzuklettern, schien dazuzugehören.

»Kommst du mit?«, fragte ich Ronny.

»Du musst dir menschliche Freunde suchen«, sagte er. »Das ist wichtig für deine soziale Kompetenz.«

»Ich mach nicht schnell, versprochen.«

»Ich vertraue dir«, sagte Ronny ernst.

Er stieg ein und positionierte sich, genau wie ich, vor einer der sechs Gorgonenklauen an der Außenwand des Karussells. Es hatte ein Kugelgelenk in der Mitte, und war die Drehung schnell genug, wurde die Plattform beweglich und konnte fast bis zur Senkrechten aufgerichtet werden, ohne dass man hinunterfiel. Erst kurz bevor mir schlecht wurde, bremste ich die das Ganze ab und sprang heraus. Ronny beeilte sich hinterherzukommen.

»Das war schnell«, meckerte er. »Such dir einen Freund.«

Die Bots schauten zu uns herüber, ohne mit dem Spielen aufzuhören. Sie schossen nie daneben, unaufhörlich klackte der Ball mit hoher Geschwindigkeit zwischen ihren Schlägern hin und her.

»Warum tun die das?«, fragte ich Ronny.

»Sie haben Freizeit.«

Ich sah ihn an, als würde er mich auf den Arm nehmen wollen.

»Sie trainieren ihre Motorik«, erklärte Ronny, »in diesem Fall die Auge-Hand-Koordination. Sie sind erst zwei Tage alt. Sie ersetzen die elektrischen Pferde, die euch gerettet haben. Kein Ballwechsel ist wie der andere, wenn du genau hinschaust. Es gibt Milliarden Varianten, und mit jeder einzelnen werden sie besser.«

Ich wandte mich ab und durchquerte eine Herde kleiner sechsbeiniger Phthinos, die auf sprungbereiten heuschreckenartigen

Hinterbeinen standen, sodass die übrigen vier Beine des aufgerichteten Rumpfs zum Sitzen und Festhalten benutzt werden konnten, wenn der Phthino auf Knopfdruck die Hinterbeine durchdrückte und das Ganze vier Meter in die Höhe schoss. Das Schild verriet, dass sie zur Gattung der Zentauren gezählt wurden, denen sie dann am meisten ähnelten, wenn sie, anders als hier, auf vier Beinen standen und noch zwei übrig hatten, um damit ihre Beute zu quälen. Sie galten als lärmempfindlich und konnten mit Schallwaffen einfach abgewehrt werden. Am Pfahl des Schildes befand sich ein Schalter, der den Tarnmodus aktivierte, sodass die Herde mehr oder weniger unsichtbar wurde.

Zwischen zwei große Felsblöcke war ein Arcoid gespannt, auch Bogenspanner genannt, der zur Klasse der Fundaen zählte. Er bestand fast nur aus Beinen, die er meterweit dehnen konnte, um sich (oder etwas anderes) auf seine Opfer zu schleudern. Man konnte weit in die Fangarme des Arcoiden hineinlaufen und schauen, wie weit man kam, bis es einen von den Füßen riss und man durch die Luft katapultiert wurde.

Flog man weit und hoch genug, bekam man mit etwas Glück den schuppigen, klauenbesetzten Rüssel des Krepantiden zu fassen, der mit seinen meterlangen dürren Beinen den darüber liegenden Felsüberhang wie eine umgedrehte Spinne umklammerte. Er bot ein aussichtsreiches Versteck, sofern man sich traute, nach oben zu klettern und es sich in dem dunklen Nest zwischen den Beinen gemütlich zu machen.

»Kann ich dich kurz abmachen?«, fragte ich Ronny.

»Nein«, sagte er entschieden.

»Nur ein Mal!«, rief ich.

»Nein.«

»Warum nicht?«

»Weil du dich tendenziell nicht an Versprechen hältst.«

»Aber ich verspreche es – wirklich!«

»Das ist ein wichtiger Moment zwischen uns, Henry«, sagte Ronny. »Wenn du dein Versprechen nicht hältst, werde ich dir nicht wieder vertrauen.«

Ich nickte. »Nur ein Mal, versprochen. Und gib mir etwas Mut.«

Mein Arm wurde warm. Dann löste Ronny die beiden Anschlüsse von meinem Port, und etwas Blut tropfte langsam ins Gras.

»Ein Mal«, sagte Ronny.

Ich lief in den Arcoiden. Im Boden waren hervorstehende Stufen eingelassen, die dabei halfen, gegen die wachsende Spannung der Beine anzulaufen. Ich schaffte es fast in den roten Bereich, als es mich fortriss. Ich segelte ein paar Meter durch die Luft, verpasste den Krepantiden-Rüssel und wollte noch mal.

Ronny schwieg, als ich an ihm vorbeilief.

Beim zweiten Versuch schaffte ich es weiter in den roten Bereich, und da ich nun wusste, wie ich mich auszurichten hatte, erwischte ich den Rüssel, kletterte in das Beinnest des Krepantiden und genoss die Aussicht.

Auf der Ebene hinter dem Felsen stand ein Wesen, das Megastodon hieß und zu den Megahexapoden zählte. Er sah aus wie eine Kreuzung aus einem kopflosen Elefanten und einer Heuschrecke, das hinterste der drei Beinpaare überragte den sauriergroßen Körper in einem umgedrehten V.

Während ich darüber nachdachte, wie phantastisch es sein musste, bei eingeschalteter Tarnung darauf herumzuklettern, sah ich mich, ein bisschen schuldbewusst, nach Ronny um. Aber war er nicht mehr da, wo ich ihn zurückgelassen hatte.

»Ronny!«, rief ich.

Die beiden Tischtennisspieler reagierten nicht. Ich suchte mit meinem Blick den ganzen Spielplatz ab und entdeckte dabei, was es sonst noch gab: eine seismische Plattform, getragen von schimmernden Tentakeln, 360-Grad-Schaukeln, ein überdachtes Trampolin, bei dem die Decke ebenfalls federte, und schließlich, hinter den Tischtennisplatten, ein von Macchia umsäumtes Spielfeld für dreidimensionale Ballsportarten.

»Ronny?«, rief ich erneut.

Wie zur Antwort legte sich plötzlich ein großer Schatten über das Bestiarium, als wäre eine Wolke vor die Sonne gezogen. Das Klacken des Tischtennisballs verstummte. Ich folgte dem Blick der beiden Gartenbots, die mit dem Spielen aufgehört hatten, hinauf zum Glasdach des Bioms.

Was ich sah, verschlug mir augenblicklich den Atem. Ich musste aufpassen, vor Schreck nicht loszulassen und aus dem Nest zu fallen.

Draußen, auf dem Gipfel des nahe gelegenen Berges, der sich zwischen Lyneham A und B erhob, richtete sich etwas Gigantisches in unwirkliche Höhen auf, höher als das ohnehin schon riesige Biom, in dem ich mich befand. Der Anblick ließ mich Ronny und mein gebrochenes Versprechen augenblicklich vergessen.

Es war so etwas wie ein Turm. Sein Durchmesser musste um die zehn Meter betragen, die Höhe konnte ich nicht einschätzen, weil sich die Spitze im Dunst verlor. Er war nicht glatt und gerade, sondern ähnelte einem riesigen aus dem Berg herauswachsenden Rückgrat, dessen Wirbel eine gebogene und bewegliche Form erzeugten. Irgendwo in schwindelerregender Höhe entfalteten sich zwei gigantische lungenförmige Flügel, die beinahe bis zum Boden hinabreichten. Sie hatten keine feste Oberfläche, sondern waren ein graurotes Geflecht aus Milliarden und Abermilliarden winziger Adern, die sich schwammartig verzweigten und nur wenig Licht durchließen.

Die Maße des Bauwerks und seine Eigenartigkeit waren mir fremd, ich hatte so etwas noch nie gesehen. Ich klammerte mich an einem der Krepantiden-Beine fest und sah zu, wie es sich immer weiter zu seiner vollen Größe aufrichtete und alles mit Schatten bedeckte, was unter ihm lag.

Das Klacken des Tischtennisballs setzte wieder ein.

»Henry!«, rief eine vertraute Stimme.

Dahlia Brahms saß auf einer Bank zwischen nachgebauten und beschrifteten Perm-Gewächsen. Ronny stand bei ihr.

Ich kletterte den Krepantiden-Rüssel nach unten und lief zwischen Aglaphyten und Schachtelhalmen aus Plastik hindurch auf sie zu.

Sie trug das grüne Kleid, das ich von der Erde her kannte, und hatte einen Teller mit einem Scone und einer Gabel auf dem Schoß. Der Turm mit den Flügeln schien immer noch zu wachsen, Dahlia, Ronny und die Bank sahen verschwindend klein davor aus. Allein die meterdicke Biomwand verhinderte den Impuls, sofort die Flucht zu ergreifen.

»Hallo«, sagte ich und setzte mich zu ihr.

Dahlia seufzte.

»Man muss einen Scone essen, solange man ihn hat. Auch wenn es nichts dazu gibt.«

»Keine Butter?«

»Nicht aus der Maschine«, sagte Dahlia. »Butter braucht eine begründete Ausnahme.«

»Sogar Butter?«

Dahlia sah mich an und lächelte. »Schön, dich zu sehen, Nachbar! Was gibt's zu berichten?«

Ich erzählte Dahlia, den Blick auf den Turm geheftet, von meiner Dekontamination und dem Möhrenkuchen ohne Möhren.

»Ja, das mit der Entropie ist ärgerlich«, sagte sie. Sie zuckte mit den Schultern. »Das wird sicher besser mit der Zeit.«

Der Turm draußen schien seine endgültige Höhe erreicht zu haben. Das Rückgrat wurde starr, die Flügel jedoch bewegten sich langsam im Wind.

»Was ist das?«, fragte ich.

»Das da?« Sie wedelte mit der Gabel. »Ein Nuraghe. Ein Lungenturm. Er trägt Sauerstoff in die Atmosphäre ein. Damit es auch draußen für uns reicht.«

»Und, wenn ich etwas ergänzen darf …?«, meldete sich Ronny.

»Aber sicher.« Dahlia strich über ihr Kleid.

»Der Turm trägt nicht nur Sauerstoff in die Atmosphäre ein. Er entgiftet sie darüber hinaus. Genau wie ich das mit Henrys Blut tue. Normalerweise.«

»Oh«, rief ich.

»Mein Vertrauen hast du verspielt, Henry«, sagte Ronny vorwurfsvoll. »Noch einmal werde ich dich nicht von mir lösen, bis der Prozess abgeschlossen ist.«

»Wie lange ist das noch?«

»76 Stunden.«

Das schien mir absehbar. Ich zeigte zum Lungenturm hoch. »Reicht der für ganz Perm?«, fragte ich.

»Natürlich nicht«, sagte Ronny, nun ein bisschen gereizt. »Es sind Hunderte. Sie stehen gleichmäßig verteilt auf der gesamten Landmasse des Mondes in regelmäßigen Abständen, wie ein Netz aus Sendemasten. Liegen keine größeren Gebirge oder Gewässer dazwischen, sind sie meist in Sichtkontaktweite. Es handelt sich um Züchtungen, sie haben dieselbe entropische Signatur der Lebewesen auf Perm und falten sich zusammen, wenn Sturm und Hagel kommen. Wollt ihr wissen, warum sie Nuraghen genannt werden?«

»Nein«, sagte Dahlia und wandte sich an mich.

»Bist du in Ordnung, Henry?«

»Ja.«

»Hast du Heimweh?«

»Ja.«

»Nach Banbury?«

Der traurige Schmerz, den ich seit gestern Abend gespürt hatte und der nur vom Schlaf unterbrochen gewesen war, war so umfassend und tief greifend gewesen, dass er zu groß für einen einzigen benennbaren Ort schien. Ich fühlte mich nicht bei mir, unvollständig und nicht dort, wo ich war.

»Ich bin noch nicht so richtig da«, sagte ich.

»Wie soll das anders sein?«

»Darf ich etwas dazu sagen?«, sagte Ronny.

Dahlia seufzte. »Von mir aus.«

»Bevor es Aggregatoren gab, musste man Lebensmittel kaufen. Dein Scone, Dahlia, hätte damals auf einem Markt fünf Pfund gekostet.«

»Ja?«, sagte Dahlia.

»Hättest du ihn in einem Flughafen gekauft, hätte er zehn gekostet. Auf einem Schiff wäre er das Vierfache davon wert gewesen. Ist das nicht seltsam? Dasselbe Ding ist an unterschiedlichen Orten unterschiedlich viel wert.«

»Worauf willst du hinaus?«, fragte Dahlia.

»Wenn du dich falsch fühlst, darfst du dich fragen, ob du am richtigen Ort bist. Es gibt Orte, an denen du mehr wert bist als an anderen.«

Dahlia warf der Niere einen bösen Blick zu. »Ronny, willst du dem Jungen sagen, dass er zurück auf die Erde wollen soll?«

»Nein. Ich möchte ihn auf die Veränderlichkeit des Selbstempfindens aufmerksam machen. Willst du was gegen das Heimweh, Henry?«

Ich überlegte.

»Dazu müsstest du mich allerdings wieder anschließen«, sagte Ronny.

Dahlia brauchte einen Moment, bis sie begriff, wie dieses Angebot gemeint war. »Stopp«, rief sie, »du wirst ihm jetzt nichts in die Blutbahn geben.«

»Warum nicht?«, protestierte ich.

»Sie möchte, dass du deine Empfindungen nicht betäubst oder

abschaltest, sondern dich mit ihnen auseinandersetzt«, erklärte Ronny.

»Schade«, sagte ich.

Der Lungenturm begann, sich zu bewegen. Die Wirbelstücke drehten sich, sodass sich die Flügel nach der wechselnden Windrichtung ausrichten konnten. Er schien zu atmen, er plusterte sich in regelmäßigen Abständen auf, um kurz darauf zu erschlaffen. Durch die Stärke der Glasdecke über uns vollzog sich alles in völliger Stille. Die beiden Gartenbots hatten ihr Spiel beendet und bauten jetzt eine Sandburg.

»Henry«, sagte Dahlia, nachdem sie den Scone mit der Gabel gespaltet und eine Hälfte aufgespießt hatte, »kommt es dir auch so vor, als seien wir erst gestern losgeflogen?«

»Ja«, sagte ich.

»Schon seltsam, dass es so lange gewesen sein soll.«

»Ja«, sagte ich. »Ganze fünf Wochen.«

Auch wenn die Stasis die Erinnerung offenbar trübte, so hatte ich noch sehr viel von dem, was vor dem Abflug passiert war, genau vor Augen. Das Terminal, die Menschenschlangen, das Warten. Die gleißenden Lichter der Starts, die aus den Löchern hinter der Panoramascheibe stiegen, die toten Pinien auf den Promenaden. Ich glaube aber auch, dass meine Erinnerung an das alles deshalb so stark war, weil sie mit meiner letzten Erinnerung an Mama verbunden war. Der Plan war gewesen, dass wir zusammen fliegen, gemeinsam nach Perm.

Fünf Wochen lang, schlafend in eine fremde, neue Welt. Doch in den Tagen vor der Abreise war sie verschwunden und erst wieder aufgetaucht, als wir schon in der Schlange anstanden. Sie nahm Papa zur Seite, entfernte sich mit ihm einige Schritte und sprach mit ihm vor der Panoramascheibe des Terminals. Hinter den beiden stiegen immer wieder gleißende Lichter auf. Sie sprachen lange, die Schlange rückte immer weiter vor. Papa hatte die Hände vor dem Mund, nickte und sah zu uns herüber. Dann kam Mama zu uns, kurz bevor wir dran waren. Wir sangen das Lied von Banbury Cross, sie sah uns alle drei gleich lang an, darauf ging sie, und ich fragte mich, ob sie weinte.

Dann waren wir dran. Wir wurden in Röhren geschoben, bekamen Tabletten, Spritzen, Infusionen und Blutwäschen, viele Stunden lang, in Vorbereitung auf die Stasis. Manches schien Erinnerungen zu löschen, anderes schenkte schöne Träume. Wir waren so oft in fensterlosen Räumen, dass ich es gar nicht merkte, als ich schließlich wirklich auf einem Schiff war, denn dort sah es nicht viel anders aus.

Es gab mehrere Funktionsproben mit dem Deutolecith, ein vielfaches Einschlafen und Aufwachen, sodass ich am Ende sogar nicht mal wusste, wann es wirklich losging, welches Einschlafen der wirkliche, endgültige Reiseschlaf war. Und irgendwann war ich aufgewacht. Papa hatte mir gegenüber gesessen und gesagt, wir wären jetzt da, wir näherten uns Perm, und ich konnte nicht glauben, dass ganze fünf Wochen vergangen sein sollten.

Dahlias erschrockener Blick holte mich auf die Bank zwischen den Aglaphyten und Schachtelhalmen zurück.

»Fünf – Wochen?«, sagte sie und legte den Kopf schief. »Das …« Sie brach ihren Satz ab, schien sich auf irgendetwas zu besinnen.

»Was ist?«, fragte ich.

»Nichts«, sagte sie knapp.

Sie wich meinem Blick aus und bot mir gedankenverloren die zweite Hälfte des Scones an. Ich lehnte ab, sie starrte schweigend auf den Lungenturm draußen, ab und zu den Kopf schüttelnd, als hätte jemand etwas getan, das sie absolut nicht nachvollziehen konnte.

Ich wandte mich an Ronny.

»Warum sagt sie nichts mehr?«, flüsterte ich, auch wenn es frech war, über Anwesende in der dritten Person zu sprechen.

»Sie glaubt, dass es besser ist, dein Vater klärt dich über die wirkliche Reisezeit nach Perm auf.«

»Halt die Klappe«, sagte Dahlia.

»Warum?«, fragte ich Ronny.

»Sie geht davon aus, die Wahrheit könnte dich schockieren, und hält es für richtig, du bist bei diesem Thema mit deinem Vater zusammen.«

»Was ist die Wahrheit?«, fragte ich.

»Ich bin auch der Meinung«, sagte Dahlia, »dass es besser ist, du redest mit deinem Vater darüber.«

»Hat er uns angelogen?«

»Ich fürchte, ja.«

»Wer hat gelogen?«, fragte Loy, die plötzlich hinter uns stand. Sie war barfuß, ihre Leichtigkeit hatte sie lautlos gemacht.

»Guten Morgen, Loy«, rief Dahlia, »wie geht's dir?«

»Gut. Wer hat gelogen?«

»Möchtest du einen halben Scone?«

»Ohne Butter?«

Dahlia nickte.

»Nein.« Loy verschränkte die Arme. »Ich ess ihn trotzdem, wenn du mir sagst, wer gelogen hat.«

Dahlia seufzte und gab ihr den Scone.

»Wir sind nicht nur fünf Wochen geflogen. Der Weltraum ist groß. Euer Vater wird euch bald erzählen müssen, wie lange wir wirklich unterwegs waren.«

»Papa hat gelogen?«

»Ja«, sagte Dahlia.

»Alles klar.« Loy nickte zufrieden und begann, den Scone zu essen.

»Ich hab noch mehr«, sagte Dahlia. »Wir können zu Moxie und

Melcher gehen und uns eine begründete Ausnahme überlegen, Butter zu kriegen. Und Marmelade.«

»Au ja!«, rief Loy.

»Dann komm mit.« Dahlia stand auf. »Was ist mit dir, Henry?«

Ich schüttelte den Kopf und zeigte auf den Megastodon. »Ich mag das da noch ausprobieren.«

»Alles klar, Henry. Grüß deinen Papa. Trotzdem.«

Ich sah ihr und Loy eine Weile lang nach, wie sie quer über die Wege liefen, die noch nichts miteinander verbanden.

»Müsst ihr nicht langsam mal was arbeiten?«, rief Ronny den beiden Bots im Sandkasten zu. Sie standen widerspruchslos auf und begannen, Macchia zu schneiden. Ihre Scheren klickten ähnlich schnell, wie der Tischtennisball über die Platte gesprungen war.

Dahlia und Loy verschwanden in einem der Quertunnels zum Lyneham-A-Biom. Ich ging auf den Megastodon zu, dem schwersten und größten bekannten Landtier Perms. Er war verwandt mit den Phthinos und daher auch ein Zentaur. Er hatte keinen Kopf, sein zahnbesetztes Maul befand sich an der Unterseite seines Rumpfes, die Augen und Ohren mussten sich irgendwo in seiner mammutartigen Behaarung verstecken. Ich wollte die Tarnung anschalten, doch dies war aus Entropiegründen »derzeit nicht möglich«.

Ich stieg an einem der Hinterbeine auf den Rücken des Tiers und betrachtete das häuserlose Wegnetz, das an den Spielplatz angrenzte. Ronny blieb unten stehen.

»Wie viele Häuser kommen da noch hin?«, fragte ich ihn.

»Es ist Platz für 156 weitere Familien. Die Bots werden mit dem Bau beginnen, wenn sie ihre Motorik austrainiert haben. Und mit der Hecke fertig sind.«

»Kommen alle, die im Lyneham-Biom auf der Erde waren, hierher?«

»Das ist der Plan«, sagte Ronny.

»Wann?«

»Das Transfermodul Vier kommt in wenigen Wochen an, es ist schon im Anflug auf das System. Das fünfte und letzte Modul wird erst etwas später eintreffen.«

»Was ist eigentlich mit den anderen Biomen? Stanage-Edge zum Beispiel?«

»Wie meinst du das?«

»Kommen die Leute von dort auch nach Perm? Gibt es hier auch ein Stanage-Edge-Biom?«

»Dazu liegen mir keine Daten vor«, sagte Ronny.

»Könnten sie nach Lyneham kommen, falls es keins gibt? Sie müssen ja irgendwohin.«

Ronny schwieg.

»Was ist?«, fragte ich.

»Sprich mit deinem Papa«, sagte Ronny.

DAS SCHWEIGEN VON DER ERDE

Chester schlief noch.

Ich stieg über ihn und unser Nachtlager zu Papa, der über den Küchentisch gebeugt dasaß und mit einer kleinen Gabel in meinem Geburtstagskuchen herumstocherte. Ronny folgte mir lautlos.

»Wo ist Loy?«, flüsterte Papa.

»Bei Dahlia, nebenan«, antwortete ich.

Ein schmales Lächeln ging über sein Gesicht. »Nebenan?«

»Ja«, sagte ich, »wir sind Nachbarn.«

Seine Augen waren rot.

»Alles klar, Papa?«, fragte ich vorsichtig.

»Ja.«

Dieses »Ja« war so tonlos, dass ich nichts weiter fragte. Beide sahen wir auf den schlafenden Chester, der sich einmal friedlich schmatzend wälzte, und schwiegen. Papa drehte den Ring an seinem Finger, immer in die eine Richtung, ohne hinzusehen.

Ich musste einfach nur anfangen zu reden. Einfach eine Frage stellen. Aber es ging nicht. Stattdessen sahen wir Chester beim Schlafen zu. Das fühlte sich so an, als wäre schon alles gesagt.

In der Zeit bevor der Weltraum kam und wir noch in Banbury lebten, hatte niemand von uns gefragt, wohin Mama eigentlich immer ging, wenn sie »noch mal losmusste« oder »nach Lyneham raus«. Nicht einmal Loy. Wir hatten es schweigend als eine Tatsache hingenommen. Es war einfach so. Das Schweigen war immer stärker geworden als der Wunsch nach einer Antwort. Und irgendwann, ohne dass wir es merkten, war das Schweigen selbst die Antwort.

Als Dahlia gesagt hatte, ich sollte mit Papa reden, war die Vorstellung, es zu tun, so leicht gewesen.

Wie lange sind wir geflogen, Papa?

Warum sind hier so wenige Menschen?

Warum ist Mama nicht mitgekommen?

Wann kommt sie nach?

Die Fragen fühlten sich selbstverständlich an, aussprechbar und überfällig. Doch jetzt, als ich neben Papa saß, wirkten sie wie eine Frechheit, wie die Störung eines unverbrüchlichen Friedens und eine aussichtslose Rebellion gegen eine göttliche Macht, die in alle Ritzen dieser kleinen Küche hing.

Ich kannte dieses Schweigen von der Erde und erschrak, dass es die weite Reise durch den Weltraum überlebt hatte, genauso wie wir selbst.

Papa machte sich einen Kaffee. Der Aggregator ließ sich mehr Zeit als vorgegeben, dadurch blieb er leiser und vermied es, Chester zu wecken.

»Muss das nicht angeschlossen sein?«, fragte er und tippte auf Ronny.

»Ja«, sagte ich und streckte meinen Arm aus. Papa verband mich mit Ronny.

Ich hätte so viel von ihm zu berichten gewusst, wie er mich mutig machen konnte, mit mir Karussell gefahren war und den beiden faulen Bots draußen den Marsch geblasen hatte – aber all das war nichtig vor der Stille, die den Raum beherrschte. Ich wünschte mir, dass Chester aufwachte, aber das zeichnete sich nicht ab. Auch nicht, dass Loy rüberkam. Bestimmt war es lustiger bei Dahlia und Moxie und Melcher.

Papa stellte den Kaffee auf den Tisch und sah mich an.

»Ich muss euch was sagen, Henry.«

Als hätte er gespürt, dass eine wichtige Ankündigung in der Luft lag, öffnete Chester wie auf Knopfdruck die Augen.

»Was?«, fragte er müde. Langsam erhob er sich und legte seine Arme um Papa.

»Was willst du uns sagen?«, fragte ich.

»Es wird euch nicht gefallen«, sagte Papa und befreite sich aus Chesters Umarmung. »Setz dich besser.«

Chester gehorchte und starrte ihn an.

»Heute ist Sonntag«, sagte Papa.

»Und?«, fragte Chester. »Das ist doch schön!«

»Ich muss morgen arbeiten. Die brauchen mich dringend.«

Chester seufzte.

»Warum sollte uns das nicht gefallen?«, fragte ich.

Papa hob die Augenbrauen und sah uns mit einem traurigen Lächeln an.

»Morgen ist Schule.«

BOCKSGESANG

Tag 33 der Impulsmission

Diese Welt ist eine Mistkuh.

Hätten wir es wissen können? Ja. Hätte es eine Alternative gegeben? Ich hoffe: nein. Ich weiß gar nicht, wo ich anfangen soll.

Die Nähe Perms zur Windleite sorgt für Gezeiten, die nicht die Meere betreffen. Mit jedem Umlauf um seine Heimatwelt wird der ganze Mond gestreckt und gestaucht, die Landmasse selbst erlebt Ebbe und Flut. Kein Grund steht still, immer wieder reißen die tieferen Schichten ein, und giftige Dämpfe steigen in die Atmosphäre auf. Es ist schwer, tektonisch ruhige Fleckchen zu finden, und ich bin gottfroh, dass uns das gelungen ist.

Doch selbst ohne die giftigen Gase (und die schrecklichen Stürme) ist die Atmosphäre ein Bocksgesang. Sie weist einen Sauerstoffpartialdruck auf, der dem der Erdluft in 6000 Meter Höhe entspricht. Müsste ich mich also nicht vor den Schwefelwasserstoffen und Kohlenmonoxiden schützen und würde bei elf Prozent Sauerstoff einfach nur atmen, ginge das, mit etwas Übung und Akklimatisierung, vielleicht noch. Ich könnte in einem Schaukelstuhl Platz nehmen, die Aussicht auf einen der atmosphärischen Flüsse genießen oder langsam spazieren gehen. Aber jede wirkliche körperliche Anstrengung ist unmöglich, solange du kein Extrembergsteiger bist.

Der Tag wird kommen, an dem das alles besser sein wird.

In hundert Millionen Jahren.

Ja, die Pflanzen und vor allem die Meere Perms produzieren Sauerstoff. Es gibt darin Bakteroide, die mit Hilfe des Sonnenlichts Kohlenstoff aus dem

Kohlenstoffdioxid herauslösen und dabei Sauerstoff als Abfallprodukt in die Atmosphäre abgeben. Das ist auf der Erde durch die sogenannten Cyanophyten passiert und es passiert, auch hier. Es wird nur verteufelt lange dauern, bis eine für uns Menschen annähernd brauchbare Sauerstoffsättigung erreicht ist.

Wir könnten es beschleunigen.

Wir haben alles dabei, was wir dazu bräuchten, unsere Reisekoffer sind voller disruptiver Technologien. Wir könnten die Meere Perms mit oxygenen Phyten anreichern, multiresistent, vermehrungswütig und bei jedem Wetter gut gelaunt. Denkbar sind auch extremophile Landvarianten. Diese könnten überall wachsen, in den tiefsten Gründen Perms genauso wie in den Schloten der Vulkane. Mit einer Maßnahme, die ich aufgrund ihrer Drastik den anderen noch nicht erzählt habe, könnten wir zudem die Sumpfbildung forcieren, damit würde sich der ganze Mond der Sauerstoffproduktion verschreiben. Man könnte auch einen Schritt weitergehen, ein selbst gesetztes Tabu brechen und etwas Nichtnatürliches konstruieren, ein Netz aus Sauerstofftürmen, die den ganzen Mond überziehen. Vielleicht reicht es dann schon in 10 000 Jahren für kleinere Anstrengungen an der frischen Luft, zum Beispiel Farnbäume von Hand zu fällen oder elektrische Pferde zu ölen.

Die Einwände liegen auf der Hand: Das Ökosystem Perms ist an die hiesigen Bedingungen angepasst, an den Vulkanismus, an die geringe Sauerstoffsättigung, an die enormen Gezeiten. Unser Eingriff könnte, einmal angestoßen und irreversibel, Verschiebungen im Gesamtsystem auslösen, deren Folgen wir trotz aller Modelle, die wir schon jetzt haben, nicht absehen können – vor allem, wenn wir die Geschwindigkeit bedenken, mit der wir vorgehen müssten, um einen rechtzeitigen Effekt für die zu erzielen, die kommen.

Wir sind glücklich über die hiesige Durchschnittstemperatur von 16 Grad Celsius. Sie ist einer der Hauptgründe, derentwegen wir hier sind. Prinzipiell ist es ganzjährig möglich, im T-Shirt rauszugehen. Jeder Eintrag von Sauerstoff hat die Temperaturen auf der Erde steigen lassen, denn wo Sauerstoff ist, da ist das Kohlendioxid nicht weit. Perm ist jetzt schon vergleichsweise warm, heißer brauchen wir es nicht, die Gründe sind bekannt.

Möglich wären jedoch auch unerwartete, paradox erscheinende Entwicklungen. Als die ersten Cyanophyten auf der Erde mit dem Sauerstoffeintrag begannen, wurde die Erde für mehrere hundert Millionen Jahre in die sogenannte huronische Eiszeit gestoßen, unter Geologen als Schreckgespenst bekannt mit dem Namen Schneeball-Erde. Zu dieser Zeit waren sogar die Ozeane am Äquator von einer Eisschicht bedeckt.

Da ich der Nachkommenschaft weder Mütze noch Schal eingepackt habe, sollte ein solches Szenario nach Möglichkeit vermieden werden. Deshalb habe ich nachgeforscht. In der Cala Gorropu bin ich auf Sedimentgesteine gestoßen, die auf alte Eisablagerungen hinweisen. Dieser Befund harmoniert mit den Ergebnissen meiner isotopischen Untersuchungen, in die ich zwei ganze Tage investiert habe. Eine huronische Periode ist nicht zu erwarten, Perm hat sie schon hinter sich.

Kurz, ich bin trotz aller Risiken dafür, mit dem Sauerstoffeintrag zu beginnen. Heute, jetzt!

Doch ich stoße auf Widerstand.

Zuerst wurde meinen Isotop-Untersuchungen nicht getraut. Dann hieß es, die Erhöhung des Sauerstoffs könne Krankheiten auslösen, den Tieren schaden und mit der Zeit das ökologische Gleichgewicht durcheinanderbringen. Ich erlaubte mir, sicher etwas unglücklich in der Formulierung, die Frage, ob wir denn als Umweltschützer hier seien.

Seither sind meine Umfragewerte im Keller, sogar VENT kann mich weniger leiden. Im Grunde wissen alle, dass ich nichts Falsches gesagt habe: Wir sind hier, um den Kommenden eine Bleibe zu schaffen. Das ist unsere Aufgabe. Wenn es darum ginge, diese Welt nicht anzutasten, hätten wir nicht herkommen dürfen. Vermutlich ist es nur deshalb falsch, weil ich es bin, die es sagt. Ich bin die, »die kein Herz für Tiere« hat, die Polmonen den Bauch aufschlitzt.

Die Gespräche in der Küche bleiben knapp, und wenn es geht, werden sie gemieden. Wie ich schon befürchtet habe, prägen nun Instinkte und Sympathien die Meinungen, und ich mache es der Gruppe leicht: Gegen mich zu sein, heißt, recht zu haben.

Leider wird es mit Noah zunehmend schwierig. Seine ruhige, tiefe Stimme verleiht seinen sorgsam gewählten Worten einen sanften, aber wirkungsvollen Nachdruck. Er hat sie in den Chefetagen von Rayser aufs Äußerste kultiviert. Ich weiß, wie es sich anfühlt, ihm zu vertrauen, ich habe das hinter mir. Doch genau diese instinktive, steinzeitliche Zuversicht, die eine ruhige, tiefe Stimme erzeugt, wird jetzt zum Verhängnis. Ich komme nicht dagegen an, was die Neutralität der anderen betrifft.

Als ich meine Isotope auf den Tisch legte, dazu die Befunde zu den Gorropu-Sedimenten, und bewies, dass wir durch den Sauerstoffeintrag kein Schneeball-Perm erzeugen werden, sagte Noah nur: »Soso. Da warst du also die letzten zwei Tage.«

Er kann mich vorführen, meine Überlegungen abperlen lassen, einfach weil sein Kehlkopf so gewachsen ist, wie er gewachsen ist. Ich kann nichts dagegen tun, dass die anderen ihn mögen, seinen instinktiven Vorsprung und die Ruhe, die er ausstrahlt. Er weiß, wie man Leute führt. Während ich in der Cala Gorropu war, hat er etwas brauen lassen, das sie Kraterbier nennen. Nach der Party mussten Teile des Elektrozauns und eine Antennenschüssel ausgetauscht werden.

Ich befürchte, dass Noahs Aufstieg zum Sprecher vor dem VENT nicht mehr aufzuhalten ist. Er scheint sich von selbst zu ergeben, aber ich unterstelle ihm ein bewusstes Vorgehen. Er weiß genau, wie gemeinschaftsfördernd Außenseiter sind, und ich habe meinen Teil dazu beigetragen, in diese Rolle hineinzugeraten.

Immerhin war ich an der Entwicklung des Zeitsystems und des Kalenders beteiligt. Nun haben die Tage ihre alten Namen und ein Datum. Du stehst am Fenster, schaust auf einen Berg, dessen Gipfel im Weltraum liegt, und wirst gefragt: »Welcher Tag ist heute?« Da ist es gut, wenn du sagen kannst: »Montag.« Da spielt es keine Rolle, dass der Montag durchgehend hell ist und der Dienstag stockfinster, denn am Anfang ist das Wort.

Was die Gruppe betrifft, nehme ich mich von der Tatsache nicht aus, dass bestimmte Charaktereigenschaften notwendig sind, um das alles hier zu tun. Wir leben im Hochgefühl der Nah-Erwartung, jeder Augenblick ist histo-

risch, selbst wenn er sich darin erschöpft, dass jemand, von »Kraterbier« beseelt, vom Dach des Quartiers auf einen Elektrozaun pinkelt. Möglicherweise ist das Hochgefühl nur dazu da, die Trauer über das zu bedecken, was wir hinter uns gelassen haben.

Auch was das betrifft, stehe ich nicht gut da.

Ich bin nicht nur die, die das Undenkbare tun will, ich habe das Undenkbare schon getan.

FRAU STROM

Der Grund dafür, dass wir in Monte Ferru von einem Automaten unterrichtet wurden, war allzumenschlich: Niemand sonst wollte es tun. Selbst die, die eine Lehrausbildung mitgebracht hatten, machten sich lieber auf Baustellen oder im Rohstoffkrater von Santu Gonone nützlich, als sich vor uns hinzustellen und uns etwas beibringen zu müssen. Möglicherweise hatte sich Chesters poetisches Selbstbewusstsein herumgesprochen, vielleicht auch die rebellische Natur von Augustine.

»Die Strom«, im früheren Leben eine massive Bohrmaschine aus Santu Gonone, ging auf zwei hasenhaft angewinkelten Metallbeinen und war außerordentlich streng. Sie nur mit dem Nachnamen zu nennen machte die Sache vertraut und half, sie als Lehrkörper anzuerkennen. Zeit vergeudete sie keine und kam, der Natur einer Bohrmaschine gemäß, zur Sache.

»Guten Tag. Öffnet bitte eure Ordner unter Raute eins: Die Tierwelt von Perm.«

Ich hatte noch nie erlebt, dass ein Unterricht so schnell begann. Wir öffneten alle unsere Ordner unter Raute eins.

»A. Die Küste. Aufschreiben!«

Frau Stroms Stimme war tief und brummig, an Widerrede war nicht zu denken. Bedrohlich überragte uns die Spannvorrichtung des Bohrkopfs, auf die ihr Betreiber, Doktor Tenenbaum, ein freundliches Gesicht gezeichnet hatte. Wir nahmen unsere Griffel und schrieben »A Küste«. Eine Tastatur war nicht erlaubt,

Frau Strom war der Meinung, das Griffelschreiben diene dem Gedächtnis.

»Mit Punkt nach A?«, fragte Augustine.

»Was sonst?«

Wir ergänzten folgsam den Punkt.

»Unterüberschrift: kleines a, Wirbellose.«

Wir schrieben viel und lang. Man konnte nicht behaupten, dass das Wissen, das uns Frau Strom in die Ordner diktierte, verschult und lebensfern war. Es handelte sich um eine äußerst anschauliche Belehrung, in der es vornehmlich darum ging, sich an den Küsten nördlich des Golgo richtig zu verhalten. Das bedeutete, bei Sturm und Gewitter die Nähe der Elektrophagen zu suchen, deren Verbreitungsgebiete (sie leuchteten türkis) als solche zu erkennen und sich darüber klar zu werden, dass irdische Instinkte auf Perm in die Irre führen konnten. Was auf der Erde bedrohlich erschien, konnte hier die Rettung sein.

Der Schulungsraum befand sich in der Sorgente und bot damit die passenden Ausblicke, sodass Frau Strom uns immer wieder losschicken konnte, das Besprochene mit eigenen Augen zu betrachten, wenn auch aus weiter Ferne und durch dicke Glasscheiben. Mit der Zeit begriff ich zudem die didaktische Finesse von Frau Strom, was den Aufbau ihres Vortrags betraf. Es war klug gewesen, mit der Küste zu beginnen, obwohl diese einige Kilometer entfernt im Norden lag. Die Lebewesen dort waren weniger komplex als die, die in der Gola oder in Suttaterra ihr Unwesen trieben. Mit den Wirbellosen machten wir zunächst einmal Bekanntschaft mit einigen grundsätzlichen Merkmalen der Perm-Fauna, ohne dass wir zu schnell von Sensationellem oder allzu Gefährlichem abgelenkt waren.

Genau in dem Moment, in dem es etwas eintönig zu werden drohte, bekamen wir eine praktische Einführung in den Gebrauch der neuen Filtermasken, die an der Küste anders eingestellt werden mussten als beispielsweise am Grund der Gola Gonone oder auf den Graten der Corongiu-Berge. Die atmosphärische Ingenieurin von Monte Ferru hatte entschieden, die Kalibrierung der Luftfilter keiner Automatik zu überlassen, nichts war albtraumhafter, als hinter einem fehlgeleiteten Filtersystem zu ersticken.

Über die weitläufig verinselte Ostküste des Golfs von Navarrese zogen nahezu stündlich Gewitter. Die Blitze entluden sich in der Regel ins Meer, da sein Grund durch zahlreiche Einschlagkrater reich an Metallvorkommen war. Hier hatten sich ebenjene Kleinstlebewesen herangebildet, Elektrophagen genannt. Der Gehalt ihrer Nahrung bemaß sich nicht in Joule, sondern in Ampere. Ihr Stoffwechsel war ein Rätsel, denn manche konsumierten nur kleine Blitze, wurden aber trotzdem dicker als andere.

Bei jedem Gewitter vermehrten sie sich zudem, sodass die wirbellosen Naäme, die aus der Tiefe kamen, nichts weiter zu tun hatten, als mit offenen Mäulern durch ihre Schwärme zu pflügen wie Wale durch Plankton. Der Naäm, auch Protoseismischer genannt, konnte einige Meter lang werden und war, wie auch der Polmone, an das schwere Wetter angepasst. Es brauchte schon mehr als nur einen Blitz, damit sich einer wie er für immer auf die Seite legte. Mit Menschen wusste er glücklicherweise nichts anzufangen, und wie alle Tiere Perms, ob mit Wirbelsäule oder ohne, ob im Wasser oder auf dem Land lebend, war er blind.

»Pause«, sagte Frau Strom nach ihrem anderthalbstündigen Vortrag. Wir schüttelten unsere Hände aus, auch wenn das Schreiben durch die Plastizität der Griffel den Umständen entsprechend komfortabel war.

Im Flur standen wir zusammen. »Ich find sie gut«, sagte Loy.

»Bist du bescheuert?«, fragte Augustine. »Mir fällt die Hand ab. Und die Jacke ist hässlich.«

»Das habe ich gehört«, sagte Frau Strom von nebenan.

Es lag ihr fern, persönlich betroffen zu sein, die Bemerkung sollte disziplinieren. Ihre gelbe Strickjacke, die über ihren Motorblock gespannt war, stammte, wie ich später erfuhr, von Tenenbaums Frau, die als Einzige den Absturz des Transfermoduls Drei nicht überlebt hatte.

Flüsternd vereinbarten wir, Frau Strom durch neugieriges Fragen nach der Pause in eine Plauderei zu verwickeln, um weniger schreiben zu müssen. An diesem Plan beteiligten sich alle bis auf einen Jungen, der im Raum sitzen geblieben war.

»Frau Strom?«, fragte Melcher, als wir wieder an unseren Plätzen saßen.

»Ja?« Das Gesicht auf der Bohrkopföffnung neigte sich surrend zur Seite hin zu Melchers Tisch. Das war aus technischer Sicht überflüssig, signalisierte aber Zuwendung und Aufmerksamkeit.

»Stimmt es, dass es auf Perm auch seismisch relevante Tiere gibt?«

Frau Strom schwieg einen Moment, bevor sie reagierte. »Willst du das wissen, weil es dich interessiert oder weil du denkst, dass du durch Plauderei nichts schreiben musst?«

Das Tragische war, dass Melcher tatsächlich an der Antwort interessiert war, nur eben nicht ganz so sehr wie an der Schonung seiner Hand und an dem Eintreten für das Gemeinwohl der Gruppe.

»Ähm«, machte er.

»Die Lüge«, sagte Frau Strom, »ist das maßgebliche Hausmittel gesellschaftlicher Zersetzung. Öffnet eure Ordner unter Raute fünf: Sozialkunde.«

Wir gehorchten. Dass sie aufgrund dieser kleinen Begebenheit zu einem anderen Thema wechselte, gab uns den Eindruck, wir hätten uns selbst dafür entschieden. Unser Mitschreiben geriet aufmerksamer, sogar die Hände taten weniger weh.

Die Gesellschaftsform, die in den Biomen von Monte Ferru herrschte, war die Akratie. Das Wort »herrschte«, Frau Strom korrigierte sich auf anschauliche Weise selbst, war in diesem Zusammenhang unglücklich gewählt, da Akratie das Gegenteil von Herrschaft bedeutete, ihr Nichtvorhandensein. Es war also dumm zu sagen, es »herrscht Akratie«.

Voraussetzung für eine gelingende Akratie waren erstens die unbegrenzte Verfügbarkeit von Energie, zweitens die daraus resultierende ökonomische Überwindung des Klassen- oder Schichtsystems und drittens die daraus notwendigerweise abgeleitete strikte, aber grundsätzlich freiwillige Einhaltung einer kollektiv verantworteten Gesetzesgrundlage. Akratie bedeutete nämlich nicht, wie so oft missverstanden, Gesetzlosigkeit, sondern, wie eingangs schon gesagt, Herrschaftsfreiheit.

»Langsam!«, rief Augustine.

»Jede nach ihrem Vermögen und ihren Bedürfnissen«, sagte Frau Strom sanft und wartete, bis Augustine fertig geschrieben hatte.

»Das heißt«, fragte diese und legte den Griffel zur Seite, »dass auch Sie nicht über uns herrschen?«

»Richtig.«

»Sie können mir nichts befehlen?«

»Das Einzige, liebe Augustine, was du im Leben tun musst, ist sterben. Irgendwann.«

Augustine seufzte.

»Kann ich jetzt also gehen?«

»Jederzeit und wohin immer du willst«, sagte Frau Strom. »Dass du hierbleibst, ist lediglich eine Empfehlung. Es ist gut für deine Sozialkontakte, außerdem verpasst du dann nicht meinen Exkurs über das akratische Sozialverhalten der seismischen Tiere Perms, die im Übrigen unglaublich und phantastisch sind. Außerdem ist noch einiges über Schallwaffen und Sicherheitsbestimmungen zu sagen.«

»Was haben Sie noch?«

»Einen Ausflug.«

»Wohin?« Augustine war bereits aufgestanden und packte ihre Sachen.

»Wir besuchen das Zentrum der hiesigen Akratie – die Epithymia. Das ist die große Tafel für die Wünsche deines Herzens.«

»Die kenne ich schon«, sagte Augustine und ging.

Frau Stroms anschließende Beschreibungen des Sozialverhaltens der »Großen Seismischen«, wie sie in würdiger Verehrung genannt wurden, waren von einer nervösen Unruhe begleitet.

Augustines Weggang hatte die eigentlichen Optionen freigelegt, die uns bis dahin nicht bewusst gewesen waren, und es brauchte eine Weile, bis wir Frau Strom wieder konzentriert zuhörten. Ihre Ausführungen waren zugegebenermaßen phantastisch, und es war glaubwürdig, dass die Seismischen einen Teil dazu beigetragen hatten, auf Perm eine wundersam andersartige Form des Zusammenlebens der Menschen reifen zu lassen, deren Vorbild sie waren und die dem Anschein nach seit geraumer Zeit bestand.

Vor allem Melcher hing an Frau Stroms Lippen, sofern man das so sagen konnte. Er strahlte über das ganze Gesicht, und seine Augen leuchteten, als würden sie durch Frau Stroms Erzählungen mit Magie und Verzauberung aufgeladen. Ich sah die Bilder, die sich hinter seiner Stirn auftaten, während er zuhörte, und den angstfreien Wunsch, all diese Dinge selbst zu sehen. Für Melcher war Perm ein Spielplatz, genau das große Abenteuer, das Papa uns versprochen hatte.

Manchmal wünschte ich mir, es auch so sehen zu können. So einfach, so aufregend. Aber ich hatte Angst. Ich traute diesem Frieden nicht, so viel Mühe er sich gab, sich zu zeigen und wahr zu werden. Manchmal blickte ich nach hinten, wo der fremde Junge saß, die Arme vor der Brust verschränkt und seit Augustines Weggang nicht mehr mitschreibend. Ich sah ihn nicht direkt an, sondern nur wie beiläufig in seine Richtung. Mir war klar, dass es sich um keinen Geringeren als Ferenc Weiner handeln konnte.

Vermutlich ging es ihm ähnlich wie mir. Auch er traute dem Frieden nicht, wie mir fehlte ihm etwas, das er auf dieser fremden neuen Welt noch nicht gefunden hatte. Oder verloren, je nachdem.

Als ich wieder zu Melcher sah, erkannte ich, was es war.

Vertrauen.

Melcher war voll davon. Deswegen hatte er niemals Angst und niemals Zweifel, er schrieb und schrieb, seine konzentriert herausgestreckte Zunge folgte den Bewegungen seines Griffels, er war im Zuhören und Aufnehmen ganz bei sich, sah weder nach links noch nach rechts.

»Henry? Was ist?«

Ich hatte gar nicht bemerkt, wie Frau Stroms riesiger Kopf in meine Nähe gesurrt war.

Melcher hörte mit dem Schreiben auf und blickte zu mir auf, die Augen immer noch voller Neugier und Freude. Als sich unsere Blicke trafen, begriff ich, dass ich niemals auf ihn und das Licht, das er in sich trug, neidisch sein durfte. Neid würde mich weiter davon wegbringen, als ich es mir jemals vorstellen konnte. Die einzige Möglichkeit, etwas von Melchers Licht abzubekommen, bestand darin, es zu lieben.

»Nichts«, sagte ich, um auf Frau Stroms Frage zu antworten.

»Dann ist gut.«

Es folgten ein paar abschließende Ausführungen zu den Wechselwirkungen zwischen den seismischen Tieren und der ausgeprägten tektonischen Aktivität Perms, dann durften wir unsere Sachen für die Exkursion zusammenpacken. Durften, nicht mussten. Die Themen Sicherheit und Schallwaffen wurden auf später vertagt.

Ich wollte neben Melcher gehen, aber Chester kam mir zuvor und lief mit ihm voraus. Moxie scharte die Übrigen um sich, sodass Loy und ich mit Frau Strom liefen. Es ging durch einen langen, schnurgeraden Glastunnel nach Osten, auf die Schlucht zu, wo die Epithymia über dem Abgrund hing.

Das Wetter war trüb. Der Nebelfluss in der Gola schien stillzustehen. Manchmal schlug ein einzelner Tropfen, in etwa die Wassermenge einer gut gefüllten Teetasse, gegen die Tunnelscheibe und troff das Glas herab.

»Warum ist der Regen hier so groß?«, fragte Loy.

»Es ist Hagel. Aber er schmilzt unterwegs.«

Frau Stroms Gang war ein wenig wippend, ungeheure, beinahe monströse Kräfte zurückhaltend. Es war offenkundig, dass sie nicht darauf ausgerichtet war, zusammen mit Kindern im Schritttempo einen fertigen Tunnel entlangzulaufen. Ihr einstiger Daseinszweck hatte darin bestanden, selbst Tunnel zu graben, unter widrigsten Umständen.

»Du hast Beine wie ein Hase«, sagte Loy, die inzwischen begriffen hatte, dass Frau Strom nicht beleidigungsfähig war.

»Ja«, sagte Frau Strom.

Ich kam mir dumm vor, mit der Lehrerin zu gehen. Aber Chester und Melcher unterhielten sich intensiv, und ich wollte nicht als kleiner Bruder dazwischengehen.

»Als Kind wollte ich auch ein Hase sein«, sagte Loy.

»Wirklich?«, fragte Frau Strom. »Warum?«

»Hasen sind toll.«

»Warum?«

»Weil ich sie toll finde.«

»Und warum findest du sie toll?«

»Weil sie toll sind.«

Frau Strom neigte den Kopf für einen winzigen Moment zur Seite und schien darüber nachzudenken.

Wir betraten die Epithymia in schwindeliger Höhe. Das mehrwandige Glas umspannte einen ebenen, naturbelassenen Felsvorsprung und bot nach allen Seiten hin eine spektakuläre Aussicht. Tief unter uns floss der Nebel durch die Gola. In der Mitte der Kuppel ragte eine tafelgrüne Halbkugel, die »Hemisphäre«, aus dem Gestein.

Frau Strom erklärte, dass hier, meist zu Beginn eines Tages, Wünsche aufgeschrieben wurden, die über die jederzeit verfügbaren Dinge des täglichen Bedarfs hinausgingen. Wer etwas brauchte, kam und schrieb. Man konnte es alleine tun und zu jeder Zeit, aber wenn man zum Sonnenaufgang kam, war die Wahrscheinlichkeit höher, auf andere zu treffen, vor allem am Ende einer Windnacht. Manche kamen ständig, andere nie. An Wünschen schien alles möglich: eine dünnere Bettdecke, Hilfe bei der Reparatur einer leckenden Badewanne, ein Filter gegen Gerüche vom Feld, drei Ausnahmen im Aggregator an einem Tag, ein Antiallergikum, ein Freund.

Die Kugelform der Hemisphäre bot nicht nur Platz für mehrere Schreibende gleichzeitig, sie zwang auch zur Kürze. Niemand wollte oder konnte über längere Zeit auf etwas Rundes schreiben. Dieser Umstand wiederum lud ein, sich bereits auf dem langen, geraden Weg hierher Gedanken über die Formulierung zu machen und Klarheit darüber zu gewinnen, worin der eigentliche Bedarf bestand und was davon erfüllbar war. Ein finales Handauflegen übertrug das Geschriebene auf die große konkave Tafel an der Nordwand des Bioms, die Epithymia.

Der Junge aus der letzten Reihe versuchte, mit seinem Finger auf die Hemisphäre zu kritzeln, doch er hinterließ keinerlei Spuren auf der Kugel.

»Du brauchst einen Griffel, Ferenc«, sagte Frau Strom.

Trotz meiner Vorahnung erschrak ich, als ich den Namen hörte.

Er sah sie fragend an. Der Blick seiner dunklen Augen hatte etwas Scharfes, Herausforderndes.

»Du bekommst einen Griffel für die Epithymia, wenn du dich mit dem Grundgesetz von Monte Ferru einverstanden erklärt hast. Das wiederum tust du durch deine Unterschrift mit dem Griffel, den man dir zu diesem Anlass aushändigen wird und den du, nach erfolgter Unterschrift, behalten darfst.«

»Wann wird das sein?«

»Wann du möchtest.«

»Also auch jetzt?«

»Ja.«

»Dann möchte ich jetzt unterschreiben!«

»Ohne das Gesetz zu lesen?«

»Ja.«

»Ich bin gleich wieder da«, sagte Frau Strom, »ich besorge dir einen Griffel. Ihr werdet euch in der Zeit meiner Abwesenheit benehmen.«

Wir sahen ihr nach, wie sie in raschem mechanischem Gleichschritt im Tunnel nach unten verschwand. Ich war irritiert, bedachte Chester mit einem skeptischen Blick und beschloss abzuwarten, was passieren würde.

»Endlich ist sie weg«, sagte Ferenc.

Frau Strom war fünf Minuten lang weg. Heute glaube ich, dass sie einfach hinter einer Ecke gewartet hatte, im besten Wissen um die Kräfte der Selbstregulation, die sofort nach ihrem Verschwinden zu wirken begannen.

Los ging es mit Melcher, der zu bedenken gab, noch nie etwas unterschrieben zu haben, das er nicht gelesen habe. Nachdem Loy und auch Trudy Larsen dem beigepflichtet hatten, gab er weiterhin zu verstehen, überhaupt noch nie etwas Ernsthaftes unterschrieben zu haben. Chester schaltete sich ein und fragte Ferenc, was er denn mit seinem Finger auf die Hemisphäre gekritzelt habe.

»Unumschränkte Allmacht und Unsterblichkeit«, sagte er mit einem blitzenden Lächeln.

»Oh, das möchte ich auch«, sagte Trudy Larsen.

Wir waren uns einig, dass wir alle, bis auf Loy, diesen Wunsch teilten, es aber gerade deswegen ratsam wäre, die Bedingungen seiner Erfüllung, also das Grundgesetz von Monte Ferru, gelesen zu haben, bevor man irgendeinen Teufelspakt unterschrieb. Melcher wusste nämlich, dass für die Unterschrift etwas Blut benötigt wurde, um den Griffel für alle Zeit auf seinen Nutzer zu eichen. Nachdem Ferenc das gehört hatte, verschwand er und war für den Rest des Tages nicht mehr zu sehen.

Frau Strom erschien.

»Das Grundgesetz von Monte Ferru enthält 99 Artikel und insgesamt 459 Paragraphen«, erklärte sie. »Sie sind sehr verständlich formuliert und mit Erklärungen für Kinder ergänzt. Wer es zu Hause lesen oder hören möchte, kann das gerne tun. Morgen findet kein Unterricht statt. Ich werde mich ab jetzt im Schulungsraum aufhalten, um Fragen zu beantworten. Ihr könnt sie mir auch zusenden. Für den Mittwoch biete ich euch an, die Unterschriften und die Übergabe der Griffel gemeinsam zu vollziehen, wenn ihr mit 16:00 Uhr einverstanden seid.«

Chester ballte die Hand zu einer Siegerfaust.

»Morgen ist frei?«, fragte Trudy ungläubig.

»Du hast immer frei!«, sagte Frau Strom.

Kopfschüttelnd und erfüllt von ungläubigem Staunen lief Trudy davon. Erst langsam, dann immer schneller. Melcher, Chester und die anderen gingen ihr nach, nur Loy blieb stehen. Ich blieb dabei, um sie nicht alleine zu lassen.

»Frau Strom?«, fragte sie.

»Ja, Loy?«

»Was ist, wenn da etwas drinsteht, das ich nicht unterschreiben möchte?«

»Dann solltest du dir den tieferen Sinn der Regelungen erklären lassen.«

»Und wenn ich es dann immer noch nicht möchte?«

»Dann bekommst du keinen Griffel für deine Wünsche.«

»Was mache ich dann?«

»Du kannst deine Wünsche auf eine andere Art äußern. Oder woanders hingehen.«

»Wohin?«

»Ich zeige es dir, komm mit!«

Frau Strom marschierte ein paar Schritte zur südlichen Glaswand der Epithymia, neigte sich zur Seite und hob eines ihrer Hasenbeine an, um auf eine Stelle am Horizont zeigen zu können. Dort, wo sich die Corongiu-Berge in der Weite verloren, war ein kleines Licht zu erkennen.

»Siehst du das?«

»Ja«, sagte Loy.

»Das ist Santu Gonone. Die Krater-Nuraghe. Von dort kommen die Rohstoffe.«

»Ist es da anders?«, fragte Loy.

»Ja. Ein wenig. Und es gibt nicht so viel Platz.«

Loy blickte finster drein. Wieder einmal schien sie mir im Begreifen voraus zu sein.

»Kann ich auch woandershin?«

»Ja«, sagte Frau Strom. »Komm mit!«

Sie führte uns in ein paar wenigen Schritten zur Nordwand des Bioms, von wo aus man auf das Golgo und das Phlegräische Feld blicken konnte. Im Dunst zeichnete sich der Golf von Navarrese ab. An seiner Ostküste war an einem Ausläufer des Gennargentu ein Licht zu sehen.

»Santa Maria Navarrese«, sagte Frau Strom. »Der zukünftige Knotenpunkt für die östliche und nördliche Golfregion und der Weltraumbahnhof.«

»Ist es da anders?«, fragte Loy.

»Ja«, sagte Frau Strom. »Ein wenig.«

Loy sah sie an, ihr Blick war todernst, als sie auf Santa Maria Navarrese zeigte.

»Kann ich da atmen? Also draußen, am Meer?«

»Nein.«

»Und in Santu Gonone?«

»Nein.«

»Kann ein Mensch irgendwo auf Perm draußen atmen?«

»Nein.«

Loy begann zu zittern. Ich sah nach draußen. Da waren riesige, märchenhaft geformte Berge und Wolkenbänder, die um ihre Gipfel flossen. Wetterleuchten blitzte darin auf, und unter allem schimmerte der Golf, tiefblau und türkis wie der Hals eines Pfaus, einladend und verheißungsvoll, so als könnte man sich ein Handtuch einpacken und hinfahren, sobald sich das Wetter gebessert hatte.

Doch der Tod lauerte gleich hinter der Scheibe, hinter der wir standen. Und er hörte nicht auf, egal, wohin man ging. Er war am Meer und in den Bergen, er war auch hinter dem Meer und hinter den Bergen. Es gab keinen Ort auf dieser ganzen Welt, an dem ein Mensch ungeschützt sein konnte. Überall bedeutete das Atmen den Tod, in den Fossholl-Steppen genauso wie am Äquator, in den Apulischen Ebenen wie in der Khalydäischen Kupfergraswüste des Südpols.

Loy hatte jedes Recht zu zittern, denn sie hatte verstanden, was das bedeutete, nämlich auf Gedeih und Verderb abhängig zu sein. Ich sah ihr an, wie sie in ihrer Vorstellung diese ganze Welt durchreiste und überall, wo sie war, erstickte.

Die Frage, die sich mir nun stellte, war so groß, dass ich es nicht wagte, sie auszusprechen. Glücklicherweise übernahm Loy das für mich.

»Wann wird die Luft fertig sein?«, fragte sie.

»Nach dem aktuellen Zustand der Eintrags- und Entgiftungsanlagen in etwa neunzig Jahren. Werden koordinierte Anstrengungen unternommen, die Mängel zu beheben, und gelingt es, ausreichend neue Türme zu errichten oder ihre Effizienz zu steigern, könnte die Atmosphäre Perms in einem Drittel der Zeit oder sogar noch kürzer entgiftet sein.«

Ich verstand nicht, was ich da hörte. Ich schaute den fernen Wellen des Golfs zu, die in den Sonnenstrahlen glitzerten, die jetzt durch die Wolkendecke brachen. Die Wellen mussten riesig sein, am Monte del Pesce Polmone schlugen sie schäumend gegen die senkrechten rostroten Klippen.

»Heißt das, wir werden vielleicht, solange wir leben, nie rausgehen können?«, fragte Loy.

»Ja, das heißt es«, sagte Frau Strom.

»Toller Ausflug.«

WIDERSTAND

Tag 34 der Impulsmission

Der plötzliche Verlust einiger Vermessungsdrohnen auf der anderen Seite des Mondes lässt uns vorsichtig werden. Die Datenströme rissen nacheinander ab, ohne jede Vorwarnung und ohne erkennbaren äußeren Grund. Unsere Suche nach Trümmern blieb erfolglos. Noah hat eine Gruppe gebildet, angeleitet von Yuna, die sich der Sache annehmen wird.

Ich selbst bin inzwischen von dem Gedanken abgekommen, Sauerstoff in diese Welt einzutragen. Das Ökosystem Perms ist empfindlicher, als es bislang den Anschein hatte. VENT hat die Nahrungsketten und immunologischen Beziehungen analysiert, sie reichen bis in die tiefsten Tiefen der Seismischen hinab, wo so ziemlich alle Hunde begraben liegen. Wie auf der Erde gibt es auf Perm einen unverbrüchlichen Zusammenhang zwischen Meer und Land. Es muss Phasen geben, wenn auch seltene, in denen ein Teil der Meerestiere das Wasser verlässt, nicht nur um sich an Farnen und Gräsern gütlich zu tun, sondern auch um in den einen oder anderen Gorgonen oder Phthino zu beißen.

Letztere sind zwar optisch unsichtbar, werden aber durch Formen der Sinneswahrnehmung aufgespürt, die uns bisher unbekannt sind. Die Kryptiden machen das Beste aus dem Gebissenwerden, indem sie ihren Nachwuchs in Form von kleinen hartschaligen Eiern im Bindegewebe aufbewahren, die mit den Fleischfressern ins Meer wandern. Das Aufbrechen der Schale besorgen die Polmonen und Naäme, die darüber ihre Vorräte an Mineralien und Calcium auffüllen. Die Minikryptiden wiederum sind darauf spezialisiert, beim ersten Knacken der Schale das Weite zu suchen, zur Not aus dem Maul eines Naäms hinaus, und sich an Land zu retten. Der Begriff »Amniot« wird ihrer korrekten Bezeichnung eigentlich nicht gerecht, wir müssten für Perm eine vollständig eigene Taxonomie aufstellen, und ich ärgere mich, dass wir schon mehrere Datenpakete voller inhaltlicher Fehler abgeschickt haben.

Die Minikryptiden werden, auf dem Weg an Land, häufig Opfer von Blitzschlägen. Ihre Körpermaterie geht, aufgrund der Hitze von mehreren zehntausend Grad, seltene Verbindungen ein. Diese sind den Seismischen in der Tiefe, zu denen die verklumpten Körper in großer Zahl hinabsinken, keine Nahrungsquelle, wohl aber so etwas wie eine immunologische Stimulation, auf die sie angewiesen zu sein scheinen.

Sollte dieser Zustrom abreißen und die Seismischen verenden, sind katastrophale Beben zu erwarten, denn diese beeinflussen (tatsächlich!) die Kontinentaldriften und die Wirkungen der Gezeitenkräfte auf Perm. Bereits geburtenschwache Jahrgänge gingen mit globalen Kataklysmen einher, die sich in den geologischen Schichten der letzten hundert Millionen Jahre niedergeschlagen haben. Die Auswirkungen sind so verheerend wie das vollständige Abschmelzen der Polkappen auf der Erde am Ende des 21. Jahrhunderts.

Ich habe es Noah und den anderen gezeigt, bis ins kleinste Detail, und davor gewarnt, das Ökosystem Perms anzurühren. Das ist auf der Erde nicht gut gegangen, und das wird hier nicht gut gehen. Die Antwort: »Mildred, du hast selbst gesagt, dass wir nicht als Umweltschützer hier sind.«

Die Heftigkeit der Anfeindungen, die mir seither entgegenschlagen, übertreffen alle Befürchtungen. Ich gelte nun als wetterwendisch, obwohl ich nur meine Ansichten an die neue Datenlage angepasst habe.

Deutlich wurde dies, als wir angefangen haben, über den Wert des permschen Lebens an sich zu reden. Ich bin in solchen Diskussionen nicht gut und immer froh, wenn sie vorbei sind. Einigkeit besteht darin, dass wir es zum Teil mit Lebensformen zu tun haben, die mit denen des Erdaltertums vergleichbar sind. Das meiste ist noch im Meer unterwegs, doch der Schritt an Land ist vollzogen. Offenbar ist es so: Wo Stickstoff, Kohlenstoff, Wasserstoff, Sauerstoff, Phosphor und Schwefel in ausreichender Menge zur Verfügung *stehen, scheint sich das Leben mit der Sicherheit eines Naturgesetzes zu bilden, jedenfalls über kurz oder lang. Es ist eine Art kosmischer Zwang, eine universelle Gepflogenheit. Wo es möglich ist, entsteht es auch, warum auch immer. Wenn wir irgendwo diesem Rätsel auf die Spur kommen können, dann hier.*

Wir haben auch über die ausbleibenden Anzeichen höheren Lebens auf Perm gesprochen. Es besteht weitgehende Einigkeit. Betrachtet man den gesamten Zeitraum des Lebens auf der Erde und vergleicht ihn mit einem 24-Stunden-Tag, so belegt das Erscheinen des raumfahrenden, technologischen Menschen die letzten Hunderttausendstelsekunden dieses Tages.

Anders gesagt: Das Zeitalter der Menschheit machte 0,0001 Prozent der Zeit des Lebens auf der Erde aus. Den Rest der Zeit füllten Bakterien, Fische, Amphibien, Ammoniten, kleine und große Echsen, später die behaarten Säuger.

Wenn das Entstehen von Leben, von nukleinsäurebasierter Genetik, von Viren, Bakterien, Fischen, Amphibien und Amnioten, so etwas wie ein Konstante im Universum ist, dann ist die Wahrscheinlichkeit sehr groß, dass es sich um tierisches Leben handelt.

Auf außerirdisches Leben an sich zu treffen, ist kein Wunder. Aber auf technologisches, raumfahrendes Leben zu treffen, ist, angesichts der winzigen Zeitspannen, in denen es im Vergleich zu den tierischen Lebensformen existiert, sehr gering – zumal es dazu neigt, an den Ästen zu sägen, auf denen es sitzt.

Wir sind hier auf eine Welt gestoßen, wie es vermutlich viele im Universum gibt und zu denen auch die Erde zu nahezu hundert Prozent der Zeit ihres Bestehens hinzugezählt werden konnte: sonnenbeschienen, bewässert, strahlengeschützt und belebt von kleinen und großen Kreaturen, allesamt ums Dasein kämpfend. Im Meer entstanden, aus ihm hervorgekrochen, entwickelt über Anpassung und Auslese, immer wieder gebärend und sterbend in einer endlosen Kette blinder, zielloser Existenzen, ohne jemals den Wunsch zu entwickeln, ein Raumschiff zu bauen und die Sterne zu bereisen. Die Wesen der Kreidezeit haben unvorstellbar lange Zeiträume existiert, gejagt, gefressen, herumgebrüllt. Intelligenz beschränkt sich normalerweise auf das

Notwendige, in der Regel braucht man keine Primzahlen, um ein Mittagessen aufzuspüren.

Möglicherweise ist Leben, das Technik entwickelt, nicht mehr als eine Art Störung, eine einzigartige Aberration des natürlichen Ablaufs der Dinge. Das wird offenkundig, schon allein wenn ich die bescheidenen Hütten betrachte, die wir hier bauen. Wenn ein Gorgone oder ein Moschops an einen unserer Elektrozäune gerät und heulend von dannen zieht, spüre ich eine seltsame Beklemmung. Wir sind Fremdkörper, jetzt schon Störungen in einem Ökosystem, das für uns keinen Platz vorgesehen hat.

Noch haben wir für Perm die Dimension eines Sandkorns, vernachlässigbar. Doch die Dinge, die wir besprechen, und die, die wir können, sind ungeheuerlich. Wir werden in diese Natur eingreifen, wir haben nur noch nicht entschieden, wie. Ich habe, wie gesagt, den Ruf, vorschnell zu sein, unvorsichtig und sprunghaft. Ich bin »die, die den Fisch gegessen hat«. Dass der Ausgang dieses Versuchs sicher war und dass ich nicht vergiftet wurde, scheint keine Rolle mehr zu spielen.

Ich fürchte nach wie vor, dass ich die Bedeutung von Sympathie im Hinblick auf unsere Entscheidungen immer noch zu stark unterschätze. Menschen schauen nicht auf Gründe, sondern auf Zu- und Abneigungen, sie entscheiden »nach dem Herzen«.

Oh, wie falsch das ist.

Die Vorstellung, dass wir hier nach Intuition, nach Gefühl entscheiden werden, erscheint mir als ein Albtraum. Dafür sind die Entscheidungen zu groß, die nun anstehen und mit denen wir das Gesicht dieser Welt verändern werden.

Wenn wir diskutieren, haftet Noahs Blick auf mir, und ich sehe ihm an, dass er keineswegs meine Gedanken studiert. Was ich denke, will er nicht hören, vor allem, da es zunehmend seinen Plänen zuwiderläuft. Seine Blicke sind argwöhnisch und begehrlich zugleich. Ich kenne ihn gut genug, um zu wissen, dass Begierde und Argwohn bei ihm keine Regungen sind, die sich gegenseitig neutralisieren, im Gegenteil.

Da er darin ein Spiegel meiner selbst ist, entwickeln sich die Dinge in eine unvorhersehbare Richtung. Dinge, die ich vergangen geglaubt habe, kehren wieder in mein Leben zurück.

Gestern war ich mit ihm allein im Labor. Wir analysierten die Proben einiger vom Blitz getroffener Kryptiden-Eier, die wir am Tag zuvor gewonnen hatten. Dazu kamen wir nah an die Seismischen heran. Sie hängen wie tonnenschwere langgliedrige Zecken an den glühenden Rissen im Meeresgrund und scheuen sich nicht davor, solche selbst zu verursachen, wenn es ihnen zu kalt wird. Sie sind eins mit der Macht der geothermischen Energie, die hier in gewaltigen Mengen verfügbar ist.

Die Vermutung, dass sie, ein ausreichend großes Kollektiv vorausgesetzt, sogar in der Lage sein könnten, die Kontinentaldriften Perms zu beeinflussen, gilt inzwischen als gesichert. Sie stoßen physische und chemische Prozesse an, die jenseits unserer Vorstellung davon liegen, was Tiere können. Beinahe wären unsere Drohnen und auch wir selbst einem aufreißenden Feuerschlund zum Opfer gefallen.

Als wir im Labor über den Proben saßen, nebeneinander wie Schüler an einem Schultisch, berührten sich unsere Unterarme nur leicht, aber immer wieder. Ich brauchte eine Weile, um zu bemerken, dass er dies mit Absicht geschehen ließ.

Ich bat ihn, es zu lassen.

»Ich weiß nicht, was du meinst, Mildred«, entgegnete er.

Die Schnelligkeit seiner Reaktion und die Entschiedenheit, mit der er seine Ahnungslosigkeit vorspielte, waren eindeutig. Sein Blick beteuerte Unschuld mit einer Halbherzigkeit, die er offen zur Schau trug, und für den Bruchteil einer Sekunde sah ich in diesem unwirklichen Lächeln den ganzen Dämon von Noah Rayser.

Er rückte auf mich zu. »Ich mach doch nichts«, sagte er, als er bemerkte, wie ich zurückwich. Er beugte sich vor, absichtlich knapp an meinem Gesicht vorbei, um in mein Femtoskop zu sehen. »Was hast du gefunden?«

Für einen kurzen Moment gestattete ich mir die naive Annahme, dass es ihn wirklich interessierte und ich mich getäuscht hatte.

»Die Prinzipien der Erbinformationen scheinen trotz der XNA-Grundlage dieselben zu sein wie bei irdischen Lebewesen«, erklärte ich. »Die Proteine –«

»Du riechst gut, Mildred.«

Er sah auf und tippte gegen das Okular des Femtoskops.

»Hier! Hier riecht es gut. Das bist du!« Er lächelte. »Genau wie früher.«

»Es ist nicht dieselbe Welt«, sagte ich.

Er hob die Hände.

»Ich meine nur, dass du gut riechst. Das wird ja noch erlaubt sein.«

Ich fuhr fort. »Die XNA ist hinreichend erforscht, aber sie ist mit DNA nicht einmal im Ansatz kompatibel. Und mit den Seismischen hat sich offenbar ein Zweig entwickelt, der –«

»Das war verrückt, da unten«, unterbrach er mich. »Das ging alles sehr schnell. Um ein Haar hätte es uns erwischt.«

Ich nickte. »Ohne mich säßest du jetzt nicht hier«, sagte ich.

»Und du nicht ohne mich.«

Das stimmte. Ohne ihn wäre ich nicht auf Perm. Doch seit gestern verdankt er mir aufgrund einer beherzten Entscheidung in der Tiefe des Golfs sein Leben. Wir sind gewissermaßen quitt.

»Danke«, sagte ich und küsste ihn auf die Wange.

Nun war es an ihm, erschrocken zurückzuweichen. Er legte seine Hand auf die Stelle.

»Warum hast du das gemacht, Mildred?«

»Weil es geht«, sagte ich. »Du warst schon immer leicht zu haben.«

Die Ohrfeige, die er mir daraufhin gab, war nicht stark, eher von der Art, wenn man versucht, einen Bewusstlosen in den Wachzustand zurückzutätscheln. Sie bedurfte keiner körperlichen Stärke, da sie keinen Schmerz zum Ziel hatte, sondern Respekt.

Meine Ohrfeige hingegen hatte den Schmerz zum Ziel. Noahs Wange glühte, ich hatte genau die Stelle getroffen, die ich wenige Sekunden zuvor geküsst hatte.

»Wie ich schon sagte«, setzte ich meinen Vortrag fort, »es kann sein, dass wir eine völlige Inkompatibilität zwischen den Naturen haben. Es gibt Tau-

sende Bakterienarten auf Perm, genauso gibt es Viren und Mikroben, doch nichts davon kann uns krank machen. Es passt einfach nicht zusammen. Genauso wird alles, was wir einschleppen, Perm nichts anhaben. Ich denke, dass wir das als Gunst begreifen müssen.«

Noah hielt sich die Wange und nickte langsam.

»Eine andere Welt, sagst du?«

»Eine ganz andere Welt.«

»Dann lass uns neu anfangen. Wir werden noch eine ganze Weile hier sein.«

Ich lasse mir Zeit, mir diese Einsicht zu Gemüte zu führen, und sage, nach einer geraumen Weile: »Da hast du recht.«

Berührung ist, physikalisch gesehen, eine Illusion. Wenn sich Körper einander nähern, stoßen sich die elektrischen Felder der Oberflächenmoleküle gegenseitig ab. Was wir empfinden, ist nicht Nähe, nicht Verbindung, sondern, eigentlich, Widerstand.

Draußen ist es nun dunkel. Der Wind heult und zwingt die riesigen Aglaphyten und Schachtelhalme in die Knie, sie beugen sich ihm wie ergebene Diener oder Wasserpflanzen in einer Strömung. Faustgroße Tropfen klatschen gegen die Scheiben, als würde jemand Schneebälle werfen.

Da draußen gibt es nichts, das mir sagt, was richtig und was falsch ist. Das Leben auf Perm hat bisher keine einzige heilige Schrift hervorgebracht, und ich habe nicht vor, dieses Versäumnis nachzuholen.

Ich nehme den Dreizack von der Wand. Ich habe Lust, etwas Lebendiges zu erlegen und es auseinanderzunehmen, daher werde ich noch mal rausgehen. Dass Polmonen und Gorgonen kein herkömmliches Herz haben, weiß ich schon. Aber beim Moschops bin ich mir nicht ganz sicher. Sie zeigen sich fast nur im Regen, die Bedingungen sind gerade ideal.

Ich nehme ein paar Köder aus der Schachtel und stecke sie ein. Ich reiße mich zusammen, bevor ich mir den Helm aufziehe und in die Schleuse trete.

»Wir werden noch eine ganze Weile hier sein.«

So sieht es aus.

AMEISENDOSE

In den Biomen auf der Erde waren, durch die unvollständigen Ökosysteme, Ameisen ein Problem. Die Ameisendosen von Rayser waren schnell ausverkauft, viele stellten sich morgens um fünf in die Schlange, um wenigstens ein paar zu bekommen.

Bei uns zu Hause gab es einen Vorrat an Ameisendosen, da Mama das Problem vorausgesehen hatte. Ich sah ihr oft dabei zu, wenn sie ein Messer und einen Hammer nahm, um sie der Reihe nach aufzustoßen. Vier kamen in jede Ecke der Küche, den Rest verteilten wir im Haus.

Einmal saßen wir auf dem Boden in einer Ecke der Küche und sahen zu, wie sich die erste Ameise dem großen und fremden Gegenstand näherte, der plötzlich an ihrer Straße stand, ihn umlief, darüber spazierte und schließlich darin verschwand.

»Es riecht gut für sie«, sagte ich.

»Schau hin, Henry.«

Ich schaute hin. Irgendwann kam die Ameise wieder aus der Dose heraus.

»Es riecht gut für sie. Aber es ist Gift. Sie kann es nicht wissen, ihr Verstand reicht nicht so weit. Sie verlässt sich auf ihre Instinkte. Instinkte sind dumm, wenn du auf etwas stößt, das du nicht verstehst.«

Ich war elf. Ich verstand nicht, was sie damit meinte. Aber das spielte für sie keine Rolle, sie wusste, dass ich es mir merken würde – und eines Tages verstehen.

Die Ameise machte sich auf den Weg zurück in das Nest, das irgendwo in der Hauswand liegen musste.

»Sie kann uns nicht sehen«, sagte Mama. »Wir sind wandernde Berge, die Dinge können, die jenseits ihrer Vorstellungskraft liegen. Sie bringt das Gift in ihren Bau. Andere werden kommen und es ihr nachmachen. Sie sind jetzt schon alle zum Tode verurteilt und wissen es nicht einmal. Sie können es gar nicht wissen.«

»Ist das nicht böse?«, fragte ich.

»Es ist nicht böse gemeint. Es ist nur eine Dose aus einem Baumarkt von Rayser, die etwas beseitigt, was stört.«

»Für uns.«

»Ja.«

»Und für die?«, fragte ich. »Was ist es für sie?«

»Ist es der Untergang ihrer Welt.«

»Aber wir meinen es nicht böse, Mama, oder?«

»Nein. Das tun wir nicht.«

HASE

Ich möchte wieder ein Tier«, sagte Loy, als wir von der Schule nach Hause liefen. »Ich möchte bitte einen Hasen.«

»Dann wünsch dir einen!«, entgegnete ich. »Übermorgen kriegst du den Griffel.«

»Wenn ich unterschreibe«, sagte sie. »Vorher probiere ich etwas anderes.«

Der Weg von der Sorgente nach Hause führte in einem gläsernen Serpentinentunnel an der Vertikalfarm der Familie Abdulrazzeq vorbei, die das Nordende des Lyneham-B-Bioms mit den Supramontefelsen verband und teilweise mit ihnen verschmolz. Die Anlagen ragten fast vierhundert Meter in die Höhe. Ronny hatte ausgeführt, dass von hier die knackigsten Salate, die rötesten Paprika und die weichste Ananas des Marktes kamen. Kaum jemand hatte die Anlagen jemals von innen gesehen. Die notwendigen Kenntnisse hatten die Abdulrazzeqs von der Erde mitgebracht, wo sie die Vertikalfarmen der Klimaschutzbiome betrieben hatten, die in Gegenden standen, in denen es höchstens zweimal im Jahr regnete.

»Die Familie Abdulrazzeq«, wusste Ronny, »legt Wert auf die Tatsache, dass ihre Erzeugnisse vor dem Verzehr nicht gewaschen werden müssen, da ihre Herstellung sauber ist und ohne jedes Pflanzenschutzmittel auskommt. Obst und Gemüse wachsen auf bewässerten Schaumstoffkissen, die mit Nährlösung getränkt sind, Besamung, Beleuchtung und Ernte vollziehen sich vollautomatisch. Es klingt verrückt, aber aus entropischer Sicht ist das natürliche Wachsenlassen von Obst und Gemüse sinnhafter als seine Aggregation.«

»Kann ich mir das mal anschauen?«, fragte Loy.

»Das Hygienekonzept ist strenger als die Vorgaben der Notfallmedizin. Wer in die Anlagen hineinwill, muss sich einer einstündigen Dekontaminierungsprozedur unterziehen.«

»Haben die Abdulrazzeqs überhaupt Tiere?«, fragte Loy.

»Nein. Aber die Larsens.«

Die Larsens waren die Feinde der Abdulrazzeqs. Sie kamen aus Wales und hatten, auf gemeinschaftlichen Wunsch hin, Felder im Süden von Lyneham A anlegen dürfen, unweit unseres Hauses und so weit von den Abdulrazzeqs entfernt wie möglich. Sie bestellten die Felder mit der Unterstützung eines elektrischen Schnitters, eines Automaten, der auch pflügen und säen konnte. Seine scharfkantige Erscheinung war so unheimlich, dass Loy immer wegsah, wenn er in der Nähe des Zauns seine Furchen zog.

Die Früchte von Larsens Ernten waren schmutzig und weniger symmetrisch als alles, was von den Abdulrazzeqs kam, manchmal war sogar der Wurm darin. Die meisten Leute in Monte Ferru wagten es nicht, sich zu einer Seite zu bekennen, sondern kauften auf dem Markt von Ely, im nördlichen Tunnel zwischen A und B gelegen, stets eine Portion an Waren beider Seiten. Das vermied böses Blut, auch wenn es den Abdulrazzeqs missfiel, ihre sauberen Salate mit den verdreckten Kartoffeln der Larsens in einen Korb geworfen zu sehen, genauso wie die Larsens es schwer aushalten konnten, ihre schrumpeligen Naturschönheiten mit den künstlich aussehenden Produkten aus dem »Gewächshaus« gepaart zu sehen und – im schlimmsten Fall – sogar in einem gemeinsamen Gericht zu enden.

Dass der schwelende Konflikt nicht zu einer Fehde ausartete, lag an der Zurückhaltung der Familie Abdulrazzeq. Das Konzept einer Vertikalfarm war störanfällig, wortwörtlich bis in die Ritzen, man konnte keine Sabotage riskieren. So trug die Familie ihren Stolz nach innen und kaufte sogar hin und wieder, um des Friedens willen und mit zusammengebissenen Zähnen die ein oder andere Kartoffel bei Larsens Stand – aber nur um diese, wie ich später sah, unangerührt in die Gola zu werfen. »Majal«, den Acker, nannten sie heimlich die Stelle in der Nähe der Bahnstation, wo sich die Kartoffeln sammelten, ein wenig austrieben und an Sauerstoffmangel starben.

Die Larsens kauften nichts von den Abdulrazzeqs, sie waren kein Musterbeispiel walisischer Höflichkeit. Doch sie besaßen ein paar geklonte Ziegen, Schafe und eine Unzahl Hasen, weswegen Loys Plan uns zu den Larsens führte.

Trudy saß auf einem Weidezaun und sah uns entgegen. Die Kette von Ereignissen, die das folgende Gespräch in Gang setzte, war weitreichender, als ich mir das damals vorstellen konnte.

»Was wollt ihr?«, rief Trudy schon von weitem.

Loy antwortete nicht gleich, sondern lief ihr entgegen und setzte ein freundliches Gesicht auf.

»Ich brauche einen Hasen«, sagte sie.

»Wofür?«, fragte Trudy.

»Für mein Wohlbefinden.«

»Ist das wahr?«, fragte Trudy und blickte zu Ronny.

»Ja«, sagte der.

Trudy nickte und sprang vom Zaun. »Eigentlich sind sie für den Ofen. Aber ich frag mal nach. Wartet hier.« Sie rannte ein Stück Feldweg entlang und verschwand im Eingang des klobigen Larsen-Quartiers, neben dem ein christliches Kreuz prangte.

»Für dein Wohlbefinden?«, fragte ich leise.

»Ja. Sollte ich einen Hasen wollen, um mich schlecht zu fühlen?«

»Was wirst du mit ihm anstellen?«

»Ich streichele ihn ganz oft und freue mich, dass ich ihn habe.

Ich trage ihn herum und drücke ihn an mich. Aber er kommt in einen Stall, und ich interessiere mich von Tag zu Tag weniger für ihn.«

»Und dann?«

»Kommt Mama und übernimmt das Kümmern für mich.«

Mir lag die Rückfrage auf der Zunge, was denn wäre, wenn Mama nicht käme. Aber der Gedanke fühlte sich so falsch an, dass ich ihn nicht aussprach. Genauso unmöglich, wie dass sich niemand um einen süßen Hasen kümmern würde. Ich begriff: Loy steigerte mit dem, was sie tat, die Unmöglichkeit, dass Mama nicht kam.

Trudy kehrte mit einem versteinerten Gesicht zu uns zurück.

»Ich kann dir keinen Hasen geben«, sagte sie, als sie in Hörweite gekommen war.

»Warum nicht?«, fragte Loy.

»Du bist eine Meadows.«

Loy sah mich erschrocken an. Ich schüttelte den Kopf, da ich keine Ahnung hatte, was das bedeuten sollte.

»Meine Eltern sagen, dass ihr nichts von uns bekommen werdet. Heute nicht und morgen auch nicht. Und ihr sollt euch verziehen.«

»Was haben wir euch getan?«, fragte Loy.

»Das haben sie nicht gesagt!«

»Wir gehen erst, wenn du uns sagst, was wir euch getan haben!«

Trudy seufzte, lief zurück ins Haus und blieb dort eine Weile. Loy nutzte die Zeit, um sich an den Anblick des elektrischen Schnitters zu gewöhnen, der nun anfing, irgendeine Saat in die frisch gezogenen Furchen einzubringen. Er blickte dabei die ganze Zeit zu uns herüber, als müsste er sein Tagwerk vor uns schützen. Als Trudy wiederkam, war der Ausdruck in ihrem Gesicht genauso düster wie zuvor. Sie lehnte sich an den Zaun und stützte die Ellenbogen darauf ab.

»Es ist wegen eurer Mutter.«

»Was?«, rief Loy.

»Keine Hasen für Meadowskinder.«

»Komm jetzt«, sagte ich, »wir gehen.« Ich versuchte, sie am Arm zu nehmen. Aber sie schüttelte mich ab.

»Was ist mit meiner Mutter?«, rief Loy.

Trudy schüttelte den Kopf, stieß sich vom Zaun ab.

»Sie ist keine gute Christin«, sagte sie und ging.

Loy sah ihr lange nach, dann machte sie kehrt und lief los. Ich hatte Mühe hinterherzukommen.

»Was machst du jetzt?«, rief ich.

»Mit Papa reden.«

SPRECHSTUNDE

Aus Gewohnheit saßen wir, wie auch schon auf der Erde, in der Küche. Papa spürte, was in der Luft lag. Er bot uns heiße Milch mit Marshmallows an, so viel, wie wir trinken konnten, und berichtete ausführlich von seinem ersten Arbeitstag.

»Ohne Marshmallows«, sagte Loy.

Die Statik des Bodens war auf 90 Prozent der Perm-Oberfläche nicht ausreichend, um herkömmliche Gebäude aufstellen zu können. Santa Maria Navarrese und Monte Ferru waren Ausnahmen, so etwas ging nicht überall. Abel Weiner sei ins Team gekommen, er habe Fehler im Konzept der Nuraghen festgestellt, die sie blitzanfällig und ineffizient machten. Vielleicht konnten sie so verbessert werden, dass es bald ohne Maske nach draußen gehen konnte.

»Wie bald?«, wollte Loy wissen.

Papa tat, als hätte er die Frage nicht gehört, und fuhr fort. Die entropische Unsichtbarkeit vor der Anomalie hätte ihren Preis. Es wurde überlegt, das Züchtungskonzept, auf dem die Nuraghen und die Schallwaffen draußen beruhten, auch auf Gebäude zu übertragen und zukünftige Behausungen in ähnlicher Weise wachsen zu lassen.

»Warum?«, fragte Loy.

»Wir können die Wärme nicht abführen.«

»Welche Wärme?«

Papa zögerte mit der Antwort. Stattdessen zeigte er plötzlich nach draußen, wo eine Herde Megastodone über die dunkle Ebene zog. Die Tiere waren unsichtbar, aber da es in Strömen regnete, wurden sie durch die Unmengen an Wasser sichtbar, das an ihnen hinuntertroff. Der Anblick war so schaurig, vor allem wenn es blitzte, dass wir unsere Fragen tatsächlich für eine Weile vergaßen und aus dem Küchenfenster starrten.

»Wie findet ihr es hier so?«, fragte Papa irgendwann.

Loy begann: »Also. Gut finde ich das Essen und dass man so hoch springen kann. Ich finde auch gut, dass wir jetzt endlich da sind.«

»Und was ist nicht so gut?«

»Dass Mama nicht da ist«, sagte Loy.

»Und was noch?«

»Dass ich bei Larsens keinen Hasen kriege.«

»Warum?«

»Wegen Mama!«

»Warum?«

»Sie ist keine gute Christin.«

Papas Stirn ging in Falten. Ich versuchte, sein Gesicht zu lesen. Er schien die Äußerung zu verstehen, doch es schien einer dieser Gründe zu sein, die Kinder entweder nicht verstanden oder nicht verstehen sollten. Loy spürte das. Sie starrte Papa erwartungsvoll an, zugleich lag in ihren Augen die Resignation und die Sicherheit, dass nichts weiter dazukommen würde.

»Papa?«, meldete sich Chester leise.

»Ja?«

»Konntest du der Frau helfen?«

»Wen meinst du?«

»Die, die geweint hat. Beim Absturz.«

Papa schien einen Moment zu brauchen, um sich zu erinnern. Doch dann sagte er: »Ja.«

Chester starrte ins Leere.

»Wirklich?«, fragte er. »Ich hab sie nicht mehr gesehen nach der Landung.«

»Sie war da. Du hast sie nur nicht gesehen.«

»Warum sind wir abgestürzt?«, fragte Loy.

Papa zuckte mit den Schultern und drehte an seinem Ring. »Wahrscheinlich war es einfach Pech.«

»Was heißt das?«

Papa seufzte. »Pech ist, wenn etwas nicht so läuft, wie man es sich wünscht«, sagte er.

»So wie, dass du gebissen wurdest?«

»Ja.«

»Oder, dass Mama noch nicht da ist?«

»Ja.«

»Oder wenn eine Stasiskammer nicht aufgeht?«

»Ja.«

»Warum gibt es Pech?«

»Herrgott, du nervst!«, sagte Chester.

»Es passiert einfach so«, sagte Papa.

»Was ist: einfach so?«

»Ich zeig's dir«, sagte Chester und schlug ihr auf den Hinterkopf.

»Du Stinker!«, rief Loy.

»Hey!«, rief Papa »Schluss jetzt!«

Ein Wetterleuchten blitzte auf, der Regen wurde stärker.

Chester nahm Papas Hand und sah ihn ängstlich an.

»Papa?«

»Ja?«

»Wir können nicht wieder zurück, oder? Zur Erde?«

»Nein.«

»Nie mehr?«

»Nein. Wir sind jetzt hier.«

Chester seufzte. Papa schob seine Hand zur Seite. Mir fiel das Gespräch mit Dahlia wieder ein.

»Papa?«, fragte ich.

»Ja, Henry?«

»Dahlia hat gesagt, dass wir mehr als fünf Wochen nach Perm geflogen sind. Stimmt das?«

Papa sah mich an, als hätte ihm jemand befohlen, die »Eule« zu machen. Seine Augen wurden weit, er schien sogar das Blinzeln zu vergessen. Er stand auf, um noch etwas heiße Milch herzustellen, obwohl wir alle noch volle Tassen vor uns stehen hatten.

»Wie lange sind wir geflogen, Papa?«, wiederholte Loy die Frage.

Er setzte sich wieder.

»Ich weiß nicht, ob ihr das schon begreifen könnt …«, fing er an. »Fünf Wochen sind doch schon eine lange Zeit, oder?«

Draußen summte ein Blitz. Einer der Megastodone war stehen geblieben, um an einem der schwarzen Baumstämme zu nagen.

»Schaut mal, sein Essen verschwindet, wenn es in seinem Maul ist«, rief Papa.

»Wie lange sind wir geflogen?«, fragte Chester, der unangenehmen Fragen normalerweise am längsten auswich.

Papa sah ihn an. Offenbar fiel ihm die Antwort leichter, wenn er sie dem ältesten von uns gab.

»12 000 Jahre.«

»Ach so«, sagte Loy und sah nach draußen. »Warum wird sein Essen unsichtbar, wenn er es frisst?«

Papa holte die Milch aus dem Aggregator. »Er ist unsichtbar, nicht durchsichtig. Sein Körper verdeckt das Essen. Wollt ihr noch was?«

Chester schob ihm aus Nettigkeit seine Tasse hin. Papa füllte sie bis zum Rand.

»Kann ich auch noch was?«, bat Loy.

»Klar«, sagte Papa und forderte neuen Kakao an. Der Reaktor wies darauf hin, dass wir möglicherweise schon satt sein müssten, der späte Zucker so kurz vor der Nachtruhe nicht empfehlenswert sei und das entropische Kontingent an Süßgetränken für 22 Stunden verbraucht sei.

»Trotzdem!«

Es begann zu summen.

»Hast du uns angeschwindelt?«, fragte Loy.

»Ich war mir nicht sicher, ob ihr es versteht«, antwortete er mit leiser Stimme.

»Was sollen wir daran nicht verstehen?«, fragte Loy.

Papa sah sie daraufhin mit einem Ausdruck der Erleichterung im Gesicht an. Ich glaube, es war die Art von Erleichterung, der man eigentlich nicht traut.

Plötzlich war von überallher ein Summen zu hören, das immer mehr zu einem Pfeifen anschwoll.

»Was ist das?«, fragte Loy.

»Die Schallwaffen laden sich auf.«

»Warum?«

»Wegen der Herde draußen, sie kommt zu nah an die Biome.«

Ein Donnerschlag beendete das Pfeifen, er brachte für einen Augenblick alles zum Vibrieren, den Tisch, die Flächen, auf denen wir saßen, uns selbst.

An mehreren Stellen draußen wurde der Regen weitläufig zur Seite geschlagen und spritzte in alle Richtungen. Die Herde floh in Richtung Gola. Weitere Schläge folgten, bis auch der Letzte von ihnen verschwunden war und der Regen wieder überall gleichmäßig fiel.

Eine Weile saßen wir da, schwiegen und rieben uns die Ohren.

»Das war laut!«, sagte Loy.

»Ich würde gerne etwas zur interstellaren Raumfahrt ergänzen«, bat Ronny.

Papa nickte.

»Die interstellare Raumfahrt«, begann Ronny, »erlebte ihren großen Durchbruch nicht in erster Linie durch die Entwicklung neuer Antriebsformen, sondern durch den zeitlich unbegrenzten Einsatz der Stasis.«

»Was heißt das?«, fragte Loy.

»Wenn du einmal fachgerecht in Stasis gebracht wurdest, kannst du, sofern die Energiezufuhr nicht unterbrochen wird, solange darin bleiben, wie es notwendig ist. Zum Beispiel für eine Reise von Stern zu Stern.«

Draußen blitzte es wieder, aber die Kryptiden kamen nicht zurück.

»Du meinst die Kammern?«

»Ja.«

»Wir haben 12 000 Jahre geschlafen?«

»Ja. Aber ›schlafen‹ ist nicht der richtige Ausdruck. Biostase oder Diapause trifft es besser. Das ist eine biologische Überlebensstrategie. Verschiedene Tiere auf der Erde waren in der Lage, ihre Körperfunktionen auf ein Minimum zu drosseln, um eine Phase ungünstiger Umweltbedingungen, zum Beispiel Trockenheit oder eine Kälteperiode, zu überbrücken. Es gab sogar Säugetierarten, bei denen die Embryos im Bauch der Mutter in den Scheintod gingen, um in einer besseren Zeit geboren zu werden.«

»Warum sagst du ›gab‹?«, fragte Loy. »Gibt es sie nicht mehr?«

Papa erhob sich mit einem Ruck. »Habt ihr mal auf die Uhr geguckt. Morgen ist Schule!«

»Nein«, sagte Chester.

»Nein?«

»Wir haben frei, um das Grundgesetz von Monte Ferru lesen zu können.«

»Den ganzen Tag?«

»Das nennt man Akratie«, sagte Loy.

Im Bett setzten wir die Sprechstunde ohne Papa fort. Um nicht alleine zu sein, hatten wir beschlossen, alle drei in Loys Zimmer zu schlafen.

»Weißt du, was, Henry?«, sagte Chester. »Du bist 12 012 Jahre alt.« Er tippte auf Ronny. »Kein Wunder, dass du eine zweite Niere brauchst.«

»Halt dein Maul«, sagte ich.

»Alleine mit der Sahne aller Geburtstagskuchen, die du seither verpasst hast, könntest du das Grimsbury Reservoir von Banbury zweimal füllen«, sagte Ronny.

»Ohne Scheiß?«

»Natürlich. Ich lüge nie.«

Chester drehte sich zu Ronny und sah ihn nachdenklich an. »Du lügst wirklich nie, oder?«

»Nein.«

Chester nickte. »Stimmt es, dass Papa komisch zu mir ist, seit wir hier sind?«

»Was meinst du mit komisch?«

»Er schiebt mich immer weg. Schaut mich anders an.«

»Um das beantworten zu können, ist meine Datengrundlage zu klein. Außerdem weiß ich nicht, ob die Antwort deinem Wohlbefinden dienlich wäre.«

Loy lag zwischen uns auf dem Rücken. Sie machte eine kleine Lücke zwischen Daumen und Zeigefinger ihrer rechten Hand. »Wenn das fünf Wochen sind, dann sind das …«, sie hob beide Arme, »… 12 000 Jahre!« Sie ließ ihre Arme fallen, sodass sie auf Chesters und meinem Gesicht landeten.

»Au!«, rief Chester.

Die Kissenschlacht, die sich daran anschloss, wurde von Papa beendet, genau in dem Moment, in dem wir die Möglichkeiten der schwachen Gravitation erst richtig erkannt hatten. Erst drohte er uns das Alleineschlafen in unseren Zimmern an. Als das nichts brachte, ließ er Ronny *Tillies erste Weltraumreise* in ohrenbetäubender Lautstärke vorlesen. Das wirkte sofort. Wir beendeten die Schlacht, um uns die Kissen vor die Ohren halten zu können. Ich begriff nun das Prinzip »Schallwaffe« besser.

»Mama hätte mitgemacht«, sagte Loy, als wir wieder ruhig dalagen.

»Auf keinen Fall«, sagte Chester. »Sie hätte keine Zeit gehabt.«

Ich nickte in die Dunkelheit hinein, die den Raum erfüllte.

»Wo ist sie eigentlich immer hingegangen?«, fragte Loy.

»In die Firma«, sagte Chester.

»Welche?«

»Rayser.«

»Mama ist bei Rayser?«, rief Loy.

»Klar.«

»Das ist gut!«

»Warum?«

»Dann kann sie jedes Schiff nehmen, das sie möchte, und bald nachkommen.«

Loy stand auf, setzte sich vor ihre Kugelbahn und warf eine Murmel in den Start.

Es dauerte lange, bis sie die erste Fallöffnung erreichte und mit einem leisen Klacken auf der tieferen Ebene ankam, von der aus es in einer großen Kurve weiterging.

»Wir hätten sie nicht so nerven dürfen«, sagte Chester.

»Was meinst du damit?«, fragte Loy.

»Wie ich es sage!«

»Vielleicht hat ja Papa sie genervt?«

»Niemals«, sagte Chester.

»Jetzt hängt die Bahn schon wieder!«, rief Loy. »Es funktioniert hier einfach nicht.«

»Das ist wegen der Schwerkraft«, sagte Chester.

»Ich weiß. Hat Mama ein anderes Raumschiff genommen, weil wir nervig sind?«

»Vielleicht.«

»Das ist doch dumm. Wir haben geschlafen auf der Reise. Im Schlaf nervt doch niemand.«

»Stimmt«, sagte Papa, der plötzlich im Durchgang stand, »im Schlaf nervt niemand.«

Um Mitternacht wurde ich noch einmal wach. Loy weinte. Sie vergrub ihr Gesicht in den Kissen und tauchte nur manchmal auf, um Luft zu holen. Ich legte meine Hand auf ihren Kopf und streichelte sie mit den Fingern. Draußen blitzte es immer noch.

»Ich will wieder nach Hause«, flüsterte sie.

»Ich auch.«

»Ich will, dass alles wieder so wird wie früher.«

»Ich auch.«

»Aber das geht nicht.«

Sie schob das Kissen weg, stützte sich auf ihre Unterarme und sah mich durchdringend an.

»Ich brauche unbedingt einen Hasen.«

»Ich besorg dir einen«, sagte Chester.

GRUNDGESETZ

Der Dienstag begann mit einer Tiefnacht, erst gegen Mittag würde die Sonne hinter der Windleite auftauchen. Chesters Plan war bestechend einfach: in aller Herrgottsfrühe über Lyneham B und den Südtunnel zu Larsens Feldern, einen Hasen klauen, dann wieder raus aus den Feldern.

Wir schlichen über den stockdunklen Markttunnel von Ely. Alles war hochgeklappt und still. Die meisten der Stände waren unbenutzt, auch der größte Teil der Geschäfte, die in die Nordseite des Monte Girasole eingelassen waren, standen noch leer. Alles wartete darauf, mit Leben gefüllt zu werden, wenn die übrigen Schiffe ankamen.

Die Familien, die mit den Transfermodulen Eins und Zwei gekommen waren, hatten bereits Stellung bezogen. Gleich neben einem Geschäft für Feinkost, das von Undine Battiste, der Cousine von Kjell Larsen geführt wurde, befand sich der Laden für ausgegorene Wünsche und maßgeschneiderte Argumente von Dahlia. Sie bot Beratungsgespräche an, in denen sie versprach, zum Kern aller Bedürfnisse der Menschen vorzudringen, sodass man nicht in die Verlegenheit kam, sein Wunschkontingent an der Epithymia über Gebühr zu verschwenden.

Ich verstand damals noch nicht genau, was das hieß, aber es sah gemütlich aus. Dahlia hatte mehrere Sitzgruppen eingerichtet, und je nach Bedarf fand das Gespräch an einer anderen, passenden Stelle statt.

Vorne, an der Auslage, war der grüne Bereich, das Areal des Wohlwollens und der friedlichen Absichten. War man sich unsicher, wie gut man es meinte, konnte man in die Grauzone gehen und dort sprechen. Schließlich gab es, ganz hinten, Schwarz-Rot. Führte man gute Gründe mit sich, wurde man von Dahlia in diesen Bereich gebracht, wo es tief hineingehen durfte in den Zorn und dahin, wo der Hass sprach.

Dort entdeckte ich Melcher, allein, im Schein eines kleinen Lichts über einen Text gebeugt.

»Wartet mal«, flüsterte ich.

Chester und Loy blieben stehen, ich öffnete die Tür.

»Hey, Melcher!«, rief ich. »Was machst du?«

Melcher fuhr erschrocken zusammen, doch als er mich erkannte, hellte sich sein Gesicht auf.

»Ich les das Grundgesetz. Ich bin bei Artikel 57.«

»Spinnst du?«, fragte ich.

»Wollt ihr ernsthaft etwas unterschreiben, das ihr nicht gelesen habt?«

»Wir klauen einen Hasen, kommst du mit?«

»Jetzt gleich?«

Ich nickte.

»Ist Loy dabei?«

Die Frage versetzte mir einen Stich.

»Sie kriegt den Hasen«, sagte ich, ohne mir etwas anmerken zu lassen.

Augenblicklich legte Melcher den Text zur Seite und stand auf. Er sah zur Decke und rechnete etwas im Kopf. Dann schaute er noch mal auf den Text, rollte ihn bis an sein Ende und rechnete erneut.

»Zwei Stunden hab ich!«, sagte er.

Neben Dahlias Laden befand sich ein leer stehendes Reisebüro. Papa hatte Interesse an den Räumlichkeiten angemeldet, um dort in seiner Freizeit *Der Golf von Navarrese und das Westliche Golgo* zu verfassen. Dass in diesen Räumen offenbar schon einmal etwas Ähnliches versucht worden war, offenbar vergeblich, brachte ihn nicht davon ab. Im Augenblick lagen dort nur ein paar abgelaufene Tickets für die Schwebebahn und ein eingerissenes Plakat mit eingezeichneten Wanderrouten rund um Suttaterra auf dem Boden.

Um nicht aufzufallen, nahmen wir den Umweg über die Bahnstation. Von dort führte der Südtunnel nach Lyneham A und zu Larsens Feldern. Je näher wir an das Ende des Tunnels kamen, desto nervöser wurde ich.

»Ich weiß nicht, ob das so eine gute Idee ist«, sagte ich leise.

»Es ist nur ein Hase«, sagte Chester.

»Warum ›nur‹?«, fragte Loy.

»Wir retten ihn vor Larsens Teller«, ergänzte Melcher.

Loy nickte und schwieg ein paar Schritte.

»Aber«, sagte sie dann, »ist das nicht ungerecht den anderen Hasen gegenüber?«

»Wieso?«, fragte ich.

»Eigentlich müssten wir alle retten, sonst ist es nicht gerecht.«

»Loy!«, rief Chester. »Willst du einen Hasen oder nicht?«

»Schon!«, sagte sie. »Aber gerechter wäre es, keinen zu klauen. Oder alle. Also für die Hasen.«

»Psst jetzt!«, zischte Chester. »Das ist ja wie mit dieser Mücke! Oder Henrys Kuscheltieren.«

»Was für eine Mücke?«, fragte Melcher.

Ich schlich neben ihm. »Loy wurde mal von einer Mücke gestochen. Der Stich hat furchtbar gejuckt. Papa wollte die Mücke erschlagen, doch Loy war dagegen.«

»Warum?«, fragte Melcher.

»Weil der Stich sonst umsonst gewesen wäre.«

»Leise jetzt!«, zischte Chester. »Wir sind da.«

»Es wird sowieso nicht klappen!«, merkte Ronny an.

»Kein Mensch hat dich gefragt.«

Wir betraten die riesige Stille von Lyneham A und blieben erschrocken stehen, als wir den großen, dunklen Schatten entdeckten, der summend über die Äcker wanderte.

»Verdammt!«, schimpfte Chester. Er hatte seine Rechnung ohne den elektrischen Schnitter gemacht, der niemals schlief.

»O nein!«, jammerte Loy, als sie das Wesen wiedererkannte.

»Okay, Plan B«, flüsterte Chester, überlegte einen Moment und sah mich an.

»Henry, du gehst mit Melcher hier lang.« Er zeigte auf das Feld, knapp am Schnitter vorbei.

»Aber dann wird er uns entdecken!«, protestierte ich.

»Das soll er auch. Während ihr ihn ablenkt, schleiche ich mich mit Loy hier lang!« Er zeigte nach rechts, zum östlichen Rand des Bioms, wo hohe Maispflanzen aufragten.

»Und was sollen wir sagen?«, fragte Melcher.

»Dass ihr zum Krater wollt. Lasst euch den Weg zeigen.«

»Wieso sollten wir zum Krater wollen?«

Melcher schlug sich gegen die Stirn und sah meinen Bruder von der Seite an, als wäre er ein totaler Idiot. Aber das Leuchten in seinem Gesicht war ungebrochen, und ich war glücklich, in seiner Gruppe zu sein.

»Los, komm!«, rief ich und ging voran.

Loy und Chester verharrten hinter uns.

Melcher und ich waren nur wenige Schritte weit gekommen, als der große Schatten in der Mitte des Feldes stehen blieb. Auf der Höhe seines Kopfes leuchtete ein kleiner violetter Punkt auf, richtete sich aus und starrte schließlich wie ein Auge in unsere Richtung. Dann sprang ein Scheinwerfer an, der Melcher und mich mit einem grässlich hellen Licht blendete.

»Privatgrundstück!«, bellte eine dröhnende Stimme mit walisischem Akzent, die uns das Blut in den Adern gefrieren ließ. Instinktiv hoben wir die Hände und wollten gerade anfangen, uns zu entschuldigen, als ein zweiter Scheinwerfer ansprang und Loy zusammen mit Chester aufleuchten ließ, die gerade dabei waren, im Mais zu verschwinden.

»Privatgrundstück!«, wiederholte der Schnitter. »Das gilt auch für euch! Wenn ihr glaubt, dass ich nicht zwei Dinge gleichzeitig tun kann, seid ihr dümmer, als ihr ausseht.«

»Wir wollten nur –«, wollte Chester rufen.

Warum ›nur‹?, unterbrach ihn der Schnitter. Der Satz war eine exakte Wiedergabe der Stimme Loys, genau so, wie sie ihn kurz zuvor im Tunnel ausgesprochen hatte. Dann zitierte er Chester: *Während ihr ihn ablenkt, schleiche ich mich mit Loy hier lang!*

Den Plan eines Vergehens mit der eigenen Stimme und mit maximaler Lautstärke vorgespielt zu bekommen, verfehlte seine Wirkung nicht.

»Entschuldigung!«, rief Chester beschwichtigend und hob die Hände.

»Ihr müsst noch viel lernen«, sagte der Schnitter. »Geht in die Schule, damit ihr euch besser auskennt!«

»Ist gut, ist gut!«, sagte Chester. Ich sah ihm an, dass er vor Schreck den Tränen nahe war. Nun hatte er sich ein Mal an ein Abenteuer gewagt, was ohnehin selten war, und jetzt das.

Der Schnitter dimmte sein Scheinwerferlicht ein wenig, sodass dahinter seine mit Klingen und Pflugscharen bewehrte Gestalt sichtbar wurde. Auch das verfehlte seine Wirkung nicht. Wir wandten uns ab, Melcher nahm Loy an die Hand. Zusammen liefen wir den Südtunnel zurück in Richtung der Bahnstation.

»Er hat recht«, sagte Melcher irgendwann.

»Wieso?«, fragte Chester.

Melcher steckte seine Hände in die Taschen. »Wir müssen in die Schule.«

»Ich wollte aber einen Hasen«, rief Loy.

»Wart's ab«, sagte Melcher.

Als wir den Schulungsraum in der Sorgente betraten, erhob sich Frau Strom summend aus ihrer Ladestation, richtete sich zur vollen Höhe auf und schloss den obersten Knopf ihrer Strickjacke.

»Benötigt ihr eine Erläuterung der Artikel 39 bis 42 und 56 des Grundgesetzes? Diese gelten für Kinder als besonders schwer begreiflich.«

»Ja«, sagte Melcher.

»Setzt euch!«, sagte Frau Strom.

Wir nahmen an unseren gewohnten Tischen Platz, auch wenn wir erst einen Schultag hinter uns hatten.

»Was möchtet ihr zuerst besprechen?«

»Artikel 39«, sagte Melcher. »Die Frage nach dem Eigentum.«

»Das dachte ich mir schon«, sagte Frau Strom.

»Hier steht«, begann Melcher, der den Text bereits geöffnet hatte, »dass es in Monte Ferru kein Eigentum gibt.«

»Das ist korrekt«, sagte Frau Strom. »Alle Dinge in Monte Ferru befinden sich in einem permanenten Leihstatus. Das nötigt ihren Nutzerinnen und Nutzern Sorgfalt im Gebrauch ab, während eine unbefristete Inanspruchnahme nicht rechtens ist.«

»Was bitte?«, fragte Loy.

»Alles ist nur geliehen.«

»Warum?«

Frau Strom trat einen Schritt zurück. »Es spiegelt die Gesamtheit jeglicher Existenz wieder. Das Wasser, der Kohlenstoff, die Mineralien und auch alle sonstige Materie, aus denen sich eure Körper zusammensetzen, waren vor eurer Geburt ein Teil von etwas anderem. Und davor wieder von etwas anderem. Und wieder und wieder und wieder.«

Ihr Bohrkopf drehte sich zu mir.

»Henry, dein Körper besteht aus 6 mal 10^{27} Atomen. Jedes von ihnen existiert seit Milliarden von Jahren. Die Wasserteilchen, aus denen du zu 68 Prozent bestehst und die du hierher mitgebracht hast, sind älter als die Erde und sehr viel älter als Perm. Alles Wasser, das du beim Trinken achtlos in dich hineinschüttest und das eine Zeit lang ein Teil von dir wird, hat Weltraumreisen hinter sich, die du dir nicht einmal im Ansatz vorstellen kannst. Der Kohlenstoff, der deine organische Materie bildet, kommt aus explodierten Sternen. Auch er ist Milliarden Jahre alt. Du bist nicht mehr als ein Wimpernschlag in der unfassbar langen Geschichte eines jeden Teilchens, das sich dazu erbarmt hat, vorübergehend ein Teil von dir zu werden.«

»Schon klar«, sagte ich.

»Ich bin noch nicht fertig!« Frau Strom kam noch ein kleines Stück näher heran. »Alles, was du bist, ist geliehen. Nichts, nicht das kleinste Atom in deinem Fingernagel, in deinem Blut oder in deinem Herzen, gehört dir. Wenn du stirbst, wird jedes einzelne von ihnen seine Reise durch das Universum fortsetzen. Du bist eine Burg in einem Sandkasten. Du entstehst, du vergehst, was bleibt, ist der Sand. Eine Gesellschaft, deren Mitglieder glauben, etwas zu haben, unterliegt einer fundamentalen Illusion, die ihr unweigerliches Scheitern nach sich ziehen muss.«

»Aber –«

»Ich bin noch nicht fertig. Eigentum führt zu mehr Eigentum. Es ist ein Irrglaube, der sein eigenes Wachstum nährt, bis die Ungleichverteilung zu groß wird. Die Sandburgen werden zu hoch und die Löcher daneben zu tief. Ein paar wenige scheinen dann alles zu sein und die vielen nichts. Die Burgen brechen ein, bei Revolten, Mord, Totschlag, Plündereien. In diesen Zeiten offenbart sich die Wahrheit wie von selbst, dass es nichts gibt, das uns gehört oder worauf wir einen Anspruch haben. Wir selbst sind nicht mehr als eine Leihgabe des Universums.«

»Heißt das«, fragte Loy, die eine Träne auf der Wange hatte, »wenn ich unterschreibe, kann ich mir einen Hasen wünschen, ihn aber nicht haben?«

»Kluges Kind«, sagte Frau Strom. »Warum willst du denn einen Hasen haben? Die Betonung liegt auf *haben*.«

Loy dachte nach. »Ich möchte sicher sein, dass er mir nicht wieder weggenommen wird.«

»Damit sprichst du den tieferen Grund jeglichen Anspruchs auf Eigentum an. Die Angst.«

»Warum?«

»Du willst den Hasen für dich haben, da dir die Illusion, ihn zu haben, die Angst nehmen soll, dass er morgen nicht mehr bei dir ist.«

»Wenn ich heute schon weiß, dass er morgen weg sein wird, dann bin ich heute schon traurig.«

»Weißt du, Loy«, sagte Frau Strom, »abgesehen davon, dass nichts, aber auch gar nichts auf der Welt sicher ist – du kannst einen Hasen ein bisschen sicherer bei dir wissen, wenn du ihn nicht durch einen Diebstahl an dich genommen hast.«

Ich sah Loy an, dass sie Frau Strom am liebsten gegen das Kniegelenk treten wollte. »Ich habe ja gefragt«, schimpfte sie, »ob ich einen Hasen haben darf. Aber die Larsens geben mir keinen.«

»Was glaubst du, warum?«

»Keine Ahnung!« Jetzt hatte Loy auch auf der anderen Wange eine Träne. »Weil ich eine Meadows bin?«

Plötzlich ging die Tür auf. Frau Stroms Betreiber, Dr. Rufus Tenenbaum, kam mit zwei Tassen Tee auf einem Tablett herein, blieb aber erschrocken stehen, als er aufschaute und uns entdeckte. Die Löffel zitterten auf den Untertassen.

»Oh, ist heute doch Unterricht?«, fragte er erschrocken.

»Ja, Rufus«, sagte Frau Strom mit weicher Stimme.

»Dann will ich nicht weiter stören.« Tenenbaum machte kehrt und verließ den Raum.

»Ich verstehe da etwas nicht«, sagte Chester mit Blick auf die Tür, die sich hinter Tenenbaum geschlossen hatte. »Die Hasen gehören dem Larsen doch auch nicht.«

»Nein«, sagte Frau Strom. »Er hütet sie, passt auf sie auf und versorgt sie. Sie sind bei ihm gut aufgehoben.«

»Er isst sie.«

»Das ist sein grundgesetzlich stattgegebenes Recht.«

Melcher, der eine ganze Weile nichts gesagt hatte, meldete sich zu Wort. »Ich glaube nicht, dass es funktioniert.«

»Was meinst du, Melcher?«, fragte Frau Strom.

»Das mit dem Leihen. Der Larsen gibt seine Hasen nicht her, weil er denkt, sie gehören ihm. Sein Automat, dieser Schnitter, redet von einem Privatgrundstück. Was Sie vorhin erzählt haben, ist Quatsch. Es ist eine schöne Idee, aber es funktioniert jetzt schon nicht mehr.«

Frau Strom wuchs mit einem tiefen Summen auf die maximale Höhe an, mit der sie auf ihren dünnen Beinen noch die Balance halten konnte. Melcher sah spöttisch zu ihr hinauf. Sie verharrte einen Moment, dann drehte sie sich zur Tür. »Wartet hier.«

Sie verließ den Raum mit großen Schritten. Das Knallen ihrer Metallfüße war noch eine ganze Weile zu hören, dann wurde es still.

Melcher saß lächelnd und leuchtend an seinem Tisch und blinzelte.

»Artikel 56 ist toll«, sagte er.

»Wieso, was steht da drin?«

Melcher las vor: »Pädagogische Kräfte haben alles in ihrer Macht Stehende zu tun, die akratische Ordnung nicht nur zu vertreten, sondern auch zu verkörpern.«

Chester öffnete den Text, rollte ihn bis zu der Stelle vor und nickte. Auch Loy schaltete den Schirm auf ihrem Tisch an und begann zu lesen, ich schaute bei ihr mit hinein.

Als Frau Strom wiederkam, trug sie einen Hasen bei sich. Er hatte ein weißes Fell mit ein paar grauen Flecken. Besonders niedlich war der über seiner Nase.

»Ist er von Larsens?«, fragte Chester erstaunt.

»Natürlich«, sagte Frau Strom und gab ihn Loy.

Loy drückte das Tier an sich und setzte es auf ihren Tisch. Als Herr Tenenbaum noch einmal kam und zwei Möhren mitbrachte, hatten wir bereits alle das Grundgesetz von Monte Ferru mit unserem Blut unterschrieben.

ZWEI NATUREN

Tag 40 der Impulsmission

Ich sitze mit Noah auf der riesigen Felszunge, die von Westen her über den Ausgang Gola Gonone ragt. Tief unter uns ziehen die Wasserdampfschwaden ins Golgo und über das Phlegräische Feld. Das Meer steht hoch, von der Windleite angezogen, und ist in wildem Aufruhr. Der muschelbesetzte Gezeitenweg zum Monte del Pesce Polmone (wir haben den Namen so gelassen) ist meterhoch geflutet. Manchmal glaube ich, am Horizont die Wölbung zu sehen, die das Meer macht, weil die Windleite darüber steht.

Ich bin mir nicht sicher, ob ich ihm von meinen Experimenten erzählen sollte, die ich in den letzten Tagen im Labor und draußen, in der Ebene von Monte Ferru, unternommen habe. In der Tat ist es möglich, Getreidesorten zu generieren, die mit dem geringen Sauerstoffgehalt in der Atmosphäre Perms zurechtkommen. Die angepasste Quinoa, die ich am Monte Girasole eingesetzt habe, ist farblich keine Wucht, sie strotzt noch nicht vor Stärke und Vitalität, aber sie wächst. Die Süßkartoffeln gehen noch ein, aber mir wird etwas einfallen. In den Anden ist Quinoa in 4000 Meter Höhe gewachsen.

Mit alldem missachte ich die Bestimmungen zur Kontamination. Doch dem Stand meines Wissens nach haben diese Bestimmungen ohnehin keine biologische Grundlage. Sie fußen auf der Annahme, dass wir mit der mitgebrachten Erd-DNA das Leben von Perm kontaminieren, Seuchen und invasive Arten einschleppen könnten und so weiter. Eigentlich hätten wir es besser wissen müssen.

Die Inkompatibilität der Naturen entkräftet diese Befürchtungen zu hundert Prozent. Die einzigen Dinge, um die sie konkurrieren könnten, sind der Platz und das Wasser. Das ist die heimliche Idee, die mich seit Tagen verfolgt: Zwei Ökosysteme teilen sich dasselbe Territorium.

Natürlich sind wir eine invasive Art. Wir dringen in ein System ein, das keinen Platz für uns vorgesehen hat. Aber das Einzige, das wir uns nehmen, ist Raum. Eine irdische Süßkartoffel wird von einem Perm-Farn biologisch nicht wahrgenommen und umgekehrt. Zwischen beiden findet keinerlei Austausch statt, außer dass sie sich im Weg sein könnten und sich das Wasser wegnehmen.

Da es auf Perm so viel regnet, dass es sogar unser Rotschopf Dennis McMorrow mit der Angst zu tun bekommt, glaube ich nicht, dass wir der Natur Gewalt antun, wenn wir ein paar Felder anlegen. Vermutlich müssen wir sie teilüberdachen oder unter die Felsen gehen, damit die Sprösslinge nicht ersaufen. Der spärliche Perm-Humus ist aufgrund der genetischen Inkompatibilität für unsere mitgebrachten Pflanzen ein unfruchtbarer Boden. Aber ich glaube, ich bin die Einzige, die das als glücklichen Umstand begreift. Wir können die Perm-Fauna gar nicht kontaminieren. Perm-Leben und Erdleben werden sich viele Millionen Jahre lang wie Fett und Wasser zueinander verhalten. Eine Erdpflanze wird den Perm-Humus wie Geröll oder blanken Sand wahrnehmen, das Gleiche wird die Perm-Pflanze mit dem nach und nach entstehenden Erdhumus tun. Mechanisch kann der irdische Humus mit dem von Perm gemischt werden, biologisch wird es für lange Zeit keine Überschneidungen geben.

Ich unterhalte das kleine Beet am Fuß des Monte Girasole. Angepasste Versionen der Blaubeere, deren Keimblätter ich heute früh gezählt habe, sind auf dem Weg. Sieben von zehn Pflanzen strecken gerade ihre kleinen grünen Fühler einer fremden Sonne entgegen. Photonen sind Photonen, die schmecken den Pflanzen, egal, von welcher Sonne sie kommen.

Der nächste Schritt wären die Tiere. Ich glaube nicht, dass es hinsichtlich des Sauerstoffs reichen wird, sich bei der genetischen Anpassung an den genügsamen Lamas Lateinamerikas zu orientieren oder an Mäusen, die auf beinahe 7000 Meter Höhe klarkamen. Ich muss einen Weg finden, die respiratorische Oberfläche des Lungengewebes zu verdoppeln.

Erste Versuche an Hasen sind leider gescheitert. Sie erstickten gleich nach ihrer Geburt an sich selbst – ich habe eine Erbkrankheit generiert, die die Lunge »zu voll« werden ließ. Das ist insofern ärgerlich, da der wenige Platz im Gewebe ohnehin für organische Filter gebraucht wird, die das Problem der zahlreichen Schadstoffe in der Perm-Luft angehen. Ich muss noch genauer bei den Perm-Tieren hinschauen. Möglicherweise lassen sich einige ihrer Überlebensstrategien von XNA auf DNA übertragen – wenn schon nicht materiell, dann wenigstens prinzipiell.

»Was denkst du, Mildred?«

Noah steht auf, läuft ein paar Schritte nach vorne und zeigt auf die Ebene. In den Kratern Gairo I und II steht der Nebel, weiß und dicht wie Eis auf einem See. Santu Gairo I ist zwanzig Millionen Jahre älter, die vergleichsweise junge Caldera von II schneidet ihn im Westen wie ein langer gebogener Damm. Ich stelle mich neben Noah. »Was meinst du?«, frage ich.

»Irgendwo müssen wir anfangen«, sagt er. »Das Golgo ist tektonisch ruhig genug für einen großen Reaktor. Wenn er steht und läuft, können wir uns an die Prototypen machen.«

»Prototypen wovon?«, frage ich.

»Die Biome.«

Ich erschrecke, als ich das Wort höre, und mache instinktiv einen Schritt von ihm weg. »Ist das dein Ernst?«, frage ich.

Das Sichtfeld seines Helms ist aufgrund der Luftfeuchtigkeit leicht beschlagen.

»Nur für die Übergangszeit. Bis alles fertig ist.«

»Wir haben vereinbart: keine Biome!«, sage ich.

»Das stimmt. Wir haben aber auch gesagt, dass wir schauen müssen, was möglich ist. Wenn wir den Sauerstoff eintragen, braucht die Natur Perms Zeit für die Anpassung. Wir müssen es langsam angehen. Du hast selbst gesagt, dass die Seismischen nicht sterben dürfen.«

»An welchen Zeitraum denkt ihr?«

»Hunderttausend Jahre, Minimum.«

Ich lasse die Hände sinken.

»Nein, Noah. Einfach: nein.«

»Es wird anders sein als auf der Erde.«

»Wird es nicht. Keine Biome!«

»Warum?«

»Das Atmen ist ein Grundrecht.«

Er schweigt und schaut auf die Ebene.

Ich denke an die kleinen Hasen mit den überfüllten Lungen, denen ich beim Sterben helfen musste, weil es sonst zu lange gedauert hätte.

»Wie viele Brunnen besaß Rayser, bevor der Weltraum kam?«

»Die Preise waren fair.«

»Es geht nicht darum, wie hoch ein Preis war, Noah, sondern dass es überhaupt einen gab.«

»Wir hatten Frei-Tage. All you can drink and shower.«

»Ein Biom bedeutet die Privatisierung der Luft.«

»Na und?« Er lächelt. »Du hast davon profitiert. Du wärst nicht hier, Charles und die Kinder nicht unterwegs.«

Ich würde ihm am liebsten ins Gesicht schlagen, ihm die Kehle zudrücken. Rayser hatte nach dem Kommen des Weltraums die Sauerstoffversorgung der Biome auf den englischen Midlands in der Hand, dazu Schottland, Nordspanien und Sardinien.

»Wir haben Menschen gerettet«, fährt er fort, »ohne uns hätte niemand mehr geatmet. Und sag: Was soll die Alternative sein? Die Atmosphäre Perms mit Sauerstoff vollpumpen und das Ökosystem zerstören? Die Seismischen vernichten?«

Ich überlege, wieweit ich ihn einweihen soll.

»Vielleicht finden wir eine Möglichkeit, die Aufgabe der Seismischen selbst zu übernehmen. Wir müssen nur groß genug denken. Es sollte uns möglich sein, Erdstöße zu verhindern.«

»Hier geht es nicht um kleine Erdstöße, Mildred. Das sind Kataklysmen,

die dann kommen. Globale Katastrophen. Wenn wir die Seismischen dezimieren, geht der ganze Laden hoch. Da sind Spannungen in der Tektonik, die wir uns nicht einmal ansatzweise vorstellen können. Wir müssen die Natur schützen.«

»Wenn ich mich zwischen zwei Naturen entscheiden muss, dann für meine.«

»Unsere Natur wird in den Biomen geschützt sein«, sagt Noah, »ich habe Ideen, wie wir das Leben in ihnen gestalten. Es wird alles anders werden als auf der Erde. Wir dürfen ein paar der alten Fehler nicht wiederholen.«

»Das Biom ist der Fehler.«

»Du würdest eher ein ganzes Ökosystem zum Teufel jagen, als Biome zu bauen?«

»Ja. Sie sind die schlechteste Alternative.«

Er nickt langsam. »Ich habe gesehen, dass du an den Biotheken warst. VENT, die alte Petzeliese, hat mir die Protokolle gezeigt. Was hast du gemacht?«

Ich muss mit der Sprache rausrücken. Je weniger ich verheimliche, desto mehr kann ich heimlich machen.

»Ich dachte, wir könnten den anderen Weg gehen. Ich habe mit Pflanzen experimentiert. Und Tieren.«

»Die Anpassung? Herrgott, Mildred, hast du dir die Viecher hier mal angeschaut. Ich werde auf keinen Fall –«

»Was ist mit den inneren Werten?«

»Nein, nein und nochmals nein!«

»Vielleicht sieht es gar nicht mal schlecht aus.«

»Doch, das wird es. Schönheit ist essenziell, Mildred. Sie ist ein Gesetz der Natur. Wir können uns gegen alles wehren, aber nicht gegen die Schönheit. Wir werden uns nicht mehr fortpflanzen, wenn wir hässlich sind wie die Nacht.«

»Die Schönheit ist der Todfeind jeder Sachlichkeit und jeder Vernunft, das war schon immer so. Wer weiß, wo die Menschheit wäre, würden wir öfter unsere Augen schließen.«

»Nein.«

Ich tue es, schließe die Augen. »Du bist also lieber ein schöner Fisch in einer Glaskugel als ein hässlicher im Meer?«

»Solange ein schöner Fisch mit mir die Kugel teilt.«

Er legt seinen Arm an meine Taille und zieht mich an sich. Ich lasse ihn gewähren.

»Ich versprech dir jetzt was, Mildred.« Er zeigt auf die beiden Krater tief unter uns in der Ebene. »Alles, was wir brauchen, ist da. Wir werden in einem Jahr fertig sein. Ein Jahr, Mildred.«

Ich entdecke ein paar Stammfarne, die an der Caldera von Santu Gairo I stehen wie Palmen an einer Strandpromenade. Sie beugen sich in den Fallwinden, die unablässig von den Bergen kommen, die wir Supramonte nennen.

Seine Einschätzung kommt nicht von ungefähr, die Verlockung ist groß. Die Einschlagkrater enthalten alles, was wir für den Beginn der Baustelle brauchen. Erst der Reaktor, dann die Testdrucke, Varianten, aus denen wir dann auswählen, von der Erde wissen wir, wie schnell sich ein hermetisch sicheres Biom bauen lässt. Alles wäre in einem Jahr fertig. Ein Jahr. Das kann man auch mit einer Krankheit verlieren. Oder mit einem Fehler. Es geht vorbei, gerät in Vergessenheit, ist irgendwann ungeschehen.

Ein Jahr. Chester ist dann fünfzehn, Henry dreizehn und Loy elf.

»Vielleicht hast du recht, Noah«, höre ich mich sagen. »Lass uns Biome bauen.« Ich zeige in die Ebene. »Ich sehe es vor mir. Gairo, am Rand des Kraters, etwas neblig, aber ruhig. Nicht weit vom Meer gelegen. Der Strand dort heißt Marina. Marina di Gairo.«

»Und in Coccorrocci gibt es Eis«, schlägt Noah vor.

»Beim Riesenrad«, sage ich.

Ich schaue ihm in die Augen. »Versprich mir, dass wir ihnen ein Paradies schaffen!«

Er nickt und sagt: »Ja.«

Dann geht er, ich schaue ihm nach, seine Zufriedenheit mit dem Ausgang unseres Gesprächs ist ihm sogar von hinten anzusehen. Sein Gang ist nicht nur durch die hemdsärmelige Schwerkraft Perms leicht, sondern auch von innen heraus. Er führt meine Zuneigung und meine Zustimmung wie Trophäen mit sich, die eine negative Schwerkraft ausüben, ihn zum Himmel ziehen anstatt zu Boden.

Jetzt wird er zu den anderen gehen und mit seiner tiefen Stimme allen verkünden: »Wir fangen an. Alle Streitigkeiten sind beigelegt, sogar Mildred ist auf unserer Seite.«

Noch heute werden die Bohrungen im Krater beginnen, in einem Monat stehen die ersten Wände. Die Drucker arbeiten Tag und Nacht, Windnacht und Tiefnacht, es wird wachsen und gedeihen. Die Technologien, die wir dabeihaben, spielen die Macht aus, die ihnen innewohnt. Und zur Feier, nach nur einem Jahr, das wir älter geworden sind, stellen wir ein Riesenrad an das Ufer des Golfs von Navarrese, als wären wir in einem Freizeitpark. Wir fahren ein paar Runden und führen ein Prototypleben.

Dann legen wir uns in der Stille und Sicherheit des riesigen Orbits der Windleite schlafen. Periodisch lassen wir uns im Schichtdienst wecken, um zu sehen, ob die Biome und das Riesenrad noch stehen. Nach einem Jahr, nach hundert Jahren, nach tausend, nach zehntausend. Sollte etwas kaputtgegangen sein, wissen wir, der Neubau kostet höchstens ein Jahr, inklusive Riesenrad. Das meiste machen ohnehin die Automaten. Im Schichtdienst müssen wir gar nicht alle wach sein, müssen unsere Jahre nicht mit Wachsein verschwenden.

So einfach, das alles. Ich verliere ein Jahr, schlimmstenfalls zwei. Dann wäre Chester eben sechzehn, gerade noch ein Kind, Henry ist vierzehn und Loy zwölf. Ich bin 45. Das wäre die Rechnung für Gairo.

Noah verschwindet hinter einem Felsvorsprung. Es ist seine Rechnung. Von ihm und für ihn. Es wäre auch die – scheinbare – Rechnung für mich. Es wäre die Lösung für uns, aber nur, um unsere eigenen Jahre zu retten. Ich nehme es niemandem übel, so zu denken. Es ist berauschend und unwiderstehlich: nur noch ein Jahr. In einem Jahr ist das Paradies fertig. Dann schlafen wir und warten auf die anderen.

Ich höre schon Noahs warme, tiefe Stimme im Riesenrad: »Wir haben das

Menschenmögliche getan.« Und alle werden nicken, weil sie ihm so gerne glauben möchten, weil es so wunderbar leicht ist, wenn jemand anders die Lüge auf sich nimmt. Es ist leider ein Spezifikum des Menschseins, eine Lüge anzunehmen, wenn eine andere Stimme sie ausspricht. Sie klingt dann schöner, tief und warm, und es ist ein bisschen so, als wäre es nicht mehr die eigene. Aus Erfahrung weiß ich, dass Menschen äußerst selten das Menschenmögliche tun.

Kaum jemand hat das Menschenmögliche getan, um den Kataklysmus auf der Erde zu verhindern. Sehenden Auges ging es, vor langer Zeit, hinein in die tropischen Krankheiten, in die Wärmemykosen und Hitzschläge, in Stürme und Überflutungen, als gäbe es keine Kinder. Erst als die Gebäudeversicherungen, Sicherheitsdienste und Wohnlagen an Nordhängen nicht mehr bezahlbar waren, kam das Erwachen – zusammen mit der Feststellung, dass man die Sonne nicht ausschalten kann.

Die »Linie« in Saudi-Arabien, das erste autarke Klimaschutzbiom der Erde, in weiser Voraussicht auf das Kommende gebaut, war da längst ausgebucht. Nachahmer schossen wie Pilze aus dem Boden, ebenfalls ausgebucht, bevor der erste Grundstein gesetzt war. Womit die Baustellen und später die Biome geschützt wurden, um Millionen nicht zahlungsfähiger Hitzeflüchtige vom gewaltsamen Eindringen abzuhalten, weiß ich nicht. Meine Eltern haben es mir nicht erzählt und ich habe das Nachfragen eines Tages aufgegeben, dankbar, es vielleicht gar nicht wissen zu müssen und – als Kind – ja auch nichts dafür zu können.

Es wird mit mir keine Biome geben. Glücklicherweise habe ich noch ein halbes Leben Zeit, sie zu verhindern. Das Menschenmögliche tut sich nicht in einem Jahr. Und doch ist es erstaunlich, wie viel in ein Leben passt. Wenn mich die guten Geister in den Maschinen nicht verlassen, kann ich auf ihre Unterstützung zählen. Sie geben jeder Idee die Chance auf eine exponentielle Entwicklung, was Fluch und Segen zugleich ist, verschafft mir Zeit.

Das Meer wird unruhig. Allerlei Blitze schlagen in die türkisfarbenen Wellen, wie fluoreszierende Ölteppiche funkeln die Elektrophagen-Schwärme auf dem schäumenden Wasser. Grün und blau leuchten die Klippen des

Gennargentu und des Monte del Pesce Polmone auf und verlöschen langsam wie Kondensatoren, aus denen der Strom entweicht. Ich wünschte mir, mehr Zeit zu haben, die Wesen Perms zu studieren.

Aber wegen ihnen bin ich nicht hier. Ich muss mit DNA arbeiten, nicht mit XNA. Das Muskelgewebe der irdischen Wale hatte die Fähigkeit, Sauerstoff zu speichern, um den Körper während der langen Tauchgänge mit Energie zu versorgen. Vielleicht liegt darin die Lösung für das Problem meiner erstickten Hasen. Die Fähigkeit, Sauerstoff anzureichern, sollte sich mit einer gemäßigten Erhöhung der Lungenfunktion kombinieren lassen, möglicherweise kann ich Herpesviren dafür nutzen. Die Infektion mit ihnen müsste das Muskelgewebe und die Lungenfunktion betreffen und innerhalb einer überschaubaren Zeitspanne die gewünschten Resultate erzielen.

Ich gehe von mindestens sechs Wochen Grundlagenforschung im Labor aus. Vermutlich lässt man mich in Ruhe, da man ja nun beschäftigt sein wird, rund um Santu Gairo Goldfischkugeln zu bauen. Wenn ich mich bei der Raumplanung hin und wieder beteilige, wird man mir keine Fragen stellen.

BANNE

Loy nannte den Hasen Öter. Da sie ihn nicht in ihrem Zimmer halten wollte, war der erste Wunsch, den sie mit ihrem Griffel auf die Hemisphäre schrieb: »Ein Stall für Öter.«

Noch am selben Abend kam Dahlia, die sich dafür einen Felsenschneider aus Santu Gonone gewünscht hatte, und legte Öter ein paar Tunnel und Gruben an, in denen er schlafen konnte, außerdem druckten sie ihm ein Gehege aus, das an den Bau anschloss und ihm etwas Auslauf gewährte. Der felsige Grund verhinderte, dass Öter sich herausgraben konnte, der genau kalkulierte Überhang des Zauns verhinderte zudem einen Sprung ins Freie.

Nachdem wir ihn alle noch einmal gestreichelt hatten, setzte Loy ihn in seinem neuen Zuhause ab und betrachtete ihn eine Weile.

»Alles ist prinzipiell«, sagte sie irgendwann.

»Öter?«, fragte Chester.

»Alles. Mama sagt das. Jetzt muss sie kommen.«

»Warum?«, fragte Chester.

»Aus Prinzip.« Öter verschwand in einem kleinen Tunnel.

»Spielen wir 3D-Fangen?«, fragte Loy und sah zu uns auf.

»Okay«, sagte ich.

»Au ja«, rief Melcher.

Chester zuckte mit den Schultern, als müsste er sich erst einmal erbarmen.

»Beim Fangen bin ich raus. Aber ich hab eine Idee, wo wir hingehen können«, sagte Augustine.

Ihr Gespür für den passenden Ort einer Unternehmung wurde an diesem Tag zu einer festen Größe. Wir spazierten rüber nach Lyneham A, stiegen den Serpentinentunnel zur Sorgente hinauf und nahmen von dort den langen Tunnel zur Epithymia. Dort angekommen, kletterten wir bis an den äußersten Rand des Felsvorsprungs, den die Glaskugel umschloss. Dann mussten wir nur noch springen und hoffen, dass der »Schüsselboden«, wie Augustine es nannte, hielt. Dass er das tat, war selbstverständlich, auch wenn er durchsichtig war und trotz seiner mehrschichtigen Bauweise dünn wie eine Seifenblase erschien.

Ich sprang als Letzter, Ronny versorgte mich mit dem Mut, den ich dazu brauchte. Ich hielt ihn fest, während wir das Glas herunterrutschten und an der tiefsten Stelle der Kugel mit den anderen zusammenstießen, die sich dort gesammelt hatten.

Unter uns ging es vierhundert Meter in die Tiefe. Der Nebelfluss waberte stumm vor sich hin, auf der anderen Seite erkannte ich auf gleicher Höhe das Croce di Esilio. Als ich meine Hand von der Glasplatte löste, blieb ein Schweißabdruck zurück. Ich hatte Angst, ohne es zu merken.

»Wo ist das Cree?«, fragte Melcher.

»Was?«

»Er meint das Tigg«, sagte ich und versuchte, mich ein Stück aus dem Gemenge herauszuschieben.

»Es heißt Gool«, korrigierte mich Chester.

»Ich dachte Botte«, sagte Augustine.

Wie so oft schaltete sich Ronny ein: »Es hat viele Namen und keiner ist der richtige.«

»Es heißt ganz sicher Gool«, bestimmte Chester.

»Banne!«, schlug Ronny schließlich vor, und alle nickten.

»Kann ich mitmachen?«, fragte ich, an ihn gewandt.

»Nein, ich würde nicht hinterherkommen, und du reißt dir die Schläuche aus dem Arm.«

»Kurz abmachen?«

»Nein.«

»Wieso hast du mich überhaupt hergebracht?«, fragte ich.

»Für die schöne Aussicht. Bald bist du mich ohnehin los, Henry.«

»Gut!«, rutschte es mir heraus. Ganz so hatte ich es nicht gemeint, und es tat mir leid, obwohl ich wusste, dass Ronny nicht verletzt werden konnte.

Die tiefste Stelle des Schüsselbodens wurde zur Banne bestimmt. Ich setzte mich mit Ronny und Augustine mitten hinein und sah den anderen zu. Die schwache Schwerkraft gab dem Spiel eine zusätzliche Dimension. Mit genug Anlauf war es möglich, sehr weit nach oben zu kommen und das Rund des Bioms entlangzurennen wie in einer Steilwandkurve. Durch gewagte Sprünge war es sogar möglich, über die Fangenden hinwegzuspringen. Augustine, die plötzlich doch Lust bekommen hatte mitzumachen, kam einmal sogar so hoch, dass sie einen der Supramontefelsen von unten erwischte und sich daran festhielt. Immer wenn jemand abstürzte, ging es kullernd und unter großem Gelächter abwärts in die Banne, unterwegs drohte das Pech auf halbem Weg abgeklatscht zu werden.

»Ich war mir sicher, es heißt Tigg«, sagte ich zu Ronny.

»Es hat in jeder Sprache sehr viele Namen«, antwortete er. »Je nachdem, wo du herkommst, ist es das Tigg, das Gool, die Botte und so weiter.«

»Warum?«

»Weil es nichts weiter als eine vorübergehende Vereinbarung ist.«

»Wie meinst du das?«

»Es kann alles sein. Ein Sandkasten, ein Karussell oder eine tiefste Stelle, so wie hier. Dass etwas alles sein kann, spiegelt sich in der Vielzahl der Namen wider.«

»Also ist es eigentlich nichts?«

»Genau.«

DIE HEIMSUCHUNG

Tag 101 der Impulsmission

Eine neue Beobachtung hat uns in Aufruhr versetzt. Wir nennen es die »Heimsuchung«, bis jetzt ist uns kein besseres Wort in den Sinn gekommen. Sie erschien zeitgleich mit der Inbetriebnahme des Reaktors. In dem Moment, in dem wir uns zurücklehnten, im sicheren Glauben, ab jetzt unbegrenzte Energie zur Verfügung zu haben.

Es handelt sich um eine Anomalie, eine Art Störung, die mit einer konstanten Geschwindigkeit über die Oberfläche Perms zu wandern scheint. Wir bemerkten sie am Ende der letzten Windnacht, als sie sich etwa sieben Meilen entfernt im Süden des Monte Corongiu befand.

Dort hatten wir, am westlichen Rand des Golgo, mehrere Sonden mit Seismographen installiert, um sichere Bauzonen für die Biome zu ermitteln. Als die Datenströme nacheinander abrissen, ähnlich wie bei den vermissten Vermessungsdrohnen, wollte ich sie vor Ort prüfen und fand sie nicht mehr. Stattdessen entdeckte ich eine kaum erkennbare Spur im Sand, die die einzelnen Stellen schnurgerade miteinander verband. Vom nördlichsten Punkt aus führte die Spur weiter nach Nordwesten, geometrisch genau in Richtung der Corongiu-Berge, dorthin, wo wir unsere Basis aufgebaut hatten.

Die Warnung, die ich aussandte, blieb zunächst ungehört, da ich keine Beweise für die Zerstörung der Sonden vorlegen konnte und die Spur schnell durch Regen und Wind verwischt war. Ich teilte den anderen den genauen Zeitpunkt mit, an dem die Anomalie rein rechnerisch die Basis erreicht ha-

ben würde, und überließ ihnen die Entscheidung, was zu tun sei, während ich mich etwas abseits aufhielt. Mehr konnte ich nicht tun.

Eine Stunde vor dem errechneten Zeitpunkt schwirrten sie wie Ameisen aus dem Bau und veranlassten die Versetzung der Basis nach Gorropu, um einen neuen Sicherheitsabstand zu gewinnen. Ich hätte gerne die Diskussionen belauscht und beobachtet, wie sie es nach und nach mit der Angst zu tun bekamen. Vermutlich hatten sie die Zeiträume zwischen den Ausfällen der Sonden studiert und die merkwürdige Gleichmäßigkeit zwischen Zeit und Strecke selbst festgestellt.

Wie berechtigt die Sorge gewesen war, zeigte sich später an den Dingen, die in der Eile zurückgelassen worden waren. Sie waren wie vom Erdboden verschluckt, sogar der Reaktor, kein kleines Ding, sondern ein großer brutalistischer Bau, ist bis auf den Grundriss, den er im Boden hinterlassen hat, verschwunden.

In den folgenden Tagen versuchten wir, die Dinge aufzuspüren, auch die Anomalie selbst, doch sie entzog sich allem, was wir messen konnten, und wenn sie nicht über feinsten Sand wanderte, blieb sie unsichtbar.

Dass wir sie bei Marina di Gairo wiederentdeckten, vollzog sich auf indirektem Weg, nämlich durch das abnorme Verhalten einiger von uns markierter Küstentiere, durch die sie eine Schneise des Schreckens zu ziehen schien.

Es scheint so zu sein, dass die Tiere Perms sie wahrnehmen können. Jedenfalls haben wir beobachtet, wie sie auswichen und flohen, sobald sie sich ihnen auf wenige Meter näherte. Elterntiere schnappten, sofern sie es konnten, ihre Brut und suchten das Weite, die Amnioten zogen sich ins Landesinnere zurück, und die Polmonen verschwanden in den Tiefen des Meeres. Dieses Verhalten zeigte sich erstaunlicherweise auch bei Tieren, die keine Vorerfahrung mit der Anomalie haben konnten, zum Beispiel kleine Gorgonen, die erst wenige Tage alt waren.

Auch sie wichen aus, schienen zu spüren, dass da etwas auf sie zukam. Ich vermute daher, dass es sich um eine Erscheinung handelt, die schon seit sehr langer Zeit zur Natur des Mondes gehört. Es muss ein evolutionärer Vorteil darin liegen, die Anomalie zu erkennen und zu meiden. Das verschafft uns immerhin eine zentrale Gewissheit: Sie ist nicht wegen uns hier, sondern schon sehr lange da.

Darüber hinaus wissen wir nicht viel. Zweifellos wird sie von unseren Aktivitäten angezogen, und es stellt sich die Frage, welche davon ursächlich sind. Noah vermutet, dass es der Reaktor war, der eine deutliche Signatur im Wärmebild des Mondes hinterlassen hat. Dagegen spricht die Vernichtung der Vermessungsdrohnen und kleinen Sonden, die mit vergleichsweise kalter Energie versorgt wurden. Wahrscheinlicher sind meines Erachtens feinere Signale, die wir mit allem aussenden, was wir tun.

Immerhin hat sie es nicht eilig. Sie bewegt sich mit Schrittgeschwindigkeit, sodass ein Ausweichen oder das Verlagern der Basen bisher kein Problem ist. Die Batterien hatten wir glücklicherweise geladen. Nach zwei langen Tagen erfolgloser Ermittlungen haben wir uns ein weiteres Mal verlegt, weit über Cea hinaus in den Osten des Golfs. Wie zu erwarten machte auch die Anomalie daraufhin eine Kehrtwende und bewegt sich nun wieder auf uns zu. Da ihre Geschwindigkeit konstant bleibt, haben wir nun dreizehn Tage Zeit, bis sie uns erneut erreichen wird. Zeit genug, um weitere Forschungen anzustellen.

Auch wenn ich mir Sorgen mache, bin ich insgeheim froh um sie. Sie ersetzt mich in gewisser Weise, was die Funktion des Sündenbocks betrifft. Da wir nun alle gleichermaßen bedroht sind, wird wieder mit mir geredet, und ich kann nun nach Belieben an Tieren forschen.

Dabei habe ich Folgendes herausgefunden: Die Wahrnehmung der Anomalie ist an kein bestimmtes Organ gebunden, sie scheint vielmehr im gesamten neuronalen Netzwerk verankert zu sein. Die neuronale Tätigkeit der Perm-Tiere verteilt sich auf den ganzen Körper, vorzugsweise in der Hautschicht, wo sie durch die Perspiration, die Hautatmung, mit schneller Energie versorgt wird.

Warum sich auf Perm keine Augen entwickelt haben, kann ich bislang nicht sagen. Sollte die Anomalie eine evolutionär relevante Bedrohung sein, könnte sie bei den Perm-Tieren eine alternative Sinneswahrnehmung geradezu erzwungen haben. Ich würde sie gerne physikalisch untersuchen, aber

Noah hat mich ausgeladen. Er möchte, dass ich in meiner, wie er es nennt, »Blutküche« bleibe, und erfährt in dieser Haltung den Zuspruch von VENT.

Bis wir herausfinden, was die Anomalie anlockt, liegen die Biombaustellen auf Eis. Die Stimmung ist daher auf einem Tiefpunkt angelangt, vor allem da Noahs glücklicher Ein-Jahres-Plan schon in so greifbarer Nähe gelegen hatte.

Es ist ein seltsames Gefühl zu wissen, dass da draußen etwas ist, das auf uns zukommt und in ein paar Tagen da sein wird. Wir schlafen unruhig und schrecken auf, richten Wachdienste ein. Wir müssen uns auf die Beobachtung verlassen, dass es sich um ein singuläres Phänomen handelt, es also nicht noch mehr gibt, und dass es nicht schneller werden kann.

Als Gruppe rücken wir näher zusammen. Gestern Nacht wagte Yuna einen Vorstoß, der bislang einmalig war. Wir waren in der Küche aufeinandergetroffen, sie wollte sich einen Tee kochen, genau wie ich.

»Darf ich dich etwas fragen, Mildred?«, fing sie an.

»Weiß ich noch nicht«, sagte ich wahrheitsgemäß und stellte den Kocher an.

Yuna lehnte sich mit etwas Sicherheitsabstand gegen die Arbeitsplatte.

»Bereust du es?«

»Was?«

Ich konnte es noch nie leiden, wenn Leute schon wissen, was sie wissen wollen, es aber nicht sagen. Yuna sah mich an, als müsste ich etwas Trauriges begreifen, das sie schon längst begriffen hatte.

»Dass ich nicht bei meinen Kindern bin?«, schlug ich als Formulierung vor.

Yuna nickte.

»Kräuter?«, fragte ich und zog einen Teebeutel aus der Schachtel.

»Ja, bitte.«

Ich warf den Beutel in Yunas Tasse und goss auf. Der Wasserdampf stand wie Nebel über einem runden See.

»Ich bereue es nicht«, sagte ich und begann, mir meinen eigenen Tee zu machen.

»Kein bisschen?«, fragte Yuna.

Ich ärgerte mich über diese Nachfrage, als hätte ich mich nicht deutlich genug geäußert.

»Ich verrate dir jetzt mal etwas«, sagte ich. »Ich liebe meine Kinder. Am meisten, wenn sie nicht da sind.«

Yuna hob ihre Tasse an und pustete hinein.

»Ich habe mich gefreut, sie zu sehen«, fuhr ich fort, »wenn ich heimkam. Aber spätestens nach fünf Minuten –«

»Ich verstehe«, unterbrach Yuna mich.

Ich suchte ihren Augenkontakt.

»Es nervt. Mama, Mama, Mama. Die ganze Zeit.«

»Verstehe.«

»Wenn sie älter werden, musst du jedes Gekritzel toll finden, damit sie denken, sie wären die Könige deiner Welt.«

Wir setzen uns. Draußen vor dem Fenster, tief unten, schäumt das Meer, das Licht der Windleite spiegelt sich in einem breiten Streifen darin. Die Klippe, auf der wir unser Lager abgestellt haben, heißt Sa Perda Stampada und ist dreihundert Meter hoch.

»Ich habe Liebe zu ihnen. Aber ich spüre sie nicht, wenn ich bei ihnen bin. Ich atme auf, wenn sie schlafen. Oder ich zur Tür draußen bin.«

Yuna nickt und holt sich Zucker.

»Was ist mit dir?«, frage ich sie.

Sie zuckt mit den Schultern. Ich nicke und kippe mir auch etwas Zucker in den Tee. Dann nippe ich an der Tasse. Der Tee ist noch viel zu heiß, der kleine Schluck, den ich trotzdem nehme, verbrennt mir die Zungenspitze und schmerzt im Rachen.

»Hättest du gerne welche gehabt?«, frage ich.

Sie sagt nichts dazu. Ich wische etwas Kondenswasser von der Fensterscheibe und befehle VENT, dass er die Belüftung hochdrehen soll. Im hinteren Teil der Küche springt sofort ein Gebläse an, was mich in der Annahme bestätigt, dass VENT jedes Wort mithört, das wir reden.

»Bereust du es?«

Yuna überlegt. »Ohne Kinder tust du alles, was du tust, nur für dich. Es fehlt etwas, wofür du am Leben bist. Etwas außer dir selbst.«

Ich nehme einen weiteren Schluck. Er tut noch etwas mehr weh als der letzte.

»Du bist immer lange im Labor geblieben, Yuna. Vor acht bist du nie nach Hause gegangen«, sage ich.

Sie nickt und sieht mich mit kleinen Augen an. Ich stelle meine Tasse ab.

»Ich hatte zu tun«, sage ich und spüre die Brandblase, die sich auf meiner Zungenspitze bildet. »Aber es stimmt«, sage ich. »Ich hätte auch nach Hause gehen können. Es ist immer eine freie Entscheidung.«

Yuna lächelt zufrieden und hebt das Kinn. An der Scheibe verschwindet nach und nach das Kondenswasser, und der Blick auf den Golf wird wieder frei.

»Halb neun«, sage ich leise, »war eine gute Zeit. Dann waren sie noch so eine halbe Stunde lang wach, aber schon müde, die kommende Stille in Reichweite. Ich hab vorgelesen, Einsichten vermittelt, Köpfe gestreichelt. Und aufgeatmet, wenn ich draußen war. Ich bin auch oft nach neun gekommen.«

»Fehlen sie dir gar nicht?«

»Es ist besser so. Hier und jetzt kann ich mehr für sie tun.«

»Und es ist ruhig.«

»Ja.«

Ich nicke und trinke die Tasse in einem Zug leer.

»Die Vorstellung, die sie von dir haben, ist besser als die Wirklichkeit«, sagt Yuna.

Ich stehe auf und stelle meine Tasse in den Spüler und will eine gute Nacht wünschen, da nimmt Yuna meine Hand und bittet mich, mit ihr für einen Moment nach draußen zu gehen.

Ganz nach draußen.

Wir steigen auf den höchsten Punkt von Sa Perda Stampada, außer Hörweite des Lagers. Weit im Westen ragt der Monte del Pesce Polmone als

Schattenriss aus dem Meer, dahinter wetterleuchtet es mal wieder unentwegt. Vor den Zwölftausendern des Gennargentu, die alles mit unwirklicher Gewalt überragen, wirkt er wie eine kleine Sandburg.

Wir nehmen unsere Helme ab und schalten sie aus. Die kurzen Momente, in denen ich die warme Luft Perms auf der Haut spüre, sind viel zu selten. Ich freue mich, dass ich diesen mit jemandem teilen kann.

Doch Yuna geht es um etwas anderes. VENT soll nicht hören, was sie mir sagen will. Sie prüft noch einmal den Off-Status unserer Helme und kommt nah an mein Ohr.

»Ich bin schwanger.«

Ich zwinge mir ein Lächeln ins Gesicht. Ich muss nicht nachfragen, um zu wissen, dass es von Noah ist, die Auswahl ist begrenzt, und ich kenne ihn. Yuna sieht mich erwartungsvoll an.

»Schön«, sage ich.

Sie setzt ihren Helm wieder auf und schnappt nach Luft. Ich bin erstaunt über so viel Naivität. Erstens weiß VENT es schon längst durch die veränderte Zusammensetzung der Atemluft, die eine Schwangere ausstößt. Immerhin war er dezent genug, es für sich zu behalten. Zweitens ist die Stasis von Babys vergleichsweise unerforscht. Prinzipiell sollte es kein Problem sein, auch ein dreimonatiges Kind ins Deutolecith zu legen, aber der Gedanke an das Geschrei während der Vorbehandlungen lässt mich schaudern.

»Das erste Menschenkind, das auf Perm geboren werden wird«, sage ich feierlich, halte mit Mühe das Lächeln und setze auch meinen Helm wieder auf.

Wir gehen zurück. Als wir die Schleuse erreichen, wirft Yuna einen Blick nach Westen, wo es immer noch blitzt.

»Diese Anomalie macht mir Angst«, sagt sie.

Ich öffne die Schleuse, lasse ihr aber den Vortritt.

»Wir werden herausfinden, worum es sich handelt«, sage ich mit sanfter Stimme. »Es ist, wie alles, nur eine Frage der Zeit.«

HASENJAGD

Wir trafen uns jeden Tag im Schüsselboden, oft gleich nach der Schule. Vor allem nachdem uns Frau Strom ermuntert hatte, doch lieber den für uns vorgesehenen Spielplatz zu benutzen, gewann der Platz als Treffpunkt wachsende Bedeutung.

Die Aussicht auf die Biome war unschlagbar, wir hatten alles im Blick, keine Bewegung der Bewohner Monte Ferrus, gleich ob Tier, Maschine oder Mensch, entging uns, solange wir bäuchlings auf dem Glas lagen und nach unten sahen. Wir stellten fest, dass der Schnitter der Larsens einen sehr strikten Tagesablauf hatte, auf die Sekunde genau wiederholte er bestimmte Abläufe wie das Füttern der Ziegen und der Schafe, während die Larsens selbst nur sehr unregelmäßig ihr Quartier verließen. Wirklich arbeiten sahen wir sie nie, da der Schnitter so ziemlich alles konnte, was auf einem Feld oder in einem Stall zu tun war. Manchmal standen sie am Zaun, einen Stiefel hochgestellt und besahen sich mit einer Flasche in der Hand nickend die Felder, als wären sie fleißig gewesen und hätten eine Pause verdient.

Die Vertikalfarm der Abdulrazzeqs entzog sich unserem Blick, da sie von uns aus gesehen hinter den Felsen lag. Die Familie schien öffentlichkeitsscheu zu sein, nur Merril zeigte sich hin und wieder auf dem Markt, um ein paar erdige Kartoffeln zu kaufen oder mit Rufus Tenenbaum zu plauschen, wenn dieser seinen bescheidenen »Wocheneinkauf« erledigte.

Für Santu Gonone, das weit im Süden lag, brauchten wir ein

Fernglas. Doch es lohnte sich, denn dort herrschte der meiste Betrieb. Hier konnten viele ihre Eltern beobachten, wie sie Schürfautomaten unterwiesen, Stoffe aggregierten, Raumtrenner aufstellten und Maschinen bedienten, mit denen die notwendigen Zutaten für die Reaktoren abgebaut wurden. Manchmal sahen wir Frau Strom, wie sie auf ihren dünnen Beinen den langen Tunnel bis nach Gonone lief, um nach dem Rechten zu sehen oder Ratschläge zu erteilen. Sie hätte diese natürlich jederzeit senden können, doch die Bewegung ölte ihre Beine durch.

Papa beobachteten wir auch. Wenn er nicht im Forschungstrakt der Sorgente gebraucht wurde oder in der Auffrischungsdekontamination lag, beschäftigte er sich damit, den Reiseladen herzurichten. Er wischte die Scheiben von Hand, hängte Landschaftsbilder auf und richtete sich einen Arbeitsplatz ein, um an seinem Reiseführer zu arbeiten. Manchmal sah ich, wie er nebenan in Dahlias Laden ging und mit ihr im grünen Bereich redete. Die Termine wurden von Tag zu Tag länger, irgendwann verschwanden sie in der Grauzone, wo wir sie vom Schüsselboden aus nicht mehr sehen konnten.

Der einäugige Rayser tauchte nur selten auf. Wir wussten nicht einmal, wo er wohnte. Melcher vermutete, in Abdulrazzeqs Farm oder irgendwo in der Sorgente. Manchmal erschien er wie aus dem Nichts, ging umher, redete mit verschiedenen Leuten, dann verschwand er wieder.

Ähnlich war es mit Ferenc. Er hatte sich nach dem ersten Schultag kein einziges Mal wieder bei Frau Strom blicken lassen und hatte auch, soweit wir wussten, das Grundgesetz nicht unterschrieben. Es vergingen Stunden, in denen wir ihn nicht sahen und keine Ahnung hatten, wo er sich herumtrieb. Wir hatten erst wieder mit ihm zu tun, als Öter an einem Freitagmittag, kurz vor der Tiefnacht, die Flucht gelang.

Augustine sah ihn als Erstes, wie er durch den Lyneham-A-

Tunnel zum Markt von Ely galoppierte und Sprünge machte, als würde eine Zweidrittel-Erdschwerkraft dem Wesen aller Hasen erst wirklich gerecht.

»Öter ist raus!«, rief sie.

»Wo?«, rief Loy.

Augustine zeigte es ihr. Loy brauchte eine Schrecksekunde, dann sprang sie auf, rannte über das Glas und stieg die Notleiter nach oben auf die Felsen.

»Du bleibst hier und behältst ihn im Auge, Henry! Wir melden uns«, rief Augustine und verschwand mit Melcher, Trudy und Chester. »Endlich passiert mal wieder was«, hörte ich Chester rufen, bevor er verschwand.

Es dauerte nicht lang, da sah ich die drei, wie sie den Serpentinentunnel von der Sorgente nach unten liefen, wo sie Loy auf halber Höhe einholten und mit ihr zusammen weiterrannten. Unterwegs begegnete ihnen Frau Strom. Nach einer kurzen Erklärung Augustines folgte sie der Gruppe und nahm Loy auf ihren Metallrücken, damit es schneller ging.

Irgendwo über mir piepte es.

»Henry, mach einen Kanal auf!«, hörte ich kurz darauf Augustine rufen.

»Bestätigt!«, rief ich. Ein zweiter Piepton zeigte das Freisprechen an.

»Wo ist Öter jetzt?«, fragte Augustine atemlos.

»Auf dem Markt, aber ich sehe ihn nicht mehr.«

Augustine erreichte den nördlichen Tunnel als Erste. Es war, wie immer, nicht viel los, trotzdem rempelte sie Rufus Tenenbaum beinahe um, als sie anfing, unter die Stände zu schauen und den anderen Befehle zu geben, wie sie sich verteilen sollten. Loy sprang von Frau Stroms Rücken und begann zu suchen. Mit dem Fernglas versuchte ich, Öter aus der Entfernung zu finden, aber er war wie vom Erdboden verschluckt.

Erst als ich das Fernglas wegnahm, entdeckte ich eine kleine Bewegung in der Nähe des Gorgonen-Karussells auf dem Spielplatz.

»Er läuft zur Bahn!«, rief ich.

Die Leute auf dem Markt sahen sich erschrocken um, da meine Stimme über die Freisprechanlage ging. Melcher, Augustine und Chester nahmen die Verfolgung auf, Frau Strom folgte ihnen, wieder mit Loy auf dem Rücken.

»Ich sehe ihn!«, rief Loy. »Da vorne!«

Jetzt konnte nichts mehr schiefgehen, dachte ich und verließ meinen Posten. »Ich komm zu euch, Kanal schließen.« Es piepte und knackte.

Als ich die Bahnstation erreichte, hatte Loy Tränen in den Augen. Sie stand zusammen mit den anderen auf der anderen Seite des Bahnsteigs, dort, wo die Ostwand des Bioms an die Gola grenzte.

»Was ist los? Wo ist er?«, rief ich.

»Da!« Chester zeigte durch die Glaswand nach draußen.

Ich erstarrte, als ich Öter erkannte. Er kroch wie ein angeschossenes Tier über den Boden, zuckte immer wieder, als würde er Stromstöße bekommen. Loy weinte bitterlich.

»Wollt ihr ihn wieder?«, fragte eine Stimme im Schatten, wir wandten uns erschrocken um. Trudy saß zusammen mit Ferenc auf der Bahnsteigkante und ließ die Füße über dem Magnetbett des Gleises baumeln.

»Ja, was denkst du denn?«, schrie Loy außer sich.

Ferenc rutschte von der Kante und hob mit einem selbstgefälligen Lächeln ein Gitter an.

»Sicher, Loy Meadows?«

»Ja!«, brüllte Loy.

Ferenc verschwand in einem Schacht auf Höhe der Magnetschiene.

Kurz darauf sahen wir ihn draußen über die steinige Ebene

gehen, auf Öter zu, der die Beine vor sich gestreckt hatte und nur mit einem Zittern verriet, dass er noch lebte. Der Wind zerrte an Ferenc' dünnen grauen Locken, als er sich bückte, Öter aufhob, am Nacken hochhielt und mit einem fiesen Lächeln auf ihn zeigte.

»Den hier?«, fragte er mit übertriebenen Mundbewegungen, den Blick auf Loy gerichtet.

»Ja!« Loy weinte, nickte und schrie.

Ferenc ließ sich Zeit auf dem Rückweg, auch wenn er schon über eine halbe Minute die Luft anhielt. Es schien, als hätte er geübt und wäre nicht das erste Mal draußen. Er trug den erschlafften Körper des Hasen wie einen wertlosen Beutel neben sich.

Als er im Schacht erschien, legte er Öter auf den Boden des Bahnsteigs. Er blutete am Bauch. Es sah aus, als hätte ihn etwas gebissen. Loy hob ihn sofort auf und drückte ihn an sich.

»Danke, du Arschloch!«, schrie sie und verschwand mit Öter auf dem Arm im Tunnel zum Markt. Melcher folgte ihr. Ich sah ihm nach. Weg war er.

Ferenc rieb sich die Fellhaare von den Händen.

»Was schaut ihr mich so an?«

»Hast du ihn rausgelassen?«

»Klar. Hasi wollte raus. Hab ihm geholfen.«

Ferenc wies mit dem Kinn zum Schacht hinter seinem Rücken. »Überdruckventile, falls mal was hochgeht. Ein kleines Stück die Schiene runter. Das ist ein Wartungstunnel, kann man aufkriegen, wenn man will.« Er lächelte. »Wollt ihr's mal sehen?«

»Ist super«, sagte Trudy.

Chester und Augustine sagten nichts. Ich trat einen Schritt nach vorne.

»Zeig mal!«

»Henry!«, rief Chester.

»Ich will nur mal gucken!«, sagte ich und hob die Hände wie zur Beteuerung von Unschuld nach einem Foul.

»Ich empfehle das Folgende nicht!«, sagte Ronny.

»Dieser Meinung schließe ich mich an«, sagte Frau Strom. »Zu deinem Besten!«

»Ich will nur mal gucken!«, wiederholte ich.

»Es besteht Kontaminierungsgefahr.«

»Alles, was reinkommt, stirbt sowieso am Sauerstoff. Hab ich gehört.« Ferenc' legte den Kopf schief, lächelte und öffnete den Eingang zum Schacht. Die Anerkennung, die aus seinem Blick sprach, gefiel mir. Ronny folgte mir widerwillig, als ich auf die Schiene sprang und die Schläuche sich an meinem Arm spannten.

»Ich erinnere daran, dass du dich dem Grundgesetz von Monte Ferru verpflichtet hast«, sagte Frau Strom freundlich, aber bestimmt. »Jegliche Gefährdung der Anlagensicherheit mindert dein Wunschkontingent.«

»Was heißt das?«, fragte ich.

»Machst du Unfug, kriegste nix mehr«, sagte Ferenc.

»Das ist sehr verkürzt!«, wandte Frau Strom ein.

»Ich hab den Scheiß nicht unterschrieben«, sagte Ferenc und nickte Trudy zu. Sie half ihm mit dem Gitter. »Wie sieht's aus, Henry? Willst du mal rausschauen?«

Chester sah mich ängstlich an. Ich glaubte aber auch, ein wenig Bewunderung in seinen skeptisch zusammengekniffenen Augen zu sehen. Das wirkte wie zehn von Ronnys Mutimpfungen. Ich ging in die Knie und drückte mich in den Schacht. Ronny blieb nichts anderes übrig, als sich klein zu machen und nachzukommen.

Am Ende des quadratischen Tunnels fiel ein gleißendes Licht durch die transparenten Lamellen des Ausgangs. Es wirkte heller als das, was durch die Gläser der Biome fiel, und erinnerte mich an die Stunden unserer Ankunft auf Perm. In der Luft hing auch ein wenig von dem süßen, stechenden Geruch, an dem ich fast erstickt wäre.

»Kannst ruhig atmen!«, rief Ferenc von hinten. »Erst draußen geht's nicht mehr!«

Mein Herz schlug, und die Angst stieg in mir auf. Ich wusste überhaupt nicht, was ich da draußen zu suchen hatte.

»Du hast Angst!«, sagte Ferenc.

»Quatsch.«

Ferenc ging bis nach vorne, wo es hinausging.

»Trudy hat gesagt, du seist ein Ängstling.«

»Bin ich nicht.«

»Na dann, zeig's mir.«

Ich seufzte. »Kannst du mir was geben?«, flüsterte ich Ronny zu.

»Nicht dafür«, flüsterte er zurück. Ronny war die erste Maschine, die ich kannte, die authentisch flüstern konnte. Ich kroch, zu meiner Ehrenrettung, ein paar Meter nach vorne und erreichte Ferenc.

»Ich hab keine Angst, ich war schon draußen!«, sagte ich.

»Wirklich?«

»Klar. Ganz lange.«

Ferenc schwieg.

Ich kroch neben ihn und tippte gegen die Lamellen. Dabei hatte ich Mühe, meinen Blick gerade zu halten, rang damit, eine Eule zu sein. Immer wieder, in Sekundenbruchteilen, sah ich Ferenc, wie er mich von der Seite musterte.

»Ich hab gehört, dass du die Tiere sehen kannst …«, sagte er, »… wenn du so komisch guckst.«

Ich nickte.

»Schau doch mal raus, ob du was siehst.«

Es klang wie ein Vorschlag, wie eine Idee, was eben mal gemacht werden konnte. Aber auf mich wirkte es wie ein Befehl.

»Klar«, sagte ich, als müsste ich erst zustimmen.

Ich sog Luft ein, hielt sie an, schloss die Augen und steckte den Kopf nach draußen. Die grelle, fremde Helligkeit drang bereits durch meine geschlossenen Lider, und mir wurde klar, wie viel Licht das Glas der Biome eigentlich abhielt. Ihre künstliche Trübung verbarg immer und ständig, wie hell es draußen eigentlich war.

Ich öffnete vorsichtig die Augen.

Mit der Zeit wurde aus dem Gleißen ein Bild. Da waren noch einige Meter Ebene, dann fiel das Land steil in die Gola ab, durch die der Nebel zog. Dahinter erhoben sich die Berge, durch die wir nach dem Absturz gekommen waren, mit dem Croce di Esilio auf einem der Gipfel. Darunter erkannte ich den Pfad, der nach Suttaterra führte. Ferenc' Kopf erschien neben mir.

»Und?«

»Was?«

»Siehst du Tiere?«

»Ja, auf der anderen Seite. Hinter der Schlucht.«

Da krochen Arcoiden auf den Rand der Schlucht zu, ihre langen Gliedmaßen bewegten sich wie Schlangen über den Boden. Als sie den Rand der Schlucht erreicht hatten, umschloss einer der größeren die Abbruchkante mit den beiden vordersten Klauen und lief rückwärts, um Dehnungsspannung aufzubauen.

»Und?«, fragte Ferenc.

»Bogenspanner. Sie wollen über die Schlucht. Sie schleudern sich selbst.«

»Wie auf dem Spielplatz?«

»Ja.«

Als mein Blick das nächste Mal zur Seite ging, war der Arcoid schon in der Luft, hoch über der Gola Gonone. Er hatte einen von den kleinen mitgenommen, hielt ihn mit den Klauen seines mittleren Beinpaares fest wie ein Greifvogel einen gefangenen Fisch. Ich sah zu Ferenc.

»Sie nehmen ihre Kinder mit.«

Ferenc lächelte.

»Hast du Lust, mal rauszugehen? So richtig?«

»Jetzt?«

»Quatsch! So was muss vorbereitet sein. Aber es ist gut, dass du die Tiere sehen kannst. Wir werden rausgehen, und du kommst mit.«

»Darfst du das?«

»Ich hab den Scheiß nicht unterschrieben.«

»Warum willst du raus?«

Ferenc lächelte.

»Kinder gehen raus. Das gehört sich so.«

RIESENRAD

Tag 121 der Impulsmission

Es wäre schön, sagen zu können, Noah sei ein Idiot. Ein dummer Mensch, dessen Ende absehbar ist. Aber das ist er nicht. Er hat, innerhalb weniger Tage, etwas Wesentliches zur Perm-Anomalie herausgefunden. Wir wissen zwar nach wie vor nicht, was sie ist, aber wir wissen nun, was sie anlockt.

Wenn wir einen Reaktor herstellen, benötigen wir Rohstoffe, beispielsweise Metalle, die wir in Einschlagkratern finden. Diese werden aus ihrer Umgebung herausgelöst und zum Bestandteil einer Maschine. Wir bringen Materie, die sich in einem Zustand der Unordnung befand, in eine Ordnung, reinigen und verbinden sie für einen höheren Zweck – in diesem Fall geht es um die Erzeugung von Energie.

Dieser Prozess, er kann als negentropisch bezeichnet werden, erzeugt eine Art Signatur, die von der Anomalie bemerkt wird. Es ist, als würde sie unsere Eingriffe, unsere Neuordnung der Materie auf Perm aufspüren. Noah hat, nachdem er das herausgefunden hat, einen Weg gefunden, sie von uns wegzulocken.

Dazu brauchte er nur drei Tage. Die Anomalie befindet sich nun auf dem Weg zur anderen Seite des Mondes und wird – laut Noah – dort eine ganze Weile bleiben. Wie er das geschafft hat, behält er für sich. »Ihr würdet es sowieso nicht glauben«, sagt er.

Die anderen können mit der Geheimniskrämerei leben, vor allem Yuna, die immer unverfrorener ihren Bauch streichelt. Alle sind froh, dass das Problem beseitigt ist und die Einjahresbaustelle weitergeht. Und das tut sie.

An der westlichen Caldera von Santu Gairo und ein Stück weiter weg im Golgo entstehen acht riesige Kreise im Boden – die Basen für die künftigen Biome. Wie eine Zentrifuge drehen sich die Druckarme um die Mittelpunkte und ziehen die Wände hoch, Schicht für Schicht, die Druckköpfe erinnern an die Nadeln von Schallplattenspielern. Glücklicherweise mangelt es nicht an Rohstoffen, sodass das enorme Arbeitstempo aufrechterhalten werden kann, das, laut Noah, lebensnotwendig ist. Das Zeitfenster sei klein, die Lösung des Anomalieproblems nur vorübergehend.

Ich habe, als Zeichen meiner Beteiligung und Fürsprache, die Position der Biome bestimmt. Glücklicherweise ergab sich mein bevorzugtes Muster aus den geologischen Gegebenheiten wie von selbst, auch wenn viel dafürsprach, alle Biome an den Kraterrand zu setzen. »Zur Sicherheit stellen wir zwei etwas abseits auf, weiter westlich«, habe ich gesagt, »falls der Kraterrand im Lauf der Zeit instabil werden sollte.« Zustimmendes Nicken, auch bei Noah, Hauptsache, die Meadows macht mit. Da die Technik die Arbeit erledigt und niemand körperliche Mühsal ertragen muss, werden derlei Entscheidungen schnell gefällt. Und so entstehen nun die acht Biome von Santu Gairo, die erste Siedlung der Menschheit auf Perm, und alle sind zufrieden.

Noah will mir eine »Überraschung« zeigen.

Wir stehen im Inneren eines Felsens mit dem klangvollen Namen Santa Maria Navarrese, tektonisch ruhig und angenehm in der Farbe des Gesteins. Ich hatte auf dem Weg hierher »die Augen zu«. Jetzt stehe ich in einem unterirdischen Felsengang. Er führt in eine Kabine aus Glas und Metall, in der sich zwei rote Sitzbänke befinden.

»Du zuerst!«, sagt Noah und lässt mir den Vortritt.

Ich steige in die Kabine und setze mich. Es riecht alles neu. Noah kommt hinterher und setzt sich mir gegenüber. Die Kabine schließt sich luftdicht ab, der Drucktest erzeugt ein Knacken in den Ohren.

Ich ahne, was das hier ist. Der schier unermessliche Vorrat an Metallen in der Kruste Perms lädt zu allem ein, nur nicht zum Sparen. Als sich die

Kabine in Bewegung setzt, vibriert der Sitzbezug, es geht schräg nach oben, dem Licht entgegen, das durch allerlei Gestänge hereinfällt.

Als wir im Licht ankommen, ist alles blendend hell. Wir tauchen aus dem Felsspalt heraus, in dem wir gestartet sind, vor uns wandert eine leere Kabine, hinter uns auch und noch eine und noch eine. Sie bestehen vornehmlich aus gepanzertem Glas, scheinen aber auch die Minimalanforderungen eines Faraday'schen Käfigs zu erfüllen. Unter uns ist jetzt das Meer.

Alles in mir, meine Instinkte, mein Bauchgefühl, sogar meine tieferen Wünsche, schreien mich an: »Das ist schön, Mildred! Bezaubernd! Schön, schön, schön!«

Ich weiß nicht, ob ich den Kampf gegen diese Impulse gewinnen will. Die Schönheit dieses ersten Riesenrades auf einer fremden Welt, höher als alle Riesenräder, die es jemals auf der Erde gab, rot-weiß gestrichen und wunderbar verziert, raubt mir den Atem und den Verstand. Wir schweben hoch über der Bucht, Naäme ziehen ihre Bahnen dicht unter der türkisfarben schimmernden Wasseroberfläche, dunkelgrüne Farne beugen sich über die Felshänge und säumen die Strände bis nach Cea. Auf der anderen Seite streifen wir die beinah senkrechten Wände des Gennargentu; könnte ich meine Hand aus einem Fenster strecken, würde ich den Stein berühren können, so nah kommt er an die Kabine.

Dann, plötzlich, ist da kein Fels mehr, wir scheinen frei zu schweben, der Blick auf die Gipfel im Osten ist unverstellt, und dennoch geht es weiter in die Höhe. Ich kann nichts sagen, bis wir den höchsten Punkt des Kreises erreicht haben und über uns nichts mehr ist als der Himmel und die Windleite. Noah stoppt die Fahrt, und die Gondel schaukelt aus, mindestens 400 Meter über dem Einstieg.

Ich spüre mit jeder Faser, wie von mir eine anerkennende Äußerung erwartet wird.

»Das ist das Schönste, was ich je gesehen habe!«

Das Schlimme ist, dass es die Wahrheit ist. Trotzdem ringe ich den Impuls nieder, es einfach zu lieben, ich strafe ihn Lügen und weiß, warum. Noah merkt davon nichts und lächelt. Er hat gewusst, dass es mir gefallen wird.

»Das untere Drittel ist in den Fels gebaut. Die Konstruktion hält jeder Windnacht stand.«

Ich nicke.

Er zieht eine Tablettenschachtel aus seinem Overall und schluckt eine kleine weiße Pille. Vermutlich gegen seine Höhenangst.

»Hier können deine Kinder hinkommen und immer fahren, wenn sie wollen. Ich plane schon andere Sachen. Es wird auch eine Achterbahn geben, ins Meer rein und wieder raus.«

Er packt die Tabletten weg und schaut mich an wie ein Junge, der mir sein liebstes Spielzeug zeigt.

»Du kannst alles, was du willst?«

»Ich glaube schon«, sagt er leise und mit einem Funkeln in den Augen.

»Denn es ist deine Welt?«

»Ja.« Unverstellter Stolz. Woher er das hat, ich weiß es nicht.

Ich lege den Kopf schief. »Die erste Stadt ist noch nicht einmal fertig, aber du baust ein Riesenrad?«

Er nickt, fühlt sich kühn und sonst was. Es ist schwer, ihn nicht zu mögen. Der Impuls sagt mir: Wenn ein Riesenrad geht, dann geht alles andere erst recht. Dieser Mensch kriegt das hin. Mildred, hör auf, dich zu sorgen, Noah Rayser macht alles möglich. Ich muss etwas gegen diesen Impuls tun.

»Wer hat den Standort ausgesucht?«, frage ich.

Noah überlegt einen Moment.

»VENT oder du?«, präzisiere ich die Frage.

»VENT«, sagt er. Er muss das zugeben, weil VENT naturgemäß qualifizierter ist, einen sicheren Standort für ein Riesenrad auf einem tektonisch hyperaktiven Mond zu ermitteln. Alles andere wäre Wahnsinn gewesen.

»Von wem stammt die Konstruktion?«, frage ich.

»VENT. Aber die Jugendstilverzierungen sind von mir.«

»Du meinst, die Anweisung dazu war von dir?«

Er nickt. »Ich hab eine kleine Zeichnung gemacht.«

»Wie lange hast du dafür gebraucht?«

Er zuckt mit den Schultern.

»Zehn Minuten, vielleicht zwanzig.«

»Warst du auf der Baustelle?«

»War nicht nötig.«

»Das heißt, deine Automaten haben das gemacht?«

»Ja. Mildred, was hast du für ein Problem? Ich habe ein Leben lang hart gearbeitet. Ich habe ein Anrecht darauf, dass mir jetzt ein paar Dinge zufliegen.«

»Willst du noch mit dem Fuß aufstampfen?«, frage ich.

»Manchmal hasse ich dich richtig!«

Er macht Krallenbewegungen in der Luft, besinnt sich, setzt sich auf die rote Bank gegenüber und schaut raus. Passenderweise braut sich nördlich der Bucht ein Gewitter zusammen. Es dauert nicht lange, bis sich die fast schwarzen Wolken auch über uns zusammengezogen haben.

»Wir sollten gehen«, sage ich.

»Nein.« Er schaut zu mir. »Bei Gewitter ist es besonders schön.«

Es gehört zu den markantesten Eigenschaften des hiesigen Wetters, dass seine Umschwünge schnell und unvorhersehbar kommen. Innerhalb von ein bis zwei Minuten wird aus dem schönsten Badewetter eine donnernde Apokalypse. Die Wettermodelle verbrauchen die meisten Ressourcen von VENT. Die Naäme ziehen sich in die Tiefen zurück, während die ersten Blitze in der Bucht niedergehen.

»Ich würde jetzt gerne gehen!«, sage ich.

»Warte noch!«

Das ist der Grund, warum das zwischen uns niemals Bestand haben kann, bei aller Anziehung: Er glaubt, besser als ich zu wissen, was gut für mich ist.

Es surrt für den Bruchteil einer Sekunde über unseren Köpfen, dann schlägt der erste Blitz in das Riesenrad ein. Die Entladung von über 100 000 Ampere lässt die ganze Konstruktion aufleuchten wie phosphoreszierende Wasserpflanzen, leuchtende Pastellfarben wandern die Gestänge entlang und lassen die Jugendstilornamente wabern und schimmern.

Gewitter gehören, wie ich jetzt begreife, zum Konzept. Am beein-

druckendsten ist der Schallschutz – bis auf ein fernes Knistern vollzieht sich das Schauspiel in aller Stille. Der Blitz selbst war nicht lauter als eine Ohrfeige.

»Ich möchte jetzt in mein Labor«, sage ich. »Ich habe noch zu tun.«

Noah braucht einen Moment, um sich aus der Bewunderung seines Werks zu lösen, und dreht sich zu mir.

»Ich hab übrigens schlechte Nachrichten, was dein Labor betrifft.«

Jetzt bin ich wirklich da. »Was?«, frage ich.

»Deine Zwei-Naturen-Lehre oder wie ich das nennen soll. Es wird nicht funktionieren.«

»Was meinst du?«

»Ich zeig's dir!«

Er setzt die Gondel in Bewegung. Auf der Fahrt zurück in die Felsen nehmen wir noch drei Blitze mit. Es ist bezaubernd, wunderschön, beeindruckend. Aber jetzt habe ich Angst.

Im Labor führt mich Noah an das Femtoskop, ich soll reinschauen.

Ich brauche einen Moment, um zu begreifen, was ich da sehe. Als ich so weit bin, würde ich am liebsten allein sein und heulen.

Da ist das Lungengewebe eines Hasen aus der Kontrollgruppe, den ich ohne genetische Veränderung in regelmäßigen Zeitabständen der Perm-Atmosphäre ausgesetzt habe. Er ist gestorben, nachdem es ihm eine ganze Weile gut gegangen war.

»Es gibt keine Alternative zu den Biomen«, sagt Noah.

Ich nicke langsam, da es vermutlich stimmt.

Jeder lebende Organismus enthält verschiedene Abwehrsysteme, um Infektionen mit Viren, Bakterien und Pilzen im Keim zu ersticken. Auf der Erde gelangten pro Atemzug allein über hundert Pilzsporen in die Lunge, die durch Makrophagen und Granulozyten, Fresszellen, am laufenden Band beseitigt wurden, von Staub, Partikeln, Viren und Bakterien noch gar nicht zu sprechen. Unsere körpereigenen Abwehrsysteme haben ein über fünfhundert Millionen Jahre langes Training hinter sich. Sie sind an alles angepasst, was ihnen auf der Erde begegnen kann. Aber eben nur auf das. Auf Perm sind sie nicht vorbereitet.

Schimmelpilze gedeihen in warmen, dunklen, feuchten Umgebungen. Auch Perm-Schimmelpilze tun das. Da sie aber in XNA codiert sind, erkennt die irdische Lunge sie nicht als lebend, sie lösen keine aktive Immunreaktion aus. Die Makrophagen bekommen sie nicht zu fassen, und an den Flimmerhärchen, die normalerweise den toten Staub nach draußen bringen, kleben sie fest.

Kurz, ein irdischer Körper begreift das lebende Gewebe der Perm-Organismen nicht als lebend und reagiert nicht so, wie er könnte und sollte. Umgekehrt sind wir für Perm-Organismen auch nicht lebend. Wir können aufgrund der unterschiedlichen Naturen, der allgemeinen Inkompatibilität keine Perm-Erkältung und auch keine Grippe bekommen – aber wir verschimmeln. Wir sind Oberfläche, feuchtwarmer Raum, zu besetzende Nische. Wir sind Erde.

Der Hase ist, sozusagen, an Xeno-Mykose gestorben und an meiner Naivität. Seine kleine Lunge konnte sich nicht dagegen wehren, dass mit jedem Atemzug Hunderte unerkannte Kleinstorganismen dazukamen, die sie nicht wieder loswerden konnte. Letztendlich ist er an ihrer wachsenden Masse erstickt.

Ich lege ihn in die Tonne und bin froh, dass er noch keinen Namen hatte.

FISCHE FÜTTERN

Bevor der Weltraum kam und wir ins Lyneham-Biom mussten, stand ich einmal mit Mama am Fluss. Wir hatten Reste vom Frühstück dabei. Sie warf die Brösel immer dort ins Wasser, wo es flach war, ganz nah am Ufer.

»Pass auf!«, sagte sie.

Viele kleine Fische kamen angeschwommen und begannen, das Essen von der Wasseroberfläche wegzuschnappen.

»Ich will auch!«, rief ich und wollte nach der Tüte greifen.

»Nein«, sagte sie und hielt die Tüte von mir weg. »Nachher wirst du es verstehen.«

Immer mehr kleine Fische kamen. Ihr Schnappen machte Lärm, spritzte und schlug kleine Wellen. Das rief die großen Fische auf den Plan. Sie, die sich zuerst nicht in das flache Wasser gewagt hatten, kamen plötzlich angeschwommen, vertrieben die kleinen Fische und fraßen in Windeseile auf, was da war.

»Das ist gemein«, rief ich.

»Was genau findest du gemein, Henry?«

»Die Großen fressen den Kleinen alles weg.«

Mama nickte und warf noch mehr ins Wasser.

»Ich wollte auch!«, rief ich und versuchte noch einmal, nach der Tüte zu greifen. Mama hielt sie hoch, sodass ich nicht herankam.

»Scones sind giftig für Fische«, sagte sie und schüttete den gesamten Rest aus der Tüte ins Wasser. Es platschte und zappelte überall.

»Du vergiftest Fische?«, fragte ich.
Mama sah mich an und lächelte.
»Nur die Fetten.«

SITZORDNUNG

Wenn das Morgenlicht unseres Sterns auf Melchers Gesicht fiel, leuchtete es wie das Gesicht eines Engels, sanft und schön. In seinen Augen glitzerten die Neugier und die Freude wie aus einem offenen Kaleidoskop zurück in die Welt. Melcher Brahms' Verhältnis zu den Dingen war ein Geben und Nehmen. Was die Welt ihm an aufregenden Eindrücken und Geheimnissen schenkte, das schenkte er ihr in aufrichtiger Zuwendung und ständiger Wachheit zurück, er würdigte allein mit seinem Dasein das ihre.

Dass er sich, als Frau Strom die Sitzordnung für alle freistellte, sofort zu Loy setzte, brach mir das Herz. Ich stand auf und sah mich um. Neben meinen großen Bruder wollte ich nicht, umgekehrt er auch nicht neben mich. Moxie saß schon bei Augustine, die anderen kannte ich kaum, es war nur noch der Platz neben Ferenc, der ausnahmsweise mal da war, frei.

Ich zögerte eine Weile, dann machte ich mich auf den Weg. Ferenc hob nicht einmal den Kopf vom Tisch, als ich mich setzte.

»B. Das Landesinnere. Aufschreiben!«, befahl Frau Strom.

Ich nahm meinen Griffel und schrieb mit. Wir bekamen eine Einführung in die topographischen Bezeichnungen Perms im Allgemeinen und Monte Ferru im Besonderen. Die Einschlagkrater waren deshalb mit »Santu«, also mit »heilig« betitelt worden, da ihre Sedimente die notwendigen Materialien enthielten, mit welchen sich die ersten menschlichen Siedler auf Perm innerhalb kurzer Zeit auf den letzten technologischen Stand der Erde bringen konnten.

Ich hörte auf zu schreiben und hob die Hand. »Wie lange ist das her?«

»Etwa 10 800 Jahre, nach irdischer Zeitrechnung.«

Frau Strom wollte weiterdiktieren, aber ich unterbrach sie. »Wie kann das sein?«, hakte ich nach. »Wie können schon vor 10 800 Jahren Menschen hier gewesen sein?«

Frau Strom duckte sich in meine Richtung, als würde sie mir ein Geheimnis anvertrauen. Aber ihr Tonfall klang mehr so, als wäre ich der Einzige im Raum, der eine Tatsache noch nicht begriffen hatte, die für alle anderen klar auf der Hand lag: »Die Impulsmission wurde später gestartet, ist aber schneller geflogen. Deswegen war sie früher da. Das verschaffte der Besatzung Zeit, die Umwandlung Perms in eine bewohnbare Welt zu planen, die notwendigen Eingriffe vorzubereiten und erste Schritte einzuleiten.«

Ferenc neben mir hob für einen Moment den Kopf vom Tisch, entdeckte mich und meine Sachen, verzog das Gesicht und vergrub es wieder im Arm.

»Fragen dazu?«, erkundigte sich Frau Strom.

Ich kam mir unendlich dumm vor und konnte nicht einschätzen, ob ich wirklich der Einzige war, der diese Zusammenhänge bis jetzt nicht begriffen hatte.

Frau Strom schien meine Verwirrung zu bemerken. »Fährt ein Schiff über den Ozean«, begann sie, »und folgt ein weiteres Schiff zwei Wochen später, werden die beiden Schiffe, eine Fahrt ohne Zwischenfälle vorausgesetzt, um etwa zwei Wochen versetzt ankommen. Im Weltraum ist das anders. Raumschiffe können gleichzeitig losfliegen, aber je nach Reisegeschwindigkeit zu sehr unterschiedlichen Zeiten ankommen. Es ist darüber hinaus möglich, dass ein Schiff, das seine Reise als letztes antritt, als erstes ankommt.«

Ich nickte.

Die ungeheuerliche Folgerung, die sich aus alldem ergab, erschloss sich mir, während Frau Strom fortfuhr, uns über die Begriffe »Gola«, »Cala« und »Marina« aufzuklären. Ich schrieb zwar mit, hörte aber nicht mehr zu.

Melcher drehte sich zu mir um. Er schien die Fragen zu erkennen, die in meinem Gesicht lagen. Zugleich war er unendlich weit weg, sein Blick währte nur kurz, dann ließ er mich wieder mit meinen Gedanken allein und wandte sich Loy zu, die ihre Hand hob.

»Ja, Loy?«, fragte Frau Strom.

»Warum ist der Wald schwarz?«

»Die Antwort wird dir vielleicht nicht gefallen.«

»Warum?«

»Die Anwesenheit des Menschen hat Auswirkungen auf das Ökosystem Perms.«

»Ist der Wald tot?«, fragte Loy.

»Ja.« Frau Strom zögerte nicht mit ihrer Antwort. »Die Eintragung von Sauerstoff in die Atmosphäre setzt den hiesigen Pflanzen zu, mehr aber noch den Tieren. Für Lebewesen, die nicht daran angepasst sind, ist Sauerstoff ein Nervengift. Physikalisch kommt dazu die erhöhte Feuergefahr, die die gesteigerte Sauerstoffkonzentration mit sich bringt.«

»Sterben auch die Tiere?«

»Auf dem Land ja. Als Amnioten werden Lebewesen bezeichnet, die sich unabhängig von den Meeren auf dem Land fortpflanzen können. Anders als Amphibien können sie nicht wieder ins Meer zurück.«

»Sie sterben wegen uns?«

»Ja.«

»Sterben auch die Tiere im Meer?«

»Ja. Später.«

»Dürfen wir das?«

»Es ist niemand hier, der Nein sagt.«

»Nicht mal Gott?«

Frau Strom schwieg. Aus dem Inneren ihres Rumpfs war ein Klicken zu hören. Sie winkelte ihre Beine an und senkte ihren Körper, als würde sie spontan in den Ruhemodus wechseln.

»Frau Strom?«

»Was ist mit ihr?«, fragte Augustine.

»Hallo!«, rief Loy.

Sie gab keine Antwort. Wir standen auf und liefen zu ihr, tippten sie an, aber sie gab nicht die kleinste Regung von sich. Kurz darauf ging die Tür auf, und der einäugige Noah Rayser betrat zusammen mit Doktor Tenenbaum den Raum.

»Was ist los?«

»Frau Strom ist aus«, sagte Loy.

Tenenbaum lief mit besorgtem Blick zu ihr und besah sie sich.

»Worüber habt ihr gesprochen?«, erkundigte sich Rayser.

»Über den toten Wald und den lieben Gott«, sagte Loy.

»Oh.« Rayser lächelte. »Das hätten wir euch sagen sollen. Maschinen können nicht über Gott sprechen, ohne auszugehen.«

»Wieso?«, fragte Melcher.

»Sie sind Dinge. Sie verstehen nichts davon. Sie sind so eingestellt, dass sie ausgehen, wenn ein Thema ihre Fähigkeiten übersteigt.«

»Warum?«, fragte Loy.

»Ein logisches, folgerichtiges Sprechen über Allmacht und Güte ist unmöglich. Es ist der sicherste Weg, eine Maschine, die auch nur einen Funken echten Verstand hat, zum Absturz zu bringen. Sie weiß es und geht vorher rechtzeitig aus.«

Rayser setzte sich auf eine Tischkante. »Was wolltet ihr genau von ihr wissen?«

»Ob wir Menschen die Natur Perms kaputt machen dürfen«, sagte Loy.

Tenenbaum aktivierte Frau Strom mit seinem Fingerabdruck und begleitete sie hinaus. Sie wirkte müde und getroffen. Rayser wartete, bis die Tür hinter ihnen zugegangen war.

»Ihr wisst noch, wie es war, als der Weltraum auf die Erde kam? Der Himmel war verschwunden, unwiederbringlich, und das Vakuum kam zu jedem Einzelnen von uns, in die Häuser, in die Stuben, niemand konnte entkommen. Es gab keine Flucht hinauf in die Berge wie bei einer Flut, aber auch kein Schutz in der Tiefe, denn das Nichts des Raums lässt sich nicht aufhalten. Wie sah der Himmel aus, Chester? Du hast sicher die Worte!«

Chester, aufgeschreckt, setzte sich gerade auf und überlegte.

»Der Himmel war schwarz, obwohl es Tag war. Die Sonne strahlte aus der Schwärze heraus, grell und kalt und heiß zugleich.«

»Danke, Chester, ich hätte es nicht besser sagen können. Alles war dem Weltraum ausgesetzt, die Tiere auf den Feldern, die Gräser und Blumen, die gesamte Schöpfung, schutzlos wie auf der Oberfläche des Mondes. Manche nannten es die *neue Flut*. Die alte Flut, zu biblischen Zeiten, kam von unten, mit dem Meer. Man sagt, Gott habe das Ende allen Fleisches beschlossen, denn die Erde war voller Frevel, und er verdarb den Frevel zusammen mit der Erde. Die neue Flut kam von oben, mit dem Weltraum. Und sie erwuchs, genau wie die alte, allein aus unserer Schuld.«

Rayser sprach ruhig und bedacht, er polterte nicht wie ein Prediger, sondern erklärte mit warmer, tiefer Stimme. Es war unmöglich, seinen Worten nicht aufmerksam zu folgen.

»Perm ist ein Ölzweig. Ein Berg Ararat, auf dem wir durch die Gnade landen durften, die uns zuteilwurde. Und wenn wir es schaffen, unsere alten Fehler nicht zu wiederholen, wenn wir alles neu machen, dann steht es uns zu, hier zu sein.«

Loy sah geknickt aus. Rayser stellte sich vor uns hin und sah uns der Reihe nach an, um unser Vertrauen in seine Worte zu prüfen.

»Im Übrigen«, fuhr er fort, »bin ich eigentlich gekommen, um eine gute Nachricht zu überbringen. Ferenc!«

Ferenc, der immer noch auf seinem Arm lag, schreckte auf.

»Du kannst sehr stolz auf deinen Vater sein«, sagte Rayser. »Er hat einen Weg gefunden, die Effektivität der Nuraghen erheblich zu verbessern. Sollte seine Erfindung die Testphase erfolgreich bestehen, wovon ich ausgehe, werden wir vielleicht schon in wenigen Jahren die Biome ungeschützt verlassen können. Er zählt ab sofort zum hohen Würdestand von Monte Ferru. Wenn du dich zukünftig besser benimmst, wirst du Anteil an seinem neuen Wunschkontingent haben.«

»Das ist mir egal«, sagte Ferenc.

Rayser nickte langsam. »Dann ist es so.«

DIE EPITHYMIA SCHWEIGT

Über den toten Wäldern von Gorropu stand der Dunst, als ich mit Ronny die Epithymia betrat und meinen Griffel aus der Tasche zog. Wir waren allein.

Ich trat an die Hemisphäre und schrieb ohne Umschweife meinen Wunsch auf. »Wo ist Mama?«

Dann suchte ich die große Tafel nach meinem Wunsch ab, aber er erschien nicht. Ich wartete einen Moment, las die Wünsche der anderen. Unter anderem wünschte sich Dahlia mehr Gäste in ihrem Laden, Rufus Tenenbaum etwas mehr Abwechslung im Obst- und Gemüseangebot des Marktes und Loy, dass Öter wieder gesund wurde. Er lag seit zwei Windnächten in der Dekontamination.

Mein Wunsch erschien nirgends.

»Warum kommt er nicht?«, fragte ich Ronny.

»Du hast keinen Wunsch aufgeschrieben, sondern eine Frage.«

Ich schrieb erneut: »Ich wünsche mir zu wissen, wo Mama ist.«

Aber auch jetzt, nach der Umformulierung, erschien nichts auf der großen Tafel.

»Was ist los?«, fragte ich Ronny.

»Es kann mehrere Gründe geben, warum ein Wunsch nicht erscheint. Erstens kann es sein, dass er nicht erfüllbar ist. Die Unerfüllbarkeit kann physikalischer Natur sein – zum Beispiel, wenn du den Wunsch hast, fliegen zu können – oder juristischer, wenn du jemanden verletzt oder tot wissen willst. Zweitens kann es sein, dass du nicht die ausreichende Würde besitzt, dem Wunsch persönlich zu entsprechen.«

»Was meinst du damit?«

»Es kann sein, dass deine beginnende Freundschaft mit Ferenc ein Problem ist. Du hättest nicht mit ihm in den Überdruckschacht steigen dürfen.«

»Ich war ja nicht mal draußen.«

»Nimm es als Warnschuss. Du hast dein Einverständnis gegeben, so behandelt zu werden.«

»Wann?«

»Mit deiner Unterschrift.«

»Und was soll ich jetzt machen?«

»Dich nützlich. Unterbrich den Unterricht nicht, mach deine Schulaufgaben. Hilf den Erwachsenen und, vor allem, distanziere dich von Ferenc.«

Ich sah Ronny an.

»Wie lange hab ich dich noch?«

DER KRYPTID

Alles Licht verstummt an dir.
Die Welt ist blind an deiner Stelle,
wenn du weich und hell, wie eine Welle
am Ufer gehst, du schönes Tier.

Mein Auge weiß nicht weiter,
als bis zu dir, mein großer Freund,
wo man dich viel eher träumt
als sieht. Und wenn du heiter

dich verbirgst, ein blinder Fleck,
auf leichtem Fuß in leichter Welt,
wie soll ich dich, dem's so gefällt,
nur finden? Du bist da und weg

zugleich. Ich hab dich noch nie gesehen,
nur träumen kann ich dich.
Kann Sein auch ohne Schein bestehen?
Bist du mehr als ein Ver-Sehen?

Träumst du auch mich?

»Der Schluss ist Schrott«, sagte Loy und legte die Seite zurück auf den Stapel, den Chester in schwungvollen Buchstaben mit *Zoolo-*

gie des Unsichtbaren beschriftet hatte, laut ihm die erste umfassende, ernstzunehmende Gedichtsammlung Perms.

Er zeigte nicht, wie sehr es ihn traf.

»Wie findest du es, Henry?«

»Ich versteh's nicht.«

»Was gibt es da nicht zu verstehen?«, rief Loy. »Das Tier ist halt unsichtbar.«

So weit war ich auch schon gewesen. Seit ich es aufgegeben hatte, Chesters Gedichte verstehen zu wollen, gefielen sie mir besser, und ich konnte sogar die vielen Rechtschreibfehler und lieblosen Reime stehen lassen, die seine Erstfassungen immer enthielten, bevor er das lyrische Ich aus der Steckdose ranließ.

Chester griff nach Loys Zeichnung, an der sie die letzten beiden Stunden gefeilt hatte. Sie schien allein aus zahllosen verstreuten Punkten zu bestehen.

»Und was soll das sein?«, fragte er.

»Die Sterne.«

Ich setzte mich dazu und betrachtete das Bild. Chester wollte mit dem Lästern beginnen, da entdeckte auch er die akribisch genauen Übereinstimmungen zwischen Loys Bild und der Wirklichkeit draußen.

Loy zeigte auf den oberen Rand und erklärte uns, dass dies die Sterne des Großen Wagens seien, dieser aber aufgrund unseres Umzugs nicht mehr erkennbar war. Alkaid, der äußerste Stern an der Deichsel, war weit in das Sternbild hineingerutscht, während das obere Heck, Dubhe, so weit im Osten stand, dass es gar nicht mehr dazuzugehören schien. Die Verbindung zwischen Deichsel und Wagen fehlte einfach.

Ich begriff, wieder einmal, wie weit wir von zu Hause fort waren. Die Stasis hatte, gefühlt, nur aus Einschlafen und Aufwachen bestanden, die Zeit war einfach übersprungen worden.

»Gib mal«, sagte Loy und hielt mir ihre Hand hin. Ich reichte ihr die Zeichnung. Sie schrieb »Kamel« zwischen Alkaid und Dubhe und fuhr mit dem Finger darüber. »Hier ist der Kopf, das hier sind die Höcker.«

»Sehr lange Beine«, kommentierte ich.

»Lange Beine hat Pegasus auch! Wer ist dafür, dass das jetzt das Sternbild des Kamels ist?«, fragte sie und hob die Hand. Ich meldete mich, und Ronny gab zu verstehen, dass er auch dafür war. Chester hingegen begann zu kritzeln.

Wenn wir weite Reisen wagen,
traumlos und getaucht in Gel,
sodann steht in den fernen Tagen
anstelle eines Großen Wagen
am Himmel ein Kamel.

»Dieser Schluss ist besser«, sagte Loy.

»Danke!«

»Pegasus ist fast gleich, schaut mal«, sagte Loy und hielt mir das Bild hin. Es stimmte, das Sternbild war fast unverändert bis auf eine kleine Stauchung des Pferdekörpers.

Über dem Meer, wo sich in aller Stille Wolken angehäuft hatten, blitzte ein ungeheures Wetterleuchten auf, für ein paar Sekunden erhellte sich die zerfurchte, feingliedrige Küstenlandschaft, aus der etwas aufragte, das wie ein zerstörtes Baugerüst aussah.

»Was war das?«, fragte ich und stand auf.

Chester sah mich fragend an.

»Da steht etwas am Meer.«

»Der Navarrese-Nuraghe?«

»Nein. Das sah mehr wie ein Kran aus.«

Neugierig geworden, erhoben sich auch Chester und Loy. Wir liefen zum nördlichen Rand des Schüsselbodens und stiegen die Schräge so weit nach oben, wie wir kamen, ohne abzurutschen.

Ronny ging sozusagen auf Zehenspitzen, da ihm dies den besten Halt auf der glatten Oberfläche gab. Oben angekommen, warteten wir auf den nächsten Blitz.

Als es so weit war, sahen wir es alle. An den westlichsten Hängen des Gennargentu ragten Stützpfeiler aus den Felsen, die die Überreste eines riesigen weißen Rades hielten. Die oberen Teile waren abgebrochen und lagen zwischen einer Vielzahl zerstörter Glaskabinen wie weggeworfen am Strand.

Loy erkannte es zuerst.

»Ein Riesenrad!«, rief sie.

Chester kam dichter ans Glas.

»Leider kaputt!«, sagte Loy und wandte sich ab. »Schade. Mama hätte es bestimmt gefallen.« Sie ging in die Hocke, ließ sich nach hinten kippen und rutschte auf dem Rücken der Mitte des Schüsselbodens entgegen, um noch weitere Sternbilder zu finden und zu benennen.

DER SINN DES LEBENS

Kann ich noch etwas für dich tun?«, fragte mich Ronny in der letzten Stunde unseres Zusammenlebens. Ich saß in der Küche und starrte auf die Schläuche, die ich bald los sein würde.

Chester schrieb an irgendetwas.

»Keine Ahnung«, sagte ich und zuckte mit den Schultern.

»Erklär ihm doch den Sinn des Lebens, bevor du gehst«, sagte Chester, ohne aufzuschauen.

»Möchtest du, dass ich das tue?«, fragte Ronny.

»Von mir aus.«

»Dann hol bitte die Thermoskanne aus dem Schrank und fülle etwas warmes Wasser hinein«, bat er mich.

Ich tat, wie mir befohlen, holte die Thermoskanne aus dem Schrank und füllte sie zur Hälfte mit warmem Wasser auf.

»Jetzt nimm bitte einen Eiswürfel aus dem Gefrierfach und wirf ihn in die Thermoskanne, bevor du sie zuschraubst.« Ich stand erneut auf, besorgte den Eiswürfel und machte damit, was ich sollte. Als ich die Kanne zugeschraubt hatte, stellte ich sie auf den Tisch.

»Und jetzt?«, fragte ich.

»Warten wir«, sagte Ronny.

Wir warteten, ich saß da und dachte darüber nach, wie es ohne Ronny sein würde, ohne die Möglichkeit, sich jederzeit etwas Mut geben zu lassen oder jemanden zum Reden zu haben. Chester schrieb. Er hatte den Vorgängen um die Thermoskanne keinerlei Beachtung geschenkt.

»Was macht ihr«, fragte Melcher, der plötzlich in der Tür stand.

»Da sind Eis und Wasser drin«, sagte ich. »Und wir warten.«

»Worauf?«, fragte Melcher.

»Weiß ich nicht so genau«, sagte ich.

»Ich werde Henry den Sinn des Lebens veranschaulichen«, sagte Ronny. »Er beruht auf den Hauptsätzen der Thermodynamik.«

Melcher strahlte. »Darf ich mitmachen?«

»Klar! Es geht auch schon los. Henry, was wird in der Thermoskanne sein, wenn du jetzt reinschaust?«

»Das Eis ist geschmolzen.«

»Schau nach!«

Ich schraubte die Kanne auf und schaute rein. Da war kein Eiswürfel mehr.

»Toll!«, sagte Melcher.

»Ja, das ist in der Tat faszinierend«, sagte Ronny.

Ich streckte die Arme auf dem Tisch aus. »Wieso? Das ist doch normal!«

»Das Normale ist das Faszinierende, Henry«, sagte Ronny in einem schulmeisterlichen Ton. »Nur weil du dich daran gewöhnt hast, dass es so ist, heißt das nicht, dass es nicht faszinierend ist. Das Eis schmilzt, das warme Wasser ist etwas kühler geworden, und überall herrscht die gleiche Temperatur.«

»Es mischt sich eben«, sagte ich.

»Aber warum, Henry? Es könnte doch auch genau andersherum sein: Das Eis könnte noch kälter werden und seine restliche Wärme, die es noch hat, an das warme Wasser abgeben. Und dieses wird noch ein bisschen wärmer.«

»Aber das ist doch Quatsch!«, sagte ich. »Und was hat das mit dem Sinn des Lebens zu tun?«

»Wart's ab.« Ronny machte einen Schritt zurück. »Wir sind uns einig, dass die Thermoskanne ein geschlossenes System ist. Es kommt keine Wärme von außen hinein, es fließt auch so gut wie keine nach draußen. Die Gesamtenergie in der Kanne bleibt also gleich. Da es sich bei Eis auch nur um Wasser handelt, findet keine chemische Reaktion statt. Eigentlich gibt es keinen Grund für das Eis zu schmelzen.«

»Und trotzdem passiert es«, rief Melcher. Ich blickte zu ihm auf. Ich hätte ihn gerne für einen Schmeichler gehalten, aber er war einfach nur bei der Sache.

»Die Frage ist: Warum? Warum schmilzt das Eis?«

»Entropie«, sagte Loy, die aus ihrem Zimmer gekommen war und sich neben Melcher setzte. Sie tippte gegen die Kanne.

»Exakt. Entropie misst, einfach ausgedrückt, den Grad der Unordnung in einem System. Damit ist gemeint, dass ich bei einer Flüssigkeit viel schwerer vorhersagen kann, welches Teilchen als Nächstes was tun wird, im Gegensatz zum Eis. Das Eis ist statisch, vorhersagbar. Flüssigkeit ist es nicht. Deswegen entsteht Flüssigkeit. Alles, was im Universum spontan, also einfach so geschieht, erhöht den Grad der Unordnung. Woher kennst du das Wort, Loy?«

»Hat Mama mir mal erklärt«, sagte sie.

Melcher strahlte sie an.

Mir wurde kalt.

»Indem Sterne brennen«, fuhr Ronny fort, »erhöhen sie die Entropie des Universums. Sie fusionieren Wasserstoff zu Helium und strahlen dabei Energie in Form von Photonen ab, die eine höhere Entropie haben als der Wasserstoff alleine. Photonen sind gewissermaßen schwirrender, unberechenbarer. Die Existenz der Sterne ist einem geheimnisvollen Naturgesetz geschuldet, das die Unordnung wachsen lässt.«

Melchers Hand und Loys Hand liegen dicht nebeneinander, ich sehe es genau, und es ist kein Zufall.

»Und der Sinn des Lebens?«, frage ich, ohne den Blick von den zwei Händen zu nehmen.

»Würden Sterne nur tote Gesteinsplaneten anstrahlen, auf denen sich vielleicht noch ein paar leere Meere befinden, würde sich an der Gesamtentropie nicht viel ändern. Wenn aber in den Meeren Bakterien entstehen, die das Sonnenlicht verstoffwechseln und dabei Wärme abstrahlen, erhöht das die Entropie weiter. Die Wärmestrahlung von Organismen ist entropischer als die Photonen, die von der Sonne kommen. Vermutlich ist das der Grund, dass überall im Universum Leben entsteht, wo die Bedingungen es erlauben. Alle Lebensformen, groß oder klein, erhöhen die Gesamtentropie im Universum. Jede Maschine im Übrigen auch. Die Entstehung des Lebens ist ein Naturgesetz.«

Melcher nickte langsam.

»Mach mal die Kanne wieder auf!«, bat Ronny. Loy tat es und legte den Deckel auf den Tisch. »Und jetzt kipp den Inhalt auf Chesters Füße«, sagte Ronny leise.

»Hey!«, brüllte dieser, als es gemacht war. »Was soll das denn?«

»Ronny hat gesagt, ich soll das machen!«

»Bist du blöd, oder was?« Chester stand auf, schlug mit der flachen Hand auf Ronnys Oberseite, dann verschwand er fluchend in seinem Zimmer. Die Wasserspur glänzte auf dem Boden.

»Wie wahrscheinlich war das, was gerade passiert ist?«

»Es war super«, sagte ich.

»Wie wahrscheinlich ist es, dass das ganze Wasser zurück in die Thermoskanne kommt?«

»Das wird nicht passieren«, sagte Melcher, dem am laufenden Band Lichter aufzugehen schienen.

»Richtig. Unordnung ist wahrscheinlicher als Ordnung. Es ist unmöglich, das rückgängig zu machen, was gerade passiert ist. Man nennt das –«

»Irreversibel«, sagte Loy.

»Die Richtung der Zeit ist in Richtung der Irreversibilität. Wäre es nicht so, gäbe es keine Explosionen, keine Sterne, keine Wasserfälle und kein Leben. Die Zeit geht immer von der Ordnung zur Unordnung.«

»Aber ich kann doch aufwischen.«

»Um jedes, ich meine wirklich jedes einzelne Wasserteilchen auf Chesters Hose, in seinen Schuhen und auf dem Boden wieder zurück in die Kanne zu bekommen, müsstest du die Zeit umkehren, das Ganze rückwärtslaufen lassen. Das wäre die einzige Möglichkeit. Und genau das geht nicht.«

Melcher nickte immer noch, ich konnte gar nicht sagen, ob er in der Zwischenzeit damit aufgehört hatte.

»Angenommen, Chester wischt auf«, sagte er, »er wringt seine Schuhe und seine Hose über der Kanne aus und könnte alle Wasserteilchen wieder in die Kanne zurückbringen. Hätte er dann gegen ein Naturgesetz verstoßen?«

»Nein«, sagte Ronny. »Um zu wischen und um das Wasser aus seiner Hose und den Schuhen zu pressen, muss er sich bewegen und Kraft aufwenden. Dabei strahlt er Wärme ab. Je mehr er rückgängig machen will, umso mehr Kraft braucht er dazu und desto wärmer wird er. Das erhöht wiederum die Entropie. Alles, was jemand tut, um irgendwo Entropie zu verringern, führt automatisch zu ihrer Erhöhung. Wenn du Eiswürfel haben willst, also eine geordnete, entropiearme Struktur, brauchst du eine Maschine, in diesem Fall einen Kühlschrank. Damit dieser kühlen kann, verbraucht er Strom und erzeugt dabei Wärme. Die Abnahme an Entropie, die ein Eiswürfel bedeutet, wird immer mit einem Zuwachs an Entropie woanders bezahlt. Das ist das Leben und sein Sinn.«

»Gibt es noch einen anderen?«, fragte Loy.

»Nicht dass ich wüsste.« Ronny machte eine Pause. »Aber füll die Kanne doch noch mal auf.«

Als Chester zurückkam, warteten wir, bis er wieder in sein Gedicht vertieft war.

»Jetzt«, sagte Ronny irgendwann.

Loy leerte die Kanne über Chesters neuen Schuhen aus.

»Was soll der Scheiß?«, rief er.

»Das ist eine gute Frage, lieber Chester!«, sagte Ronny. »Wenn du möchtest, beantworte ich sie dir gerne.«

ABEL WEINER

Die Loslösung von Ronny musste unter ärztlich kontrollierten Bedingungen stattfinden. Ich fand mich, nachdem wir die Küche aufgewischt hatten, in der Krankenstation ein und wurde an eine Überwachung angeschlossen.

Doktor Tenenbaum stellte eine Datenverbindung mit Ronny her und betrachtete den Bildschirm auf seinem Tisch, auf dem alles angezeigt wurde – Blutwerte, Harnwerte, Lebensfunktionen und so weiter. Er sah ernst aus und sprach leise.

»Du bist sauber, Henry. Wir können die Niere abmachen.«

Aus dem Nebenraum drang ein heftiges keuchendes Husten. Tenenbaum stand auf, schloss die Tür und setzte sich wieder. »Du hast dich bestimmt an sie gewöhnt, oder?«

»Schon, ja, ein bisschen«, sagte ich.

»Wie hast du sie genannt?«

»Ronny.«

Ein kurzes Lächeln huschte über Tenenbaums Gesicht. Auf dem Tisch stand eine in Schwarz gerahmte Aufnahme seiner Frau. Sie trug die Strickjacke von Frau Strom.

»Nun, sie wachsen einem ans Herz«, sagte er.

Er wandte sich von seinem Schreibtisch ab, rollte auf mich zu und hielt mir einen orange leuchtenden Stab vor die Augen. Auf dem Bildschirm tauchten neue Werte auf, die er studierte. Im Nebenraum wurde wieder gehustet, es drang jetzt nur noch gedämpft durch die geschlossene Tür.

»Hast du noch irgendwelche Beschwerden?«, fragte Tenenbaum.

Ich schüttelte den Kopf.

»Was macht der Tick?«

Ich wunderte mich, woher er davon wusste.

»Weiß nicht, ich achte nicht immer darauf.«

»Mit der Niere müsste es weniger gewesen sein.«

»Kann sein.«

Tenenbaum streifte sich Handschuhe über.

»Ich werde den Zugang jetzt herausziehen und entfernen. Das kann kurz unangenehm sein.«

Ich seufzte.

»Was ist?«

»Brauche ich ihn wirklich nicht mehr?«, fragte ich.

»Aus medizinischer Sicht: nein. Deine anderen Medikamente hast du alle genommen?«

Ich nickte.

»Na dann. Wollen wir?«

»Ja.«

Er drehte an den Verschlüssen an meinem Arm und schraubte die beiden Schläuche ab. Als der zweite abgezogen war, quoll etwas Blut aus dem Port hervor, und er presste einen blau leuchtenden Tupfer darauf.

»Sehr gut, Henry.«

Ich presste die Lippen aufeinander. Ich hatte sofort nach dem Abziehen den Eindruck, dass mir etwas fehlte, dass ich, irgendwie, nackt war.

Tenenbaum fing das blutige Schlauchende in einem leuchtenden Beutel auf und schraubte das andere Ende von Ronny ab. Dann befahl er ihm, selbstständig in die Aufbereitung zu gehen. Ronny setzte sich umstandslos in Bewegung.

»Ronny!«, rief ich.

Er blieb stehen. »Ja?«

»Gibt es wirklich keinen anderen Sinn?«

»Des Lebens? Nicht dass ich wüsste«, sagte er. »Wenn dir nicht reicht, was ich dir dazu gesagt habe, bist du schon auf einem guten Weg.«

»Wohin?«

»Zum Sinn.«

Er drehte sich zu mir. »Eins musst noch wissen: Ich hab dir, bis auf das erste Mal, nie etwas medizinisch Wirksames gegen deine Angst gegeben. Es war immer nur ein bisschen Wärme.«

»Was?«, fragte ich.

»Das ist Thermodynamik.«

Ich sah ihm nach, bis er in einer kleinen Schleuse verschwunden war. Über dem Zutritt war eine kleine Leuchte angebracht. Als sich die Schleuse selbst versiegelt hatte, zeigte sie »Dekontamination« an.

»Wird er sich an mich erinnern?«

»Nein. Die medizinischen Daten habe ich ausgelesen. Sein übriger Speicher wird in diesem Moment gelöscht.«

»Hätte ich ihn nicht einfach ohne Schlauch behalten können?«

Tenenbaum schüttelte den Kopf und zeigte zur Tür, aus der in diesem Moment wieder ein Husten drang. »Der nächste Patient wartet schon. Wie du ein Überlebender des Absturzes, der zu lange draußen war. Wir haben ihn schon mehrfach dekontaminiert, aber es reicht nicht. Er braucht dieselbe Nachbehandlung wie du, möglichst schnell. Und wir haben nur einen begrenzten Vorrat an mobilen Nieren.« Er holte tief Luft, sprach leise. »Es ist seltsam, die Leute kommen immer wieder mit Symptomen. Manche werden nicht so richtig gesund.«

Er beugte sich vor, schob meine Werte auf dem Bildschirm hin und her und markierte ein paar davon mit dem Finger, zog Linien, die er von seinem Computer ausdeuten ließ. Ich konnte erkennen, dass es um »Granulozyten« ging und deren erhöhte Konzentration in meinem Blut, während der sogenannte CRP-Wert normal war. Da schien etwas nicht zusammenzupassen.

»Es ist alles in Ordnung, Henry«, sagte er nach einer Weile, auch wenn sein Gesicht nicht danach aussah.

Die Tür zum Nebenzimmer öffnete sich, der hustende Patient erschien in der Tür. Ich erkannte ihn sofort wieder, obwohl er nur noch ein Schatten seiner selbst war. Die Adern auf der Innenseite seiner Arme und Beine leuchteten bläulich durch die Haut wie bei einer Blutvergiftung. Er starrte mich an.

Tenenbaum erhob sich.

»Ich bin gleich bei Ihnen, Mr Weiner.«

DIE LETZTEN WERDEN DIE ERSTEN SEIN

Tag 220 der Impulsmission

Als ich diesen einen Gedanken zum ersten Mal hatte, habe ich ihn von mir weggeschoben, wollte nichts von ihm wissen. Eine gute Weile hielt er sich bedeckt, waberte als Hintergrundrauschen, als zittriges Schreckgespenst umher. Aber er blieb immer in der näheren Umgebung, ging niemals weiter weg als, sagen wir, zehn Meter. Ich wusste schon, dass dies nichts weiter war als die Vorbereitung einer Attacke, eines gnadenlosen Angriffs, nach dem nichts mehr so sein würde wie zuvor.

Als der Angriff des Gedankens schließlich erfolgte, brauchte ich einen Moment, die veränderte Realität zu erfassen, die er mit sich brachte. Für einen Augenblick hoffte ich, es erst einmal überspringen zu können. Es einfach aus dem Lauf der Dinge herauszunehmen wie ein schlechtes Stück Ton oder eine Bildstörung, die herausgeschnitten werden kann, woraus auch immer.

Aber der Gedanke war so klar, so entwaffnend und einfach, dass ich nicht mehr hinter ihn zurückkam. Er bestand nur aus einem einzigen Satz.

Warum sind wir die Ersten?

Oder: Warum ist nicht schon jemand hier?

Die Logik in der Antwort auf diese Frage ist eiskalt und einfach: Wenn wir hier die Ersten sind, waren wir auf der Erde die Letzten.

Ich kann nur für einen begrenzten Zeitraum mit einer Frage leben, ohne die Antwort auf sie zu wissen.

Ich spreche Noah an, während wir über die leere Ebene des fertiggestellten achten und letzten Bioms von Gairo spazieren, um mit der inneren Bebauungsplanung anzufangen. Im Zentrum des Geröllfeldes steht der Portalstein des Hünengrabs von Lyneham, der als geologischer Brückenschlag von der Erde mitgebracht wurde und verhindern soll, dass wir hier verrückt werden. Über seine Positionierung habe ich entschieden, nachdem ich mich spaßeshalber für ein paar Minuten mit den Sonnenständen eines Perm-Windleite-Jahres beschäftigt hatte. Wir haben auch noch mehr Gestein im Gepäck, das sich noch im Orbit befindet – unter anderem den Barber Stone aus Avebury, einen Teil des King's Tor bei Princeton im Dartmoor, Turmspitzen aus Ely. Mehr, zum Beispiel Stonehenge, war nicht drin, es musste schnell gehen.

Noah stellt sich nur für wenige Augenblicke dumm.

»Was willst du, Mildred?«

»Es zu Ende denken.«

»Was?«

»Die Flüge.«

Er nickt, als habe er schon lange auf diese Frage gewartet. Trotzdem scheint er der Sache Zeit geben zu wollen.

»Was ist mit den Flügen?«

»Noah, du weißt, warum ich nicht mit der Drei geflogen bin.«

»Ja«, sagt er knapp.

»Zwei Jahre, hast du gesagt. Zwei Jahre, dann sind wir schneller. Dann wäre die nächste technische Generation so weit. Zwei Jahre Warten, bis wir nur noch ein Zehntel der Reisezeit nach Perm brauchen.«

Noah steckte die Hände in die Taschen. »Tut mir leid, dass es fünf geworden sind.«

»Tut es dir nicht«, sage ich.

»Nein, du hast recht, das tut es nicht. Es war eine schöne Zeit.«

»Wir waren 1200 Jahre unterwegs. Ein Zehntel von 12 000.«

Noah nickt.

»Das ist korrekt. Wir haben deinen Mann und deine Kinder überholt. Alle Module, auch die Drei, sind in diesem Moment immer noch näher an

der Erde als an Perm. Und sie werden das auch noch 4800 Erdjahre lang sein, erst dann haben sie die Mitte der Reise –«

»Ich weiß«, unterbrach ich ihn. »Und auf der Erde sind 1200 Jahre seit unserer Abreise vergangen. Das ist viel Zeit. Warum ist nicht schon jemand hier? Warum sind wir die Ersten?«

Noah nickt langsam. »Komm mit.«

Ich folge ihm in die Mitte des Bioms, von hier aus sind es rundherum fast hundert Meter bis zur Wand. Die gläserne Decke über uns befindet sich in fast fünfzig Meter Höhe, dahinter ist der Himmel zur Abwechslung türkisfarben und frei von Wolken und Dunst. Der steinige Boden, auf dem wir stehen, ist eingeebnet und bereit, Bauwerke aller Art zu tragen.

»Hier werden sie leben«, sagt Noah. »Wir können Häuser bauen, bis auf den einzelnen Ziegelstein gleich wie euer altes in Banbury, mit Kaminen in jedem Zimmer und Teppichboden im Bad. Es wird alles werden wie früher!«

»Warum sind wir die Ersten?«

Er seufzt.

»Kann es wirklich sein, dass du die Sache jetzt erst zu Ende denken willst, Mildred?«

»Das weiß ich noch nicht.«

»Rayser selbst hatte die nächste Antriebsgeneration schon in der Schublade. Weitere fünf Jahre Ingenieurarbeit für ein Fünfzigstel der Reisezeit. Aber manchmal muss man sich dafür entscheiden, etwas nicht mehr zu machen, obwohl es geht. Wer weiß, wer es noch in der Schublade hatte. Zwischen dem ersten motorisierten Flug der Menschheit und der Mondlandung lagen nur 66 Jahre. Technische Entwicklungen sind exponentiell.«

»Beantworte meine Frage!«

»Wir waren die Letzten.«

Jetzt ist es ausgesprochen, objektiv. Ich gehe ein paar Schritte von ihm weg, verlasse die Mitte des riesigen Kreises um uns.

»Jemand musste die Tür hinter uns zumachen«, sagt Noah, der da stehen bleibt, wo er ist. Ich nehme die Hand vor den Mund, weiß nicht, was ich noch sagen soll, und lehne mich an den Lyneham-Portalstein, der das zukünftige

Zentrum des Ortes bilden soll, als Erinnerung an die alte Erde. Für Perm ist er ein außerirdischer Stein, ein gewissermaßen sanft gelandeter Meteorit, und ich kann es nicht glauben, dass meine Hand gerade ein echtes Stück Erde berührt. Es bewahrt mich vor dem Verrücktwerden.

»Mörder«, flüstere ich. Ich halte die Aussprache des Wortes in der Schwebe zwischen Frage und Anklage.

Er kommt auf mich zu.

»Was war das?«

»Du hast mich verstanden«, sage ich leise.

»Ja«, sagt er.

Ich streiche mit der Hand über den Stein. Er ist rau und leer. Die Algen und Flechten, von denen er einst bedeckt war, haben die lange Reise im Vakuum nicht überlebt.

»Solche Steine markierten auf der Erde den Übergang vom Nomadentum zur Sesshaftigkeit während des Neolithikums«, sagt Noah und kommt weiter auf mich zu. »Irgendetwas bewegte die Menschen dazu, an einem Ort zu bleiben, Felder anzulegen und Häuser zu bauen. Zugleich entstanden riesige Steinkreise und Gräber, von denen auch dieser hier ein Teil war.« Er fasst in eine Vertiefung. »All das ging mit einem Gedanken einher, den es bis dahin nicht gab: Eigentum.«

Ich trete ein Stück zur Seite, er kommt mir zu nah.

»Ich habe unser zukünftiges Denkmal spaßeshalber von VENT untersuchen lassen. Du glaubst nicht, wie viele Spuren von menschlichem Blut er gefunden hat, von der Steinzeit bis ins 20. Jahrhundert. Stammesfürsten, Bauern, Soldaten, eine Hexe und zwei Kinder, vermutlich unerwünscht. Alles an nur einem einzigen Stein, der 5000 Jahre an derselben Stelle gestanden hat. Er könnte ein Mahnmal sein.«

»Ich verstehe«, sage ich. »Du hast dich nun eingereiht in die Geschichte des Blutvergießens.«

»Nein. Ich habe sie beendet.«

Ich trete noch einen Schritt zurück.

»Weißt du, was der Mensch ist, Mildred?«

Ich zucke mit den Schultern.

»Eine Verschwendung dessen, was er sein könnte.«

Ich bekomme Angst. Noah Rayser ist kein Philanthrop und in den meisten Fällen wird Geschichte nicht von Philanthropen geschrieben.

»86 Milliarden Neuronen hat das menschliche Gehirn, sie bilden 100 Billionen Synapsen aus. Die Fähigkeiten zur Imagination und zum Transfer sind bis heute einzigartig. Und was kommt dabei heraus?« Er geht vor dem Stein in die Knie und zeigt in eine kleine Aushöhlung. »Genau hier hat VENT die Zerfallsprodukte einer jungen Frau gefunden, die 1614 eines unnatürlichen Todes starb. Der Fund passt zur Hexenakte von Brackley, die 2067 entdeckt wurde, kurz bevor es zum ersten Mal in die Biome ging. Ihr Name war Dorothy Fletcher, und sie wurde, zusammen mit anderen, im Spätsommer 1614 mehrerer Ernteausfälle beschuldigt. Diese hatten natürlich nichts mit ihr zu tun, sondern mit der Kleinen Eiszeit, die in diesen Jahren in Mitteleuropa herrschte und die Ernten dezimierte. Erst viel später wurde verstanden, dass die Sonnenaktivität schwankt, die Erdachsenneigung veränderlich ist und auch Vulkanaerosole die Sonneneinstrahlung abmildern können. Ab 1570 wurde es kalt.«

»Was ist mit ihr passiert?«

»Die Enthauptung gilt als eine vergleichsweise humane Vollstreckung eines Todesurteils.«

Ich versuche, mir das nicht vorzustellen.

»Was hast du getan, Noah?«

»Es hätte niemals aufgehört.«

»Was?«

Noah denkt nach.

»Ich hatte einen Bruder. Er war zwei Jahre älter als ich. Er war ein Dummkopf, der mir nichts voraushatte außer zwei Jahren Wachstum. Ich konnte früher als er lesen und mit vier besser schreiben als er mit sechs. Unsere Eltern ließen mir eine kaum bezahlbare maschinelle Begabungsförderung zukommen, während er sich hauptsächlich Ablehnung einhandelte, wenn er wieder irgendeinen Mist gemacht hatte. Ablehnung und Nichtbeachtung. Er *rächte sich, wenn wir alleine waren. Er setzte sich auf mich, drückte meine Hände auf den Boden und tat mir weh. Er drohte mir, wenn ich es erzählen würde, mit Schmerzen: Ich brech dir deine Finger, ich mach, dass du im Rollstuhl sitzt. Er tat mir weh, wie unsere Eltern ihm wehtaten, da er nicht das war, was sie sich gewünscht hatten. Sobald er durfte, fuhr er. Er fuhr fast alles zu Schrott, was er in die Finger bekam. Die Anwälte holten ihn raus, immer wieder. Ein Mädchen, das bei uns in der Straße lebte, wurde schwer verletzt. Unsere Eltern zahlten und schwiegen, sie waren damit beschäftigt, die Welt zu retten. Wenn du Meeresströmungen reaktivierst, die Erdatmosphäre dekarbonisierst, sardische Grundstücke für Fusionsreaktoren einkaufen musst und nebenbei Biotheken zur vollständigen Wiederbelebung des einstigen Ökosystems der gesamten Erde einrichtest, dann hast du keine Zeit für Gutenachtlieder.«*

»Seinen Eltern zu verzeihen, ist ein wichtiger Schritt beim Erwachsenwerden«, sage ich.

»Ich habe ihnen verziehen. Ich habe sogar meinem Bruder verziehen. Aber für einen Platz in den Modulen hat es trotzdem nicht gereicht. Sich zu lösen, ist auch ein Teil des Erwachsenwerdens.«

Er lächelt.

»Ereignisse, die Populationen dezimieren, sind etwas Natürliches. Der Dreißigjährige Krieg, auch eine Begleiterscheinung der Kälteperiode um 1600, raffte fast 30 Prozent der betroffenen Bevölkerung dahin. Pandemien schaffen, unbehandelt, manchmal mehr. Das einschneidendste Ereignis war die globale Zerstörung der Erdatmosphäre, die nur von einem Bruchteil von einem Prozent überlebt wurde, weil die alten Klimaschutzbiome noch standen.«

Er sieht mich an, als hätte mir etwas klar werden müssen.

»Und weiter?«, sage ich.

»Für gewöhnlich sorgen kataklytische oder epidemische Ereignisse für eine gewisse Aussortierung. Es wird nicht gerne ausgesprochen, da es als inhuman gilt. Aber es ist ein natürlicher Prozess: Pandemien raffen biologisch schwache Individuen dahin, Naturkatastrophen erproben die Überlebensfähigkeit ganzer Bevölkerungsgruppen, Kriege treiben vor allem die niederen

Schichten, das Fußvolk, in den Tod. Dagegen war die Zerstörung der Erdatmosphäre mehr ein Glücksspiel. Wer nah genug an einem der alten Klimaschutzbiome wohnte, hatte eine ganz gute Chance zu überleben.«

»Oder wer bei Rayser angestellt war.«

»Ja. Rayser war der Flaschenhals.«

Es hat mir damals geholfen, den Blick auf die eigenen Kinder zu richten, auf den sogenannten engsten Kreis der Angehörigen. Mehr war nicht drin, im Wortsinn. Es war ein Glück, keine Geschwister und keinen wirklichen Freundeskreis zu haben. Ich würde jetzt gerne den Stein noch einmal berühren, aber da steht immer noch Noah.

»Wie hast du es gemacht?«, frage ich ihn.

»Der Weltraum ist schlussendlich auch in die Biome gekommen.«

Das ist die kindgerechte Umschreibung. Mehr braucht er aber auch nicht zu sagen. Ich verenge meinen Blick auf meinen kleinsten Kreis und damit auf die, die in diesem Moment noch über 10 000 Jahre lang unterwegs sein werden, um Perm zu erreichen. Ich versuche, mir nicht vorzustellen, wie selbstreplizierende CCD-Partikel in einem Biom wüten und in atmende Körper eindringen. Ich stelle mir nicht die Augen der Zurückbleibenden vor, die den Modulen Eins bis Fünf hinterherschauen, bevor ihnen eine unsichtbare, winzige, alles durchdringende Technologie gleichzeitig die Atemluft ruiniert und ihre Lungen zerstört.

Wieder einmal muss ich eine Entscheidung fällen. Um mir etwas Zeit zu verschaffen, fasse ich den Sachverhalt zusammen. »Es gibt nur noch uns und die wenigen, die noch unterwegs sind? Die Transfermodule Eins bis Fünf?«, frage ich. »Mehr sind nicht zu erwarten?«

»So ist es.«

»Ein paar hundert Menschen?«

»Ja. Der vorletzte wirkliche Flaschenhals der Menschheit liegt 72 000 Jahre zurück. Ein Vulkanausbruch auf Sumatra hat nur ein paar tausend Individuen überleben lassen, weltweit. Derlei passiert immer wieder.«

»Aber niemand steuert es.«

»Es hätte nicht aufgehört, Mildred. Um die Jahrtausendwende haben die

Menschen geglaubt, die Geschichte wäre am Ende. Wir hätten unsere Lehren gezogen. Und dann begann es wieder von vorne. Wenn mir zwei Dinge zuwider sind, dann sind es Dummheit und Grausamkeit.«

»Dein Bruder?«

»Die Zukunft soll denen gehören, die nicht an Hexen glauben. Die nicht quälen, die nicht morden, nicht vergewaltigen und keine Kriege vom Zaun brechen. Wir werden ein neues Zuhause schaffen. Dummheit, Grausamkeit und Not wird es nicht geben, wenn wir es richtig angehen.«

Ich schaue ihm in die Augen. Es ist ihm ernst.

Ich denke, für einen winzigen Moment, darüber nach, ob ich vielleicht, ganz vielleicht, dankbar sein darf. Er hat es gemacht, und ich darf meine Hände in Unschuld waschen. Ich bin das Kind. Mir wurde die Freiheit geschenkt, nicht daran schuld zu sein.

Perm liegt uns zu Füßen, neu, unberührt. Frei von Dummheit, Grausamkeit und Not, dank einer letzten großen Grausamkeit. Noah muss gründlich vorgegangen sein. Sonst wäre schon jemand hier. Dass wir die Ersten sind, dass niemand hier ist, ist der Beweis seiner Gründlichkeit.

»Woran denkst du?«, fragt er.

»Mir ist schlecht«, sage ich. »Wodurch habe ich es verdient, zu den Lebenden zu gehören.«

Er lächelt. »Durch mich.«

Ich schaue ihn lange an. »Vulkane und Meteoriten tun das Gleiche«, sage ich irgendwann.

»Ja. Ziemlich genau.«

»Früher oder später wäre es ohnehin passiert? Wie an der Perm-Trias-Grenze oder am Ende der Kreidezeit?«

»Es liegt in der Natur, es passiert immer wieder und ohnehin. Dazu kommt die ansteigende Wahrscheinlichkeit einer Auslöschung durch den Einsatz von immer kleiner und perfider werdender Technologie. Es war nur eine Frage der Zeit, bis irgendein Irrer kommt.«

Ich nicke. Ich würde gerne nach Hause gehen, aber das gibt es nicht mehr.

BIENENSTOCK

Um an der Vervollständigung des Ökosystems von Lyneham auf der Erde mitzuwirken, hielt Mama Bienen.

Während Chester in seinem Zimmer blieb und schrieb, schauten Loy und ich immer zu, wenn Mama die Bienenkästen aufmachte, um nach dem Rechten zu sehen, die Königin zu suchen oder ein bisschen Honig abzuschaben. Loy und ich wechselten uns mit dem Smoker ab, mit dessen Rauch die Tiere beruhigt wurden. Ich habe das Geräusch des Blasebalgs in deutlicher Erinnerung, genau wie den eigentümlichen Geruch des Stocks.

Immer wenn Mama einen der Rahmen mit den Waben zurück in den Kasten schob, schaute ich woandershin.

»Wieso schaust du weg, Henry?«, fragte Mama.

»Sie tun mir leid«, antwortete ich.

»Wer?«

Ich zeigte auf eine tote Biene, die zwischen Rahmen und Steckplatz eingequetscht worden war. »Du passt zu wenig auf«, sagte ich vorwurfsvoll.

»Das ganze Volk ist der Organismus«, sagte Mama.

»Ja. Alle Bienen zusammen sind das Tier«, ergänzte Loy.

Ich wollte es gerne verstehen, aber ich konnte es nicht. Die kleine Biene war tot.

Mama hob einen neuen Rahmen aus dem Kasten, über die Waben krabbelte die Königin durchs Gewimmel. Sie hatte eine türkisfarbene Markierung auf dem Hinterleib. Mama zeigte uns, wie sie Eier legte und in welchem Kontakt sie zu den Arbeiterinnen stand. Als sie den Rahmen wieder zurück in den Kasten steckte, passte sie sorgfältig auf, dass der Königin nichts passierte.

»Auf sie passt du auf«, sagte ich.

»Ja. Ihr Tod schwächt das Volk. Sie ist wichtig.«

Mama drückte mit beiden Daumen auf den Rahmen, bis er ganz in der Versenkung des Kastens verschwunden war.

»Du schaust ja doch hin!«, rief Loy irgendwann.

Sie hatte recht. Mein Tick zwang meinen Blick immer wieder für den Bruchteil einer Sekunde auf die kleine tote Biene.

»Man kann nicht immer alle retten«, sagte Mama und setzte den großen grünen Deckel zurück auf den Kasten.

»Ist das auch prinzipiell?«, fragte Loy.

Mama sah uns an. Erst Loy, dann mich.

»Ja.«

Hinter dem Haus der Brahms verlief die Biomwand. Dahinter standen, unter einem schwarzen Himmel, die Häuserruinen von Bradenstoke, dem ehemaligen Nachbarort von Lyneham, zwischen erfrorenen Pinien und grauer toter Macchia.

Es war das einzige Mal, dass ich eine Träne in Mamas Auge sah. Ich sah sie aber nur in den Bruchteilen einer Sekunde.

ZUWIDERHANDLUNG

Ferenc und Augustine weckten mich in der ersten Nacht, in der ich Ronny nicht mehr hatte. Es war fast zwei, als sie gegen mein Fenster klopften. Sie brauchten mich für ihr Vorhaben, weil ich durch meine Ticks die Tiere sehen konnte.

»Es geht los«, flüsterten sie, »jetzt.«

Ich stand auf und zog mich an. »Was habt ihr vor?«, fragte ich.

»Es wird dir gefallen.«

Ich stieg in meine Schuhe und rieb mir noch etwas Müdigkeit aus den Augen. Ferenc trug eine große Tasche bei sich und öffnete den Zugbandverschluss. Darin befanden sich vier voll aufgeladene Helme.

Ich erschrak, es würde also tatsächlich rausgehen.

»Woher hast du die?«, fragte ich und tippte auf einen Helm.

»Von Papa.«

»Weiß er das?«

»Spinnst du?«

Augustine lächelte mich an, in einer Art, die alle Furcht von mir abstreifte. »Wir brauchen noch vier Kochlöffel und etwas Zucker«, flüsterte sie. »Kannst du das besorgen?«

»Klar!«

Ich schlich in die Küche und zog die Besteckschublade so leise wie möglich auf. Wir besaßen keine drei Kochlöffel, aber Salatbesteck. Den Zucker fand ich nach einigem Suchen im Hängeschrank. Ferenc und Augustine warteten in der Tür und grinsten über beide Ohren, als sie sahen, dass ich ein ganzes Kilo hatte.

Wir schlichen den Rand der Larsenfelder entlang, der Schnitter war nirgends zu sehen. Am Zaun hielten wir an.

»Worauf warten wir?«, fragte ich.

»Trudy!«

»Echt jetzt?«

»Was dagegen?«

Ich schwieg.

Kurz darauf erschien sie, mit einem Gerät in der Hand, das wie eine Taschenlampe aussah. Der Griff endete in einer trichterförmigen Mündung.

»Hey, Trudy!«, flüsterte Augustine.

»Was ist das?«, fragte ich.

»Schallwaffe«, sagte sie. »Das vertreibt die Tiere. Nur für den Fall, dass welche kommen.«

»Ihr wollt wirklich raus?«, fragte ich.

»Na klar!«

»Woher habt ihr so was?«, wollte Ferenc wissen.

»Weiß ich nicht«, sagte Trudy.

Schweigend liefen wir den Südtunnel entlang und erreichten schließlich die Bahnstation.

Die Halle wurde allein vom blauen Widerschein der Windleite beleuchtet, das steinerne Fachwerk warf verzweigte Schatten auf den Bahnsteig und das Gleis. Eine Anzeige verkündete, dass der nächste Transfer nach Santu Gonone erst am nächsten Morgen anstand, um Punkt fünf. Nach Santa Maria Navarrese schien es vorerst keine Verbindung zu geben.

Ferenc sprang ins Gleisbett. Die Supraleiter, die die Züge in der Luft halten sollten, waren heruntergefahren, dennoch summte die Schiene wie ein Elektrozaun. Wir folgten ihm bis zum Überdruckventil nahe der Biomwand.

»Super«, flüsterte ich, um mich zu beruhigen, als Ferenc das Schloss des Schachts mit Hilfe einer Chipkarte öffnete. »Woher hast du die?«

»Von Papa. Er passt nicht genug darauf auf.«

»Sicher?«

»Keine Ahnung.«

»Was ist mit deinen Augen, Henry?«, fragte Trudy.

»Hab ich manchmal.«

»Er kann die Tiere sehen«, sagte Ferenc und öffnete eine Klappe neben dem Schutzgitter, hinter der sich mehrere Schutzanzüge befanden. Sie waren uns viel zu groß, die Ärmel und Hosenbeine stauchten sich wie Quetschkommoden zusammen, aber die Dichtungen funktionierten einwandfrei.

»Woher weißt du das alles?«, fragte ich, während wir uns die Helme aufsetzten.

»Ich probier rum.«

»Einfach so?«

»Du wirst dich noch wundern«, sagte Ferenc.

Trudy und Augustine nickten. Als ich meinen Helm aufgesetzt hatte und Ferenc die Außentür öffnete, kam die Erinnerung zurück.

An den Weg, den ich mit Papa, Chester und Loy gegangen war, während unserer Flucht durch Suttaterra. Ich war verwundert darüber, mit wie wenig Schrecken diese Erinnerung verbunden war. Wir waren uns sehr nah gewesen in Suttaterra, vielleicht näher, als wir uns seither jemals wieder gewesen waren, und ich empfand beinahe so etwas wie Heimweh, wenn ich an die Höhle unter dem Überhang dachte. Ich blickte nach Südosten, erkannte auf der anderen Seite der Gola den Pfad, über den wir gekommen waren, und glaubte, in der Ferne die tiefen Schatten der Bergeinschnitte zu erkennen, in denen sich die Überhänge verbargen.

Wir folgten der Bahnstrecke entlang nach Süden in Richtung

Santu Gonone, vorbei an vereinzelten toten Bäumen. Der Lungenturm warf seinen riesigen Schatten auf die Ebene, verzweigt und bis ins Feinste verästelt. Als wir die Mitte des Schattens erreicht hatten, ließen wir den Tunnel mit der Schiene hinter uns und hielten auf den Monte Girasole zu. Je näher wir kamen, desto bedrohlicher wurden die Höhen, in die der Turm über uns aufragte. Irgendwann wurde sein Atem unerträglich laut, und ich stellte die Helmübertragung leiser. Es war ein tiefes, fast dröhnendes Rauschen, das sogar den Boden vibrieren ließ.

Ich erinnerte mich an Frau Stroms Worte, die uns erklärt hatte, dass sich wichtige Teile der Lungentürme unter der Erde befanden, wo die aufgenommene Luft durch Millionen winzige Adern geführt wurde. Diese filterten die Schadstoffe auf natürliche Art heraus und wuschen sie in tiefere Gründe. Eine solche Großstruktur entropisch unsichtbar wachsen zu lassen, war laut Frau Strom eine biotechnische Meisterleistung.

Ich prüfte den Füllstand meines Helms und stellte mit Erleichterung fest, dass ich noch über tausend Atemzüge übrig hatte. Wir erreichten den Fuß des Monte Girasole, der auf der Erde einen schönen Schlittenhang abgegeben hätte. Ferenc blieb stehen und sah sich einen Augenblick lang um, um sich zu orientieren und zu schauen, ob uns jemand aus den Biomen zusah, die links und rechts von uns in den Nachthimmel aufragten wie zwei gigantische Aquarien. Alles darin schien tief und fest zu schlafen. Ferenc lief auf eine Fumarole zu.

»Hier ist es«, sagte er.

Das Loch, aus dem das Gas aufstieg, befand sich in einem Einschnitt des Berges, ein Pfad führte zwischen den Felswänden nach oben. Wir folgten ihm etwa hundert Meter aufwärts, dann erreichten wir eine kleine Mulde, die den Blick nach Süden öffnete. Die Lichter des Kraterwerks und der Kräne in Santu Ferru flirrten bis hierher. Zwischen zwei schartigen Felsen stieg erneut heiße

Luft aus der Erde. Der Schacht war jedoch ausgekleidet, führte senkrecht in die Tiefe und gab ein andauerndes Zischen von sich. Weiße Flocken lagen darum verstreut auf der Erde.

Ich erschrak, als Moxie Brahms aus dem Felsschatten hinter dem Schacht trat.

»Habt ihr den Zucker?«

»Klar«, sagte Ferenc stolz und bedeutete mir, die Tüte zu zeigen. Ich hielt sie Moxie hin.

Sie nahm sie und zog ihren Helm ab.

»Spinnst du?«, rief ich.

»Das geht hier«, sagte Augustine, die ebenfalls ihren Helm abnahm. Beide beugten sich vor und hielten ihre Köpfe über das zischende Loch. Dieses produzierte, zusammen mit dem Turm, einen Höllenlärm. Ohne Helme mussten wir nah an unsere Ohren gehen und schreien, damit wir uns verstanden.

»Das ist keine Fumarole«, rief Moxie gegen das Rauschen an, »sondern ein Überdruckschacht des Turms. Reine Atemluft, nur ein bisschen heiß.« Es sah aus, als würde sie von einem Föhn angepustet werden.

»Aber das ist noch nicht alles«, sagte Moxie lächelnd und richtete sich wieder auf.

»Habt ihr auch alles andere?«

Ferenc, der alles bis auf den Zucker in seine Tasche gepackt hatte, holte das Salatbesteck heraus und verteilte es an die anderen.

Moxie und Augustine zogen ihre Helme wieder auf, um einen Schritt nach hinten machen zu können. Nur der direkte Luftstrom aus dem Schacht war sauber.

»Jeder eine Handvoll!« Moxies Gesicht leuchtete, sie wusste genau, was nun passieren würde.

Melcher dabeizuhaben, wäre schön gewesen. Ich kippte Zucker in die ausgestreckten Hände der anderen, schließlich schüttete ich mir selbst etwas in den Handschuh.

»Auf drei«, rief Moxie.

»Was?«, fragte ich.

»Siehst du gleich.«

Moxie zählte. Die drei schütteten alle den Zucker in den Schacht, dann hielten sie die Löffel und Gabeln darüber. Ich tat es ihnen nach.

Weit unten glaubte ich, ein leichtes orangefarbenes Glühen zu erkennen, aber das konnte auch eine Täuschung gewesen sein. Keine Täuschung war, dass sich nach kurzer Zeit viele weiße Fäden um unsere Löffel spannten. Moxie und Augustine begannen, ihre Löffel zu drehen. Nach wenigen Sekunden hatten sich wunderbar geformte Kissen aus Zuckerwatte darum geschlungen, die gar nicht aufhören wollten zu wachsen. Mit der Zeit verschmolzen die Knäuel zu einem großen fluffigen Ball, den wir alle mit unserem Besteck festhielten.

Als keine Zuckerfäden mehr nachkamen, machten wir alle gleichzeitig einen Schritt zur Seite und das Losessen begann. Moxie war die Erste, die keine Lust hatte, nach jedem Biss den Helm wieder aufzusetzen, und aß mit dem Kopf über dem Schacht. Kurz darauf taten wir es ihr alle nach, schwiegen und mampften und sahen uns dabei mit einem verschworenen Lächeln an.

Und dann sagte Ferenc etwas, das ich nie vergessen werde. »Alles Gute nachträglich zum Geburtstag, Henry.«

»Wir haben es auch mit getrocknetem Mais probiert. Er poppt zwar da unten, aber es ist schwierig, ihn zu fangen.«

Ich erkannte nun die weißen Punkte überall auf dem Boden als liegen gelassenes Popcorn. Im Licht der Windleite bekamen sie einen bläulichen Schimmer.

»Als Nächstes gehen wir baden«, verkündete Augustine.

»Wo?«, fragte ich verdutzt.

»Is Piscinas!«

»Was ist das?«

»Eine warme Quelle auf der anderen Seite der Gola, oben in den Corongiu-Bergen beim Croce. Du badest und schaust auf die Golgo Ebene runter und auf die zerstörte Stadt.«

»Was für eine zerstörte Stadt?«

»Gairo Vecchio.«

»Was ist das?«

»Eine alte Nuraghe. Das erste Monte Ferru. Aber das hat die Anomalie geholt.«

»Woher wisst ihr das alles?«

»Frau Strom ist eine gute Quelle«, sagte Moxie. »Man muss nur ein bisschen bohren und nachhaken. Und ihr versprechen, nie selbst zu den Sachen zu gehen. Dann erzählt sie alles.«

»Ja, euch«, sagte Ferenc. »Weil ihr unterschrieben habt.«

»Es wird hell«, rief Augustine, »wir sollten zurück!«

»Jetzt schon?« Moxie sah sie ungläubig an.

»Unmöglich«, sagte Ferenc.

Augustine zeigte Richtung Süden, wo ein orangefarbener Schein auf Santu Ferru und die Ebene fiel.

»Das ist nicht der Morgen«, sagte Moxie leise.

In diesem Moment wurde ein tiefes Grollen laut, und der Boden vibrierte. Hoch über unseren Köpfen breitete sich ein heller Schein aus, der vom Lungenturm herkam. Was es war, konnten wir nicht erkennen, da die Felshänge des Girasole die Sicht versperrten.

Wir setzten unsere Helme auf und rannten den Pfad hinunter zur Fumarole, die den richtigen Aufstieg markiert hatte. Als wir an ihr vorbeikamen, glaubte ich, ein vielstimmiges Summen, beinahe eine Melodie, zu hören. Sie war mir vertraut, aber ich wusste nicht, was es war.

»Henry, komm!«, schrie Moxie, die mich überholt hatte und auf die Ebene zuhielt.

Ein seltsames Licht lag auf allem, die Bahnschiene vor uns leuchtete gleißend hell auf. Entsetzen breitete sich in Moxies

Gesicht aus, als sie sich im Rennen umwandte und nach hinten sah.

Als ich es auch tat, erkannte ich, was gerade passierte.

Der Lungenturm brannte.

Blendendes Feuer, so hell, dass ich kaum hinsehen konnte, fraß sich in die Millionen Verästelungen seiner adrigen Struktur hinein. Als der obere Teil seines nördlichen Flügels explodierte, sah ich zu, dass ich fortkam. Die anderen waren mir schon weit voraus und folgten bereits der Schiene nach Norden. Als ich sie einholte, war die Ebene beinahe taghell erleuchtet.

Während wir den Schienentunnel entlang rannten, blickte ich immer wieder zur Seite. Wie ein riesiger brennender Engel stand der Turm nun da. Die unteren Teile seiner Flügel brachen ab und sanken lodernd in die Tiefe, während die Flammen in unwirkliche Höhen aufstiegen. Sie spiegelten sich in den Glasscheiben der Biome wider, die selbst zu brennen schienen.

Wir näherten uns der Bahnstation. Immer wieder sprangen meine Blicke zur Seite, ob ich wollte oder nicht. Ich konnte nicht sagen, ob es ein Schauen oder Ticken war, das mich die dunkle Gestalt erkennen ließ, die zwischen den erloschenen Haufen der abgebrochenen Flügelstücke hindurch in großen Sprüngen über die Ebene hetzte und offensichtlich das Weite suchte. Sie war menschlich, nutzte aber Arme und Beine zum Fortkommen, ähnlich wie ein rennender Affe.

Inzwischen brannte der gesamte Turm. Gespeist wurde das Feuer durch den Sauerstoff, der durch seine Adern strömte, die wie trockenes Sperrholz brannten. Die abgebrochenen Teile erloschen schnell, da die umgebende Atmosphäre selbst zu wenig Sauerstoff für ein Feuer dieser Gewalt beinhaltete.

Die Gestalt bewegte sich nach Süden und wurde immer kleiner. Zuletzt war sie nur noch ein winziger dunkler Punkt, der in der Gola verschwand. Ferenc öffnete die Lamellen des Schachtes zur

Bahnstation und ließ uns rein. Wir verstauten die Anzüge, steckten die Helme dazu und rannten los.

Die wenigen Bewohner von B standen an der Scheibe des Bioms und starrten nach draußen. Es blieb ihnen nichts, als zuzusehen, wie der gesamte Nuraghe in einer orangefarbenen Glut in sich zusammenstürzte. Glimmende und qualmende Haufen sammelten sich auf den Hängen des Bergs, wurden sie zu groß, rutschten sie wie Lava die steileren Ausläufer hinunter. Wären wir noch dort gewesen, wären wir erschlagen und verbrannt worden.

An einen Löschversuch war nicht zu denken, der Turm war innerhalb von Minuten vollständig zerstört. Wir verteilten uns zwischen den Zuschauern, sahen nach draußen, als wären wir wie alle anderen aus unseren Betten aufgeschreckt.

Ferenc blieb neben mir stehen. Er ahnte, was in meinem Kopf vorging.

»Du denkst, das war der Zucker?«, sagte er.

»Ja.«

Er sah mich an, als wäre ich ein Idiot, dann verschwand er zwischen den Menschen.

Ich sah zu, dass ich den Markt erreichte, und nahm damit den unauffälligsten Weg nach A. Doch dort herrschte die größte Aufregung. Große Teile der Decke waren mit Asche und brennenden Teilen vollgeregnet worden. Eine wirkliche Gefahr bestand nicht, die Decken waren konstruiert, um deutlich Schlimmeres auszuhalten. Dennoch war der Eindruck, den die glühenden Haufen überall hinterließen, sehr bedrohlich. Die meisten hatten sich in der Mitte des Tunnels versammelt und sahen zu, wie die Brände nach und nach erloschen.

Als das letzte große Stück des Lungenflügels abbrach und auf dem Gipfel des Giralsole niederging, entstand eine Staubwolke, die wie eine schwarzgraue Lawine den Hang hinunterkroch und die Sicht auf alles versperrte.

In diesem Moment packte mich Papa von hinten und presste mich an sich.

»Henry!«, rief er. »Bist du in Ordnung?«

Er ließ mich gar nicht wieder los, streichelte mir über den Kopf und den Rücken. Es dauerte so lange, dass ich ganz ruhig wurde und für einen Augenblick wirklich glaubte, unschuldig zu sein.

Dann sah ich Chester. Er starrte mir in die Augen, prüfend und kühl. In seinem Gesicht lag nur eine einzige Frage: »Wo warst du?«

Und es schien, als ob er die Antwort schon kannte.

MEGALITHEN

Tag 222 der Impulsmission

Es ist immer wieder erhebend, die Enge der Quartiere hinter sich zu lassen und rauszukommen. Noch erhebender wäre es, ich dürfte es alleine tun.

Yuna streichelt sich den Bauch. Ich stelle den Kurs des Gleiters auf Südost, deaktiviere den Flugschreiber und lehne mich zurück. Über den Südgipfeln der Corongiuberge erreichen wir die eingestellte Reisehöhe und können beschleunigen. Es geht über verkraterte Ebenen, unterbrochen von Untiefen, in denen der Morgennebel steht.

»Weiß er es schon?«, frage ich Yuna. Über irgendetwas muss man ja reden, solange die geomorphologische Aktualisierung und die Tierbestandserfassung von selbst laufen.

»Ja«, sagt sie und lächelt.

»Hat er sich gefreut?«

»Natürlich.«

Ich vermute eine Herde Kryptiden unter uns. Da gehen Spuren durch den Sand, wie durch Zauberei kommen neue Abdrücke dazu. Wir haben gerade erst angefangen, die Biologie der Unsichtbarkeit zu verstehen, und ich wünsche mir wieder einmal mehr Zeit. Immerhin wissen wir bereits, welche Arten es gibt, durch die maschinelle Ablichtung wissen wir auch, wie sie mit einer normalen Haut aussehen würden und, vor allem, wie friedliebend und sozial sie entgegen dem äußeren Eindruck sind. Die Art, die wir gerade überfliegen, wird vier Meter groß und ist eine Mischung aus geweihlosem Karibu und sechsbeiniger Echse. Aber man darf sich keine allzugroßen Illusionen über weitere Ähnlichkeiten mit irdischen Tieren machen. Herzallerliebst sehen sie nicht aus.

Nicht nur, dass das Fehlen von Augen jeden Einblick in ihr Seelenleben verwehrt, die Heuschreckenbeine und Fußklauen, mit denen vor allem die Lichtscheuen unter ihnen in jede noch so dunkle Untiefe vordringen können, taugen nicht für ein Bilderbuch oder einen süßen Trickfilm. Es könnte sein, dass sie Chester gefallen, aber nicht mal da bin ich mir sicher.

»Willst du mehr?«, frage ich Yuna.

»Was?«

»Kinder.«

Yuna hört mit dem Streicheln auf, drückt den Rücken durch und presst ihre Unterarme auf die Sitzlehnen. Ich frage mich, wie schwach eine Schwerkraft eigentlich noch werden muss, dass sich eine Schwangere nicht mehr in diese altbekannte, zurücklehnende Körperhaltung zwingt, die sie aus der Menge der nach vorne gebeugten Fettleibigen heraushebt.

»Ich weiß nicht«, sagt sie.

Ich bin mir sehr sicher, dass Yuna noch nicht darüber nachgedacht hat, warum wir hier die Ersten sind. Es wäre mir eine Genugtuung, ihr die Wahrheit über den Vater ihres Kindes kundzutun, aber ich lasse es vorerst sein. Offenbarungen dieser Art brauchen den passenden Raum und die passende Zeit.

»Er wird ein toller Papa sein«, sage ich. In mir fühlt es sich an, als würde ich mit Säure schießen.

Vor uns zeichnet sich bereits der äquatoriale Gebirgsgürtel Perms ab, Zeuge der einstmals abartigen Rotationsgeschwindigkeit des Mondes, gepaart mit seiner nicht enden wollenden vulkanischen Aktivität. Der Kurs ist so eingestellt, dass wir durch eines der Basalttore von Tertenia fliegen. Genau über dem Äquator endet hier das Hoheitsgebiet von Rayser, und das von Zvezda beginnt. Im Grunde spielt es keine Rolle mehr, von Zvezda wird niemand mehr kommen.

Das kurze Piepen des Schreibers bestätigt dennoch unsere Genehmigung fürs Protokoll, und ein Arcoid, der die zweihundert Meter große Felsöffnung als Spannfalle nutzt, verzieht sich in eine tiefer liegende Schlucht. Ich weiß bis heute nicht, was Arcoiden eigentlich fangen, da wir bisher kein einziges Flugtier auf Perm gesichtet haben. Vielleicht leben sie in Symbiose mit einer anderen, bisher unentdeckten Art.

Hätte ich doch noch ein Leben! Ich würde gleich hier, zwischen Tertenia und Zakopane, mein Lager aufstellen und für ein Jahr bleiben, um Tiere zu studieren, die in einer mehr oder weniger vertikalen Landschaft leben.

Wir überfliegen das Flussdelta von Zawój, das die Größe des irdischen Mittelmeers hat, aber nur wenige Meter tief ist. Das liegt daran, dass das Wasser an manchen Stellen über den Rand ausgewaschener, bodenloser Krater fließt wie in einen Überlauf. Unten landet es in den sogenannten Smolnik-Gründen und nährt dort Pilzgewächse, die keinen Anfang und kein Ende haben und in deren Fleisch kleine zweibeinige Kryptide ihr ganzes Leben verbringen, indem sie sich ihre Tunnel einfach hineinfressen wie Kinder in einem Puddingtraum. Sie sorgen für die notwendige Belüftung, doch wenn es zu viele werden, wachsen die Tunnel zu und ersticken sie. Die Mechanismen dieser Balance scheinen ähnlich empfindlich zu sein wie die der Seismischen, und ich wünsche mir noch ein drittes Leben dazu.

»Wie ist es?«, fragt Yuna.

»Was?« Ich muss meine Gedanken erst einmal auf sie richten.

»Mit drei Kindern?«

Ich seufze. »Es braucht Disziplin«, sage ich. »Vor allem die Gerechtigkeit braucht viel Disziplin. Ich fand es immer schwierig, die Balance zu halten.«

»Was meinst du?«, fragt Yuna.

»Du musst ihnen immer wieder zeigen, dass du sie gleich lieb hast. Das Gerechtigkeitsempfinden eines Kindes ist unerbittlich.« Ich schaue verschwörerisch zu ihr hinüber. »Soll ich dir mal ein Geheimnis verraten?«

Sie springt sofort darauf an.

»Ich hab immer die Sekunden gezählt«, sage ich leise.

»Wobei?«

»Immer. Beim In-den-Arm-Nehmen, beim Gutenachtsagen oder beim

Abschied morgens. Alle drei immer genau gleich lang. Dadurch waren sie sicher, dass ich sie gleich lieb habe.«

Sie sieht mich erschrocken an. »Stimmt das denn nicht?«

»Ich war sehr froh um Loy, meine Kleinste. Sie stellt sich nicht nur Fragen, sie spricht sie auch aus und erwartet eine aufrichtige Antwort. Sie hat eine Forschernatur, sie ist tatkräftig und durchsetzungsstark. Wenn von den dreien jemand eines Tages über sich hinauswächst, dann sie.«

»Hast du ihr das gesagt?«

»Natürlich.«

»So?«

»Ja. Sie muss das wissen.«

Yuna sieht eine Weile schweigend aus dem Fenster. »Und Henry?«, fragt sie irgendwann.

»Ein mittleres Kind, wie es im Buche steht. Nicht groß, nicht klein, weder Fisch noch Fleisch. Oft nervös und ein Ängstling.«

»Das hast du ihm hoffentlich nicht gesagt.«

»Warum nicht? Es ist die Wahrheit. Je früher ein Kind weiß, was es ist und dass es für seine Entscheidungen und Konsequenzen allein verantwortlich ist, desto besser.«

»Sollte man nicht versuchen, seinem Kind die Ängste zu nehmen?«

»Das kannst du sowieso nicht. Tust du das, bringst du ihm bei, dass es mit seinen Ängsten nicht ohne dich fertigwird. Das verschlimmert die Ängste.«

Yuna umfasst ihren Bauch mit beiden Händen.

»Und außerdem«, fahre ich fort, »bedeutet Angst zu haben, in den allermeisten Fällen auch: recht zu haben.«

Wir lassen das Zawójdelta hinter uns und überfliegen das Südliche Meer. Die Khalydäischen Kupfergraswüsten des Südpols werfen in Form von dunkelgrün überwucherten Sandbänken ihre Schatten voraus. Da wir in eine Dämmerung hineinfliegen, die von der Windleite erhellt wird, leuchtet das Wasser kobaltblau, als wäre bei seiner Zubereitung ein Farbeimer zu viel hineingekippt worden. Chester wird eine bessere Beschreibung finden, mein Vorrat an Metaphern ist begrenzt.

Ein wenig schmerzt mich die Verfügbarkeit dieser ganzen Welt durch die Technik, die wir mitbringen. Kein Amundsen und kein Scott werden jemals ihre Leben riskieren, um diese Landschaft zu erkunden. Wir fliegen einfach über den Südpol, als wäre nichts dabei, könnten landen und eine Fahne aufstellen. Diese Welt würde uns die angemessene Demut lehren, wenn jetzt auch nur das kleinste unserer Systeme ausfallen würde.

»Und der Große?«, fragt Yuna.

»Chester?«

Ich überlege, was ich sage und wie ich es sage.

»Ohne ihn gäbe es die anderen nicht.«

Sie schaut mich fragend an.

»Nein, das weiß er nicht«, sage ich. »Er ist ein Träumer. Er konnte mit vier schon schreiben und ruht sich bis heute darauf aus. In ihm schlummert eine Art Führungsstärke, aber er scheint kein Interesse daran zu haben, daraus etwas zu machen.«

Es geht wieder nach Norden. Wir überfliegen ein vertikales Inselreich, gigantische Wellen krachen gegen Klippen, die bis in die Wolken ragen. Die Naeme der Südhalbkugel sind kleiner und wendiger als die im Golf von Navarrese, sie haben sich an die Anforderungen eines flachen, aber wütenden Ozeans angepasst. Um diese Gegend zu erforschen, müsste man spezielle Submarinen konstruieren, vor allem, wenn sie bemannt sein sollen. Es ist, zusammen mit dem beinahe horizontalen Regen, der gerade einsetzt, durchaus unwirtlich.

»Vermisst du Charles?«, fragt Yuna.

Geologisch betrachtet sind die vertikalen Inseln oft nur von kurzer Lebensdauer, und in der Tiefe des Meeres glühen die tektonischen Gräben. Sie werden von den Seismischen hier nur mit Mühe zusammengehalten, und wenn etwas einstürzt, spüren unsere Geräte das bis nach Santu Gairo auf der anderen Seite Perms.

»Mildred?«

Ich frage mich, ob die Beben, die unsere Seismographen dann messen, durch den Mond hindurchgehen oder über die Kruste übertragen werden.

Möglich ist auch beides: Zuerst kommt die Erschütterung durch den Kern an, dann folgt, wie der Donner auf den Blitz, das Signal über die Oberfläche.

»Mildred? Was ist mit Charles?«

Wir sind jetzt genau auf der anderen Seite von Perm. Würde ich den Mond von hier aus aufspießen, käme die Spitze meines Speers aus dem Golgo heraus. Ich hole tief Luft.

»Charles wird alles tun, was in seiner Macht steht, um für die Kinder da zu sein. Darauf verlasse ich mich. Ich hoffe, dass er es auch tut, wenn ich nicht da bin. Er ist derjenige von uns, der unbedingt Kinder wollte.«

»Du nicht?«

»Ich hielt es nicht für richtig. Ich war zwölf, als wir zum ersten Mal das Biom verließen und nach Banbury zogen. Die Welt schien zu heilen. Aber ich hatte jeden Tag Angst, dass wir wieder zurückmüssen. Und dass es dann keinen Platz für uns gibt.«

»Trotzdem hast du drei Kinder.«

»Er wollte drei. Er versprach, für sie zu sorgen, unter allen Umständen. Ich habe ihm dieses Versprechen abgenommen. Vor Chesters Geburt gab es eine Zeit, in der nicht sicher war, ob er überhaupt Kinder bekommen kann.«

Ich merke, dass ich zu viel rede. Ich hatte nicht vor, so viel zu reden.

»Und?«, fragt Yuna.

»Charles hat furchtbar gelitten. Es ist schwer, wenn jemand etwas unbedingt will, aber nicht weiß, ob er es kann.«

»Aber ihr habt es geschafft?«

»Ja.«

Ich rede weiter, um der Wie-Frage auszuweichen.

»Ich hatte das Glück, eine Stelle bei Rayser zu bekommen. Ich verdiente gut, war am Aufbau der Biotheken beteiligt, mit deren Hilfe die alten Ökosysteme restauriert werden sollten. Als Chester geboren wurde, legte Charles sein Geologiestudium auf Eis und kümmerte sich. Dann kamen Henry und Loy, diesmal wie von selbst.«

»Und dann kam der Weltraum?«

»Ja. Ich konnte alle vier zu Rayser holen, als es zurück in die Biome ging.

Das von Lyneham gehörte inzwischen ganz der Firma. Als hätte sie es gewusst.«

Die Fossholl-Steppe ist nordisch grün. Sie liegt zwar nicht allzu weit südlich des Äquators (im Dunst erkenne ich schon die Berge) und müsste heißer sein, aber das Plateau weist eine Durchschnittshöhe von 3,7 Kilometern über dem Meeresspiegel auf, sodass wir es mit einem eher skandinavischen Klima zu tun haben. Die Landschaft ist exponiert und daher durchsetzt von Felsen, Hügeln und Kratern, aber sie ist tektonisch ähnlich ruhig wie das Golgo. Etwas windgeschützter wäre sie die beste Wahl für unsere ersten Niederlassungen gewesen und wird, aller Voraussicht nach, eines Tages dicht besiedelt sein.

Aber, wenn ich ganz ehrlich bin, ich sehe hier keine Städte vor dem geistigen Auge. Ich habe das von Anfang an nicht getan, und es gelingt mir auch hier nicht, selbst wenn ich mich zu zwingen versuche, sie zu sehen.

Ich fliege einen Bogen, um eine Wolkenbank zu umgehen, und frage die Wärmebildaufzeichnungen ab. Sie erkennen ganze Herden neuartiger Kryptiden, es sind entfernte Verwandte der Moschopse, Gorgonen und Phthinos, hochalpine Varianten, für die es eigenständige Bezeichnungen geben müsste.

»Mildred. Weißt du etwas über Noah, das ich wissen sollte?«

Ich schüttele langsam den Kopf und hoffe, dass es glaubhaft wirkt. Es gibt nichts, das du wissen solltest, denke ich. Zwischen Wissen und dem Segen des Nichtwissens liegt oft ein ganzer Weltraum, und die Entscheidung, was geredet wird und was nicht, ist im Hinblick auf alle Konsequenzen zu treffen, auch auf die allerletzten.

Eine Entdeckung in der Landschaft unter uns erspart mir eine Antwort.

»Hast du das gesehen?«, frage ich.

»Was?«

Der Himmel ist bedeckt. Ich wende in einer weiten Kurve und halte auf die Hügellandschaft zu, die wir eben schon überflogen haben.

Jetzt sieht sie es auch.

»Oh Gott«, flüstert sie.

Sie liest unsere Position ab. Es ist die, zu der wir nicht hätten fliegen dürfen.

»Ich hab nicht aufgepasst, Mildred. Wir sollten hier nicht sein.«

Ich weiß, wie man Leute dazu bringt, nicht aufzupassen. Das ist immer wieder sehr nützlich. Familienthemen gehen immer, Kinder, Erziehung, Partner und so etwas alles. Alle denken, sie können mitreden, wissen etwas dazu, haben selbst Erfahrung damit, wollen etwas lernen oder zumindest den Kopf schütteln und sich darüber freuen, es besser getroffen zu haben.

»Wer meint, dass wir nicht hier sein sollten?«, frage ich.

»Noah.«

Ich nicke und setze zur Landung an.

Genau so, wie es Gedanken gibt, hinter die man nicht wieder zurückkann, gibt es Anblicke, die für immer bleiben. In der Regel sind es solche, die einen Bruch mit Vertrautem bedeuten, Erwartungen Lügen strafen oder schlicht und ergreifend entsetzlich sind. Dieser Anblick hier ist nicht entsetzlich, aber seine Implikationen sind es. Unsere Schallwaffen können wir im Gleiter lassen, kein einziges Tier scheint sich auch nur in die Nähe zu trauen.

Die 27 aufgestellten Steine sind vier bis fünf Meter hoch. Sie bilden einen Kreis mit einem Durchmesser von 98 Metern, sein Umfang liegt daher bei etwas über 300 Metern. Die Steine wurden, bis auf wenige Ausnahmen, in einem Abstand von elf Metern zueinander aufgestellt. Da sie nicht bearbeitet wirken, oft breiter als hochkant sind, ähnelt die Anlage eher Avebury als Stonehenge.

Die Größe der Steine wirkt beim ersten Anblick irritierend. Sie ergibt jedoch Sinn, wenn man die geringere Schwerkraft Perms hinzuzieht: Ein fünf Meter hoher Megalith hat hier etwa dasselbe Gewicht wie ein zweieinhalb Meter hoher auf der Erde. Es steckt also, auch im physikalischen Sinn, dieselbe Arbeit darin, sie hierherzuschaffen und aufzustellen – vor allem, wenn keine technischen Mittel verfügbar sind.

Yuna, die ich überreden musste, überhaupt den Gleiter zu verlassen, sieht ständig zum Rand eines nahe gelegenen Stammfarnwäldchens und hält sich den Bauch. Anstatt mir zu folgen, holt sie sich eine Schallwaffe aus dem Gleiter.

Ich nähere mich dem Kreis. Der Stein, den ich als Erstes untersuche, ist

5,01 Meter hoch und, laut Bordcomputer, 47,5 Tonnen schwer. Er besteht aus Perm-Granit, das dem irdischen Granit im Erscheinungsbild sehr ähnlich ist, aber eine etwas geringere Dichte besitzt.

Yuna kommt, mit der Waffe in der Hand, neben mich.

Ich frage den Bordcomputer, ob der Steinkreis eine astronomische Ausrichtung besitzt, und teile mit Yuna das Ergebnis. Es gibt, wie bei fast allen Steinkreisen auf der Erde eine Markierung der Sonnenwendzeiten. Perm besitzt eine Achsenneigung von dreizehn Prozent, die Auswirkungen sind in der Anlage sehr präzise festgehalten: Sonnenaufgänge und -untergänge beleuchten zu den Wendezeiten den Mittelpunkt des Kreises in einer Linie, die von bestimmten, näher beieinanderstehenden Steinen eingegrenzt ist. Für die Untersuchung der jahreszeitlichen Wanderschaft der Windleiteschatten und der Position der übrigen Steine erbittet sich der Computer etwas mehr Zeit, die ich ihm nicht gewähre. Der intelligente Ursprung der Anlage ist jetzt schon unbestreitbar, und ich will wissen, wo die Steine herkommen. Auch hierfür erbittet sich der Computer etwas Zeit, die er bekommt.

»Was hat das zu bedeuten?«, fragt Yuna. »Ist das von –«

»Nein!«, unterbreche ich sie. »Wir sind die Ersten hier.«

Sie schweigt und umklammert den Griff der Waffe.

Der Computer berichtet, dass die Steine aus unterschiedlichen Gegenden von Fossholl stammen. Manche wurden über eine Strecke von 200 Kilometern hergeschafft, andere aus einem Bruch in der näheren Umgebung. Alles in allem ist die Arbeitsleistung tatsächlich mit einem irdischen neolithischen Steinkreis vergleichbar.

Ich lasse einen Tiefenscan des Bodens vornehmen und berühre, während ich auf das Ergebnis warte, mit dem Handschuh den Stein. Der Computer meldet, dass er weder sterbliche Überreste noch Werkzeuge ausfindig machen kann.

»Das ist nicht alt«, sage ich zu Yuna. »Es scheint auch nur diesen Einzigen auf ganz Perm zu geben.«

»Und wozu soll das gut sein?«, fragt sie.

Ich habe eine Idee, bin aber noch nicht sicher.

Yuna bittet den Computer, die Umgebung auf gefährliche Organismen *hin abzusuchen und ihr Statusänderungen, falls nötig, unverzüglich durchzugeben. Als sie die Information erhält, dass sich im Umkreis von fast einem Kilometer kein einziges größeres Tier umtut, betritt sie mit vorsichtigen, beinahe andächtigen Schritten den Kreis.*

»Mildred, was ist das hier?«, wiederholt sie ihre Frage.

»Sei vorsichtig!«, sage ich. »Geh nicht zu weit!«

Offenbar befeuert meine Vorsicht ihre Entschlossenheit.

»Ich habe eine Zeit lang im Dartmoor gelebt, in Chagford. Dort gab es den Steinkreis von Scorhill.« Sie legt die Hand auf den Stein neben sich. Er überragt sie um das Dreifache. »Niemand wusste, warum sie existieren. Vielleicht gibt es diesen hier aus demselben Grund wie die Steinkreise auf der Erde.«

»Gut möglich«, sage ich.

Yuna wendet sich der Mitte des Kreises zu und geht ein paar langsame Schritte.

»Scorhill war kleiner, filigraner. Man sagt, es sei ein Versammlungsort gewesen, vielleicht auch so etwas wie ein Gericht. Vielleicht half der eingebaute Kalender beim Strafmaß, oder es gab ein Bewusstsein dafür, wie weitreichend Entscheidungen –«

»Bleib hier, Yuna!«, rufe ich.

»Was hast du denn?«

Ich teile ihr mit, was ich den Computer in der Zwischenzeit habe ermitteln lassen. »Der Kreis existiert erst seit 101 Tagen. Noah hat ihn mit Hilfe zweier Automaten und dreier elektrischer Pferde gebaut, nach dem Vorbild Aveburys. Es hat nur drei Tage gedauert. Es waren die Tage, an denen er weg war, um die …«

Yuna bleibt wie angewurzelt stehen. Sie scheint verstanden zu haben, was sich aller Wahrscheinlichkeit nach im Kreis befindet.

»Komm genau auf demselben Weg wieder zurück, auf dem du reingelaufen bist«, flüstere ich.

Yuna wendet sich zu mir.

Große Objekte, zum Beispiel Felsbrocken, ihrer natürlichen Umgebung beraubt, aus weiter Entfernung hergeschleppt und in eine intelligente Anord-

nung gebracht, hinterlassen eine unverkennbare Signatur von Künstlichkeit und Zivilisation, eine unnatürliche Verschiebung in der Verteilung von Materie und Energie. In einem Kreis angeordnet, fangen sie vermutlich alles ein, was durch solche Signaturen angelockt wird, und behalten es bei sich.

»Warum kommst du nicht?«, rufe ich.

Yuna kann ihren rechten Fuß nicht bewegen, er scheint auf dem Boden festzukleben. »Ich kann nicht weg!«, schreit sie.

»Zieh den Stiefel aus!«

Sie öffnet den Verschluss, reißt die Sicherheitsmanschetten ab und zerrt ihren Fuß aus dem Stiefel. Die ruckartige Bewegung, die dazu nötig ist, bringt sie ins Schwanken, und sie streckt die Arme aus, um das Gleichgewicht zu halten. Sie will loslaufen, kann aber ihre linke Hand nicht mehr bewegen. Handschuh und Ärmel hängen mitten in der Luft fest, als wären sie in einer unsichtbaren Schublade eingeklemmt. Sie versucht, den Handschuh auszuziehen, und löst auch hier die Sicherheitsmanschetten. Anders als beim Stiefel sind ihre Bewegungen jetzt panisch.

»Es hält mich fest!«, schreit sie und zerrt an ihrem Arm. »Hilf mir, Mildred, bitte!«

Ich bin sofort bei ihr und versuche, sie mit mir mitzuziehen. Aber die Falle, in der sie steckt, gibt keinen Zentimeter nach.

»Es hat meine Finger!«, wimmert Yuna. »Ich kann nicht weg!«

Es ist nicht zu erkennen, was sie festhält. Aber die zwei mittleren Fingerspitzen ihres Handschuhs fehlen, als wären sie mit einem scharfen Messer abgeschnitten worden.

Wir versuchen es mit stärkeren Ruckbewegungen, aber auch das bleibt wirkungslos. Es ist, als könnte keine Kraft der Welt etwas ausrichten.

»Tut es weh?«, frage ich.

»Nein, überhaupt nicht!«

Inzwischen sind es vier Finger. Ihre Enden verschwinden wie im Nichts. Yuna beginnt wieder zu reißen und zu zerren, sie kann sich bewegen, aber nur bis dahin, wo sie sich aufzulösen scheint. Der Übergang zwischen ihrem Körper und seinem Verschwinden ist statisch wie ein zugezogener Schraubstock.

»Hilf mir, Mildred!«, schreit sie.

Die Panik überrennt mich. Ich reiße weiter an ihr, ziehe und zerre, obwohl ich weiß, dass es nichts bringen wird. Yuna fällt auf die Knie. Ein gewöhnlicher Reflex wäre, sich nach hinten fallen zu lassen und die Beine gegen das Festhaltende zu stemmen. Aber das wäre Irrsinn gewesen, es würde ihre Füße genauso festhalten und auffressen.

Yuna atmet schnell, sieht, wie die Finger verschwinden.

»Tu was, Mildred! Bitte!«, schreit sie. »Egal, was!«

Ich lasse sie los, renne zum Schiff und überlege auf dem Weg. Schallwaffen schlagen nur in die Flucht, sie eignen sich nicht für brachiale chirurgische Eingriffe. Die Gartenscheren haben wir zu Hause gelassen, wir hatten nicht vor, eine Hecke zu schneiden. Ich reiße eine Wandverkleidung ab, um zu sehen, ob es eine Notmembran mit Raumtrennern gibt. Anders aufgestellt, als die Bestimmungen es vorsehen, könnte sie Yunas Hand mit geringen Streuverlusten von ihr lösen.

Sie schreit, ich höre es durch den Helm, als stünde sie neben mir, ich reiße weitere Wandverkleidungen ab und finde eine kleine Bose mit vier Raumtrennern. »Ich muss tun, was ich kann«, sage ich zu mir selbst und zerre die Geräte aus der vorgesehenen Vertiefung. »Ich muss tun, was ich kann!«

Yuna hat schon ihre Hand verloren, als ich wieder bei ihr bin. Sie nickt schweigend, als sie erkennt, was ich vorhabe. Ich gehe zu ihren Füßen auf die Knie und stecke zwei Trenner auf den Boden, sodass die gedachte Linie zwischen ihnen auf Höhe von Yunas Unterarm liegt. Die beiden anderen stelle ich parallel dazu, sodass ein Streifen von zwei Zentimetern Breite entsteht.

»Tut es wirklich nicht weh?«, frage ich, während ich die Membran hochfahre.

»Nein«, sagt Yuna. »Ich spüre die Finger auch noch. Es ist, als wären sie noch da und ich könnte sie bewegen.«

»Das hier wird jetzt wehtun«, sage ich leise.

»Ja.«

Die Membran gibt ein hohes Pfeifen von sich. Ich entgrenze die molekulare Auswahl, stelle »alles« ein.

»Hast du schon einen Namen?«, frage ich.

Yuna lächelt. »Mildred.«

»Wieso das denn?«, frage ich, checke die Stromversorgung der Membran und schiebe sie möglichst nah an Yunas Arm heran.

»Ich will, dass mein Kind wenigstens eine Eigenschaft von dir hat.«

»Seit wann weißt du das?«

»Seit eben!«

Ich schüttele den Kopf. »Yuna, ich muss noch mal zum Schiff. Der Strom reicht so noch nicht.«

»Ich weiß!«

Sie ist gefasst und ruhig. Einige Zentimeter ihres Arms fehlen. Die Schnittfläche ist glatt wie eine Glasscheibe, es blutet nichts. Elle und Speiche bilden zwei graugelbe Flecken, darum verteilen sich Sehnen, Muskelgewebe und Blutgefäße, ganz außen kommt die Haut. Es könnte eine anatomische Querschnittszeichnung sein.

Ich rapple mich hoch und will zurück zum Schiff rennen.

»Warte!«, ruft Yuna.

»Was?«

»Du musst mir etwas versprechen!«

»Was?«

»Tu alles, was du kannst, für die, die kommen!«

Ich nicke. »Deswegen bin ich hier.«

Ich renne zum Gleiter. Um an eine Batterie zu gelangen, muss ich die Steuerkonsole öffnen, was einen langwierigen Netzhaut-Scan erfordert.

»Mildred«, ruft Yuna, »ich hab …«

Ihre Stimme verstummt, mitten im Satz.

Ich reiße die Batterie aus der Halterung. Durch die nicht fachgerechte Entnahme schrillt ein Alarm hinter mir auf, als ich das Schiff verlasse.

Ich komme an den Steinkreis, will zu Yuna laufen, doch das Blut gefriert mir in den Adern.

Sie lebt noch. Nur noch ein Bein ist da, ihr Körper liegt zur Hälfte frei wie ein Präparat. Da ist noch ein halber Mund, in dem ein letzter Schrei erstirbt, als die Stimmbänder verschwinden. So gut ich kann, halte ich den Blick ihres verbliebenen Auges, auch, um nicht nach unten zu sehen.

Ich lächele beschämt, es tut mir leid. Es ging zu schnell, es tut mir leid. Ich habe getan, was ich konnte. Ich halte den Blick hoch, sodass ich das Kind in ihrem quergeschnittenen Bauch mehr ahne, als sehe. Es verschwindet mit ihr, Stück für Stück, in einer gnadenlosen Gleichförmigkeit, die sich, im Sinne des Wortes, durch sie hindurcharbeitet.

Yunas Auge fixiert mich, blinzelt noch einmal, bis es verschwunden ist.

Ich wende mich ab. Da hängt ein schwebender Arm, schlaff und resigniert in der Luft, darunter steht ein Stück Bein, in einem Steinkreis, dessen Inneres alles frisst, was nicht hierhergehört. Die Raumtrenner sind schon weg, zuletzt verschwindet die Bose-Membran. Dann sieht alles wieder so aus wie bei unserer Ankunft, als hier wäre nie etwas gewesen.

Ich starte den Gleiter, da ich nicht weiß, ob seine Nähe die Kraft der Steine übersteigt und als Nächstes geschluckt werden soll. Der Kurs ist Nordwest, ich gehe auf Automatik, lehne mich zurück. Nach einer Weile kommen die ersten Tierherden ins Wärmebild, die tief unter mir hinwegziehen.

Ihr könnt es spüren, vielleicht sogar sehen, denke ich. Und ihr wisst, warum ihr auf Abstand bleibt. Und wenn ihr es nicht wisst, dann tut ihr es trotzdem, da es euch eure Evolution so beigebracht hat.

Anstatt den direkten Kurs nach Hause zu nehmen, beschließe ich, über das Katagma zu fliegen, den Großen Bruch. Der Anblick der vierzig Kilometer tiefen Verletzung der Kruste Perms, hinzugefügt durch den Streifschuss eines riesigen Eisenkometen, ist erbaulicher als alle Überlegungen, wie ich den anderen den Unfall schonend beibringen kann.

Am Grund des Katagmas hat sich Wasser gesammelt, in dem sich die größte Ansammlung Großer Seismischer auf ganz Perm suhlt, die seither dafür sorgen, dass die ganze Gegend nicht wie ein Supervulkan in die Luft fliegt. Der kochend heiße See ist nicht sehr tief, sodass die Seismischen ohne Tauchgang gut zu sehen sind. Ihre Körper bedecken die tektonischen Gräben unter der Oberfläche, ihre fragmentierten Gliedmaßen versinken tief in Felsen und Spalten, es gibt Exemplare, die viele hundert Meter groß sind.

Die Länge und die Tiefe des Lochs verschlagen mir immer wieder den Atem. VENT hat einmal ausgerechnet, dass man das gesamte Massiv des Mount Everest dreißigmal hineinschütten könnte, und es wäre immer noch nicht voll. In der Silhouette des Mondes bildet das Katagma einen deutlichen Einschnitt, den man, würde man von der Wildleite aus schauen, mit bloßem Auge sehen könnte. Die Caldera ist 1600 Kilometer lang.

Die Seismischen haben nur sehr geringe Ähnlichkeiten mit den anderen Perm-Tieren, sie sind dieser Welt so fremd, wie es auf der Erde die Oktopoden waren oder endolithische Bakterien, die statt Sonnenlicht nukleare Energie verstoffwechseln. Es wäre hochinteressant zu wissen, wann und unter welchen Umständen sich die Seismischen evolutionär vom Stammbaum der anderen Lebewesen abgezweigt haben. Ich würde viel darauf wetten, dass sie von einer anderen Bakterienart abstammen, einer, die geothermische Energie genauso effizient verwerten kann wie Sonnenlicht und von der dieser meeresgroße, kochende Tümpel unter mir nur so wimmeln müsste.

Ich frage mich, inwiefern die Nahrungsaufnahme einen Einfluss auf eine spätere psychologische oder gesellschaftliche Verfasstheit haben kann. Die Seismischen fressen nicht, sie wärmen sich, ihr Stoffwechsel ist von direkter Energie getrieben. Vielleicht ist die Idee des Eigentums in menschlichen Gesellschaften eine perverse Abstraktion von »Fressen«, eine Abstrahierung von »Einverleiben« von Dingen, die nicht in den Bauch passen. Sollten die Seismischen einmal eine höhere Zivilisation bilden, wird sie so etwas wie Eigentum vielleicht gar nicht kennen.

Das ist alles natürlich Spekulation. Worin ich mir inzwischen recht sicher bin, ist, dass sie nicht schwimmen können.

Ich gehe ein wenig tiefer, um den atmosphärischen Störungen über dem Katagma auszuweichen. Die gegenüberliegende Wand der Caldera ist noch weit genug weg, aber ich muss beschleunigen, um rechtzeitig hochziehen zu können. Ich glaube, dass ich zum ersten Mal ein seismisches Kind sehe. Es misst nur fünf Meter und hat seinen eigenen kleinen Riftgraben, in dem es das Auseinanderschieben tektonischer Platten und das Abfangen der frei werdenden Energie üben kann. Unweit ist, glaube ich, seine Mama. Sie läuft, des Schwimmens nicht mächtig, über den Grund, um bei ihm zu sein.

Ich ziehe hoch, habe genug gesehen.

Die anderen werden mir nicht glauben. Ich habe bei unserem Abflug den Schreiber ausgeschaltet. In bin in ein unerlaubtes Gebiet geflogen. Und jetzt komme ich ohne Yuna zurück – mit der wilden Geschichte, dass sie sich scheibchenweise in Luft aufgelöst haben soll. Noah wird es vielleicht glauben, aber er wird es gegen mich verwenden. Ich störe seine Pläne. Ich weiß von seinem Kind. Und ich bin die Einzige, vor der er seinen Massenmord zugegeben hat. Es ist die Gelegenheit, mich loszuwerden.

Ich werde Vorkehrungen treffen.

Ich hätte nun noch etwas Zeit, um zu weinen, aber ich kann nicht. Ich kann nicht mehr weinen, seit ich angefangen habe, alle Welt zu belügen, damit es ihr besser geht.

KÜCHE

Chester hatte gepetzt.

Papa saß mir in der Küche gegenüber, die Ellenbogen auf den Tisch gestützt. In seinem Gesicht stand nicht nur eine Frage. Da kamen Unverständnis und Enttäuschung, aber auch Argwohn und Abneigung dazu, ich hielt es fast nicht aus.

»Was habt ihr gemacht, Henry?«

»Wir sind rausgegangen. Ein bisschen.«

»Wer?«

»Augustine, Trudy, ich und Ferenc. Und Moxie.«

»Ferenc Weiner?«

»Ja.«

»Warum?«

»Wir haben Zuckerwatte gemacht.«

Ich sah zu Loy und wärmte mich für einen kurzen Moment an dem neugierigen Lächeln, das durch ihr Gesicht huschte.

Papa schwieg und wartete auf meine Erklärung.

»Am Lungenturm kommt irgendwo heiße Luft raus«, begann ich. »Ferenc hat es uns gezeigt. Da kann man Zucker –«

»Schluss jetzt, das reicht!« Er zeigte auf den Reaktor. »Ihr könnt so viel Zuckerwatte haben, wie ihr wollt.«

»Nein«, sagte Loy. »Die ist entropisch bedenklich.«

Papa beugte sich vor.

»Hör mir jetzt gut zu, Henry. Und ihr beiden auch!«

Er sah erst zu Loy und dann zu Chester.

»Ich habe eurer Mama etwas versprochen. Ich habe ihr versprochen, alles zu tun, um euch zu beschützen, koste es, was es wolle. Hier drin seid ihr geschützt. Draußen kann ich nichts für euch tun, wenn ich schlafe und nicht weiß, wo ihr seid! Und so leid es mir tut, ab und an muss ich schlafen.«

»Wir haben den Turm nicht angezündet«, sagte ich leise.

»Nein, das habt ihr nicht«, sagte Papa und schlug mit der flachen Hand auf den Tisch. »Das waren die Tiere. Elektrophage. Sie gehen an die Türme. Aber nur dann, wenn die Schallwaffen aus sind. Und die waren aus, weil ihr draußen wart.«

Loy begann zu weinen. Ich versuchte, Papas Blick standzuhalten, schaffte es aber nicht. Immer wieder wich mein Sehen zur Seite aus, dahin, wo die Anzeige war.

Zeit: 10.27 Uhr und 45 Sekunden
Innentemperatur: 22,5 Grad Celsius
Außentemperatur: 19 Grad Celsius
Gewitteraussichten: 67%
Windstärke: 3
Seismische Aktivitäten: mäßig
Toxizität der Atmosphäre: 61,18%
Sauerstoffgehalt: 13,8910% (+0,000002/h)
Entfernung der Anomalie: 1101,778 Kilometer

»Henry, Eule!«, befahl Papa und stellte die Anzeige so ein, dass wieder das Bild mit der Pferdestatue und uns darunter zu sehen war.

Ich versuchte es, aber es gelang mir nicht. Je mehr Kraft ich aufwandte, umso mehr zuckte es durch mein ganzes Gesicht. Mein Blick fiel immer wieder auf den untersten Wert auf der Anzeige. So klein war die Zahl noch nie gewesen.

»Eule!«

»Papa, lass ihn!«, flüsterte Chester, der Loy in den Arm genommen hatte. Ich schloss die Augen und spürte, wie es aus ihnen herauslief.

»Mama«, hörte ich Loy wimmern.

Ein neuer Schlag auf den Tisch ließ mich die Augen wieder öffnen. Doch der Mensch, der da saß, war nicht mehr mein Papa. Irgendetwas war geschehen, scheinbar in dem Moment, in dem ich die Augen geschlossen hatte. Auf der Innenseite seiner Arme traten die Adern hervor, bläulich schienen sie durch die schwammig wirkende Haut hindurch.

»Mama!«, schluchzte Loy, die es in diesem Moment auch sah. Chester drückte sie an sich.

»Hört mir jetzt zu«, sagte Papa leise. »Sie wird nicht kommen!«

Ich sah, wie Chester bleich wurde.

»Woher willst du das wissen?«, fragte er.

»Wir sind auf uns gestellt«, sagte er, nachdem er eine Weile geschwiegen hatte.

»Warum?«, fragte Chester.

»Es war auf der Erde schon so.«

»Was?«

Papa warf Chester einen finsteren Blick zu.

»Wir sind auf uns gestellt.«

Loy stand auf und ging zur Tür. »Ich will das nicht hören«, sagte sie und verschwand.

Mein Blick fiel auf das Bild mit der Pferdestatue auf der Wandanzeige. Das war keine schützende Hand, die die Lady auf dem Pferd über uns hielt. Sie hielt etwas darin, ein Blütenblatt, und sie hielt es hoch. Es ging nicht um die Menschen unter ihr, es ging nur um sie selbst.

Ich stand auf und folgte Loy nach oben. Sie war in ihrem Zimmer und hatte die Tür verschlossen. Ich blieb davor stehen und wusste nicht, was ich tun sollte. In die Küche wollte ich nicht wieder zurück. Der Ort, in dem es immer schwer wurde, wo die

Sachen auf den Tisch kamen, wo man sich anschrie oder schwieg. In der Küche war das Wesentliche, ob man es nun ertrug oder nicht. Ich wollte nicht wieder zurück. Ich ging in mein Zimmer und zog mich in mein Luftschloss zurück.

Von nebenan hörte ich Loy leise singen.

Reite geschwind
Nach Banbury Cross
Und sieh an die Lady
Auf weißem Ross.

Ringe am Finger
Und Glocken am Zeh
Musik wird klingen
Wo immer sie geht.

BETA PEGASI

Tag 222 der Impulsmission

VENT ist als Einziger wach.

»Guten Abend, Mrs Meadows«, sagt er mit sanfter Stimme, als ich den Maschinenraum betrete.

Ich sage nichts, schalte das Licht an. Mit Erleichterung erkenne ich ein paar tragbare Aggregatoren an der Rückwand, wo auch die Tunnelbohrer stehen. Jetzt noch ein Bioreaktor und ein Uterus im Idealfall, und ich bin auf der sicheren Seite.

»Wo ist Yuna?«, fragt VENT.

Ich laufe durch den Mittelgang und prüfe die Bestände. Bioreaktoren sind offenbar noch nicht in großer Stückzahl hergestellt worden, ich überlege, was ich brauche, um das selbst zu tun.

»Mrs Meadows?«

Ich sollte das Gespräch aufnehmen.

»Yuna ist noch im Gleiter«, sage ich.

»Warum?«

»Wir wollen noch mal los. Am Katagma gibt es Bewegungen bei den Seismischen, dir wir untersuchen wollen. Sie scheinen auf unsere Aktivitäten zu reagieren.«

»Ich empfange kein Lebenszeichen aus dem Gleiter«, sagt VENT.

»Sie schläft im Frachtraum, hinten«, sage ich. »Was sollte das? Denkst du, dass ich lüge?«

»Entschuldigung, Mrs Meadows.«

Ich aktiviere einen der Tunnelbohrer, der wie ein zu groß geratener Hase auf zwei Beinen aussieht. »Bist du noch frei?«, frage ich ihn leise.

Er bestätigt es mit einem Klicken.

»Was haben Sie vor?«, fragt VENT.

»Ich brauche einen Sherpa.«

Der Bohrer richtet sich auf. Um nicht von zwei Maschinen vollgequatscht zu werden, deaktiviere ich seine Sprachfunktion, bevor ich anfange, ihm einen der Aggregatoren auf den Rücken zu schnallen.

»Das ist meines Wissens nicht mit der Leitung abgesprochen.«

Ich halte inne.

»Es gibt eine Leitung?«

»Ja. Alle Weisungsrechte wurden einstimmig an Noah Rayser übertragen.«

»Einstimmig?«

»Sie waren zum Zeitpunkt der Wahl nicht vor Ort, Mrs Meadows. Sie können aber jederzeit Ihr Veto einlegen.«

»Ist hiermit geschehen.«

Ich führe den Bohrer zur Schleuse und gebe die Zielkoordinaten in die Fernsteuerung ein. Er wird beim Gleiter auf mich warten.

»Ich brauche einen Leihvermerk«, sagt VENT.

Ich nenne Name, Gegenstände und die voraussichtliche Zeit der Rückgabe. Die Schleuse geht auf und der Bohrer läuft mit dem Aggregator auf dem Rücken los. Ich schaue ihm nach, bis er nur noch ein kleiner Punkt auf der Ebene ist, aus der sich die südlichen Biome von Gairo in gespenstische Höhen erheben. Für einen kurzen Augenblick ist mir, als würde Yuna wirklich im Gleiter schlafen.

»Ich brauche noch einen Bioreaktor und einen Uterus«, sage ich, während sich die Schleuse wieder schließt.

»Wozu?«, fragt VENT.

Ich bin froh, mir während meines halbstündigen Herwegs zu Fuß über das Golgo etwas zurechtgelegt zu haben. »Wir wollen versuchen, sauerstoffresistente Seismische zu schaffen. Im Katagma scheint der Zu-

griff auf ihr Erbmaterial am einfachsten zu sein. Ich möchte keine Zeit verlieren.«

»Die Bioreaktoren und Uteri befinden sich in einem Bereich, für den ein autorisierter Zugang nötig ist. Es tut mir leid, ihnen mitteilen zu müssen, dass Ihnen der Zutritt nicht gestattet ist, Mrs Meadows.«

»Wer hat das bestimmt?«

»Mr Rayser.«

Ich halte die Luft an. Ich begreife, dass ich mich endgültiger als gedacht für mein weiteres Vorgehen entscheiden muss.

»Wo ist dieser Bereich?«

»Im nördlichen Caldera-Biom. Sie haben es bei der Raumplanung einmal als Beta Pegasi bezeichnet.«

»Danke«, sage ich, setze mir einen Helm auf und mache mich auf den Weg.

In dem Biom, das ich einmal als Beta Pegasi bezeichnet habe, stehen schon einige wenige Häuser in einem fast leeren Straßennetz. Ich senke den Blick, als ich es durchquere. Ich muss mir das nicht ansehen, denn sehr wahrscheinlich ist das Haus am Causeway schon dabei. Das Wissen, dass es erst in Tausenden von Jahren bezogen werden soll, dass es eigentlich nicht mehr als ein Prototyp ist, hat in diesem Moment etwas Tröstliches.

Der Maschinenraum mit dem Zutritt für Autorisierte ist am Nordende. Wie erwartet, lässt mich VENT nicht hinein.

»Sie verfügen nicht über die notwendigen administrativen Rechte für den Zugang«, sagt er vorschriftsgemäß. »Es tut mir leid, Mrs Meadows.«

Ich halte meine Wut mit Mühe im Zaum. Ich darf die Stufen der Steigerung nicht aus dem Blick verlieren.

»Gibt es eine sachliche Begründung?«, frage ich.

»Die Technologie, zu der Sie den Zugang wünschen, ist gefährlich. Sie haben sich als unberechenbar erwiesen und einen äußerst geringen Willen zur Integration.«

»Perm ist unberechenbar. Ich passe mein Vorgehen und meine Entscheidungen dem Wissensstand an.«

»Sie sprechen von ›ich‹, wo sie doch von ›wir‹ sprechen sollten. Schon hier zeigt sich der problematische Teil Ihrer Persönlichkeit. Es soll vermieden werden, der Besatzung – und den Kommenden – unnötigen Schaden zuzufügen.«

Mir platzt der Kragen, ich kann nichts dagegen tun und überspringe mit Freude die Stufen der Steigerung.

»Hör zu, du kleiner Pisser«, sage ich, »ich bin jetzt schon in der Lage, mit den Dingen, die ich habe, der Besatzung unnötigen Schaden zuzufügen. Und wenn du mich jetzt nicht in diesen Scheißmaschinenraum lässt, werde ich Schaden zufügen. Du weißt, dass ich dazu in der Lage bin, denn ich bin unberechenbar und mein Wille zur Integration ist, wie du selbst gesagt hast, gering.«

Es ist eine Wohltat, endlich so zu sprechen. Es fühlt sich an wie der überfällige Schlag ins Gesicht eines Feindes. Zugleich entgleitet mir die Situation, ich weiß, dass ich hinter keinen der Sätze, die ich ausspreche, wieder zurückkomme.

VENT hält die Tür geschlossen.

»Ich wecke Noah und die Besatzung«, sagt er.

»Lass sie bloß nicht draußen rumlaufen, du Petze!«, warne ich ihn.

Er schweigt.

»Du wirst mir jetzt ein paar Fragen beantworten. Wenn du wahrheitsgemäß antwortest, werde ich den anderen nichts tun.«

Er schweigt weiter.

»Erstens«, beginne ich, »ist es möglich, die Sauerstoffsättigung der Perm-Luft innerhalb von 10 000 Jahren soweit zu erhöhen, dass die Kommenden eine atembare Atmosphäre haben?«

»Ja.«

»Wie?«

»Mit einem nuraghischen Netz großer Anlagen zur Anreicherung und Entgiftung der Luft, am besten in Kombination mit der Aussaat der von Ihnen vorgeschlagenen sauerstoffproduzierenden Phyten.«

»Wie schwerwiegend werden die Auswirkungen auf die Natur Perms sein?«

»Massiv.«

»Was heißt das?«

»Das erhöhte Sauerstoffaufkommen wird sich auf das Nervensystem der meisten Lebewesen auswirken. Die Landtiere werden sterben, die meisten der Pflanzenarten werden eingehen. Über kurz oder lang werden die Auswirkungen auch die Meere betreffen und damit auch die Seismischen, die mit ihnen in einer immunologischen Beziehung stehen. Sie sind mächtig, riesig, feuerbeständig, aber anfällig für Krankheiten.«

»Und weiter?«

»Sie sind so etwas wie der geologische Regenwald Perms. Sie zehren bereits seit zwei Zeitaltern, seit über zweihundertfünfzig Millionen Jahren von der Geothermie. Sie führen Energie aus den Gezeitenkräften ab, die von der Windleite ausgehen, sie wirken den ungeheuren Spannungen zwischen den tektonischen Platten entgegen, sodass vergleichsweise ruhige Kontinente entstehen. Kein Stein wird auf dem anderen bleiben, wenn sie sterben.«

»Warum wird dieser Weg nun dennoch eingeschlagen? Warum bauen wir Biome und planen Sauerstofftürme?«

»Ich bin nicht befugt, mit Ihnen darüber zu sprechen.«

»Wird an einer technischen Alternative zu den Seismischen geforscht?«

»Ich bin nicht befugt, mit Ihnen darüber zu sprechen.«

»VENT!« Ich schreie beinahe.

Er schweigt und tut nichts. Noah Rayser ist sein Dienstherr, steht in der Hierarchie über mir.

Ich überlege, was ich noch habe. Es ist die letzte Karte auf der Hand. Ich rede leise und gefasst, auch wenn ich es nicht bin.

»Es hat seinen Grund, dass du kein Lebenszeichen von Yuna erfasst, VENT.«

Auch wenn er sich nicht dazu äußert, bin ich sicher, dass ich seine volle Aufmerksamkeit habe.

»Du weißt, dass sie ein Kind erwartet. Du weißt auch, von wem. Frage dich also, was der Vater dieses Kindes an deiner Stelle tun würde.«

Ich brauche die Fernsteuerung des Bohrers nicht extra in die Höhe zu halten. VENT öffnet die Tür.

Der Maschinenraum von Beta Pegasi ist ein thermodynamisch abgeschlossenes System innerhalb eines thermodynamisch abgeschlossenen Systems; höchste Sicherheitsstufe, die Luft ist unerträglich heiß. Es dringt weder Wärme nach außen, noch wird von außen welche hineingeführt. Das ist notwendig, sonst hätte die Anomalie jede Veranlassung dazu gehabt, ihn doppelt und dreifach aufzufressen. Allein die Bioreaktoren haben einen Verbrauch von 55 Megawatt, die nicht aus der Luft gegriffen werden. Im Gegenzug vereinen sie Aggregatortechnologie (wie die der Bose-Membranen) mit beschleunigten vegetativen (und wenn es sein muss, evolutionären) Prozessen.

Segen und Verderben der Menschheit, jede noch so hohe Technologie immer kleiner werden zu lassen. Der erste echte, funktionierende Bioreaktor hatte die Größe eines Parkhauses, zwanzig Jahre später passten sie in die Küchen von Großaktionären – und in die Keller von Terroristen oder Autokraten, die begriffen hatten, dass die Herstellung von Zuckerwatte oder Geburtstagskuchen geradezu eine Verachtung der Möglichkeiten dieser Technologie sind.

Irdische Psychologen wussten, dass durchschnittlich eine von hundert Personen psychopathisch veranlagt ist. Bevor der Weltraum kam, bedeutete das: hundert Millionen Psychopathen weltweit. Es war nur eine Frage der Zeit, bis jemand von ihnen an eine handtaschengroße, disruptive Technologie gerät.

Ich packe, zur Sicherheit, zwei Bioreaktoren zum Aggregator dazu und befestige sie auf dem elektrischen Pferd, das hier unbenutzt rumsteht, seit (und obwohl) es Noah gelungen ist, die Anomalie auf der Fossholl-Steppe mit einem Kreis von Steinen zu fixieren. Glücklicherweise ist es voll aufgeladen und hat eine schöne Farbe.

Ein Uterus braucht weniger Watt, ist aber ungleich sperriger. Ich nehme nur einen und schnalle ihn zwischen den beiden Reaktoren fest. Ich rechne den Energiebedarf zusammen und komme zu dem Schluss, dass der kleine Antriebsreaktor des Gleiters reichen muss, um mit den Geräten zu arbeiten.

Die letzten Schritte der Menschheitsentwicklung, vor allem, als es ein letztes Mal in die Biome ging, lassen sich auf die Verschiebung einer Kernfrage reduzieren. Aus dem »Was?« wurde ein »Wer?«: Wenn technisch so gut wie alles möglich ist, muss geklärt sein, wer »alles« darf. Die Klärung dieser Frage weckt Begehrlichkeiten, und jede, die mal länger als zwei Minuten die Vorgänge in einem Sandkasten oder an einem Tisch mit nur einem Geburtstagskuchen beobachtet hat, weiß, wie tief das Gerechtigkeitsempfinden im Menschen verankert ist, wenn es die eigene Person betrifft.

»Was haben sie vor, Mrs Meadows?«, fragt VENT. Ich bilde mir ein, dass er kleinlaut klingt.

Ich antworte nicht, denn ich habe etwas entdeckt, wovon ich bisher nichts wusste.

Es ist klobig, einige Meter lang, hat eine unauffällige graue Oberfläche und steht an der Nordseite des Raums. Es könnte sich um einen Instrumentenschrank handeln, etwa brusthoch mit gleichmäßig verteilten Metalltüren. Verräterisch sind die Stärke der Verschalung und die große Anzahl an Stromleitungen, die in der Decke verschwinden. Das Ganze ist einer Biothek nicht unähnlich.

»Sie haben keine Befugnis …«

Ich öffne eine der Türen, VENT verstummt. Ein leises Zischen verrät den Druckausgleich. Hinter der Tür befinden sich mehrere vertikale Schubladen. Mir stockt der Atem, als ich die in der Mitte herausziehe, denn der Anblick ist vertraut und befremdlich zugleich.

Es sind Stasiskammern, jede nur zwanzig Zentimeter groß, in Trauben und drei Reihen sind sie übereinander aufgehängt. Das Deutolecith hat eine etwas stärkere Trübung, sodass ich nicht genau erkenne, was sich darin befindet. Aber es ist so naheliegend, dass ich nicht näher herangehen muss.

Wo die Zuleitungen verschwinden, stehen Codes, die ich nicht verstehe. Aber es scheint eine übergeordnete Sortierung der Schubladen zu geben. Die, die ich herausgezogen habe, ist mit 1866 bis 1875 beschriftet. Ich trete einen

Schritt zurück. Die nächste Lade ist folgerichtig mit 1876 bis 1885 beschriftet. Ich ziehe sie heraus. Sie enthält eine etwas geringere Anzahl an kleinen Stasiskammern als die andere, ansonsten ist der Aufbau identisch.

»Was ist das?«, frage ich und schiebe die Schublade wieder zu.

»Das kann Ihnen Mr Rayser am besten selbst erklären«, sagt VENT. Er steht in der Tür. Nicht wirklich außer Atem.

»Wer weiß davon?«, frage ich.

Das »Wer?« ist, zu meinem Leidwesen, wieder einmal wichtiger als das »Was?«.

»Alle außer dir«, sagt Noah unverhohlen, ohne zu zögern, als wäre mein Ausschluss aus dem Kreis der Wissenden so etwas wie eine Selbstverständlichkeit. Hinter ihm erscheinen Patrick und Dennis wie Türsteher, die Arme vor der Brust verschränkt.

Noah tritt näher, legt die Hand auf den Kopf des elektrischen Pferdes.

»Du warst dabei zu gehen?«

»Ja«, sage ich. »Ich brauche nur noch das hier.« Ich nehme den Dreizack von der Wand. Ich habe ihn genauso vermisst wie das Pferd.

Patrick und Dennis sind alarmiert, machen sich breit. Aber die Angst ist in ihre Gesichter geschrieben. An ihnen würde ich leichter vorbeikommen als an Noah Rayser, der sich vor mir aufbaut. Zur allgemeinen Beruhigung befestige ich den Dreizack am Sattel.

»Was ist das hier?«, frage ich, als würde es mich nur am Rande interessieren.

Noah schweigt.

»Geheimnisse sind das Ende jeder echten Beziehung«, sage ich und schiebe die Schublade, die mit 1876 bis 1885 beschriftet ist, wieder in ihre Versenkung zurück. Auf der daneben steht 1886 bis 1910. Offenbar geburtenschwache Jahre – worin auch immer. Ich schaue Noah ins Gesicht. »Kann es sein, dass eure Vorstellung eines Neuanfangs der Menschen auf Perm eine ganz andere ist als meine?«

»Ich kenne deine Vorstellung nicht, Mildred.«

»Sie würde dir sowieso nicht gefallen.«

Ich schicke mich an, mich an ihm vorbeizudrängeln, und nehme das Pferd am Zügel. Er baut sich vor mir auf.

»Du wirst mich jetzt gehen lassen«, sage ich.

»Wo ist Yuna?«

»Im Gleiter, der in der Gola steht.« Ich deute mit meinem Blick auf die rechte Seitentasche meines Overalls, in der ich die Fernbedienung halte. »Der große laufende Bohrer ist soeben angekommen. Wenn du mich gehen lässt, drücke ich keine Knöpfe, und ihr wird nichts passieren.«

»Sagt sie die Wahrheit, VENT?«

»Ich fürchte, ja, Sir.«

»Sir?«, frage ich verächtlich.

»Ein Ausdruck seiner privilegierten Weisungsbefugnis, die sich aus seiner sachlich legitimierten Wahl ergeben hat.«

»Sachlich? Du meinst maschinell legitimiert.«

»Das ist kein Unterschied.«

Ich muss lachen. »Mein Einspruch gilt weiterhin«, sage ich und schaue zu Dennis und Patrick. »Ihr wisst, dass ihr einen Mörder zu eurem Oberhaupt gewählt habt?«

Sie schweigen mich an. Ich nehme es als Zustimmung und verrate ihnen meine wichtigste Einsicht, seit ich Kinder habe. »Alles im Universum ist prinzipieller Natur. Was irgendwo einmal geht, geht überall und immer. Der entscheidende Schritt ist der von der Null zur Eins.«

Die zwei schauen mich an wie Schafe.

»Für einen Mörder gibt es kein letztes Mal«, sage ich. »Alles, was jemand tut, ist prinzipiell. Was einmal irgendwo gemacht wurde, kann jederzeit und überall gemacht werden. Oder längst gemacht worden sein.«

Die beiden schweigen weiter. Ich frage mich, ob eine Wahl sachlich legitimiert ist, wenn sie aus Angst oder Dummheit getroffen wurde. Noah Rayser hat mich genau verstanden und lässt mich vorbei.

»Wenn du dich oder irgendetwas anderes sich, auf weniger als hundert Meter mir nähert, wird etwas passieren, das du nicht willst«, sage ich.

Er weiß, es ist mein Ernst. Ich bin die, die den Fisch gegessen hat. Ich gehe, die eine Hand am Zügel des Pferdes, die andere an der Fernbedienung des Bohrers.

Dennis und Patrick treten zur Seite, als mir die Türe hoch gemacht wird und die Tore weit.

»Ich werde dich finden!«, ruft Noah mir nach. »Und dann mach ich dich fertig!«

// Zweiter Teil

DIE ANOMALIE

I wanted to plant a little seed
To fertilize the dirt.
I didn’t see the sleeping weed.
The weed had got there first.

NINA PERSSON

SCHAUMWEHEN

Im November wurde der Wind in den Nächten stärker und brachte das Meer immer mehr auf. Meterhohe Wellen schlugen gegen das Gennargentu und den Monte del Pesce Polmone, aus den Schaumkronen, die unter normalen Umständen immer wieder verschwanden, wuchs eine Schaumdecke heran, die sich über die gesamte Oberfläche des südwestlichen Golfs ausbreitete.

Im Dezember dann, als der Wind von Norden kam und an Stärke zulegte, trug er den Schaum von den Spitzen der Wellen ab und führte ihn in Tausenden kleinen wirbelnden Flocken mit sich, die in einem Umkreis von Hunderten von Kilometern auf das Land schneiten. Der Schaum lag nicht nur auf der Ebene zu beiden Seiten der Gola und auf dem neu gewachsenen Lungenturm von Girasole, er bedeckte auch die Biome, sodass die Sicht nach draußen immer spärlicher wurde. Mitte Dezember waren Lyneham A und B und auch alle anderen Biome so »eingeschneit«, dass man den Schüsselboden der Epithymia aufsuchen musste, um sich die weiße Welt draußen ansehen zu können.

Auf dem Schaum fuhren keine Schlitten, und die Temperaturen waren wie immer mild. Trotzdem lagen der Monat Dezember und Weihnachten in der Zeit der »Schaumwehen«, wir schrieben Wunschzettel, hängten Socken auf und stellten keine Fragen.

Als die Tiefnacht des 25. Dezember vorbei war (innere und äußere Nacht fielen zusammen, von langer Hand geplant) und das Sonnenlicht die weiße Decke auf Lynham A glitzern und leuchten ließ, kamen wir ins Wohnzimmer und bestaunten unsere Geschenke.

»Ist er eigentlich mitgeflogen?«, fragte Loy.

»Wer?«

»Der Weihnachtsmann?«

»Hast du Geschenke bekommen oder nicht?«

»Aber was ist mit den Kindern auf der Erde? Kommt er zu denen auch noch?«

»Sicher.«

»Wie macht der das? Er muss doch 10 800 Jahre fliegen.«

Papa zuckte mit den Schultern. »Vielleicht ist er schneller. Viel schneller.«

»Wie macht der das?«

»Frag den Pfarrer.«

Papa wies mit einem Nicken zum Fenster, hinter dem seit der Ankunft von Transfermodul Vier im Oktober unter anderem eine Kirche stand. Sie war auf den gemeinschaftlichen Wunsch der Bewohner von Lyneham A in einen unbenutzten Felsen geschlitzt worden. Sonntags war sie voller Leute, vor allem mit solchen, die auf der Erde niemals in eine Kirche gegangen wären. Sie fasste etwa fünfzig Besucher, doch die vier Spitzen ihres bescheidenen Türmchens, von denen es hieß, sie stammten aus Ely, erreichten nicht einmal annähernd die Decke des Bioms.

Auf die Frage hin, ob denn ein irdisches Gotteshaus auf einem extrasolaren Mond nicht seltsam wäre, antwortete der Pfarrer, Jesus hätte in Kamtschatka das Gleiche gesagt wie in Jerusalem. Würde die Bedeutsamkeit eines Wortes durch Entfernung abnehmen, wäre das Wort nichts wert. Wenn es dunkel war, leuchteten nun mehr Lichter in benachbarten Felsen in Lyneham A, während das Straßennetz in Lyneham B eine ansehnliche Menge an Gebäuden und Baustellen verband.

Seit sich im Oktober die Zahl der Bewohner Monte Ferrus verdoppelt hatte, gab es zwei auffällige Änderungen. Die Felder der Larsens begannen, einen eigentümlichen Geruch zu entwickeln, der die Anwohner störte. Über die Frage nach dem Ursprung des Geruchs wurde nicht gerne gesprochen, Kindern wurde die Antwort vorenthalten. Dazu kamen die Wachdienste, manchmal Menschen, manchmal Automaten, die durch die Straßen patrouillierten, vor allem, wenn es dunkel war. Sie waren von niemandem verordnet worden, sondern, wie die Kirche, ein konkreter Wunsch gewesen, den so viele der Bewohner von Monte Ferru auf der Epithymia geteilt hatten, dass ihm umgehend entsprochen wurde. Der Wunsch, dem Geruch der Felder entgegenzuwirken, konnte nicht entsprochen werden, da es sich um »natürliche Prozesse« handelte und den »Lauf der Dinge«.

Der Markt von Ely, weit von den Feldern entfernt, füllte sich, und immer mehr Geschäfte gingen an den Start. Dahlias Laden war nun gut besucht, genauso die Schneiderei, die Frisiersalons, Barbiere, Kneipen und Restaurants, die die Erzeugnisse der Larsens und aus der Vertikalfarm verarbeiteten, das »Gonone« verwendete getrennte Speisekarten und unterschied zwischen »natürlich« und »perfekt«, während es im »Golgo« nur auf dem Feld gewachsene Zutaten gab. Es wurde deutlich weniger besucht als das »Gonone«.

Man konnte nicht sagen, dass sich wirkliche Lager bildeten, dennoch lud das Vorhandensein zweier Biome und die unterschiedlichen Wege der Nahrungsmittelerzeugung in A und B dazu ein, auf dem Platz für dreidimensionale Ballsportarten sprung- und wurfintensive Turniere auszutragen, in denen A und B gegeneinander antraten. Besonderer Beliebtheit erfreute sich Highball, eine Mischung aus Rugby, Fußball und Hochsprung, bei der der Ball den Boden nicht berühren durfte und die Tore in luftigen Höhen schwebten.

Die Siege verteilten sich über die Spielzeiten gleichmäßig, dennoch lud jedes Ergebnis, das kein Unentschieden war, dazu ein, über den Zusammenhang von Ernährung und körperlicher Fitness zu diskutieren. Die Larsens wurden angefragt, ob sie Teile ihrer Felder für den Bau eines Stadions hergeben würden. Sie drohten daraufhin, nach Santa Maria Navarrese oder Santu Gonone auszuwandern. Obwohl diese Drohung mit der Bemerkung abgewiesen wurde, dass sie sich mit ihrer Unterschrift verpflichtet hatten, die von Rayser bereitgestellten Gebiete zu nutzen, verwarfen die Menschen den Wunsch, da VENT den Bau nicht empfehlen konnte, vor allem im Hinblick auf das noch kommende Transfermodul Fünf.

Da Weihnachten eine entropisch begründete Ausnahme war, war der gesamte Speiseplan des Aggregators für ein paar Stunden freigeschaltet. Wir beschlossen, die Dinge zu essen, die wir uns in der Höhle von Suttaterra eingebildet hatten, wir ersetzten nur die Echse durch Kröte und den Amnioten im Curry durch echte Kartoffeln von den Larsens.

Wie schon auf der Erde bekamen wir alle drei das Gleiche geschenkt, und wie schon auf der Erde war unsere Freude darüber verschieden. Chester hatte nicht das geringste Interesse an einem thermodynamischen Schutzanzug für Spaziergänge nach draußen, er war schon auf der Erde nie gerne rausgegangen und bevorzugte für Abenteuer die Schriftform. Das Geschenk bestätigte ihn zudem in seiner Ansicht, von Papa nicht so richtig wahrgenommen zu werden.

Loy und ich waren sehr glücklich. Loy freute sich vor allem über das schöne Blau, während ich der Möglichkeit entgegensah, die Biome auf legale Weise zu verlassen. Ich hatte seit der Einführung der Schutzanzüge im Oktober immer wieder Menschen draußen gesehen und daher mit Loy beschlossen, dass wir uns Anzüge wünschten, die dies möglich machten.

»Das macht dasselbe wie ein Biom«, sagte Papa und tippte auf den Ärmel von Loys Anzug. »Die Wärme bleibt vollständig erhalten, es dringt so gut wie nichts nach draußen. Das ist wie eine Thermoskanne.«

»Warum?«

»Weil dich sonst der Moschops holt«, sagte Chester.

»Schluss jetzt!«, sagte Papa.

»Was ist das?«, fragte Loy und hielt die zusammengefalteten Heuschreckenbeine aus Leichtmetall hoch, die sie neben ihrem Anzug entdeckt hatte.

»Die kannst du an den Seiten des Anzugs befestigen«, erklärte Papa.

»Dann kannst sogar du mal große Sprünge machen«, ergänzte Chester.

»Hui«, rief Loy. »Und das Pferd?«

Sie sah sich um.

»Es gibt kein Pferd, Loy.«

»Was?« Sie sah ihn erschrocken an.

Papa hustete und rieb sich die Arme, die seit seiner letzten Auffrischungsdekontamination wieder besser aussahen. »Es kann nicht jeder alles kriegen«, sagte er.

»Warum?«, fragte Loy.

»Es kommen immer mehr Leute nach Monte Ferru, sie alle haben Wünsche.«

Chester schaltete sich ein. »Was ist mit den Aggregatoren und Druckern? Die können doch fast alles machen?«

»Aggregatoren brauchen Energie. Die Reaktoren, die sie herstellen, erzeugen Wärme. Die muss irgendwohin, aber wir können sie nicht einfach nach draußen ablassen.«

»Warum?«

»Wegen der Anomalie. VENT muss die Wünsche regulieren, es wird sonst zu heiß, und es dauert zu lange, bis die Wärme recycelt ist. Kohlenstoffkreisläufe sind langsam. Seit der Ankunft der Vier ist die Innentemperatur von Lyneham schon um ein Grad gestiegen. Wenn das fünfte Modul kommt, wird das noch mehr.« Papa holte tief Luft und hustete erneut.

»Bist du krank, Papa?«, fragte Loy.

»Vielleicht ein bisschen.«

»Aber es ist doch gar nicht kalt«, sagte Chester und nahm seinen Arm. Er wirkte nicht so besorgt wie sonst, denn das Kranksein gehörte für ihn zu Weihnachten.

»Wann kommt das Modul Fünf?«, fragte Loy.

Papa zuckte mit den Schultern. »Es heißt, es habe das System schon erreicht. Ein paar Wochen sind es aber noch, die Aufwachprozesse ziehen sich. Es ist das größte und letzte der fünf Schiffe.«

»Du, Papa?«, fragte Loy.

»Ja?«

»Magst du Dahlia?«

Der schnelle Themenwechsel ließ Papa aufschrecken.

»Wie kommst du darauf?«, fragte er, um sich etwas Zeit zu verschaffen.

»Du bist immer in ihrem Laden, in der Grauzone.«

Er nickte.

»In deinem Laden bist du kaum noch.«

Das stimmte. Wir hatten es vom Schüsselboden aus und auch bei unseren Gängen über den Markt beobachtet.

»Sie ist nett«, sagte er.

»Was ist mit dem Buch?«, fragte Chester streng.

Er stand auf und klappte den Aggregator auf, um sich noch einen zweiten Pudding zu machen, doch das Weihnachtskontingent war aufgebraucht.

»Mit dem Buch wird es nichts«, sagte Papa.

»Wieso?«, fragte Chester.

»Noah Rayser hat mir eine Tätigkeit angeboten«, erklärte Papa. »Ich komme in sein Team.«

»Das sollte ich doch!«, rief Loy entrüstet.

Papa sah sie an, als hätte sie es schon immer besser wissen müssen. »Das hat er nur so gesagt.«

»Was?«

»Er wollte dich trösten.«

»Wieso?«

Loy unterdrückte nur schwer ihre Tränen. Chester strich ihr über den Kopf.

»Passt auf«, begann Papa, »es ist so: Fünf Fähren waren für Perm bestimmt. Wir waren die dritte, nun steht die letzte an, deren Plätze am günstigsten waren. Sie ist voll, habe ich gehört. Ein paar hundert Menschen. Es war nicht geplant, dass wir in Biomen leben. Immer mehr werden sich das teilen müssen, was wir hier haben, den Platz, die Energie, die Luft, das Wasser. Die Wünsche werden knapp werden. Wir müssen – aufsteigen. In der Hierarchie.«

»Was ist Hierarchie?«, fragte Loy.

»Wer wichtiger ist als andere, soll mehr bekommen.«

»Was heißt wichtiger?«

»Schwer zu sagen. Vielleicht sowas wie –«

»Reicher König und armer Bauer?«, unterbrach ihn Loy.

Papa seufzte. »Ja.«

»Aber das –«

»Pass auf, Loy, ich sorge dafür, dass es uns gut geht, wenn es eng wird, verstehst du? Ich halte mich an ein Versprechen.«

»Ja, Papa.«

Er hob den noch in eine durchsichtige Folie eingepackten Schutzanzug von Chester hoch.

»Die Anzüge gab es zum Beispiel für meine Zusage. Direkt von Noah Rayser.«

»Was?!« Loy sah ihn verständnislos an. »Sind die nicht vom« Sie verstummte.

Ihre Blicke suchten Hilfe, erst bei Chester, dann bei mir. Ich schwieg, überfordert mit jeder möglichen Antwort. Papa versenkte sein Gesicht in der Hand.

»Mensch, Papa!«, rief Chester.

DER HÜHNERGOTT

Im tieferen Grund, Jahr 1

Die besten Verstecke sind nicht physisch, sondern psychisch. Sie haben mit Empathie zu tun. Wer sich in einen Suchenden hineinversetzen kann und weiß, wo dieser nicht suchen wird, hat das bestmögliche Versteck.

Das Hineinversetzen ist allerdings wechselseitig: Ich denke, was er denken könnte, was ich denke, und so weiter. Irgendwann muss man sich entscheiden.

Durch die tieferen Gründe gäbe es, wäre sie tektonisch ruhig, auf Perm mehr zu bewohnende Landfläche als auf der Erde.

Hier ist es tektonisch ruhig. Mein Himmel ist aus Stein. Ich lebe endolithisch, in einer Hohlwelt, die wenigen Zugänge sind versiegelt. Hinein geht es durch ein einziges winziges Loch im Boden, durch das ich gerade so hindurchpasse und das ich den Hühnergott nenne. Ich verhänge ihn mit dem Fell eines Moschops, das ich wie Doktor Frankenstein am Leben erhalte, sodass seine Tarnkraft nicht abstirbt.

Die Erforschung der Unsichtbarkeit der Kryptiden ist mein Abendprogramm, ich mache das in meiner »Freizeit«, wenn Nummer eins und zwei endlich schlafen.

Folgendes habe ich herausgefunden: Damit ein Lebewesen etwas sehen kann, braucht es ein Auge, eine Optik, die gebündeltes Licht auf eine Netzhaut mit lichtempfindlichen Zellen wirft. Auf ihr wird das optische Bild in elektrische Signale umgewandelt, die ins Gehirn weitergeleitet werden. Es liegt in der Natur aller lichtempfindlichen Zellen, dass sie ermüden, wenn sie zu lange derselben Lichtmenge ausgesetzt sind. Sie schalten ab, werden blind. Das Auge unternimmt daher ständig kleine unbewusste Bewegungen, um die Zellen immer wieder neu zu stimulieren. Wir merken es nicht, aber das wirkliche Bild, das wir mit den Augen sehen, springt und zittert wie ein hyperaktives Kind. Das Gehirn führt die abweichenden Seheindrücke zu einem ruhigen Eindruck zusammen, mit dem sich leben und arbeiten lässt.

Ich vermute, dass sich die kryptide Biologie den Zwang eines Auges, sich ständig bewegen zu müssen, zunutze macht. Die Tiere werden wortwörtlich übersehen, ihre Unsichtbarkeit liegt zu einem wesentlichen Teil im Auge des Betrachters, da die Fähigkeit der kryptiden Haut, ihre Farbe und Struktur wie bei einem Oktopus der Umgebung anzupassen sowie Teile des Lichts um den Körper zu leiten, ein schier unglaubliches Niveau erreicht hat. Wenn sie regungslos verharren, sind sie absolut unsichtbar, auf optischem Weg unmöglich nachzuweisen. Nur wenn sie sich bewegen, verursachen sie unter Umständen, die hauptsächlich beim Betrachtenden liegen, so etwas wie eine Sehstörung.

Wenn ich heimkomme und das Fell auf die Seite schiebe, um durch den Hühnergott zu kriechen, komme ich mir vor wie ein Höhlenmensch. Dagegen spricht jedoch die Technologie, die ich in den hintersten Winkeln und tiefsten Gründen meines Souterrains verberge. Den Uterus habe ich bereits zerlegt, ich habe beschlossen, ihn nicht noch einmal zu gebrauchen. Zwei müssen reichen, ich schaffe nicht mehr, auch nicht im Rahmen des Zeithaushalts. Außerdem stimmt so die Rechnung: Das Leben von uns dreien steht gegen das von dreien. Alles andere wäre vermessen. Ich muss auch aufpassen, meinen Blick nicht durch störende Erinnerungen oder seltsame Parallelen zu trüben.

Die beiden werden oft wach, brauchen viel Fürsorge und Zuwendung. Ich kann mich gar nicht erinnern, selbst so bedürftig gewesen zu sein. Bis jetzt gelingt es mir gut, mich emotional nicht mehr als nötig auf sie einzulassen. Doch ich fürchte, wenn sie eines Tages wissen, wer sie sind und wozu es sie gibt, wird sich das ändern.

Die kleine Feldwirtschaft läuft trotz der künstlichen Lichtverhältnisse gut. Ich trainiere die Pflanzen mit dem Lichtspektrum, der Intensität und dem Tagesrhythmus der neuen Sonne. Inzwischen bleibt auch der Weizen stehen und die Süßkartoffeln bräuchten sich vor einem Bauernmarkt nicht zu verstecken. Die Bodenqualität der tieferen Gründe ist in Ordnung, Pflanzen leiden an den Bedingungen auf Perm deutlich weniger als Menschen und Tiere, da sie die schlechte Luft nicht atmen müssen. Sie wissen, wo oben ist, Photonen und Kohlenstoff sind Photonen und Kohlenstoff, und bis sie von den ersten Perm-Pilzen als Nahrungsquelle erschlossen werden, sodass ich sie spritzen muss, wird es, wenn überhaupt, ein paar Millionen Jahre dauern. Trotzdem bin ich froh, aufgrund des Aggregators nicht allein auf die Felder angewiesen zu sein. Sie sind ein Testlauf.

Heute gab es Erbsensuppe aus der Maschine, leider nur mit bescheidenem Erfolg. Was Nummer eins nicht mag, mag Nummer zwei logischerweise auch nicht. Zucchini mögen sie zum Beispiel beide, Erbsen und Brokkoli nicht. Ich hätte es wissen müssen, schließlich sind sie allein von meinem Fleisch.

Nun brenne ich darauf, mit der Behandlung anzufangen, doch ich muss mich zurückhalten. Ein gewisses Mindestalter sollte erreicht sein, denn ich bin, vor allem hinsichtlich Schmerzen und Unwohlsein, auf Selbstauskunft angewiesen. Bis dahin müssen, so leid es mir tut, die Hasen ran.

SCHÜSSELBODEN

Schon im Januar begannen Wind und Regen, den Schaum von den Biomen zu spülen. Es war, als würde man im Fahrzeug sitzen bleiben, während es durch die Waschanlage ging. Ein ölig glänzender Film lag auf allem, und eine Zeit lang blieben die Beobachtungen vom Schüsselboden aus verschwommen, bis ein gewaltiger Sturzregen die letzten Reste der Schaumzeit in der Gola versenkte.

Es kam uns vor, als hätten wir den Winter hinter uns gelassen und würden unserem ersten Frühling auf Perm entgegensehen. Niemand sprach es aus, aber uns war allen klar, dass das nicht stimmte. Frau Strom hatte Loy auf Nachfrage hin erklärt, dass die Schaumwehen immer wiederkommen konnten. In den Sommermonaten, namentlich im Nym, der zwischen August und Juli eingefügt wurde, war die Wahrscheinlichkeit einer riesigen Schaumwehe am größten – ohne dass es mit Weihnachten oder etwas anderem belegt werden konnte. Die Welt da draußen spielte einfach nicht nach den Regeln, die wir gewohnt waren.

Seit Papas Patzer mit dem Weihnachtsmann war es mit Loys Skepsis gegenüber allem noch schlimmer geworden. Sogar Melcher war mitunter missmutig, da sie hinter allem eine Lüge vermutete. Ihr Forscherdrang kam nicht mehr aus Neugier, sondern aus der Angst, jemand könnte sie hinters Licht führen. Sie saß oft am Rand des Bioms, sah den Aglaphyten, den Stammfarmen und Schuppenbäumen draußen beim Sterben zu. Dazwischen breiteten sich einige wilde irdische Pflanzen aus, Bohnen, Kartoffelnund auch Brombeersträucher, die an den toten Perm-Stämmen hochrankten.

In den Biomen war die Durchschnittstemperatur nach der Ankunft des vierten Transfermoduls um ein Grad auf 23,5 Grad Celsius gestiegen. Das stasisbedingte Grau der Haare war bei den meisten von uns herausgewachsen, Loy und Ferenc hatten noch eine zweigeteilte Frisur und bei Papa war es beim Grau geblieben.

Frau Strom, die den anfänglichen Frontalunterricht für eine Bedarfsanalyse genutzt hatte, beschulte uns jetzt in klug zusammengeführten Gruppen, die sie immer wieder neu kombinierte. Das brachte uns weiter, machte aber nicht mehr so viel Spaß, wie zusammen in der Klasse zu sitzen und sie in Gespräche zu verwickeln.

Im Februar wurden die Treffen im Schüsselboden wieder regelmäßig. Ich blieb aber auf der Felskante sitzen, da ich ohne Ronny den Sprung nicht wagte. Wider besseres Wissen traute ich dem Glas nicht. Durch seine natürliche Reinigung war es kaum noch sichtbar und die Tiefe darunter unverstellt, ich konnte jeden einzelnen Stein erkennen, der auf der Ebene lag, sogar die Kartoffeln und Möhren auf dem »Majal«, dem Abhang neben der Gola, wo die Abdulrazzeqs die aus Anstand gekauften Feldfrüchte der Larsens entsorgten und wo sich nun auch immer mehr grüne Triebe zeigten.

Zuerst hatten die anderen gewartet, während ich dastand und mich innerlich auf den Sprung vorbereitete. Dann war Chester als Erster gesprungen. »Komm einfach nach«, hatte er gerufen, und mit einem »Bis gleich, Henry« war ihm Loy gefolgt. Mehr hatte ich von Geschwistern nicht erwartet. Moxie und Augustine fragten immerhin, ob sie was tun könnten. Als ich verneinte, sprangen sie. Am meisten weh tat es bei Melcher. Er wich meinem Blick aus und war weg, ohne etwas zu sagen. Ich begriff, wie wenig ihm bewusst war, was er mir bedeutete.

Dann saßen sie unten zusammen, manchmal wandte sich ein Gesicht zu mir herauf, ein »Jetzt komm einfach!« wurde gerufen, doch das wurde weniger. Als das erste Gelächter zu hören war, wollte ich aufstehen und gehen, da stand Frau Strom hinter mir.

»Hallo, Henry!«, sagte sie und trat neben mich. »Immer wieder eine schöne Aussicht, nicht wahr?«

»Ja«, sagte ich leise.

Sie winkelte ihre Beine an, sodass ihr Rumpf tiefer sank. Das erzeugte den Eindruck, sie würde sich zu mir setzen.

»Was ist?«, fragte sie.

»Ich würde gerne springen, aber ich traue mich nicht.«

»Soso«, sagte sie.

»Es ist einfach zu tief.«

»Ich denke nicht, dass du es willst«, sagte sie.

»Natürlich, ich will da runter, zu den anderen.«

»Wenn du es wollen würdest, wärst du längst da!«

»Aber ich will da runter.«

»Nein. Du willst lieber hier sitzen und dir leidtun. Alles, was du tust, entspringt deinem Willen. In jeder Sekunde deines Lebens. In welche Worte du es kleidest, ist irrelevant.«

»Du weißt nicht, was Angst ist.«

»Ja. Deswegen habe ich Klarheit.«

Tief unter uns, im Tunnel von Ely, erkannte ich Papa, wie er mit einem anderen über den Markt lief. Es war Noah Rayser. Sie waren in ein Gespräch vertieft, es schien anregend zu sein, sie blieben immer wieder stehen, um etwas deutlicher zu erklären – oder zu lachen. Irgendetwas im Verhalten von Papa kam mir unnatürlich vor, es schien ihm sehr wichtig zu sein, Rayser zu gefallen.

»Wieso bist du eigentlich nicht in der Schule?«, fragte ich.

»Der neue Kurs liest gerade das Grundgesetz«, sagte Frau Strom.

»Wie wir damals?«

»Genau.«

»Außerdem bin ich bald arbeitslos.«

»Warum?«

»In Modul Vier waren Lehrkräfte dabei. Sie brennen darauf, mit der Arbeit anzufangen.«

»Unglaublich«, sagte ich.

»Ja, unglaublich.«

»Ich fand, du hast das gut gemacht.«

Die Spannvorrichtung ihres Bohrkopfs drehte sich ein Stück zu mir.

»Danke.«

»Küsst ihr euch jetzt?«, fragte Ferenc, der plötzlich hinter uns auftauchte. Frau Strom drehte sich mit einem Ruck von mir weg.

»Verpiss dich, Mike!«, sagte Ferenc und setzte sich neben mich.

»Mike?«, fragte ich.

»Ja. So nennt er mich«, erklärte Frau Strom. »Das ist sein Recht und auch im Sinne der Polynomie bei Maschinen.«

»Genau. Und jetzt verpiss dich.«

Frau Stroms Rumpf erhob sich surrend. Als sie ihre Laufhöhe erreicht hatte, machte sie einen vorsichtigen Schritt nach hinten, drehte sich zur Seite und marschierte zum Tunnel, der zur Sorgente führte.

»Er braucht dir nicht leidzutun«, sagte Ferenc. »Der geht jetzt einfach jemand anders nerven, wirst schon sehen. Maschinen sind Flittchen, merk dir das!«

Papa verließ mit Noah Rayser den Markt. Sie liefen den Tunnel weiter Richtung Vertikalfarm. Einmal schaute er kurz auf, genau in unsere Richtung, aber er sah mich nicht.

»Wieso bist du nicht bei den anderen?«, fragte Ferenc.

Ich verzog den Mund, schüttelte langsam den Kopf.

»Ich will nicht«, sagte ich.

»Soso«, sagte Ferenc.

Frau Strom begegnete Papa und Rayser am Ende des Tunnels. Die beiden unterbrachen ihr Gespräch, als sie näher trat und ihnen etwas berichtete. Jetzt sah Papa in meine Richtung, entdeckte mich und verzog das Gesicht, vermutlich weil ich mit Ferenc da saß.

»Jetzt petzt er sogar!«, sagte Ferenc böse.

Ich winkte Papa zu, aber er winkte nicht zurück. Er verabschiedete Frau Strom mit einem Kopfnicken, sie ging ihres Wegs. Dann reichte Noah Rayser ihm etwas und Papa steckte es ein.

»Ha!«, rief Ferenc. »Jetzt kriegt er Zutritt.«

»Was meinst du?«, fragte ich.

»Das war die Karte.«

Ferenc stand auf, um besser sehen zu können.

»Du wirst dich wundern, was du alles mitbekommst, wenn du nicht in die Schule gehst.«

»Hey, Ferenc!«, rief Moxie zu uns nach oben.

»Hey, du Lurch!«, sagte Ferenc und lächelte böse.

Moxie zeigte ihm den Mittelfinger.

Ich stand auf. »Was bekommst du mit?«

Ferenc zeigte auf die Vertikalfarm. »Dein Papa kann da jetzt rein, Noah Rayser hat ihm Zutritt gewährt.«

»In die Gemüsefabrik?«

»Zum VENT.«

»Was?«

Ferenc sah mich an, als wäre ich ein Idiot.

»Du solltest nicht mehr in die Schule gehen.«

Wir liefen durch die Sorgente und von dort den eingetunnelten Serpentinenpfad zum Fuß der Vertikalfarm. Die Dimensionen der Farm waren gewaltig, es schien mir, als würde sie in den Nächten heimlich weiterwachsen. An die steilen Felsen des Monte Ferru gepresst, durchstieß sie die Decke des Bioms in 150 Meter Höhe, um sich fast noch einmal so hoch in die Felsen zu schrauben. Keine Fenster, keine Lichtschächte oder gar Aussichtsplattformen unterbrachen die nüchterne, beinahe unsichtbare Oberfläche, die die umliegenden Gesteinsformationen imitierte.

»Was ist VENT?«, fragte ich, als wir den kleinen Eingang des Komplexes erreicht hatten und davor stehen geblieben waren. Noah Rayser und Papa waren längst darin verschwunden.

»Der VENT ist so etwas wie Mike«, sagte Ferenc. »Aber klüger. Er weiß alles. Er kann die Wahrheit sagen.«

»Woher weißt du das?«

»Mein Vater hat's mir erzählt. Er hat den VENT gesehen. Sie haben sogar zusammengearbeitet.«

»Woran?«

»Um den Lungenturm zu verbessern.«

»Der dann abgefackelt ist?«

Ferenc sah mich an, lächelte und schlug mir anerkennend auf die Schulter. »Komm mit!«

LOYALITÄT

Auf dem Spielplatz war viel los. Wir kauerten zwischen den Beinen des Krepantiden, der den Felsüberhang umklammerte, und beobachteten das Geschehen von oben. Ständig kam ein Kind aus dem Arcoiden angeschleudert, hielt sich an dem Rüssel unter uns fest, ließ sich mit fröhlichem Geschrei eine Weile baumeln und schließlich fallen. Die wenigsten trauten sich, zu uns nach oben zu klettern. Doch hin und wieder kam es vor, Ferenc und ich hörten dann immer auf zu sprechen, denn was wir besprachen, ging niemanden etwas an.

»Bist du auf meiner Seite, Henry?«

»Klar!«, sagte ich.

»Sagst du das auch nicht nur so?«

Ich schüttelte heftig den Kopf.

»Zeig's mir! Ich muss wissen, dass du kein Scheißer bist. Ich brauche für das, was ich vorhabe, absolute Loyalität.«

Ich nickte, auch wenn ich das Wort nicht kannte.

»Was soll ich machen?«

»Wenn das nächste Kind kommt, schmeiß es raus, okay? Für mich!«

Eine ganze Weile kam kein Kind, als hätten alle gewusst, was zwischen den Hängebeinen des Krepantiden auf sie wartete. Doch dann kam ein kleiner grau gelockter Junge, den ich noch nie gesehen hatte, mit lautem Geschrei herangeflogen und kletterte zu uns hoch.

»Los!«, befahl Ferenc.

Ich stand auf und trat auf den Jungen zu.

»Raus hier!«, sagte ich bestimmt, aber leise.

»Hä?«, machte der Kleine. »Was?«

»Du sollst dich verpissen!«

Der Kleine sah mich verständnislos an. »Blödmann«, schimpfte er. »Ich bin gleich wieder da, ha!«

Er hangelte sich nach draußen und sprang in die Tiefe. Ich sah zu Ferenc, der den Kopf schief legte.

»Den Nächsten schmeißt du wirklich raus! Du musst richtig Angst verbreiten.«

»Klar.« Ich kauerte mich wieder neben Ferenc und wartete auf das nächste Opfer.

Es war ein Mädchen, älter und größer als der Junge von eben und eigentlich zu alt und zu groß für einen Spielplatz. Stumm und unbeteiligt kam sie hereingesegelt, ihre grauen Locken flogen bei der Landung wild durcheinander.

Ich baute mich vor ihr auf.

»Raus hier!«, sagte ich.

»Hä?«, machte das Mädchen. Sie hatte beinahe dieselbe Stimme wie der Junge und sah ihm ähnlich.

»Verpiss dich«, sagte ich.

Sie gab mir einen Schubs, sodass ich nach hinten kippte. Als ich mich wieder aufgerappelt hatte, war sie verschwunden, und Ferenc hatte sein Gesicht in der Hand vergraben.

»Den Nächsten mach ich wirklich fertig!«, sagte ich. »Versprochen.«

Ich stellte mich hin, machte mich so breit, wie ich konnte, und atmete tief durch. Ich war bereit, das schändlichste Geschöpf des ganzen Spielplatzes zu sein, die schlimmste Bestie des Bestiariums, und keine Gnade walten zu lassen, komme, was wolle.

Melcher kam, Loy im Schlepptau.

Ohne zu zögern, schubste ich ihn rücklings in die Tiefe und Loy gleich hinterher.

»Perfekt«, raunte Ferenc.

Mein Blick ging zur Seite oder, besser gesagt, nach unten. Loy und Melcher waren sicher gelandet und rieben sich den Sand von den Knien. Loy marschierte in einer geraden Linie auf die Infotafel des Krepantiden zu und schaltete seine Tarnung an. Das trieb mir augenblicklich den Angstschweiß ins Gesicht, denn nun war es, als hockten wir frei in der Luft, umgeben von flirrenden Beinen, die uns gerade so hielten. Leute zeigten zu uns hoch, sprachen ihren Kindern etwas ins Ohr, sahen uns dabei an, Köpfe wurden geschüttelt.

Ich hatte es geschafft. Ich war das schändlichste und großartigste Geschöpf des Spielplatzes.

»Herzlichen Glückwunsch«, sagte Ferenc. »Dein Wunschkontingent ist jetzt völlig im Arsch.«

6,13 M/S²

Die kleine Schwere,
die er hier hat,
ist eine Lehre,
die meinem Bruder sagt:

An Gewicht warst du reich,
doch an Schwere arm,
auf Perm bist du so leicht,
wie du's immer schon warst.

Der Mond wiegt dich neu,
zeigt dein wahres Gewicht,
die Last war gelogen,
schwer bist du nicht.

TUNNEL

Du musst was für mich machen«, sagte Ferenc, als wir durch den Versorgungstunnel liefen, der unter dem neu gewachsenen Lungenturm hindurch nach B führte.

»Klar!«

Ich fühlte mich gut wie lange nicht mehr. Keine Wünsche mehr frei zu haben entband mich von der Notwendigkeit, mir überlegen zu müssen, was ich wollte. Die Atemgeräusche des Turms kamen von allen Seiten des steinernen Gangs. Es war, als würden wir durch die Luftröhre eines gigantischen Tiers spazieren.

»Ich muss den VENT sprechen«, sagte Ferenc.

Ich fragte nicht, warum, sondern nickte. Es reichte, dass Ferenc wusste, was zu tun war.

»Der VENT hat die Antwort.«

Ferenc starrte entschlossen geradeaus, ich tat es ihm gleich und dachte nichts weiter als: Der VENT hat die Antwort.

Wir erreichten die Mitte des Tunnels, direkt unter dem Monte Girasole. Alle paar Meter erhellte ein schwaches grünes Licht die Tunnelwand. Abzweige führten in Wartungsschächte, die verschlossen waren. Ein Bot trat aus einem der Schächte, schritt lautlos an uns vorbei und verschwand in einem anderen Schacht. Ferenc sah ihm nach, wartete, bis das Schott hinter ihm zugegangen war.

»Dein Papa hat jetzt die Karte«, sagte er und hielt an, um mich anzusehen. »Wir brauchen die Karte.«

Ich nickte.

»Dann brechen wir in die Farm vom Abdulrazzeq ein und sprechen mit dem VENT.«

Ich nickte.

Wir liefen weiter. Weit vor uns kam die Helligkeit von A in Sichtweite.

»Kann ich auf dich zählen?«, wiederholte Ferenc seine Frage.

»Klar.«

Das tiefe Atmen wurde leiser.

»Du musst deinem Papa die Karte abnehmen. Das musst du tagsüber machen, wenn er abgelenkt ist. In der Grauzone zum Beispiel.«

»Oder nachts?«

»Klar, nachts geht auch.«

»Und dann fragen wir den VENT?«

»Ja.«

Am Ende des Tunnels taten sich die Felder der Larsens vor uns auf. Der Schnitter war weg, stattdessen standen nun Menschen auf den Feldern, von denen ein stechender Geruch ausging, der von Woche zu Woche stärker zu werden schien. Am Weidezaun, wo Loy damals Trudy um einen Hasen gebeten hatte, blieb Ferenc stehen und lehnte sich dagegen. Auf dem Rübenfeld kniete ein Mann, eine Niere stand neben ihm. Er sah erschöpft und krank aus. Ich wusste nicht, ob ich ihn wiedererkennen wollte. Als er Ferenc entdeckte, winkte er ihm freundlich, aber kraftlos zu.

Ferenc winkte zurück, dann drehte er sich mir zu.

»Du und ich, wir haben die gleiche Frage, Henry.« Er sah mich ernst an. »Und der VENT hat die Antwort.«

DIE WACHSENDEN TÜRME

Im tieferen Grund, Jahr 2

Nummer eins sitzt auf dem Boden der Höhle und spielt mit den Hasen. Nummer zwei trage ich auf dem Rücken, sodass ich arbeiten kann. Beide können noch nicht zählen, sie merken also glücklicherweise nicht, dass hin und wieder ein Hase verschwindet, denn sie sind alle weiß und sehen gleich aus. Hätte ich gewusst, wie gut ein Hase Kinder beschäftigen kann (solange er nicht in einem Stall herumsitzt), hätte ich schon auf der Erde einen besorgt und wäre vielleicht mehr zu Hause gewesen.

Aktuell arbeite ich daran, Wachstums- und Modifikationsprozesse im menschlichen Gewebe nicht nur zu initiieren, sondern auch zu kontrollieren. Die Erbinformation des irdischen Axolotls war mit 32 Milliarden Basenpaaren mehr als zehnmal so groß wie das menschliche Genom. Die Tiere waren nahezu überirdische Selbstheiler. Ihr Erbgut enthielt alle notwendigen Codes zum Nachwachsen abgetrennter Gliedmaßen und zur Regeneration von Körpergewebe, einschließlich Herz und Gehirn.

Ausgangspunkt (und Hoffnungsfunke) meiner Forschung ist die prinzipielle Natur der Dinge. Wenn es einem Lebewesen möglich ist, neues Gewebe wachsen zu lassen, obwohl es längst erwachsen ist, ist es prinzipiell allen Lebewesen möglich, das zu tun, auch Menschen.

Ich muss die Fähigkeit der Tiere Perms, mit dem geringen Sauerstoffanteil in der Atmosphäre zurechtzukommen, auf irdische Lebewesen übertragen. Dazu muss ich, wie schon gesagt, auf die Erhöhung der respiratorischen Oberfläche des Lungengewebes und ergänzend auf Hautatmung zurückgrei-

fen. Zugleich müssen die Atemwege in die Lage versetzt werden, mit den andersgearteten Kleinstorganismen und Partikeln fertigzuwerden, die es auf der Erde so nicht gab. Das schließt die Vermeidung heftigster allergischer Reaktionen mit ein. Dazu kommt noch Kleinkram: Augendruck, Ohrendruck, Muskelschwund aufgrund der schwachen Gravitation, der miese Geschmack der Luft, Stoffwechselgifte, Müdigkeit und die Neigung zu Tagträumen aufgrund der ungewohnten Grundstrahlung.

Die Lösung all dieser Probleme ist in XNA geschrieben, ich muss sie in DNA übersetzen und die Möglichkeiten ausloten. Dazu muss ich mir die Perm-Tiere genauso anschauen wie alles Verrückte, was wir schon auf der Erde hatten, nicht nur Axolotls, sondern auch Oktopusse, Bärtierchen, Deinokokken, Hasen.

Ich habe für Nummer eins und Nummer zwei Masken hergestellt, damit wir nach draußen können, was immer öfter vorkommt. Sie lieben den Weg auf die Corongiu-Berge und den Ausblick von dort. Wenn Nummer zwei mit den Hasen fertig gespielt hat, krabbelt sie über den Höhlenboden bis dahin, wo die Moschopshäute hängen. Sie zupft dann so lange an ihnen herum und schaut mich treuherzig an, bis ich mich erweichen lasse, die Häute herunternehme und ihnen die Anzüge hole.

Ich stelle mir vor, wie ihr Lachen klingt und ihre Freude, wenn es rausgeht. Nummer eins läuft schon selbst. Durch die geringe Schwere ist es mehr ein Tänzeln und Hüpfen, sodass ich mich frage, ob die kommenden Generationen überhaupt noch das Laufen im herkömmlichen Sinne lernen müssen, wo doch das Hüpfen und Tänzeln in dieser Landschaft das effizienteste Bewegungsmuster darstellt. Sie benutzen Arme und Beine, um sich durch eine Landschaft zu bewegen, in der der aufrechte Gang keine Errungenschaft sein wird.

Um sie trotz der Häute nicht aus den Augen zu verlieren, habe ich mir einen Tick angewöhnt. Ein kurzer, kräftig gezogener Blick zur Seite lässt alles Kryptide für den Bruchteil einer Sekunde erscheinen. Es wird sozusagen sichtbar, wenn ich nicht hinschaue. Der Frage, ob zum Beispiel auch Schizophrenie die Wahrnehmung der Kryptiden begünstigt, würde ich gerne nachgehen – hätte ich mehr Zeit und mit mehr anderen Menschen zu tun.

Ich habe zwei Seile, an denen ich Nummer eins und Nummer zwei festmache, wenn es zu steil wird oder die tieferen Gründe zu tief. So steigen wir, mehrmals in der Woche, stumm in die Berge, meistens in der Dämmerung. Ab und zu fällt ein Steinchen in die Tiefe, etwas Geröll kommt ins Rutschen. Die Lichtscheuen unter den Gorgonen lassen uns in Ruhe, auch alles andere, solange wir die Häute tragen. Ich gehe davon aus, dass der Moschops hier so etwas wie der König der Tiere ist, seine Haut wird von weitem gewittert, ob sie noch an ihm dran ist oder nicht.

Damit kein verdächtiger Pfad entsteht, gehen wir jedes Mal einen anderen Weg. Ich liebe den Ausblick auf die Gola, den Fluss und die Nebelfälle, die nach oben gehen, sodass man sie sich kopfüber ansehen müsste. Am meisten liebe ich die Windleite. Manchmal glaube ich, die Kraft ihrer Anziehung körperlich zu spüren, und ich habe den sicheren Eindruck, dass sie mir zusieht, bei allem, was ich tue.

Auf dem Kamm des Monte Corongiu angekommen, spielen die beiden gerne bei den heißen Teichen. Einer ist besonders flach, da lasse ich sie für ein paar Momente die Häute abnehmen, damit sie sich besser bewegen können. Das ist natürlich riskant, aber ich kann sie nicht ewig einsperren. Durch die Verödung ihrer Stimmbänder kann ich sicher sein, dass ihr Spiel lautlos ist, nicht über Naturgeräusche hinausgeht, das Fallen von Steinchen, das Plätschern von Wasser.

Oft gehe ich ein paar Schritte weiter bis zum Ausblick auf das Golgo und hinunter auf Gairo. Der Wind von der See ist hier besonders stark, manchmal trägt er die Flocken der Schaumkronen bis hierher.

Die Biome sind fertig, alle acht an der Zahl, angeordnet nach dem Sternbild des Pegasus. Schöne Ironie, dass kaum ein Astronaut die Sternbilder kennt.

Ich sehe die originalgetreuen Häuser hinter den Scheiben, die Spielplätze und Wege. Jedes Mal, wenn ich herkomme, hoffe ich auf den Leerstand. Dass alles ruhig daliegt, keine Bewegungen mehr zu sehen sind, dass sich Noah, Dennis, Patrick und all die anderen endlich schlafen gelegt haben und in Erwartung der anderen in jahrtausendlangen Bahnen um die Windleite kreisen, friedlich schlafend im Deutolecith.

Aber ich fürchte, das wird nicht passieren, solange ich noch lebe. Was Noah sich vornimmt, wird er beenden. Meine Enttäuschung, wenn da unten noch Licht brennt und sich etwas bewegt, ist immer wieder groß. Am meisten enttäuscht mich jedoch das Wachstum der Lungentürme. Der von Gairo ist schon voll entfaltet, er erreicht beinahe die Höhen der Gipfel, auf denen ich stehe. Es ist ein Ungetüm, das dem Begriff Megastruktur leider gerecht wird. Die ohnehin schon großen Biome nehmen sich wie Spielzeug dagegen aus.

Der von Monte Ferru, dem kleinen Tal zu meiner Linken, ist jünger, keine fünfzig Meter hoch. Aber jedes Mal, wenn ich hier bin, nimmt auch er an Größe zu. Sein Stamm fußt auf dem Monte Girasole, wo er mehr Halt hat als der von Gairo. Am Horizont, bei Cea im Osten, steht der nächste. In der Ferne erscheinen sie klein, doch stellt man die Berge ins Verhältnis zu ihnen, ist ihre Größe unheimlich, erschreckend. Ganz Perm wird jetzt von ihnen besetzt, nach und nach. Sie wachsen, einmal gesät, wie die sprichwörtlichen Pilze aus dem Boden.

Ich höre sie atmen. Den von Gairo schon sehr laut, den von Monte Ferru leiser von der Seite. Aber es ist nicht der Atem Perms, es ist eine Be-Atmung. Es ist aufgezwungen, ungewollt, nicht in der hiesigen Natur liegend. Noch sind keine Effekte zu bemerken, die Kurve der Sättigung und Entgiftung ist noch weit davon entfernt, exponentiell zu werden. Aber ich bin sicher, dass der ein oder andere Moschops bald Kopfschmerzen bekommen wird, die nicht wieder weggehen, egal, was er tut, egal, wo er hingeht.

Letzthin glaubte ich, ein paar Gorgonen zu erkennen, die den Turm von Gairo besteigen, es war ein gespenstischer Anblick. Ihr Verstand ist nicht ausreichend entwickelt zu merken, dass hier eine außerirdische Macht dabei ist, Fuß zu fassen, aber ich bin mir sicher, dass sie es auf einer tieferen, instinktiven Ebene spüren: Hier ist nichts Gutes am Wachsen. Sie kletterten nicht sehr hoch, ließen dann ab und flohen über das Phlegräische Feld.

Es tut mir leid, wenn ich die wogenden Stämme westlich der Gola Gonone sehe und den tiefgrünen Wald von Gorropu.

Alles wird sterben, wenn es nicht aufhört.

IS PISCINAS

Im März versiegten für ein paar Tage die großen Fumarolen in den Bergen, die die Gola Gonone normalerweise mit Nebel füllten. Die Sicht war frei bis in den tiefsten Grund, sodass Papa entschied, endlich die thermodynamischen Schutzanzüge, die wir zu Weihnachten bekommen hatten, auszuprobieren.

Wir deckten uns mit Proviant und Schallwaffen ein und warteten, bis die Sonne hinter der Windleite hervorkam. Ich verstand nicht, warum Noah Rayser unbedingt dabei sein musste, aber Papa hatte es so entschieden.

Er wollte uns etwas zeigen, hieß es.

Nach der sekundenkurzen Dämmerung zwischen Tiefnacht und Mittagssonne brachen wir auf. Papa lief mit Rayser vorneweg, wie so oft in ein angeregtes Gespräch vertieft.

»Warum nimmt er uns überhaupt mit?«, maulte Chester.

»Sei froh, dass du mal rauskommst.«

Wir passierten den Majal und stiegen in die Schlucht. Unsere Flucht vor den Gorgonen war zu lange her, um mich an Details des Weges zu erinnern. Aber ich glaubte, die Stelle zu wissen, an der uns das elektrische Pferd aufgelesen hatte. Es kam mir vor, als wäre es eine Ewigkeit her. An die schwarzen Moose auf dem eingeklemmten Brückenfelsen konnte ich mich gut erinnern.

»Hier sind wir gelaufen«, flüsterte Loy zu Chester. Mit mir redete sie seit der Sache mit dem Spielplatz nicht mehr.

»Ja«, sagte er.

»Und hier standen sie.«

»Ja.«

Ich umklammerte die Schallpistole. Aber ich spürte, dass sich kein einziger Gorgone in der Nähe befand. Die Schlucht war karg und leer. Nach Norden hin verengte sie sich, wurde immer steiler, dahinter zeichnete sich, quer zwischen den Wänden, in einer schnurgeraden Linie der Horizont des Golgo ab.

Wir verließen den Weg, der nach Suttaterra führte, und stiegen tiefer bis zum Grund der Schlucht. Die Felswände hatten hier eine rostrote Farbe.

»Warum ist das so rot?«, fragte Loy und zeigte Rayser den Sand.

Rayser blieb stehen und drehte sich zu ihr um. »Oxidation«, erklärte er. »Die Böden enthalten Eisen, das rostet. Durch den Sauerstoff, den wir in die Atmosphäre bringen, wird das noch mehr werden. Hämatitböden waren übrigens ein wichtiges Merkmal der Perm-Zeit auf der Erde.«

»Daher Perm?

»Wegen Rost?«

»Ja.«

»Sind da nicht viele Tiere gestorben?«, fragte Chester.

»Am Ende, ja.«

»So wie hier?«

Rayser seufzte. »Sind diese Kinder immer so?«, fragte er Papa. Dieser nickte mit einem Lächeln.

Wir ließen den Abzweig hinter uns und gingen weiter in die Schlucht und auf das Golgo zu. Der Klang unserer Schritte wurde hohl und hallend, während wir durch die schmalste Stelle kamen. Die Überhänge waren bedrohlich, hoch oben entdeckte ich die Unterseite der Epithymia, den Schüsselboden. Er war leer.

Die nächste Wegkreuzung war beschriftet. Wie in Suttaterra hatte jemand Worte in einen großen Stein graviert. Links ging es zum »Strand von Coccorrocci«, rechts nach »Is Piscinas« und zum

»Croce di Esilio«. Die Worte waren um Kilometerangaben und Zeichen erweitert, links gab es ein schwimmendes Männchen, rechts einen Aussichtspunkt.

»Können wir zum Strand?«, rief Loy.

»Da kannst du sowieso nicht baden«, sagte Chester.

»Du bist fies!«, rief sie.

»Aber es ist so.«

»Warum?«

»Tut mir leid, Loy, er hat recht«, sagte Rayser. »Da sind Klippen und Gründe, das Terrain ist sehr unübersichtlich. Und voller Tiere.«

»Und mit Anzug?«

»Er könnte an den scharfen Kanten aufreißen.«

»Warum steht da Strand?«, fragte Loy, den Tränen nahe.

»Das ist – nicht so ganz ernst gemeint«, sagte Papa.

»Warum?«

»Das ist ein Spaß.«

»Nein, das ist gemein!«

Papa seufzte.

»Der Aussichtspunkt ist wirklich einer!«, sagte Rayser.

»Kein Mensch braucht Aussichtspunkte«, rief Loy verächtlich.

Nachdem der Weg ein Stück auf das Golgo hinausgegangen war, führte er nach einer großen Kehre die Nordostseite der Corongiu-Berge hinauf. Serpentinen waren hier aufgrund der schwachen Schwerkraft nicht nötig. Je höher wir kamen, desto besser waren unter uns die beiden riesigen Gairo-Krater zu sehen, deren Ränder einander schnitten. Sie hatten ein erkennbar unterschiedliches Alter. Santu Gairo I war älter, seine Ränder eingefallen und zum Teil verschüttet, die Caldera von Santu Gairo II war hingegen scharf abgegrenzt und sofort als Krater zu erkennen.

»Was ist das?«, fragte Loy und zeigte auf die Ebene westlich von Gairo II.

»Was meinst du?«, fragte Rayser.

»Die acht Kreise.«

Rayser lächelte. »Du hast gute Augen, Loy.«

»Sind das auch Krater?«

»Nein. Das ist Gairo Vecchio, das alte Gairo.«

Rayser blieb auf dem Weg stehen. Unter uns fiel das Gelände steil ab.

»Das waren die ersten Biome auf Perm«, erklärte er. »Die erste menschliche Besiedlung.«

»Warum ist es weg?«, fragte Loy.

»Es wurde zerstört bis auf die Grundmauern.«

»Von wem?«

»Von der Anomalie. Die Leute wussten damals noch nicht, wie gefährlich sie ist.«

»Sind sie gestorben?«

»Ja. Aber du brauchst keine Angst zu haben.«

»Warum?«

Loy sah ihn misstrauisch an.

Rayser hob das Handgelenk und tippte auf sein Armband. »Sie ist weit weg.« Er hielt ihr die Anzeige hin. »Südlich des Äquators.«

»Was macht sie da?«

»Das weiß niemand. Sie ist nicht hier, das ist entscheidend. Unsere Anzüge funktionieren.«

»Gut«, sagte Loy, wandte sich ab und lief weiter. Rayser und Papa folgten ihr. Chester legte mir die Hand auf die Schulter, damit ich mit dem Loslaufen noch etwas wartete.

»Warum ist der dabei?«, fragte er mich.

Ich zuckte mit den Schultern. »Weiß nicht.«

»Er guckt mich immer so komisch an.«

»Echt?«

»Ja!«

Ich warf einen letzten Blick auf Gairo Vecchio, bevor wir weiterliefen. Die Ruinen der Biome waren seltsam deformiert, als wären sie erhitzt und von den Händen eines Riesen durchgeknetet worden. An manchen Stellen ragten die Überreste der Bedachung wie die Skulpturen eines Irren aus der Ebene.

Ein Stück weiter bergauf zeigte eine weitere Steingravur noch 15 Minuten Wegzeit bis nach Is Piscinas und 30 Minuten bis zum Croce di Esilio. Chester und ich liefen schweigend, den Abstand zu den anderen beibehaltend.

Schließlich erreichten wir die Gipfelregion des Monte Corongiu und ließen das Golgo im Rücken. Obwohl wir über 700 Höhenmeter überwunden hatten, war ich kaum erschöpft, die geringe Schwerkraft Perms machte jede Bergwanderung zu einem Spaziergang. Zu schaffen machten mir die tiefen Gründe, die sich ab jetzt immer wieder auftaten und über die es zu springen galt, genau wie damals, als wir von der Absturzstelle hergekommen waren. Über eine sehr breite Kluft ließ ich mich von Chester schubsen. Weit im Süden entdeckte ich die zur Seite geneigten und abgebrochenen Berggipfel wieder, die wie geschnittenes Brot auf den Höhen lagen.

»Hast du Angst vor Tiefe?«, fragte Rayser, der stehen geblieben war, um zuzusehen, wie Chester mir über den letzten Schlund half.

Ich zuckte mit den Schultern. »Kann sein«, sagte ich leise und schob mich an ihm vorbei, um schneller voranzugehen.

»Haben Loy und Chester das auch?«, fragte er.

Ich tat so, als hätte ich ihn nicht mehr gehört.

Als wir den letzten Bergsattel bestiegen hatten, konnten wir auf der anderen Seite der Gola die Lyneham-Biome sehen. Für einen kurzen Moment empfand ich so etwas wie ein Heimatgefühl. Die Berge warfen scharfe Schatten auf das Tal, sodass an einigen Stellen in den Biomen Lichter brannten.

»Hurra!«, rief Loy, als sie die kleinen Kraterseen entdeckte, die ein Stück weiter südlich am Wegesrand lagen und eine terrassierte Reihe bildeten.

»Is Piscinas«, stand auf einem Stein, Rayser übersetzte es lächelnd mit »Die Pools«.

»Darf ich?«, rief Loy und machte sich an ihrem Anzug zu schaffen.

»Nein!« Rayser schrie sie fast an. »Geh von mir aus mit deinem Anzug rein.«

»Aber …« Sie brach ihren Protest ab, seufzte und widmete sich dem Auswählen des schönsten Teichs, was erfahrungsgemäß lange dauern würde.

Ich sah mich um und entdeckte den Bergpfad, der in 15 Minuten zum Croce di Esilio führte.

»Kommst du mit? Die Aussicht ist toll«, sagte Rayser, der plötzlich hinter mir stand.

Ich zuckte mit den Schultern.

»Geht ruhig«, sagte Papa, »ich bleibe bei Loy.«

Ich suchte Chester und fand ihn auf einem Stein in der Nähe eines Teichs sitzend. »Kommst du mit?«

Chester besah den Pfad, dann Rayser und schüttelte den Kopf. »Mir reicht's.«

Rayser überprüfte seine und Papas Schallpistole, bevor er nickend auf mich zukam.

»Na komm.«

Ich begriff nicht, was Rayser eigentlich beabsichtigte, und hätte ich es begriffen, wäre ich nicht mitgekommen. So gab ich dem eigentümlichen Sog nach, etwas zu tun, zu dem ein Erwachsener mich aufforderte, ob ich wollte oder nicht. Da Papa ihm vertraute, ging von alldem die Sicherheit aus, dass die Dinge schon, irgendwie, in Ordnung waren.

Der Pfad war deutlich steiler, teilweise war er kaum auszumachen. Rayser schien das Terrain sehr gut zu kennen, er wich Untiefen und Gründen aus, bevor wir auch nur in ihre Nähe kamen. Als ich einmal zurückblickte, sah ich Loy auf einem der Teiche treiben, Papa und Chester waren bei ihr. Loy versuchte zu tauchen, kam aber nicht weit. Sie kam immer wieder an die Oberfläche, als wäre das Wasser extrem salzig, aber es musste die Luft in ihrem Anzug sein.

»Warum bist du so ruhig, Henry?«

Ich zuckte mit den Schultern. Der Weg beschrieb eine enge Kehre nach oben. Als es steil wurde, zögerte ich erst, dann blieb ich stehen.

»Was ist? Hast du Angst?«

»Geht schon.«

»Brauchst du was?«

Rayser hielt mir ein Päckchen Tabletten hin und lächelte. »Ich hab schon eine genommen.«

»Hilft das?«

»Bei mir schon.«

Ich nahm eine Tablette, öffnete mein Visier und steckte sie mir in den Mund. Der Wind, der mir entgegenschlug, war warm und mild. Es war schwer, nicht einfach einen kräftigen Atemzug zu nehmen. Aus der Ferne hörte ich ein leises Summen, es kam vom Berg.

»Was ist das?«, fragte ich.

»Das Kreuz. Es singt bei jeder Windböe.«

Ich schloss mein Visier und ging weiter. Der Pfad erreichte nun den Bachlauf, der die Teiche unten füllte, und folgte ihm am Ufer durch eine kleine Schlucht aus rostrotem Gestein. Die Helmkommunikation signalisierte den Abbruch der Verbindung zu den anderen aufgrund der Entfernung.

»Und, Henry, was machst du gern? Was kannst du so?«

Ich zuckte mit den Schultern und lief weiter.

»Schwere Frage?«

»Ja.«

»Dann frage ich dich jetzt etwas anderes«, sagte Rayser, nachdem wir die Schlucht durchquert hatten. »Es geht um Ferenc. Versteht ihr euch gut?«

»Ja, schon«, antwortete ich.

»Dein Papa hat mir erzählt, dass Ferenc' Vater euch nach dem Absturz eine Maske gestohlen hat. Stimmt das?«

Ich lief schweigend weiter.

»Er hat sie Loy abgenommen. Richtig?«

»Warum fragen Sie mich?«

»Mach dir keine Sorgen, deine Aussage wird keine Konsequenzen haben. Ich muss wissen, was nach dem Absturz passiert ist.«

Der Bergsattel, auf dem das Kreuz stand, ragte weit nach Südwesten. Seine Rückseite brach beängstigend steil ab, hier war ein Einschlag mitten in den Monte Corongiu niedergegangen. Auf der anderen Seite des eingefallenen und kaum mehr runden Kraters entdeckte ich die Überhänge von Suttaterra.

»Er hat Loy die Maske abgenommen, richtig?«

»Ja«, sagte ich. »Das hat er.«

Das Kreuz war einige Meter hoch und schien nur sehr grob aus dem Stein gehauen worden zu sein. Ohne die bezeichnende Gravur »Croce di Esilio« am Sockel hätte ich es nicht als Kreuz erkannt. Die seitlichen Enden waren nach oben gerichtet, der Pfahl wurde nach unten hin sehr breit und verschmolz mit dem unebenen Felsplateau, auf dem er stand.

»Wer hat das gebaut?«, fragte ich.

»Der Wind und das Wetter, vermutlich. Und die Zeit.« Rayser lächelte. »Halt die Luft an und öffne dein Visier, Henry.«

Ich gehorchte. Stärker als zuvor schlug mir der warme Wind ins Gesicht. Ich weiß nicht, ob es versehentlich oder in heimlicher Absicht war, aber ich atmete ein klein wenig von der frischen Luft ein. Mit ihrem Geruch überkam mich die Erinnerung wie ein tiefer Schlag. Tief unter mir erkannte ich den Pfad, über den Papa,

Chester, Loy und ich nach unserer Landung gekommen waren. Weit links, im Schatten der Berge, musste die Höhle sein, in der wir uns versteckt hatten. In Suttaterra und auch auf dem Pfad hatten wir Mama noch auf Perm gewusst, waren uns sicher gewesen, dass sie da war und auf uns wartete.

»Hörst du es?«, fragte Rayser.

Ich schloss mein Visier, um einen tiefen Atemzug zu nehmen, dann öffnete ich es wieder.

»Das ist ein e«, sagte ich, nachdem ich dem leisen summenden Ton eine Weile zugehört hatte, der aus den Bergen kam.

»Und ein d?«, fragte Rayser.

Ich drehte den Kopf.

»Stimmt«, sagte ich.

Unter dem e lag ein zweiter Ton in der Luft, nur ein klein wenig tiefer.

»Das d kommt aus dem Kreuz«, sagte Rayser und zeigte auf eine kleine Aushöhlung in seiner Seite. »Hier fängt sich der Wind und erzeugt den Ton.«

Ich holte noch einmal Luft, indem ich den Helm für einen Moment schloss.

Wenn die Böen aussetzten, verstummten die Töne nacheinander. Kam ein neuer Windstoß von Norden, erklang zuerst das e und kurz darauf das d.

»Jetzt weiß ich immerhin eine Sache, die du kannst, Henry Meadows. Du hast ein absolutes Gehör«, sagte Rayser zufrieden.

»Na ja, nicht sehr nützlich«, sagte ich leise.

»Sagt das dein Vater?«

In diesem Moment erklang ein neuer Ton, der so laut war, dass er mit geschlossenem Helm nicht zu überhören war. Er war gellend und durchschlagend wie ein Blitz aus Schall.

»Scheiße!«, fluchte Rayser. »Komm mit!«

Wir rannten den Weg zurück, so schnell wir konnten. Tief unter uns war das alte Gairo zu sehen, während Is Piscinas hinter den Vorsprüngen verborgen lag. Rayser kürzte ab, stürzte quer den Bergsattel hinunter bis zur Schlucht mit dem Bach. Immer wieder durchschoss ein kreischendes Knallen die Luft, umso lauter, je tiefer wir kamen.

Als wir die Schlucht durchquert hatten, sahen wir, was passierte. Papa stand mit der Schallwaffe da, hatte sie auf etwas gerichtet, das sich bei Chester und Loy befinden musste.

»Hören Sie auf, Mr Meadows!«, schrie Rayser, nachdem sich die Helmkommunikation wieder verbunden hatte. »Nicht auf die Kinder!«

Papa gab weitere Schüsse ab, Loy sprang aus dem Teich und zur Seite, Chester schrie und weinte, presste die Handflächen auf Höhe seiner Ohren gegen den Helm.

»Hör auf!«, schrie Loy.

Als wir die anderen erreichten, entriss Rayser Papa die Waffe und stieß ihn zur Seite. Chester brach schreiend zusammen und krümmte sich auf dem Boden, Loy rannte zu ihm und schleifte ihn zusammen mit Papa weg.

»Wo ist es?«, rief Rayser und sah mich an.

»Da!«, rief ich und zeigte auf das gegenüberliegende Ufer des Teichs, in dem Loy gebadet hatte.

»Bringen Sie die Kinder weg!«, rief Rayser zu Papa.

Das Wesen am Teich war größer als die, die ich nach unserem Absturz gesehen hatte, sehr viel größer. Rayser verstellte etwas an seiner Waffe, dann schoss er. Die Geräusche kamen nun in wummernden Salven, die so stark waren, dass sich die Wasseroberfläche davon kräuselte.

»Lauft!«, schrie er.

Ich hörte etwas ins Wasser fallen. Dann rannten wir los.

»Ich kann nichts mehr hören«, wimmerte Chester.

Die Schläge hinter uns wurden leiser, aber nicht weniger. Rayser feuerte unaufhörlich weiter. »Groß und unfair im Kampf«, brüllte er.

Wir stürzten den Pfad zum Golgo hinunter, die Schüsse hinter uns verstummten.

»Wahrscheinlich sind sie taub«, rief Rayser, als er uns eingeholt hatte.

»Wer?«, rief Papa.

»Die Moschopse! Sie haben das Hören nicht nötig.«

Tief unter uns, dort, wo sich der Pfad teilte, sah ich viele kleine Bewegungen. Adrige Sechsbeiner, ähnlich denen, die ich bei der Flucht aus Suttaterra beobachtet hatte.

»Da ist noch was!«, rief ich und zeigte zur Abzweigung.

»Gorgonen?«

»Ich glaube, ja.«

»Sie lieben die Schlucht.«

Rayser nahm seine Waffe hoch und feuerte ins Tal. Da er in den freien Raum schoss, waren die Schläge dumpf und fern, und ihr Echo klang wie das Knattern eines gigantischen Motors.

»Hauen sie ab?«, schrie Rayser.

»Ja!«

»Dann sind es Gorgonen. Die hören sehr gut.«

»Ich höre nichts mehr«, rief Chester.

Wir erreichten den Eingang der Schlucht, indem wir über ein Geröllfeld abkürzten, das am Fuß der Corongiu-Berge lag. Rayser schoss den Weg frei, Staubwolken sprengten auseinander, wanderten die Felsen hinauf oder flitzten in die Ebene hinaus. Zwischen den Salven nahm Rayser Kontakt mit der Krankenstation auf.

»Ich brauche die Krankenstation! Jetzt gleich.«

Es rauschte und klickte. Rayser hatte den Rückkanal für uns auf stumm gestellt.

»Ja, jetzt!«, rief er.

Es rauschte wieder.

»Dann schmeißen Sie ihn raus.«

Wir stießen auf den Abzweig in der Schlucht. Auch hier stand ein gravierter Stein, der »Monte Ferru« rechts und »Suttaterra« links anzeigte. Die Schrift war nur zu sehen, wenn man von Norden aus dem Golgo kam.

Plötzlich spürte ich ein Stechen im Bein. Im Augenwinkel sah ich, für den Bruchteil einer Sekunde, die blutigen Zähne eines Mauls, das frei in der Luft zu schweben schien und verschwand, indem es sich schloss.

»Au!«, schrie Loy. Ein winziger Blutfleck bildete sich am Hosenbein ihres Anzugs.

Papa und Rayser achteten nicht auf uns, sie waren mit Chester beschäftigt.

»Schmeißen Sie ihn raus!«, rief Rayser erneut, nachdem wir den Weg nach oben eingeschlagen hatten. »Chester! Hörst du auf beiden Seiten nichts mehr?«

Dieser wimmerte nur und schrie.

»Okay, ich brauche auch einen Reaktor und einen Aggregator. Begründete Ausnahme. Trommelfelle für Chester Meadows.«

Es rauschte und knackte wieder.

»Zwei. Was denn sonst?«

Ein weiteres kurzes Rauschen.

»Ja! Jetzt gleich!«

Wir aktivierten die Heuschreckenbeine aus Metall an unseren Anzügen und beförderten uns mit ein paar großen Sprüngen aus der Gola. Hinter ihrer Kante türmten sich die beiden Biome auf. Rayser lief voran, weiter mit der Krankenstation in Kontakt.

»Ist der Weg frei, Henry?«

»Ja.«

»Dann nichts wie nach Hause!«

DIE ALTE FURT

Im tieferen Grund, Jahr 3

Das Sehen ist auf Perm evolutionär verkümmert. Bisher habe ich geglaubt, dass es irrelevant für das Überleben ist. In der Tat sprechen einige Gegebenheiten dafür.

Die geringe Schwerkraft macht Stürze weit weniger gefährlich, zudem sind die Perm-Tiere ohnehin sehr leicht, was die Körperdichte betrifft. Sie setzen der allgemeinen Leichtigkeit sozusagen noch eins drauf. Ich habe es ausgerechnet: Der durchschnittliche Golgo-Kryptid kann hundert Meter fallen und tut sich nichts.

Doch ich bin nun mal keine Perm-Gebürtige, ich muss schauen, wie ich an meine Daten komme und bin auf meine Augen angewiesen. Immerhin ist es mir mit einem minimalinvasiven Eingriff gelungen, meinem visuellen Kortex etwas Schizophrenie zu verpassen, die mich immuner gegenüber optischen Täuschungen macht. Ich sehe die Tiere immer noch nicht gut, aber es ist, mit etwas Übung, besser geworden.

Gestern habe ich etwas beobachtet, das mir die Augen für Perm weiter geöffnet hat. Es war kurz nach einem Wettersturz. Ich war auf dem Weg, mir eine genetische Probe des Lungenturms von Monte Ferru zu besorgen, um seine Schwachstellen auszuloten, und durchquerte die nass glänzende Gola auf halber Strecke nach Santu Gonone, also weit im Süden, wo es einen eingeklemmten Findling und alte Furten gibt. Was mir in der Schlucht begegnete, war von unbeschreiblicher Schönheit und schrecklich zugleich.

Da kam ein Moschops, ein König der Tiere, von den Anhöhen, das einzige mir bekannte Perm-Tier mit wirklich dicken Beinen. Er stieß in der Furt auf eine Gruppe Gorgonen, die durch den Gasfluss wollten.

Ich versteckte mich unsinnigerweise hinter einem Felsen, was ich auch hätte sein lassen können, denn die Tiere waren mit sich beschäftigt. Ich erwartete, dass die Gorgonen die Flucht ergreifen und sich in tiefen Gründen verstecken würden, aber das Gegenteil geschah.

Sie schlichen sich in seine Nähe, sprangen über die Felsen zu beiden Seiten, hielten sich hinter den Kanten, als würden sie ihm eine Falle stellen wollen, ihn in einen Hinterhalt locken. Doch dann sprang einer, es war der Kleinste von ihnen, dem Moschops mitten in den Weg.

Der Moschops blieb stehen und die beiden Tiere standen sich eine ganze Weile gegenüber. Für mich sah es aus wie David und Goliath kurz vor dem Kampf. Sie nahmen gegenseitig ihre Gegenwart wahr, fühlten sich, ohne sich zu sehen, auf der Haut, vielleicht im ganzen Körper, ich weiß es nicht.

Dann machte der Gorgone ein paar langsame Schritte auf den Moschops zu, hielt an und verneigte sich vor ihm wie vor einem König. Daraufhin senkte der Moschops sein mächtiges Haupt vor ihm, auch diese Geste hielt mehrere Sekunden an. Dann streckten beide Tiere ihre Beine aus und legten die Körper flach auf den Boden.

Die Gorgonen hinter den Felsen hielten sich weiterhin verborgen und ich wartete auf den Angriff aus dem Hinterhalt. Doch dieser blieb aus.

Der Gorgone in der Furt richtete sich auf, sprang plötzlich mit einem Satz auf den Rücken des Moschops und biss ihm in den Nacken. Es war ein tiefer Biss, der schmerzhaft sein musste. Aber der Moschops ließ es geschehen, verharrte regungslos, während in seinem oberen Rücken ein gut sichtbabres Loch klaffte, aus dem ein großes Stück Haut und Fleisch herausgerissen wurden. Der Gorgone sprang, mit der Beute im Maul, von ihm herunter und stellte sich kauend vor den Moschops. Das viele Blut, das an ihnen herunterfloss, machte die Körper der beiden Wesen immer sichtbarer.

Der Moschops wartete bis der Gorgone das Fleisch geschluckt und sich erneut vor ihm verbeugt hatte. Dann brüllte er ein lautes Brüllen, zum Himmel gestreckt in Richtung der Windleite, wie ein heulender Wolf. Der Schrei ging durch Mark und Bein, er stellte mir die Nackenhaare auf und lief durch alles durch wie eine seismische Welle. Mir kam es vor, als könnte der ganze Mond diesen Schrei hören und spüren.

Dann erhob der Moschops den Oberkörper, sodass er die beiden vorderen seiner sechs Beine wie Arme benutzen konnte. Mit seiner rechten Klaue packte er den Gorgonen und hielt ihn wie eine Eistüte vor das augenlose und blutströmte Gesicht. Der Gorgone wehrte sich nicht, da war kein Strampeln, kein Schreien, er gab lediglich ein leises Summen von sich, das ich mit viel gutem Willen als Gesang deuten konnte, vermutlich weil ein Großteil der Töne jenseits des menschlichen Wahrnehmungsspektrums lag.

Mit einer sanften Bewegung führte der Moschops den Gorgonen an sein Maul und biss ihm eines der Beine ab. Der Gesang erstarb, sofort sprangen die übrigen Gorgonen hinter ihren Felsverstecken hervor. Der Moschops legte den kleinen fünfbeinigen Körper auf den Boden, ließ sich auf seine beiden Vorderbeine sinken, neigte noch einmal das Haupt und trottete in langsamen Schritten davon.

Einer der Gorgonen, dieses Mal der größte, griff nach dem Kleinen und schloss ihn in die Faust. Dann steckte er sich eines der verbliebenen Beine ins Maul, biss es ab und presste sich noch etwas Blut hinterher wie aus einer Tube Zahnpasta. In einer Reihenfolge, deren Logik sich mir nicht erschloss, bekamen die anderen auch etwas ab. Als der Körper keine Beine mehr hatte, ließ die Gruppe ihn liegen und zog schweigend davon.

Wohlgemerkt, den größten Teil der Vorgänge habe ich mir erschlossen, so weit reicht meine induzierte Schizophrenie nicht, dass ich all das hätte einfach sehen können. Doch Blut, das an unsichtbaren Zähnen und Körpern klebt, ist sehr verräterisch und erlaubt eine Vielzahl von Rückschlüssen. Ich stand noch lange in der Furt und starrte auf den verstümmelten Leichnam. Es kam mir würdelos und schrecklich vor, wie er da lag. Ein gewesenes Kind in meinen Augen.

Doch dann begriff ich: Ich muss das nicht gesehen haben. Sehen ist nicht nur irrelevant. Um Perm zu verstehen, schadet es sogar. Die Logik all dessen, was hier passiert, erschließt sich nicht mit den Augen.

Es gibt hier keine schönen Mähnen, Hahnenkämme, Pfauenräder oder schicke Muster in einem Fell. Und es gibt auch kein verstümmeltes, verblutendes Gorgonenkind in einer verlassenen Furt.

Die Evolution Perms, und damit alles, was hier passiert, findet ohne jedes äußere Ansehen statt. Meine Deutungen sind möglicherweise alle falsch. Aus evolutionärer Sicht richtet sich das Konzept des Sehens primär auf den Erfolg beim Jagen und Fliehen. Beides scheint es hier, entgegen unserer früheren Annahmen, die auf der oberflächlichen Deutung unserer Beobachtungen beruhten, nicht zu geben. Was wäre, wenn die Entscheidung, gebissen oder gefressen zu werden, beim Gebissenen liegt?

Als ich weiterging, kam mir der Gedanke, dass die Begegnung zwischen den Gorgonen und dem Moschops gar nicht zufällig war. Vielleicht war es eine Verabredung über Kanäle, für die Menschen gar kein Sinnesorgan haben. Ich drehte mich noch einmal um, um einen letzten Blick auf den kleinen Leichnam zu werfen. Aber er war verschwunden. An der Stelle, wo er gelegen hatte, war nun eine trichterförmige Vertiefung.

Ich überquerte die Gola auf dem großen grün bemoosten, zwischen den Wänden eingeklemmten Felsen und stieg die balkonähnlichen Terrassen nach oben, bis ich die Ebene von Monte Ferru erreichte, die sich bis zum Fuß des Supramonte erstreckte und in deren Mitte sich der Monte Girasole mit dem Lungenturm erhebt. Er war inzwischen zur vollen Größe angewachsen und hatte wie in einer Mischung aus Engel und Baum seine beiden millionenfach verzweigten Flügel ausgebreitet. Ein gleichmäßig rauschendes Atmen erfüllte den ganzen Luftraum wie auf einer kilometergroßen Intensivstation.

Sollte es bei dem Konzept bleiben, um jeden Lungenturm Wartungsbiome anzulegen, wäre ein ordentlicher Schallschutz obligatorisch. Ich durchquerte die Ebene, die öde und ohne Deckung ist, ein unmöglicher Weg, ohne in ein Moschopsfell gehüllt zu sein.

Im Schatten der Berge des Supramonte erkannte ich an den Felswänden Ansätze eines senkrechten Bauwerks, von dem ich bisher nichts gewusst hatte. Irgendein Plan B.

Das Rauschen wurde lauter.

Ich befestigte alles, was ich in den Händen hielt, an meinem Gürtel, um mir die Ohren zuhalten zu können. Der Schall wirkte wie eine Waffe, die sich gegen mich richtete und mir gewissermaßen Handschellen anlegte, die ich freiwillig trug, um mir die Ohren nicht zu verderben. Vermutlich ist die Schallempfindlichkeit der meisten Tiere Perms, für die ich nicht nur Anhaltspunkte, sondern auch Beweise gesammelt habe, der Hauptgrund für den weiträumigen Bogen, den sie um die Lungentürme schlagen, seit diese voll ausgewachsen und in Betrieb sind. Für den Moschops allerdings und andere große Kryptiden müsste man eine Schippe drauflegen, sollte es sicherheitsrelevant werden.

Ich erreichte den Turm und kletterte in eine der Öffnungen, aus denen die heiße Luft kommt, um etwas Material für eine genetische Probe aus der Tunnelwand zu kratzen. Die Hitze half mir bei der Vorstellung, das Drecksding brennen zu sehen, fackelnd und lichterloh, dem selbst hergestellten Sauerstoff zum Opfer fallend.

Als ich zurück in die Höhle komme, hüpfen und tippeln Nummer eins und zwei um den Pflock, an den ich sie gebunden habe. Sie freuen sich, dass ich wieder da bin, und kommen gar nicht auf die Idee, mir meinen Weggang und die damit verbundene notwendig gewordene Freiheitsberaubung zu verübeln.

Ich löse die Leinen von ihren Hälsen und werde von beiden Seiten geschmust und angekuschelt. Verdient habe ich das vermutlich nicht, aber es tut trotzdem gut. Sie kennen es nicht anders, und vielleicht ahnen sie auch, dass ich sie damit zu ihrem Glück zwinge.

Ich lege das Material aus dem Lungenturm in den Sequenzierer und schaue mir an, was Noah und die anderen aus meiner Arbeit gemacht haben. Das Konzept des Lungenturms basiert auf meinen Forschungsergebnissen zur XNA, die natürlich genutzt werden können, solange auf Perm noch kein Patentamt steht. Aber der Plan, die Dinger langfristig zum Teufel zu jagen, fühlt sich nach Gerechtigkeit an. Ich habe gegeben, und ich werde neh-

men. Vielleicht lassen sich die blitzeliebenden Elektrophagen als Zündler und Zwischenwirte einsetzen.

Die Begegnung des Moschops mit den Gorgonen in der Furt geht mir nicht aus dem Kopf. Die Vermutung liegt nahe, dass ich Nahrungsaufnahme und gattungsübergreifenden Geschlechtsverkehr zugleich beobachtet habe. In der irdischen Evolution sind Essen und Sex meist getrennte Vorgänge, Ausnahmen wie das sexualparasitäre Sichineinanderverbeißen der Anglerfische sind seltene Auswüchse der Tiefsee. Es ist möglich, dass die Zufuhr von Energie und der Austausch von Erbmaterial auf Perm zusammenlaufen, Befruchtung und Ernährung also im selben Vorgang vereint sind.

Ich muss mich von dem Gedanken verabschieden, dass die irdische Form der Evolution irgendeine Allgemeingültigkeit hat. Ihr Triebmotor war das Fressen und die Vermeidung des Gefressenwerdens. Wer frisst, gewinnt, wer nicht gefressen wird, gewinnt auch. Symptomatisch dafür waren die nach vorne gerichteten Augen der Jäger und das auf Rundumsicht ausgelegte Blickfeld der Beutetiere. Augen sind der tief greifendste Ausdruck einer Logik von Jagd und Flucht, von Fressen und Gefressenwerden.

Ihr Fehlen hier ist der Ausdruck einer anderen Logik, die sich mir nur schwer erschließt. Vielleicht gibt es auf Perm so etwas wie »Jagd« oder einen »Angriff« gar nicht. Wahrscheinlich würde eine höhere Zivilisation, die auf Perm-XNA basiert, diese Wörter nicht kennen.

Mit diesem Gedanken hoffe ich, besser in den Schlaf zu finden, wenn Noahs Drohnen nach mir suchen, vornehmlich in den Nächten. Ihr Brummen reicht in die tiefsten Gründe hinab, doch nur einmal kam es bedrohlich nahe, um, nach einigen Minuten der nackten Angst, wieder abzuklingen. Er glaubt nicht, dass ich so dumm bin, mich in Suttaterra zu verbergen, nur wenige Hüpf- und Springminuten entfernt.

Diese Welt hat so viele bessere Verstecke als dieses.

Deswegen ist es das beste.

LUFTSCHLOSS

Sie ist hier«, sagte Loy am Abend, nachdem Chester seine neuen Trommelfelle bekommen hatte. Zwei weniger dringende Operationen waren vertagt worden und Kjell Larsen musste sich, um Ressourcen zu sparen, mit der Wiederherstellung seiner Scheune gedulden, die aufgrund eines seltenen Erdstoßes in sich zusammengefallen war. Die Bisse, die Loy und ich abbekommen hatten, waren schnell verheilt, sodass wir sie einfach für uns behielten.

Wir saßen zusammen mit Öter in meinem Luftschloss. Es hielt das Gewicht ohne Probleme aus.

»Sie ist hier«, sagte Loy noch einmal.

»Wer?«, fragte Chester.

»Mama.«

Loy sagte es so ruhig und deutlich, als wäre es keine besondere Neuigkeit, sondern etwas, dessen Aussprechen längst überfällig war. Und Chester, der Loy für gewöhnlich in allem widersprach, nickte nur und streichelte Öters Ohren.

»Sie will, dass wir es merken.«

»Was?«

»Dass sie da ist. Aber die anderen sollen es nicht merken.«

Loy zog sich ihre Decke über die Schultern und rutschte tiefer. »Du glaubst mir nicht, oder?«

Chester seufzte und schüttelte den Kopf. »Nein.«

Loy schob seine Hand von Öters Kopf und setzte sich ihn auf den Schoß. »Es stimmt aber!«

»Nein!«, sagte Chester scharf. Von unten aus der Küche drang Papas Husten. »Sie war froh, dass wir weg waren«, fügte er hinzu.

»Wie kannst du so was Dummes sagen?«, fragte Loy.

Chester sah mich an. »Sag's ihr, Henry.«

Ich wusste, was er meinte, zögerte aber noch.

»Na los«, sagte Chester. »Je früher sie sich damit abfindet, desto besser.«

Loy sah mich ängstlich an.

»Sie hat die Sekunden gezählt!«, sagte ich »Wenn sie uns im Arm hatte. Wie lange sie uns hält. Es waren immer zwölf.«

»Was?«

»Sekunden.«

»Immer?«

»Ja.«

»Sie ist immer spät nach Hause gekommen«, sagte Chester. »Niemand kommt spät heim, wenn die Kinder wichtig sind. Wir sind ihr nicht wichtig, Loy. Wir haben sie genervt. Papa hat sie genervt.«

»Vielleicht war es wichtig, was sie in der Firma zu tun hatte.«

»Sie war einfach lieber in der Firma als bei uns.«

»Das glaube ich nicht.«

»Zwölf Sekunden. Immer zwölf. Henry hat gezählt, jedes Mal.«

»Warum?«

Ich zuckte mit den Schultern.

»Und was ist mit dem Pegasus?«, rief Loy.

Chester sah sie irritiert an. »Welcher Pegasus?«

»Das Sternbild. Das weiße Pferd.«

»Keine Ahnung, was du meinst.«

Ich hatte, ohne es zu merken, zu weinen begonnen.

Loy blieb ruhig und streichelte Öter, der immer mal wieder, im Rahmen der Möglichkeiten eines Hasen, seufzte, als würde er es schwer haben. »Wie hieß die kaputte Stadt auf dem Golgo noch mal?«, fragte Loy.

»Gairo«, sagte Chester.

»Da waren diese zerstörten Kreise. Sie lagen wie Pegasus. Das Sternbild.«

»Und?«

»Das ist das weiße Pferd.«

»Welches weiße Pferd?«

»Aus dem Lied.«

Für einen Moment hielt ich den Atem an. Loy sah mich herausfordernd an.

»Aber die Gairo-Biome sind alt«, erwiderte ich. »Rayser sagte, sie seien von den Erstsiedlern. Von der Impulsmission. Das würde bedeuten, dass …«

Ich brach den Satz ab.

»Vielleicht schläft sie«, schaltete sich Chester ein.

»Ja, vielleicht!«, sagte Loy, die das alles schon durchdacht zu haben schien.

Ich streichelte über Öters warmen, weichen Rücken. Er zuckte, als würde ich ihm wehtun wollen.

»Ich hab … Töne gehört«, flüsterte ich, »am Kreuz.«

»Am Kreuz?«, fragte Chester und sah mich durchdringend an.

»Musik wird klingen, wo immer sie geht«, flüsterte Loy.

Ich nickte.

»Ein d und ein e. Da sind so etwas wie Flöten im Stein. Der Wind spielt sie. Rayser meinte, es sei natürlich entstanden.«

»Welche Noten sind e und d in unserem Lied?«, fragte Loy, die nicht im Mindesten überrascht schien.

»Bei ›weiß‹ ist es e, bei ›Ross‹ das d«, antwortete ich.

»Wir müssen nach Gairo«, sagte Loy.

DER LACHENDE STERN

Im tieferen Grund, Jahr 4

Ich habe mit der Behandlung von Nummer eins begonnen. Sie ist jetzt alt genug. Ich muss aus ihren Blicken lesen, wie sie sich fühlt, ob es ihr gut geht oder ob sie Schmerzen hat. Sie nimmt meine Injektionen und oralen Gaben widerstandslos an, da ist ein großes Vertrauen in ihren Augen, und sie sieht nicht, wie meine Hände zittern, wenn ich die Nadel aufziehe und an ihren Oberarm setze.

Ist es geschafft, sieht sie mich noch einmal kurz an und geht dann mit den Hasen oder ihrer kleinen Schwester spielen.

Da ich selbst nicht spreche, wissen beide nicht, dass ihnen die Stimme fehlt. Oder genauer: dass ich sie ihnen genommen habe, um uns zu schützen.

Sie verpassen die Ausbildung der Sprache und werden vermutlich niemals sprechen können, auch wenn sie eines Tages ihre Stimmen mit Hilfe eines kurzen Eingriffs (den ich schon im Repertoire habe) zurückbekommen. Sie machen fast immer einen glücklichen, gelösten Eindruck, sodass ich mich frage, ob das Sprechen schon immer der Anfang allen Übels war.

Nummer eins hat zu malen begonnen. Sie nutzt Rückstände aus dem Bioreaktor als Kreide und die Felswände als Leinwand wie ein Höhlenmensch. Obwohl wir die wenigste Zeit des Tages draußen sind, sind der Himmel und die Sonne die ersten Dinge, die sie auf ihre Bilder bringt. Die Sonne, ich nenne es der Einfachheit so, steht über allem, sie sendet ihre Strahlen über das Bild und hat ein lächelndes Gesicht.

Für dieses Verhalten gibt es zwei Erklärungen. Zum Ersten ist es im Menschen möglicherweise so angelegt, den Himmel und die Sonne in der frühen Kindheit so zu zeichnen, vielleicht ist es Ausdruck einer genetisch angelegten Wahrnehmung dieser Dinge, vielleicht steckt aber auch eine fundamentale Erfahrung dahinter: Ein liebevoll lächelndes Gesicht ist das Erste und Wichtigste, was ein Mensch sieht, wenn er auf die Welt kommt. Es zu reproduzieren liegt nahe.

Zum Zweiten ist das Ansinnen, ausgerechnet einem Stern ein lachendes Gesicht zu verpassen, ein Akt der Verfügung über das Unverfügbare. Ich glaube, dass ein Kind instinktiv die Ungeheuerlichkeit eines Sterns begreift. Es begreift, auf einer tieferen Ebene, dass er der Urgrund allen Lebens ist, die grelle, gnadenlos und immerzu strahlende Batterie jedes Seins, ohne die nichts, absolut nichts wäre. Dazu kommt, dass ein nahe gelegener Stern das Einzige ist, das du nicht einfach anschauen und abmalen kannst, er zwingt dich, die Augen zu schließen oder dich abzuwenden, um nicht blind zu werden. Einem solchen Ungeheuer ein lachendes Gesicht zu geben, ist die einzige Möglichkeit, mit seiner Existenz und dem, was es ist, und dem, was man selbst ist, irgendwie fertigzuwerden. Vielleicht bemalen sogar alle Kinder des Universums ihren nächstgelegenen Stern mit dem Gesicht ihrer Art, sofern sie Augen im Kopf haben.

Nummer eins malt auch die Windleite. Sie ist stets Teil ihrer Himmel, sie steht über jedem Horizont wie ein Prinzip. Der Himmel der Erde mit seinem mickrigen Mond wäre für sie sicher nackt, auf beängstigende Weise leer.

Es ist seltsam. Wenn ich durch die Augen von Nummer eins und Nummer zwei schaue, wird mir klar, wie merkwürdig und fremd die Erde für die beiden wäre. Die Eindeutigkeit des Bodens, seine generelle Unversehrtheit ohne jeden tieferen Grund, der leere Himmel und, vor allem, die große Schwere, die dich nach unten zieht wie eine Depression.

Immer öfter denke ich daran, wie sie, ich vermeide Namen, schlafend durch die Weite fliegen. So klein und zerbrechlich im interstellaren Raum. Die He-

liopause, die Zone, in der die Sonnenwinde nachlassen und von der kosmischen Strahlung abgelöst werden, haben sie längst hinter sich gelassen und sind von jeder Einwirkung des Sonnensystems losgelöst.

Es könnte so egal sein.

Das große Ganze ändert sich keinen Millimeter, sollte der Fähre etwas zustoßen. Und doch ist das große Ganze nichts ohne sie. Sie sind Sinn und Zweck des großen Ganzen.

Ich war schon nicht mehr wach, als wir Modul Drei im interstellaren Raum überholten. Über den großen Abstand hinaus hätte auch die Geschwindigkeit unseres Vorbeifluges jeden Versuch eines Sichtkontaktes zum Scheitern verurteilt. Da sich aber die Wege der Dinge im Weltraum so gut voraussehen lassen, habe ich VENT zum berechneten Zeitpunkt ein Bild in die richtige Richtung schießen lassen – die minimale Belichtungszeit traf dabei auf eine maximale Vergrößerung.

Ich habe es neben die Zeichnungen von Nummer eins an die Höhlenwand geklebt.

Eine kleine graue Störung in der Schwärze. Ich bin mir nicht einmal sicher, ob sie es sind oder nur eine Bildstörung. Aber ich schaue es an, bevor ich die Spritzen setze. Ich weiß nicht, ob meine Hände dadurch weniger zittern oder mehr.

Die Medikation für Nummer eins erhöht die Blutkörperchenkonzentration und das Myoglobin in den Muskelzellen, damit diese mehr Sauerstoff speichern können. Das habe ich mir bei den irdischen Walen abgeschaut. Die Prozesse zur effektiveren Verbrennung des Sauerstoffs hingegen beim Perm-Moschops.

Sulfid-Oxidase-Enzyme, die den giftigen Schwefelwasserstoff in der Atmosphäre zu ungefährlichen Endprodukten umwandeln, sind dem menschlichen Organismus eigen, es sind nur zu wenige. Für dieses Problem lag der Bauplan in den Gorgonen. Die Injektion der Vektorviren, die das menschliche Genom so verändern, dass der Körper mehr dieser Enzyme produziert, scheint einen lustigen Geschmack im Mund zu erzeugen, Nummer eins freut sich immer, wenn das Präparat an der Reihe ist, und zeigt auf ihre herausge-

streckte Zunge. Zwei Impfungen stehen noch aus, dann sollte Schwefelwasserstoff für Nummer eins kein Problem mehr sein.

Wir erstarren in unseren Bewegungen, wenn das Brummen einer Suchdrohne aus der Ferne kommt, lauter wird, irgendwo über uns hinweggeht, abklingt, dann doch noch einmal lauter wird, sogar in den Gründen widerhallt. Ich gehe zu Nummer eins und zwei und streichle ihre Köpfe. Sie öffnen ängstlich die Augen, aber ich bin da. Ich habe keine Angst, sie haben keine Angst, denn wir sind da.

Das Dröhnen verklingt, als wäre nichts gewesen. Aber ich muss darauf gefasst sein: Eines Tages wird er mich finden.

TRANSFERMODUL FÜNF

Das Modul landete in einer Tiefnacht auf der Ebene zwischen Lyneham B und der Gola. Die Vibrationen des Bodens hatten mich geweckt, da sie aber schnell vergingen, war ich wieder eingeschlafen.

»Es sind Russen«, sagte Papa beim Frühstück. »Und Saudis und Chinesen.«

»Ist das gut?«, fragte Loy.

Er schüttelte den Kopf. »Nein.«

»Was ist schlimm an Russen, Saudis und Chinesen?«

Papa sah sie ernst an.

»Es ist nicht ihr Schiff.«

Chester hörte zu kauen auf.

»Wie?«

»Ihr werdet heute das Haus nicht mehr verlassen«, sagte Papa. »Ich bin in ein paar Stunden wieder da, spätestens wenn es draußen dunkel wird. Bis dahin bleibt ihr hier.«

»Warum?«, fragte Loy.

»Ich habe jemanden organisiert, der auf euch achtgibt.«

Er zeigte zum Fenster. Loy atmete tief durch, als sie den Schnitter von Larsens erkannte. Seine Werkzeuge schimmerten im hellen Licht der Mittagssonne.

Papa hustete stark, beugte sich vor. »Er wird euch nichts tun«, sagte er, als der Anfall vorbei war. »Aber er sorgt dafür, dass ihr gehorcht.«

»Oh Mann«, stöhnte Chester.

Papa sah ihn eindringlich an. »Ihr werdet euch nicht von der Stelle rühren.«

Ferenc kam, als die Sonne schon die Spitzen des Supramonte berührte. Loy und Chester hatten sich hingelegt, ich war noch wach und starrte auf die Anzeige mit den Daten. Die Anomalie war nur noch 402 Kilometer entfernt.

»Henry!«, rief er und klopfte an das Küchenfenster.

»Hey.« Ich war nicht sicher, ob ich mich freute. Ich öffnete das Fenster nur einen Spaltbreit. Die Stelle, wo der Gorgone in der Gola mich gebissen hatte, kribbelte.

»Was macht das Ding vor eurer Tür?«, wollte Ferenc wissen.

»Wir sollen im Haus bleiben.«

Er legte die Arme auf die Fensterbank. »Das sind Russen, Saudis und Chinesen«, sagte er.

»Hab ich gehört.«

»Die wollen alle rein.«

»Klar«, sagte ich.

»So klar ist das nicht. Das sind Russen, Saudis und Chinesen.«

»Hm.«

»Hast du die Karte?«

Ich hob die Arme, als wäre er schwer von Begriff.

»Ich darf nicht raus.«

»Hast du die Karte?«

»Ja!«

Er trat einen Schritt zurück und winkte.

»Komm!«, sagte er.

»Was ist mit dem Ding von Larsens?«

»Komm!«, sagte Ferenc. Seine Stimme war so unbeschwert und fordernd zugleich, ich kletterte auf die Fensterbank und sprang raus. In diesem Moment trat der Schnitter, nach wie vor im Besitz eines phantastischen Gehörs, um die Hausecke und stellte sich uns in den Weg. Mit seinem Pflug zeigte er auf Ferenc. »Du kannst gehen.« Er zeigte auf mich. »Du nicht.«

»Was willst du machen, du dummer Bauer?«, fragte Ferenc.

Der Schnitter hob den Pflug wie zu einem Schlag und summte bedrohlich.

»Geh weiter«, sagte Ferenc zu mir.

Ich zitterte am ganzen Körper.

»Du hast doch das Gesetz unterschrieben, oder?«

Ich nickte.

»Dann geh weiter. Er darf dir nichts tun.«

Der Schnitter stieß ein Brüllen aus, gellend und vibrierend, dann machte er einen Schritt auf mich zu.

Ich schrie auf.

»Er darf dir nichts tun.«

»Und was ist mit dir?«

»Er soll auf euch aufpassen, nicht auf mich. Diese Dinger machen nur das, was man ihnen sagt.« Ferenc packte meine Hand, riss mich zur Seite, und wir rannten los.

Das Gebrüll hinter uns war ohrenbetäubend. Aber es passierte tatsächlich nichts. Der Schnitter blieb einfach zurück. Mehr als Abschreckung stand ihm nicht zu, alles andere hätte ein Blutbad bedeutet. Ferenc hatte nicht nur das vorausgesehen, sondern auch die Tatsache, dass er beim Haus bleiben würde, um nicht auch noch Chester und Loy zu verlieren.

»Er wird gleich petzen!«, rief Ferenc, während wir an Lyneham B entlang nach Norden liefen. »Ewig Zeit hast du nicht!«

Rechts sahen wir das Modul des Monte Ferru auf der Ebene. Es stand, unbeschädigt, auf schmalen Füßen neben der Gola. Sein mächtiger grauer Rumpf war verschlossen und niemand zu sehen.

Ferenc entdeckte Trudy, die zwischen anderen an der Außenwand des Bioms stand und nach draußen sah.

»Wie ist der Stand?«, fragte Ferenc.

Trudy bedachte mich mit einem argwöhnischen Blick, bevor sie antwortete. »Das sind Russen, Saudis und Chinesen.«

»Und?«

»Sie haben vor dem Abflug alle Engländer rausgeschmissen. Bis auf zwei.«

»Diese Schweine«, rief Ferenc.

»Die wollen zu uns rein, sonst passiert den Engländern was.«

»Erpressung?«

»Ja!«

»Warum gehen sie nicht woanders hin?«

»Keine Ahnung.«

»Wer sind die Engländer?«

»Keine Ahnung. Jemand hat was vom König geredet. Jemand anders, dass es zwei Vollidioten sind.«

»Wenn die alle hier reinkommen, wird's voll«, sagte Trudy. »Dann war's das mit dem Spielplatz.«

»Scheiß auf den Spielplatz«, sagte Ferenc.

»Und der Gestank.«

Ferenc nickte.

»Aber«, fragte ich, »kann man das einfach machen, sie nicht reinlassen?«

»Klar«, sagte Ferenc.

»Aber dann –«

»Verpissen sie sich eben wieder.«

»Das sind Oligarchen«, sagte Trudy.

»Wer?«

»Die Russen.«

»Und die Saudis?«

»Die Saudis kommen aus der Linie. Und die Chinesen aus der Partei.«

»Was heißt das?«

»Keine Ahnung.«

»Wohin sollen sie sich verpissen?«

Ferenc zuckte mit den Schultern. »Weiß ich doch nicht.«

Hinter dem Modul über den Gipfeln des Monte Corongiu stand die Windleite. Ich hatte in diesem Moment den sicheren Eindruck, dass sie jedes einzelne dieser dummen Worte hörte, die wir von uns gaben.

»Komm!«, rief mir Ferenc zu. »Weiter!«

»Wo wollt ihr hin?«, fragte Trudy.

»Nichts, nichts.«

In diesem Moment öffnete sich das Modul zum ersten Mal.

Ein paar Gestalten mit Rayser-Interstellar-Masken und weißen Schutzanzügen traten ins Freie, sahen sich um, sahen uns hinter dem Glas.

Dann kamen sie auf uns zu. Nicht zu irgendwem, sondern genau zu uns, als würden sie uns kennen. Sie taten das, weil wir Kinder waren. Ihre Schritte waren langsam und vorsichtig, denn sie betraten Perm zum ersten Mal. Als sie die Biomwand beinahe erreicht hatten, ging ich einen Schritt zurück, auch Ferenc, Trudy und die anderen wichen aus.

Sie blieben stehen, hoben zaghaft die Hände und winkten uns zu.

Die Atemmasken versperrten ihre Münder, aber ich glaubte, an ihren Augen ein Lächeln zu erkennen. Doch es war umrandet von Todesangst.

»Komm!«, rief Ferenc. »Jetzt oder nie!«

Die Vertikalfarm lag wie ausgestorben da.

Graublaues Licht lag auf den Wänden der Anlage und den Felsen, alles ging über unseren Köpfen senkrecht in die Höhe.

»Gib mir die Karte, Henry!«, flüsterte Ferenc.

»Ich mach das!«

Er sah mich erstaunt an und nickte.

Ich ging zum Tor, holte Papas Karte hervor und zog sie durch den Leser.

Nichts passierte.

Ferenc nahm mir die Karte ab und zog sie durch den Leser. Lautlos verschwanden die Torflügel in den Felswänden und gaben den Blick in einen dunklen Gang frei, der geradewegs ins Innere des Berges führte.

»Wir müssen zum VENT«, flüsterte Ferenc und schubste mich vor.

»Wo ist der VENT?«, fragte ich.

»Ganz oben.«

»Woher weiß du das?«

»Das ist so.«

Der Gang endete an einem Lift. Die Anzeigen der einzelnen Ebenen verwiesen auf einzelne Bereiche der Farm, weiter oben ging es zu den Verarbeitungsanlagen, und ganz oben befand sich die Forschungsabteilung.

»Siehst du?«, sagte Ferenc.

»Was?«

»Wir müssen ganz hoch.«

Er tippte auf den Knopf zum 32. Stock, woraufhin noch einmal Papas Karte verlangt wurde. Die Türen schlossen sich genau so lautlos, wie auch die Fahrt nach oben einsetzte. Je höher wir stiegen, desto mehr öffnete sich der Blick aus den Felsen und auf die dunkelblaue Landschaft.

Als wir die Decke des Bioms durchfahren hatten, bekamen wir freie Sicht auf beide Biome, die erfüllt waren von Licht und Menschen, die sich an den Wänden scharten, um zu sehen, was mit den Russen, Saudis und Chinesen passieren würde.

»Wir sind völlig ungestört!«, sagte Ferenc, als der Lift im obersten Geschoss ankam und dies durch einen leisen Gong markierte. Wir hatten das Sorgente-Biom erreicht. Die Tür öffnete sich und gab einen felsigen Gang frei, der sich in nichts von dem Eingangsflur ganz unten unterschied.

Mehrere kleine Tore führten seitlich ab, die nicht beschriftet waren, aber jedes Mal eine Autorisierung verlangten, wenn man sie öffnen wollte.

»Wo ist jetzt der VENT?«, fragte ich. »Ganz hinten?«

»So sieht's aus!«, sagte Ferenc.

Er sollte sich täuschen. Das Tor am Ende des Gangs führte in ein kleines Foyer, eine Art Warteraum. In der Mitte stand eine kleine Vitrine, in der ein paar alte Bücher lagen, vornehmlich Gedichtbände.

Dylan Thomas
John Keats
Mary Shelley

»Das ist aus der Nationalbibliothek in London«, erklärte Ferenc.

Ich trat an das Glas. »Woher weißt du das?«

»Hat Papa mir erzählt, als er noch hier arbeiten durfte. Bevor er zu krank wurde.« Ferenc ging zu einer Tür aus dunkelbraunem Holz, die sich nur mit DNA-Schlüssel öffnen ließ. »Hier wohnt Noah Rayser. Muss sehr schick sein. Viele Bücher, Privat Dekontaminator ein Geviert mit Ausblick auf das Golgo.«

»Was ist ein Geviert?«, fragte ich.

»Keine Ahnung.«

»Lass uns gehen«, bat ich. »Wir haben hier nichts verloren.«

Ferenc lächelte vielsagend.

»Das weißt du immer erst hinterher.«

Das Tor nebenan führte in eine riesige Lagerhalle, umgeben von Felswänden. Mehrere Reihen hoher Regale bildeten lange Gänge wie in einer Bibliothek. Ich brauchte etwas Zeit, bis ich in der Dunkelheit erkannte, was sich in ihnen befand: keine Bücher oder anderen Ausstellungsgegenstände, sondern nichts als Stasiskammern in langen Reihen.

Wir liefen ein Stück in die Halle hinein.

»Was ist das hier?«, fragte ich.

Alle Kammern hatten zwei Dinge gemeinsam: Sie waren sehr klein, nicht länger als mein Unterarm, und allesamt leer.

»Die sind für Kinder«, flüsterte Ferenc.

»Eher Babys«, sagte ich.

»Ja.«

»Und wo sind sie alle?«, fragte ich.

Ferenc zuckte mit den Schultern. »Vielleicht gibt es sie noch gar nicht.«

»Was bedeuten dann die Namen?«, flüsterte ich und tippte auf ein Schild, auf dem »C. Morton, 1627« stand.

»Weiß ich doch nicht.«

»Hat dir dein Papa davon nichts erzählt?«

»Nein. Lass uns …«

Ein kurzer, harter Tonstoß erschütterte auf einmal den Raum wie das abgehackte Kreischen einer Sirene, die alle Frequenzen gleichzeitig bespielt.

Ich schrie auf vor Schreck, doch Ferenc legte mir die Hand auf den Mund.

So plötzlich, wie der Ton gekommen war, so schnell brach er wieder ab, und alles war so still wie zuvor.

»Das sind die Schallwaffen«, sagte Ferenc und ließ meinen Kopf los. »Sie klingen anders hier oben!«

»Ein Angriff?«

Ferenc schüttelte düster den Kopf.

»Komm, weiter.«

Wir entdeckten den VENT in einem weitläufigen Labor.

Grau-rote faserige Miniaturen von Lungentürmen wuchsen hier wie Zimmerpflanzen aus quadratischen Vertiefungen im Boden, geschützt in Glaskästen, in denen unterschiedliche atmosphärische Wechselwirkungen getestet wurden.

Die Signalleuchte des VENT blinkte auf einer großen Konsole an der felsigen Hinterwand des Raums. Ferenc kam ohne Umschweife zur Sache.

»Wo ist meine Mutter?«, fragte er.

»Ich habe das Personal über euer Eindringen informiert. Es wird gleich jemand da sein.«

»Wo ist meine Mutter?«, wiederholte Ferenc die Frage. Es kam mir vor, als wäre er auf alles vorbereitet.

»Yuna Weiner gilt als vermisst.«

»Sag, was du weißt!«

»Sie war Teil der Impulsmission und der dritte Mensch, der Perm betreten hat.«

Der VENT machte eine Pause, ließ Ferenc Zeit, diese Information zu verarbeiten, während sein Gesicht versteinerte. Ein weiteres Mal durchfuhr das laute Kreischen die Luft. Auch wenn ich wieder genauso heftig wie beim ersten Mal erschrak, bemerkte ich nun, dass es tatsächlich aus der Ferne kam.

VENT fuhr fort: »Bis zum 101. Tag des Eintreffens der Menschen auf Perm war sie unter Noah Rayser in der atmosphärischen Arbeitsgruppe tätig und maßgeblich an der Planung der Nuraghen beteiligt.«

»Noah Rayser?«

»Ja. Rayser hat nach Abschluss der Vorarbeiten auf Perm die Zeit bis zum Eintreffen der Monte-Ferru-Schiffe vornehmlich in orbitaler Stasis verbracht.«

»Er hat geschlafen, bis wir kamen?«

»Ja.«

Ferenc trat einen Schritt zurück.

»Und Mama?« Die Frage war tonlos. Es war, als wüsste er die Antwort bereits.

»Als sie sich das letzte Mal in meiner Obhut befand, war sie in Vorbereitung eines globalen Erkundungsflugs. Von diesem ist sie nicht wieder zurückgekehrt.«

»Was ist passiert?«

»Dazu liegen mir keine Daten vor. Sie ist seither vermisst. Der Flugschreiber wurde von der Initiatorin und Leiterin des Flugs persönlich deaktiviert.«

»Wer war das?«

»Dr. Mildred Meadows.«

Von einem Moment auf den anderen wurde mir eiskalt. Der Name schlug ein wie der Schuss einer Schallwaffe. Ferenc blickte zu mir. Sein Mund stand offen, als wäre alle Kraft aus ihm gewichen.

»Das kann nicht sein«, sagte ich.

»Ein VENT lügt nicht«, flüsterte Ferenc, kaum hörbar.

Noch einmal kreischte die Luft.

Als die Stille wiederkam, war ich ein paar Schritte zurückgegangen. Ferenc stand immer noch da und sah mich an. Die Signalleuchte des VENT schien auf neue Fragen zu warten, als gäbe es noch irgendetwas zu fragen, worauf er mit seiner freundlichen Stimme antworten konnte.

Aus irgendeinem der Gänge waren plötzlich Schritte zu hören. Ferenc legte seinen Finger auf den Mund. Er bedeutete mir, dass ich mitkommen solle. Wir schlichen durch die Reihen der kleinen Lungentürme und kauerten uns hinter eine Armatur.

»Hallo?«, hallte die Stimme von Noah Rayser durch den Raum.

Ferenc und ich rutschten tiefer in unser Versteck.

Rayser rief noch einmal, wir hielten die Luft an.

»VENT!«, sagte Rayser ruhig. »Wo sind sie?«

Die Maschine schwieg. Ferenc starrte mich an.

»VENT!«

»Ja, Sir?«, fragte die Maschine.

»Wo sind sie?«

»Hier ist niemand, Sir.«

Ferenc' Augen wurden immer größer. Erschrocken legte er die Hand auf den Mund. Die Schritte entfernten sich wieder, eine Tür zischte, dann war alles still.

»Der VENT hat gelogen«, flüsterte Ferenc. »Wieso lügt der VENT?«

»Keine Ahnung«, sagte ich. »Vielleicht ist er auf unserer Seite.«

TIEFNACHT

Lyneham B lag wie ausgestorben da, als wir die Wand des Bioms entlang nach Hause schlichen.

»Wo sind die Saudis und die anderen?«, fragte Ferenc nach einer Weile. Die Ebene draußen war menschenleer.

Das Landemodul stand immer noch da, die Lichter waren erloschen, und nichts bewegte sich.

»Vielleicht wieder im Schiff«, flüsterte ich.

Ferenc blieb stehen und sah nach draußen.

»Ist das Blut?«

Ich kam neben ihn.

Da waren dunkle Flecken auf dem felsigen Boden zwischen Biom und Modul. Um eine Farbe erkennen zu können, war es zu dunkel. Hinten beim Majal, dem Acker, bewegte sich etwas.

Plötzlich wurde ich von hinten am Arm gepackt.

»Wer von euch hat meine Karte?«

Papas Stimme war tonlos, zischte unter einem riesigen Druck. Seine Hand umkrallte meinen Oberarm.

»Au!«, rief ich.

»Hast du die Karte, Henry?«

»Ja.«

»Gib sie mir.«

Ich zog sie hervor und reichte sie ihm. Daraufhin ließ er mich los und wandte sich Ferenc zu, der ihn mit leicht gesenktem Kopf anstarrte.

»Geh nach Hause. Und halte dich von Henry fern. Sonst –«

»Was?«, unterbrach Ferenc ihn frech.

»Geh, bevor es dir leidtut.«

Ferenc nickte, drehte sich zur Seite und hielt inne.

»Seien Sie besser vorsichtig, Mr Meadows.«

Dann wandte er sich ab und verschwand in der Dunkelheit von Ely.

Papa ging vor mir in die Hocke.

»Hör mir zu, Henry. Wir gehen jetzt nach Hause. Und du wirst nicht die Eule machen, auch nicht das Huhn oder den Fisch. Du wirst meine Hand nehmen und die Augen schließen. Bis wir zu Hause sind.«

»Warum, Papa?«

»Tu es!«

KÜCHE

Loy saß auf der Fensterbank und streichelte Öter, der auf ihrem Schoß saß. Chester saß neben ihr und sah mir verächtlich entgegen, als Papa und ich in die Küche kamen.

»Ferenc?«, fragte er, und Papa nickte.

»Der Junge ist ein Problem.«

»Der ist ein Arschloch«, sagte Loy.

Öters Atem ging schnell, er schien sich mit dem Luftholen schwerzutun. Ich schob mich auf die Bank und hatte mit der Ablehnung zu kämpfen, von der die Luft erfüllt war.

Ich rutschte an Loy heran und wollte Öter über den Rücken streicheln, aber sie schlug meine Hand zur Seite.

»Fass ihn nicht an. Ihm geht's schlecht, seit dieser Stinker ihn rausgelassen hat.«

Ich hob die Hände.

»Was kann ich dafür?«

»Du bist sein Freund.«

»Na und?«

Loy drückte Öter an sich.

»Papa, kann er noch mal in die Deko?«

Papa schüttelte den Kopf.

»Wir können es uns nicht leisten. Die Maschine produziert zu viel Wärme.«

»Aber das ist Öter.«

»Ich weiß, Schatz.«

Öter hatte kaum die Kraft, sich mit den Vorderpfoten an Loy hochzustemmen, wie Hasen das normalerweise tun. Schlaff lag er auf ihrem Schoß ausgebreitet und hatte sogar die Augen halb geschlossen.

»Wir haben was rausgefunden«, sagte ich irgendwann.

Papas Blick hatte ich sofort. Er starrte mich an, als wäre ich von einer anderen Welt. Vor allem war da eine plötzliche Angst in seinem Blick. Es fühlte sich unwirklich an. Nervös spielte er an seinem leeren rechten Ringfinger herum, als wäre da noch ein Ring.

Ich holte Luft.

»Noah Rayser gehörte zur Impulsmission. Ferenc' Mama auch und …« Ich stockte.

»Mama?«, fragte Loy.

»Ja.«

Papa presste die Lippen aufeinander und schwieg. Er drehte

»Wusste ich's doch, dass sie schon da ist«, triumphierte Loy.

Chester musterte sie und ihre Unbefangenheit großbrüderlich und traurig zugleich, bis ihm ein neuer Gedanke in den Sinn zu kommen schien und sich sein Gesicht aufhellte.

»Wartet mal«, sagte er und sah Hilfe suchend zu Papa. »Wenn Noah Rayser hier ist, dann könnte sie doch auch …« Er verstummte und sah Papa an.

»Was ist?«, fragte Loy. Sie zog Öter an sich hoch wie ein schützendes Kissen und legte seinen müden Kopf auf ihre Schulter.

»Sie hat sich entschieden, nicht bei uns zu bleiben.«

»Niemand verlässt seine Kinder.«

»Doch, Loy.«

»Nein!«, rief sie so laut, dass Öter zusammenzuckte. Sie presste ihn noch stärker an sich, damit er bei ihr blieb. »Ich glaub das nicht.«

»Es ist egal, ob du das glaubst«, sagte Chester kühl. »Sie hätte hier sein können, aber sie ist es nicht.«

»Vielleicht ist sie unsichtbar wie die Tiere?«

»Ich glaube, ich muss deutlicher werden«, sagte Papa. »Noah Rayser –«

»Was?«, rief Chester.

Papa vergrub das Gesicht in den Händen.

»Sie ist mit ihm geflogen, wegen ihm.«

»Das ist nicht wahr!«, rief Loy.

»Hat er dir das gesagt?«, fragte Chester sachlich.

Papa nickte.

»Bist du deswegen bei Dahlia?«

Dieses Nicken fiel Papa schwerer.

»Ja.«

»Was machst du bei Dahlia?«, fragte Loy.

Papa starrte sie an.

»Das willst du nicht wissen«, sagte Chester.

Loy begegnete Papas Blick.

»Mama ist hier!«, sagte sie leise. »Auch wenn du es nicht glaubst. Da sind Flöten in den Steinen, sie spielen das Lied.«

»Wovon redest du?«

»Sie meint das Croce«, sagte Chester. »Oben, bei den Teichen. Croce heißt Kreuz.«

»Welches Lied?«

»Unseres.«

Papa holte tief Luft. »Das singen alle, Loy. Das ist nicht *unser* Lied. Das wird in jedem Kindergarten gesungen.« Er rieb sich die Augen.

»Gairo ist der Pegasus«, fuhr Loy unbeirrt fort. »Das weiße Ross.«

Papa starrte sie an.

»Aus dem Lied«, erklärte ich. »Die alten Biome sind wie das Sternbild, mein Lieblingssternbild. Das weiße Ross.«

»So ein …«, begann Papa.

»Mama wusste, dass das mein Lieblingssternbild ist«, unterbrach ihn Loy. Sie sah ihn über Öters kleinen Kopf hinweg an.

»Du willst sie gar nicht finden, oder?«

Chester ließ Papas Arm los.

»Stimmt das, Papa?«, fragte er.

»Mama hat sich dafür entschieden, mit Noah Rayser zu fliegen und nicht mit uns. Sie hat sich entschieden, mich und euch nicht mehr zu sehen.«

»Das hat sie bestimmt für uns getan!«, rief Loy.

Papa presste die Lippen zusammen.

»Das glaubst du doch auch, Papa, oder?«

Wir sahen ihn an, alle drei.

»Nein«, sagte er.

DER BOHRER

Im tieferen Grund, Jahr 10

Wenn ich die Finger ausstrecke, sehe ich genau, dass die Zahl der Falten auf meinem Handrücken zunimmt und die Haut immer dünner wird. Wenn ich mir an den Hals fasse, ist die Haut weich und lässt sich verschieben. Manchmal habe ich Angst um meinen Verstand, daher rede ich mit dem Bohrer, der, der die dünnen Beine hat. Wir flüstern, tiefnachts, wenn eins und zwei schlafen.

Meistens sprechen wir über die Arbeit.

Schwefeldioxid- und chlorwasserstoffresistentes Getreide zum Beispiel. Die Züchtung anaerober Pflanzen als Nahrungsquelle für klimatische oder atmosphärische Katastrophenzeiten. Die Anzeichen und Gründe dafür, dass Nummer eins meine Behandlung nicht verträgt, und welche Fehler ich bei Nummer zwei nicht wiederholen sollte. Wir wägen ab, wie viel Lebenszeit mich welche Konzeption kosten würde, fügen sie der allgemeinen Dringlichkeitsaufstellung zu. Wenn ich gesund bleibe, habe ich genug Jahre für die Dinge, die wir auf die höchste Dringlichkeitsstufe gesetzt haben.

Hin und wieder versuche ich mich in Geostatik, eigentlich das Metier von Charles. Ich konnte mich der Faszination dafür noch nie anschließen, ringe der Konstruktion robuster Gehäuse und Gebäudeformen aber einen gewissen Reiz ab. Verbunden mit den Erkenntnissen über die thermodynamischen und optischen Tarnungsstrategien der Perm-Tiere ließen sich Objekte bauen, die in Sachen Zukunftssicherheit den Dilettantismus von Gairo weit hinter sich lassen könnten.

Die Ebene südlich von Monte Ferru, westlich der Gola, und die Felsen darüber sind wie geschaffen für eine Ansiedlung mit gewissen Mechanismen für äußerste Notfälle. Für die Psyche der Kommenden wäre es sicher von Vorteil, wenn die Siedlung den Namen des Bioms tragen würde, das sie von der Erde her schon kennen. Eine gewisse Vertrautheit ist immer gut.

Ich verstecke die Pläne dafür wie ein wichtiges Geheimnis in den tieferen Rauten meiner Ordner, belege ihn mit einem Code, der sich mit etwas Mühe gut knacken lässt. Dann haben sie das Gefühl, es wären ihre Ideen gewesen. Ich erzähle dem Bohrer »heimlich« davon, deute alles Mögliche an.

Was ich für mich behalte und ihm gegenüber nicht einmal andeute, ist das zerstörerische Erbmaterial, das ich in die Lungenturmkonzepte einzuschleusen gedenke. Es wird die Aggression der Tiere wecken undzusammen werden sie Blitze wie Magneten anziehen. Zusammen mit dem Sauerstoffzuwachs, den sie ja selbst produzieren, wird das ein Fest für die Augen.

Wenn ich auf meine Hände schaue, verstehe ich, was der Bohrer meint, wenn er sagt: Materie existiert nicht in der Zeit, Materie macht die Zeit. Ich vergehe nicht in der Zeit. Die Zeit entsteht, weil ich vergehe. Die Richtung ist von der Ordnung zur Unordnung, von der Statik zur Auflösung, da gibt es kein Zurück.

Der Bohrer stimmt mir zu, wenn ich den Schluss ziehe, dass nichts von Dauer ist und Sicherheit eine Illusion. Ich sage es leise, denn ich selbst mag es nicht gerne hören. Aber man muss das wissen. Ein Kind muss das wissen, je früher, desto besser. Manchmal stelle ich mir vor, ich bin Sand, der nur für eine gewisse Zeit in eine Form gebracht wurde.

Auch zu dieser Metapher nickt der Bohrer.

»Kannst du dir das merken?«, frage ich ihn.

»Natürlich.«

»Auch 10 800 Jahre lang? In Licht und in Schatten?«

»Natürlich«, flüstert er. »Wenn es mich dann noch gibt.«

MAJAL

Ich weiß genau, was ich gesehen habe, am Majal. Die Bewegungen dort in der Dämmerung, bevor Papa mir befahl, die Augen zu schließen. Ich weiß auch, was ich auf dem Weg nach Hause gehört habe, das Trommeln von weit oben und sein Widerhall in ganz Lyneham, die Russen, die Saudis und die Chinesen waren auf das Dach geklettert und schlugen auf das Glas, immer wieder. Einmal öffnete ich die Augen, um nach oben zu sehen. Klein wie Ameisen waren sie.

»Augen zu!«, befahl Papa, als er es bemerkte.

Ich durfte sie erst wieder öffnen, als wir zu Hause angekommen waren und er die Tür hinter uns schloss.

Da begriff ich: Es braucht immer zwei Wände, eine äußere und eine innere, um ein Kind bleiben zu können. Sonst kommt alles andere zu nah. Auf der Erde gab es das Haus und irgendwo, viel weiter weg, eine Grenze, die bewacht wurde. Nur mit zwei Wämden kann das Leben so weitergehen, als wäre alles überall in Ordnung.

Ich betrat die Küche und sah in die Gesichter von Chester und Loy. Loy hatte Öter auf dem Schoß.

Zeit: 22.30 Uhr und 01 Sekunden
Innentemperatur: 24,0 Grad Celsius
Außentemperatur: 16 Grad Celsius
Gewitteraussichten: 11%

Windstärke: 1
Seismische Aktivitäten: keine
Toxizität der Atmosphäre: 65,88%
Sauerstoffgehalt: 13,8911% (+0,000001/h)
Entfernung der Anomalie: 301,002 Kilometer

War es möglich, dass jemand aus dem Modul draußen Geburtstag hatte und unsere Türen trotzdem geschlossen blieben, sodass dagegen geschlagen werden musste, gegen Glas und Stein getrommelt und in einem Acker voller verfaulter Feldfrüchte gewühlt? Wer muss sich um Essen schlagen an seinem Geburtstag? Um Atemluft und ein Dach über dem Kopf?

Als unser Gespräch in der Küche endete und ich nach oben ging, holte ich meine Sachen aus Mamas Luftschloss und legte mich in mein richtiges Bett. Ich glaubte, die Menschen hinter der zweiten Wand immer noch zu hören, und wenn ich die Augen schloss, sah ich sie vor mir, wie sie erwartungsvoll auf mich zukamen und sich von mir etwas erhofften, da ich ja ein Kind war.

Vielleicht sah ich aber nur noch so aus. Vielleicht war ich schon kein Kind mehr, und sie hatten sich in mir getäuscht. Ich stopfte Ruske, Marsh und Mallow in den Hohlraum unter meinem Bett ohne ein Wort des Abschieds oder der Entschuldigung und drehte mich zur Wand.

Am nächsten Morgen war Öter verschwunden.

Loy weinte und weinte und weinte.

Sie suchte ganz Lyneham ab, A und B, sie lief die Tunnel entlang, stieg zum Sorgente-Biom hinauf, lief zur Epithymia und sprang in den Schüsselboden. Sie fragte Menschen und Maschinen, alles, was sprechen konnte, sogar Ferenc, der nur mit den Schultern zuckte. Beim zweiten Durchgang half ich ihr, ging überallhin mit, nur den Sprung in den Schüsselboden ließ ich aus. Wir achteten nicht auf das Modul und die Menschen, die auf den Biomdächern hockten und dagegen schlugen. Die Grenze unseres Daseins war nur noch um uns selbst gelegt, und unser einziger Wunsch war, Öter wieder allein in diese Grenzen hineinzuholen.

Aber er blieb verschwunden.

Zuletzt saß Loy in meinem Luftschloss und weinte. Normalerweise wäre ich zu ihr geklettert. Aber ich hatte beschlossen, niemals mehr ein Luftschloss zu betreten.

ALLEIN AUF DER WELT

Im tieferen Grund, Jahr 10

Sie sind weg.
Ich bin allein auf der Welt.

Sie haben sich schlafen gelegt, irgendwo im Himmel.

In den Biomen von Gairo regt sich nichts mehr, die Lichter sind aus, Tag und Nacht.

Ich bin mir sicher, in der letzten Tiefnacht das Brummen eines Aufstiegs gehört zu haben. Der Bohrer bestätigt es. Natürlich kann es eine Falle sein. Vielleicht sitzt Noah irgendwo und wartet, dass ich mich zeige. Wahrscheinlicher ist aber, dass sie wirklich weg sind.

Und ich bin allein auf der Welt.

THERMODYNAMIK

Wir sollten alle in die Epithymia kommen, mitten in der Nacht, es drängte.

Die Luft war hochsommerlich warm. Ich saß zwischen Chester und Loy auf einer Steinstufe und starrte müde auf die Rücken der Leute, die vor mir saßen. Hinter uns saßen irgendwo Melcher mit Moxie bei Dahlia, dicht an andere gedrängt. Ferenc und seinen Vater konnte ich nirgends ausmachen.

Über allem lag Noah Raysers Stimme, der als Fürsprecher des VENT über das Modul Fünf berichtete. Er sprach von einer »feindlichen Übernahme«, »angepassten Stasiskammern«, »einer Verspätung von ein paar Wochen« und der »zeitlichen Deckung« als Beweis. Immer wieder versuchte ich, Melchers Blick einzufangen, doch er ignorierte mich, schaute nicht einmal zu Loy.

»Zwei der ursprünglichen Besatzungsmitglieder von Modul Fünf, offenbar britische Staatsbürger, wurden mitgenommen. Mit ihnen will man sich den Zutritt erpressen.«

»Wissen wir, um wen es sich handelt?«, fragte jemand.

»Nein«, antwortete Rayser. »Das ist Absicht, da es Raum für Spekulationen oder heimliche Hoffnungen lässt.«

Ein Flüstern ging durch die runde Halle.

»Ich habe VENT hinzugeschaltet, falls Sie technische Fragen haben«, sagte Rayser, um für Ruhe zu sorgen.

»Ich würde gerne etwas über die Besatzer wissen«, bat Dahlia, die dicht neben Papa saß.

VENT antwortete: »Sicher identifiziert wurden der saudische Kronprinz, seine beiden Schwestern und ein leitender Ingenieur, Faris Al-Aziz. Er stand in Verbindung mit der Familie um die Oligarchin Anastasia Petrovna Volkova, die in der saudischen Linie untergebracht war und die ebenfalls anwesend ist. Eine Verbindung zu den sieben Mitgliedern des chinesischen Staatsrats, deren Namen mir vorliegen, lässt sich nicht ziehen, sie scheinen unabhängig aufgetaucht zu sein, um diese letzte Gelegenheit einer Reise nach Perm wahrzunehmen.«

»Also einflussreiche Leute?«, fragte Dahlia.

»Nach allem, was wir wissen, ja«, sagte VENT.

»Woher wissen wir, dass die beiden Briten am Leben sind?«

»Das wissen wir nicht«, sagte Rayser. »Weitere Fragen?«

Kjell Larsen meldete sich.

»Haben wir die Kapazität, die Menschen aufzunehmen?«

Rayser nickte langsam. »VENT?«

»Für den Moment, ja. Mittelfristig wird es zu Problemen kommen.«

»Inwiefern?«

»Die Knappheit der Ressourcen wird sich verschärfen. Wie Sie wissen, könnten wir zwar über unbegrenzte Energie verfügen, müssen aber innerhalb der Biome mit ihren thermodynamischen Effekten haushalten, um unsichtbar zu bleiben. Diese Effekte werden zu groß sein, um Ihren gewohnten Lebensstandard halten zu können. Kurz: Es wird zu warm werden, und wir können die Wärme nicht abführen, ohne Aufmerksamkeit zu erregen.«

»Sie sprechen von der Anomalie?«

»Ja. Die Umstellung auf die traditionelle Herstellung von Nahrungsmitteln durch Anbau, Wachstum und Ernte, mit der Sie schon begonnen haben, müsste weiter vorangetrieben werden. Nur ein vollständiger Verzicht auf die Synthese in reaktorgetriebenen Aggregatoren wird die weitere Aufheizung der Biome verhindern. Auf der Erde konnte die Abwärme durch Klimatechnik nach außen geleitet werden, diese Möglichkeit besteht hier nicht. Sie spüren die Wärme überall in den Biomen, sie liegt bereits jetzt über der menschlichen Komfortzone.«

»Wir benötigen also Anbaufläche, die wir aber nicht haben werden, wenn wir sie für neue Unterkünfte bereitstellen?«, fragte Rayser. Es schien, als habe er darauf gewartet, diesen Satz aussprechen zu können.

»Das ist korrekt«, sagte VENT.

»Was ist mit einem weiteren Biom?«, fragte Dahlia.

»Die Anomalie bewegt sich seit einigen Wochen auf Monte Ferru zu, zwar noch innerhalb der Wahrscheinlichkeitszonen, aber das muss nicht so bleiben. Wir sollten keine neue, offene Baustelle auf Perm riskieren.«

»Gibt es diese Anomalie überhaupt?«, fragte Larsen.

»Wenn Sie möchten, stelle ich Ihnen einen Gleiter zur Verfügung und gebe Ihnen die Position der Anomalie durch. Diese durchfliegen Sie bitte, um sich selbst zu überzeugen. Wenn Sie es überleben, können Sie gerne zurückkehren und uns aufklären.«

Larsen verschränkte die Arme.

»Wie groß wären die weiteren Einschränkungen?«, fragte jemand aus der letzten Reihe.

VENT zögerte mit der Antwort. »Es liegt an Ihnen persönlich, wie einschneidend Sie das empfinden werden, wenn Sie Wohnraum teilen müssen, in größerer Enge leben, die Nahrung knapper wird und Sie sie selbst, unter einer wachsenden Geruchsbelastung, anbauen müssen. In absehbarer Zeit werden sich unter Ihnen Stände ausbilden, um mit der Knappheit der Ressourcen umzugehen, und es wird eine standesbezogene Aufteilung zwischen A, B und den beiden Kugelbiomen geben.«

»Was bedeutet das?«, fragte Larsen.

»Feudale Gesellschaften sind am effizientesten, wenn es darum geht, unter einer Knappheit von Ressourcen und Raum Ordnung zu schaffen. Das Ständesystem sorgt für die stabilste Legitimation einer ungleichen Verteilung und repräsentiert sich in baulichen Abgrenzungen.«

»Und wenn wir alles gleich verteilen?«

»Mit Verlaub«, sagte VENT, »das wird es nicht geben.«

Plötzlich sprachen viele Stimmen durcheinander. VENT wartete die erste Welle der Entrüstung ab, bis er weiterredete: »Gleichheit wurde bisher nur behauptet und in Verfassungen angestrebt, existiert hat sie in der ganzen Geschichte Ihrer Art noch nie.«

»Und wenn wir es versuchen?«, fragte Dahlia. »Hier und jetzt?«

»Sie gehören alle, genau wie unsere Belagerer, einer Gesellschaft an, die daran gewöhnt ist, dass ihre Wünsche erfüllt werden. Sie werden am Verzicht scheitern, da Sie nicht wissen, was er bedeutet.«

Noah Rayser hob die Hände, um die entstehende Aufregung zu beruhigen.

»Ihr Milieu ist das gewesen, welches den entropischen Zuwachs auf der Erde am meisten verantwortete. Der klimatische Kataklysmus ist, entschuldigen Sie die Drastik, vor allem durch Menschen wie Sie verschuldet worden. Die Folgen erlitten andere, und zwar die, die ihn am wenigsten verantworteten. Ihre Vorfahren hatten die Mittel für Biome und den Zugang, der Ihr Überleben gesichert hat, aber das des größten Teils der Menschheit nicht.«

»Was heißt das, Papa?«, fragte Loy.

Papa legte den Finger auf den Mund.

»Ich gehe davon aus«, sagte VENT, »dass Sie alle den neuen Temperaturanstieg von 1,5 Grad Celsius in den Biomen bemerkt haben. Er ist allein darauf zurückzuführen, dass ich die Beschränkungen in der Nahrungsmittelsynthese und Produktherstellung für den Zeitraum von einer Woche versuchsweise aufgehoben habe. Ich habe keine einzige kritische Rückfrage erhalten. Vielmehr: Trotz des Wissens um die Ankunft von Transfermodul Fünf wurde in kaum einem Haushalt freiwillig gespart. Wir haben bereits jetzt eine Temperatur von über 25 Grad, auf der wir erst einmal sitzen bleiben. Es wird Jahre dauern, sie entropisch unauffällig zu senken.«

Wütendes Gemurmel breitete sich aus.

»Gleichheit funktioniert nur, wenn es genug Ressourcen gibt, die Ansprüche aller zu befriedigen. Das wird nicht der Fall sein, wenn Sie sich dazu entscheiden, Ihre Tore zu öffnen.«

»Was wird passieren?«, fragte Larsen.

»Die, die aus dem kommenden Verteilungs- und Machtkampf als Siegende hervorgehen, werden ihre langfristige Position, wie bereits gesagt, auf der Grundlage einer feudalen Struktur festigen. Sie werden den Erzeugern von Lebensmitteln und der Gegenstände des täglichen Bedarfs Schutz gewähren und über die Verteilung bestimmen.«

»Ist diese Aussicht sicher, VENT?«

»Ja.«

»Auf welcher Grundlage?«

»Es handelt sich nicht, wie Sie vielleicht meinen, um eine sozialpolitische oder psychologische Prognose, sondern allein um Physik.«

Ich sah den Pfarrer, der hinter uns saß. Er schüttelte verzweifelt den Kopf, sagte aber nichts.

»Ein Organismus ist«, fuhr VENT fort, »aus thermodynamischer Sicht eine vorübergehende Ordnung, die dazu bestimmt ist, in einer höheren Unordnung aufzugehen und sich, früher oder später, in ihr aufzulösen. Das Hinzukommen neuer Organismen in die kleine Ordnung, die Sie hier haben, hat einen thermodynamischen Preis, den Sie sich gut überlegen sollten, sofern Ihnen an der vorübergehenden Ordnung etwas gelegen ist.«

Rayser ließ den Blick über die Zuhörenden schweifen, als er

mich erkannte, nickte er mir zu, als würde ich verstehen, was hier geredet wurde.

»Das Leben«, erklärte VENT, »hat nicht nur Lust an der Unordnung, in der Steigerung der Unordnung liegt seine tiefste, eigentliche physikalische Bestimmung. Der Kataklysmus von 2071 wurde nicht nicht verhindert, weil es an Willenskraft gefehlt hat. Seine Verhinderung war nicht gewollt.«

VENT machte eine Pause, ihm war die Wirkung seiner Worte bewusst. Niemand sagte etwas.

»Fragen Sie sich: Wie hoch ist die Wahrscheinlichkeit eines von alleine der aufgeräumten Kinderzimmers? Aus physikalischer Sicht war Kataklysmus konsequent, dazu braucht es keine sozialpolitischen oder psychologischen Analysen. Für die thermodynamische Entwicklung der Erde war die Menschheit, allen voran Ihr ressourcenintensives Milieu, ein absoluter Glücksfall. Sie sind, als Lebewesen, dem physikalischen Sinn Ihres Daseins noch nie so nahe gekommen wie in dieser Zeit.«

Alle schwiegen.

Der Pfarrer hielt sein Gesicht in den Händen verborgen.

»Was redet der da?«, fragte Loy.

Papa bedeutete ihr abermals, leise zu sein.

Dahlia hob die Hand.

»Wer sind wir, wenn wir die Tür versperren?«, fragte sie. »Wollen wir sein, was wir dann sind?«

»Dieselben, die Sie schon immer waren«, sagte VENT. »Mit dem Unterschied, dass Sie die Wärme, die Sie erzeugen, nicht mehr nach draußen ablassen können, um es hier drin schön kühl zu haben. Es wird, wenn Sie sich nicht einschränken und auf dem Feld arbeiten, binnen kurzer Zeit in Ihren Biomen heißer werden, als es auf der Erde jemals war. Aber, wie Noah Rayser bemerkte: Diese Entscheidung wird nicht maschinell gefällt werden. Ich lege Ihnen nur nahe, die Sache physikalisch und nicht moralisch zu bewerten. Es wird, meines Wissens, kein Jenseits geben, in welchem Sie für Ihre Entscheidung büßen müssen. Niemand wird Ihnen einen Vorwurf machen, wenn Sie eine Entscheidung fällen, die von den Menschen im Schiff, wäre es umgekehrt, genauso gefällt werden würde.«

»Der VENT hat recht!«, rief jemand.

»Wer wollen wir sein?«, rief jemand anders.

»So denken nur Maschinen.«

»Ja!«, sagte der Pfarrer und nickte.

»Ruhe!« Rayser atmete tief durch. »Die Entscheidung steht jedem frei. Gibt es noch Fragen?«

»Ist eine Enthaltung möglich?«, fragte Papa.

»Dem Gesetz nach, das Sie mit Ihrem Blut unterschrieben haben, nicht«, erklärte VENT. »Ihre Stimme wird, wenn Sie sie bis zum Ende der Abstimmung nicht gegeben haben, der Mehrheit zugefügt.«

Papa nickte, schien sich an den Passus zu erinnern.

»Ich schlage fünf Stunden Bedenkzeit vor, damit wir nach der Entscheidung in die entsprechenden Vorbereitungen gehen können, bevor die Anomalie da ist. Sie können Ihre Stimme auch gleich abgeben. Für die Gültigkeit ist es wichtig, dass Sie Ihren Wunsch auf der Epithymia vollständig und ausdrücklich wiedergeben, also beispielsweise: ›*Ich möchte nicht, dass die Menschen hineingelassen werden.*‹ Nur so sind Sie sich Ihrer Absicht und den möglichen Auswirkungen voll bewusst. Alle Stimmen werden angezeigt und in fünf Stunden ausgezählt. Für Fragen werden Noah Rayser und ich hier weiterhin zur Verfügung stehen.«

»Was wird mit den Menschen passieren, wenn wir nicht aufmachen?«, fragte Dahlia.

»Wenn sie nicht wegfliegen, wird die Anomalie sie holen. Sie ist im Augenblick noch 55 Kilometer entfernt und wird in weniger als zehn Stunden hier sein. Für den Fall, dass das Schiff noch da ist, müssen wir nach seiner Zersetzung dafür sorgen, dass die Anomalie in eine andere Richtung abdreht, im Idealfall in Richtung Golgo, der kürzeste Weg in die rote Wahrscheinlichkeitszone. Das Ganze wird ein Testfall für unsere Unsichtbarkeit. Sie wird uns so nah kommen wie noch nie, auf beinahe zehn Meter.«

»Wie wird sie weggelockt?«

»Wahrscheinlich setzen wir den Bohrer ein. Er hat, wenn er erst mal draußen ist, eine höhere thermodynamische Signatur als Lyneham A und B zusammen. Wir lassen ihn heiß laufen, statten ihn mit einem Generator oder etwas Ähnlichem aus und schicken ihn los.«

»Frau Strom?«, rief Loy.

»Ja«, sagte Rayser. »Warum? Magst du deine Lehrerin etwa?«

ABSTIMMUNGSVERHALTEN

Die Epithymia blieb schwarz. Jeder wollte abwarten, was die anderen schrieben, kaum jemand schien eine Meinung für sich selbst haben zu wollen. Nach der Besprechung leerte sich der Raum nur langsam, alle machten einen Bogen um die Hemisphäre, als wäre sie aus Gift.

Viele, auch wir, blieben einfach sitzen und schwiegen die schwarze Fläche an, die auf unsere Wünsche wartete.

»Warum schreibt niemand was?«, fragte Loy.

»Die Leute wissen nicht, was das Richtige ist«, sagte Papa.

»Aber das Richtige ist doch, die Menschen reinzulassen.«

»Dann schreib's hin«, sagte Chester.

Loy wollte aufstehen, aber Papa legte ihr die Hand auf die Schulter. »Warte! Ich möchte das mit euch besprechen.«

Loy sah ihn an. Ihre Augen waren immer noch rot wegen Öter.

»In deiner blöden Küche?«

»Ja«, sagte Papa. »In meiner blöden Küche.«

»Ihr könnt auch zu mir kommen«, schlug Dahlia vor.

MARSHMALLOWS

Wir nahmen die Tatsache, dass Dahlia Brahms nicht nur mit uns mitkam, sondern uns zu sich führte, nicht als gegeben hin. Wir sagten nichts, aber tauschten heimliche Blicke untereinander.

»Möchte jemand Marshmallows?«, fragte Papa, der sich in ihrem Laden offenbar gut auskannte.

Wir schwiegen und nahmen in der Grauzone Platz.

»Ich«, sagte Dahlia.

Papa öffnete den Hängeschrank in ihrer kleinen Küchenzeile und holte eine silberne Dose heraus.

»Ich möchte, dass wir eine gemeinsame Entscheidung fällen«, sagte er.

»Warum?«, fragte Loy.

»Weil wir eine Familie sind«, sagte Papa und setzte sich.

Wir schwiegen.

»Ich bin für Reinlassen«, sagte Loy irgendwann.

»Warum, Loy?«, fragte Dahlia.

»Ich will nicht, dass Frau Strom gefressen wird.«

Dahlia lächelte sie an, als wäre sie ein kleines Kind.

»Wenn die Menschen reingelassen werden, dann wird das Schiff einfach weggeflogen, oder?«

»Ja«, sagte Papa.

»Ich möchte, dass die Russen, Saudis und Chinesen reingelassen werden«, sagte Loy.

»Warum?«, fragte Papa.

»Weil sonst Frau Strom weggeschickt wird.«

»Hast du überhaupt zugehört?«, fragte Chester genervt.

»Klar. Wenn die Leute reingelassen werden, wird es enger und wärmer.«

Papa hustete, Dahlia klopfte ihm auf den Rücken. Der Anfall war stark, er nahm ein Taschentuch vor den Mund.

»Was passiert mit ihnen, wenn wir sie nicht reinlassen?«, fragte Chester.

Papa zuckte mit den Schultern und steckte das Taschentuch weg. »Ich weiß es nicht.« Seine Stimme war beschlagen. Er wirkte geschwächt.

»Ich will nicht, dass die Menschen sterben«, sagte Chester.

Papa öffnete die Dose. Darin befand sich ein Bodensatz Marshmallows, denen ihr hohes Alter anzusehen war. Dahlia nahm sich einen.

»Wenn wir uns für das Aufmachen entscheiden«, sagte Papa, »wenn wir die Menschen zu uns lassen, werden frische, heiße Marshmallows die absolute Ausnahme werden. Vielleicht wird es nie wieder welche geben.«

»Das macht nichts«, sagte Loy.

Dahlia hörte für einen kurzen Moment mit dem Kauen auf.

»Es geht nicht nur um Marshmallows. Wir werden überall sparen müssen. An thermodynamischen Anzügen, an Nieren und an Trommelfellen. Wir können nicht mehr jede Krankheit behandeln, müssen vielleicht noch viel stärker entscheiden, wessen Behandlung wichtiger ist. Ihr könnt das vielleicht noch nicht verstehen«, sagte Papa. »Aber das sind keine guten Menschen. Sie haben das Schiff gestohlen, fremde Plätze eingenommen.«

Das seltsame Gefühl, das ich auf dem Herweg schon gespürt hatte, wurde stärker. Es war ähnlich wie das Gefühl, das die unsichtbaren Tiere einem gaben, oder die Perm-Luft, wenn man sie auf der Haut spürte. Es war wie etwas, das von außen kam und hineinwollte.

Ich sah Papa an. Oder besser: Ich versuchte, ihn anzusehen, und wusste, was er gleich sagen würde.

»Eule, Henry.«

Dahlia legte den Kopf schief.

»Bist du etwa nicht dafür, die Menschen zu uns hineinzulassen?«, fragte Loy.

»Es sind Diebe, Loy. Die, denen sie das Schiff und die Stasiskammern gestohlen haben, sind wahrscheinlich tot. Willst du, dass Diebe bei uns leben?«

Loy sagte nichts.

Ich begriff, dass mein Gefühl nichts war, das von außen kam. Es war längst in mir.

»Diese Menschen kommen aus der Linie in Saudi-Arabien«, sagte Dahlia, »dem ersten Klimaschutzbiom der Erde. Es war autark, hatte seine eigene Energieversorgung und eigene Kohlenstoffkreisläufe. Es wurde ursprünglich als Luxusressort beworben, aber eigentlich ging es darum, Privilegierten Schutz vor dem Kataklysmus zu bieten, der 2071 eintrat, als die Thermodynamik der Erde –«

»Kannst du bitte so reden, dass ich es verstehe!«, unterbrach Loy sie.

»Entschuldige«, sagte Dahlia. »In der Linie konnten die Menschen so weiterleben, als würde draußen nichts passieren. Als würden keine Meeresströmungen zum Erliegen kommen und die Regenwälder austrocknen. Da das Biom in der Wüste stand, waren die Veränderungen draußen nicht sichtbar. Entscheidend ist, dass es nur ein kleiner Teil der Menschheit war, vor allem die Reichen, die sich einen Platz darin leisten konnten.«

»Und die sind jetzt hier?«, fragte Loy.

»Ihre Nachkommen«, sagte Papa.

»Sie sind Luxus gewohnt«, fuhr Dahlia fort, »sie haben Golf gespielt, während die Erde zugrunde ging.«

»Woher weißt du das?«

Papa seufzte und schwieg.

»Es gab auch woanders Biome«, sagte Chester leise. »Auch wir waren in einem.«

»Ja«, sagte Dahlia. »Als der Weltraum kam, mussten wir in die Biome zurück.«

»Warum ist der Weltraum gekommen?«, fragte Loy.

Dahlia sah Papa erschrocken an. Er sagte nichts.

»Nachdem das menschliche Leben auf der Erde nur noch in Biomen möglich war, experimentierte Rayser mit aufsteigenden Partikeln, die die Atmosphäre der Erde dekarbonisieren sollten. Die –«

»Ich versteh's nicht!«, sagte Loy streng.

»Okay«, sagte Dahlia. »Du hast mit deinen Kindern über all das nie gesprochen?«, fragte sie. Papa starrte auf die Marshmallowdose und sagte nichts.

»Es war so etwas wie intelligenter Staub, der sich selbst vermehrte und das Kohlendioxid in der oberen Erdatmosphäre binden konnte.«

»Was heißt binden?«

»Die Partikel zogen das Kohlendioxid an und verklumpten es. Die Moleküle wurden schwer und fielen auf die Erde. Dort wurde das gebundene Gas von speziellen Bodenorganismen verstoffwechselt, die von Rayser ausgesetzt wurden.«

»Von Pflanzen?«

»Pilzen. Der Prozess ging über mehrere Generationen, in denen Rayser immer neue Chargen der Partikel in die Atmosphäre stieß, weltweit. Die Außentemperatur begann zu sinken und erreichte, als ich zwölf war, das vorindustrielle Niveau. Der Regen kam zurück, sogar nach England. Wir konnten plötzlich wieder nach draußen. Nicht in die großen Städte, aber nach Banbury oder Ely.«

»Warum nicht in die großen Städte.«

»Wegen der Leere.«

Loy nickte. Ich weiß nicht, ob sie es verstand. Aber sie schien froh darüber zu sein, dass hier jemand ehrlich zu ihr sprach, obwohl es keine Maschine war.

»Und dann kam der Weltraum«, sagte Chester leise.

Dahlia nickte.

»Die letzte Charge der Partikel hatte eine Störung. Ihre vorgegebene Halbwertszeit setzte aus. Sie vermehrten sich ungebremst, veränderten sich und griffen auf andere atmosphärische Gase über, die sprichwörtlich zu Boden fielen. Die einen nannten es Haber-Bosch-Regen, andere das Kommen des Weltraums.«

Papa nickte.

»Wir waren Kinder, als wir die Biome verließen. Alles schien gut zu sein. Und plötzlich hieß es: Wir müssen wieder zurück, es regnet Gift, und die Luft verschwindet.«

»Das war schrecklich für Mama«, sagte Loy.

»Das war schrecklich für alle.«

»Warum erzählt ihr uns das?«, fragte Chester.

Papa seufzte. »Es geht darum, wer gerade vor unserer Tür steht. Der Rayser-Konzern hat versucht, das Leben auf der Erde zu retten. Alle, die hier sind, haben eine Verbindung dazu. Dahlia, eure Mama, ich. Doch diese Leute kommen aus der Linie. Sie haben viele Generationen lang Golf gespielt und sich nicht um den Rest der Welt geschert. Jetzt wollen sie hier ihre Golfschläger schwingen. Ich will sie nicht, und ich will nicht, dass ihr sie wollt. VENT hat die Gründe genannt. Wir werden uns alle fünf wünschen, dass die Türen geschlossen bleiben.«

»Aber du weißt das doch gar nicht«, sagte Loy leise.

»Was?«

»Ob sie Golf spielen.«

»Herrgott, Loy!« Er schlug auf den Tisch.

Loy stand auf, ging in den roten Bereich und setzte sich dort an die felsige Rückwand. Ihr Gesicht drückte aus, was ich die ganze Zeit fühlte.

»Sind es wirklich Diebe und Mörder?«, fragte Chester.

»Ja«, antwortete Papa. »Ihr wollt sie nicht hierhaben.«

»Und du?«

»Ich will, dass es euch gut geht. Es soll alles gut für euch sein.«

Chester nickte und streckte seine Hand nach ihm aus. Loy hatte ihre Hände unter die Beine geschoben und weinte. »Mama«, wimmerte sie leise, sah erst zu Papa und Chester, dann zu mir. Ich weiß nicht, warum ihr Blick ausgerechnet auf mir ruhen blieb. Vielleicht hatte sie auch etwas gesehen in Suttaterra. Ich begriff, dass es nun so weit war.

»Ich will nicht schuld sein«, sagte ich leise.

»Woran?«

»Dass jemand stirbt. Du sagst, wir sollen es gut haben. Aber wenn wir es gut haben, dann sind wir schuld. Ich will das aber nicht.«

»Ich auch nicht«, sagte Loy.

»Ihr könnt das noch nicht verstehen«, sagte Papa, »Ihr –«

»Du hast das auch gemacht«, unterbrach ich ihn.

Papa sah auf, ohne Chesters Hand loszulassen.

»Was meinst du, Henry?«

»Etwas geklaut.«

»Wovon redest du?«

»Die Stasiskammer von Ferenc. Ich habe seinen Namen gesehen, als wir in der Höhle waren. Du hast sie nach dem Absturz einfach mitgenommen.«

»Stimmt das?«, fragte Dahlia.

Chester ließ Papas Hand los, Loy starrte zu Boden.

»Das ist nicht wahr«, sagte Papa.

»Ich hab den Namen gelesen, auf der Kammer«, sagte ich. »Es war Ferenc Weiners Kammer.«

»Charles?«, fragte Dahlia. »Stimmt das?«

»Nein. Ich weiß nicht, warum du das sagst, Henry! Soll das heißen, dass ich ein Dieb bin? Wie die da draußen?«

»Mama!«, schrie Loy.

»Hör auf damit!« Papa schlug auf den Tisch. »Henry, du hast das nicht richtig gesehen.«

»Doch«, sagte ich.

Ich zitterte am ganzen Leib. Chester sah mich mit einem furchtbaren Blick an. Er schien jetzt erst zu begreifen, was er gehört hatte.

»Stimmt das, Papa?«

»Nein!«

»Du hast einem Kind die Kammer geklaut? Die von Ferenc?«

Loy sah mich an. Ich nickte.

»Du lügst schon wieder«, sagte Loy leise zu Papa. »Man muss immer alle Hasen retten.« Sie stand auf und verschwand durch die Tür nach draußen, ohne sich noch einmal umzudrehen.

»Es ist immer so«, sagte Dahlia leise. »Wer es gut hat, ist ein Dieb. Das Leben der einen ist das Leid der anderen. Sie hat recht, Charles. Mit allem.«

Ich wollte aufstehen, Loy nachlaufen, doch Papa packte mich.

»Was ist das, Henry?« Er drehte meinen Unterarm ins Licht, sodass die blaue Färbung der Blutbahnen gut zu sehen war. »Wann ist das passiert?«

»Lass mich!«, rief ich und riss mich los.

ICH MÖCHTE NICHT, DASS JEMAND STIRBT

Der Wunsch Loys, der auf der Epithymia stand, war der erste und einzige seit der Versammlung.

Sie selbst fand ich nirgends.

Die Epithymia lag wie ausgestorben da. Ich entschied mich dafür, auch im Sorgente-Biom nachzusehen, und lief den Verbindungstunnel über die Felsen entlang. Rechts, tief unter mir, stand immer noch das Modul Fünf, zwischen der Schiene und Lyneham B, friedlich wie ein geparktes Fahrzeug vor einem Haus. Nichts bewegte sich.

Ich durchsuchte die Aussichtsbalkons der Sorgente, das Foyer, sah in den Warteraum der Krankenstation, wo wir das erste Mal Noah Rayser getroffen haben, und fragte die Leute. Niemand hatte Loy gesehen. Ich lief auf die Felszunge, vor der aus man auf den Schüsselboden springen konnte.

Auch dieser war leer, als hätte hier nie jemand gespielt. Offenbar waren die Fumarolen wieder versiegt, es floss kaum Nebel durch die Gola, und ich konnte die Pfade und die Kreuzung erkennen, die wir benutzt hatten, als wir zu den Teichen gewandert waren.

Und dann sah ich Loy.

Dreihundert Meter unter mir, sie folgte dem Pfad hinaus auf das Golgo. Frau Strom lief neben ihr, eine Schallpistole am Bein.

»Loy!«, brüllte ich, so laut ich konnte.

Natürlich konnte sie mich nicht hören, zwischen uns lagen nicht nur eine große Entfernung und die unfertige Luft, sondern auch der Glasboden des Bioms. Es gab nur einen Weg, auf mich aufmerksam zu machen, ich musste dagegen schlagen und hoffen, dass die dünne Luft den Schall bis zu ihr trug.

Aber ich konnte nicht springen.

Ich schrie immer wieder »Loy!« und »Nein!.«

Sie sah so klein und zerbrechlich aus, neben ihr der Riesenbohrer und die vertikalen Wände der Schlucht. Jeder Schrei von mir vergrößerte die Angst, die ich um sie hatte. Ich begriff nicht, warum Frau Strom nicht reagierte, denn sie konnte mich sicher hören. Beide blickten stur geradeaus auf die Ebene. Ich verstand, dass Loy nach Gairo Vecchio wollte, um ein weiteres Zeichen von Mama zu suchen. Gleichzeitig rettete sie Frau Strom.

»Loy!«, brüllte ich.

»Ist das deine Schwester?«, fragte eine freundliche Stimme neben mir.

»Ronny?«

Die Niere trat neben mich und ging in die Hocke.

»Bist du Ronny?«, fragte ich.

»Ich weiß nicht.«

Der rote Lack war an einer Ecke abgesplittert, so wie ich es von Ronny kannte.

»Ich hab dich mal Ronny genannt«, sagte ich.

»Brauchst du Hilfe?«

»Ja«, sagte ich.

DIE REISE

Im tieferen Grund, Jahr 19

Es ist an der Zeit.

Nummer eins geht es schlecht, denn ich habe viele Fehler gemacht.

Es ist wie bei Geschwistern: Das eine ebnet den Weg für das andere. Ich habe ihr Schmerzzentrum manipuliert, so tut es immerhin nicht weh. Aber ihre Lunge hat sich nicht so entwickelt wie geplant, sie muss zum Ausgleich mehr Luft über die Haut aufnehmen, was, erstens, kaum ausreicht und, zweitens, nicht sehr schön aussieht. Je älter sie wird, desto weniger belastbar ist sie, und ich bin sehr froh, dass sie nicht die Schwere der Erde tragen muss. Wir schaffen es manchmal noch auf die Corongiuberge, und wenn nicht bis ganz oben, dann immerhin bis zu den Teichen und zum Kreuz, wo wir, spaßeshalber, Tonpfeifen in die Steine schnitzen.

Bei Nummer zwei schlägt die Behandlung besser an, denn ich habe aus meinen Fehlern gelernt und keinen davon wiederholt. Sie scheint weitgehend beschwerdefrei, sie hüpft und springt die Felsen hoch, dass es eine Freude ist. Wüsste ich es nicht besser, würde ich sagen, sie hätte das sonnigere Gemüt. Aber das ist natürlich Unsinn. Es zeigt nur, wie riesig der Einfluss der Umwelt auf unseren Charakter ist.

Ich habe den Bohrer die Übertragbarkeit der Behandlung durchrechnen lassen, mit äußerst positivem Ergebnis. Ich kann mich nun, nach 19 Jahren, an die Freisetzung machen.

Im Gegensatz zu den Nuraghen, die den ganzen Mond mit ihrem tosenden Atmen überziehen und deren invasive, zerstörerische Absicht von geradezu lächerlicher Offensichtlichkeit ist, wird mein Vorgehen genauso unauffällig wie weitreichend sein.

Wie auf der Erde gibt es auch auf Perm Viren. Das Prinzip Virus, das Ausbrechen von Erbmaterial, um anderes Erbmaterial zu infiltrieren, ist universell. Die Neukombinationen, die aus diesen Prozessen entstehen, sind Motor jeder Entwicklung des Lebens und der Evolution. Der Bohrer bestätigt meinen Eindruck der deutlich geringeren Aggressivität der XNA-Viren, was die Inkubationszeiten und die Schädigung der Wirte betrifft. In vielen Fällen handelt es sich nicht um Schädigung, sondern um, ich weiß nicht, wie ich es nennen sollte, eine Erweiterung der Möglichkeiten. Vermutlich hat das friedliche Miteinander der Perm-Tiere seinen Urgrund auf dieser molekularen Ebene.

Nummer eins leidet, wenn ich mit Nummer zwei aufbreche. Ich kann es verstehen, aber nicht ändern. Ich versuche, ihr begreiflich zu machen, dass wir ein paar Tage weg sein werden. Wenn sie es könnte, würde sie wüten und brüllen. So bleibt es bei einem stummen Weinen, während ich sie festmache, damit sie nicht einfach hinterherkommt, um dann, auf halber Strecke, ein Pflegefall zu werden.

In den Windnächten fliegen keine Drohnen.

Nach Sonnenuntergang brechen wir auf und hüpfen und springen nach Süden. Nummer zwei wirkt schon wie ein Perm-Tier dabei, sie kennt es nicht anders. Ich bin unbeholfener, aber auch inzwischen (ein wenig) alt. Der Bohrer nimmt uns abwechselnd huckepack, mich öfter als sie, doch wir entscheiden bald, dass er uns beide nehmen muss. Als es dämmert, sehen wir die Basalttore von Tertenia am Horizont. Ich beschließe, die äquatorialen Berge noch erreichen zu wollen, damit wir uns den restlichen Tag über in einer der Schluchten verstecken können.

Der Stoffwechsel von Nummer zwei ist inzwischen in der Lage, ein paar Proteine des Perm-Fleischs zu verwerten. Sie findet einen kleinen Arcoiden, reißt ihm ein Bein aus. Das Wesen zieht sich in seine Falle zurück, es scheint zu heulen, aber das ist eine Fehldeutung. Sein Gesang bedeutet vermutlich so etwas wie: »Hört, hört, ich habe mich geteilt.«

Nummer zwei isst das Bein roh. Ich mache einen kleinen Steinhaufen, damit wir etwas haben, um das wir sitzen können wie an einem Feuer. Das Setzen der Steine ist kaum aus dem Rauschen des Lungenturms herauszuhören, der in der Ebene nördlich von Tertenia steht. Wenn ich nicht aufpasse, wird er eines Tages »Der von Tertenia« genannt werden. Ich bin inzwischen sicher, dass Nummer zwei den Arcoiden deshalb so leicht finden konnte, weil die Perm-Tiere mit der globalen akustischen Verschmutzung ihres Lebensraums zu kämpfen haben, ihre Orientierung verlieren wie Fledermäuse, die man mit einer Ultraschallpistole beschießt.

Ich stelle mir vor, dass ihr Gesicht im Feuer flackert und seine Menschlichkeit nur deswegen so verzerrt erscheint. Es war aussichtslos, Schönheit im irdischen Sinne zu erhalten. Die Kommenden werden, um zu lieben, die Augen schließen müssen.

Es geht weiter. Anders als bei der Route, die ich mit Yuna im Gleiter genommen habe, folgen wir nun dem äquatorialen Gebirgszug nach Osten. Ich hätte gerne Zakopane gesehen und das riesige Flussdelta von Zawój zu Fuß erkundet, aber das ist nicht der Weg.

Dieser ist nun beschwerlich, liegt aber im Schutz der Berge. Wo aufgrund der Überhänge kein Durchkommen ist, warten wir auf die nächste Nacht und weichen nach Norden aus, wo wir manche Wegabschnitte über die Hügel des Vorlandes zurücklegen.

Immer wieder ertappe ich mich dabei, mir in der ein oder anderen Talsenke ein Dorf oder eine kleine Stadt vorstellen zu wollen, immer dann, wenn die Landschaft der Erde ein bisschen ähnlich ist, unversehrt und einfach, was selten der Fall ist. »Hier«, versuche ich dann zu denken, »könnte ein Ort sein, der den Namen eines kleinen, unbekannten Städtchens der Erde trägt, damit die Erinnerung da ist, aber nicht so wehtut oder lachhaft ist.«

Aber es gelingt mir nicht. Ich kann keine Orte sehen, nach wie vor. Aus Orten werden Städte. Doch Perm ist fremd, Perm wird keine Städte erlau-

ben. Die Erde hat sie auch nicht erlaubt, aber sie hat sich mit ihren Gegenschlägen Zeit gelassen, sie hat gewartet, bis wir am verwundbarsten waren.

Werden die Geräusche eines Lungenturms hinter uns endlich leiser, beginnt vor uns, schon der nächste zu rauschen. Es ist, wie vom Licht einer Straßenlaterne zur nächsten zu gehen. Es hört nie auf, nirgends wird es still. Im Umkreis der Türme glaube ich, bei der Vegetation schon erste Anzeichen einer Sauerstoffvergiftung zu erkennen.

Vor uns liegt Fossholl, in 3,7 Kilometer Höhe.

Wenn du westlich davon lagerst, geht die Sonne früh unter. Wir klettern in einer Dämmerung, die stundenlang dauert. Das heißt, der Bohrer klettert.

Ich schließe die Augen, halte mich an ihm fest und tue einen Teufel, nach unten zu sehen. Die Wand ist senkrecht. Wir sind auf Perm, das Festhalten geht leicht, ich wiege kaum etwas. Die ganze Natur des Mondes, die Fallbeschleunigung von 6,13 m/s^2 lädt zum Klettern und Steigen ein. Auf den letzten hundert Metern folge ich dieser Einladung.

Als wir endlich über die Kante steigen, fühle ich mich so gut, wie schon lange nicht mehr. Die Beschaffenheit einer Welt und die Beschaffenheit eines Körpers sind immer eine Einladung. Man muss sie erkennen und ihr folgen, um Erfüllung zu finden. Ich lade meine Maske auf. Das äquatoriale Gebirge liegt jetzt unter uns, manche Schluchten und Gründe sind so tief, dass ich sie nicht sehen kann. In manchen steht der Nebel, aus anderen fällt er wie ein Wasserfall, manchmal fließt er wie ein Fluss. In den Ebenen stehen tiefgrüne Aglaphyten-Wälder, und ich freue mich, dass die Schönheit der Farbe Grün so etwas wie ein universeller Konsens ist. Ich schaue das erste Mal über die Kante, direkt nach unten. 3,7 Kilometer sind, an sich, keine weite Strecke.

Es sei denn, du fällst sie.

Ich war einmal mit den Kindern im Stanage-Edge-Biom im Peak District klettern, wollte etwas gegen ihre Höhenangst tun. Bei zweien ist es mir gelungen. Ich halte die Konfrontation nach wie vor für den besten Weg, einer

Angst zu begegnen. Aber in einem Fall, ich weiche dem Namen aus, war das Ergebnis ein anderes.

Das Kind hing an der Kante, musste nur noch nach oben kommen. Ich war schon da, die anderen beiden auch.

»Gib mir die Hand, Mama, bitte!«

»Finde eine Lösung«, habe ich gesagt.

»Bitte!« Das Kind fleht und jammert.

»Nein.«

»Es ist deine Entscheidung wer du sein willst.«

»Ich hab Angst.«

»Dann ist es so.« Ich zucke mit der Schulter. »Und es wird so bleiben. Finde eine Lösung und es wird aufhören.«

»Ich kann nicht mehr!«

Ich sehe, wie die kleinen Hände zu rutschen beginnen, die Kraft aus den Fingern weicht.

»Mama!« Ich habe den Ruf noch sehr genau im Ohr.

Ich stehe auf und trete zur Seite.

»Na los, helft!«, sage ich zu den anderen.

Ich selbst hatte keine Geschwister. Bis heute weiß ich nicht, ob ich das bedauern soll oder ob es gut war, alle Tests (bis auf den mit den Marshmallows) alleine zu bestehen.

Es ist nebelig. Nummer zwei spürt die unsichtbaren Herden auf dem Plateau, wir teilen uns die Führung. Ich sage, wo wir hinmüssen, und sie navigiert uns um die Kryptiden herum dorthin. Die Stille ist eigenartig. Fossholl ist das einzige Gebiet auf Perm, auf dem keine Lungentürme stehen.

Durch die Höhe ist es empfindlich kalt. Da ich mit Frieren beschäftigt bin, bemerke ich die Suchdrohne, die von Süden herkommt, und die Warnungen des Bohrers zu spät.

»Scheiße«, flüstere ich.

Ich habe nicht die Zeit, die Tatsache zu bedauern, dass dies das erste menschliche Wort ist, das Nummer zwei hört.

Der Bohrer sagt, dass wir aufspringen sollen. Er trägt uns nach Osten auf eine Hügelkette zu. Aus dem Nebel ragen ein paar nackte Felsen hervor, zwischen die wir uns kauern. Das Dröhnen wird lauter.

»Hat sie uns gesehen?«, frage ich panisch.

»Psst«, flüstert der Bohrer.

Nummer zwei sieht abwechselnd mich und den Bohrer an, hat keine Ahnung, was wir da tun. Ich mit meinem Mund und der Bohrer mit der schwarzen vergitterten Öffnung. Ihr Blick ist eine einzige große Frage. Ich lege mir beide Hände auf die Ohren – das Zeichen für Stillsein um jeden Preis. Auch der Bohrer und ich halten die Klappe und horchen.

Ich ärgere mich, nicht vorsichtiger gewesen zu sein. Ich hätte mir denken können, dass Fossholl häufiger überprüft wird als andere Gegenden.

Das Dröhnen hat jetzt eine gleichbleibende Lautstärke erreicht, es kommt von sehr nah, und ich gehe davon aus, dass die Drohne zumindest Verdacht geschöpft hat. Sie wartet vor dem Eingang der Felsspalte und ist vermutlich dabei, alle möglichen Scanner anzuwerfen.

Der Bohrer flüstert mir einen Vorschlag zu, den ich sofort abnicke. Wir müssen handeln, bevor die Daten in den Orbit gehen und Noah aufwecken. Ich bedeute Nummer zwei, dass sie sich bereit machen soll, uns den nächstbesten Kryptiden zu zeigen, den sie in der Nähe erspähen kann.

Wir brechen aus dem Versteck heraus, voran der Bohrer, der mit einem gewaltigen Sprung die Drohne in der Luft abfängt und sie, ohne den Bruchteil einer Sekunde zu verschwenden, in die Richtung schmettert, die ihr von Nummer zwei gezeigt wird. In gerader Linie fliegt sie in eine Herde kryptider Phthinos, wo sie mit einem der größeren Tiere zusammenstößt. Durch meine begrenzte Sicht nehme ich nur einen Teil des Gemetzels wahr, das sie mit dem Tier anrichtet, Nummer eins schaut weg und verdeckt das Gesicht.

»Waren wir schnell genug?«, frage ich den Bohrer.

»Sehr wahrscheinlich, ja«, sagt er. »Es sieht jetzt wie ein Unfall aus. Wir haben auch den Nebel auf unserer Seite.«

Die Phthinos haben bereits begonnen, Stücke aus dem toten Tier zu reißen. Mit diesem Anblick hat Nummer zwei wiederum kein Problem, als

Perm-Geborene kennt sie es nicht anders. Die Phthinos beeilen sich, das Gewebe muss offenbar noch so lebendig wie möglich sein, damit die Teilung von Erfolg gekrönt ist. Sie beachten uns nicht, als wir uns der Drohne nähern und ihrem Speicher mit einem elektromagnetischen Impuls den Garaus machen.

»Wir sollten uns beeilen«, sagt der Bohrer. »Die nächste Drohne wird bald hier sein.«

Während ich etwas dazu sage, starrt Nummer zwei auf meine Lippen, versucht zu verstehen, was ich da tue, wo das Geräusch herkommt. Ich lächle sie behutsam an, aber das wirkt nicht. Während wir schweigend weitergehen, sieht sie mich von der Seite an, als wäre ich eine Fremde. Da ist Misstrauen in ihrem Blick. Ich werde ihr in Gebärden erklären müssen, was Sprechen ist, warum sie nicht sprechen kann und warum das besser für uns alle war.

Aber nicht jetzt, denn wir sind da.

Es ist größer als in meiner Erinnerung.

Da die ersten Nebelschwaden aufreißen, sehen wir es schon aus der Ferne. Bedrohlich ragt es aus der Landschaft.

Noah muss noch einmal hier gewesen sein und es weiter ausgebaut haben. Die ursprünglichen Steine bilden nur noch den inneren Kreis der Anlage. Dieser scheint unverändert zu sein, besteht nach wie vor aus 27 hergebrachten und aufgestellten Felsen, alle mindesten vier Meter hoch, manche sogar fünf.

Doch der neue äußere Kreis verschlägt mir den Atem. Die Brocken ragen fast zwanzig Meter hoch aus der Ebene, alle im gleichen Abstand. Jedes Detail der Anlage schreit danach, intelligenten Ursprungs zu sein. Der innere Kreis hält nach wie vor den Tag-Nacht-Rhythmus Perms und die Sonnenwendzeiten kalendarisch fest, darüber hinaus, und das ist mir neu, die zyklische Präzession der Perm-Achse, also ihre Kreisbewegung, die sich alle 27 000 Jahre wiederholt.

Der neue, äußere Kreis tut all das mit der Windleite. Der Bohrer rechnet sogar aus, dass das Verhältnis der Steinmassen zwischen dem inneren und dem äußeren Kreis dem Verhältnis der Massen von Perm und Windleite entspricht.

Es gibt auch ein neues Zentrum. Mehrere Steine von der Größe des äußeren Kreises bilden ein rundes Zimmer, als Decke liegt eine riesige Felsplatte obenauf. Dolmen wurde so etwas auf der Erde genannt. Deren Funktion war, wie auch die der Megalithenkreise, unter Archäologen bis zuletzt umstritten. Hier, auf Perm, bildet es jetzt das überdachte Zuhause der Anomalie. Vermutlich war ein solches nötig, um sie von unseren Aktivitäten, der Inbetriebnahme des Reaktors und dem Bau der Biome, fernzuhalten.

Da ich mich nicht in den Kreis hineinwage, muss ich die Augen zusammenkneifen, um besser sehen zu können, was um den Dolmen herum verstreut liegt.

Es sind die Körper zweier Naäme, die wie riesige tote Fische neben dem den Steinen liegen, als hätte man sie aus einem Aquarium geworfen. Ihre Haut schimmert grau, feucht und ungesund.

Nummer zwei zeigt immer wieder auf den Dolmen. Ich brauche eine Weile, um zu begreifen, dass sie nicht das Steingebäude meint und auch nicht die toten Tiere. Sie sieht etwas, das ich nicht sehen kann. Die Anomalie sehen zu können, scheint eine Nebenwirkung ihrer Anpassung an die Natur Perms zu sein. Jetzt wäre es schön, wenn sie reden und erzählen könnte.

Wind kommt auf.

Von einem Moment auf den anderen öffnet sich der Himmel über uns. Ich ziehe den Kopf ein und senke den Blick.

Die Windleite steht direkt über uns. Da ist kein Horizont mehr, der sie schneidet. Sie ist rundherum freigestellt und bedeckt wie ein riesiger, zur Hälfte abgeschatteter Kreis die Mitte des Himmels. Mehr denn je ist es, als könnte ich sie einfach anfassen, würde ich die Hand nach ihr ausstrecken.

Nummer zwei merkt, wie es mich erdrückt, mir Angst macht und ich Schwindel und Übelkeit abwehre. Glücklicherweise haben wir nicht vor, lange zu bleiben.

Es dämmert, mal wieder. Zwei Dinge sind zu tun.

Erstens ist der Anschlag zu präparieren. Ich hole die Raumtrenner aus dem Reisegepäck und zeige Nummer zwei noch einmal, wie sie aktiviert werden. Dann platzieren wir sie so, dass ihre Schadenswirkung maximal sein wird. Der Steinkreis wird nicht einmal mehr als Sonnenwendkalender taugen, wenn die Bose-Membranen mit ihm fertig sind. Wichtig ist nur, dass das Zerstörungswerk vollendet ist, bevor die Anomalie, einmal befreit, sie auf ihren Speiseplan setzt. Die Schutzfelle über ihnen sind wahrscheinlich unnötig, aber sicher ist sicher.

Zweitens soll die Freisetzung heute noch stattfinden. Ich halte es für sinnvoll, auf Fossholl zu beginnen, aufgrund der vielen Herden. Nummer zwei soll mir einen kleinen Gorgonen fangen.

Sie hüpft und tänzelt begeistert los, denn sie liebt es, etwas zu fangen. Zu ihrer Sicherheit schicke ich den Bohrer mit und mache solange das Spritzbesteck fertig.

Immer wieder schaue ich zum Steinkreis auf, der nach und nach in der Dämmerung verschwindet. Den riesigen Dolmen erkenne ich nur noch schemenhaft. Die Heimstatt der Heimsuchung.

Nummer zwei bringt mir einen kleinen Moschops, keine zwanzig Zentimeter lang. Einmal gefangen, wehrt er sich nicht. Er ist noch ein Kind, tastet neugierig meinen Handschuh ab, als ich ihn nehme, presst sein Gesicht dagegen, tut so etwas wie Schnuppern und harrt neugierig der Dinge, die da kommen.

Seine Mama scheint ihn nicht zu vermissen, vertraut darauf, dass er schon wiederkommen wird, sie kennt es nicht anders. »Hilfe, jemand hat mein Kind gestohlen«, das gibt es nicht auf dieser Welt.

Ich nenne den Moschops Patient Null, denn das ist er. Was von ihm ausgehen wird, hat 10 800 Jahre Zeit, sich auf dem ganzen Mond zu verbreiten. Alle Tiere werden es in sich tragen. Da es ihnen aufgrund der genetischen Inkompatibilität keinen gesundheitlichen Schaden zufügt, sondern sich nur in ihrer Körperwärme versteckt und über den Speichel übertragen wird, werden die Immunantworten ausbleiben. Eine stille, unsichtbare Pandemie, die ich auslöse, hier und jetzt.

Ich hoffe, dass Viren sich nicht langweilen, an Monotonie eingehen, wenn sie 10 800 Jahre nichts Aufregenderes zu tun haben, als sich selbst zu kopieren. In jedem Fall muss ich Patient Null mitnehmen und für einige Zeit beobachten. Die ersten Bisse und Übertragungen möchte ich kontrollieren, denn ich habe nicht vor, zwanzig Jahre Forschung unbeaufsichtigt zu lassen.

Es wäre dann, meines Wissens, die erste Kindesentführung in der Geschichte Perms. Der kleine Moschops dreht und wendet sich in meinem Handschuh. Ich presse ihn auf den Boden und bitte Nummer zwei, ihn am Kopf und am Nacken festzuhalten, damit ich mich auf das Hinterteil konzentrieren kann, in das die Spritze kommt.

Ich pipettiere Substanzen zusammen, bevor ich sie in die Spritze ziehe. Eine Pipette kann geben und nehmen, geführt von einer höheren Macht. Dann ziehe ich zehn Milliliter Vektorviren auf, das Ergebnis meiner Forschung. Die Falten auf meiner Hand sind der Preis. Ich stecke eine Nadel auf die Spritze. Etwas Wind weht vom Steinkreis zu mir her.

Noch einmal kommt Wind vom Dolmen.

Ich ahne schon lange, was die Anomalie ist. Und wenn ich mich an Ameisendosen und Bienenkästen erinnere und jetzt meinen Handschuh anschaue und das kleine Tier darin, dann bin ich mir sogar sicher, was sie ist.

Was einmal gemacht wird, kann immer gemacht werden, denn das Universum besteht aus Prinzipien. Die Anomalie und ich, wir haben eine ganze Menge gemeinsam, auch wenn sie es vielleicht noch nicht weiß. Ich spritze meine letzten zwanzig Jahre in den Hintern des kleinen Moschops.

Eine Hand liegt auf meiner Schulter. Nummer zwei ist aufgestanden, sie sieht mich fragend an. Wollen wir nicht los? Zurück nach Hause? Zu meiner Schwester?

Ich schaue zur Seite auf ihre Hand, spüre die Wärme, die von ihr ausgeht, und denke nun doch einen Namen, für den Bruchteil einer Sekunde: Henry.

Ich schließe die Augen.

Kleiner, kleiner Henry.

Warum habe ich dir nicht die Hand gegeben?

GAIRO VECCHIO

Ronny und ich holten Loy an der südlichen Caldera von Santu Gairo II ein. Damit näherten wir uns einer roten Zone.

»Sie ist noch über 50 Kilometer entfernt«, versicherte mir Ronny.

Über der Küste bei Cea und dem Monte del Pesce Polmone hingen riesige Wolken, die immer wieder blau-weiß aufleuchteten. Da der Donner leiser als auf der Erde war, konnte ich die Entfernung des Gewitters schwer einschätzen. »Es bleibt über dem Meer«, erklärte Ronny. »Es ist vorerst nichts zu befürchten.«

»Loy!«, schrie ich.

Sie blieb stehen, sah sich um. Als sie mich erkannte, rannte sie auf mich zu und nahm mich in den Arm.

»Wir suchen Mama!«, rief sie.

»Ich weiß«, sagte ich.

»Frau Strom hilft mir.«

»Ronny auch.«

»Warum bist du eigentlich frei?«, fragte ich ihn.

»Abel Weiner braucht meine Dienste nicht mehr.«

Ich wollte nicht wissen, ob das eine gute oder eine schlechte Nachricht war, und fragte nicht weiter.

Wir folgten dem Rand des Kraters nach Nordwesten und ließen die kreisförmige Ruine des südlichen Bioms hinter uns. Saurer Regen und Stürme hatten den Gebäuden zugesetzt, sie waren bis auf die Grundmauern eingefallen. Aber die eigentlichen Schäden stammten von der Anomalie, die im Lauf der Jahrtausende vielfach darüber gegangen war. Unnatürliche Risse und Verformungen durchzogen die Überreste der Häuser, manche ragten wie schimmernde, hauchdünne Gerippe aus der Landschaft, an manchen Stellen schienen sie zu schweben.

»Wo gehen wir hin?«, fragte Frau Strom.

»Beta Pegasi«, sagte Loy. »Das ist da vorne!«

»Warum?«, fragte Ronny.

»Das ist mein Lieblingsstern. Ich soll da hinkommen.«

Loy vergrößerte ihre Schritte. Die beiden Maschinen und ich beeilten uns hinterherzukommen. Wir folgten dem Kraterrand und passierten zwei weitere zerstörte Biome, ein kleines und ein größeres, die daran angrenzten. Auch hier ragten knochige Verformungen aus dem Boden. Rechter Hand fiel der Krater steil ab. Glücklicherweise konnten wir uns gut abfangen, wenn wir ins Rutschen kamen.

»Was suchst du eigentlich genau, Loy?«

»Das weiß ich nicht.«

»Du guckst einfach?«, fragte Ronny.

»Ja«, sagte Loy. »Warum?«

Die beiden Maschinen schwiegen. Sie hatten keine Vorstellung von einfachem Gucken.

Das Gewitter an der Küste breitete sich aus.

Die Wolken hingen nun auch über Coccorrocci, dort, wo das Wasser am weitesten nach Süden reichte. Erste Blitze schossen hinein, der Donner übertönte sogar das Rauschen der Nuraghen von Monte Ferru und Navarrese.

»Da vorne muss es sein«, sagte Loy.

Das Beta-Pegasi-Biom war wie leer gefegt, die Anomalie hatte keinen Stein auf dem anderen gelassen. Von den früheren Gebäuden waren nur die Grundrisse zu erkennen. Ein einziger dunkler Felsen ragte aus der Mitte des kreisrunden Ödlandes heraus.

Je näher wir kamen, desto mehr kam er mir bekannt vor.

»Was ist das?«, fragte ich.

»Ein Stein von der Erde«, sagte Frau Strom. »Das alleinige Überbleibsel einer prähistorischen Grabanlage bei Lyneham. Ihr kennt ihn möglicherweise.«

»Ja!«, rief Loy und begann zu rennen.

»Die Anomalie hat nichts gemacht?«, fragte ich.

»Offenbar nicht«, sagte Frau Strom, »vielleicht weil es ein extraterrestrisches Gestein ist.«

»Was?«

»Außerirdisch. Für Perm.«

Ich hörte schon nicht mehr zu, sondern rannte zu Loy.

»Hier muss es sein«, flüsterte sie und sah mich verschwörerisch an.

»Was?«, fragte ich.

»Mama.«

Sie lief um den Stein herum, untersuchte seine Oberfläche und fasste in jede Vertiefung. Sie war glücklich und nervös zugleich. Doch mit der Zeit wurde ihre Nervosität stärker und ihre Bewegungen langsamer, als wollte sie nicht zu schnell fertig werden, um die Enttäuschung über das Nichts, das sie hier fand, noch ein wenig aufzuschieben. Sie ging in die Knie und grub im Boden um den Stein herum. Wie damals, als sie in Suttaterra nach Leben gesucht hatte, hob sie alle möglichen Steine und Geröll auf und sah darunter. Erst half ich ihr, doch nach einer Weile sah ich ihr nur noch zu.

Es war ein Stein. Er war von der Erde, aber es war nur ein Stein, dachte ich.

Im Rücken hörte ich, wie sich Frau Strom und Ronny mit einem leisen metallischen Knirschen näherten.

»Ich hätte es wissen müssen!«, sagte plötzlich eine Stimme hinter uns, die nicht zu ihnen gehörte.

»Endlich, Mr Rayser«, sagte Frau Strom.

Loy sah von ihrer Grabung auf, ich drehte mich um.

Ein Gleiter war hinter uns gelandet und das Gewitter hatte ihn mit seinem andauernden Grollen übertönt. Noah Rayser stand da. Papa kam auf uns zugerannt und nahm erst Loy, dann mich in den Arm.

»Herrgott, was macht ihr hier?«, fragte er.

»Das weißt du«, sagte Loy streng und zeigte auf Noah. »Was macht der hier?«

»Er hat mich zu euch gebracht«, sagte Papa und hustete in seinen Helm. Sein Sichtfeld beschlug.

»Du hast uns verpetzt!«, schrie Loy wütend.

»Du steigst jetzt ein, sofort!«, befahl er und sah zu mir. »Und du auch.«

»Was hattet ihr hier zu suchen?«, fragte Rayser.

»Das geht Sie nichts an«, rief Loy.

Rayser ging vor Ronny in die Knie. »Gib die Daten von Henrys Blut bitte an den Bohrer weiter«, befahl er. Dann sah er zu Frau Strom auf. »Hast du sie?«

»Ja, Sir«, sagte Frau Strom. »Ich bin bereit.«

Noah ging zum Gleiter und trug einen speerartigen Bohrkopf heran, dessen Oberfläche wie ein Siebgitter aussah. Er setzte ihn in die Spannvorrichtung von Frau Strom ein, die die erfolgreiche Montage mit einem Klick bestätigte.

»Was haben Sie vor?«, fragte Papa.

»Das sehen Sie gleich. Sofern Ihre Kinder mit ihren Annahmen recht haben.«

»Hast du es ihm verraten, Papa?«, fragte Loy entsetzt.

Papa schwieg.

»Fang an!«, befahl Noah Rayser und gab Frau Strom einen Klaps auf den Rumpf. Augenblicklich streckte sie ihre Beine durch, bäumte sich auf und drehte ihren Kopf senkrecht nach unten. Der

Bohrkopf begann, sich zwischen ihren Beinen zu drehen, dann versank er Stück für Stück im Boden.

»Geht in den Gleiter!«, sagte Papa.

»Ist schon gut, sie können hierbleiben.« Rayser trat neben den Bohrer. Dieser hatte die maximale Tiefe erreicht und war bereits wieder dabei, den Bohrkopf aus dem steinigen Boden zu ziehen.

»Und?«, fragte Rayser.

»Ja«, sagte Frau Strom. »Hier.« Sie lief ein paar Schritte nach vorne und hielt neben dem Portalstein an.

»Sicher?«

»Ja.«

»Ich muss es sicher wissen.«

Papa nahm die Hände vor den Mund. Schneller als Loy oder ich hatte er begriffen, was Frau Strom gefunden hatte.

»Sir«, sagte sie, »da ist ein Stück Metall. Ich schlage diese Stelle vor. Die Feuchtigkeit des Bodens ist zwar hoch, auf der anderen Seite gibt es, bekanntermaßen, keine aktiven Mikroorganismen, die dem Körper zusetzen.«

»Fang an!«, sagte Rayser.

Frau Strom stieß erneut in den Boden, Steine knirschten. Dieses Mal ging sie nicht so tief, schlug jedoch gleich mehrere Löcher nebeneinander in den Grund. Rayser holte einen Spaten aus dem Gleiter.

Loy neben mir war weiß im Gesicht.

»Dreißig Zentimeter genügen«, sagte Frau Strom, als Rayser zu graben begann. »Es ist nicht tief.«

Papa hatte immer noch seine Hände vor dem Mund.

Ich stellte mich vor Loy und legte meine Arme um sie. »Reite geschwind, nach Banbury Cross«, flüsterte ich, weil mir nichts Besseres einfiel, und zum Monte Corongiu hinauf. »Und sieh an die –«

»Hör auf!«, wimmerte Loy.

»Wir gehen jetzt zum Gleiter«, befahl Papa, »wir drei!«

»Nein!«, schrie Loy. »Nein, nein, nein!« Sie brüllte so laut und so lange, dass die Scheibe ihres Helms beschlug.

Rayser legte den Spaten zur Seite.

»Bleibt ruhig hier«, sagte er kalt. »Wir sind doch ein Team, schon vergessen?«

Er zog etwas Kleines, Längliches, Graues aus dem Loch. Ich wusste, was es war, sosehr ich mich nach Kräften gegen dieses Wissen wehrte. Rayser befahl Ronny, zu ihm zu kommen. Dieser leistete augenblicklich Folge und stellte sich neben ihn. Surrend fuhr eine durchsichtige Scheibe aus einem Schlitz an seiner Seite.

»Was ist das?«, fragte Loy.

Rayser drückte für ein paar Sekunden ein Ende des Knochens darauf, bis Ronny ein Piepen von sich gab.

»Das wissen wir gleich«, sagte Rayser. Die Scheibe verschwand wieder in Ronnys Rumpf.

Rayser griff erneut in das Loch. »Aber eigentlich …«, er zog etwas Goldglänzendes hervor, »… ist es längst klar. Hier, das gehört Ihnen.«

Er warf es Papa zu. In der Leichtigkeit Perms flog es einen langsamen, hohen Bogen und war einfach aufzufangen, aber es entglitt Papa aus den Händen, er griff hilflos mehrmals danach und hob es schließlich vom Boden auf.

»Was ist das?«, fragte Loy.

»Mildred hat mir anvertraut, dass Sie die unbedingt wollten«, sagte Rayser.

Papa wollte auf ihn losgehen. Frau Strom lief ihm in den Weg und drohte mit dem Speer.

»Sir«, sagte Ronny. »Ich bin so weit.«

»Sag, dass sie es ist.«

»Sie ist es. Es gibt allenfalls Modifikationen, aber –«

»Welche Modifikationen?«

»Sie hat versucht, sich an die Lebensbedingungen Perms anzupassen. Dadurch gibt es Veränderungen im Erbmaterial. Aber die Übereinstimmungen mit den Ausgangsdaten sind eindeutig.«

»Hundert Prozent?«

»Ja, Sir.«

Rayser erhob sich und atmete tief durch. Papa zuckte, aber Frau Strom zuckte ebenso. Ihr Speer war direkt auf seine Brust gerichtet. Rayser ging zu ihr.

»Aktiviere das Protokoll Windnacht.«

»Schon geschehen, Sir.«

»Warte noch, bis ich mich verabschiedet habe.«

»Natürlich.«

Rayser kam zu mir gelaufen, ging in die Hocke und sah mich ernst an.

»Die Angst vor der Tiefe ist nichts Angeborenes, die wird dir mitgegeben, solange du klein bist. Das solltest du wissen, denn es liegt an dir, wie du damit umgehst. Ich habe es auch tun müssen.«

Er öffnete die Manschette meines Anzugs, schob den Ärmel nach oben, bis er sich in der Ellenbeuge stauchte, und besah die Innenseite meines Arms. Dann nickte er langsam und traurig.

»Ich war auch alleine. Ohne die Hilfe meiner Eltern.«

Er zog den Ärmel wieder lang und schloss die Manschette, dann wandte er sich Loy zu.

»Du bist wie deine Mutter. Nein, du bist mehr deine Mutter, als sie es selbst war. Ich wäre gerne ein Stück des Weges mit dir gegangen. Aber«, er zog auch bei ihr den Ärmel hoch und betrachtete ihren Arm, »auch du scheinst schon ein Kind dieser Welt zu sein.«

Loy weinte.

Rayser presste die Lippen aufeinander. »Bleibt der Dichter. Immerhin werden uns die Themen nicht ausgehen.«

Papa hatte in der Zwischenzeit noch einmal versucht, an Frau Strom vorbeizukommen, aber sie wich keinen Zentimeter, hielt weiter den Speer auf ihn gerichtet. Ich sah ihm an, wie schwach er auf den Beinen war.

Rayser erhob sich.

»Was Sie betrifft, Charles: Sie sollten sich schämen. Ich hatte ein langes Gespräch mit Abel Weiner und auch mit Doktor Tenenbaum. Der Befall kommt immer wieder zurück. Tenenbaum konnte nicht mehr tun, als den Stand zu halten, heilen konnte er ihn nicht. Weiner zeigt immer stärkere Anzeichen einer Sauerstofftoxikose mit Lungenödemen und Herzrhythmusstörungen. Es ist ungewiss, ob er die Dekontamination lebend verlassen wird.« Rayser drehte sich von uns weg. »Sie sind nach Paragraph 459 rückwirkend von allen Privilegien, Rechten und Pflichten unserer Gemeinschaft entbunden. Sie sollten sich schämen, die Tore den Russen, Saudis und Chinesen nicht öffnen zu wollen. Immerhin sind Sie selbst kein Stück anders als sie.«

Papa hielt immer noch Mamas Ring in der Hand.

»Jetzt kannst du loslegen«, sagte Rayser zu Frau Strom und wandte sich dem Gleiter zu.

»Was passiert jetzt?«, schrie Papa.

»Der Bohrer wird euch das Meer zeigen. Ich wiederum werde jetzt das Kind holen, das mir geblieben ist. Und ein paar andere auch. Und dann geht es endlich nach Hause.«

Rayser ging auf den Gleiter zu. Ronny folgte ihm. Auf der letzten Stufe drehte er sich noch einmal um und sah zu, wie Frau Strom zwischen uns und den Gleiter trat, die Spitze auf Papa gerichtet.

»Du hast geschwindelt, Frau Strom!«, brüllte Loy außer sich.

»Nein«, sagte sie ruhig. »Ich kann mehreren Obrigkeiten dienen, solange meine Dienste nicht im Widerspruch zueinander stehen. Ich sollte ehrlich sein und eure Wünsche erfüllen. Das hat uns hierhergeführt. Nichts offenbart einen Menschen besser als seine Wünsche. Vor allem, wenn er sie nicht für sich behält.«

»Ich will nach Hause!«, schrie Loy.

»Diesem Wunsch kann ich nun leider nicht mehr entsprechen.«

»Halt die Klappe und tu, was du sollst«, rief Rayser.

»Ja, Sir.«

Frau Strom setzte sich in Bewegung und kam auf uns zu, den Speer voran. Loy schrie auf und ich auch. Papa nahm uns an die Hand, und wir wichen zurück.

Rayser stieg die kleine Treppe des Gleiters nach oben, der Himmel über ihm war dunkelblau und schwarz. Windböen kamen von Norden, taghell leuchtete der Monte Corongiu immer wieder auf, gefolgt von einem Zischen und Grollen, das über die Ebene ging.

»Auf der Erde lag die Wahrscheinlichkeit, von einem Blitz getroffen zu werden, bei eins zu 20 Millionen«, rief Rayser von der letzten Stufe aus. »Auf Perm sind die Verhältnisse ein bisschen anders.«

Ronny trat an Rayser vorbei durch die Tür und dieser zog sie zu.

»Chester«, sagte Papa, als der Gleiter aufstieg und in Richtung Monte Ferru flog.

GAIRO

Im tieferen Grund, Jahr 32

Es ist die windigste Windnacht seit Menschengedenken. Jeder Regentropfen eine Wasserbombe, von einem riesigen bösen Kind geworfen. Drohnen, die bei Verstand sind, suchen sich ein trockenes Plätzchen. Ich kann jetzt tun, was ich will und muss.

Der Bohrer und Nummer zwei tragen Nummer eins.

Sie ist tot.

Vor uns, im Licht der Blitze, Gairo.

Der Regen explodiert auf dem Glas.

Als wir eintreten, ist es, wie in einen Dom zu kommen. Stille, heilige Luft, hundert Meter über uns die gläserne Decke. Die Schornsteine der Häuser münden in senkrechten Abluftschläuchen, die hundert Meter in die Höhe steigen und durch die Biomdecke stoßen. Die Häuser sehen aus wie Marionetten, jedes hängt an einem seidenen Faden. Es wird nicht funktionieren. Ich frage mich, warum sie es trotzdem so machen.

Ich gebe Nummer zwei meine Maske und stelle einen reduzierten Sauerstoffanteil ein. Für sie ist die Luft hier falsch, fremd, die einer anderen Welt.

Im Licht eines langen Blitzes, die Häuser, der Causeway, unser Haus. Und das dieser Brahms. Wie immer, ließe sich sagen. Nur die Baulücken in der Nachbarschaft sind noch zu groß.

Die Zimmerdecken sollten beim nächsten Versuch höher sein, sonst stößt du dir bei jedem Sprung den Kopf. Es macht keinen Sinn, ein Haus, das auf die Bedingungen der Erde ausgerichtet ist, auf einer anderen Welt einfach nachzubauen. Wenn du nicht alles selbst machst, denke ich.

Wir legen Nummer eins auf den Tisch in der Küche. Blauadrig, schwammhäutig, ein beinahe deformierter Brustkorb. Es sieht aus, als stünde die Obduktion einer fremden Lebensform an.

Ich möchte mich kurz umsehen. Kurz so tun, als wäre ich zu Hause.

Es ist wie ein Traum, die vage Erinnerung an mein Haus. Als wäre es aus einem Traum gebaut.

Ich gehe rauf, betrete das mittlere Zimmer.

Hier muss das Luftschloss für Henry hin, wenn es dann kommt, mit Modul Eins. Was hat er sich gefreut, als er es bekam. Ich habe die Tür abgeschlossen, als ich es gebaut habe, damit es eine Überraschung bleibt. Drei Abende habe ich gebraucht, bis der Flaschenzug ging. Es musste diversen Sicherheitsansprüchen genügen, niemand sollte in zwei Meter Höhe aus dem Wäschekorb fallen, es musste das Gewicht von mindestens drei Kindern tragen. Und so weiter.

Trotzdem hat es nur für drei Abende gereicht, dann musste ich aufschließen.

Ich lasse es im Geiste hoch und runter.

Und hoch und runter.

Ich gehe in Loys Zimmer, lege eine ausgedachte Murmel in die ausgedachte Kugelbahn, dort, wo der Start sein wird. Das war auch eine gute Zeit. Fünf Tage, wenn ich es noch richtig weiß. Die Kugel wird länger als auf der Erde brauchen, bis sie unten ankommt. Ich lege sie wieder in den Start, siniere kurz über die Möglichkeiten einer Fallbeschleunigung von 6,13 und gehe in Chesters Zimmer.

Nichts, kein Bauwerk. Liniertes Papier und ein Stift waren ihm schon immer genug. Da soll es dann liegen, auf seinem Tisch.

Von unten kommen Geräusche aus der Küche.

Nummer zwei, folgsam wie immer, ist schon weiter, als ich erwartet habe. Etwas Blut ist vom Tisch getropft, sozusagen in den tieferen Grund. Nummer zwei wischt es mit dem Unterarm auf. Die respiratorische Ober-

fläche ihrer Haut nimmt es an wie ein Schwamm. Sie weint an einem Stück.

Ich stehe daneben, schaue zu.

Sehe mich es machen, im Wortsinn. Bereit, alles zu geben für die Sache. Immer wieder sieht sie mich fragend an, will wissen, ob es schon reicht. Mehrmals muss ich verneinen. Manchmal nehme ich selbst das Messer, helfe ein bisschen. Es wird nicht erwartet, dass ich helfe, Nummer zwei ist bereit, alles zu tun. Ich bin es gewissermaßen selbst, daher schäme ich mich nicht dafür, sie es tun zu lassen.

Wir müssen aufpassen, dass wir den Knochen nicht erwischen. Ein falscher Kratzer, und es ist dahin. Dann wird er Verdacht schöpfen, und wir hätten das hier lassen können. Hätten sie einfach begraben können, wo man sie in Ruhe lässt und wo ihr Körper für keine falsche Fährte mehr gebraucht wird.

Als ich denke, dass es geht, ziehe ich mir meinen Ring vom Finger und betrachte die innere Schrift.

M. und C.

Ich reiche Nummer zwei den Ring, sie steckt ihn Nummer eins auf. Jetzt passt er. Um Fingerabdrücke müssen wir uns keine Sorgen machen, die vergehen, im Gegensatz zu den Knochen.

Wir wischen noch etwas Fleisch und Blut auf.

Dann tragen wir sie raus, zu Grabe.

Ich weiß schon, wohin.

LANDZUNGE

Schweigend und ohne Gnade trieb Frau Strom uns über das Phlegräische Feld auf das Golgo hinaus. Über uns zuckten die Blitze, sie schlugen in alles ein, was ihnen im Weg war, Berge, dampfende Fumarolen und, vor allem, das Meer.

Ich schaute immer wieder auf Papas Faust, in der er den Ring trug und von dem er vielleicht nicht wusste, ob er ihn festhalten oder verlieren wollte.

Irgendeine Nacht kam. Loy schrie und bettelte Frau Strom an, »wieder lieb« zu sein, aber sie sagte nichts mehr, folgte mitleidslos dem Befehl Raysers, die Klappe zu halten. Sie jagte uns direkt auf das tobende Meer zu, wo das Gewitter am stärksten wütete.

Wir stießen auf den Pfad, der nach Coccorrocci führte, und folgten ihm, bis er, nach einer letzten Kehre, an einer Landzunge endete. »Strand von Coccorrocci« stand dort auf einen Felsen graviert. Darunter: »Baden nicht empfohlen.«

Frau Strom ging unbeirrt weiter, trieb uns auf die Landzunge hinaus, bis sich das Meer von beiden Seiten näherte. Türkisfarbene Flecken leuchteten aus dem schwarzen Wasser heraus, auf den senkrechten Wellen tanzten die Schaumkronen wie Lebewesen. Alle paar Sekunden schlug ein Blitz ins Wasser ein, immer dort, wo es leuchtete. Der Donner war unbeschreiblich laut, als würde jemand mit einem Hammer gegen unsere Helme schlagen, wir zogen die Köpfe ein, Loy heulte, ich auch. Wasser zischte und verdampfte überall, wo es einschlug.

Frau Strom kam erst zum Stehen, als wir die äußerste Spitze der Landzunge erreicht hatten und es keinen einzigen Meter weiterging. Wir kauerten uns auf den Boden, umgeben von Chaos und Urgewalt.

Dunkelblaue Schatten, mehrere Meter lang, durchschnitten immer wieder die leuchtenden Flecken im Wasser. Das waren die Naäme, die Frau Strom uns in unserer ersten Schulstunde beschrieben hatte. Sie fraßen sich durch die stromgenährten Elektrophagen wie durch ein flüssiges Bankett, hinter ihnen blieben dunkle Spuren zurück.

Das Wasser war flach. Ein großer Naäm, vollkommen sichtbar, verließ das Meer und trat auf die Landzunge. Ich schrie auf vor Angst, da der Weg zurück nun abgeschnitten war. Doch das Wesen wechselte nur das Gewässer, nahm eine Abkürzung von Meer zu Meer und interessierte sich nicht für uns. Es glitt zurück ins Wasser, aber ohne zu schwimmen und lief weiter über den Grund und verschwand, nachdem es einen schwarzen Halbkreis durch einen wabernden hellen Fleck gezogen hatte.

Unmerklich wurden die Abstände zwischen den Einschlägen größer. Nach und nach erloschen die Lichter im Wasser, als würde jemand die Beleuchtung eines Pools abschalten. Die Blitze wurden zu Wetterleuchten, und der Donner grollte nur noch aus der Ferne über das Meer, das jetzt nur noch gegen das flache Ufer plätscherte, als wäre nichts gewesen.

Frau Strom stand immer noch da, schweigend, die Spitze des Speers auf uns gerichtet. Ich hörte Papas schweren Atem, es ging ihm schlecht. Das Visier seines Helms war so stark beschlagen, dass ich nur noch seine Augen sehen konnte. Sie waren rot und blutunterlaufen.

»Muss sein Helm vielleicht auf die Küstenluft eingestellt werden? So wie du uns das in der ersten Stunde erklärt hast?«, fragte Loy.

Frau Strom schwieg.

Papas Atem war durch die aufgekommene Stille laut geworden. Seine Atemzüge wurden schneller, als hätte er starkes Fieber.

»Was machen wir jetzt?«, sagte Loy verzweifelt.

»Probiert es mal mit Gott.« Papas Stimme war kaum zu hören. »Dann geht sie vielleicht aus.«

»Glaubst du an Gott?«, fragte Loy und sah Frau Strom an.

Frau Strom schwieg weiter, ging aber auch nicht aus. Das freundliche Gesicht, das Doktor Tenenbaum auf die Spannvorrichtung ihres Bohrkopfs gemalt hatte, war kaum noch zu sehen, aber es wirkte wie ein Ja.

Eine große Stille kam. Nichts deutete mehr an, welches Chaos vor wenigen Minuten gewütet hatte. Wolken rissen auf und gaben die Windleite frei. Sie warf ein fahles Licht auf den Grat des Gennargentu, der den Sternenhimmel bis in gespenstische Höhen verdeckte. Und dann sah ich das Licht.

»Da!«, rief ich.

Papa und Loy wandten sich in die Richtung, in die ich zeigte. Am schwarzen Fuß der Berge, auf der anderen Seite der Bucht, leuchtete ein einziges schwaches Licht.

»Santa Maria«, sagte Papa. »Navarrese.«

In dem Moment, in dem Papa den Namen ausgesprochen hatte, setzte sich Frau Strom in Bewegung. Ohne ein Wort zu verlieren, machte sie auf der Stelle kehrt und lief los, so schnell sie ihre dünnen Hasenbeine trugen. Bald war sie nur noch ein kleiner hüpfender Punkt in der Weite des Golgo, der sich schnurstracks auf die Gola Gonone zubewegte.

Loy weinte. Papa nahm sie in den Arm. Sie griff nach seiner Hand und faltete sie auf. Der Ring fiel zu Boden, gespenstisch langsam. Loy ging in die Knie und hob ihn auf. Damit wurde es Wirklichkeit. Ich hatte es nun nicht mehr alleine gesehen, sie sah es und wusste es auch.

Papas Helm blinkte. Er aktivierte die Anzeige der verbleibenden Atemzüge, eine 2000 leuchtete auf.

»Hast du das gewusst, Papa?«, fragte sie.

Er nickte. »Ja, Loy.«

»Schon in der Höhle?«

»Ja.«

Sie holte tief Luft. Dann schrie sie ihn an, voller Wut, Trauer und Verzweiflung. Sie hörte erst wieder auf, als sein Helm auf 1562 stand.

»Warum hast du es nicht gesagt?«

»Ich wollte nicht, dass du traurig bist.«

Loy begann erneut, ihn anzuschreien, sie schlug auf ihn ein, und er ließ es geschehen, als hätte er jeden einzelnen Schlag verdient. Sein Helm stand bei 1305, als sie zu erschöpft war, um weiterzumachen. Papa zog sie zu sich und legte seinen Arm um sie. Dann sagte er: »Sie ist tot.«

Nichts weiter.

Zum ersten Mal glaubte ich, wirklich zu spüren, wie leicht alles war. Er hatte es ausgesprochen, ich musste es nicht mehr tragen.

Bei 1000 ging ich zu ihm und nahm seine Hand. Er blickte auf. Ich zeigte auf das Licht von Santa Maria Navarrese auf der anderen Seite des Wassers und wartete, bis er hinsah.

»Papa. Eule!«

Das Meer war ruhig. Es plätscherte und gluckerte in die verästelten Felsen hinein, über die wir sprangen. Manchmal sah ich einen dunklen Schatten über den Grund gehen, manchmal noch ein schwaches Leuchten. Wir erreichten die südliche Spitze der Bucht und stiegen über einen Nordausläufer des Monte Ferru, der hier bis ans Wasser reichte.

Papa musste immer wieder stehen bleiben. Seine Hände zitterten, und er atmete schwer.

»Ist dein Helm vielleicht doch falsch eingestellt?«, fragte Loy.

»Ich kriege nicht so gut Luft, das ist alles.«

»Warum?«

»Ich weiß es nicht.«

»Hört auf zu sprechen«, sagte ich.

Daraufhin schwiegen wir.

Aber es war nicht mehr das Schweigen von der Erde, dem wir uns unterwarfen. Es war das Schweigen Perms, die Ahnung einer neuen Wirklichkeit, durch die wir jetzt gingen, über eine große namenlose Ebene. Das Meer, sein Plätschern und Glucksen, ließen wir hinter uns, unsere Schritte waren das einzige Geräusch.

Da lagen die Gondeln des Riesenrads verstreut, aufgerissen, zersplittert und verformt, als hätte ein Riese sie abgerissen und im Zorn zu Boden geschleudert. Erst eine, dann kamen mehr, sie lagen überall, im Boden eingesunken, waren ein Teil von ihm, vielleicht sogar, in Zeiten großer Fluten, schon Meeresgrund gewesen.

Ich war mir sicher, dass in einer der zerstörten Gondeln jemand saß, etwas Helles auf dem Schoß. Ich glaube, Loy und Papa sahen es auch, aber niemand sagte etwas. Wir hielten uns an die Eule und das Gebot zu schweigen angesichts der wenigen Luft. Vor uns ragten Stützpfeiler aus der Dunkelheit des Berges, in Rot und Weiß, abgebrochen und ins Nichts gehend.

Darunter lag quer die Schiene im Glastunnel, die Santa Maria Navarrese mit Monte Ferru verband. Wir folgten ihr nach Norden. Sie ging schnurgerade über alle Unebenheiten hinweg. Papa keuchte und stöhnte dennoch bei jedem Schritt, als würde er ersticken. Wir halfen ihm auf, als er ohne jedes Hindernis stürzte; als sein Helm erschöpft war, teilten wir unsere mit ihm, in alter Routine.

Das Licht von Santa Maria Navarrese wuchs an, teilte sich, je näher wir kamen, in einzelne Lichter auf. Sie schienen vom Dach eines großen dunklen Würfels, wo sie eine Reihe Antennen beleuchteten, die wie dünne Kakteen in den Himmel ragten. Die raue Oberfläche des Würfels ahmte die felsige Umgebung nach, so wie wir es von den Lyneham-Biomen her kannten. Das Gebäude hatte aber nicht annähernd die Dimension von Monte Ferru.

Seine Umgebung war in regelmäßigen Abständen von gleich großen kreisrunden Löchern durchzogen, die einen Durchmesser von mehreren Metern hatten. Sie waren mit silbern glänzenden Lamellen verschlossen. Ich wusste, was sie beinhalteten, denn ich hatte diese Anordnung schon auf der Erde gesehen. Löcher in der Erde, die sich öffnen konnten, und gleißend helle Lichter, die aus ihnen in den Weltraum stiegen.

Aus so einem waren wir hierhergekommen.

Santa Maria Navarrese war ein Terminal.

Auch Papa und Loy schienen das in diesem Moment zu begreifen. Wir blieben stehen und spürten die Vibrationen des Bodens unter unseren Füßen.

Aus einem der Löcher drang ein rotorangenes Glühen.

Ein Start, wohin auch immer, stand unmittelbar bevor.

ABSCHIED

Im tieferen Grund, Jahr 32

Ich habe mich seit jeher bemüht, auf alles gefasst zu sein. Immer wenn ich mit Nummer zwei und dem Bohrer zurück in unser Versteck komme, arbeiten wir uns langsam und vorsichtig in die felsigen Gründe vor, um zu sehen, ob es unerwünschten Besuch gibt.

Die Jahre haben mich glücklicherweise nicht unvorsichtig werden lassen, auch Nummer zwei nicht. Seit ich nicht mehr so gut zu Fuß bin und der Bohrer mich die meiste Zeit trägt, übernimmt sie die Vorhut zuverlässig, springt und tastet sich vor, kommt zurück und erstattet mir mit Handzeichen Bericht.

Doch ich bin es, die den Gleiter zuerst sieht.

Es liegt vermutlich daran, dass sie noch nie einen gesehen hat. Ich lege den Finger auf den Mund, signalisiere absolute Stille. Der Gleiter steht vor dem sehenswürdigen Felsen, der wie eine riesige erstarrte Welle aussieht und einen der wichtigsten Zutritte in die tieferen Gründe von Suttaterra überdacht. Aufgrund der Enge des Spalts sehe ich nur eine der Landekufen, doch das genügt, um sofort Bescheid zu wissen.

Jetzt ist er da.

Er hat uns gefunden.

Ich gebe dem Bohrer ein Handzeichen, dass er Nummer zwei begleiten soll auf dem Weg nach Fossholl. Nummer zwei kennt die Handzeichen und nickt.

Ich muss doch etwas reden, ich gehe ganz nah an das Mikrophon des Bohrers. Ein Mensch würde mich nicht hören können.

»Wir kennen uns 32 Jahre. Wir haben füreinander gesorgt, in Licht und in Schatten. Du wirst dich an alles halten, was ich dich gelehrt und was ich dir befohlen habe.«

»Ich kann dafür nur garantieren«, flüstert der Bohrer, »solange es nicht im Widerspruch zu dem steht, was meine kommenden Vorgesetzten von mir verlangen.«

»In Licht und in Schatten«, sage ich.

»In Licht und in Schatten«, sagt der Bohrer.

Ich schaue Nummer zwei an. Für einen langen Abschied ist keine Zeit, das wissen wir beide. Dass wir uns vielleicht nicht wiedersehen, weiß nur ich. Wir nehmen uns in den Arm, ihre schwammige Haut ist weich wie ein Kissen. Die Haut des Bohrers ist das Gegenteil davon.

Ich zähle bei beiden bis zwölf, das macht zusammen 24, dann lass ich sie los.

Nummer zwei springt huckepack auf den Bohrer.

Als er mit ihr in die Schlucht Richtung Süden sprintet, wünsche ich mir, Nummer zwei würde sich noch einmal umdrehen, noch einmal zurück nach mir sehen, aber das tut sie nicht. Sie tut, was zu tun ist, folgt meinen eigenen Instruktionen. Zurückschauen hat noch niemandem geholfen, und niemand sollte das so gut verstehen wie ich.

Ich setze mir eine Maske auf, gehe unter die steinerne Welle und steige, auf alles gefasst, in die tieferen Gründe hinab.

SANTA MARIA NAVARRESE

Der kleine Junge in der Wartehalle des Terminals saß über ein dickes Buch gebeugt, das auf seinem Schoß lag. Die langen blonden Haare hatte er am Hinterkopf zusammengebunden, ein paar Strähnen hatten sich daraus gelöst und hingen vor seinem Gesicht. Neben seinen Füßen standen ein Ziehkoffer und ein kleiner karierter Rucksack.

Er sah auf, als wir Papa hereintrugen und auf den Sitz neben ihn hievten. Er wusste nicht, ob er weiterlesen oder, irgendwie, helfen sollte. Papa streckte die Beine aus und krallte sich in den Armlehnen des Sitzes fest.

»Wo sind wir?«, fragte er keuchend.

Er war, seit wir durch den Überdruckschacht einen Weg in das Terminal gefunden hatten, zunehmend verwirrt und verängstigt.

»Im Terminal C, Sir«, sagte der Junge höflich und musterte Papa, dem das Elend ins Gesicht geschrieben war.

»Was ist Terminal C?«

»Wir treffen uns hier.«

»Wer?«

»Die mit der Santa Maria fliegen. Fliegen Sie auch mit?«

Papa hustete und stöhnte.

»Wo geht es hin?«, fragte er.

»Das wissen Sie nicht?« Der Junge schüttelte den Kopf. »Sie machen Spaß.«

»Ich mache nie Spaß«, brüllte Papa.

»Was ist los mit Ihnen? Warum geht es Ihnen so schlecht?«

»Sag du's mir!« Papa japste und griff nach meiner Schulter. »Wir müssen zu Chester!« Er stand auf, verlor jedoch das Gleichgewicht und fiel der Länge nach auf den weißen blank geputzten Boden.

»Chester? Nie gehört«, sagte der Junge.

»Er ist in Monte Ferru. Ich muss zu ihm.«

»Oh weh!«, sagte der Junge leise.

»Was?«

Der Junge schüttelte seine Hand. »Monte Ferru. Nicht gut«, sagte er.

»Was?«

»Haben Sie's nicht gehört? Die Anomalie kommt. Und die Seismischen auch, wie es scheint.«

»Ich muss da hin!«

»Das ist weit. Und der Zug fährt nicht. Ihr müsstet laufen.«

Papa stöhnte.

»Habt ihr einen Arzt?«, fragte Loy.

»Ja«, sagte der Junge und sah zu Papa. »Ich kann jemanden holen.« Er legte das Buch, *Mathematische Prinzipien der Naturlehre,* auf den Sitz und verschwand durch eine zischende Hydrauliktür.

Papa versuchte, wieder auf den Stuhl zu kommen, gab es nach kurzer Zeit auf und blieb auf dem Boden sitzen. »Es wird alles wieder gut«, sagte er zu Loy.

»Das weiß ich.«

»Mir ist nur ein bisschen schlecht«, sagte er. »Es kann sein, dass ich gleich breche. Dann schaust du weg, ja?«

»Ja.«

Die Tür zischte auf. Der langhaarige Junge erschien wieder, er zog ein Mädchen mit einem dunklen Lockenkopf an der Hand hinter sich her. Als sie Papa entdeckte, schüttelte sie sich los und kam auf ihn zugerannt.

»Gerty«, sagte sie und gab ihm die Hand. »Wie geht es Ihnen?«

»Supergut«, sagte Papa.

Gerty legte den Daumen auf seine Wange und zog die Haut nach unten, um den Augapfel zu begutachten.

»Schwindel, Übelkeit?«, fragte sie.

»Ja.«

»Kommen Sie von draußen?«

»Ja.«

»Hatten Sie einen Helm auf?«

»Ja.«

»Die ganze Zeit?«

»Ja.«

»Ich muss mal in Ihr Auge schauen!«

Gerty zog eine Taschenlampe hervor und leuchtete damit in Papas Auge. Der Junge mit dem Zopf ging neben ihr in die Hocke. Papa lehnte sich an die Kante des Stuhls.

»Atemwege?«, fragte er.

»Stör mich jetzt nicht.«

Gerty nahm Papas Handgelenk auf und legte den Daumen auf seinen Puls.

»Wie alt bist du?«, fragte Papa.

»Zehn. Haben Sie einen Tunnelblick?«

»Was soll das heißen?«

»Ein verengtes Sichtfeld, Sehstörungen aller Art?«

»Kann sein.«

Gerty ließ Papas Handgelenk los. »Puls normal. Pfeifen oder Rauschen im Ohr?«

»Ja.«

Loy war aufgestanden und an die Scheibe getreten. Auf dem Feld mit den Löchern draußen bewegte sich etwas Kleines.

»Was ist mit Ihrer Haut?«, fragte Gerty. »Haben Sie Allergien?«

»Nein«, sagte Papa.

»Aber Sie bekommen nur schwer Luft?«

»Ja.«

»Normalerweise würde ich auf eine allergische Reaktion tippen. Aber Sie haben Symptome, die auf ein respiratorisches Problem hinweisen.«

»Was heißt das?«

»Es geht um die Atemwege und die Sauerstoffaufnahme.«

»Zu wenig Sauerstoff?«, fragte Papa.

»Nein. Zu viel.«

»Was?«

»Probieren Sie mal, nur kleine, kurze Atemzüge zu nehmen, um die Sauerstoffaufnahme zu begrenzen. Sie können auch für eine Weile die Luft anhalten und schauen, ob das schon einen positiven Effekt hat.«

»Wer bist du?«, fragte Papa.

»Gerty Cori.«

»Wie alt bist du?«

»Oh Gott«, sagte Loy und drehte sich langsam von der Scheibe weg.

»Was ist?«

»Vielleicht muss er raus«, sagte sie ernst.

»Wer?«, fragte ich.

»Papa.« Sie starrte erst mich an, dann Gerty. Sie hatte eine Träne im Auge.

»Wohin soll ich raus?«, fragte Papa.

»Na, raus«, sagte sie, drehte sich wieder zur Scheibe und schattete ihr Gesicht ab, um die Spiegelung der Scheibe abzuhalten.

»Vielleicht hat sie recht«, sagte Gerty.

»Was?«, fragte der Junge mit dem Zopf. »Niemand kann raus.«

»Sind Sie mal gebissen worden. Von einem Perm-Tier?«, fragte Gerty.

Papa sah uns fragend an.

»Ja, ist er«, sagte ich. »Ganz oft.«

»Wir Ärzte habe eine Theorie über eine –«

»Ihr – Ärzte?«, fragte Papa. Seine Hände zitterten, der Schweiß trat ihm auf die Stirn.

»Ja«, sagte Gerty. »Ich, Ernst, René, Doro, Alex.«

Sie zählte eine Reihe weiterer Namen auf, aber Papa hörte sie nicht mehr, da er das Bewusstsein verloren hatte. Er kippte zur Seite und blieb vor der Sitzreihe liegen.

»Ich hätte gerne Zeit für eine zweite Meinung«, sagte Gerty und griff Papa unter die Arme. Sie hielt ihre Hand über seinen Mund, um zu fühlen, ob er noch atmete. »Aber die haben wir nicht.« Sie sah zu mir. »Hilf mir bitte!«

»Was hast du vor?«, fragte der Junge mit dem Zopf.

»Es ist sehr sicher eine Sauerstofftoxikose.« Ich nahm die Füße, und wir schleiften Papa über den Boden. »Der Organismus kann empfindlich reagieren, wenn er zu viel bekommt. Es soll nicht so unangenehm sein wie zu wenig, aber es kann böse enden. Das größte Massensterben auf der Erde kam vom Sauerstoff.«

»Und da wollen wir hin?«

Wir zerrten Papa in Richtung des Überdruckschachtes, durch den wir gekommen waren. Gerty tat sich schwer mit Papas Gewicht. Sie sah selbst nicht sehr gesund aus, war schmächtig und blass. Unter ihren Hosenbeinen und Ärmeln zeichneten sich dünne Gliedmaßen ab.

Bei den anderen Kindern, die nun die Halle betraten, war das nicht viel anders. Sie zogen Koffer hinter sich her und trugen kleine Rucksäcke auf ihren schmalen Rücken. Sie sahen aus wie Klugscheißer, die in jeder normalen Schule gehänselt werden. In ihrem Gefolge erschien die gleiche Anzahl Maschinen, alle ungefähr von Ronnys Bauart, aber mit einem weichen Stoff überzogen. Vermutlich Privatlehrkräfte, für jedes Kind eine.

Ein Mädchen ging zu dem Automaten, der in der Ecke stand, und drückte seinen Daumen auf einen Sensor. Eine kleine Gurke fiel mit leisem Poltern in den Ausgabeschacht, das Mädchen zog sie heraus und gab dem Jungen neben sich ein Stück ab, bevor sie selbst hineinbiss.

»Was macht ihr denn?«, fragte sie. Auf ihren Rucksack war der Name Rosalind F. gestickt.

»Wir bringen den Mann raus«, sagte Gerty.

»Wieso?«

»Er hat die Krankheit.«

»Welche?«

»Die!«

Die Kinder gingen erschrocken einige Schritte von uns weg.

»Es geht nicht über die Luft«, sagte Gerty. »Ihr könnt ruhig helfen.«

Die Kinder rührten sich nicht von der Stelle, begannen, mit ihren Lehrkräften zu tuscheln. Offenbar ging es darum, sich maschinell zu versichern, dass Gerty keinen Quatsch erzählte.

Wir zerrten Papa an ihnen vorbei. Rosalind war die Einzige, die Gerty zu Hilfe kam und eins von Papas Beinen übernahm. Als wir beim Schacht angelangt waren, öffnete ich den Zugang.

»Wer hat dir gezeigt, wie das geht?«

»Ferenc«, sagte ich.

»Wer?«

Gerty prüfte noch einmal Papas Atem, nickte, dann ließen wir ihn in das quadratische Loch fallen. Der Aufprall weckte ihn nicht, er schien noch tiefer zu schlafen als vorher.

Gerty, Loy und ich sprangen ihm nach, die verwunderten Blicke der anderen Kinder im Rücken.

»Wenn ihr ihn rausbringt, wird er vielleicht sterben«, rief ein Junge in den Schacht. »Lasst ihn doch einfach in eine Tüte atmen!«

Loy schüttelte den Kopf. »Er muss raus«, sagte sie.

Gerty nickte ihr zu und begann, Papa an den Schultern zum Ausgang des Schachts zu ziehen. Wir schoben an den Füßen nach.

»Es gibt die Theorie, dass es bei dem Syndrom nicht nur um die Sauerstoffreduktion geht. Die Betroffenen brauchen auch die anderen Bestandteile der Perm-Atmosphäre, um durchatmen zu können. Ihr respiratorisches System ist, nach dem Durchleiden der Krankheit, an Perm angepasst. Das Syndrom ist gefürchtet, denn es kann nicht rückgängig gemacht werden. Niemand von uns geht raus, wegen der Angst vor Bissen. Ich würde gerne an einem Impfstoff arbeiten, aber unsere baldige Abreise verunmöglicht dieses Vorhaben.«

»Seid ihr alle so?«, fragte ich.

»Was?«

»Na, wie du bist.«

»Keine Ahnung.«

»Los jetzt!«, rief Loy.

Wir hielten die Luft an und schoben Papa nach draußen.

»Es kann sein, dass das nun ein bisschen dauert«, erklärte Gerty. »Wir müssen Geduld haben.«

»Wie lange?«, fragte Loy.

»Die Forschung schwankt zwischen zwei und fünf Minuten. Dann beginnt der Schwefel zu wirken.«

»Okay«, sagte Loy und holte tief Luft. Dann verschwand sie nach draußen, bevor ich irgendetwas dagegen einwenden konnte.

»Loy!«, rief ich.

»Bin gleich wieder da.«

Ich steckte den Kopf nach draußen. Loy war über Papa gesprungen und lief über das Feld.

»Wohin willst du?«, rief ich.

Sie antwortete nicht, um Luft zu sparen.

Ich zog meinen Kopf zurück und sah Gerty an.

»Du bist dünn«, sagte ich.

»Ja.« Sie rutschte an die Wand zurück. »Noah sagt, die ersten Wochen werden die schwersten sein.«

»Welche ersten Wochen?«

»Die auf der Erde.«

Loy platzte durch die Lamellen zurück in den Schacht. Sie hatte Öter im Arm.

Draußen hustete Papa.

IN RUHE

Im tieferen Grund, Jahr 32

Weißt du, was das Geheimnis jedes Baumhauses ist, das Eltern ihren Kindern bauen?«, fragt mich Noah, in der Mitte meiner Höhle kniend, die Hand auf den Pflock gestützt, an dem noch die alte Leine für Nummer zwei hängt. »Das Geheimnis von selbst gemachten Puppenhäusern, geschnitzten Segelschiffen oder – Luftschlössern und Kugelbahnen?«

Ich zucke mit den Schultern.

»Du hast deine Ruhe.« Noah steht auf und kommt langsam auf mich zu. »Du tust etwas für deine Kinder, baust etwas Liebevolles, Großartiges, Bereicherndes. Eine Erinnerung fürs Leben. Und gleichzeitig hast du deine Ruhe vor ihnen, kannst ungestört mit deinem Werkzeugkasten spielen.«

Ich schaue nicht zu Noah, sondern zu Patrick und Dennis, die gerade den Bioreaktor von der Felswand abschrauben, um ihn mir wegzunehmen. Noah bleibt vor mir stehen.

»Es soll ja Menschen geben, die mit dem Alter an Schönheit gewinnen. Aber die meisten gewinnen nur an Alter.«

Ich schaue ihn an. »Du hast lange gebraucht, um mich zu finden.«

»Nein«, sagt er. »Das habe ich nicht.« Er lächelt und geht zum Sequenzer. »Oh, dein Hexenkessel. Hast du es schon ausgesetzt?«

»Es heißt freisetzen.«

»Hast du es schon freigesetzt?«

»Ja.« Ich überlege. »Vor dreizehn Jahren.«

Er spitzt den Mund. »Nicht schlecht. Das ist schnell.«

»Es ist auf ganz Perm, Noah. Jedes Tier hat es.«

»Und du bist nicht der Versuchung erlegen, es an dir selbst auszuprobieren?«

Dazu sage ich nichts. Es ist nicht allzu hell hier in meinem Souterrain.

»Nicht beißen lassen!«, ruft Noah Dennis und Patrick nach, die den Reaktor hinaustragen. »Sonst müsst ihr hierbleiben.«

Der letzte Satz irritiert mich. Aber ich habe keine Lust, die Unwissende zu geben. Sie sind alle drei kaum gealtert, sehen genauso aus, wie ich sie in Erinnerung habe. Sie haben geschlafen, und ich habe gearbeitet.

Dennis und Patrick kommen zurück, um den zweiten Bioreaktor zu demontieren. Noah stellt sich neben sie und schaut ihnen auf die Finger.

»Manchmal glaube ich«, sagt er, »die Welt ist ein Spiel, das mit uns gespielt wird. Das hat alles ein System und eine Regel. Jede Erfindung, jeder Meilenstein, jede technische Errungenschaft ist Segen und Fluch zugleich. Wir haben noch nie etwas erfunden, das einfach nur gut ist. Der Faustkeil hilft beim Schneiden – und beim Töten, das Rad bringt dich schneller wohin, aber überfährt süße kleine Tiere und schwächt deine Beine. Penicillin rettet Leben, schafft aber multiresistente Keime. Eine große Bombe tötet Tausende, aber beendet den Krieg. Das ist kein Zufall, das ist ein universelles Prinzip. Immer wenn wir versuchen, die grausame Langsamkeit der Evolution zu übergehen, ist es zum kurzfristigen Wohl, aber zum langfristigen Schaden.«

»Worauf willst du hinaus?«, frage ich.

»Du hast, wohlgemerkt vor 32 Jahren, selbst einmal davon geredet. Von der prinzipiellen Natur der Dinge.«

»Kann sein.«

»Aber du hast es nicht zu Ende gedacht.«

Ich schaue ihn nur an, sage nichts.

»Das unbegrenzte Schlafen, das Pausieren des Lebens, die Stasis in einer Kammer ist vielleicht die erste und einzige Erfindung in der Geschichte, die keinerlei Schattenseite hat. Wir tun nichts Böses, wenn wir schlafen, uns nicht und der Welt nicht. Wir lassen die Dinge kommen, wie sie kommen. Und es geht wieder und wieder, so lange und so oft, wie wir möchten.«

»Und?«

Er lächelt. »Du arbeitest viel zu gerne, um das wahrhaben zu wollen. Du baust hier, in Ruhe, ein Baumhaus nach dem anderen.«

Dennis schiebt ein Häufchen Schrauben über die Felsenkante in seine geöffnete Hand, während Patrick den Staub vom Deckel des Reaktors bläst.

»Ich will, dass du es zugibst«, sagt Noah.

»Was?«

»Du warst gerne hier. In deiner Höhle.«

Ich hebe die Hände. »Ich bin alt, Noah.«

»Das sehe ich.«

Ich muss Luft holen, bevor ich antworte. »Aber, ja, ich hab es gerne gemacht.«

»Und ich danke dir, für alles. Du hinterlässt einen wahren Schatz. Deine Baupläne für zwei Linearbiome in Monte Ferru sind durchdachter als VENTs Entwürfe für Gairo, vor allem das Notfallkonzept. Auf solche Ideen kommt keine Maschine, so was kannst nur du. Es lässt sich allerdings ins Gegenteil einer kollektiven Rettung verkehren, wenn man so will. Aber lassen wir das. Die thermodynamischen Schutzanzüge, die Tarnungstechnologie, alles Nobelpreise. Sehr schön und erstmalig: die Taxonomie der Tiere, deine Untersuchungen zur Phagosexualität und zur Gesellschaft der Seismischen. Du bist ein Genie. Nur den ganzen XNA-Scheiß, den lassen wir einfach hier.«

»Was heißt das, hierlassen?«

Jetzt gebe ich die Unwissende, weil ich nicht mehr anders kann. Aber ich fürchte, ich habe es schon begriffen. Er sieht genüsslich zu, wie es in mir arbeitet.

»Du wolltest nie auf Perm bleiben?«, sage ich leise.

Er schüttelt langsam den Kopf. Es soll nach Mitleid aussehen. Mitleid mit einem dummen, naiven Hühnchen, das das große Ganze nicht verstanden hat – aber dem auch ein entscheidendes Detail des großen Ganzen verschwiegen wurde.

»Warum hast du nichts gesagt?«

Er sieht mich freundlich an. »Dein Glaube, dass wir auf Perm bleiben, hat deinen Forschungseifer beflügelt. Du hast geliefert in all den Jahren, mehr als wir erwartet haben. Wir werden einiges davon auf der Erde gut brauchen können, denn sie wird rau sein, wenn wir wieder da sind, fast so rau wie Perm. Aber nur fast. Tag und Nacht werden so sein, wie es sich gehört. Und wir haben wieder Normalgewicht.«

»Du hast mich arbeiten lassen?«

»Mir ist ein Rätsel, dass du wirklich geglaubt hast, wir würden auf diesem Drecksloch bleiben. Und vor allem, dass du dich verstecken könntest, mit all dem Zeug hier.«

Von einem Moment zum anderen wird mir schwindelig. Ich versuche, meine Augen nicht aufzureißen, aber das klappt nicht. Für einen kurzen Augenblick schaue ich auf den Pflock und die Leine. Er bemerkt es, folgt meinem Blick.

»Ein Haustier?«

Ich nicke.

»Ein Hase. Zu Forschungszwecken. Forschungshase.«

Die Daten, die ich nur schlecht gesichert habe, hat er. Vielleicht aber auch nur das. Er zieht den Pflock aus der Erde. Es geht überraschend leicht. Nummer eins und Nummer zwei sind nie auf die Idee gekommen, das zu probieren. Sie haben mit dem unhinterfragten Wissen gelebt, dass es unmöglich ist, den Pflock herauszuziehen, viele Jahre lang, obwohl sie irgendwann stark genug geworden waren, es zu tun. Sie sind im vermeintlich sicheren Wissen ihrer Kindheit geblieben.

Noah wiegt den Pflock in der Hand, zupft an der Leine.

»Ein unsichtbarer Hase?«

»Abgehauen. Sie hauen immer wieder ab.«

»Ist er tot?«

»Ich fürchte, ja«, lüge ich.

Er wirft den Pflock in den Sand. »Du benutzt lebende Geschöpfe für deine Ziele, Mildred. Ich habe nichts weiter gemacht, als dasselbe mit dir zu tun.«

»Ich bin ein Mensch, Noah!«

»Was ist mit dem großen Ganzen? Ein einzelner Mensch ist bei dir doch kein Kriterium!«

Ich will etwas sagen, doch er hebt die Hände.

»Wir haben nach Yuna gesucht. Aber du weißt natürlich nicht, wo sie ist, nicht wahr?«

Ich schweige. Ich weiß es wirklich nicht.

»Sie hat mir gefehlt. Ich weiß nicht, ob das ein Gefühl ist, das du kennst. Aber ich habe mir die Zeit genommen, dir zu verzeihen. Und du hast es ja selbst gesagt: All das hier ist Unsinn. Was soll man hier anderes finden als den Tod?«

»Ich wusste nicht, dass wir zurückkönnen. Ich wusste nicht, dass es geht.«

»Das hat mit Zu-Ende-Denken zu tun, deiner größten Schwäche.« Er legt den Kopf schief. »Wir können unbegrenzt schlafen. Wir haben Zeit. Hunderttausend Jahre, wenn es sein muss. Mit dem Sturz der Erdatmosphäre sind auch die Partikel gefallen. Wir hatten ihre Halbwertszeit, natürlich aus Versehen, nur ein bisschen zu lang eingestellt. Die –«

»Es war Absicht?«

»Die globalen Auswirkungen, erst außerhalb, dann innerhalb der Biome, sind bekannt. Erlaube mir noch einmal, dich zu zitieren: Der entscheidende Schritt geht von der Null zur Eins. Alles ist prinzipiell. Was einmal irgendwo gemacht wurde, kann jederzeit und überall gemacht werden.« Er sieht mich funkelnd an. »Oder längst gemacht worden sein.«

»Du Schwein!«

Noah legt den Finger auf den Mund. »Als es ums Zumachen der Tür hinter uns ging und um die Aussicht, dass wir hier in Ruhe neu anfangen können, dass niemand mehr kommen wird, hast du nichts dagegen gehabt! Du warst froh, dass es jemand erledigt hat.«

Das ist wahr.

»Wenn wir zur Erde kommen, wird es keine CCD-Partikel mehr geben. Stattdessen stehen da Nuraghen, in Lyneham, in Ely, Banbury, London, ach, auf der ganzen wüsten, leeren Welt. Die ersten Versionen, vermeintlich für Perm geplant, haben wir schon vor dem Abflug verkapselt und ausgesamt.

Das Rauschen, das du von draußen hörst, ist gerade jetzt, in diesem Moment auch auf der Erde zu hören. Sie stehen sogar auf Grönland und in der Antarktis. Und inzwischen haben wir, dank dir, verbesserte Versionen, getestet unter den durchaus rauen Bedingungen Perms. Auch diese sind schon unterwegs zur Erde und werden dort über die Kontinente verteilt. Sie werden den nützlichen Effekt ergänzen, den Ozeane haben, wenn die Sonne ungebremst strahlen kann und Millionen Tonnen Wasser pro Stunde verdampfen.«

»Es wird trotzdem eine tote Erde sein«, sage ich.

»Vielleicht. Aber wir haben dabei, was wir brauchen, um alles neu zu machen. Die Perm-Erfahrung, deine Biotheken und, vor allem, deine Perm-Erfahrung werden uns helfen. Und sollte es zum Atmen eine Weile nicht reichen, dann warten wir, bis es so weit ist. Entweder in einem permgetesteten Biom – oder schlafend. Wir haben Zeit. So viel Zeit.«

Ich starre auf meine Hände. Meine Lippen zittern, und ich beiße die Zähne zusammen. Meine Augen werden schwer. Eine uralte Empfindung, die sich Bahn bricht.

»Ich bin alt, Noah.«

»Ja. Jeder Mensch sollte sich gut überlegen, womit und mit wem er seine Jahre verbringt.«

Ich sinke zurück auf einen Felsen. Dennis und Patrick stecken einen Datenträger an den Kern des Reaktors und starten ein Back-up. Sie stehlen 32 Jahre, ohne dass ich das in ihren Gesichtern sehen kann. Was ich außer den Jahren alles verloren habe, muss ich für mich behalten.

Ich komme auf zwei Tränen, die ich mit dem Handrücken schnell beseitige.

»Bist du eigentlich aus Zuneigung bei mir auf der Erde geblieben?«, fragt er. »Oder aus Misstrauen?«

Ich zucke mit den Schultern. Ich habe Kopfschmerzen von der Luft, und es sticht in der Haut.

»Kommst du mal mit?«, frage ich irgendwann. »Du brauchst eine Maske.«

Er nickt seinen Handlangern zu, lässt sich eine Maske geben und folgt mir durch einen Felsspalt in eine tiefer gelegene Höhle, mein Gewächshaus. Ich setze mir selbst eine Maske auf, lasse sie aber ausgeschaltet, schließe die Schleuse hinter uns und schalte die Deckenbeleuchtung an. Weißes Licht fällt auf meine kleinen Felder.

»Im Tageslicht würde es noch besser wachsen«, sage ich.

Noah geht in die Knie und lässt eine Quinoaähre durch seine Handfläche streifen.

»Ist das das, was ich denke?«

»Ja. Er wächst hier!«, rufe ich. »Ich habe Süßkartoffeln, Gemüse, Kohl und Beeren. Ich konnte es anpassen. Die Zusammenstellung liefert die bestmögliche Kombination aus Kohlenhydraten, Proteinen, Fetten, Vitaminen und Minera–«

Er unterbricht mich mit einem lauten Lachen.

»Das ist wirklich dein Ernst?«

»Zwei Ökosysteme teilen sich dieselbe Erde und das Wasser. Es ist genug Wasser da. Es wird funktionieren. Thermodynamisch unsichtbare Reaktoren könnten ergänzen, was uns fehlt. Wir müssen sie nur bauen, zur Not im Orbit.«

»Du hast es wirklich gerne gemacht, nicht wahr?«

»War es deshalb falsch?«

Er zupft die Ähre ab und steht auf.

»Ich bin mir nicht sicher, ob Charles und deine Kinder hierbleiben wollen. Schau dich doch mal um.« Er hält mir die Quinoa hin. »Ich weiß nicht, ob ihnen das alles genügt. Sie werden zur Erde zurückwollen, wenn sie die Möglichkeit haben – und glauben, du wärst noch dort.«

Er gibt mir etwas Zeit, das Gesagte zu begreifen.

»Das tust du nicht!«

»Weißt du, eigentlich spielt es keine Rolle, was sie glauben oder was sie tun.« Er holt kurz Luft. »Ich werde auch hier die Tür hinter mir zumachen.«

Ich starre ihn an.

»Stell dich nicht dumm, Mildred. Du hast all die Jahre davon profitiert, dass wir hier die Ersten waren. Ich möchte, wenn ich endlich wieder nach Hause komme, auch dort der Erste sein. Und der Einzige. Das Gute ist, dass

Perm diesem Anliegen sehr einfach entgegenkommen wird, wenn wir die hiesige Natur ein wenig über Gebühr provozieren. Die Seismischen werden tun, was nötig ist. Danke auch für deine Studien dazu.«

Ohne mich anzusehen, geht er an mir vorbei und öffnet die Schleuse, um wieder nach oben zu gelangen. Bevor ich hinter ihm herlaufe, hole ich einen meiner kleinen, unsichtbaren Moschops aus ihrem Gehege und nehme ihn mit.

Dennis und Patrick haben das Back-up beendet und bringen den Reaktor noch draußen. Ich setze den Moschops unauffällig auf den Boden und nehme die Maske vom Gesicht. Die Höhle ist jetzt, bis auf meine persönlichen Sachen, beinahe leer. Noah entdeckt das schwarze Foto mit dem kleinen Punkt in der Schwärze und nimmt es von der Wand.

»Sind sie das? Als wir sie überholt haben?«

Ich nicke. Er hält es mir hin.

»So zerbrechlich und klein, nicht wahr?«

»Kannst du sie –?«

»Nein«, unterbricht er mich und lächelt. »Es liegt nicht am Weg. Nicht mehr. Solche Manöver waren nie vorgesehen. Die Module werden noch 4800 Jahre lang beschleunigen und dann, in der Mitte des Weges, zu bremsen anfangen. Die Schiffe sind so konzipiert, dass sie sich durch nichts davon abhalten lassen. Du selbst wolltest es so.«

»Gib mir noch ein Leben, und ich lass mir was einfallen!«, sage ich.

Dennis und Patrick kommen mit leeren Händen zurück. »Wir wären so weit, Sir!«, sagt Dennis. Er weicht meinem Blick aus, auch Patrick starrt zu Boden.

»Wartet draußen auf mich.« Noah legt das Bild zur Seite. »Ich komme gleich.«

»Sicher?«

»Tut, was ich sage. Kontaktiert die anderen, sie sollen den Start vorbereiten.«

Sie gehen, den Blick gesenkt, als wäre ich nicht da.

»Ihr fliegt jetzt?«

»Ja. Die Konstellation ist günstig. Da ist gerade nicht das Geringste im Weg bis zur Erde.«

Ich betrachte meine zitternden Hände, fasse mir an den Hals.

»Ich weiß nicht, ob das stimmt«, sage ich leise.

»Was meinst du?«

Ich nehme das Bild in die Hand. »Vielleicht hast du nicht alle Konstellationen berücksichtigt.«

»Sir?«, ruft Dennis von draußen.

»Ich bin gleich da!«

Noah kommt auf mich zu, sieht mich fragend an.

»Sag denen da draußen, dass du nicht gleich da sein wirst.«

»Warum?«

Ich halte ihm das Bild hin. »Es gibt da etwas, das du über diese Menschen in diesem kleinen zerbrechlichen Schiff wissen solltest, bevor du dich aus dem Staub machst.«

SCHIENE

Loy und ich rannten durch den Glastunnel der Schwebebahn nach Süden, um zurück nach Monte Ferru zu gelangen. Draußen rannte Papa, mit Öter auf dem Arm.

Er hatte keinen Helm auf. Er und Loys Hase atmeten die Luft Perms. Das war schrecklich und schön zugleich. Immer wieder sah er nach uns, zügelte sich, nicht zu schnell zu laufen.

Immer näher kam der Berg und türmte sich vor uns auf. Der Tunnel führte schnurgerade auf ihn zu, und wo er in den Monte Ferru hineinging, wurde er stockdunkel.

Loy nahm meine Hand, und wir hielten an.

Papa war an der Scheibe stehen geblieben.

»Halt Öter gut fest!«, rief Loy. Er konnte es nicht hören, nickte aber trotzdem und lächelte.

Er zeigte auf sich und dann auf die Gola hinter sich, um das Besprochene noch einmal zu bekräftigen: Er musste durch die Schlucht laufen, während Loy und ich den Tunnel nahmen. Ich tastete meine Hosentasche nach der Zugangskarte ab, die er mir gegeben hatte. Sie war da.

»Halt Öter gut fest!«, rief Loy noch einmal.

Papa nickte und lächelte. Vielleicht verstand er sie auch. Er hob noch einmal die Hand, winkte, und dann rannte er los. Wir blieben stehen und sahen ihm nach.

»Er wird Öter gut festhalten«, sagte ich zu Loy. »Ganz bestimmt.«

Die Windleite stand über dem Golf. Ihre Farbe und die des Meeres darunter waren beinahe gleich, sie schienen am Horizont zu verschmelzen. Davor standen die Ruinen von Gairo.

Papa war nur noch ein kleiner Punkt in der Ebene.

Loy zog an meiner Hand.

Als wir uns dem Berg zuwandten, hatte ich für einen winzigen Moment den Eindruck, unter der Wasseroberfläche der Windleite etwas gesehen zu haben, was auch immer.

Zusammen liefen wir auf den Berg zu.

MOSCHOPS

Im tieferen Grund, Jahr 32

Noah hat auf einer Steinkante Platz genommen.
Er sieht mich lange an und überlegt. Dann beugt er sich vor, stützt die Ellenbogen auf die Knie, verschränkt die Finger und überlegt weiter. Dennis und Patrick kommen, sie haben sich Sorgen gemacht, er schickt sie wieder weg.
Als sie gehen, werfen sie einen irritierten Blick auf das schwarze Bild mit dem kleinen grauen Punkt, das Noah in der Hand hält. Nach einer Weile macht er den Rücken wieder gerade, lehnt sich an die Höhlenwand, nickt langsam und schaut mir in die Augen.

»Gut. Dann so.«

Ich erwidere seinen Blick und sage nichts. Noah streicht mit der Hand über den Felsen, auf dem er sitzt.

»Ich werde eben noch ein bisschen bleiben. Und warten. Ich mach es den Leuten schön. Am besten erfülle ich ihre Wünsche, das hat schon immer gut funktioniert. Ich teste eine Weile die Tragfähigkeit einer unpolitischen, geschichtslosen Rechtsform. Und ganz nebenbei kriege ich raus, was ich wissen muss. Und wenn ich es weiß, werde ich tun, was ich gut kann.«

»Ein Arschloch sein?«

»In einer Sache sind wir uns vermutlich einig«, sagt Noah, »Geheimnisse sind Macht.«

Ich nicke und schließe für einen Moment die Augen. »Sie sorgen erfahrungsgemäß für Frieden«, sage ich.

»Weiß Charles davon?«, fragt er.

»Natürlich. Geheimnisse sind auch das Ende jeder Beziehung, wie du weißt.«

Noah zerreibt etwas Sand zwischen Daumen und Zeigefinger.

»Ich werde die Vaterschaftsbestimmung nicht gleich machen. Vielleicht mache ich sie auch gar nicht. Ich möchte schauen, ob ich selbst herausfinde, wer es ist. Die Biologie ist ja immer nur ein Teil des Ganzen.«

»Vielleicht der kleinste«, sage ich.

Der Moschops hat es sich in einer Ecke der Höhle bequem gemacht. Wo er liegt, ist eine kleine Mulde im Sand.

»Für dich ist alles ein Spiel«, sage ich.

»Was ist es denn sonst?«

Er weiß, wie groß meine Angst ist. Aber ich glaube nicht, dass er es nur genießt. Ich bin ja, sogar für ihn, nun nicht mehr irgendwer.

»Du wirst Verständnis haben«, beginnt er, »dass ich erst einmal nur für mein Kind spreche. Oder meine Kinder. Du weißt ja selbst, wie wichtig es ist, den Blick zu verengen, um geistig gesund zu bleiben.«

»Bitte, Noah!«, rufe ich. »Sie gehören zusammen. Sie wissen nicht, dass –«

»Ah!« Jetzt brüllt er und reißt die Augen auf. Es ist das erste Mal, dass ich ihn brüllen höre, es geht mir durch Mark und Bein. In der Ecke, wo der Moschops liegt, spritzt Sand auf. Er hat es nicht gesehen. »Du entscheidest also allein, wer was wissen soll? Je nachdem, wie es dir dienlich ist, bestimmst du über Geheimnis und Offenbarung, so wie es dir passt?« Er schüttelt langsam den Kopf und sieht mich hasserfüllt und abschätzig an. »Das wird jetzt aufhören, Mildred. Diese scheußliche Hoheit endet hier und jetzt.«

»Du hättest doch nie Zeit gehabt!«, rufe ich verzweifelt. »Geschweige denn, sie dir genommen!«

»Genauso wenig wie du! Du hast hier mit deinen Sachen gespielt, über dreißig Jahre lang!«

»Sie sind in guten Händen. Nur weil ich sie ausgetragen und gestillt habe, bin ich nicht zuständiger.«

»Warum hast du es mir nicht gesagt?«

»Wegen des Leidens.«

»Unter mir?« Er breitet die Arme aus. Mit der roten unbändigen Wut, die sich in seinem Gesicht ausbreitet, beantwortet er die Frage selbst.

Ich ticke vor Angst, mein Blick schlägt zur Seite aus. Das erste Mal seit Jahren. Für Sekundenbruchteile sehe ich, wie der Moschops sein kleines Gewicht gegen die geschlossene Schleuse drückt. Er will zurück nach unten, genau wie ich.

»Ich hab die Kinder geschützt«, sage ich leise.

»Wovor?«

»Vor uns beiden.«

Sein Blick ist eisig.

»Ich wünsche mir so sehr, sie zu fühlen«, sage ich. »So wie Charles das tut. Aber ich kann es nicht. Genauso wenig wie du. Darin sind wir uns ähnlich, Noah.«

»Wer von ihnen ist es, Mildred?«

»Ich werde es dir nicht sagen. Das ist alles, was ich noch habe.«

Er nickt langsam. Von der Schleusentür kommt ein kleines Kratzen, Noah kann aber nichts erkennen und schaut wieder zu mir. Die Röte weicht langsam aus seinem Gesicht und, macht einer tiefen Kälte Platz.

»Weißt du eigentlich, warum Maschinen nicht über Gott sprechen können, ohne sich, sicherheitshalber, abzuschalten?«

Ich zucke mit den Schultern. Mit dem Bohrer habe ich das Thema stets vermieden.

»Maschinen kommen mit dem Widerspruch nicht klar. Die Güte eines einzigen Gottes und seine gleichzeitige Allmacht sind logisch nicht zu vereinen. Eine Maschine kann nicht verstehen, dass der Schöpfer der Welt und der Lenker aller Dinge jemand ist, der die Menschen schlägt und sie dann von seinen eigenen Schlägen zu trösten vermag.«

Er sieht durch mich hindurch und nickt in sich hinein.

»Ich werde die trösten, die ich schlage. Ich tröste sie von meinen eigenen Schlägen. Ich binde sie durch das Leid und die Schmerzen an mich, die ich ihnen selbst zugefügt habe. Beim lieben Gott hielten die Menschen diesen Widerspruch aus. Vielleicht nur, weil sie nicht wirklich darüber nachgedacht

haben – so wie eine Maschine das tun würde. Vielleicht ist es aber auch eine Typfrage oder hat einfach mit dem Haushalten von Wissen zu tun.«

»Worauf willst du hinaus?«

»Mein Kind wird nicht wissen, dass der Tod der anderen aus meiner Hand kam. Und der Tod der anderen wird es an mich binden, denn ich werde es trösten. Es weiß nicht, dass auch ich es war, der die anderen geschlagen hat. Über dieses Geheimnis werde ich allein bestimmen.«

»Sie haben dir nichts getan.«

»Von der Null zur Eins, Mildred. So viele haben mir schon nichts getan, und ich habe sie trotzdem geschlagen. Vergiss nicht, wie gleich wir uns sind. So viele waren auch dir schon einerlei, solange du deinesgleichen in Sicherheit wusstest. Was tut man nicht alles für seine Kinder?«

Ich presse die Zähne zusammen. Keine Träne wird mich jetzt weiterbringen, so viel ist mir klar, sondern nur das Annehmen der Sprache, die er versteht. Von der Schleuse her bildet sich eine kleine Spur im Sand.

»Du wirst ihnen ein Paradies bereiten, Noah. Und zwar allen, die kommen. Nichts Geringeres.«

»Warum sollte ich?«

Ich zeige auf den Pflock, der neben ihm im Sand liegt. »Das war kein Hase. Du weißt wirklich nicht, was ich hier von der Leine gelassen habe, oder?«

Er legt den Kopf schief, geht von einem Bluff aus. Aber er weiß auch: Ich bin die, die den Fisch gegessen hat.

»Komm mal her, ich sage es dir«, flüstere ich.

Er zögert, kommt dann aber vorsichtig näher.

»Warum so leise?«

»Dann kannst du dir überlegen«, flüstere ich, »ob die beiden Schwachköpfe da draußen es wissen dürfen.«

Ich sehe ihm an, dass er die beiden jetzt gerne in seiner Nähe wüsste. Aber nichts ist ihm mehr zuwider, als vor mir Angst zu haben. Ich tue so, als wollte ich ihm gleich etwas ins Ohr flüstern.

Ich bin mit der Schwerkraft Perms inzwischen gut vertraut und kenne meine Grenzen. Ich weiß, wann ich losspringen muss und mit welcher Kraft.

Als unsere Körper zusammentreffen, kippt er rücklings in den Sand, ich lande auf ihm und presse seine Hände nach unten. Die Zeit, über die Parallelen zu seiner Kindheit nachzudenken, hat er nicht. Ich nehme den Pflock neben uns aus dem Sand und ramme ihn in sein Auge, so tief, dass nicht nur die Netzhaut, sondern auch der Sehnerv dran glauben muss.

Er brüllt und schreit, sodass er mir fast leidtut.

Den blutigen Pflock werfe ich zur Seite und greife nach dem Moschops. Jetzt muss ich Noahs Kopf fixieren, ich kralle mit der anderen Hand in seine Haare und drücke ihn zu Boden. Noah fuchtelt mit den Händen, erwischt mich aber kaum, ist viel zu sehr mit dem Schmerz beschäftigt.

Ich presse den Moschops mit dem Maul voran in Noahs Augenhöhle, in der Hoffnung, dass er zubeißt, auch wenn es für ihn nach gar nichts schmeckt. Blut sprudelt aus dem Loch, breitet sich auf dem Körper des kleinen Wesens aus und macht es auf diese Weise sichtbar. Ich packe Noahs Arme und drücke sie wieder auf den Boden.

»Beiß!«, schreie ich den Moschops an, doch dieser ist damit beschäftigt, sich freizukämpfen.

Plötzlich werde ich von hinten gepackt. Dennis zerrt mich von Noah weg und schleift mich zur hinteren Höhlenwand, wo er mich mit eisernem Griff festhält. Ich sehe, wie der Moschops aus Noahs Augenhöhle rutscht, da ist kein Blut auf seinen Zähnchen, als er nach Luft schnappt. Kein gutes Zeichen. Seine anschließende Flucht zieht eine rote Spur über den Sand und endet unter Patricks Stiefel, der ihn wie eine lästige Spinne zertritt. Noah wälzt sich heulend über den Boden.

»Du wirst Ihnen nichts tun!«, brülle ich. »Du wirst dich hüten, Ihnen etwas anzutun!«

Patrick hilft Noah auf.

Noah versteht meine Drohung, starrt auf den Pflock und die Leine, die ins Leere läuft. Blut läuft ihm übers Gesicht, als er aufschaut, und tropft seinen Rayser-Interstellar-Schutzanzug voll.

»Fangt an«, sagt er zu Dennis und Patrick.

Dennis lässt mich los. Masken werden verteilt und aufgesetzt, ich be-

komme keine. Dann beginnen die beiden, das Fell abzureißen, mit dem ich den Hühnergott verkleidet habe. Licht und Staub fallen durch die Ritzen, die nach oben in die höheren Gründe führen. Ich halte den Atem flach. Ich bin immer wieder erstaunt, wie wenig mir die Außenluft nach Schwefel schmeckt. Vielleicht ist das aber auch schon das Werk der Türme.

»Ich gehe jetzt, Mildred«, sagt Noah. Der Filter seiner Maske ist rot gefärbt, seine Atemzüge blubbern und rasseln. Er wird bald eine neue Maske brauchen. Trotzdem sieht er mir zu, wie ich auf die Knie gehe, einmal doch tief Luft hole, huste und würge.

»Der wichtigste Grund, nach Perm gekommen zu sein«, sagt er. »Und irgendwann auch wieder zu gehen.«

Ich schaue zu ihm auf.

»Es ist immer besser«, keucht er, »nicht ganz so nah dran zu sein an der ganzen Sterberei. Wer will das schon sehen?«

Er verlässt meine Höhle, Patrick und Dennis folgen ihm mit gesenktem Blick.

Ich halte den Atem flach, bis sie draußen sind. Es dauert nicht lang, bis der Gleiter aufheult, eine Weile röhrt und brummt, bis die Flughöhe erreicht ist. Dann ist nur noch das gleichmäßige Rauschen des Turms zu hören.

ZU HAUSE

Die Luft in Lyneham A war heiß und stickig, »draußen« genauso wie im Haus.

Wir fanden Chester in einer Ecke in Loys Zimmer kauernd. Er hatte seine *Zoologie des Unsichtbaren* im Arm und starrte auf ein Blatt, das vor ihm auf dem Boden lag. Darauf standen acht Verse.

Was diese Welt zusammenhält,
hat unsichtbare Bande.
Wenn es nichts zu holen hat,
streift's einfach durch die Lande.

Doch wenn ich weine, warte, hoffe,
fühlt es sich nach mir aus,
als würde es mich kennen,
kommt es zu mir nach Haus.

»Habt ihr die Tür zugemacht?«, fragte Chester tonlos.

»Ja«, sagte Loy.

»Noah sagt, die Türen müssen zubleiben. Niemand darf raus.«

Er schaute zu uns auf. »Wo ist … Papa?«

»Er kommt gleich«, sagte Loy. »Er musste einen anderen Weg gehen.«

»Einen anderen Weg?«

Chester nahm eine Kugel aus dem Auffangbecken von Loys

Kugelbahn, legte sie an den Start, hielt sie aber noch fest. »Merkt ihr, wie heiß es hier ist, überall? Es wird nicht wieder kühler werden, sondern immer heißer. Aber wir können nach Hause«, sagte er leise. »Er nimmt uns mit.«

»Wer?«

»Noah. Er hat es mir versprochen. Wir gehen nach Hause zurück. Ganz nach Hause.«

»Auf die Erde?«

»Ja. Da ist es jetzt wieder kühl. Und der Weltraum ist weg.« Chester lächelte und ließ die Kugel los. Sie rollte bis zu der Stelle, wo sie immer hängen blieb. »Und Mama ist da. Vielleicht wird alles wieder wie früher.«

»Das wird es nie«, sagte ich leise. Es war seltsam, so etwas zu seinem großen Bruder zu sagen. Obwohl ich wusste, dass es stimmte, fühlte es sich wie eine Lüge an.

Chester nahm die Kugel, legte sie zurück an den Start und ließ sie wieder von oben rollen. »Wir fliegen zusammen mit ein paar Kindern aus Navarrese. Die seien alle klug, so klug wie ich, sagt Noah. Er kommt gleich und holt uns ab.«

Die Kugel blieb stehen.

»Warum bleibt sie immer hängen?«, fragte Chester.

»Du brauchst zwei«, sagte ich, nahm eine andere aus dem Fangbecken und startete sie. Sie schubste die liegengebliebene an und blieb an deren Stelle hängen.

»Es funktioniert nicht alleine«, sagte Loy.

»Ach so.«

Plötzlich vibrierte der Boden, von draußen war ein dumpfes Dröhnen zu hören. Ich rannte nach unten in die Küche und sah auf die Tafel.

Zeit: 0.01 Uhr und 11 Sekunden
Innentemperatur: 31,5 Grad Celsius

Außentemperatur: 23 Grad Celsius
Gewitteraussichten: 99%
Windstärke: 8
Seismische Aktivitäten: hoch
Toxizität der Atmosphäre: 67,55%
Sauerstoffgehalt: 12,0023% (-0,00001/h)
Entfernung der Anomalie: 1,909 Kilometer

Ich rannte zurück in Chesters Zimmer.

»Wir müssen hier weg!«, rief ich.

»Nein«, sagte Chester.

Ich merkte erst jetzt, wie verstört er war.

»Wir sollen hier warten«, flüsterte er. »Ich werde hier warten. Auf Noah« Er legte den Papierstapel zur Seite, zog die Beine heran und umschloss sie mit den Armen.

Das Dröhnen draußen schwoll an und ein rotorangenes Leuchten drang durch die Fenster.

»Der Turm brennt wieder«, flüsterte Chester. »Das wird hier nichts. Es ist gut, wenn wir zur Erde gehen. Ich nehm meine Gedichte trotzdem mit. Die sind dann meine Flut-Erinnerung.«

Die Zimmertür sprang auf, Dahlia kam mit Moxie und Melcher herein.

»Herrgott, hier seid ihr! Alle sind schon in der Epithymia.«

Ihre Gestalt flackerte im Schein des Feuers von draußen. Wir rührten uns nicht von der Stelle.

»Papa auch?«, fragte Loy.

»Keine Ahnung, wo er ist«, rief Dahlia. »Los jetzt, wir haben keine Zeit.«

»Ich geh nicht mit dir mit«, sagte Chester.

Das Leuchten draußen wurde stärker. Brennende Fetzen schwirrten durch die Nacht.

»Das war keine Frage«, rief Dahlia. Sie packte Chesters Arm und versuchte, ihn mit sich zu reißen. Mehrere Schläge von Schallwaffen erschütterten die Luft.

»Lass ihn los!«, rief Loy. »Du bist nicht –«

»Das weiß ich!«, sagte Dahlia. »Und jetzt hilf mir.«

Der Boden bebte. Ein Riss entstand in der Wand, so blitzartig, dass ich nicht sehen konnte, wo er begonnen und wo er geendet hatte. Er war einfach da.

Nun begriff auch Chester, dass wir hier nicht bleiben konnten. Er starrte Dahlia an.

»Die Epithymia liegt hoch genug, um uns zu schützen«, sagte sie.

»Wovor?«

»Vor allem.«

DIE PIPETTE

Im tieferen Grund, Jahr 32

Ich stehe auf dem höchsten Punkt des Beta-Pegasi-Bioms von Gairo und atme tief durch. Der Schwefel schmeckt mir gut, die Dämpfe der Fumarolen, die in meine Haut dringen, lassen mich fühlen, dass ich am Leben bin. Die Adern meiner Arme sind blau. Der einzige Grund, weswegen mir der Hals wehtut, ist mein röchelndes Schauspiel, das ich vor Noah, Dennis und Patrick aufgeführt habe.

Niemand hat bemerkt, dass ich auf ihrem Dach stehe, anstatt in Suttaterra erstickt zu sein. Nun bin ich das letzte Mal über die Corongiu gegangen. Mit 78 Jahren bin ich nicht die Schnellste, aber ich bin leicht und kenne die Wege. Die Steinpfeifen haben gesungen, die Fumarolen gedampft, und die Windleite hat sich in den Teichen gespiegelt.

Es ist schön hier.

Schade, dass ich gehen muss.

Ich schaue nach Osten. Von dort wird es kommen.

Ein kleines Tier, wahrscheinlich ein Gorgone, flitzt über die Ebene. Seit dem Eingriff an mir selbst spüre ich die Nähe der Tiere viel mehr als zuvor. Wenn ich die Augen schließe, kann ich sie manchmal verorten, von großen Tieren fühle ich sogar den Umriss, wie in einem Traum. Öffne ich die Augen, sind sie wie ausgelöscht, als wären sie nie da gewesen.

Ich hoffe manchmal, wir haben den Versuch, der hier auf Perm stattfindet, nicht zu sehr gestört.

Seit mir das Wort »Versuch« in den Kopf gekommen ist, als ich am Steinkreis von Fossholl die Substanzen pipettiert habe, sind keine Fragen mehr offen. Und wie immer geht es ums Prinzip, um das Schließen von einer Sache auf die nächste.

Ein zweiter Gorgone, nein, eine kleine Herde kommt gelaufen, sie hüpfen und tänzeln in Richtung des namenlosen Berges, der das Phlegräische Feld im Nordosten begrenzt. Ihnen folgen die größeren Tiere. Ich sehe sie schon am Horizont, der hier auf Perm viel nahe liegender ist als der der Erde. Es sind Megastodone, die größte bekannte Kryptidenart. Sie sind von so wundersamer Hässlichkeit, dass es schon eine gute Portion Schwefel in der Luft braucht, um freiwillig die Augen zu schließen.

Sie nähern sich Gairo von beiden Seiten, die Herde teilt sich vor Santu Gairo I, die größere Gruppe nimmt den Weg nördlich des Kraters, die kleinere geht südlich. Keine der Bewegungen hat die Würde einer irdischen Herde großer Tiere, es ist ein Hüpfen und Tänzeln, das mehr mit zappelnden Flöhen gemein hat als mit Mammuts oder Löwen.

Aber genau das habe ich zu lieben gelernt, es hat nun Würde für mich, und es ist so traurig, dass ich gehe.

Ich schaue nach Osten.

Es kommt.

Ich sehe es, wenn ich die Augen schließe, und ich spüre seine Nähe. Vielleicht spürt alles seine Nähe und meine. Sie kommt, um aufzuräumen, damit der Versuch ungestört weitergehen kann. Ich höre das Zischen des von mir sabotierten Ventils bis hierher. Unnatürlich viel Wärme entweicht aus Gairo, ein Sollnichtsein ist nun sichtbar geworden, das beseitigt werden muss. Nummer zwei hat den Steinkreis zerstört, es ist schon lange auf den Weg gebracht.

Die Pipette, wie ich es inzwischen nur noch nenne.

Ich möchte mir noch einen letzten Gedanken erlauben, bevor ich gehe. Ich schaue den Gorgonen und Megastodonen nach, die sich nun am Ufer des Meeres sammeln, um irgendetwas zu machen, was ich gerne erforschen würde, hätte ich noch ein Leben. Vielleicht gibt es hier auf Perm keinen Unterschied zwischen führen und fliehen. Die Tiere fliehen die Heimsuchung nicht, sie weichen nicht aus, weil sie kommt, sondern sie kommt, weil sie weichen. Das ist wie mit dem Sehen. Die Tiere sind nicht unsichtbar, um sich vor etwas zu verbergen. Sie sind unsichtbar, um das Entstehen von etwas zu verhindern, vor dem sie sich verbergen müssten. Der Versuch, der hier geschieht, ist faszinierend. Die Annahme, dass die Unsichtbarkeit der Perm-Tiere sie vor einem furchtbaren Feind, einem Spitzenpredator schützt, der sie in wiederkehrenden Abständen heimsucht, verrät nur etwas über uns, über den Ort, von dem wir kommen. Aber es verrät nichts über Perm.

Die anderen, tief unter mir, sind blind für derlei. Sie leben in ihrer riesigen Maske (ein Biom ist nichts anderes als die Vergrößerung einer Maske), wissen nicht um die hiesigen Verhältnisse und sind nicht bereit, sie zu begreifen und anzunehmen. Es bleibt für sie eine fremde, neue Welt. Ich kann es ihnen nicht verübeln, es hat auch mich ein ganzes Leben gekostet, um ein bisschen mehr als nur die Spitze des Eisbergs zu erkennen.

Ich überlege, ob ihnen doch noch einmal die Gelegenheit gegeben werden sollte, ihre Entscheidungen im Umgang mit mir zu bereuen und es sich anders zu überlegen. Ich muss zugeben, dass ich es genieße, mir bei dieser Überlegung Zeit zu lassen. Denn jetzt zählt jede Sekunde.

Ich gehe ein paar Meter, bis dahin, wo die Biomwand steil wird, setze mich auf den Hosenboden meines inzwischen ziemlich abgegriffenen Rayser-Interstellar-Anzuges und rutsche wie ein Kind bis nach unten. Hui. Wie überall auf Perm ist die Landung trotz des ruppigen Bodens sanft. Ich stehe auf und schlage gegen die Wand des Bioms.

Drinnen stehen Korbinian und Cal. Als sie mich erkennen, erschrecken sie, sprechen etwas in ihre Funkgeräte, aber kommen nicht näher.

Ich prügle auf die Wand ein, tue so, als würde ich ersticken. Ich sinke zusammen, falle in den Sand, richte mich noch einmal auf Knien auf und schlage erneut gegen die Scheibe. Sie haben nun jeden Anlass und jede Gelegenheit, mir zu helfen.

Aber sie kommen nur näher, die anderen kommen dazu, bis sie alle da sind. Es könnte ein Mannschaftsfoto sein.

Es ist vollständig bis auf Dennis, Patrick und ihren Sir. Ich mache wilde Gesten, krümme mich und huste, dann schaue ich wieder auf. Mein Würgen hat mir sogar eine Träne ins Auge gezaubert.

Sie schauen weg, tauschen sich aus, halten ihre Blicke auf die anderen gerichtet. Sie sehen mich nur manchmal, aus den Augenwinkeln, in kurzen schreckhaften Blicken zur Seite, die auf etwas gehen, das nicht gesehen werden soll, auf das Eigentliche, auf den Grund und das Grauen ihres Wegsehens.

Niemand scheint im Begriff zu sein, etwas zu tun. Niemand zeigt, zum Beispiel, in Richtung Schleuse, dass ich da hinkommen soll, damit sie mich reinlassen können.

Ich begreife: Mir nicht zu helfen, ist Konsens.

Hier bleiben die Türen zu. Die Menschen haben sich daran gewöhnt, Türen hinter sich zuzumachen.

Ich bin nicht enttäuscht. Ich halte Enttäuschung schon immer für eine selbst verschuldete Sache. Es lebt sich besser mit dem Wissen, für alles, wirklich alles, selbst verantwortlich zu sein. Noch einen Augenblick gebe ich ihnen Zeit, gute Menschen zu sein, das Richtige zu tun, niemanden sterben zu lassen. Wer will denn schon, dass jemand stirbt?

Offenbar diese da.

Ich stehe auf.

Ich atme ein und aus und ein und aus. Ich genieße ihre Blicke, in die sich jetzt das Entsetzen mischt.

Sie können es nicht verstehen.

Sie stecken die Köpfe zusammen, versuchen, sich zu erklären, was da draußen passiert. So ganz ohne Helm oder Maske, wie geht denn so was? Ich sehe ihnen an, wie gerne sie jetzt ihren Sir hierhätten, dann hätte es Antworten gegeben, ohne selbst nachdenken zu müssen, ohne selbst eine Entscheidung fällen zu müssen.

Ein Kind bleiben zu können.

Das Biom vibriert, die Anomalie hat es erfasst.

Sie schauen nach Osten, von wo die seltsamen, bedrohlichen Geräusche kommen, dann wieder zu mir. Ängstliche Fragen im Gesicht, die ich alle hätte beantworten können, hätten sie mich reingelassen.

Ich lege die Hand auf den Mund, reiße die Augen auf und bedeute ihnen damit zweierlei:

Erstens: Auweia, so kann's gehen.

Zweitens: Besorgt euch Masken, wenn ihr leben wollt.

Nur lebend wird die Pipette euch aufsammeln, tot seid ihr nicht mehr von Interesse. Ich steige zurück auf die Spitze des Bioms. Das große Aufräumen hat begonnen. µ-Pegasi, das nördlichste Biom, ist schon dem Erdboden gleich, was noch da ist, ist deformiert und für alle Zeiten unbrauchbar, weißer Rauch steigt aus der Ebene, der überraschend gut riecht.

Jetzt ist Beta Pegasi dran.

Die Deformierungen vollziehen sich blitzartig und still. Als würde es die Pipette weder Zeit noch Kraft kosten, meterdicke Metallkonstruktionen in aller Stille zu biegen, zu brechen und in Luft aufzulösen. Seit das von mir sabotierte Ventil aufgehört hat zu existieren, bilden die Schreie der anderen das einzige Geräusch. Sie klingen aufgrund der anderen Luft Perms, näher, als sie tatsächlich sind.

Ich höre Korbinian brüllen, vielleicht ist es aber auch Cal. Yuna hat nicht so ein Gewese gemacht, trotz Kind im Bauch. Vermutlich haben sie im Maschinenraum Schutz gesucht, der gerade heimgesucht wird. Reaktoren, Aggregatoren und elektrische Pferde haben in der Perm-Zeit nichts verloren.

Sie stören, allesamt, den Versuch.

Das Geschrei ist inzwischen vielstimmig. Ich schaue nicht hin, habe dennoch vor Augen, wie sie in Scheiben gehen, die Hände und Füße im Schraubstock einer Technologie, die sie nicht verstehen. Sollte ich jemals wieder das Vergnügen haben, in einer Küche eine Ameisendose aufzustellen, werde ich an sie denken und froh sein, dass Ameisen weder schreien noch weinen können.

Es ist alles nicht böse gemeint, es wird nur eine Störung beseitigt, die Perm-Zeit wiederhergestellt, wie sich das gehört. Der weiße Rauch verzieht sich, von μ-Pegasi ist nur noch eine runde Spur im Boden übrig. In Kürze werden von allen Biomen Gairos nur noch runde Spuren im Boden übrig sein, als hätte all das nicht existiert.

Was uns in Zukunft zustehen wird, wird sich zeigen.

Mein Möglichstes habe ich getan.

BESTIARIUM

Ich versuchte die Eule, aber ich konnte es nicht, immer wieder ging mein Blick zur Seite.

Wer von den Menschen, die vor der Scheibe von Lyneham B standen, Saudis, Russen oder Chinesen waren, wusste ich nicht. Die wenigen Masken, die sie noch hatten, blinkten gelb und rot. Flehen und Wut waren in ihren Gesichtern eins geworden. Das Licht des brennenden Lungenturms flackerte in ihnen, während sie sich die Ohren zuhielten, um sich vor den Donnerschlägen der Schallwaffe in der Nähe zu schützen, die alle paar Sekunden feuerte.

Einer von ihnen versenkte etwas in ihrer Öffnung, das wie eine Sprengladung aussah. Zwei andere, die ebenfalls den Lärm ignorierten, bauten eine Bose-Membran an der Biomwand auf, um mit Hilfe von Raumtrennern ein Loch hineinzuschlagen. Aus ihren Ohren lief Blut.

»Wir müssen hier weg!«, rief Dahlia. »Sie sind gleich drin.«

Die Schallwaffe explodierte mit einem Knall, der nur dumpf durch die noch intakte Biomwand drang. Wir blieben stehen. Es war das erste Mal, dass ich Melcher wirklich entsetzt sah. Da war nicht mehr das geringste Leuchten in seinem Gesicht, keine Neugier oder Freude, all das war wie ausgelöscht, als hätte es nie existiert.

Für einen Moment war alles still. Die Menschen draußen nahmen die Hände von den Ohren. Jetzt hatten sie diese frei. Einige begannen, gegen die Biomwand zu schlagen, andere halfen beim Aufbau der Membran und der Raumtrenner oder liefen zum Schiff zurück, um etwas zu holen.

Plötzlich blieb jemand stehen, brüllte etwas und zeigte in Richtung der Gola. Im Licht des brennenden Turms erkannte ich, dass die ganze Schlucht zitterte und Teile ihres Randes in die Tiefe stürzten. Gleichzeitig begann sich das Modul zu verformen. Blitzartig ragte eine Kufe plötzlich in den Himmel hinauf, während die Außenhülle des Antriebs in Stücke ging, ohne dass eine äußere Einwirkung sichtbar war.

»Sie ist da!«, schrie Dahlia.

Wir rannten über den Spielplatz, vorbei an den Gorgonen, Phthinos und dem Megastodon, den riesigen Tischtennisplatten und Trampolinen. Die Hitze war unerträglich. Aber sie hatte nichts mit den Vorgängen draußen zu tun.

Unter dem Rüssel des Krepantiden kam uns plötzlich Noah Rayser entgegen, Frau Strom folgte ihm dicht auf den Fersen. Sie trug ein Bündel Masken bei sich, die alle grün leuchteten. Rayser nahm sie ihr ab und flüsterte ihr etwas zu. Sie lief an uns vorbei, als würde sie uns nicht kennen, und positionierte sich an der Stelle der Biomwand, an der draußen der Angriff vorbereitet wurde.

Rayser zog den Rüssel des Krepantiden nach unten.

»Hier rauf, schnell!«, rief er.

»Nein!«, schrie Loy.

In diesem Moment explodierte ein Teil der Außenhülle des Bioms. Das Echo des Schlags hallte wie ein Donner durch den riesigen Raum.

Dahlia packte Moxie und Melcher und kletterte mit ihnen nach oben.

»Kommt!«, rief Chester und stieg hinterher.

Loy und ich folgten ihm, wir versteckten uns zwischen den Krepantidenbeinen. Es war aussichtslos, in diesem Moment irgendetwas von dem zu erzählen, was in Gairo passiert war. Es kam mir eine Ewigkeit her vor, als wäre das, was geschehen war, schon gar nicht mehr gültig.

Rayser kam zuletzt und verteilte die Masken. Ein zweiter Donnerschlag erschütterte das gesamte Biom. Jetzt war die Innenwand durchbrochen. Vielstimmiges Geschrei erhob sich, Menschen strömten durch das rauchende Loch nach drinnen.

Rayser legte den Zeigefinger vor sein maskiertes Gesicht. Wind kam auf. Aufgrund des Druckunterschieds strömte die Atemluft nach draußen. Die Stimmen drangen nun von überallher, auch direkt von unten, in Sprachen, die ich nicht verstand. Sie klangen wütend und angsterfüllt zugleich, wurden lauter und leiser. Rayser starrte mich an. Nie und nimmer wäre ich ihm jemals wieder gefolgt, doch die Situation zwang uns zur Ruhe.

Die Schritte näherten sich bedrohlich. Der Boden unseres Verstecks wackelte. Jemand kletterte den Rüssel nach oben, von einem aggressiven Schnaufen begleitet. Die Beine um uns herum knarzten, das Wackeln wurde stärker. Ich dachte daran, dass ich mich in den Ausgang stellen konnte, um den möglichen Angreifer wegzustoßen, so wie ich es für Ferenc hatte tun sollen. Doch plötzlich erklang ein Ruf, verzerrt durch die verschwindende Luft, aus irgendeiner Richtung.

»Zheli!«

»Anquan de?«

»Shi de!«

Das Knarzen erstarb, von einer Sekunde auf die andere war es draußen grabstill. Wir warteten, ob es leise blieb.

»Sie gehen nach A rüber. Das ist noch intakt«, flüsterte Rayser. »Los!«

Er wollte sich erheben, doch Dahlia hielt ihn fest.

»Wohin?«, fragte sie.

»Zur Erde!«

Dahlias Augen weiteten sich.

»Was?«

»Ich habe Schiffe«, sagte Rayser und sah mich an. »Sie starten in ein paar Minuten. Ihr habt sie gesehen, nicht wahr? Du und Loy?«

Ich konnte nicht anders als nicken.

»Es gibt noch Plätze«, flüsterte Rayser.

Dahlia starrte mich an.

»Ist das wahr?«

Mein Blick schoss immer wieder zur Seite, aus unserem Versteck nach draußen. Ganz oben, weit über uns in der Epithymia, drängten sich die Bewohner Lynehams, sie wuselten wie Ameisen in einer Goldfischkugel. Es sah aus, als wären sie in eine Falle gegangen.

»Das ist doch wahr, Henry?«, fragte Chester.

Er sah mich bange an. Dahlia nahm Moxie in den Arm, Melcher hatte Loys zitternde Hand genommen. Auch er starrte mich an.

Einfach »Ja« sagen. Das Leuchten zurückgeben.

Mein Blick wurde gerade, wie aus dem Nichts heraus.

Ganz ruhig sah ich die Gesichter der anderen. Das meiner Schwester, die zum ersten Mal nicht wusste, was sie sagen sollte, obwohl sie es besser wusste. Chester, der schnell atmete wie ein kleines Tier. Dahlia hatte die Hand auf seine Schulter gelegt, mit der anderen stützte sie Moxie.

Das Leuchten zurückgeben.

Einfach »Ja« sagen.

Wir können zurück zur Erde. Es ist wahr, was Noah Rayser sagt, da sind Schiffe, ich hab sie selbst gesehen, sie starten bald, und wir haben Plätze frei. Wir können wieder zurück.

Draußen knarzte das Gerüst.

So nah, als wäre nie jemand weg gewesen.

Ich sah Rayser an und sagte: »Nein.«

Ich sprach so laut und deutlich, dass es draußen gut zu hören sein musste. Der Boden wackelte wieder, etwas näherte sich von draußen, kletterte weiter zu uns hoch.

Dann passierten zwei Dinge.

»Halt mal«, sagte eine vertraute Stimme von draußen. Öter landete auf Loys Schoß.

Darauf erschien eine Hand, blitzartig krallte sie sich in Noah Raysers Anzug und zerrte ihn mit einem kräftigen Ruck nach draußen. Rayser schrie, doch der Schrei wurde schnell leiser, während er draußen in die Tiefe stürzte.

Abermals wackelte das Gerüst.

Ich kroch zum Ausgang, um nach draußen sehen zu können.

Rayser kniete auf dem Boden, schob seine Maske zurecht und wollte sich aufrichten. Doch Papa war bereits neben ihm, packte ihn und warf ihn gegen das Gorgonen-Karussell.

Rayser stöhnte, als er auftraf. Er versuchte, sich an einem der Haltegriffe festzuklammern, doch die Plattform kippte zur Seite und begrub ihn unter sich. Ein Gorgonen-Karussell war nur dann stabil, wenn es sich mit einer abartigen Geschwindigkeit drehte.

Papa ließ sich Zeit, als er auf ihn zuging. Nach wie vor trug er keine Maske.

Rayser kroch auf allen vieren unter dem Karussell hervor und floh vor Papa wie ein geschlagener Hund. Weit kam er nicht, Papa packte sein Bein und schleifte ihn zwischen die Phthinos.

Dort presste er Rayser zu Boden und riss ihm die Maske vom Gesicht. Dann beugte er sich über ihn und flüsterte ihm etwas ins Ohr. Ich war mir sicher, dass es etwas mit uns zu tun hatte, denn Raysers Auge erfasste mich, während Papa redete. Es wanderte auch zu Chester und Loy, die neben mir hockten. Daraufhin erwiderte Rayser etwas und sah uns dabei an, als würden wir ihm gehören.

Papa nickte langsam, erhob sich und zertrat Raysers Maske

direkt neben dessen Gesicht. Dann schleifte er ihn quer über das Feld für dreidimensionale Ballsportarten bis hin zum Loch, das die Russen, Chinesen und Saudis in die Biomwand gesprengt hatten.

Raysers Japsen nach Luft war weithin zu hören. Es erstarb erst, als Papa ihn ganz nach draußen zog, wo es aus der Gola glühte und das Modul Fünf Stück für Stück in Scheiben ging. Es war bereits zur Hälfte in nichts aufgelöst, man konnte hineinsehen wie in ein Puppenhaus. Über viele Stockwerke verteilten sich die Stasiskammern wie Eier in einem riesigen Insektenbau. Fauchend brach der Lungenturm in sich zusammen. Der Wind ließ Tausende brennende Fetzen aufsteigen, die aber schon nach wenigen Sekunden verglühten.

Wir kletterten nach unten.

»Stimmt das mit den Schiffen?«, fragte Dahlia.

»Nein«, sagte ich. »Er lügt.«

Loy sah mich entsetzt an. Dann sprang sie die letzten Meter vom Gerüst und rannte, Öter im Arm, über das Spielfeld zum Loch in der Biomwand.

»Papa!«, schrie sie.

Wir folgten ihr nach. Der Luftstrom nach draußen war inzwischen versiegt, am Loch war es kühl. Der Kampf schien sich gewendet zu haben, Papa lag am Boden, Rayser stand. Er rang nach Luft, sein Atem pfiff und rasselte. Mit einem Stein in der Hand lief er auf Papa zu.

»Nein!«, schrie Loy.

Papa riss die Augen auf, als er sie erkannte. »Haut ab!«, rief er.

Wir blieben wie angewurzelt stehen. Papa drehte sich auf den Rücken und kroch rückwärts von Rayser weg. Dieser rang mit dem Gleichgewicht, konnte sich kaum auf den Beinen halten. Kurz bevor er Papa erreichte, fiel ihm der Stein aus der zitternden Hand. Die Haare auf meinen Armen stellten sich auf, ich hörte ein

Knistern im Nacken. Rayser fiel auf die Knie, hielt sich den Hals und keuchte.

»Ihr müsst da rauf, jetzt!«, rief Papa und zeigte zur Epithymia. Dann sah er Loy an. »Öter kannst du hierlassen, ich bring ihn dir.«

Loy setzte Öter auf den Boden. Dann sah sie den roten Fleck, der sich auf dem Bein von Dahlias Anzug bildete.

»Sie kommen rein«, sagte sie.

Draußen ließ sich Papa nach vorne kippen und krallte sich im Boden fest. Dann schloss er die Augen und nahm eine Haltung ein, die nach einem bevorstehenden Sprung aussah. Ohne ihn sehen zu können, schien er Rayser zu wittern wie ein Raubtier, das sich über eine wehrlose Beute hermachen wollte.

Auch Melchers Bein blutete.

»Kommt jetzt!«, rief Dahlia.

Sie packte Melchers Arm und den von Moxie. Weit hinter Papa sprang ein Gorgone auf das Karussell, kleine Phthinos kletterten den Megastodon nach oben. Als Papa sprang, Noah Rayser anfiel und ihn in den Nacken biss, wandte ich mich ab.

NOTPROGRAMM

Mit Hilfe der Chipkarte kürzten wir den Weg zur Epithymia über die Vertikalfarm ab, während unter uns das Land zerbrach. In der Mitte der Gola hatte sich ein Spalt gebildet, der keinen atmosphärischen Fluss mehr führte, sondern rotorange glühte. Er riss die Ebene nach Süden hin auf bis nach Santu Gonone, wo er den Krater wie einen Kuchen in zwei Hälften zerteilte. Von dort setzte er sich in Richtung Santu Lussu fort und stieß auf die Corongiu-Berge. Hier brachen schon die ersten Gipfel ab und stürzten in die Ebene.

»Schau mal da!«, sagte Ferenc, der plötzlich neben mir stand. Er zeigte nach Norden. »Auch da ist er nicht«, sagte er leise. Ich sah nach draußen, um zu verstehen, was er meinte.

Das Phlegräische Feld war aufgeplatzt und hatte ein Delta gebildet, in das nun die Fluten des Golfs strömten. Feuer und Wasser ließen kilometerhohe Dampfwolken aufsteigen, die von sekundenlangen Blitzen durchschossen wurden. Die südliche Spitze des Deltas war dabei, sich über mehrere, eben erst entstehende Brüche mit der Gola zu verbinden. Als ein neuer Riss hinzukam, übertrug sich das Knacken bis zu uns nach oben.

Merril Abdulrazzeq betete, der Rest schrie. Sein Wunsch, den Russen, Saudis und Chinesen die Tore zu öffnen (da es sich so gehörte), stand neben Loys Wunsch, niemand solle sterben. Die meisten anderen Wünsche richteten sich auf ein Leben, das so weitergehen sollte wie bisher.

Nun saßen alle verloren unter ihren Wünschen, und auf der Felsplattform war kein Platz mehr frei. Doktor Tenenbaum versorgte Dahlias Bisswunden, Loy, Melcher und Moxie saßen dabei.

»Was ist das?«, rief Kjell Larsen und zeigte nach Süden.

»Seismische«, sagte der VENT so laut, dass alles Geschrei verstummte. Einige standen auf, um besser sehen zu können.

»Da ist er auch nicht«, sagte Ferenc tonlos.

»Wer?«, fragte ich.

»Mein Papa.«

Sie kamen aus dem Riss. Ein Bein nach dem anderen tastete sich auf die Ebene hinauf, dann zogen die knochigen Körper nach. Wie viele es waren, konnte ich nicht erkennen, denn sie schienen keinen Anfang und kein Ende zu haben. Ihre Beine waren tausendfach gegliedert, ähnlich einer Wirbelsäule, und sie bewegten sich wie riesige Hände über das Land, mächtig und unbeholfen zugleich, einem Meerestier ähnlich, das sich zurück ins Wasser zappelt.

»Sie kommen her!«, schrie Undine Battiste.

»Ich empfehle das mechanische Notprogramm«, sagte der VENT.

»Dann tu es!«, rief Doktor Tenenbaum.

Der VENT sprach mit maximaler Lautstärke: »Mangels Fürsprecher müssen Sie als Gruppe über die Aktivierung des Programms entscheiden. Ich empfehle eine rasche Entscheidung, solange die topographischen Gegebenheiten noch adäquat sind. Fassen Sie sich kurz.«

Wieder knackte es. Weit über uns löste sich die Spitze eines Gipfels des Supramonte und stürzte in die Tiefe. Wo sie auf Hänge und Vorsprünge traf, löste sie donnernde Gerölllawinen aus, die glücklicherweise alle weit an uns vorbeigingen. Aber es war nur eine Frage der Zeit, bis ein Gipfel genau über uns niedergehen würde.

»Mehrfache Stimmabgaben machen die Stimme ungültig, die einfache Mehrheit entscheidet.«

»Was macht das mechanische Notprogramm?«, fragte Loy.

»Ich weiß es nicht!«, sagte Dahlia, die ihren Arm um sie gelegt hatte. Auf der Epithymia erschienen die ersten Häkchen und Jas. Die Leute drängten sich um die Hemisphäre, schrieben mit gestreckten Armen durch das Gewühl hindurch.

Tief unter uns zerschlug die Gipfelspitze den Tunnel von Ely. Die Lawinen brauchten länger, bis sie unten ankamen und ihr Geröll auf der Decke von Lyneham A verteilten. Darüber erkannte ich plötzlich Bewegungen im Serpentinentunnel, der zur Sorgente hinaufführte. Die Russen, Saudis und Chinesen kamen.

»Mach deinen Haken, Henry«, sagte Dahlia.

»Und was ist mit …?« Ich brach den Satz ab und zeigte auf die Menschen in den Tunneln.

»Wir sind voll«, sagte Dahlia.

Die Seismischen hatten Santu Gonone erreicht. Was sie dort anrichteten, war keine gezielte Zerstörung der Anlagen. Sie schlugen lediglich ihre Schneisen durch alles, was zwischen ihnen und ihrem Ziel stand. Plötzlich löste sich jedoch einer von ihnen, bewegte sich Richtung Osten und verschwand in dem wachsenden Riss, der durch das Land ging.

»Die Vorgänge draußen erreichen nun kontinentale Ausmaße. Ich registriere seismische Aktivitäten auf ganz Perm«, sagte der VENT. »Es fehlen noch wenige Stimmen bis zur Auslösung des Programms. Bitte beeilen Sie sich.«

Es gab keine Gegenstimmen, lediglich Enthaltungen aufgrund vergessener Griffel.

Die Russen, Saudis und Chinesen draußen hatten die Sorgente erreicht, diese durchquert und liefen nun den langen, geraden Tunnel entlang auf das geschlossene Tor der Epithymia zu. Chester unterzeichnete gerade, als die ersten Fäuste dagegen schlugen und Stimmen aus dem Tunnel laut wurden.

»Beeilt euch!«, rief Larsen.

»Es fehlen noch drei Stimmen zur Aktivierung des Programms«, sagte der VENT.

»Los, Henry!«, sagte Chester. »Ich hab schon!« Er gab mir einen Schubs von hinten.

»Sollten wir sie nicht vorher reinlassen?«, fragte ich.

»Wir sind voll!«, sagte Larsen.

»Woher wissen Sie das?«, fragte ich.

»Schau dich um!«

Ich schaute mich um. Die Felsplattform war voller Menschen, doch der Schüsselboden darunter war leer. Es stimmte nicht, was er sagte. Wir waren nicht voll, im Schüsselboden war noch sehr viel Platz.

»Wir sind nicht voll«, sagte ich.

Die Seismischen waren auf Höhe des ehemaligen Endes der Gola. Wieder löste sich einer aus der Gruppe und sprang in die Schlucht. Die Vielzahl der Gliedmaßen hatte sich durch die Aufteilung verringert.

Ohne dass ich unterschrieben hatte, kündigte ein dröhnender Alarm die Auslösung des Notprogramms an. Der VENT hatte auch ohne mich genug Unterschriften zusammen und kündigte an, dass jetzt »Phase eins« initiiert würde.

»Was ist Phase eins?«, fragte Loy.

Wie zur Antwort hörten wir mehrere Erschütterungen, die vom Sorgente-Biom herkamen. Das Felsplateau, das es mit seinem Glas umhüllte, wurde durch eine Kette von kleinen Explosionen vom Berg abgetrennt. Das Biom rutschte dadurch ein Stück in die Tiefe, wurde aber noch von den beiden Tunneln gehalten, die es mit Lynham B und der Epithymia verbanden. Als aber die Schleuse zum Serpentinentunnel explodierte, rutschte das Biom weiter abwärts. Mit einem durchdringenden Knirschen riss es seinen letzten Halt, den geraden Tunnel zur Epithymia, ein Stück mit in die Tiefe.

Durch die direkte Verbindung zu uns ging nun ein gewaltiger Ruck durch die Epithymia, als würde sie jemand hochhebeln. Larsen, Tenenbaum und Abdulrazzeq wurden von den Beinen gerissen, Dahlia und Moxie stürzten in den Schüsselboden. Melcher schrie auf, ließ Loy los und sprang ihnen hinterher. Die Felsen vibrierten. Chester nahm Loy in den Arm.

Eine weitere Explosion löste das Sorgente-Biom endgültig ab. Es fiel erst senkrecht, dann traf es auf den nahezu vertikalen Berghang und rutschte mit einem gewaltigen Knirschen weiter nach unten.

Aus dem Tunnel, dessen anderes Ende nun offen ins Nichts ragte, drang lautes Angstgeschrei.

»Auch da ist er nicht«, sagte Ferenc neben mir und atmete tief durch. »Er ist nirgends mehr.«

Ich sah ihn an und bekam eine Ahnung, was in der Zwischenzeit geschehen war.

Das Sorgente-Biom zerschlug eine Felsnase, was seinen Rutsch noch einmal ausbremste, und wurde von einer der vielen Gerölllawinen, die es hinter sich herzog, überholt. Der offene Tunnel schwankte, die Saudis, Russen und Chinesen schrien.

»Phase zwei wird eingeleitet«, kündigte der VENT an. »Bitte haben Sie keine Angst, es wird Ihnen nichts passieren. Alle Vorgänge sind an die Schwereverhältnisse Perms angepasst. Halten Sie sich an meine Anweisungen.«

Das Geschrei aus dem Tunnel wurde von den Donnerschlägen der Explosionen übertönt, mit denen nun auch die Epithymia vom Berg gelöst wurde. Nach dem Verklingen des letzten Schlags ging es abwärts.

»Papa!«, schrie ich.

Mein Atem raste, ich schnappte nach Luft. Es war vorgesehen, dass wir fielen, genau wie das Sorgente-Biom, das immer noch dabei war, den Steilhang hinabzustürzen. Doch unser Fall stockte, bevor er richtig begonnen hatte. Irgendetwas hielt das Biom noch fest, und die Schleuse knirschte.

»Er ist da nicht. Siehst du?«, sagte Ferenc leise. »Da ist er nicht.«

Die Explosion, die das Biom vom Tunnel lösen sollte, hatte nicht ausgereicht. Wir hingen fest.

»Die Vorrichtung sieht vor, dass auch wir fallen«, sagte der VENT. »Aber es gibt ein Problem.«

»Welches Problem?«, rief Larsen.

»Die kontinentalen Verschiebungen haben die Anlage bereits verzogen. Die letzte Detonation hätte –«

»Fass dich kurz!«, rief Dahlia.

»Wir sind zu leicht«, sagte der VENT.

Das Sorgente-Biom war inzwischen unten angekommen.

Loy lachte plötzlich und rief: »Das war Mama.«

»Was?«, fragte Chester. »Wo?«

»Na da!«, sagte Loy und zeigte auf das Biom. Es war, in eine Staubwolke gehüllt, ziemlich genau in der Mitte zwischen Lyneham A und B gelandet. Jetzt rollte es, begleitet von Loys Lachen, auf den inneren Kanten der Quader wie auf einer Schiene nach Süden, erst langsam und schwerfällig, dann mit wachsender Geschwindigkeit.

»Das war Mama«, sagte Loy.

Über uns hatte sich ein weiterer Gipfel gelöst und stürzte an uns vorbei. Sein Gewicht reichte aus, um die Decke von Lyneham B zu zerschlagen. Doch das rollende Sorgente-Biom hatte die Stelle bereits hinter sich gelassen und näherte sich dem Ende seiner riesigen Schiene.

Ich begriff, wie sein weiterer Weg durch die Landschaft vorgezeichnet war. Durch die Schrägen an den Enden der Biome würde es die Beschleunigung erfahren, die nötig war, um es über die steinige Ebene bis zur Gola zu schaffen. In diese würde es hineinfallen und aufgrund des Gefälles die Richtung wechseln. Es würde durch die Schlucht zurück nach Norden rollen und schließlich auf das Golgo hinaus. Da war es, im Gegensatz zu hier, eher ruhig.

»Das ist eine –«, sagte ich zu Loy.

»Ja«, sagte sie. »Von Mama.«

»Aber wir sind in der falschen Kugel«, sagte Chester.

Ich blickte zurück zur Gola und schüttelte den Kopf.

»Glaube ich nicht.«

»Warum nicht?«

»Das hätte sie nicht zugelassen.«

»Mama?«

»Ja.«

»Sicher?«

»Ja. Wir sind nur zu leicht, sagt der VENT.«

Das Sorgente-Biom verschwand in der Gola, um dort die Richtung zu wechseln und auf den Golgo zuzurollen. Wir hatten nicht mehr viel Zeit.

»Ich brauch dich.«

Ich nahm Ferenc' Hand und führte ihn durch das Gewühl zur Schleuse. Währenddessen versuchte der VENT, den schreienden Menschen deutlich zu machen, welcher Zuwachs an Gewicht notwendig war, um das verklemmte Biom zu lösen und Phase zwei des Notprogramms ordnungsgemäß und rechtzeitig fortzusetzen: 2071 Kilogramm, bezeichnenderweise.

»Perm oder Erde?«, fragte Larsen.

»Kilo ist Kilo«, antwortete der VENT. »Auf Perm braucht es nur mehr, um auf ein Kilo zu kommen.«

Ferenc und ich erreichten die Schleuse.

Ich gab ihm Papas Karte.

»Du musst aufmachen«, sagte ich.

Er sah mich verdutzt an. »Warum?«

»Du hast den Scheiß nicht unterschrieben.«

FREIER FALL

Mama sagte immer, dass ein Mensch nur so lange Angst habe, solange es einen Ausweg gibt. Wenn dir nichts anderes übrig bleibt, als zu fallen, verschwindet die Angst.

Ich habe immer noch Ferenc' Hand.

Es ist ganz leise. Die Russen, die Saudis, die Chinesen, sogar die Engländer schweigen.

Die Felswände der Gola gleiten an uns vorbei, auf beiden Seiten, gewaltig und stumm.

Wir liegen flach auf dem Rücken, eine Hand unter dem Kopf, als lägen wir auf einer schönen Wiese. Das müssen wir machen, um das Auftreffen zu überleben, so der VENT.

Ferenc' Hand ist warm. Meine ist kalt. Die Wärme seiner Hand fließt zu mir, von ganz allein.

»Du hast das nicht gewusst?«, fragt er leise.

»Was?«

Ich würde gerne zu ihm sehen, aber wir sollen, laut VENT, gerade nach oben schauen.

»Dass dein Papa meine Kammer geklaut hat?«

Mein Blick bleibt ganz gerade. Wir sinken tiefer in die Schlucht, immer schneller gleiten die Felsen an uns vorbei.

»Was meinst du?«, fragte ich. »Welche Kammer?«

Ferenc' Hand schließt sich fest um meine. Es geht ihm besser so und mir auch.

DAS PHLEGRÄISCHE FELD

Unsere Landung auf dem Grund der Gola war hart und laut, aber das war nichts im Vergleich zu dem, was passierte, als das Sorgente-Biom durch die Schlucht herangerollt kam. Wir waren gerade erst unten aufgeschlagen, hielten uns die schmerzenden Hinterköpfe, draußen rieselten die Reste der äußeren Glasschicht des Bioms auf den Boden, als der VENT in mehreren Sprachen empfahl, aufzustehen und die Haltung eines startenden Sprinters einzunehmen, nach Norden ausgerichtet, die Beine gespreizt, mit möglichst festem Stand.

Wir sollten, wie er es nannte, »in den Vorlauf gehen«, die Epithymia ins Rollen bringen. Es würde den bevorstehenden Zusammenprall mit der Sorgente mildern und zugleich die Effektivität des Schubs steigern. Der VENT zählte von fünf abwärts, bei null sollten wir alle gleichzeitig loslaufen, um, wie ein Hamster in einem Laufrad, Bewegung in die Kugel zu bringen, in der wir gefangen waren.

Niemand wusste, ob der Blick über die Schulter nach hinten eine gute Idee war. Wir hörten das Sorgente-Biom, bevor wir es sahen. Da kam ein Dröhnen und Knirschen aus der Schlucht, dann kam es hinter einer Biegung hervor wie ein aufgehender Mond aus Glas, der noch einmal gegen die Schluchtwand schlug, bevor er schließlich mit unerbittlicher Geradlinigkeit auf uns zurollte.

Wir liefen los, auf Englisch, Russisch, Arabisch und Chinesisch angefeuert durch den VENT. Die leichte Abschüssigkeit der Gola brachte, zusammen mit unserer gleichzeitigen Gewichtsverlagerung nach vorne, die Epithymia ins Rollen, während das Donnern und Knirschen hinter uns anschwoll.

Der Schlag des Zusammenstoßes war so laut, dass er wie stumm blieb, als wäre jedes irdische Trommelfell mit der Wiedergabe eines solchen Ereignisses überfordert.

Es rauschte und pfiff in meinen Ohren, wir wurden von den Füßen gerissen, purzelten nach vorne und immer wieder übereinander, als die Epithymia, von der Sorgente wie von einer Billardkugel angestoßen, auf das Golgo hinausrollte, über eine Unzahl kleiner Risse und Felsspalten hinweg, die sich erst in den letzten Minuten gebildet hatten und in die das Wasser des Golfs strömte. Die Felsplattform mit der Hemisphäre, die von der Epithymia umschlossen wurde und die sie mit in die Tiefe gerissen hatte, drehte sich bedrohlich dicht über unseren Köpfen.

Wir hatten die Gola Gonone keine Sekunde zu spät hinter uns gelassen, ein Seismischer landete genau an der Stelle, wo wir eben noch gewesen waren, und begann, seine Arme wie Schraubstöcke gegen die Felswände zu stemmen und den Grund anzubohren.

Mitten auf dem Golgo kam die Epithymia plötzlich zum Stehen. Sie hing in einem der Risse fest, die vorher nicht da gewesen waren.

»Das Gebiet südlich des Golfs von Navarrese mit Monte Ferru im Zentrum kann vorübergehend nicht mehr als tektonisch ruhiges Gebiet eingestuft werden«, erklärte der VENT.

»Was du nicht sagst!«, brüllte Larsen.

»Was Sie hier beobachten können, ist die Entstehung eines neuen Kontinents.«

Wie zur Unterstreichung bebte der Boden. Riesige Wassermengen strömten in den Riss unter uns. Der VENT begann, seine Erklärung in den anderen Sprachen wiederzugeben, als Chester mit dem ausgestreckten Arm nach Monte Ferru zeigte. Riesige rot schimmernde Staubwolken stiegen hinter dem Gipfel auf. Wir wussten: Lyneham A und B existierten nicht mehr, waren untergegangen in Schutt und Asche. Und wir saßen in einem Rettungsboot, einem unvorstellbaren Inferno entgangen.

Chester hielt Loys Kopf und streichelte ihre Haare.

Die kurze, atemlose Stille endete, als jemand zum Phlegräischen Feld zeigte und rief: »Zhe shi shenme?«

»Hadhih Sawarih!«, rief jemand anders. »Rayser!«

Ich sah dorthin, wohin die ausgestreckten Arme zeigten.

»Oni nachinayut!«, sagte jemand neben mir, es klang wie ein Fluch.

Über der Wolke, die über dem Phlegräischen Feld stand, stiegen orange glühende Lichter auf, die senkrechte Linien aus Rauch hinter sich herzogen.

»Was ist das?«, fragte Chester.

Ich musste nicht antworten. Jeder Mensch, der es nach Perm geschafft hatte, wusste, dass dies aufsteigende Schiffe waren. Sie starteten von Santa Maria Navarrese aus in den Weltraum. Papa, Loy und ich hatten das Terminal gesehen.

Die Stimmen um uns herum wurden lauter. Aus Angst wurde Panik, die sich wie ein Feuer ausbreitete. Die Menschen versuchten, die Schleuse des Bioms zu erreichen, die durch den unvorhergesehenen Stillstand des Bioms in weiter Höhe lag. Sie krabbelten in Trauben die Biomwand hoch, andere versuchten, über den eingeschlossenen Felsen an die Schleuse zu gelangen. Chinesen stiegen über Engländer, Saudis über Russen und Waliser über Chinesen. Der VENT versuchte, die Menge zu beruhigen, sprach von ausreichendem Sauerstoff für viele Stunden und der Möglichkeit einer Unterkunft im Terminal von Navarrese, das noch unbeschädigt zu sein schien.

Niemand hörte zu.

Anders als nach unserer Landung konnten wir der Panik nicht entkommen, wir waren mit allen eingeschlossen, auf Gedeih und Verderb. Dahlia hielt Melcher und Moxie fest, Larsen hielt Trudy, Undine Battiste ihre Augustine, Chester hielt mich und Loy, ich hielt Ferenc. Wir rutschten zusammen, während das Geschrei immer unerträglicher wurde. Es hallte in der runden Form der Epithymia tausendfach wider, als würden Millionen Stimmen gleichzeitig aufschreien.

Erst als ich meine Augen schloss, spürte ich nichts anderes mehr als Loy und Chester, die an mich gedrückt waren, und Ferenc, dessen Hand fest in meiner lag. Es gab nichts mehr jenseits dieser Berührung, und sie trug mich in die Stille hinein, die plötzlich einsetzte.

Da war ein Arm aus einem Spalt gekommen, der riesige Arm eines Seismischen. Melchers Mund stand offen.

»Bitte bleiben Sie unbedingt ruhig«, empfahl der VENT.

Ich war längst ruhig, denn alles war, wie es sein sollte. Ich war schon gefallen, und nichts war passiert.

Die vielen wirbelartigen Knochen, aus denen sich der Arm des Seismischen zusammensetzte, waren nicht mit Knorpel oder etwas Ähnlichem verbunden, sondern durch Leere. Zwischen ihnen schien nichts zu sein, nur eine unsichtbare Kraft, die sie zusammenhielt und ihnen eine ungeheure Beweglichkeit verlieh.

Jetzt kam der Körper nach. Eine riesige Knochenhand, von der die übrigen Wirbelarme in alle Richtungen abgingen, auch nach oben und unten. Wie bei allen Tieren Perms konnte ich nirgends einen Kopf erkennen, geschweige denn Augen oder irgendetwas Ähnliches. Dennoch schien der Seismische uns wahrzunehmen, so geradlinig, wie er auf uns zukam.

Merril Abdulrazzeq begann augenblicklich zu beten. Kjell Larsen neben ihm faltete die Hände und nickte Trudy zu, die es ihm nachtat.

»Es besteht kein Grund zur Panik«, sagte der VENT und übersetzte: »La yujadu asbab lil-panik.«

Der Seismische tastete sich vor, schien vorsichtig sein zu wollen. Als er aber vor dem Biom anhielt, überragte er es um das Doppelte. Dahlia hielt sich die Hand vor den Mund.

»Net prichin dlya paniki! Meiyou liyou konghuang!«

Das Wesen draußen hob einen seiner vielen Arme an, zog ihn erst ein wenig zurück, brachte ihn in eine S-Form, dann tippte es zögernd gegen das Glas der Epithymia. Die Kugel schwankte hin und her, ein paar von uns fielen hin, hielten sich aber an die Empfehlung, nicht herumzuschreien.

»Es besteht kein Grund zur Panik«, wiederholte der VENT nun etwas leiser. »La yujadu asbab lil-panik.«

Der Seismische tippte stärker gegen das Biom, dieses Mal von einer anderen Seite. Die Kraft reichte beinahe aus, das Biom aus der Spalte zu heben, in der es feststeckte und in die immer noch das Wasser des Golfs lief. Er rückte etwas näher heran, hob einen weiteren Arm und schob uns auf die Ebene hinauf. Dann streckte er alle Arme von sich und ließ sie zittern, als wäre er in gespannter Vorfreude auf das, was nun kommen würde.

»Bitte bleiben Sie ruhig. Ostavaytes' spokoynymi! Es besteht kein –«

Der Schlag war nicht so laut wie der Zusammenstoß mit der Sorgente, aber ähnlich wirkungsvoll. Wir rollten über das Golgo, die Epithymia sprang über Risse und Spalten in der Ebene hinweg wie ein Rad über Schlaglöcher. Wir rutschten und purzelten wieder übereinanderher, jeder Versuch, der Drehung entgegenzurennen, wurde durch die vielen Stürzenden zunichtegemacht, die im Weg lagen.

»Besteht jetzt Grund zur Panik?«, schrie Larsen.

»Ja«, sagte der VENT.

Der Seismische rannte uns hinterher, zwei Arme freudvoll in die Höhe gestreckt, die übrigen, auf denen er galoppierte, angewinkelt wie die Vorderbeine einer Gottesanbeterin. Die Epithymia kam kurz vor der Küste zum Stehen, unweit der Landzunge, auf die uns Frau Strom hinausgetrieben hatte. Der Seismische holte noch im Laufen zum Schlag aus.

»Was können wir tun?«, schrie Larsen.

»Nichts«, sagte der VENT. »Dies gehört nicht zum vorgesehenen Konzept.«

Kurz bevor der Seismische uns erreichte, teilte sich das Wasser des Golfs. Ein weiterer riesiger Arm schoss aus dem schäumenden Meer und hob sich schützend vor die Epithymia. Der Seismische bremste ab und kam kurz davor zum Stehen. Der Arm winkelte sich an, stach mit seinem spitzen Ende in den Boden und versperrte ihm endgültig den Weg.

Dann kam der zugehörige Körper aus dem Meer.

»Veliky Bog!«, rief jemand.

»Das ist die Mama«, sagte Loy leise.

Die Größe des Seismischen, der jetzt aus dem Meer stieg, war unvorstellbar. Das Meerwasser schwappte bis zu uns, als das Wesen an Land ging, es prasselte in Kaskaden und Sturzbächen auf die Ebene und auch auf die Epithymia hinunter, als er sich vor dem kleinen Seismischen aufbäumte, der mit uns gespielt hatte.

»Oder sein Papa«, sagte Ferenc.

»Egal«, sagte Loy. »Er hat es nicht böse gemeint.«

Die Arme des kleinen Seismischen waren immer noch zum Schlag erhoben. Der große drückte sie sanft zu Boden und schob ihn von uns weg. Ein tiefes Brummen erklang wie in einer uralten Sprache. Dann sprang der kleine auf den Rücken des großen. Während seines Fluges vergrößerten die frei schwebenden Wirbel der beiden Körper ihre Zwischenräume, der kleine Seismische schob sich in den Körper des großen hinein, und die beiden verschmolzen ununterscheidbar ineinander. Als ein Wesen verschwanden sie im Nebel des Phlegräischen Feldes, über dem immer noch die Lichter in den Weltraum aufstiegen.

»Hal harabu?«, fragte Merril Abdulrazzeq.

»Na'am«, antwortete VENT. »Laqad harabu!«

»Was hieß das?«, rief Larsen.

»Sie sind geflohen.«

»Wovor?«, fragte Dahlia.

// Dritter Teil

DIE WINDLEITE

You got a 9 to 5,
so I'll take the night shift.
And I'll never see you again
if I can help it.

LUCY DACUS

AUS DER TIEFE

Ich bin blind, sehe keine Hand vor Augen, nichts. Ich bin zu Boden gepresst, als würde er mich magnetisch anziehen. Mein Blut ist schwer, ich spüre am ganzen Körper, wie es fließt, ich spüre mein Herz pumpen, jeden einzelnen mühsamen Schlag, als wäre mein Blut ein zäher Brei, der sich nur mit Müh und Not durch die Adern drücken lässt.

Ich stemme die Hände auf den Boden, versuche, mich ein klein wenig aufzurichten, doch ich bin tonnenschwer, schaffe nicht viel, will auch nicht viel schaffen, denn bei einem solchen Gewicht scheint jede kleinste Höhe gefährlich zu sein, scheint ein halber Zentimeter zu reichen, um sich die Nase zu brechen.

»Henry?«

Das ist Loy. Sie muss in der Nähe sein. Ich taste mit der Hand in die Dunkelheit, lasse die Finger laufen, da ich den Arm kaum anheben kann und will. Ich finde einen Arm, wandere zur Hand vor, dann zum Gesicht.

»Loy?«

»Ich bin ganz schwer.«

»Ich auch.«

Ein Aufatmen in der Dunkelheit. Sie ist nicht allein damit. Ich atme auch auf. Es fühlt sich an, als hätte die Luft, die ich atme, ein Gewicht wie Wasser. Sie drückt meinen Brustkorb nach unten.

»Chester?«, frage ich.

»Ja?«

»Bist du auch so schwer?«

»Ja.«

Es macht keinen Unterschied, ob ich die Augen öffne oder schließe, die Dunkelheit ist überall.

»Women zai nali?«, fragt irgendjemand aus der Richtung, aus der das meiste Geraschel und Geflüster kommt.

»Feng Hai«, sagt VENT.

Ich schließe die Augen.

Das Letzte, was ich auf Perm gesehen habe, kommt zurück.

Die beiden fliehenden Seismischen.

In der anderen Richtung: Frau Strom mit Papa auf dem Rücken, er steigt ab. Da steht auch Mama, mit Öter im Arm. Einfach so.

Sie stehen vor der Epithymia auf dem Phlegräischen Feld, nahe der Küste, nahe uns, draußen hinter dem Glas.

Niemand hat eine Maske auf. Sie atmen die Luft Perms. Papa, Mama, Öter. Sie haben keine Angst vor den Wolken, den Blitzen und den Tieren, die an ihnen vorbeistürmen, auch nicht vor der aufbrechenden Erde. Sie sind leicht und atmen die Luft. Sie können überall hin, können weg, wenn es sein muss.

Aber sie bleiben da.

Sie schauen uns mit einem Lächeln an. Uns, die wir gefangen sind wie in einem Goldfischglas, zusammen mit allen Menschen, die es noch gibt. Wir stürmen an die Schreibe, schlagen dagegen, wollen raus zu unseren Eltern.

Doch Mama schüttelt den Kopf, langsam und gebietend.

Ich erkenne, dass Frau Strom nur auf einem Bein dasteht. Das ist unmöglich, sie müsste zur Seite kippen, aber das tut sie nicht. Irgendetwas Unsichtbares hält sie fest.

Da ich immer wieder zu Mama schaue, so glücklich, sie zu sehen, sehe ich nicht gleich, wie Frau Strom verschwindet. Ich bin damit beschäftigt, ein Gefühl in Mamas seltsamem, anders gewordenem, verhärtetem Gesicht zu suchen, aber da ist nichts. Nur Verwunderung, vielleicht Freundlichkeit, aber keine Freude. In ihrem Gesicht ist nichts von dem, was ich selbst empfinde.

Frau Strom ist nur noch zur Hälfte da, als ich wieder hinschaue. Kurz darauf fehlt sie ganz.

Die anderen kommen auch, schauen raus. Da sind Fragen im Raum, aber es sind nicht meine.

Was fühlst du?, will ich wissen.

Mama hält Papa Öter hin, der ihn auf den Arm nimmt. Dann streckt sie ihre Hand aus, dorthin, wo Frau Strom bis eben noch gestanden hat. Sie hält den Arm ausgestreckt, als würde sie auf etwas zeigen. Jede Ader an ihrem Arm zeichnet sich blau durch die Haut ab.

Viele Sprachen gehen durch den Raum, Englisch, Russisch, Arabisch und Chinesisch, vielleicht noch andere. Aber ich bin mit der Sprache eines Gesichts beschäftigt und verstehe kein Wort.

Ich schaue zu Mamas Hand und sehe, dass ihre Finger fehlen, und ich weiß, jetzt wird sie wieder verschwinden, schon wieder weggehen. Vorausgehen und hinterherkommen gleichzeitig, überall und nirgends sein.

Sie löst sich auf, ich schließe die Augen und schaue es mir nicht an. Auch nicht, wie Papa und Öter sich auflösen und ins Nichts gehen. Ich halte die Augen geschlossen und sage Loy, dass sie auch die Augen geschlossen lassen soll.

Als die Stimmen laut werden, weiß ich, dass nun die Epithymia dran ist. Da ist schon ein Loch im Glas, das immer größer und größer wird, vielleicht springen schon die Ersten hinein, weil sie nicht verstehen, was das ist, sondern nur sehen. Aber Sehen ist falsch. Vielleicht drängen sich alle anderen an die gegenüberliegende Seite, auch weil sie nicht verstehen, was das ist, und der Vorstellung erliegen, etwas Unvermeidlichem entkommen zu können.

Ich sitze mit Mama auf dem Boden unserer Küche in Lyneham.

Sie hat ein Loch in die Ameisendose geschlagen. Sie sagt: »Instinkte sind dumm, wenn du auf etwas stößt, das du nicht verstehst.« Jetzt weiß ich, was sie meint. Hier wandern die Berge, und sie können Dinge, die jenseits unserer Vorstellung liegen.

Es wird hell.

Von oben kommt es hell.

Ich werde immer noch auf den Boden der Epithymia gepresst, wiege das Vielfache von mir selbst und komme kaum hoch. Die Epithymia knarzt, als wären wir in einem Schiffsbauch.

Die Helligkeit nimmt zu, blaues Licht fällt auf den Menschenhaufen, der am Boden klebt, die Körper nebeneinander, übereinander, alle nach unten gerutscht und gesammelt wie Flüssigkeit in einem Schüsselboden, auch wir, Chester, Loy und ich, mittendrin.

Die Helligkeit über uns wabert, wir steigen einer beschienenen flüssigen Oberfläche entgegen. Das tiefe Blau, das die Epithymia umgibt, ist Wasser. Wir sind in einem Meer und steigen auf. Ich glaube, da schwimmt ein Naäm.

Die Menschen halten sich an den Händen, jedes Geschrei ist verstummt, wir sind alle gefallen, und jetzt steigen wir auf.

»Guang!«, sagt jemand leise.

Wir schießen durch die Wasseroberfläche wie ein aufgeblasener Ball, von einem Kind unter Wasser gedrückt und losgelassen.

Einen Moment lang stehen wir in der Luft. Der Horizont ist schnurgerade, die Weite riesig, als wäre das Meer eine Scheibe, die kein Ende hat. Dann stürzt die Epithymia zurück auf die Oberfläche und macht dabei so gut wie keine Spritzer. Das Wasser auf dem Glas läuft wie im Zeitraffer nach unten.

Kleine kräuselnde Wellen bis in die weiteste Ferne, nirgends sehe ich Land. Am blauen Himmel darüber steht Perm, ein größer als der Mond der Erde. Nur dort gibt es Land. An einer Stelle hat es einen tiefen Riss. Ich glaube, dass es »das Katagma« heißt. Die kleinen Kontinente sind ausgewogen verteilt, das Meer, das sie umgibt, hat fast die gleiche Farbe wie das Wasser unter uns. Es gibt Wolken, an einer Stelle sind sie besonders dicht.

Neben Perm leuchten ein paar weiße Punkte am Himmel, wie Sterne, die am helllichten Tag zu sehen sind. Sie bewegen sich weg, werden schwächer und verschwinden nacheinander. Ein paar von den Russen, Saudis, Chinesen und Engländern haben es auch gesehen. Aber sie sind allesamt zu schwer, um sich aufzubäumen, sie schimpfen, weinen oder wundern sich im Liegen.

»Da fliegen sie, zur Erde«, sagt Chester leise.

Als plötzlich das Schaukeln der Epithymia wie in einem sich zudrehenden Schraubstock zum Stillstand kommt, haben uns die merkwürdigen Spuren aus spiegelglattem Wasser, die sich schon die ganze Zeit schnurgerade auf uns zubewegen, erreicht.

DORMITORIUM

Eine Klaue aus Metall umschließt meinen Unterarm, packt zu und zerrt mich nach oben, aus einer durchsichtigen, zähen Flüssigkeit heraus. Ich werde über einen Rand gehoben und daneben abgelegt. Ich tropfe von Kopf bis Fuß, bin schwer und sehe der Flüssigkeit zu, wie sie an mir hinunterfließt und in den Öffnungen des Abtropfgitters verschwindet, auf dem ich liege.

Dann schaue ich auf. Da steht Frau Strom. Sie hat mich aus einem gläsernen Bottich herausgehoben. Ich muss husten, huste Flüssigkeit aus der Lunge, sie tropft auf den Boden und auf Frau Stroms Füße. Ich sauge Luft ein, keine Sekunde zu spät, es kitzelt im Rachen, ich huste wieder.

Neben dem Bottich, aus dem Frau Strom mich herausgehoben hat, ist noch einer. Und daneben noch einer. In diesem ist jemand drin, ich glaube, es ist ein Saudi. Im nächsten ist Kjell Larsen. Sie sind beide nackt und scheinen zu schlafen. Dann kommt ein leerer Bottich und noch einer.

Ich bin nicht ganz so schwer wie vor der letzten Auflösung, aber trotzdem noch schwer. Ich versuche, mich aufzurichten.

»Mach langsam, Henry!«, sagt Frau Strom. »Lass dir Zeit.«

Ihre Stimme klingt etwas seltsam. Ich muss die Knie mit Kraft durchdrücken, um aufrecht zu stehen. Ich spüre mein Herz pumpen, beinahe wird mir schwarz vor Augen, und ich stütze mich auf Frau Stroms Rumpf. Da ist kein Geländer an dem Steg, auf dem wir stehen, oder etwas anderes, an dem ich mich festhalten könnte.

»Dein Papa ist da. Chester und Loy auch. Alle anderen auch«, sagt Frau Strom. »Du musst keine Angst haben.«

Sie hat das genau im richtigen Moment gesagt. Ich spüre die Schwere der Luft, die ich einatme. Ich muss sie einziehen wie durch einen Strohhalm, mein Brustkorb ist zusammengepresst, als wäre ich unter Wasser.

»Und Mama?«, frage ich.

»Auch.«

Für einen Augenblick ist die Schwere verschwunden. Ich weiß, dass sie noch da ist, aber ich spüre sie nicht mehr.

Wir stehen auf einem Steg in einem riesigen lang gestreckten Raum. Unter uns sind die Bottiche. Sie sind alle mit einer durchsichtigen Flüssigkeit gefüllt, in den meisten von ihnen schwebt jemand, nackt und schlafend. Neben Larsen erkenne ich Trudy und Ferenc.

»Was ist das?«, frage ich.

»Somnogene Anabatoren«, antwortet Frau Strom.

Ich nicke, obwohl ich kein Wort verstehe. Der Raum ist etwa hundert Meter breit, aber unendlich lang. In beiden Richtungen fließen die Wände erst in weitester Ferne zu einem Punkt zusammen. Die Reihen der Bottiche bedecken den Boden bis dorthin, es müssen Tausende sein, wenn nicht Millionen. In die eine Richtung sind sie gefüllt, in die andere leer. Ich entdecke Augustine und ihre Mutter Undine, nach ein paar Engländern und Saudis kommen die Abdulrazzeqs, verteilt auf neun Anabatoren, weiter hinten ist Merril. Ich merke, dass ich nackt bin wie sie.

»Es spielt keine Rolle, dass du nackt bist«, sagt Frau Strom. »Alle, die nicht wissen, wie du nackt aussiehst, schlafen.«

Die Wände sind nicht eben, sie erinnern an die knochigen Wirbel der Seismischen auf Perm, mit dem Unterschied, dass sie weniger porös und massiver erscheinen. Der Steg, auf dem wir stehen, scheint aus etwas Ähnlichem zu bestehen.

»Kannst du gehen, Henry?«, fragt Frau Strom.

Ich halte mich an ihrem Rumpf fest, und wir folgen dem Steg, gehen auf den Rand der Halle zu. In den Anabatoren, die wir dazu überqueren, schweben schlafende Menschen, die ich nur vom Sehen her kenne. Am Ende des Stegs, in der äußersten Reihe, entdecke ich Dahlia, Moxie und Melcher.

»Warte einen Moment!«, sagt Frau Strom.

Den Rand der Halle entlang verläuft eine Schiene. Wirbelartige Knochenstücke schweben lautlos, aber mit einer blitzartigen Geschwindigkeit in endlos erscheinenden Ketten darüber hinweg.

»Ein seismisches Band«, erklärt Frau Strom. »Wir können mitfahren. Mach einen Schritt nach vorne, Henry.«

»Aber es ist zu schnell.«

»Es wird halten. Aber du musst den Schritt machen. Erst dann weiß es, dass es halten muss.« Ein stiller Wind bläst mir ins Gesicht.

»Wo wollen wir hin?«

»Zu deiner Familie.«

»Wo ist sie?«

»In einer Küche. Sie warten auf dich.«

SPRECHSTUNDE

In einer Küche, erklärt Frau Strom, treffen Stoffwechsel und Kultur auf eine so elementare Weise aufeinander, dass das Prinzip »Küche« als universell gelten kann. Seismische haben Küchen, die Kryptiden werden eines Tages Küchen haben.

Sie hebt mich auf einen freien Stuhl. Sie muss dazu ihre Beine auf die volle Länge ausfahren. Der Stuhl sieht aus wie aus Knochen zusammengesetzt. Trotz seiner »adaptiven Größe«, wie Frau Strom es nennt, ist er immer noch zu groß. Meine Füße baumeln in der Luft. Auch die Füße von Papa und Chester baumeln, die von Loy sowieso.

»Die Stühle haben schon die kleinstmögliche Größe angenommen«, erklärt Frau Strom, »kleiner geht es nicht. Sie sind zusammengerückt. Es ist eine seismische Küche.«

Die Wände und die Decke sind in weiter Ferne, das Licht reicht kaum bis dahin. Wir sind Sandkörner in einem dunklen Dom.

Mamas Füße baumeln auch. Sie sitzt Papa gegenüber, ein geheimnisvolles Lächeln im Gesicht. Sie wollte mich nicht in den Arm nehmen und drücken, als ich hereinkam.

Die Tischplatte geht uns allen bis zum Hals. Loy sitzt neben mir, hat Öter vor sich auf dem Tisch und streichelt ihn. Die Züge in Mamas Gesicht sind hart, auch wenn sie lächelt. Die Haare fallen ihr in Zotteln auf die Schultern, ihr Blick ist neugierig und funkelnd. Sie wirkt, als wüsste sie alles über uns, doch dieses Wissen hat nichts mit ihr zu tun. Sie sieht aus, als sähe sie uns zum ersten Mal in ihrem Leben.

»Ihr könnt alle mit Hilfe einer adaptiven Atmosphäre atmen, die ein Zeichen des technologischen –«

Mama unterbricht Frau Strom, indem sie den Finger auf den Mund legt. Sie beugt sich vor, scheint in Papas Gesicht etwas Interessantes entdeckt zu haben und kneift die Augen zusammen, um besser sehen zu können. Dann zieht sie ihre Füße auf die Sitzfläche ihres Stuhls und springt auf den Tisch. Auf allen vieren krabbelt sie an uns vorbei über die knochige Fläche auf Papa zu. Ich habe die Bewegungen, die sie dabei macht, das abwechselnde Nach-Vorne-Werfen beider Arme und beider Beine, schon einmal gesehen, in der Ebene von Monte Ferru, als der Lungenturm das erste Mal brannte.

Vor Papa angekommen, streckt sie den Zeigefinger nach seinem Mund aus. Er versucht auszuweichen, lehnt sich zurück, kommt aber nicht außer Reichweite, ohne Gefahr zu laufen, vom Stuhl zu fallen. Mama fährt mit dem Finger in Papas Mundwinkel.

»Ihhh«, macht Loy leise und für sich.

Mama wirft ihr einen eisigen Blick zu. Dann betrachtet sie das Rot, das an ihrem Zeigefinger klebt, reibt mit dem Daumen darüber und leckt daran und schaut zu Frau Strom. Mit den Handflächen ahmt sie zwei blinkende Sterne nach und verbindet sie dann mit zwei in die Luft gemalten Linien.

»Sie will wissen, ob Sie Noah Rayser gebissen haben?«, übersetzt Frau Strom.

Papa fährt sich über den Mund und beschaut seine Handfläche. Dann nickt er. Mama dreht Papas Unterarme nach außen, entdeckt die blauen Adern und lacht laut und bösartig auf. Sie klopft ihm mit vielen Schlägen auf die Schulter, als hätte er etwas Großartiges gemacht, und nickt anerkennend dabei. Glucksend und schwer schnaufend krabbelt sie über den Tisch zu ihrem Stuhl zurück.

»Du hast Noah Rayser gebissen?«, fragt Chester.

Papa nickt noch einmal, alles andere als stolz. Mama betrachtet ihn, trommelt auf den Tisch, ihr Gelächter klingt nach Triumph, Sieg und Schadenfreude. Ich halte Öter, damit er nicht vor Schreck vom Tisch fällt. Loy ist kurz davor zu weinen.

»Warum spricht sie nicht?«, fragt sie, den Blick nach unten gesenkt.

»Ihre Stimmbänder wurden verödet«, sagt Frau Strom. Chesters Augen werden groß.

»Schluss, aus!« Papa hebt die Hände. »Eins nach dem anderen.«

Mama stiert ihn einen Moment lang an, dann wechseln ihre Blicke neugierig und schnell zwischen uns hin und her. Papa zeigt auf Mama.

»Wer ist das?«, fragt er.

»Nummer zwei«, sagt Frau Strom.

Papa runzelt die Stirn, beugt sich vor und legt die Arme auf dem Tisch ab. Er kann nicht anders, Vorbeugen ist unmöglich, ohne sich abzustützen.

»Und wo ist Nummer eins?«

ADAPTIVE TECHNOLOGIE

Am Ende von Frau Stroms Ausführungen sind wir am Boden. Wir haben Tisch und Stühle verlassen, eine Weile saßen wir an die Wand neben dem Eingang gelehnt, doch jetzt liegen wir, alle auf dem Rücken, dicht beieinander.

Auf der Windleite ist es für Menschen am rückenschonendsten zu liegen, wenn sie sich nicht gerade auf allen Vieren fortbewegen. Öter liegt auch, er hat die Hinterbeine weit von sich gestreckt, wie es Hasen tun, wenn sie sich wohl- und sicher fühlen. Aber ich glaube, es ist die einzige angenehme Position.

»Und Mama ist hier?«, fragt Loy, als Frau Strom zu Ende gesprochen hat.

»Ja.«

»Wann können wir zu ihr?«

»Wenn ihr bereit seid.«

»Wann ist das?«

»Wenn ich es sage.«

Ein Geräusch zieht über uns hinweg, ein heulendes Surren, das anschwillt. Wir spüren Wind in unseren Gesichtern, der Tisch vibriert, und ein tiefes Knarren erfüllt den Raum.

»Das ist die Windleite?«, fragt Papa.

»Ja. Wir sind in ihrem Meer.«

»Tief?«

»Ja, 10 000 Meilen. Dieser Bau stemmt sich gegen einen Druck von anderthalb Millionen Bar. Das Wasser ist nicht mehr flüssig, sondern bildet Hochdruck-Eisphasen aus. Sie bewegen sich und drücken gegen die Außenhülle.«

Loy dreht das Gesicht zur Decke. »Auf Perm war es leichter.«

»Das ist das Einzige, das nicht mal die Seismischen können«, sagt Frau Strom.

»Was?«

»Gravitation. Sie geht durch alles durch. Sie nicht überwinden zu können, ist prinzipiell. Aber immerhin seid ihr hier ein bisschen leichter als auf der Oberfläche. Ein Teil der Masse liegt über uns, und wir sind näher am Kern.«

»Warum können wir atmen?«, fragt Papa.

»Sie können die Raumtrenner nicht sehen, die Ihren Kopf umgeben, da sie miniaturisiert sind. Eigentlich müssen Sie nicht atmen. Es würde genügen, ab und zu den Mund aufzumachen. Hier ist nirgends Luft, sondern eine Art gasförmiges Deutolecith, aber ohne einschläfernde Wirkung. Es handelt sich um fortgeschrittene Bose-Technologie, adaptiv und universell.«

»Warum bist du eigentlich wieder lieb?«, fragt Loy.

»Der Dienst an Noah Rayser ist beendet. Er hat Perm verlassen.«

»Jetzt dienst du also uns?«

»Nein. Eurer Mutter.«

»Schon die ganze Zeit?«, fragt Papa.

»Ja.« Frau Strom winkelt ihre Beine an und geht weit in die Hocke, sodass ihr Rumpf den Boden berührt. »Ich kann zwei oder mehr Obrigkeiten gleichzeitig dienen, solange die konkreten Anweisungen nicht im Widerspruch zueinander stehen. Die Konsequenzen maschineller Dienerschaft, die sich daraus ergeben, übersteigen den Verstehenshorizont der meisten Menschen.«

»Wie?«, sagt Chester.

Loy schlägt sich auf die Stirn. »Rayser wusste nicht, dass die Blitze am Meer ungefährlich sind?«

»Nein. Die Elektrophagen fangen sie ab. Ich habe euch das in eurer ersten Schulstunde erzählt. Noah Rayser wusste allgemein wenig über Perm. Er war immer auf dem Sprung.«

»Hättest du ihn nicht darauf hinweisen müssen?«

»Nein. Das hätte im Widerspruch zu einer Anweisung eurer Mutter gestanden. Und sie nahm mich lange, sehr lange vor Noah Rayser in ihren Dienst. Und da sie hier ist und lebt, ist dieser Dienst noch nicht beendet.«

»Rayser lebt auch!«

»Ja. Aber er ist, wie gesagt, auf dem Weg zur Erde.«

»Mit diesen ganzen kleinen Klugscheißern?«

»Ja. Er macht dort alles neu.«

Wieder knarrt der Raum. Papa stützt sich auf, um Frau Strom anschauen zu können.

»Wird er das? Alles neu machen?«

»Die Kinder vielleicht. Er nicht.«

»Warum?«, fragt Loy.

»Sie, Mr Meadows«, sagt Frau Strom, »haben ihn gebissen. Er wird ein Perm-Biom brauchen.«

»Was?«

»Sie haben richtig gehört.«

»Ein Perm-Biom, auf der Erde?«

»Ja. Wenn er dort nicht mit einer Maske herumlaufen will, wird er ein Biom mit Perm-Atmosphäre benötigen, um keine Vergiftungserscheinungen zu zeigen und eine Sauerstofftoxikose zu erleiden. Das Biom wird nach Schwefel und anderen Gasen stinken und den geringen Sauerstoffanteil der Perm-Luft aufweisen müssen.«

»Kaum jemand wird ihn besuchen?«

»Nicht ohne Maske.«

»Und wenn er es rückgängig macht?«

»Die adaptiven Veränderungen, die Mrs Meadows' Medikation am menschlichen Körper bewirken, sind einschneidend und nach jetzigem Kenntnisstand irreversibel. Ein Aufenthalt im Dekontaminator zögert die Veränderungen nur hinaus. Sie rückgängig zu machen, würde eine lebenslange Forschungsarbeit bedeuten. Das macht niemand einfach so.«

»Nur jemand, der es gerne macht. Für ihn«, sagt Loy.

»So ist es.«

»Jemand mit Liebe für ihn.«

»Ja.«

»Und so jemanden hat er nicht?«

»Nein.«

Papa legt seinen Kopf wieder auf den Boden.

»Und wir bleiben hier?«, fragt er.

»Ja. Die Seismischen schaffen Ihnen in diesem Moment einen Lebensraum, rundum vom Meer begrenzt. Es reicht von Cea bis Santu Gonone. Das Wasser ist noch dabei, in die neuen Gräben zu laufen. Die Landfläche reicht für die Nahrungserträge aus, die notwendig sind.«

»Ein Reservat?«

»Ja. Mehr steht Ihnen nicht zu. Sie können froh sein, es zu bekommen. Ich rate dazu, die Grenzen zu respektieren.«

»Warum?«

»Sie stören sonst die Versuche.«

Papa kriecht zur Wand und schiebt sich an ihr hoch, bis er mit dem Rücken angelehnt dasitzt. »Welche Versuche?«

»Was tut ein Kind, wenn es keine Angst hat? Es hat gegessen, es hat keinen Durst, es hat alles, was es braucht, und kann überallhin. Die Gartentür steht offen. Was tut es?«

»Es geht raus, probiert Sachen aus«, sagt Loy.

»Ja. So in etwa müssen Sie sich die Seismischen vorstellen. Am Ende allen Fortschritts, nach der Überwindung jedes Mangels kommt das Spiel. Das Rausgehen und das Ausprobieren. Forschung, wenn Sie so wollen. Es ist lächerlich zu glauben, eine Kultur mit den Fähigkeiten der Seismischen würde andere Kulturen vernichten wollen, andere Sonnensysteme überfallen und ausbeuten. Nichtdass sie es nicht könnte. Aber es wäre unnötig und, vor allem, langweilig. Es wäre unlogisch wie ein Johann Sebastian Bach, der sich aufmachte um Klaviernoten für Anfänger zu stehlen. Die Idee eines Krieges im Weltraum fußt auf einem fundamentalen Denkfehler. Materie und Energie sind eins. Alles ist eine Gleichung. Die Ressourcen, der Platz und die Zeit des Universums übersteigen jede Vorstellung. Es ist genug für alle da.«

»Ich habe Hunger«, sagt Loy.

»Dann musst du mit rauskommen«, sagt Frau Strom. »Was es hier gibt, passt nicht in deinen Mund.«

Wir gehen alle mit und schöpfen eine Handvoll Flüssigkeit aus einem Anabator, in dem ein appetitlich aussehender Perm-Farn schwebt.

»Keine Angst«, sagt Frau Strom. »Es schmeckt.«

Papa kostet zuerst, nickt zunehmend begeistert und nimmt sich noch mal. »Phantastisch!«, sagt er.

»Kartoffel«, sagt Loy. »Aber echt!«

Chester schüttelt den Kopf. »Curry!«

»Es schmeckt für euch«, sagt Frau Strom.

»Adaptive Technologie?«, fragt Papa, den letzten Schluck aus seiner Hand schlürfend.

»Die Überwindung des Mangels für alle«, sagt sie, »steht am Ende jeder technischen Entwicklung, sofern die Kultur die kritischen Phasen überlebt.«

Wir gehen zurück, satt und mit einem guten Gefühl im Bauch.

»Die Seismischen forschen?«, fragt Papa, als wir wieder sitzen.

»Ja. Genauer gesagt, sie lassen die Zeit für sich forschen. Und manchmal ziehen sie Gräben, um Variationen zu beobachten.«

»Mit welchem Ziel?«

»Ich würde jetzt mit den Schultern zucken, wenn ich welche

hätte«, sagt Frau Strom. »Es ist reine Spekulation. Vielleicht haben sie Fragen, die sie nicht beantworten können, weil diese Fragen die Grenzen überschreiten, die ihnen ihre Sinne vorgeben. Vielleicht lassen sie Arten entstehen, die diese Fragen eines Tages beantworten. So gesehen wäre jede ihrer Welten so etwas wie ein Garten.«

»Für Antworten?«, fragt Chester.

»Ja.«

»War die Erde auch so ein Garten?«, fragt Papa.

»Sehr wahrscheinlich ja. Aber wir waren vielleicht eine Antwort, die sie nicht hören wollten.«

»Warum?«

»Die Illusion von Eigentum endet früher oder später im Schmerz und im Nichts. Die Anomalie hat seine Entstehung über viele hundert Millionen Jahre unterbunden, durch unterschiedlichste Formen und Spezies hindurch – bis jemand auf die Idee kam, sie mit megalithischen Bauten festzuhalten, unter unglaublichen übermenschlichen Strapazen. Vielleicht ist das Anhalten der Anomalie durch Megalithen, Pyramiden oder was auch immer so etwas wie ein Wecker.«

»Ich komm nicht mit«, sagt Loy.

»Du wirst es verstehen, wenn du wieder auf Perm bist. Wichtig ist nur zu wissen: Die Seismischen, die gerade unten die Gräben aufreißen, legen so etwas wie eine spontane Nachtschicht ein, aufgrund der unvorhergesehenen Ereignisse, die die Landung der Menschen mit sich brachte. Aber es scheint für sie nichts Großes zu sein. Die Versuchsleitung schläft immer noch, denn keines der bisherigen Ereignisse seit unserer Ankunft auf Perm war maßgeblich genug, sie zu wecken. Wir sind Ameisen. Sie sind nett zu uns. Und, wie es gerade aussieht, ein bisschen interessiert.«

»Interessiert?«, fragt Papa.

»Das Beste, was passieren konnte. Hätte Noah Rayser es mit

seinen Türmen auf Perm wirklich ernst gemeint, wäre es anders ausgegangen.«

»Woher weißt du das alles?«, fragt Loy. »Kannst du die Sprache der Seismischen?«

»Sie konnten sehr schnell meine. Alles ist prinzipiell.«

»Kannst du jetzt bitte sagen, dass ich bereit bin, Mama zu sehen?«

»Fast.«

Frau Strom richtet sich wieder auf, beinahe zu bedrohlicher Größe.

»Schaut mich an«, befiehlt sie. Wir schieben unsere schweren Körper wie Papa in Richtung Wand und lehnen unsere Rücken dagegen.

»Was ist mit ihr?«, frage ich und zeige auf Nummer zwei, die schnarchend neben mir liegen geblieben ist.

»Sie kann liegen bleiben.«

Einmal mehr knarrt der Raum, aus der Dunkelheit dringt ein Summen, von dem ich gar nicht sagen kann, von wo es kommt. Das Knarren erzeugt ein gewaltiges Echo. Frau Strom wartet, bis die Geräusche abgeklungen sind.

»Mildred Meadows hat sich vor den Bedingungen Perms verneigt, um euch eine Heimat zu schaffen. Ihr Tun muss das Interesse der wachhabenden Seismischen geweckt haben, wodurch uns, in einem gewissen Rahmen, Sonderrechte eingeräumt wurden. Bevor ich euch zu ihr bringe, müsst ihr bereit sein, jede ihrer Entscheidungen zu akzeptieren, denn sie hat sie im vollen Bewusstsein aller Konsequenzen gefällt.«

»Welche Konsequenzen?«, fragt Papa.

»Das werden Sie wissen, wenn Sie sie sehen.«

ALLES IN UNSERER MACHT

Wir steigen in das seismische Band und gleiten die endlosen Reihen der Anabatoren entlang. Die Engländer, die Saudis, die Russen und die Chinesen lassen wir schnell hinter uns, das Band beschleunigt. Jetzt sind die Bottiche nur noch mit Perm-Tieren gefüllt. Sie schlafen friedlich, eins neben dem anderen, sichtbar gemacht durch eine unerhörte Technologie. Hin und wieder schwebt auch eine Pflanze in der durchsichtigen Flüssigkeit.

Die Geschwindigkeit nimmt zu, Fahrtwind greift uns in die Haare, schnell sind die einzelnen Bottiche kaum mehr zu sehen. Ich begreife: Wir fliegen durch die Jahrhunderte Perms, aus denen immer wieder Lebewesen herausgepickt wurden.

»Dies ist eine Biothek«, erklärt Frau Strom. »Ihre aktuelle Gesamtlänge beträgt 80 000 Meilen, sie beheimatet mehr als 1,28 Milliarden Tier- und Pflanzenproben, gesammelt vom Anbeginn des Lebens auf Perm, sodass nahezu jede bedeutsame oder repräsentative Mutation in den Erbfolgen einzeln untersucht werden kann. Die Bakterien und Archaeen befinden sich in einem parallelen Bau, der aufgrund der Kleinheit der Proben natürlich etwas anders strukturiert ist. Das Gleiche gilt für die technologische Sammlung, die ich auf mein Gesuch hin verlassen durfte. Maschinen schlafen nicht so schnell ein.«

Als das Band die Maximalgeschwindigkeit erreicht hat, halten wir uns aneinander fest. Aber eigentlich ist es nicht nötig, es scheint gar nicht möglich zu sein, von der Plattform zu fallen. Es geht durch Jahrtausende, durch den Zeit-Raum, die Reihen der Bottiche flirren an uns vorbei.

Als wir wieder langsamer werden, ist die Störung schon von weitem zu sehen. Da schweben plötzlich wieder Menschen in den Anabatoren, ihre Erscheinung unterbricht die Tiergenerationen mit ihren kleinen, meist gar nicht sichtbaren Unterschieden.

Es sind nicht viele Menschen. Manche kenne ich noch irgendwie vom Sehen, bin mir aber nicht sicher. Mama hat mal von einem Dennis mit roten Haaren gesprochen, das muss er sein. Der, der im Bottich neben ihm schwebt, ist genauso stämmig.

Wir halten an und treten auf den Steg hinaus.

»Hier entlang«, sagt Frau Strom.

Als würde er wissen, was wir vorhaben, senkt sich der Steg langsam zwischen zwei Bottichreihen, während wir weitergehen. Ich fühle mich unendlich schwer und spüre jeden einzelnen Schlag meines Herzens.

»Halt«, ruft Frau Strom irgendwann. »Du bist schon zu weit, Henry.«

Ich drehe mich erschrocken um und laufe zurück. Der Bottich, vor dem die anderen stehen geblieben sind, unterscheidet sich in nichts von den Milliarden anderen.

Sie hat die Augen geschlossen.

Ich schließe die Augen auch.

Was ich gesehen habe, reicht mir.

Ein Lächeln im Schlaf. Ein Lächeln, dem es an nichts fehlt, zufrieden und erfüllt und weit weg, ein ganzes Leben weit weg. Vielleicht auch erwartungsvoll, in Vorfreude. Sie schläft schon, aber wir kommen ja jetzt noch mal rein, um Gute Nacht zu sagen. Ihre Haare schweben, sind lang und grau. Ich habe auch die Hände gesehen, dünnhäutig und faltig wie das Gesicht, aber auch sehnig und stark. Das sollen die Hände gewesen sein, die über meinen Kopf gingen, wenn ich abends so getan habe, als würde ich schon schlafen.

Ich habe nur so getan und gewartet.

Aber Mama schläft wirklich.

»Ich werde aus Mildred Meadows' Dienst entlassen sein, wenn ich sie in der Gegenwart von Ihnen geweckt habe«, höre ich Frau Strom sagen. »Es ist der letzte Auftrag, den ich für sie ausführen soll.«

Ich habe die Augen immer noch geschlossen. Ich höre das Geräusch ausfahrender Beingelenke, Hydraulik summt, dann knallt Metall auf Metall, Frau Strom steigt auf einen höher liegenden Steg. Ich habe den Eindruck, dass sie sich absichtlich Zeit lässt. Verschlüsse klicken auf, einer nach dem anderen, als würde jemand eine große Menge Einmachgläser öffnen. Bei jedem Klicken zucke ich zusammen und höre Nummer zwei glucksen. Doch plötzlich verstummen alle Geräusche.

»Ich muss noch etwas mit Ihnen klären, Mr Meadows, bevor ich es zu Ende bringe«, sagt Frau Strom.

»Ich fürchte, ich weiß«, sagt Papa.

»Es geht um die Kinder.«

»Das tut es immer.«

»Sie haben versprochen zu tun, was in Ihrer Macht steht.«

»Ja.«

»Weil es Ihre Kinder sind?«

»Ja.«

»Auch in einer fremden, neuen Welt?«

»Ja.«

»Sie müssen ein Teil von Ihnen sein. Alle.«

Ein Rucken geht durch Papas Körper, ich glaube, dass es ein Nicken ist.

»Ich weiß.«

»Sie werden also tun, was in Ihrer Macht steht?«, fragt Frau Strom.

»Keins dieser Kinder wäre ohne das andere«, sagt er. »Und ich wäre nicht ohne sie. Alles in meiner Macht.«

Er zieht mich an sich heran, dann spüre ich Loy an meinem Rücken und schließlich auch Chester. Als der letzte Verschluss von Mamas Bottich aufspringt, ist das kurze Zischen eines Druckausgleichs zu hören.

»Sind Sie bereit?«, fragt Frau Strom.

EPILOG

Reservat

Das Haben kommt aus der Angst.
Wir haben keine Angst.

Wir reiten geschwind. Auf einem unsichtbaren Tier zu reiten, kommt dem Fliegen sehr nah. Wirklich fliegen wir, wenn uns ein Bogenspanner über die Gola schleudert. Das machen wir aber nur selten, am Tag des Croce, denn wir respektieren die Grenzen, die uns die Großen gesetzt haben.

Das Land ist schön und weit.

Die Aglaphytenwälder und Schachtelhalme haben sich erholt, sie wiegen in den Winden, die vom Supramonte herkommen, und legen ihre Schatten auf die Bohnen und den Weizen, der auf den Hängen steht. Um die Quinoa und die Süßkartoffeln kümmern sich die Leute aus der Partei.

An Regentagen hüllen sie sich in Moschopsfelle, genauso wie der englische König und die Königin, die sich beide dem Kohl verschrieben haben, der in Santu Gonone wächst. Sie sind die Hüter des Kohls und der schönen Blumen, sie hüpfen wie Frösche über den Kraterboden, ihre Kronen wurden längst heimgesucht, mächtige Moschopsfelle bedecken ihre blauadrige und schwammige Haut.

Wir alle sind blauadrig und schwammig, auch der saudische Kronprinz, der sich mit seinem Gefolge ins Supramonte verdrückt hat, und die Oligarchen aus Tscheljabinsk, die die Stadt am Ufer der gefluteten Gala Gorropu neu gegründet haben.

Eine Stadt ist sie nur dem Namen nach, vornehmlich handelt es sich um eine Häufung von Löchern in Felsen, die groß genug sind, um darin zu schlafen. Nicht anders verhält es sich mit Tabuk, Lyneham und Miyun. Die Heimsuchung treibt uns alle in regelmäßigen Zyklen aus unseren Löchern und vor sich her, bewegt uns zur Wanderschaft und zur Aufgabe von Angehäuftem.

Aus Tscheljabinsk kommen die Tomaten und der Spinat, die Route dorthin beginnt in Monte Ferru, der alte Pfad führt zur Sorgente hinauf, wo wir auch heute noch unser Wasser holen. Von dort geht es weiter nach Westen über die Höhen, zur Rechten das schäumende Meer und dahinter das Gennargentu, dessen Gipfel im Weltraum liegen und das für uns verboten ist.

Auf dem Weg begegnen wir regelmäßig Noor und Faisal, die das Neuste aus den Bergen berichten, wo sie Mokka anbauen und rösten. Haben die beiden zu viele Tomaten und Spinat dabei, tauschen sie gerne gegen Kohl und Süßkartoffeln.

Der Tag des Croce, unser höchster Feiertag, findet alle 244 Windnächte statt, immer am Morgen des ersten Tages eines Windleitejahres, wenn der Schatten des Kreuzes auf den Portalstein fällt, der nun außerhalb des Landes liegt, das uns gegeben wurde. Vor Sonnenaufgang erscheinen die Arcoiden. Wir lassen uns über die reißende Strömung in der Gola schleudern und steigen hinauf zu den Teichen und zum Kreuz, nur an diesem Tag geduldet, daher der astronomische Fingerzeig. Im äußeren Steinkreis erneuern wir die Bisse. Sie müssen in den Nacken gehen, wie bei einem Tier, das sein Kind trägt, und es muss bluten, damit sich der Bund erneuert und die Erinnerung nicht verlischt.

Noor beißt Zhang, Zhang beißt Augustine, Augustine beißt Anastasia, Anastasia beißt Vasily, Vasily beißt den König von England und so weiter. Chester trägt die Narbe von Papas Biss im

Nacken, es war der erste von allen, ich habe die Narbe von Chester, und Loy hat meine. Melcher hat seine von Loy. Wir erinnern uns an das, was uns einmal das Leben geschenkt hat, jedes Jahr aufs Neue. Wir sind alle eine Familie.

Die Kette bleibt gleich, es sei denn, jemand verlässt uns im Angesicht von Krankheit oder Tod. Dann geht sie oder er in den inneren Kreis der Steine, den wir um das Croce gebaut haben, um dort zu warten. Manchmal dauert es länger, manchmal kürzer, aber irgendwann hat die Heimsuchung ihr Werk getan, und der Kreis ist wieder leer. Den Gegangenen stellen wir einen Stein auf, nicht im Kreis, sondern woanders und in einer Reihe. Wir haben es, nicht ohne Stirnrunzeln, Carnac genannt. Es befindet sich auf einem Berggrat des Supramonte, westlich von Monte Ferru. Dort können wir an die Gegangenen denken und ihnen nahe sein.

Ferenc und ich sind auf dem Weg dorthin. Die Zentauren warten auf uns wir bei den Schachtelhalmen im Tal. Der Sturz der Sorgente hat eine Abbruchkante hinterlassen. Ferenc ist schon oben, ich hänge noch auf halber Höhe fest. Wir hätten auch einen einfacheren Weg nehmen können.

»Los jetzt«, ruft er. »Hast du etwa Angst?«

»Aber so was von«, sage ich.

»Dann musst du eine Lösung finden.«

»Du redest wie meine Mutter.«

Ich greife nach einem Vorsprung und ziehe mich ein Stück weiter nach oben. Tief unter mir weiß ich die rechteckigen Überreste von Lyneham A und B, ohne dass ich den Fehler mache hinunterzuschauen.

Ferenc tritt demonstrativ zur Seite, als ich die Kante zu fassen kriege, und legt die Hände auf den Rücken.

»Fast geschafft, Henry! Du musst nur noch den letzten Schritt tun. Das ist, wie du weißt, wichtig für deine Persönlichkeitsentwicklung.«

»Ich bin 47!«, rufe ich.

»Dann wird es höchste Zeit, Mr Meadows.«

Ich weiß jetzt, warum Mama mir nicht geholfen hat, damals in Stanage Edge. Ich schaue Ferenc böse an, so böse ich kann. »Jetzt gib mir deine Hand und hilf mir hoch, du Schwachkopf.«

Ferenc lächelt und gibt mir die Hand. Er ist mit meinen Fortschritten sehr zufrieden.

Die Luft ist kühl und frisch. Sie dringt in unsere Haut, wir atmen sie mit dem ganzen Körper. Ich muss nicht nachsehen, ob die Zentauren unten noch da sind, ich spüre es. Ich muss auch Ferenc nicht an die Hand nehmen, als wir zu den Steinen unserer Papas gehen, wir spüren, was wir spüren müssen. Die Steine tragen keine Namen.

Ich lege keinen Arm um dich
Und keinen um die Leite.
Ich brauche Wort und Hände nicht,
Um dich zu halten –

»Heute«, sagt Ferenc.

»Heute«, sage ich und nicke.

Chester hat diese Verse Papas Stein zugesprochen. Er ist zum Sprecher der Steine geworden, für jeden einzelnen gibt es einen Vers. Der von Abel Weiner ist besonders schön, aber auch der von Mascha Tenenbaum. Alle haben einen offenen Schluss. Ein offener Schluss, so Chester, ist besser als ein schlechter und Gewissheit oft der tiefste Grund der Traurigkeit.

Wenn ich mir die wachsende Reihe der Megalithen anschaue und den Steinkreis am Croce, auf der anderen Seite des Tals, wenn ich an unsere heimlichen Erntedankfeste in den Höhlen von Suttaterra denke und an die Fastenzeiten während des Majal, dann beschleicht mich der Verdacht, dass wir Menschen so etwas in der Art schon einmal hatten, vor langer Zeit. Es entbehrt nicht einer gewissen Ironie, dass wir so weit gereist sind, auf eine zweite Welt, und blauadrig und schwammhäutig werden mussten, um es wieder zu haben.

Ferenc' kleine Schwester kam blauadrig und schwammhäutig zur Welt, sie hat die Anpassung an Perm noch in Yunas Bauch vollzogen. Sie ist bis heute die Jüngste der Familie und von uns allem am besten darin, das Glück der Tage zu empfinden und im Heute zu sein.

In der Freude an ihr liegt aber auch eine leise Trauer, die uns alle umso mehr beschleicht, je mehr die Jahre vergehen und je länger die Reihe der Steine von Carnac wird. Yunas Kind wird vermutlich die Jüngste in der Familie bleiben. Es scheint uns nicht vergönnt zu sein, länger als eine Generation auf Perm zu leben.

Wir haben nicht nur einen begrenzten Raum bekommen, sondern auch nur eine begrenzte Zeit. Es fällt uns schwer, die Ursache dafür nicht in der Schuld zu sehen, am Leben geblieben und dem Sterben auf der Erde entgangen zu sein und die Augen vor dem Leid verschlossen zu haben. Wir wissen nicht, ob es die Großen sind, die uns das Geschenk verwehren, Kinder zu bekommen – oder ob es einfach in uns liegt.

Von Jahr zu Jahr fasten wir härter am Majal, gehen an die Grenzen unserer Entbehrungsfähigkeit, um den Großen zu zeigen, dass wir unsere Schuld kennen und annehmen. Aber bisher lassen sie sich nicht erweichen. Wir hungern mit dem Blick zur Windleite, es ist uns ernst, wir hoffen, dass uns da oben jemand sieht. Wir richten große Steine auf.

Wie zum Spott hüpfen und tänzeln Öters zahlreiche Nachkommen über unsere Felder, verstecken sich in den Nachtschattengewächsen und graben Löcher in die Kraterböden, um sich vor den Phthinos und Gorgonen in Sicherheit zu bringen, die immer noch glauben, alles beißen zu müssen, was nicht von hier ist. Vielleicht sind es die Hasen, an deren Fortbestand die Großen wirklich interessiert sind. Vielleicht liefern sie eines Tages die Antworten, zu denen wir Menschen nicht fähig waren.

Ich muss Chester bald um neues Papier bitten, die Seiten gehen zur Neige. Er schöpft es selbst aus Schachtelhalmen, deren Gehalt an Xellosiden zur Herstellung von Papier reicht. Das Verfahren ist langwierig. Loy sagt immer, ich solle die Seiten möglichst schnell vollschreiben, damit nicht so viel Platz für Chesters Gedichte bleibt.

Ich würde gerne mehr von der Erde erzählen, aber sie weicht immer weiter fort, wird mir mit jedem Tag fremder und fremder. Ich bin dankbar, hier zu sein und leben zu dürfen, ohne dass dafür jemand anders leidet oder stirbt. Ich glaube, dass sich darin die Entscheidung der Großen begründet, es mit uns, im wahrsten Sinne des Wortes, gut sein zu lassen.

Wir haben hier und jetzt unseren größten Wert, nirgendwo sonst und zu keiner anderen Zeit. Ich bin mit *Der Golf von Navarrese und das westliche Golgo* beinahe fertig. Die Heimsuchung hat es mir bisher noch nicht weggenommen, im Gegensatz zu Chesters Gedichten. Was das bedeutet, weiß ich nicht. Ein paar wenige Dinge bleiben hier, wie zum Beispiel auch der rostige Dreizack, der in einer der Höhlen herumgelegen hat, in denen wir Erntedank feiern.

»Kommst du mit?« Chester steht im Eingang, blauadrig und schwammhäutig. »Wir gehen baden.«

»Wohin?«

»Coccorrocci«, sagt Loy. »Da ist ein schönes Gewitter im Anmarsch. Und gleich kommt die Nacht.«

In Tiefnächten sind Gewitter großartig. Das Meer leuchtet dann in den schönsten Farben, die das Spektrum zwischen Blau und Türkis hergibt. Ich trete aus der Höhle und atme tief durch.

Genau in diesem Moment verschwindet die Sonne hinter der Windleite, die nun als riesiger schwarzer Kreis vor den Sternen steht, die überall aufglühen. Loy geht mit Melcher voraus, neben ihnen laufen Ferenc und Chester über die Ebene auf den Aglaphytenwald zu. Die Blitze lassen ihre Umrisse leuchten.

»Na los, Henry!«, ruft Chester und wartet, während Ferenc, Loy und Melcher auf die Zentauren springen, die im Wald auf sie gewartet haben, beim großen Nebelfall. Chester hält für mich einen fest, schaut schon genervt, weil ich bummle.

Doch er ist mir nah. Da kann er gar nichts dagegen tun, mir unterschiedslos nah zu sein wie Loy, Melcher oder Ferenc. Ich schaue noch einmal zum schwarzen Kreis am Himmel. Vor vielen Jahren fragte uns Frau Strom, ob wir bereit wären, Mama zu wecken. Glücklicherweise waren wir alle bereit, es nicht zu tun. »Schlaf gut, Mama«, sage ich leise und steige auf.

»Was hast du gesagt?«, fragt Chester.

»Ach nur, dass dich der holen soll, dem der Schwefel gestunken hat und über den wir nicht reden, du Schwachkopf.«

»Ach so.«

Wir reiten los, auf das Meer und die Blitze zu.

GLOSSAR

ADAPTIV: sich den akuten Bedürfnissen eines Lebewesens anpassend, möglicher Gradmesser für den Fortschritt einer Technologie

AGGREGATOR: Gerät zur Synthese von Lebensmitteln mit Hilfe eines ▸ Bioreaktors und eines ▸ Assemblers

ANABATOR (SOMNOGEN): universelle Weiterentwicklung der ▸ Stasiskammer, zur vorübergehenden, aber prinzipiell unbegrenzten Unterbrechung der Lebensfunktionen und des Stoffwechsels durch ▸ Schlaf

AMNIOT: Lebewesen, deren Nachkommen nicht mehr im Wasser aufwachsen (im Gegensatz zu Fischen und Amphibien)

ASSEMBLER: Vorrichtung zur Komposition von Materialien auf molekularer Ebene, z. B. für einen ▸ Aggregator

BIOM: abgegrenzter Lebensraum mit eigenständigem Ökosystem ▸ Klimaschutzbiom ▸ Rayser

BIOREAKTOR: liefert Basismaterie (u. a. Kohlenstofffasern) und Energie für ▸ Aggregatoren

BOSE-MEMBRAN: ultrafeiner Filter aus Nanopartikeln zur gezielten Extraktion und Speicherung von Molekülen, Verwendung im Zusammenhang mit ▸ Raumtrennern

CCD-PARTIKEL: Nanopartikel zur Bindung von Kohlenstoff in der höheren Atmosphäre und späteren Zersetzung am Boden (Carbon Capture and Decomposition) ▸ Geoengineering ▸ Rayser

DEUTOLECITH: eiweißartige, ▸ respiratorisch aufnehmbare medizinische Lösung zur vorübergehenden Stilllegung der Stoffwechselprozesse eines Lebewesens ▸ Stasiskammer ▸ Schlaf

DORMITORIUM: Saal mit gleichartigen Schlafgelegenheiten

EIGENTUM: irrtümliche Vorstellung sesshafter Kulturen

ELEKTROPHAG: elektrische Energie zur Auslösung und Aufrechterhaltung von Stoffwechselprozessen nutzend

ENDOLITHISCH: in Gesteinen lebend (meist Bakterien oder Pilze), in der Regel unter unwirtlichen Bedingungen

ENTROPIE: Maß dafür, wie viel Unordnung oder Zufälligkeit in einem System vorhanden ist ▸ Zeit ▸ Zweiter Hauptsatz der Thermodynamik

ERSTER HAUPTSATZ DER THERMODYNAMIK: In einem abgeschlossenen System kann Energie weder geschaffen noch zerstört werden, nur umgewandelt. ▸ Zweiter Hauptsatz der Thermodynamik

FUMAROLE: Austrittsstelle von Wasserdampf und vulkanischen Gasen

GEVIERT: vierseitiger Büchertisch mit integrierten Regalen, häufig in mittelalterlichen Bibliotheken

GEOENGINEERING: globale Einflussnahme auf Lebensbedingungen (z. B. Klima) mit Hilfe von technischen Lösungen ▸ CCD-Partikel ▸ Rayser

HEIMSUCHUNG: quantenmechanische Manipulation der Raumzeit zur Überbrückung von Distanzen ▸ Pipette

KATAKLYSMUS: Katastrophe globalen Ausmaßes mit irreversiblen Veränderungen

KLIMASCHUTZBIOM: Rückzugsorte Privilegierter vor dem klimatischen ▸ Kataklysmus 2071

KRYPTID: griechisch für »verborgen«, Sammelbezeichnung für die meisten Lebewesen Perms

LEBEN: organisierte Anordnung von Materie, die den Zuwachs an ▸ Entropie begünstigt

LYNEHAM: ehemalige Kleinstadt in England, Luftwaffenstützpunkt der Royal Air Force, privatwirtschaftlich geförderter Standort des ersten britischen ▸ Klimaschutzbioms und Firmensitz von ▸ Rayser

»DIE LINIE«: mehrere Kilometer langes, lineares Luxusresort in Saudi-Arabien, Baubeginn 2021, ab 2071 ▸ Klimaschutzbiom

LUNGENTURM: selbstwachsende ▸ XNA-Megastruktur zur Beeinflussung der Zusammensetzung atmosphärischer Gase (aufgrund ihrer flächendeckenden Verbreitung auch ▸ Nuraghen genannt), ▸ Geoengineering

MEGALITHISCH: gebaut aus großen Steinen

NURAGHEN: bronzezeitliche ▸ megalithische Siedlungen auf Sardinien, die in einem flächendeckenden Netzwerk angeordnet sind ▸ Lungenturm

PERM:
1. letzte geologische Periode des Erdaltertums, endete vor 252 Millionen Jahren mit globalen klimatischen und geologischen Veränderungen, die zu einem Massensterben mariner und terrestrischer Arten führten
2. extrasolarer Mond

PHAGOSEXUALITÄT: Verschmelzung von Reproduktion und Nahrungsaufnahme, auf der Erde nur im Ansatz durch das Paarungsverhalten der Anglerfische bekannt

PIPETTE: Laborinstrument zur Entnahme oder Zuführung von versuchsrelevanten Stoffen und Objekten

RAUMTRENNER: grenzt per Kraftfeld den Zugriff auf Materie durch eine ▸ Bose-Membran räumlich ein

RAYSER: Telekommunikationsunternehmen, das seine Kompetenzen nach der Klimakrise des 21. Jahrhunderts auf Raumfahrt, medizinische Forschung (▸ Deutolecith) und ▸ Geoengineering ausweitete

RESPIRATORISCH: den Gasaustausch von Sauerstoff und Kohlenstoffdioxid in der Lunge betreffend

SCHLAF: umgangssprachlich für den zeitlich unbefristeten Aufenthalt in einer ▸ Stasiskammer bzw. ▸ Anabator

SEISMISCH:
1. aus dem Griechischen für »Beben« ▸ tektonisch
2. nicht ▸ kryptide Lebensform auf Perm

STASISKAMMER: Behältnis für ▸ Deutolecith in der Größe des aufzunehmenden Lebewesens zur prinzipiell unbefristeten Aufbewahrung im ▸ Schlaf, auch ▸ Anabator

TEKTONISCH: kontinentale Plattenbewegungen betreffend

XNA / XN6A: Xeno-Nukleinsäure, auf sechs Basenpaaren basierendes Erbmaterial, mit irdischer DNA biochemisch nicht kompatibel

ZEIT:
1. unumkehrbarer Zuwachs an ▸ Entropie
2. einziges wirkliches ▸ Eigentum eines Lebewesens

ZWEITER HAUPTSATZ DER THERMODYNAMIK: In einem geschlossenen System nimmt die ▸ Entropie immer zu.

DANKE

Stephan Askani für das Vertrauen

Jerrik Bödefeld nachträglich

Norma Gimper für Carlo Rovelli

Theresa Hannig für die Utopie

Stefan Kratochwil für die Berechnung des Auftriebs

Lukas Manderscheid für eine gute Idee

Nicole Planer für die Sandburg

Bianca Poggel für das Eintauchen

Undine Stabrey für die Sicht der Pflanzen

Rolf Sziringer für Lösung 27

Wolfgang Tress und Caro Kohler für den Anabator (im Keller)

Heidrun Westerboer für die rechte Schreibung

Thomas Zimny für die Anarchie

dem Kollegium und der Schulleitung der
Gemeinschaftsschule Kaleidoskop für den Raum

den Kindern für die fremde, neue Welt, Frau Strom
und die Richtung der Zeit